KB238089

현대시의
서정과
수사

현대시의 서정과 수사

詩

김현자

민음사

책머리에

평생을 시를 읽고 가르치고 공부하며 살아왔다. 나의 옆에는 항상 시를 읽는 학생들이 있었고, 그들과 함께한 계절의 굽이굽이마다 시의 나무는 한층 무성해졌다. 초록의 이파리를 흔들며 일제히 꽃을 틔우는 시의 이미지, 봄, 여름, 가을, 겨울의 리듬을 노래하는 시의 운율, 우주의 순환을 지켜보는 시의 상징들, 생과 죽음이 격렬하게 충돌하는 시의 역설. 시의 나무 아래에서는 항상 새로운 삶의 진경들이 펼쳐졌다. 깊은 숲이 열리고, 숲은 다시 길고 어두운 터널로 이어졌다. 그리고 언덕 너머에서 천지를 흔드는 폭풍이 밀려오기도 했다.

한 편의 시가 내뿜는 찬란한 불꽃을 따라 참 길고 먼 여행을 했다. 불꽃이 사그라지는 것을 마지막까지 지켜보며 타고 남은 언어의 조각, 이미지의 부스러기, 상징의 흔적까지도 모아 담는 것이 나의 일이다. 시의 씨앗을 담은 언어의 항아리들을 하나씩 쌓다 보니, 아, 이제 뜰이 가득하다. 작은 항아리 안에서 시어들은 다시 휴식하고 대화하면서 부활의 꿈을 꿀 것이다. 그리고 어느 날 브룩스의 '잘 빚어진 항아리'가 그렇듯이, 이 작고 견고한 항아리는 다시 찬란하게 불사조로 비상할 것이다. 그날, 또 어떤 시의 길이 열릴 것인가?

이 책은 시의 생명이 항상 새롭게 부활하기를 꿈꾸며 시의 길을 따라 걸어온 여정이다. 서정시의 장르적 특징은 무엇인가? 독자는 시를 읽음으로써 산문과는 다른 어떤 변화를 겪게 되는가? 추상에서 구체로, 관념에서 현실로 종횡무진하는 시의 힘은 어디에서 오는가? 이런 질문을 던지면서, 특히 시적 상상력과 비유, 그리고 그 과정에서 다채롭게 펼쳐지는 시인의 말하기 방식에 집중적으로 천착했다.

서로의 속사정을 교감하며 이곳에서 저곳으로 변전하는 은유는, 논리와 감성을 왔다 갔다 하는 우리네 삶 그 자체이다. 그러므로 더욱더 잡히지 않는 삶을 들여다보는 마음으로 상상력과 은유의 궤적을 살피고, 세밀한 분석으로 부분과 전체의 유기적 관계를 조망하고자 했다.

1부에서는 서정과 어법을 날실과 씨실로 하여 개별 시인들을 조명했다. 1930년대 비유를 주제로 다룬 석사 논문에서 시작하여 김소월, 한용운의 이미지 변용을 다룬 박사 논문에 이르기까지 비유, 상상력, 이미지 변용은 내 연구의 일관된 주제였다. 이후에도 지속적으로 화자와 어법, 비유와 감각, 미적 거리 등의 수사적 장치를 통하여 시인의 상상력과 세계관을 규명하는 작업을 계속해 왔다. 이 장은 이러한 여정의 결과물로서 자연시의 은유틀, 은유와 환유의 변주, 극적 구성과 미적 거리, 어법, 감각의 변용, 이미지, 원형의 문제 등을 박목월, 박용래, 서정주, 김소월, 한용운, 노천명 시인을 중심으로 탐구했다.

2부에서는 1부의 시적 화두들을 바탕으로 한국 시의 원형과 주체성의 탐색, 서정의 본질, 시사(詩史)의 흐름 등을 총괄적으로 생각해 보았다. 한국 시사와 여성시사, 인간과 자연, 인간과 사물 사이의 관계, 동일화의 원리, 그리고 서정시의 본질과 범주의 문제를 서정과 시사를 균형 있게 아우르는 관점에서 고찰했다. 서양의 문학 이론을 적용하면서도 한국 시학의 주체적 정립이라는 지향점을 염두에 두고, 우리 시학의 가능성을 타진해 보았다.

수사는 서정을 담는 아름다운 그릇이며, 서정은 수사를 숨 쉬게 하는 공기이고 따뜻한 빛이며 장력이다. 수사와 서정이 함께 어울려, 비로소 시의 생명을 품는 잘 빚어진 항아리가 탄생한다. 수사와 서정은 그래서 시의 또 다른 이름이다.

평생을 두고 마음의 벗이 되어 준 시인들과 시 수업을 함께 하며 예리하고 총명한 감수성을 보여 준 이화의 학생들, 그중에서도 나의 제자들을 생각하면 가슴이 따뜻해진다. 특히 이 책의 원고 정리와 교정에 애써 준 한수영, 안상원, 신지혜에게 고마움을 표한다. 이 어려운 시기에 흔쾌히 출판을 맡아 주신 민음사의 박맹호 회장님, 장은수 대표님과 민음사 여러분께 마음 깊이 감사를 드린다.

2009년 3월 꽃피는 봄날
이화여대 인문관 연구실에서
김현자

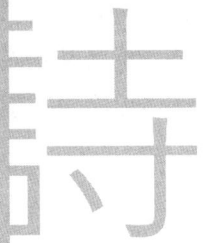

| 차 례 |

서정(抒情)과 시사(詩史)

수사(修辭)와 어법(語法)

은유와 환유의 변주
── 서정주

1 머리말

　서로 이질적인 속성을 통합하는 은유의 본질을 객관적으로 들여다
본다면, 거기에는 수많은 "왜"라는 질문이 제기될 수밖에 없다. 왜 "인
간은 늑대다."라는 말이 가능한지,[1] 왜 "저녁노을은 수술대 위의 마취
된 환자"가 될 수 있는지. 하지만 은유가 난센스 수수께끼가 아닌 이상
거기에는 자연스레 고개를 끄덕일 만한 답들 그리고 들여다볼수록 저
절로 감탄이 나올 만한 이유들이 있기 마련이다. 해답의 개연성 또는
개연성에 이르는 섬세한 미로가 돋보일수록 은유의 마력은 독자를 사
로잡는 것이리라.
　그러므로 시에 있어 은유를 '읽는다'는 것은 시인의 주관적인 세계

---

1) Max Black, "Metaphor in Mark Johnson", *Philosophical perspectives on metaphor*(minneapolis: Univ. of Minnesota Press), 63~104쪽. 블랙은 원관념은 은유적 표현을 "통하여 보이는 것"이며 보조 관념의 범위 안에서 객관화된다고 한다. 현명한 독자는 늑대라는 비유 체계가 지닌 내포적 의미에 의해 원관념(사람)에 대해서도 상응하는 내포적 의미를 구성할 수 있으며, 한 문장 속에서 새롭게 만들어지는 관계에서 은유가 성립된다고 보았다.

포착의 순간 속에 견고하게 숨겨진 치밀한 논리의 고리들을 풀어 나가는 것이다. 특히 은유의 관계 항들이 시어의 사이사이를 넘어서서 언술의 구조 속에 흩어져 있을 때 또는 환유적 사슬 속에 은유의 알갱이들이 숨어 있을 때, 독자는 시가 주는 사유의 미로, 상상력의 미로를 탐색할 수 있다.

서정주의 시 세계는 한국 현대시사에서 가장 원형적이면서도 다양한 이미지의 변용을 보여 준다. 그는 아무도 흉내 낼 수 없는 특유의 능수능란한 어법과 유연한 몸바꿈, 경계를 넘나드는 원숙한 시적 경지로 주목을 받아 왔다. 순환적 세계관이라 부를 수 있는 서정주식의 사유 방식은 이질적인 속성을 포괄하는 은유의 효능을 누구보다도 잘 보여 주고 있다. 또한 그의 은유는 시어로부터 전 텍스트에 걸쳐 다양한 통로를 경유하여 엮이기 때문에 너무 주관적이거나 상투적이 되기 쉬운 은유의 결함으로부터 자유롭다.

특히 서정주 시의 은유가 보편적 감동과 이해를 주는 또 하나의 원리는 누구나 상기할 수 있는 인접 관계에 기초한 환유적 사유 방식과의 끊임없는 교섭 과정에 있다. 대표적인 예가 바로 시 속에 설화적 인물들을 차용한 경우이다. 춘향, 선덕여왕, 사소, 지귀 등 서정주 시에는 우리가 익숙하게 알고 있는 인물들이 시적 화자나 청자로 등장한다. 한 예로 춘향이라는 시적 화자를 접할 때 우리는 자연스럽게 그 인물이 불러일으키는 상투적(그 의미가 너무나 쉽사리 환기된다는 점에서) 서사(敍事)를 떠올리게 되는데, 이 서사는 텍스트 내의 화자인 춘향의 이미지와 환유적 관계를 형성하면서 시의 전개에 지속적으로 관여한다. 하지만 시적 화자가 결국은 설화 속의 춘향이가 아니라 시인의 가면(mask)임이 자명할 때, 설화는 은유의 덩어리인 시 텍스트를 환유적 방식으로 껴안고 있는, 즉 텍스트를 설명하고 보충하는 또 하나의 해석의 통로로서 존재한다고 할 수 있다.

이 글에서는 은유의 미감(美感)을 검토하기 위하여 서정주의 시 중에서 특히 설화적 주인공을 화자로 차용한 작품을 분석 대상으로 삼고자 한다. 시어 사이의 은유를 언술의 단위로 재배치하고 재해석하는 서정주의 언술은유는 한국 현대시의 중요한 성과이며 특히 설화 텍스트가 맺는 환유적 관계에 서정주의 언술은유가 획득하는 독특한 장치가 있다고 생각되기 때문이다.

2 언술은유와 꽃으로의 승화

신령님……

처음 내 마음은
수천만마리
노고지리 우는 날의 아지랑이 같었읍니다

번쩍이는 비눌을 단 고기들이 헤염치는
초록의 강 물결
어우러져 날르는 애기 구름 같었읍니다

신령님……

그러나 그의 모습으로 어느날 당신이 내게 오셨을 때
나는 미친 회오리바람이 되였읍니다
쏟아져 내리는 벼랑의 폭포
쏟아져 내리는 쏘내기 비가 되였읍니다

그러나 신령님……

바닷물이 적은 여울을 마시듯이
당신은 다시 그를 데려가고
그 휘 ── ㄴ한 내 마음에
마지막 타는 저녁노을을 두셨읍니다
그러고는 또 기인 밤을 두셨읍니다

신령님……

그리하여 또 한번 내위에 밝는 날
이제
산ㅅ골에 피어나는 도라지꽃 같은
내 마음의 빛갈은 당신의 사랑입니다
　　　　　　　──「다시 밝은 날에: 춘향(春香)의 말 2(貳)」 전문

　서성주는「추천사」,「춘향유문」등 일련의 시를 통해 사랑의 고뇌를
앓는 춘향의 갈등을 보편적인 인간의 갈등으로 확대시킴으로써 읽는
사람들의 공감을 획득하는 외적 소재 변용의 성공적인 예를 보여 주고
있다.
　전체적으로 이 시는 현상적 화자인 춘향이 자신의 마음의 변화를 현
상적 청자인 신령님에게 진술하는 방식으로 이루어져 있다. '춘향의
말 2'로 부제가 붙어 있는 것을 참조한다면, 이 시 전체가 춘향의 말
(마음)을 담고 있는 비유적 텍스트임을 알 수 있는 것이다. 춘향의 마
음은 여러 사물들로 전이되면서 마지막 연에서 도라지꽃으로 응축된
다. 각 연에 나타난 "아지랑이", "애기 구름", "쏘내기" 등의 시어들은
사랑에 의한 화자의 마음의 상태를 비유하고 있다. 즉 이 시는 '춘향
의 마음은 무엇이다'와 '무엇은 사랑이다'라는 크게 두 개의 은유를 중
심으로 짜여 있다. 이 과정을 구체적으로 살펴보기 위하여 '내 마음'이

라는 시적 주체를 중심으로 이루어지고 있는 언어 층위의 기본 은유의 항목을 정리해 보면 다음과 같다.

1. A(내 마음)은 B(아지랑이 · 애기 구름 · 쏘내기 · 폭포 · 회오리바람)이다.
2. B(도라지꽃) 같은 A(내 마음의 빛갈)은 C(신령님의 사랑)이다.

요컨대 1의 과정, 즉 이 도령을 만나기 전, 처녀로서의 춘향의 마음이 아지랑이나 애기 구름으로 비유되는 것, 그리고 사랑의 폭풍을 회오리바람이나 폭포로 비유하는 것은 설화의 서사 구조를 충실하게 따라가는 은유이다. 또한 B의 항목(비유되는 대상)들이 아지랑이에서 애기 구름으로 옮아가는 것을 볼 때 천체의 이동이라는 관점에서 이것은 은유의 대상이면서도 기본적으로는 환유적 사고가 시를 전개시키는 데 관여하고 있다고 볼 수 있다.

그러나 이 시가 끊임없이 신령님을 부르고 있다는 점, 그리고 신령님은 화자의 호소를 받아 주는 대상에서 결국 사랑이라는 의미로 변모된다는 점에서 이 시의 은유가 단어들 간의 의미 작용으로만 한정해서는 설명되지 않는다는 것을 알 수 있다. 즉 그의 은유는 초자연적인 존재로서 화자의 격앙된 감정을 들어 주는 신령님이라는 대상을 내 마음과 동일화해 버림으로써 이 시가 가진 보다 중층적인 의미의 구조를 슬그머니 내보여 주는 것이다.

이러한 해석의 틈을 메우면서 은유가 제시하는 보다 확장적이면서도 정교한 의미망을 읽어 내기 위해서는 시어 단위가 아닌 언술, 텍스트의 단위에서 조망해야 할 필요가 있다. 이때 은유의 역동적 원리를 밝히는 언술로서의 은유인 흐루쇼프스키의 지시틀 이론[2]이 이 시의 은

---

2) Benjamin Hrushovski, "Poetic Metaphor and Frames of reference", *Poetics Todov*. Vol. 5.

유 구조를 밝히는 다음 작업에 효과적으로 기여할 수 있다고 생각한다. 흐루쇼프스키에 의하면 은유란 원관념(tenor)과 보조 관념(vehicle) 사이의 고정된 개념이 아니고, 시가 진행되어 나가면서 역동적으로 변화한 존재다. 그러므로 언어 자체가 아니라 언어가 지시하는 세계의 의미 범주의 틀(frame of reference, 지시틀)을 은유의 층위로 삼게 된다는 것이다. 그리고 이를 통해 의미론적으로 통합된 텍스트의 총체적 의미망을 찾을 수 있다는 것이다.

이 시에서 춘향이라는 외적 소재는 시 전체의 의미 구조를 밝히는 1차적 지시틀(base frame)의 역할을 한다. 즉 fr1은 시에서는 실제는 나타나지 않는 것(잠재틀)이지만, 끊임없이 텍스트에 관여하여 텍스트 해석에 개입하는 역할을 한다. 시의 각 의미론적 요소들은 이 지시틀을 중심으로 통합되면서 시의 해석에 있어 근간이 되어 준다. 이 지시틀은 텍스트 안에서는 '춘향'이라는 이름만으로 등장하는데, 이를 통하여 시의 허구적 상황 아래 놓여 있는 '당신'은 이 도령으로 읽히며, 이 지시틀은 다른 지시틀과 상호 연관되면서 시 해석의 불확실한 부분과 간격을 채워 나간다(gaps-filling).[3]

다음으로 시의 허구적 문맥 안에서 표현된 마음은 다양한 비유적 사물들을 통합하는 또 하나의 지시틀의 역할을 한다. 지시틀 1의 춘향이

No. 1 (1984).

흐루쇼프스키는 은유란 정적이고 불연속적인 단위가 아니므로 언어 단위나 구문 단위로 고립시킬 수 없으며 text의 내적 관계는 물론, 외부 세계 그리고 독자의 능동적 독서 행위가 함께 작용하는 역동적 모형으로 고찰되어야 한다는 논리에서 은유론을 출발시킨다. 그의 frame 이론은 언어가 아니라, 언어가 지시하는 세계의 의미 범주를 지시틀(frame of reference)로 삼는데, 이 지시틀은 불확정한 미정 상태에 있으며, 여기 하부 패턴들(음성, 단어, 문장 등)이 지시틀 형성에 기여하며, 지시틀과 지시틀 사이의 상호 작용 역시 새로운 지시틀 형성에 기여한다. 이러한 역동적 관계 속에서 은유의 전이가 진행된다는 것이다. 이 글에서는 분석의 도구로서 이 지시틀의 개념을 적용하고 있으며, 그 기호를 "fr"로 표시하기로 한다.

3) 앞의 글, 13쪽.

라는 인물과 환유적 관계에 놓인 지시틀 2의 '마음'은 비유물들을 거느리며 시를 진행시켜 나가고 있다. 이 '마음'은 비실체적인 것임에도 불구하고 유동하고 변전하는 주체로 등장해 이 시의 은유를 역동시키는 원동력이 된다. 각 연의 서술어는 마음의 유동성과 변전성을 또렷이 해 주고 있다. 즉 "같았읍니다(마음의 불확실성)", "되였읍니다(마음의 변전성)", "두었읍니다(마음의 시각적 공간화)", "사랑입니다(마음의 결단)"에 나타나는 마음이 갖는 변화는 지시틀 1과의 관련 아래 춘향의 사랑이 갖는 상황의 변전성을 의미하기도 한다. 즉 지시틀 2의 의미는 지시틀 1과의 상호 작용 속에서 엮이며, 또한 이 마음의 변전성은 '변화한다'는 인접 요소에 의해 지시틀 3인 계절의 흐름과 자연스럽게 연결된다.

fr1: 춘향의 사랑의 유동성, 불안정성
fr2: 마음의 변화무쌍함
fr3: 계절의 변화, 시간의 흐름

fr3은 각 연에서의 중심 비유어(아지랑이, 애기 구름, 회오리바람, 폭포, 쏘내기, 노을, 기인 밤, 도라지꽃)를 통합하는 하나의 지시틀로 계절의, 혹은 자연의 시간이라고 상정해 볼 수 있다. 아지랑이나 애기 구름은 쉽게 계절적인 봄이나 유년을 연상시키며, 형태적 특성으로 인해 가벼운 부유의 이미지와 유동성을 떠올릴 수 있으며, 부드러운 촉감적 이미지를 환기시킨다. 따라서 마음의 상태는 순결하면서도 무언가 불분명하고 막연한 떨림의 상태를 지시해 주고 있다. 그러나 이를 fr1과의 관련 아래 읽으면, 그것은 사랑을 기다리는 춘향의 불안정한 심리를 표현한 것이 되며, "번쩍이는 비눌", "초록의 강 물결", "어우러져 날르는 애기 구름"은 그녀의 가슴 속에서 싱싱하게 출렁이는 사랑의 기쁨과 설렘으로 읽힌다. 그리고 다음 단계에서 춘향이의 마음은 격렬한 심리적 변화를 맞이하는데, 애기 구름, 아지랑이 등 가볍게 뭉쳐 부유하던 물의 이미지는 이제 완전히 액화되어 격렬하게 지상으로 쏟아져 내리는 폭포, 쏘내기의 이미지로 변전한다. 그리고 그의 부재는 격변하던 마음의 공동화(空洞化)를 가져오고 그 자리에 노을과 밤이 대신 들어와 자리 잡는다.

fr4는 꽃이 상징하는 의미 축이다. 도라지꽃은 사랑과 시련의 과정을 겪고 보다 성숙해진 춘향을 의미하며 이것은 계절의 순환이라는 fr3과 환유적 관계로 연결된다. 고통 뒤에 피어나는 꽃은 미당에게 있어 하나의 개인적 상징을 형성한다. 그에게 있어 꽃의 탄생은 늘 고통과 결합되어 있으며, 고통 뒤에 피어난 꽃은 강한 생명력과 함께 시적 자아의 초월 의지를 함축한다. 「국화옆에서」, 「밀어(密語)」, 「목화(木花)」, 「꽃밭의 독백」 등이 그러한 예들이다. 이런 의미에서 보면 「다시 밝은 날에」의 춘향의 사랑 역시 꽃의 개화와 은유적 관계를 맺고 있다. 따라서 이 시의 도라지꽃≃마음≃사랑이라는 3개 항목의 동일화는 "피어나는"이라는 서술어에 의해 사랑과 성숙이라는 지시틀을 형성하게 되는 것이다. 그리고 이때 식물의 개화는 자연적·우주적 질서를 요구하기에 신령님이라는 초자연적 존재는 이 모든 변전의 원리 그 자체로서, 꽃과 내 마음 그리고 사랑의 동일함으로 놓이게 된다.

이상의 지시틀의 의미를 정리하고 도표화하면 다음과 같다.

fr1(춘향의 사랑)	fr2(마음)	fr3(계절)	fr4(꽃)
기다림 ———————	아지랑이 —— (환유) —— 봄 —— (환유) ——		발아
	애기 구름		
만남	회오리바람	여름	성장
	폭포·쏘내기		
헤어짐	노을·기인 밤	가을·겨울	시련
승화	도라지꽃		개화

위와 같은 지시틀의 상호 작용 속에서 시의 각 행과 전체는 다음과 같은 관련을 갖는다.

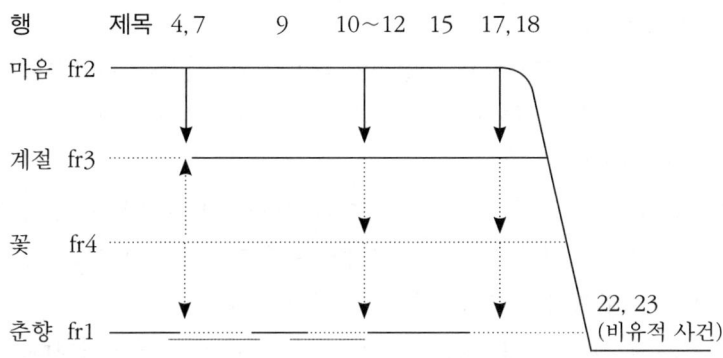

제목: 춘향의 말

4행: 아지랑이 같었읍니다

7행: 애기 구름 같었읍니다

9행: 그가 오다

10행: 회오리바람이 되였읍니다

11행: 벼랑의 폭포(가 되였읍니다)

12행: 쏘내기 비가 되였읍니다

15행: 그를 데려가다

17행: 저녁노을을 두셨읍니다

18행: 기인 밤을 두셨읍니다

22행: 피어나는 도라지꽃 같은

23행: 내 마음의 빛갈은 당신의 사랑입니다

제목: 지시틀 1을 만든다.

4행과 7행: 지시틀 3을 환유적으로 환기시킨다. 이때 지시틀 1, 4는 함축적으로만 존재한다.

9행, 15행: 지시틀 1을 환기시킨다.

10, 11, 12행: 역시 지시틀 3을 환유적으로 환기시킨다. 지시틀 1, 4도 역시 함축적으로만 존재한다.

17, 18행: 프라이의 사계의 상징에 의해 밤의 시간은 계절적으로 가을, 겨울을 환유적으로 환기시킨다. 지시틀 1, 4도 역시 함축적으로만 존재한다.

22행: 지시틀 4를 환기시키며, 이때 지시틀 3의 자연적, 우주적 질서를 상징하는 시간이 지상의 존재로 응축된다. 또 지시틀 1과의 관련성 아래 꽃이 사랑의 승화물임이 드러난다.

22~23행: 이 도령에 대한 춘향의 사랑의 승화가 이루어진다. 여기서 지시틀 1~4의 통합이 이루어진다. 즉 마음이 도라지꽃으로 피어나는 비유적 사건에 의해 네 개의 지시틀이 통합을 이룬다.

언급했듯이 네 개의 지시틀은 마지막 두 행의 '도라지꽃으로 피어난 사랑'이라는 비유적 사건[4)]에 의해 통합된다. 이를 통해 춘향의 사랑은 지상적인 존재가 천상적이고 우주적인 질서를 머금음으로써 새로운 존재로 고양되고 승화됨을 의미하게 된다.

따라서 이 시는 아름답게 연결되는 언어적 층위의 은유들이 의미의 지시틀들과 상호 관련성을 가지면서 의미론적인 통합을 가져오는 것으로 읽을 수 있다. 시 작품의 지시틀들은 불연속적이고 유동적이지만, 주어진 의미의 단서들을 채우고 메꾸어 나가는 과정에서, 즉 은유와 환

---

4) 앞의 글, 26~27쪽. 비유적 사건(figurative event) 또는 비유적 상황(figurative situation)이란 시적 허구의 '사실적'인 세계 안에서 실제로 일어난다고 말해지지만 실제적인 규준과 관련해서는 비유적인 것을 말한다. '사랑이 도라지꽃으로 피어난다'는 것은 시의 허구적 문맥에서는 실제로 일어나고 있지만 실제적인 규준에서 보면 비유적인 것이다.

유를 오가는 텍스트의 재독 과정에서 일관된 의미를 만들어 낼 수 있는 것이다.

3 역동적 변이 과정과 경계의 공간

춘향이라는 인물과 다르게 「선덕여왕의 말씀」이 상기시키는 이미지는 서사적 스토리를 잘 모르더라도 고귀함, 지엄함 등의 일상을 초월하는 것이리라. 더구나 이 시의 배경 설화[5]가 선덕여왕과 지귀의 이야기임을 알아챘다면, 그 고귀함이 인간의 사랑과 어떻게 충돌하는가에서 이 시의 독서가 시작될 수 있을 것이다.

짐(朕)의 무덤은 푸른 령(嶺) 위의 욕계(欲界) 제이천(第二天)
피 예 있으니, 피 예 있으니, 어쩔 수 없이
구름 엉기고, 비 터잡는 데—그런 하늘 속.

---

5) 지귀는 신라 활리역 사람이다. 그는 선덕여왕의 아름다움을 사모하여 항상 슬픔과 눈물에 젖어 지낸 연고로 몰골이 초췌하였다. 그 소문을 듣고 마침 여왕이 길에 분향하러 행차하는 길에 그를 불렀다. 지귀는 탑 아래에서 왕의 행차를 기다리다가 홀연히 잠이 들어 버렸다. 왕은 팔찌를 벗어 그의 가슴에 얹어 두고 궁중으로 돌아왔다. 뒤에야 잠이 깬 지귀는 오랫동안 넋을 잃고 있다가 그만 심화가 나서 탑을 에워싸고 태워 버렸다. 불귀신으로 변한 것이다. 왕은 술사에게 명하여 주문을 짓게 하였는데 그 내용은 다음과 같다.

지귀의 맘 속 불은 몸을 태워 불귀신이 되었구나
크고 넓은 바다 멀리 흘러가라 넓은 바다 멀리 흘러가라
다시는 보지도 친하지도 않으리라

세간의 풍속에는 이 주문을 벽에 걸어 화재를 진화했다고 한다.

피 에 있으니, 피 에 있으니,
너무들 인색치 말고
있는 사람은 병약자(病弱者)한테 시량(柴糧)도 더러 노느고
홀어미 홀아비들도 더러 찾아 위로코,
첨성대(瞻星臺)위엔 첨성대 위엔 그중 실한 사내를 놔라.

살〔肉體〕의 일로써 살의 일로써 미친 사내에게는
살 닿는 것 중 그중 빛나는 황금(黃金)팔찌를 그 가슴 위에,
그래도 그 어지러운 불이 다 스러지지 않거든
다스리는 노래는 바다 넘어서 하늘 끝까지.

하지만 사랑이거든
그것이 참말로 사랑이거든
서라벌 천년(千年)의 지혜(知慧)가 가꾼 국법(國法)보다도 국법의 불보다도
늘 항상 더 타고 있거라

짐의 무덤은 푸른 영 위의 욕계 제이천
피 에 있으니, 피 에 있으니, 어쩔 수 없이
구름 엉기고, 비 터잡는 데 — 그런 하늘 속.

내 못 떠난다.

  * 선덕여왕(善德女王)은 지귀(志鬼)라는 자의 여왕에 대한 짝사랑을
위로해, 그 누워 자는 데 가까이 가, 가슴에 그의 팔찌를 벗어 놓은 일이
있다.

—「선덕여왕(善德女王)의 말씀」 전문

이 시의 전개는 하나의 이야기를 따라가는 지속 구조를 취하는데 여왕은 처음부터 자신의 무덤은 여기 있으며 피는 여기에 있기 때문에 떠날 수 없다는 역설을 강조하고 있다. 먼저 은유의 관점에서 시를 본다면 무덤과 피의 대립, 즉 하늘과 여기라는 대립 항이 눈에 띈다.

무덤은 하늘이다./ 피는 여기에 있다.

이 대립 항은 언어 은유의 층위에서는 파악되기 어려운 것으로서 전체 언술의 구조에 걸리는 은유의 초점[6]의 역할을 하고 있다. 그러므로 여왕의 목소리로 전하는 역설적 언술과 대립 항들이 만들어 내는 은유의 고리들을 풀어내는 것이 이 시 해석의 핵심이 될 수 있다.

이 시는 두 개의 대립적인 의미의 축(軸)이 병렬되어 있다. 하나는 "무덤"이 지시하는 저승, 즉 죽음의 세계이고 또 하나는 "여기"가 지시하는 삶의 공간이다. 두 개의 공간은 현실적으로는 서로 너무나 멀리 떨어진 상반되는 공간이지만, "어쩔 수 없이"에서 고백하듯이 짐(여왕)은 스스로 그 경계를 의식적으로 무너뜨리고 있는 것이다. 지상의 공간은 인간의 공간이다. 그리고 그중에서도 지귀(실한 사내)가 존재하는 공간이다. 잠재적인 지시틀로서의 설화는 이 부분에서 충실하게 시와 환유적 관계를 유지하며 해석에 개입하고 있다. 여왕은 왜 하늘의 공간에 머무르지 못하는가. 그것은 먼저 그녀가 백성을 통치하고 사랑하는

---

6) 막스 블랙은 한 문장 속에서 축어적(문자적) 의미로 사용된 단어를 은유의 focus(초점)라고 하고 나머지 단어들은 은유의 frame(틀)이라고 하였다. 흐루쇼프스키는 I. A. 리처즈 식(vehicle은 텍스트에 부재하는 tenor를 표상한다.)의 은유의 일방적 운동성에 비하면 블랙의 은유 개념은 상호성이라는 점에서 극복할 만하지만, 이 역시 문장 안에 한정되어 있다고 비판한다. 흐루쇼프스키의 지시틀 이론은 인가르텐의 층(層)의 개념과 볼프강 이저(Wolfgang Iser)의 능동적 독서 이론에 닿아 있으며 은유에 가능한 최대치의 역동성을 부여하고 있다. 이 글에서는 이 초점의 개념을 언술은유가 시작되는 출발점이라는 의미로 사용한다.

위정자이기 때문이다. 병약한 자를 찾는 목소리는 바로 자애로운 여왕의 목소리 그것이다. 하지만 홀어미, 홀아비 그리고 실한 사내를 부르는 목소리에서 여왕의 번민이 보다 인간적인 면, 한 남자에 대한 사랑에 있음을 알려 준다.

그러므로 이 시의 기본적인 은유는 육체적 이미지, 즉 피의 이미지[7]를 중심으로 이루어진다고 할 수 있다. 즉 피는 육체와 감정을 지닌 인간의 표상으로서 무덤과 지상을 변별하는 척도가 된다. 무덤, 하늘의 공간은 실제적인 죽음이 아니라 피가 제거되고 인간적인 면모가 제거된 상징적 죽음의 공간이 되는 것이다. 피의 부재로 갈등하는 여왕의 절망과 연민에 대한 은유가 무덤과 하늘이 된다. 이때 구름과 비의 움직임은 바로 살아 움직이는 피의 순환에 대한 여왕의 갈망이며, 하늘의 공간이 지상을 향해 움직이는 동요를 표상한다.

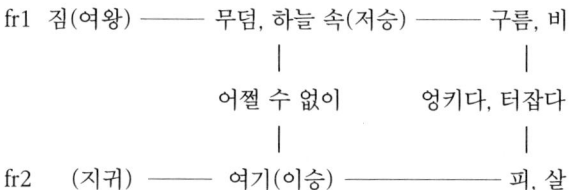

그런데 이 두 개의 지시틀은 '나는 못 떠난다'는 역설의 의미와 마주치면서 서로 경계 영역을 무너뜨리고 또 하나의 지시틀을 형성한다. 그것은 바로 하늘과 지상이 만나는 공간이며 여왕이라는 높은 존재와 비속한 인간이 만나는 첨성대 위다.

---

7) 김화영, 「피의 행방」, 『미당 서정주의 시에 대하여』(민음사, 1984), 67~72쪽.
"미당의 시는 피와 불을 다스리는 노래"임을 지적하면서 피의 변신 과정을 몇 편의 시에서 개괄적으로 언급하고 있다.

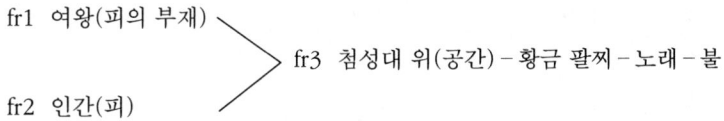

fr1 여왕(피의 부재)

fr3 첨성대 위(공간) - 황금 팔찌 - 노래 - 불

fr2 인간(피)

첨성대는 우주를 조망하는 곳, 위정자로서의 여왕의 치적을 드러내는 상징물이다. 그런데 이 첨성대 위에 사내의 육체를 둔다는 것은 금기에 도전하는 하나의 비장한 제의(祭儀)를 연상시킨다. 즉 하늘의 경계와 지상의 경계, 원서사(原敍事)에서 금기시되었던 경계가 무너지고 여왕과 비속한 인간인 지귀가 만나는 곳이 첨성대인 것이다. 그 사내의 가슴에 벗어 놓은 여왕의 팔찌는 은유화된 피[8] 바로 그것이다. 여왕의 피에 대한 갈망 그리고 살[肉]의 일로 미친 사내의 갈망이 응축된 것이 "황금 팔찌"이며 이 팔찌는 "노래"라는 전이소를 통해 영원의 불로 타오를 수 있는 것이다. 불은 피의 비밀스러운 열기로부터 탄생한 은유이다. 인간의 뜨거운 피(육체)와 여왕의 고귀하게 빛나는 사랑의 피(황금)의 결합(팔찌가 갖는 접촉성)이 첨성대 위를 경계를 초월한 영원한 사랑이 탄생하는 공간으로 변모시키는 것이다. 그러므로 "살의 불(피)"은 "국법(國法)의 불"을 넘어 "사랑의 불"로 영원히 타오를 수 있는 것이다.

그러면 다시 처음의 의문, 역설의 수수께끼로 돌아가 보자. 나는 죽었지만 떠날 수 없다는 역설은 한용운식의 존재론적 고백도 아니며, 이육사와 같은 초극의 의지에서 나온 자의식의 승리에 의한 것도 아니다. 이 시의 역설적 은유는 경계를 넘어선 영원한 사랑에 대한 예찬이며, 언술의 층위에서 이루어지는 역동적인 은유의 의미망이 일구어 내는 새로운 의미의 세계가 되는 것이다.

---

8) 리샤르(J. P. Richard), 윤영애 옮김, 『시와 깊이』(민음사, 1984), 354쪽.

4 지시틀의 통합과 존재론적 전이(轉移)

사소[9]는 원설화에 의하면 중국에서 건너온 여인으로 나중에 신선이 되었고, 박혁거세의 어머니로도 소개되고 있어 춘향이나 선덕여왕에 비교해 볼 때 훨씬 신화적인 영역에 속하는 인물이라 할 수 있다. 설화에서 절대공간에 속해 있는 사소는 시 속에서 이제 그 존재의 전이를 이루게 된다. 은유가 몸을 바꾸는 것이라는 기본 명제를 떠올릴 때, 자아의 존재론적 전이란 은유가 이룩할 수 있는 가장 역동적인 의미 구축의 현장일 수 있다.

사소(娑蘇)의 매[鷹]는 사소가 산(山)에 간 지 이듬해의 가을 날, 그 아버지에게 두 번째의 편지를 그 발에 날라왔다. 이번 것은 새의 피가 아니라, 향(香)풀의 진액을 이겨, 역시 손가락에 묻혀 적은 거였다. 피딱지의 두루마리는, 아직도, 집에서 가지고 간 그것이었다.
　　　── 이것은 그 편지의 전반부(前半部) 한조각만 남은 것이다.

피가 잉잉거리던 병(病)은 이제는 다 나았습니다.

올봄에
매[鷹]는,
진갈매의 향수(香水)의 강물과 같은

---

9) 삼국유사 감통(感痛) 편의 선도성모수희불사(仙桃聖母隨喜佛事)와 기이(紀異) 편의 신라 시조 혁거세왕(新羅始祖 赫居世王)에서 사소에 관한 이야기가 나오는데, 이 두 설화를 연결해 보면 다음과 같다. 본래 중국 황실의 딸인 사소는 일찍이 신선(神仙)의 술법(術法)을 배워 해동에 와서 머무르다 매를 따라 선도산(仙桃山)으로 가서 지신(地神)이 되었고 박혁거세를 낳아 왕으로 키웠다고도 전한다.

한섬지기 남짓한 이내[嵐]의 밭을 찾아내서

대여섯 달 가꾸어 지낸 오늘엔,
홍싸리의 수풀마냥. 피는 서걱이다가
비취(翡翠)의 별빛 불들을 켜고,
요즈막엔 다시 생금(生金)의 광맥(鑛脈)을 하늘에 폅니다.

아버지.
아버지에게로도,
내 어린 것 불거내(弗居內)에게로도, 숨은 불거내(弗居內)의 애비에
게로도,
또 먼 먼 즈믄해 뒤에 올 젊은 여인(女人)들에게로도,
생금(生金) 광맥(鑛脈)을 하늘에 폅니다.

*사소(娑蘇)의 신성수행(神仙修行) 시절의 두 번째의 편지.
  진갈매 - 짙은 갈매(葛梅), 갈매는 녹색.
  이내[嵐] - 산기(山氣) 증청(蒸淸)한 하늘의 특수(特殊)한 기운.
  불거내(弗居內) - 박혁거세(朴赫居世).
                    (원시(原詩)의 주(註))
                ──「사소(娑蘇) 두 번째의 편지 단편(斷片)」전문

  이 시는 특히 시제를 지시하는 부사어들이 많이 등장하여 시의 의미
를 하나의 선조적 질서로 배열시키고 있다. 시간의 선조적 질서란 인간
의 연속적 자기 파악, 즉 자아 동일성의 근간이 됨을 상기할 때, 우리는
'과연 이 시의 화자는 누구인가. 또 다른 주체로서 나타난 매나 피는
무엇인가'에 대한 답을 암시 받을 수 있다. 본문에서는 시간의 부사가
혼란스럽게 배치되어 있지만 시를 주의 깊게 읽어 보면 이 혼란이 3연

의 주어가 누구인지 지시하는 시적 장치임을 알 수 있다. 즉 시를 시제에 의해 재배열하면 주체가 불분명한 1연과 동일한 주체임을 확인할 수 있는 것이다. 그러므로 "올봄 – 요즈막 이제 – 오늘 – 즈믄해 뒤"로 연결되는 시간의 축 속에서 재독서하면 일정한 연관된 동선(動線)을 그린다는 점에서, 피의 병에 시달리는 화자와 매, 그리고 생금의 광맥을 펴는 주체는 각각 시적 화자의 다른 모습임을 깨달을 수 있는 것이다.

이 시의 지시틀을 다음과 같이 구성해 보았다.

fr1 피는 (병을 앓았다)
　　　　병이 낫다　　　　　　　　　　　　이제
　　　　홍싸리 수풀마냥 서걱이다　　　　　오늘
　　　　비취의 별빛을 켜다
　　　　생금의 광맥을 하늘에 펴다　　　　요즈막

fr2 매는 이내의 밭을 찾다　　　　　　　올봄

fr3 (나는) 생금의 광맥을 하늘에 펴다　　먼 먼 즈믄 해

fr1과 fr2, 두 개의 지시틀은 의미의 상호 과정 속에서 fr3의 새로운 지시틀로 은유적 전이를 이루고 있으며, 이것은 바로 자아의 존재론적 전환과 맞물려 있다. 이 세 개의 지시틀이 움직이는 주체는 상술했듯이 시적 자아 내부의 분열된 자아들이다. fr1은 피, fr2는 매, fr3는 나라고 설정했을 때 피와 매는 사소라는 자아의 분열된 양상이며 이 둘의 갈등 양상을 통해 전이되는 또 다른 자아로서의 "나"가 fr3의 주체가 되는 것이다.

첫 행에서의 동물적인 울음을 환기시키는 '잉잉거리다'라는 동사를 통해 피의 병이란 인간적인 또는 육체적인 번민이나 고통에 연관되어 있는 것임을 알 수 있다. 여기서 피가 숨어 있는 자아에 대한 환유적 치환이라면 매는 상승 의식의 은유적 치환으로 서로 대립되는 지시틀의 중심이 된다.

2연에서 매가 찾아낸 밭의 공간은 지상에 있는 밭이 아니고 이내 (산기 증청(山氣 蒸淸)한 하늘의 특수한 기운 — 서정주 주)의 밭이다. 특히 "진갈매의 향수의 강물과 같은"이라는 직유가 부가되어 이 밭의 공간은 액화(液化)되고 기화(氣化)되어 유동성을 지닌 상방의 공간이 된다. 그러므로 fr2의 매는 지상의 영역으로부터 비상하는 시인의 초월에 대한 욕구를 반영한 것이라 할 수 있다. fr1의 피는 그 액체성, 그리고 생명의 근원이라는 점에서 "이내의 밭"으로 자연스럽게 연결된다.

그리고 "진갈매의 향수의 강물"이라는 맑은 이미지와 충돌하여 점점 식물적인 심상으로 전화(轉化)되어 간다. 먼저 "홍싸리 수풀같이" "서걱이고"에 의해 끈끈하고 뜨거운 피의 물질은 마르고 건조한 식물로 변용되고 있다. 부피도 무게도 탈화(脫化)된 마른 홍싸리 수풀의 식물성은 생에 대한 집착이나 욕망을 제거시킨 이미지이며, 마른 것들이 서걱거리는 마찰음은 피의 물질성을 가볍게 부유하는 것으로 바꾸어 버린다. 두 번째의 전이는 "비취의 별빛을 켜다"에서 드러나는데, 홍싸리 수풀의 서걱임은 마른 불을 일으켜 지상의 피를 상방 공간으로 상승시킨다. "비취의 별빛"이라는 은유는 식물(녹색)과 광물(비취, 별)을 동일화시키면서 피를 광물화한다. 별빛은 다시 생금(生金)의 광맥으로 확산되는데 여기에서 황금이 아닌 생금이라는 독특한 조어(造語)는 광물에 유기체적 생명의 이미지를 부여한 것으로, 최초의 피가 가졌던 동물적인 생명성을 싱싱하게 함유하면서도 지상의 것과는 다른 신비로운 광맥의 공간을 하늘에 펼쳐 내는 것이다.

그리하여 fr1의 지시틀과 fr2의 지시틀은 하나의 지점으로 겹치고,

두 개의 분열된 자아가 합치된 지점에서 존재의 새로운 지시틀이 나타나게 되는 것이다. 이곳에서 처음으로 "나"라는 주체가 분명하게 행위의 주체자로서 등장한다.(내 어린 것 …… 폅니다) 그리고 이 시적 화자는 피나 매의 시간과는 다른 영원하고 무한한 시간 위에 있다. 즉 분열된 자아의 상호 작용 속에서 도달한 fr3의 지시틀은 인간의 유한성과 번민을 초월한 새로운 영역이며, 생금의 광맥은 피로부터 탄생시킨 시적 화자의 정신의 경지라 할 수 있을 것이다.

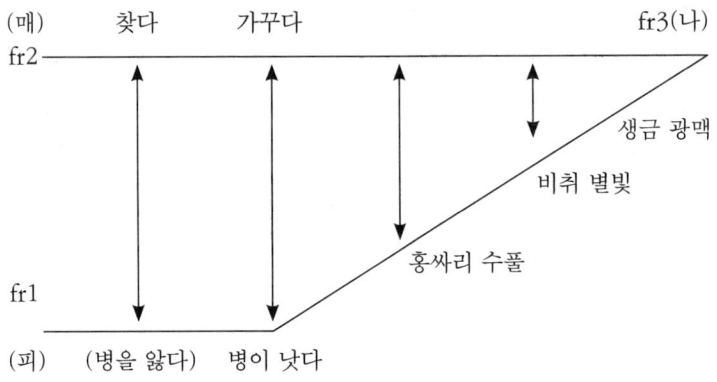

그런데 "나"는 이 초월의 공간에서 아버지와 자식과 남편과 후대의 여인들을 부르고 있다. 그러므로 사소라는 시적 화자는 아비와 자식과 남편을 지닌 모든 여인의 전형일 수도 있으며, 피가 생금의 광맥으로 화하는 고통스러운 마찰음은 어쩌면 그 여인들의 원형적인 삶의 마찰음으로 확산되고 있는지도 모른다. 바로 이러한 점에서 이 시는 다시한번 새로운 지시틀을 향해 열리고 있다. 이 시를 읽는 출발점이 설화였다면, 이제 서정주 시의 은유는 사소의 설화를 새로운 이야기의 세계로 열어 놓고 있는 셈이다. 그리고 그 주인공이 현실의 독자임은 말할 필요도 없을 것이다.

5 맺음말

은유에 대한 관심은 단순히 수사학적 장식품이라는 시각에서 시작되어 시의 본질을 깨닫게 하는 원리의 하나라는 데까지 확장되어 왔다. 물론 시에 있어서 은유 연구는 은유적 인식론(認識論, metaphorical epistemology)이나 은유 일반론을 증명하기 위해서가 아니라, 시적 대상들이 선택되고 조합되는 방식과, 그 특별한 방식에 의해 구축되는 의미들을 탐구하기 위해서 존재하며, 본고는 그 구축의 과정을 구체적으로 살피고자 하였다.

서정주의 시는 많은 경우, 이곳과 저곳 또는 상반되는 지향 사이의 갈등이라는 문학의 보편적인 주제에 닿아 있다. 춘향은 기생의 딸이고 선덕여왕은 평범한 사람들과는 다른 신분의 존귀한 왕이며, 사소는 신선의 경지에 오른 인물이다. 각기 시적 화자는 다르지만 그들이 번민하고 갈등한다는 점에서는 시인의 각기 다른 가면들에 불과할 수도 있다. 그러나 이 시들이 주는 감동이 독특한 인상으로 남는 것은 시어(詩語) 단위의 은유가 언술은유로 확장되어 나가고(「다시 밝은 날에」) 역설의 노래가 전이소들의 역동적 변이 과정 속에서 자연스럽게 해결되며(「선덕여왕의 말씀」) 지시틀의 전환을 통해서 자아의 존재론적 전환을 이루는(「사소 두 번째의 편지 단편」) 식으로 각각의 정교한 은유의 조직이 있기 때문이다.

또한 춘향, 선덕여왕, 사소가 각기 지상과 경계 공간, 초월의 공간을 획득했던 것을 상기하면, 이 시들은 시종일관 설화와의 환유적 인접성을 유지하고 있음을 알 수 있다. 이런 의미에서 서정주의 시는 복잡하고 정밀한 언술은유의 축들을 환유적 텍스트(설화 그리고 설화의 거울이 되는 현실)가 지탱해 주고 있다고 말할 수 있으며, 보편적 감동이라는 평가는 바로 이 지점에서 비롯된 것이라 할 수 있다.

한국 자연시의 은유 구조
──박목월·박용래

1 머리말

자연은 현실 너머의 이상향이면서 동시에 현실을 실존적으로 자각하게 하는 사유의 대상이다. 동양 문학은 자연의 원리에서 도를 발견하고 그것을 삶의 원리로 수용하기 위해 자연에 대한 탐구를 계속해 왔다. 질서와 균형을 구현하는 총체인 자연에 인간을 조화시키는 태도나, 무위(無爲)의 정신과 유유한 해탈을 추구하는 삶의 자세는 이러한 과정에서 얻어 낸 동양적 사유의 집약이라 할 수 있다.

자연에 대한 사유 방식은 세계와의 동일화를 지향하는 서정 양식의 원리와 근원적으로 유사하기에, 자연은 서정시의 주제론적 발원지가 된다. 한국 시 역시 전통시가에서 근현대시에 이르기까지 자연을 중요한 주제로 삼아 왔다. 전통시가에서 자연은 은거와 수신의 토대였다. 전통시가의 시인들은 '스스로 그러한' 삼라만상의 순리를 실현하는 '자연'을 통해, 삶과 죽음을 초월한 조화의 세계를 노래해 왔다.

근대 이후에 자연은 고향 공간이자 산업화와 도시화라는 세계의 폭력성을 이겨 낼 낭만적 공간으로 재현되기도 하고, 에로스의 에너지를 함축한 반문명적인 테제로 나타나기도 한다. 특히 청록파 시인에서부터 최근의 생태시에 이르기까지 시인들은 자연 속의 생명력과 그 속에 깃든 인간 존재의 한계를 탐구했다. 또한 생명과 허무, 죽음과 영원에 대한 질문을 자연과 우주의 대비에 의해 시화하기도 했다.[1]

자연은 순환적인 시간의 흐름에 순응하면서도 끊임없이 새롭게 재생하는 다층적인 존재로 드러난다. 이 순환과 생성의 사유 방식은 근원적으로는 "산수 자연에 우주적 생명력을 불어넣는 것을 이상으로 하는 동양 산수시의 미학"과 일맥상통한다.[2]

이처럼 한국 시는 동양적 자연관에 근거하되, 독자적인 방식으로 자연과 삶의 관계를 천착해 왔다. 그중에서도 박목월과 박용래는 자연을 대상으로 한 독특한 시적 성취를 보여 준다. 청록파의 일원으로 잘 알려진 박목월은 자연 이미지를 활용하여 맑고 투명한 세계, 대상을 멀리 두는 원경적 구도, 적막과 고독, 죽음 등의 시적 주제를 자연과의 거리 조정을 통해 구현하고 있다. 그는 초기 시에서부터 후기에 이르기까지 자연을 지속적으로 탐구[3]한 시인이다. 특히 그의 시에서 물 이미지는 삶의 진실과 의미를 향한 해갈의 욕망으로 압축되며, 나무와 산 등의 자연 이미지는 먼 거리 의식을 확보하며 차안의 세계를 지향하는 시인의 시적 경향과도 일치한다.

이와는 달리 박용래는 풀과 벌레, 꽃잎과 바람 등 작고 연약한 자연물을 주요 소재로 하여, 압축과 생략, 명사형의 종결 어미를 활용하는 어법을 통해 해석을 유보시키는 여백의 상상력을 보여 준다.[4] 그는 자연 사물 중에서도 특히 사라지는 것, 작은 것들을 투시하는데, "토막

---

1) 성기옥 외, 『한국 시의 미학적 패러다임과 시학적 전통』(소명, 2004).

2) 최동호, 「정지용의 산수시와 성정의 시학 ─ 중국과 한국의 산수화론과 시적 미학」, 『문학과 자연 II ─ 현대 문학에서의 인간·자연·생태학적 상상력』(이화여대 한국어문학연구소 정기학술대회, 2003. 11).

3) 오세영, 「목월론」, 『현대시와 실천비평』(이우출판사, 1983), 88쪽.

4) 이은봉, 「박용래 시 연구 ─ 시적 방법과 시 세계를 중심으로」,《한남어문학》 1982.

난 시어의 단층적인 나열에 의한 연속감과 단절감 사이의 미묘한 여백과 여운의 처리"[5]로 해석의 다양성을 유도하기도 한다.

인간계와 자연계를 유연하게 가로지르는 이들의 상상력은 일상의 경험에 새로운 이해를 더해 주며, 삶에 대한 실존적 자각에 이르는 사유 방식을 제시해 준다. 이때 이를 규명하는 유효한 틀이 바로 '은유'이다. 현실이란 우리가 은유에 의해 도피하는 하나의 상투어라는 지적처럼, 시적 창조는 은유적 탈주로부터 시작된다. 낯선 것들의 연합을 통해 은유는 현실의 폐쇄성으로부터 시적 텍스트를 전이시킨다. 이를 통하여 은유는 인간과 자연을 새롭게 질서화한다.[6]

그런데 은유의 원리에 의해서 빚어진 텍스트는 의미의 불확정성을 필연적으로 동반한다. 따라서 이들 두 시인의 시에 나타난 은유의 연쇄 고리를 규명함으로써 대상에 대한 시인의 시선, 그리고 표현 방식의 차이를 구체화할 수 있겠다. 단어나 문장 차원에서의 은유 구조를 넘어 담화의 패턴을 연구한 흐루쇼프스키는 담화 내의 가시적인 것과 비가시적인 것의 역동적 연관 관계를 지시틀(frame)의 개념을 통해 밝힌다. 통합적인 의미망(Intergrational Semantics)을 밝히는 그의 논의는 시인의 상상력과 더불어, 경계를 뛰어넘는 시 의식의 변용 연구에 유효한 분석 틀로 작용한다.

본고는 이러한 은유의 지시틀을 분석 방법으로 이용하여 박목월과 박용래의 시에 나타난 자연관과 은유 구조를 밝히는 것을 목표로 한다. 한국 현대시사에서 박목월과 박용래는 자연을 지속적으로 탐구함으로

---

5) 조창환, 「박용래 시의 운율론적 접근」,《시와시학》1991. 봄(1호)(시와시학사), 158쪽.

6) 시를 은유의 구조로서 독해한다는 것은 시인의 주관적인 세계, 포착의 순간에 숨겨진 치밀한 논리의 고리들을 풀어 나가는 것이다. 이러한 은유 구조의 탐색을 통해 독자는 시가 주는 사유의 미로, 상상력의 미로를 탐색할 수 있다. 김현자, 「서정주 시의 은유와 환유」,《기호학 연구》5권(한국기호학회, 1999), 116~118쪽.

써 동양적 사유 방식의 한 전범을 보여 주었다. 특히 두 시인의 자연시는 간결하면서도 동시에 압축적이고 비약적인 언어를 정교하게 배치하고 있어, 쉽게 설명될 수 없는 해석의 미정성(未定性)을 품고 있다. 이 미정성이야말로 한국적 자연시의 독자성을 설명할 수 있는 열쇠이며, 박목월과 박용래의 자연시를 비교·분석해야 하는 필연적인 이유이기도 하다.

인간계와 자연계는 개별체로 존재하지만 이것을 매개하는 의미 항들을 통하여 은유 구조 안에서 의미의 미정성을 채워 나가며, 궁극적으로는 통합적 의미를 구축해 나가게 된다. 두 시인이 보여 주는 은유 구조를 분석함으로써 사유 방식의 공통점과 차이점을 밝혀 보고, 한국 시에서 동양적 자연관이 독특하게 발현되는 양상을 고찰하고자 한다.

2 박목월 시의 자연과 은유

1) '건너'의 공간과 '적막'의 미감(美感)

박목월 시의 자연 공간은 구체화되고 일상적인 삶의 공간이라기보다는 추상화되고 내면화된 공간으로 형상화된다. 또한 그의 시에서 자연은 어렴풋한 원경으로 나타나는 경우가 많다. 시각적으로 자신과 대상과의 거리를 멀게 잡기에, '먼', '아득한', '저편'이라는 시어가 자주 드러나 멀고 아득한 풍경을 그려 내는데,[7] 특별히 「산」, 「대안(對岸)」, 「나무」의 시에서 볼 수 있듯이 그의 시는 공간을 현실의 공간, 이상의 공간으로 구분하고 이상향으로서의 '건너편'을 갈구하는 몸짓을

---

7) 김현자, 「박목월 시의 감각과 미적 거리」, 『한국 시의 감각과 미적 거리』(문학과지성사, 1997), 13~14쪽.

보인다.[8]

> 누구나
> 인간은
> 반쯤 다른 세계에
> 귀를 모으고 산다
> 멸한 것의
> 아른한 음성
> 그 발자국 소리
> 그리고
> 세상은 환한 사월의 상순
>
> ―「사월의 상순」 부분

한쪽에서는 이미 멸한 것들의 아른한 음성이 유혹처럼 메아리치고 다른 한편은 사월의 눈부신 생명이 약동하는 이율배반성이 존재의 본질적인 상황이다. 다른 세계의 소리들을 함께 들으며 어느 곳으론가 가고 싶지만, 어느 곳으로도 가기 어려운 이율배반적인 상황은 갈등과 선택으로 시인을 내몬다. 이러한 시인의 흔들림은 시 「무제」에서는 "줄이 한 가닥/ 느리게 흔들리며/ 목숨이랄 것도 없이"로 표현되고, 「당인리 근처」에서는 "당인리 변두리에/ 터를 마련할가보아/ 괜한 소리, 자식들은/ 어떡하고, 내가 먹여살리는"처럼 두 겹의 화자가 목소리를 내

---

8) 주지하다시피 박목월 시의 서정적 근원이 되는 지향의 대상은 '자연'(초기 시)→'가족'(중기 시)→'신(神)'(후기 시)으로 옮아간다. 그런데 지향의 대상은 바뀌어도, 이곳이 아닌 현실 너머의 세계를 바라보면서 고요한 응시를 하는 시인 의식은 일정하게 유지된다. 초기 시의 추상화된 이상적 자연이나 중기 시에서 그려지는 소슬한 무화(無化)의 세계는 동양적 자연관에 바탕을 둔 박목월 특유의 사유로, 초기 시와 중기 시의 지향의 대상은 다르지만 세계에 대한 태도는 근원적으로 유사하다고 할 수 있다.

게 함으로써 분열 양상을 보여 준다.

　이러한 '건너' 의식, 자연에 대한 원거리의 시선은 박목월 시에서 자연이 사실적인 묘사의 대상이 아니라 명상의 대상이었다는 것을 의미한다. '청노루'의 신비로움이나 '산도화 수정그늘'의 보랏빛 색감은 현실적 자연물의 강렬함이나 구체성을 제거하고 자연물을 연화(軟化)시키고 흐릿하게 만들어 투명하고 신비로운 대상으로 재창조하려는 시의식을 잘 보여 준다. 따라서 눈앞에 실재하는 산은 관조자의 시선을 따라 해체되고 변이하며 새롭게 탄생한다.

　　달이 휘영청 밝은 밤에

　　산은 안개로 풀려버렸다.

　　소내기가 비롯되는 야반(夜半)에

　　그것은 온통

　　음성(音聲)으로 되살아왔다.

　　　　　　　　　　　　　　—「산(山)」 전문

　박목월의 시에서 산은 주로 이상향의 공간이자 풍경으로 전경화되는 공간이다. 「한석산」, 「구강산」, 「선도산화」 등 산과 관련된 시편을 살펴보면, 시인은 평화롭고 고요한 산이라는 공간을 바라보며 자신의 이상향을 풍경에 투영하고 있음을 알 수 있다. 위의 시도 자연물인 '산'과 소멸(풀려버렸다)과 재생(되살아왔다)이라는 '인간사'를 하나의 풍경 속에 겹겹이 배치시키고 있다. 산과 인간이라는 두 개의 의미 축(은유적 지시틀)은 자유로운 변용이 가능한 물 이미지(안개 – 비)라는 또 하나의 의미 축에 의해 연결된다.

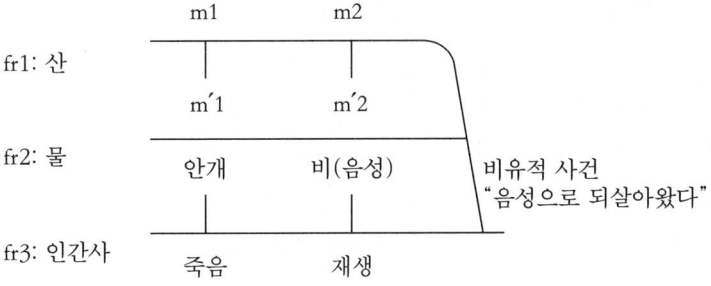

은유의 원리는 대립되는 것들을 시인이 발견한 유사성의 원리를 통해 연결하는 것이다. 시 「산」은 연관 관계가 드러나지 않는 사물, 대립되는 사물들을 집약시키고 통합시키는 박목월 특유의 시적 기법을 보여 주고 있다. 다섯 행의 짧은 시는 산 → 안개 → 소리로의 변모가 은유와 환유의 고리로 긴밀하게 얽힌다.

풀렸다 다시 나타나는 은유의 양상은 "음성으로 되살아왔다"라는 비유적 사건을 통해 하나로 엮인다. 비유적 사건이란 텍스트 해석에 결정적 실마리를 제공하는 단서이며, 실제와 상상의 관계가 깨지는 순간을 의미한다. 이러한 그의 지향성으로 인해 자연 공간은 점차 내적인 인식을 반영하는 방향으로 흘러간다. 자연은 반영의 대상으로서가 아니라 시인 자신의 감각과 상상력을 변용하는 대상으로 존재하며, 자연에 대한 사유는 궁극적으로 내면의 발견으로 이어지게 된다. 풀리고 되살아나며 '산'과 '인간' 사이에 놓인 의미의 축을 오가는 '물'의 운동성에 의해서, 산과 물과 인간은 하나의 의미 항 속으로 통합된다.

대상을 원경으로 보는 시선은 자연과의 교감을 통해 고독한 자기 존재를 확인하며 자신의 자리를 찾아가는 존재론적 탐구의 여정으로 옮아간다. 자연에 대한 거리 의식이 점차 '건너'를 지향하게 되고, 화자는 고독한 응시자로서 자연과 대면한다.

가을빗줄기에 비쳐오는 강(江) 건너 불빛.

— 이 한 소슬(蕭瑟)한 지경(地境)의 대구(對句)를 마련하지 못한 채, 연오십(年伍十). 반백(半白)의 연치(年齒)에 시정(市井)을 배회(徘徊)하며 의식(衣食)에 급급하다. 다만 강 건너에서 멀리 어려오는 불빛을 대안(對岸)에서 흘러오는 한오리 응답(應答)이냥.

어둠 속에서 이마를 적시는 가을 나무.

—「대안(對岸)」 전문

뿌리를 땅 속에 굳건히 박고 있는 나무는 지상적 삶에 고착되어 있는 인간과 동일한 존재인 동시에, 하늘을 향하여 내뻗는 가지의 상방지향에서 보듯이 역동성을 내재하고 있는 존재이다. 인간이 고통에 대한 해갈을 갈구하는 것처럼 메마르고 외로운 나무는 물을 그리며 강 건너 저곳에 대한 꿈을 꾸고 있다. "소슬(蕭瑟)한 지경(地境)의 대구(對句)를 마련하지" 못하기에 "불빛"을 바라보며 화자는 강 건너의 "대안(對岸)"을 열망한다. 건너를 바라보는 고독한 응시는 '건너'에 자신을 함부로 동화시키지 않는다.

이 시에서는 빛(불빛)과 물(빗줄기, 강)과 나무라는 세 가지의 의미항이 은유의 지시틀을 이룬다. 메마르고 고독한 가을 나무는 빛의 전이에 의해 어둠 속에서 "이마"의 높이를 획득하며, 물의 전이에 의해서 목마름을 치유 받는다. 이렇게 의인화된 나무는 곧 인간의 고독을 상징한다. 사람의 신체에서 가장 높은 위치에 있으며, 인간의 의지를 대변하는 신체어로 사용되는 '이마'라는 시어는, "사려 깊은 이마 콤플렉스"로서의 니체의 상승 의지를 환기시킨다. 어둠과 빗줄기 속에서 "이마를 적시"며 서 있는 "가을 나무"는 '건너'를 그리며 삶의 고독함을 고요히 받아들이고 감내한다. 자연에 대한 관조가 존재의 자리를 발견하는 순간이다.

　유성에서 조치원으로 가는 어느 들판에 우두커니 서 있는 한 그루 늙은 나무를 만났다. 수도승일까. 묵중하게 서 있었다.
　다음 날은 조치원에서 공주로 가는 어느 가난한 마을 어구에 그들은 떼를 져 몰려 있었다. 멍청하게 몰려 있는 그들은 어설픈 과객(過客)일까. 몹시 추워 보였다.

　공주에서 온양으로 우회하는 뒷길 어느 산마루에 그들은 멀리 서 있었다. 하늘문(門)을 지키는 파수병일까. 외로워 보였다.
　온양에서 서울로 돌아오자, 놀랍게도 그들은 이미 내 안에 뿌리를 펴고 있었다. 묵중한 그들의. 침울한 그들의. 아아, 고독한 모습. 그 후로 나는 뽑아낼 수 없는 몇 그루의 나무를 기르게 되었다.
　　　　　　　　　　　　　　　　　　　　—「나무」 전문

　나무와 사람의 관계를 지시틀로 묶는다면 fr1은 '나무', fr2는 '사람'이 된다. fr1과 fr2는 이질적이지만 둘은 간극 메우기를 통해서 서로의 특성을 공유하게 된다. 바로 은유된 "수도승"과 "과객"과 "파수병"이 차례로 m1, m2, m3을 형성하면서 그 속성을 각각 설명해 주는 보조적 요소인 "육중하게 서 있다", "외로워 보이다", "추워 보이다"의 시어와 결합하기 때문이다. 이 결합은 곧 절대 고독의 상태로 나아가게 된다.
　fr1과 fr2는 "뿌리를 펴고"라는 비유적 사건을 통하여 하나로 합치하게 된다. 나무가 "내 안에 뿌리를 펴"는 상황이 비유적 사건이 이루어지는 순간이다. fr1과 fr2의 거리가 합치되고, '나무'는 '사람'이 되는 '존재론적 전환'이 이룩된다.

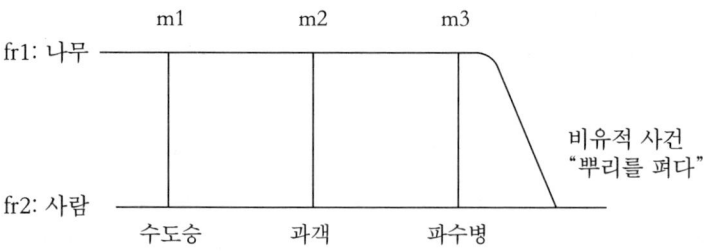

일상의 고독과 외로움을 나무에서 읽어 내는 시인의 자세는 누구나 가슴속 깊은 곳에 뿌리를 뽑을래야 뽑을 수 없는 고독감을 품고 있다는 보편적인 진리를 깨닫는 데까지 나아가며, 단독자의 고통을 이해하고 연민할 수 있게 하는 단초가 된다. 동시에 "묵중한" 삶의 무게, 혹은 고독의 무게를 견뎌 내며 수직으로 선 나무를 마음속에 기르면서 시인의 삶의 태도 또한 철학적이고 구도적으로 변환한다.

이로써 화자는 자연의 일부로서 자연과의 동화를 지향하면서도, 동시에 고독한 또 하나의 작은 자연인 자신을 확인한다. 따라서 나무는 '건너'를 꿈꾸며 '이곳'에서 고독한 응시를 하는 화자 자신이며 자연에 대한 깊은 사유와 성찰의 총체라 할 수 있다.

일반적으로 동양적 자연관은 인간과 자연, 그리고 주체와 객체, 너와 내가 모든 대립을 초월하여 용해되고, 융화되는 세계라고 말할 수 있다. 인간은 자연 속에서 걱정 없이 늙어 가며 물아일체의 경지를 노래하는데,[9] 전통시가는 이러한 동양적 자연관의 구현이라고 할 수 있다. 박목월의 시는 자연과의 동일화를 지향하면서도 이와는 다른 방식으로 자연을 변용시킨다. 그는 자연을 바라보는 관조자의 시선을 유지하며, 자연의 원리를 발견하고 자연의 순리를 자기 존재에 집약시킨다.

---

9) 노자, 최재목 옮긴이 주, 『노자』(을유문화사, 2006).

2) 물의 은유와 전신(轉身)의 논리

먼 거리 의식, 건너편 의식은 현실 공간과 자연 공간을 이분화하면서 이상향을 열망하는 시인의 지향성을 끊임없이 드러내고 있다. 시「이별가」에서 "뭐락카노, 저편 강기슭에서"라고 외치는 시인에게 현실 공간은, 「나의 자시(子時)」에서 이야기하는 것처럼 "말보다 입김이 허옇게 서리는 진실"이 있는 힘겹고 불편한 곳이다. 박목월은 자연에 대한 성찰을 통해 삶의 분열 양상을 극복하고 치유하려는 움직임을 보인다. 시「비유의 물」은 이 이원적인 공간을 극복하고자 하는 시인의 의도가 자연물인 '물' 이미지를 통해 구현되며, 전신(轉身)의 상상을 가능하게 하는 은유의 틀을 읽어 내게 한다.

물이 된다. 자기의 중량(重量)으로 물은 포복(匍匐)할 도리밖에 없다. 한 사람에게 오십여 년(伍十餘年)은 긴 것이 아니라 무거운 것이다.
땅에 배를 붙이고 낮은 곳으로 기어가는 물은 눈이 없다. 그것은 순리(順理). 채우면 넘쳐흐르고 차면 기우는 물의 진로(進路). 눈이 없는 투명한 물의 머리는 온통 물이다.
*
물은 땅으로 스며든다. 흐르는 동안에 잦아버리는 물줄기를 나는 알고 있다. 그 자연스러운 잠적(潛跡)은 배울 만하다. 하지만 이튿날 아침에는 꽃잎에 현신(現身)하는 이슬 방울.
나의 시(詩).
나의 죽음.
하늘로 피어오른다. 그 날개를 가진 현란한 비천(飛天). 그것은 헤세의 시(詩)에서 은빛 빛나는 구름으로 인생의 무상(無常)을 현현(現顯)하고 안개로 화하여 서울거리를 덮는다. 이 전신(轉身)과 윤회(輪廻)를 나는 알지만 또한 모르지만.

　하지만 나도, 내가 노래할 시(詩)도 물이 된다. 오늘은 자기의 무게로 기어가는 물이지만 내일은 어린 것의 눈썹에 맺히고 목마른 자의 가슴속을 지나 당신의 처마에 궂은 가을 빗줄기로 걸리는 기다란 역정(歷程)과 순회(巡廻)에 나는 순리(順理)와 전신(轉身)을 깨달을 뿐이다.

──「비유의 물」 전문

　「비유의 물」은 제목이 의미하듯 물에 대한 비유이자 시인의 시 쓰기에 대한 비유로 가득 차 있어, 물과 시는 각각의 의미 축을 형성하며 시적 변용의 출발점이 된다. '물'을 소재로 한 이미지군의 다양한 변용과 확대를 통해 의미가 다층적으로 형성되고 있는데, 첫째 연에서 물은 무게를 가진 동물("포복", "몸", "무거운")로 표현된다. 양감과 부피감을 얻은 물은 동시에 "오십여 년"의 세월이라는 시인의 의식을 실음으로써 일상의 무게를 환기시킨다. 결국 물은 땅에 발을 댄 인간들의 고된 삶의 여정을 은유하는 것이다. 그러나 시인은 곧바로 물을 "채우면 넘쳐나고 차면 기우"는 달[月]의 속성으로 전이시키면서 짐승의 "눈"을 병치시킨다. 곧 상승과 밝음의 이미지를 획득하는 것이다.

　첫 번째 연이 물이 지니는 땅에의 밀착으로 생의 무게를 이야기했다면, 두 번째 연에서는 물의 순환을 중심으로 이미지를 구현한다. 하늘과 땅을 오가는 물의 움직임은 박목월 시에서 공간 전체를 아우르며 의미를 확장하고 있다. 물줄기는 구름과 이슬방울로 현현하며 상승과 응축, 확장의 역동적인 운동성을 얻는다. 물은 먼저 잠적, 곧 죽음의 과정을 거친다. "그 자연스러운 잠적은 배울 만하다"에서 잠적은 "죽음"과 "시"의 관계를 이해하게 하는 단서라 할 수 있다. 시와 죽음은 시인에게 가장 근본적인 그 무엇이다. 시는 생의 절대 논리이고, 죽음은 그 논리를 무화하는 반대 축이 되지만, 죽음이 그 몸을 바꾸어 삶이 되듯 스며든 물은 "비천(飛天)"하게 되는 것이다.

이러한 그의 논리는 「시(詩)」에서 "'나'는 흔들리는 저울대(臺)/ 시(詩)는 그것을 고누려는 추(錘)"라고 이야기하는 것과 일맥상통한다. 현실과 이상 사이의 간극을 메우려는 움직임이 바로 시이고, 결국 이 "비천"의 과정은 물이 몸을 바꾸는[轉身] 과정이다. "비천"은 죽음과 멸망, 파괴라는 것이 그것으로 끝나는 것이 아니라 이상향이자 피안으로("은빛 빛나는 구름"과 "안개") 떠나는 여행을 의미한다. 이 통과 제의적 구조는 "물", "이슬", "눈물", "안개", "구름", "수증기", "빗줄기" 등으로 다양하게 변동하는 이미지군을 통해 구체적으로 변화한다. 나아가서 이러한 순환 구조는 뒤이은 물(시)의 역할에서 더욱 확장된다 하겠다.

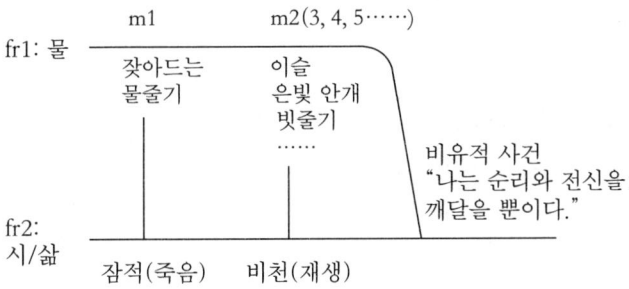

인간사에 편입된 물은 "어린 것의 눈썹에 맺"힌다. 물은 생명 있는 존재들이 지니는 어쩔 수 없는 못다함이자 슬픔이다. 그러나 물은 "목마른 자의 가슴속"을 적셔 주고, "처마의 궂은 가을 빗줄기"로 걸린다. 생명 있는 모든 것이 요구하는 물기에의 갈망은 목마름이며, 이 목마름을 해소해 주는 것은 바로 물이다. 세계의 긴장을 해소시키고 사람의 마음을 위로하는 것 역시 물이자 시인의 시가 해야 할 역할이다.

"전신(轉身)"과 "역정(歷程)"이라는 시어는 자연의 순환에 따른 존재의 변화를 삶의 본질로 성찰하는 시인의 인생관을 표상해 준다. 땅에서 하늘로 솟아 안개와 구름이 되는 자연 순환의 고리 속에는 다시금 물이 땅으로 스며들어 죽음을 경험하게 되리라는 논리가 전제되어 있다. 물의 윤회와 순회, 그리고 전신이라는 운명은 "순리(順理)"라는 시어로 집약된다.

전신의 상상력과 연관된 또 다른 작품으로는 「소곡(小曲)」을 들 수 있다. 이 작품에서는 수직과 수평의 역동성을 통해 물과 시의 관계가 좀 더 명확하게 은유화된다.

영롱한 무지개로
육신(肉身)을 빚는
이슬.
이슬 같은 현신(現身)을.
물로써
말씀을 빚는
대롱이의 꽃송이
꽃송이 같은 시(詩)를.

─「소곡(小曲)」 전문

땅에 내려앉은 물인 '이슬'은 하늘에 떠 있는 물인 무지개로 현현하면서 "육신"이라는 시어를 통해 가시성의 영역으로 편입된다. 사람의 말과 시가 계열 관계를 이루듯 땅에 내려앉는 이슬과 무지개 역시 계열 관계를 이루며, 이 두 관계는 "꽃"과 "시"로 통합되며 의미를 획득한다. 목월은 자연에서 순리를 배우고, 균열과 모순을 건너가고자 하는 시 의식을 두 개의 의미 축을 유연하게 오가는 전신(轉身)의 시어들을 통해서 구체화한다. 결국 「비유의 물」은 시인의 시와 인간의 생에 비유되며 단순한 순환의 논리를 넘어 새로운 의미를 형성한다. 죽음에서 재생하며 새로운 의미를 획득하는 것, 그것은 바로 박목월이 자연에 대한 고독한 관조를 통해 얻어 낸 존재의 순리(順理)이며 은유를 통해 구축한 시의 문법이 된다 하겠다.

3 박용래 시의 자연과 은유

1) 기상어의 흥취와 지락(至樂)의 태도

박용래는 자연물을 소재로 하여 회감(回感)의 시정을 리듬 있게 그려 내고 있다는 점에서 서정시의 본령에 가장 충실한 시인이라고 할 수 있다. 그는 소외되고 작은 사물들에 대한 따뜻한 시선, 균형과 절제를 잃지 않는 시의 형태, 한국어가 지닌 음상(音相)과 감각의 결합이 낳는 시적 효과 등을 통해 독자적인 시 세계를 구축하고 있다.

무엇보다 그의 시가 지니는 개성은 시적 화자를 감춘 채 소요와도 같은 여백의 풍경으로 시의 공간과 의미를 극대화하는 방식을 통해 드러난다. 또한 자신의 목소리를 감춘 채 암시적이고 내포적인 화자들을 즐겨 사용함으로써 시적 사물들 사이의 공간을 한껏 열어 둔다. 그리고 독자는 자연의 한 정경을 극대화해 묘사하는 객관적인 어법·함축적 여운으로 촉발되는 상상력을 통해 시 안에 젖어들게 된다.[10]

그의 시에서 자연은 기상어를 감각화하며 등장하는 경우가 많다. '앵두바람', '살구바람' 등의 '바람'과, '눈'(진눈깨비, 서리, 눈, 함박눈, 첫눈), 그리고 '구름'과 '아지랑이', '비'(건들장마, 장대비, 봄비) 등의 기상어는 "서릿발의 입김"(「음화(陰畵)」), "밖에 서서 우는 사람/ 선듯 갈바람 때문인가"(「육십의 가을」), "눈물받이/ 눈물점"(「육십의 가을」), "움이 트고 촉이 나서 푸르른 아침"(「초당(草堂)의 매화(梅花)」), "비, 안개, 하루살이가/ 뒤범벅되어/ 이내가 되어/ (며칠째)/ 내 목(木) 양말은/ 젖고

---

10) 김현자, 「여름비의 리듬과 3편의 변주곡」, 《서정시학》, 2006. 여름(통권 30호), 306~307쪽.

있다"(「우중행(雨中行)」) 등에서 볼 수 있듯이, 자연을 노래하는 기상어들은 자연의 생생한 변화를 오감을 통해 구체적으로 전달한다.

오락가락
여우비
박쥐우산
주막집에
맡기고
비틀걸음
비
틀
걸
음
삼십 리
또 몇 리
쪽도리꽃
보고지고
쪽도리꽃
보고지고

—「여우비」 전문

소박 담백한 시어가 간결한 리듬감에 실려 몽롱하면서도 애상적인 여름날의 풍경이 펼쳐진다. 화자는 자연을 관조하는 것이 아니고 자연의 일부로 용해된다. 술에 취한 사람은 비에 젖어 들어가고, 비틀거리는 걸음마다 "쪽도리꽃"으로 환기되는 그리운 대상이 살아난다. 빗줄기와 발걸음, 그리고 보고 싶은 마음이 끊어졌다 이어지면서 비틀비틀 흔들리는 하나의 리듬으로 이어져 애틋한 심사를 형상화한다.

비(fr1)와 사람(fr2)과 꽃(fr3)은 각각 은유의 지시틀을 이루는데, 이 때 오락가락하는 비는 비틀비틀하는 걸음으로 연결되며, 여우가 시집 가는 날을 상기시키는 여우비는 족두리를 쓴 신부를 연상시키는 "쪽도리꽃"으로 이어진다. 꽃의 지시틀은 술에 취하는 것, 비에 젖는 것을 사무치는 그리움이라는 의미 항으로 묶어 낸다. 여우비라는 기상어에서 촉발된 담백한 작품이지만, 각각의 항들이 서로에게 작용하고 반작용하면서 취생몽사(醉生夢死)의 애련한 흥취가 가득한 풍경을 그려 낸다.

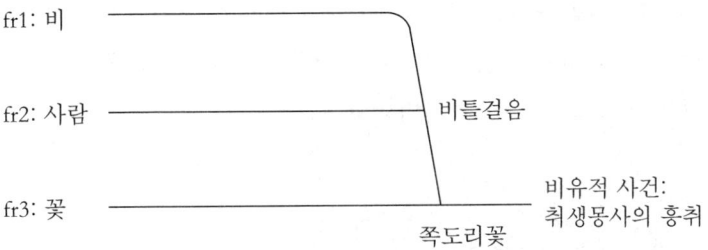

하늘과 언덕과 나무를 지우랴
눈이 뿌린다
푸른 젊음과 고요한 흥분이 서린
하루하루 낡아가는 것 위에
눈이 뿌린다
스쳐가는 한점 바람도 없이
송이눈 찬란히 퍼붓는 날은
정말 하늘과 언덕과 나무의
한계(限界)는 없다
다만 가난한 마음도 없이 이루어지는
하얀 단층(斷層)

—「눈」 전문

시 「눈」은 눈이라는 기상어를 통해 삶의 모든 경계를 지우고 한계를 건너 보려는 시인의 낙천성이 발휘된다. 박용래 시의 주된 기법의 하나인 반복법이 이 시의 은유 구조에서도 중요하게 작용하고 있다. 눈은 현실 자연(fr1. 하늘, 언덕, 나무) 위로 내리면서, 동시에 현실의 내부에 숨겨진 인간의 희로애락(fr2. 푸른 젊음과 고요한 흥분, 낡아 감) 위로도 떨어진다. "눈이 뿌린다"라는 서술의 반복은 자연사와 인간사를 하나의 의미망으로 묶어 주면서 삶의 갈피갈피에 숨어 있는 다사다난한 곡절들을 덮어 주고 자연과 인간을 백색의 빛으로 아우른다.

눈은 뿌려지며 켜켜이 하얀 "단층"을 만드는데, 이는 높이가 다른 자연의 경계를 지우는 것이며, 처지가 다른 인간의 마음을 위무하는 찬란하고도 풍요로운 강설을 의미한다.

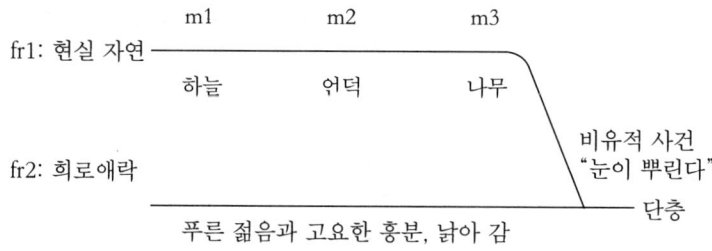

"지우다", "뿌리다", "한계는 없다", "가난한 마음도 없이" 등의 하부 의미 항들은 자연의 눈을 위로와 평화를 꿈꾸는 인간사의 소망으로 확대시킨다. 눈이라는 기상어를 통해 삶에 대한 유연한 흥취와 슬프면서도 따뜻한 낙관주의가 잘 드러난다.

2) 경계 소멸의 은유와 용해(溶解)의 논리

자연과 하나가 되어 소박한 풍경을 만들어 내고 그 안에서 낙천적인 흥취를 느끼는 박용래의 시 세계는 '소멸'이나 '용해'와 같은 과정을 통해 자연과의 완전한 동일화를 지향해 간다. "싸리울 밖 지는 해가 올올히 풀리고 있었다"(「점묘(點描)」)에서 보듯이 해는 마치 실타래처럼 한 올 한 올 풀리어, 우주의 거대한 시간과 공간으로 용해되어 간다. "아, 추수도 끝난/ 가을 한철/ 저물녘/ 논배미/ 물꼬에 뜬/ 우렁껍질의/ 귀울림"(「귀울림」)에서는 풍경 속으로 점점 멀어지며 아득하게 소멸되어 가는 계절의 소리를 들을 수 있다.

그런데 이러한 소멸이나 용해는 허무주의나 비관주의로 이어지는 것이 아니고, 쓸쓸하면서도 평화로운 합일을 꿈꾸는 것이며, 궁극적으로는 개별자의 고독을 극복하고 자연으로 따뜻한 귀환을 이루려는 지향 의식을 보여 준다.

> 외로운 시간은
> 밀보리빛
> 아침 열시
> 라디오 속
> 뻐꾸기 소리로 풀리고
> 아침 열시 반
> 창 모서리
> 개오동으로 풀리고
> 그림 없는 액자 속
> 풀리고, 풀리고
> 갇힌 방에서
> 외로운 시간은
>
> ──「뻐꾸기 소리」 전문

「뻐꾸기 소리」는 박용래의 많은 시가 그렇듯이 일차적인 독서로는 의미를 쉽게 읽어 내기가 어렵다. 환상적이고 비현실적인 이미지의 결

합이 의미의 불확정성을 상승시키기 때문이다.[11]

이 시의 의미 구조의 핵심을 이루는 시어는 "풀리고"이다. "지는 해가 이중(二重)으로 풀리고 있다"(「점묘」), "밀물에 슬리고"(「황산(黃山)메기」) "잔 들고 어스름에 스러지누나"(「먹감」) 등에서 볼 수 있는 것처럼, 일정한 형태나 고정된 시·공간성을 해체하고 산산이 분해되거나 무화되어 가는 상상력이 박용래의 시에서는 자주 드러나는데 이러한 용해 의식의 중심에 "풀리다"라는 서술어가 있다. 풀어진다는 것은 자신을 해체하여 더 큰 세계로 수렴되고자 하는 것이며, 궁극적으로는 자연으로 용해되고자 하는 시적 지향과 연결된다.

'시간의 흐름'(fr1)과 '화자의 정서'(fr2)가 각각 은유의 지시틀을 이루며 대상을 용해시킴으로써, 고독을 건너려는 시인의 의식을 따라가게 한다. 시적 화자는 고립된 시공간에 놓여 있다. 갇힌 방에서 화자는 10시라는 시각을 외롭다고 느낀다. 고독한 시간이라는 추상성은 이 시에서는 독특하게 공간화되면서 구체화된다. 즉 고립된 방, 그리고 소리를 품고 있는 "라디오", "창"의 각진 모서리, 그리고 틀에 갇힌 "액자"와 같은 사물들은 고립된, 그리고 주관적인 시간을 공간화한 시어들이다. 라디오, 창, 액자는 박용래 시에서는 드물게 보는 도시적이고 인공적인 이미지의 시어인데, 자연의 소리를 차단하고 자연에서 화자를 격리시키는 이러한 시어들과 대립되는 것이 "밀보리빛"이나 "뻐꾸기 소리"이다.

빛과 소리는 점차 소멸되는 것이지만 동시에 스스로 소멸됨으로써 갇힌 시공간을 풀어내 열린 자연으로 나가게 하는 것이다. 추상적 시간은 밀보리빛으로 시각화되고 뻐꾸기 소리로 청각화된다. 특히 "풀리

---

11) 해석이 난해해지는 이유인 시어 간 의미상의 거리 또한 의미망을 다층적으로 변화시킨다. 예를 들면, 첫 단락에서 "밀보리빛"이 "외로운 시간"을 서술하는 것인지, 혹은 "아침 열시"를 서술하는 것인지 명확하게 드러나지 않으면서 의미는 중의적으로 변한다. 또한 마지막 단락에서는 의도적으로 '외로운 시간은'의 위치를 도입부가 아닌 후반부로 바꾸면서 해석을 난해하게 하는 것을 알 수 있다.

고"라는 시어의 반복은 두 개의 지시틀이 서로 상호 작용하면서 '갇힌' 상태를 뛰어넘고자 하는 시 의식을 드러낸다. 액자는 그림이 없기에 아무것도 담을 수 없다. 액자를 탈출한 그림은 뻐꾸기 소리를 따라 용해되어 버린 외로움이다. 소멸과 용해는 비극적인 무화(無化)가 아니고, 고독을 넘어 자연에 따뜻하게 합일하고자 하는 환상적인 소망의 발현임을 확인할 수 있다.

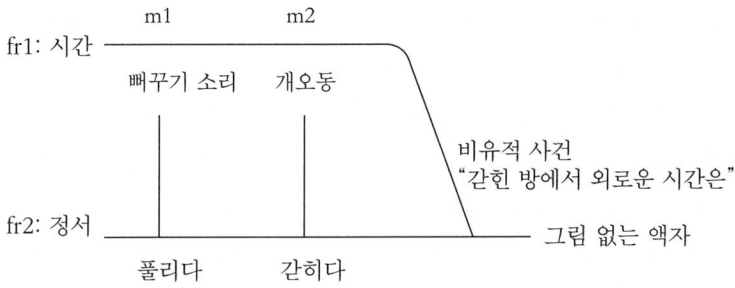

위의 시에서도 보았듯이, 박용래 시에서는 목월과는 달리 현실과 자연, 또는 차안과 피안의 이항 대립적인 대결 구도는 찾아볼 수 없다. 오히려 갇힌 방에서 뻐꾸기 소리를 따라 시간을 용해하는 은유의 전이를 이루었던 것처럼, 용해를 지향하는 "풀리고" 계열의 서술어들은 맺힌 것들을 풀어내고 해결하는 역할을 한다. 고정된 틀을 풀어내고 개체를 자연으로 귀속시키는 상상력은 생의 맺힘과 간난을 가벼운 듯 긍정적으로 넘어 보려는 박용래 특유의 낙천적 세계관의 발로라 할 수 있다.

한편 박용래 시의 공간은 의도한 것처럼 거의가 바닷가와 산, 그리고 농촌의 전원 마을이다. 도시의 풍경은 기차역을 다룬 「강아지풀」과 공장에서 일하는 이들을 '암펄'로 비유한 「연지빛 반달형」 두 편에서 찾을 수 있지만, 거의가 문명 공간에 대한 반감을 읽는 것으로 끝날 뿐이다. 그의 시에서 자연 공간은 고즈넉하고 포근한 공간이자, 사람의 손길이 닿지 않은 변두리 공간으로 형상화된다.

또한 이 변두리 공간은 현실과 대립되는 이상향으로서의 공간이 아니다. 오히려 「밭머리에 서서」, 「물기 머금은 풍경」, 「들판」 등의 시는 생활 공간으로서의 자연·전원의 풍경을 그대로 담고 있다. 물론 이 변두리 공간은 인적이 드문 곳으로, 문명의 손길이 직접적으로 드러나지는 않기 때문에 소외되어 있을 수도 있다. 그러나 시인은 이 소외를 적극적인 문제의식으로 삼지 않으며, 전원 생활에 대한 강렬한 즐거움이나 끈끈한 애착마저도 엷게 걷어 낸 채, 풍경 속에 '그냥 그렇게' 자연스럽게 녹아들어가 동화를 이루고 있다. 이러한 동화의 과정은 현실과 이상향의 공간을 엄격하게 분리하지 않는 자세에서 비롯된다. 이러한 자세는 시에서 자주 등장하는 시어의 "천연히"(「울타리 밖」)와도 연결되는데, 소외된 이들의 소외감을 슬프지 않은, 외로움조차 흥겹고 견딜 만한 어떠한 것으로 변화시키며 태도의 가벼움을 환기시킨다. 그리고 '가벼운' 마음 상태는 그의 시에서 "빛", "흰빛" 등의 이미지와 더불어 맑고 건조한, 그러면서도 담담한 태도를 형성하고 있다. 시인은 「저녁눈」에서 삶의 남루함과 비천함을 감싸는 '눈'의 흰빛이나 시 「소감(小感)」에서 "흥얼흥얼 문풍지 바르면 흥부네 문턱은 햇살이 한 말"처럼 가난한 삶에 배어드는 햇살을 웃음으로 승화시키거나, 지는 꽃잎조차 서러운 것이 아닌(「추일」, 「종소리」) 대상으로 파악하는 긍정적인 시선을 드러내고 있다. 자연물을 통해 낙천성과 긍정성을 획득하는 그의 시선은 등단작 「가을의 노래」에서도 확인할 수 있다. "뉘가 밤을 절망이라 하였나/ 맑긋 맑긋 푸른 별들의 눈짓/ 풀잎의 바람. 살아 있기에/ 밤이 오고/ 동이 트고"처럼 별빛과 풀빛은 이후의 풀꽃, 흰빛의 상상력으로 발전되면서 삶의 긍정성과 낙천성을 형상화한다.

바다로 가는 하얀 길
소금 실은 화물자동차(貨物自動車)가 사람도 싣고
이따금 먼지를 피우며 간다

여기는 당진 송악면 가학리(唐津 松岳面 假鶴里)

가차이 아산만(牙山灣)이 빛나 보인다.

발밑에 싸리꽃은 지천으로 지고.

——「가학리(佳鶴里)」 전문

내리는 사람만 있고

오르는 이 하나 없는

보름 장날 막버스

차창 밖 꽂히는 기러기떼.

기러기떼 보아라

아 어느 강마을

잔광(殘光) 부신 그곳에

떨어지는가

——「막버스」 전문

「가학리」와 「막버스」는 모두 외지고 고독한 공간을 배경으로 하고 있는데, 은유의 구조를 통해 고립된 공간은 향기로운 꽃 천지의 눈부신 강마을로 전이된다. 「가학리」는 학의 희고 고아한 자태와는 달리 메마르고 고단한 노동의 공간으로 드러난다. 눈부신 백색의 학이 하나의 의미 축(fr1)을 이루고, 소금 실은 화물 자동차나 먼지와 같은 시어들이 노동의 현실(fr2)이라는 또 다른 의미 축을 이룬다.

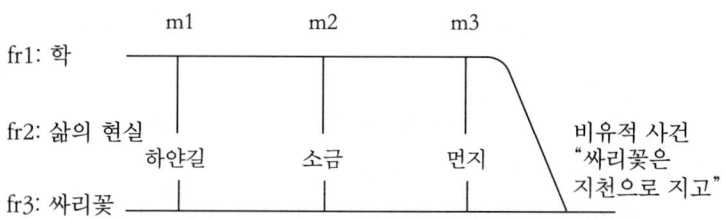

"소금"과 "먼지"가 날리는 마르고도 고단한 길은 가학리라는 마을 이름을 통해서, 순백의 아름다운 학과 연관되고, 급기야는 아산만의 빛나는 해안선까지 연결된다. 상앗빛의 이름이 상징하는 밝고도 신비로운 이미지는 외진 공간을 극적으로 변화시킨다. 또한 이 시의 미감을 완성하는 것은 마지막 행인 "발밑에 싸리꽃은 지천으로 지고"이다. 흔하게 볼 수 있는 "싸리꽃"은 "지천으로" 널려 부옇게 떠다니는 먼지, 바닷가의 "소금", "아산만"을 향하는 "하얀" 길 모두를 아우른다. 꽃은 인적이 드물어 언제나 먼지만 날렸던 "하얀 길"을 생명의 순환이 일어나는 살아 있는 공간으로 변화시킨다.

이처럼 '가학리'와 '노동'은 의미상의 통합을 이루며, 일상의 고단하고 신산함을 상징하는 소금과 먼지의 길은 싸리꽃이 지천으로 지고 아름다운 학이 날아오르는 상앗빛의 눈부신 공간으로 환상적인 전이를 이루게 한다.

삶을 통찰하며 아름답게 낙관하는 시인의 이러한 정서는 「막버스」에서 좀 더 잘 나타난다. 마지막 차라는 의미로 '막버스'라는 시어를 꺼내 놓았지만, 막차의 다급함과 불안함과는 달리 시의 어조나 톤은 느긋하다. "내리는 사람만 있고/ 오르는 이 하나 없"기 때문이다. 보름장날 부산한 하루를 마무리하며 일과를 다 끝내고 집으로 돌아가는 버스에는 노동의 신산함과 생의 쓸쓸함이 함께 묻어난다.

종점을 향해 달리는 버스가 하나의 의미 축이라면(fr1) 생의 종말을 향해 달리는 인생이 이 시에서 또 하나의 의미 축을 이루고 있다.(fr2) 쓸쓸하면서도 한적한 시간에 화자는 창문을 통해 "기러기 떼"와 조우하게 된다. 기러기 떼는 쓸쓸함을 배가하는 이미지이지만 시인은 오히려 기러기 떼가 날아가는 곳을 "잔광 부신 그곳"으로 이해한다. 기러기 떼는 두 개의 의미 축을 새로운 곳으로 옮아가게 하는 매개체 역할을 한다. 잔광 눈부신 강마을은 쓸쓸한 생명들이 궁극적으로 다다르는 아름다운 귀환지이다. 기러기 떼의 퍼덕이는 날갯짓을 따라서 막버스가

가는 길 끝에 어느 강마을이 눈부시게 그려진다.

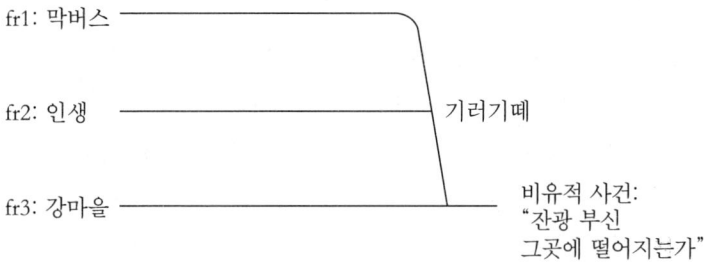

이러한 은유의 구조는 외롭게 소요하면서도 자연과 하나가 되어 자연을 노래했던 시인의 생의 논리와도 연관된다 할 수 있다. 박용래는 은유적 전이를 통해 소외된 현실의 공간을 환상적이면서도 아름다운 삶의 공간으로 재발견해 낸다.

4 자연관의 은유적 양상과 의의

본 논문은 박목월과 박용래의 시에 나타난 한국 시의 자연 의식을 은유의 지시틀에 의해 고찰하였다. 두 시인은 동양의 전통적 자연관을 바탕으로 각기 독자적인 시적 경지를 성취하고 있음을 볼 수 있다. 그들은 현실에 정면으로 맞서거나 그 속으로 직접 뛰어들기보다는 자연을 모델로 하여 자신의 내부로 침잠하며 영혼의 상승을 꿈꾸는 내적 지향을 시도한다.

박목월에게 자연은 사유의 대상이자 인식의 근원이다. 자연을 원거리에서 관조하는 태도는 내면의 탐구로 이어지고, 고독한 응시자로서 '건너'를 지향하게 된다. '건너' 의식은 이상향으로서의 자연을 지향하는 태도이지만, 전통적 자연시와는 달리 자연에 자신을 수렴시켜 동일화를 이루려 하지는 않는다. 현실의 자아는 '건너'의 자연과 고독하게 대면하여, 자연의 순리를 성찰하며 그것을 삶의 본질로 받아들이고, 자신을 자연의 일부로 전신(轉身)시킨다. 이때 은유의 틀은 이질적인 의미의 범주를 오가며 자연계와 인간계 사이의 불연속성을 매개해 주고 새로운 의미 영역으로 변용시키는 역할을 한다.

즉, 목월의 순리의 자연관은 자신을 유연하게 변전시키는 것이 그 핵심인데, 이러한 변전을 가능하게 하는 것이 시적 주체를 끊임없이 새로운 의미계로 나아가게 하는 전신(轉身)의 은유 구조이다. 특히 '물'은 자유자재로 몸을 바꾸어 순리의 여정을 따르는 은유의 중심 이미지가 된다.

박용래는 자연에서 낙천적인 흥취를 노래하며, 자연 속에 자신을 용해시키는 평화로운 동일화를 지향한다. 기상어는 사람과 자연이 한데 어우러져 있는 소박한 자연의 풍경을 그려 낸다. 자연의 사물들과 인간사가 어우러져 빚어내는 여유롭고도 유연한 흥취는 박용래의 낙천적인 세계관을 잘 보여 준다. 이러한 시적 지향은 자연과의 완전하고도 평화로운 동일화를 추구해 나가게 되는데, 용해(溶解)의 여정을 통해 개별자들은 고독을 넘어서며 자연과의 합일을 지향해 간다.

특히 박용래의 시에는 "갇힌 방", "바다로 가는 하얀 길", "막버스" 등의 고독하고 소외된 공간이 많이 등장하는데, 이러한 공간은 특유의 용해 의식과 이를 뒷받침하는 은유 구조에 의해서 아름답고 환상적인 공간으로 전이된다. '빛'이나 '꽃'과 같은 심상은 이러한 은유 구조를 움직이는 중심 이미지가 된다.

두 시인의 자연에 대한 태도는 '고독한 대결'과 '낙관적 용해'라는 사뭇 다른 대응 방식을 보여 주고 있다. 하지만 그들은 자연에 대해 지속적인 관심을 보여 주면서 궁극적으로 고독한 현실과 이상적 자연 사이에서 실존의 자리를 찾으려 했다는 점에서 합일을 꿈꾸는 전통적 자연관과 깊이 연결되어 있음을 확인할 수 있었다.

자연과의 대결을 통하여 직선적 진보를 추구해 온 서양적 사유 방식은 대립과 분열이라는 대가를 톡톡히 치러야만 했다. 이에 대비되는, 자연을 통해 현실을 성찰하고, 균형 있는 삶의 태도와 조화를 지향하는 동양적 사유 방식은 여전히 유의미한 주제로서 우리 시대의 문학에 새로운 돌파구를 제시해 줄 수 있을 것이다.

극적 구성과 미적 거리
── 김소월

1 소월 시는 아직도 감동적인가

소월의 작품이 시대를 초월한 보편적인 감동을 주고 있는 요인을 찾아본다면 무엇보다도 그가 인간 삶의 가장 보편적인 주제를 천착하고 있기 때문일 것이다. 인간 내면에 존재하는 사랑과 죽음이라는 보편적 주제를 근간으로 애달픈 슬픔의 정조, 한없는 회의와 주저, 그리고 망설임 속에서 갖는 갈등과 고뇌의 절절함을 보여 주는 것이 바로 그것이다. 그러나 사랑과 죽음을 노래한 것이 소월만은 아니기에, 그의 시가 주는 감동의 실체를 주제적 차원에서만 찾을 수는 없다. 소월의 시가 민족의 애송시로 칭송되기까지는 이 원형적인 주제를 짜고 깁는 시의 언어 형식적인 구성 또한 결정적인 역할을 하고 있다. 역설을 비롯한 모순 어법, 애매성, 운율, 여성적 화자 등의 관점에서 접근한 많은 연구들은 바로 이러한 소월 시의 개성적인 언어 형식을 드러내기 위한 성과들이었다.

서정시는 인간의 행위를 모방하는 서사 장르나 극 장르와 달리, 주체가 자기의 내면에서 외적 세계와 대응하며 주관적 목소리를 내는 것이며, 이때 목소리의 특수성에서 개별 작품의 독자적 영역이 성립된다는 것은 시학의 장에서 여전히 유효한 명제이다. 소월 시가 여전히 독자를 불러 앉히는 것도 역시 주관적 정서의 세계 안에 화자의 목소리가 변화하는 독특한 맥락이 존재하기 때문이다. 사랑과 이별이라는 보편적이고 어떤 면에서 진부하기까지 한 일상의 국면들이 낯익은 여성 화자의 목소리로 고백되면서도, 소월 시에는 일인칭 독백을 넘어서는 극적 어법과, 시적 대상을 자유자재로 다스리는 적절한 미적 거리가 동시에 존재한다. 본고에서는 소월 시의 언어 형식적 특징을 극적 어법과 미적 거리라는 측면에서 살펴보면서 다양한 서정적 동일화가 일어나는 구체적인 양상들을 검토해 보고자 한다.

2 극적 어법과 대화체

아리스토텔레스 이후 엘리엇에까지 이어지는 장르에 대한 고전적인 삼분법의 전통에 의하면, 서정시는 일인칭 화자의 단일한 독백적인 목소리에 의해서 주도된다. 그런데 '서정적인 정감'이라는 것은 고립된 고답적(高踏的)인 미감이 아니고, 일상의 국면에서 늘 마주치는 것이며, 삶의 다양한 맥락에 걸쳐 있다. 따라서 서정시의 목소리 또한 일인칭의 독백을 넘어서 어떤 식으로든지 굴절되어 있기 마련이다. 물론 서정시는 서사나 극의 영역처럼 다양한 화자의 갈등에 의해서 전개되는 것이 아니기 때문에, 화자의 변전(變轉)은 궁극적으로는 일인칭의 '나'로 수렴된다. 하지만 내부에 극적 변전을 포함하고 있는 독백적 화자의 목소리는 서정시의 폭을 깊게 하는 역할을 한다. 소월 시는 바로 이러한 특징들을 보여 주고 있다. 민족적 정서에 밀착되어 있다는 소월의 시는 서정시의 원형적인 내적 독백을 들려주는데 시적 화자는 항상 똑같은 자리에서 똑같은 목소리를 내는 것이 아니다. 그는 때로는 극적 제스처를 통해서 매우 현실적인 감각으로 텍스트 위에 재현되기도 하고, 더 나아가서는 극적 대화의 상황을 이끌어 가며, 주관성의 세계를 넘나드는 것이다.

　서정시에 극적인 형식이 도입된다면 가장 손쉬운 방법을 자문자답 (自問自答)의 형식이라고 할 수 있다. 자문자답은 자기에로의 대화라는 서정시의 일차적 원리를 구현하는 것이다.

　　먼훗날 당신이 차즈시면
　　그쌔에 내말이 「니젓노라」

　　당신이 속으로 나무리면
　　「뭇척그리다가 니젓노라」

　　그래도 당신이 나무리면
　　「밋기지안아서 니젓노라」

　　오늘도어제도 아니닛고
　　먼훗날 그쌔에 「니젓노라」

　　　　　　　　　　　　　　　　　—「먼후일」 전문

　이 시는 시간적 구성과 역설적 어법으로도 돋보이는 시이지만, "당신"을 구체적인 대상으로 상정하고 있는 대화의 언술이라는 점에서 잠재적 대화체의 시라 할 수 있다. '먼 훗날 당신이 날 찾아 나무라시며 물으면 잊었노라고 대답하겠다'는 가정법의 문답식 표현 방식은 화자의 사랑을 점층적 극적 구성으로 전개하고 있다. 사랑하는 당신과의 이별은 서정시의 일반적인 주제라 할 수 있다. 소월은 이 같은 주제를 평면적으로 고백하거나 되뇌지 않고 "당신"이라는 함축적인 청자를 등장시켜 극적으로 구성한다. 자신의 그리움을 당신과의 문답식으로 전개해 감으로써 애절한 그리움을 역설적으로 강조하는 것이다. 자문자답의 어법은 일인칭 화자가 자신을 확장할 수 있는 가장 손쉬운 방법이되, 가장 치열한 자기 탐구의 방법이기도 하다. 자기 탐색의 과정과 관련된 일련의 작품들에서 자문자답식의 구성이 많이 나오는 것은 이러한 이유 때문이다.

어제도하로밤
나그네집에
가마귀 가왁가왁 울며새엿소.

오늘은
쏘멧십리
어듸로 갈까.

산(山)으로 올나갈까
들로 갈까
오라는곳이업서 나는 못가오.

말마소 내집도
정주곽산(定州郭山)
차가고 배가는곳이라오.

여보소 공중에
저기러기
공중엔 길잇섯서 잘가는가?

여보소 공중에

저기러기
열십자복판에 내가 섯소.

갈내갈내 갈닌길
길이라도
내게 바이갈길은 하나업소.

──「길」 전문

먼저, 나그네로서의 화자는 1연과 2연에서 '어젯밤'과 '오늘 낮'이라는 시간적 대립 구조와 "울며새엿소"와 "어듸로 갈까"라는 정서적 대립 구조를 통하여 묘사되고 있다. 그러나 "어제도"에서 '-도'와 "오늘은 또"에서 '-은 또'라는 조사를 통하여 시간적 대립 구조는 지속의 이미지로 전환되고, "울며새엿소"와 "어듸로 갈까"는 인과 관계로 연결되어 '갈 곳 없음'의 처지를 표현해 준다. 또한 3연에서는 "산으로~ 들로~"와 "오라는곳이업서"의 대립을 통하여 '갈 곳 없음'의 처지를 더욱 강조하고 있다.

반면에, 5연과 6연에서 화자는 갈 곳 없는 "나그네"로서의 자신의 처지를 "기러기"와 비교하여 표현하고 있다. 기러기와 나는 '가다'와 '섰다'의 대립 구조로 묘사되는데, "열십자복판"으로 알 수 있듯이 그 이유가 '길 있음'과 '길 없음'의 대립에 기인하는 것은 아니다. 7연의 "갈내갈내 갈닌길"은 이와 같은 사실을 분명하게 밝히고 있으며, 여기에서 '갈린 길'의 존재와 '갈 길'의 부재라는 모순적 상황은 길에 대한 인식의 전환을 요구한다.

사실, 그와 같은 인식 전환의 계기는 4연에 내포되어 있다. 일인칭 시점으로 전개되는 이 시에서 "말마소"라는 간투사의 사용은 새로운 시적 상황을 전개시킨다. 3연의 "오라는곳이업서 나는 못가오"와 4연의 "내집도/ 정주곽산(定州郭山)/ 차가고 배가는곳이라오"에서 발생하

는 의미상의 충돌은 이를 구체적으로 보여 주는 것이다. 왜냐하면 이
것은 화자 스스로가 자신을 '오라는 곳이 없다'라고 말했으나, 자신을
'오라는 곳' 혹은 '갈 곳'이 정말 없는 것은 아니라는 얘기가 되기 때문
이다. 또한 자신은 나그네이지만, 집이 없는 것은 아니라는 얘기가 되
기 때문이다. 따라서 화자가 궁극적으로 말하고자 하는 것이, 집이 없
어 갈 곳 없이 떠돌아다니는 나그네의 정서가 아니라는 것을, 우리는
"말마소"를 통하여 짐작할 수 있게 된다.

　이와 같이 "말마소"는 이 시에서 극적 전환을 유도하는 역할을 맡고
있다. 이를 통하여 환기된 시적 정서는 길의 이중성에서 찾을 수 있다.
'길 있음'에서 길이 실제 사물로서의 길의 의미를 지닌다면, '길 없음'
에서 길은 정신적 지향성으로서의 길의 의미를 지니는 것이라 할 수
있다.

　화자는 지금 길을 선택해야 할 "열십자"의 공간에 서 있다. 공중의
기러기처럼 화자는 갈래갈래의 길 가운데에서도 어디로 가야 할지 모
르는 뿌리 뽑힌 자의 절망을 드러내고 있다. 화자는 길 한가운데 열십
자 한복판에서 어디로 가야 할지 모르는 자신에 대한 회의를 자문자답
하며 길을 찾고 있다. 고백식으로 서술하지 않고 자문자답의 어법으로
독자를 끌어들이는 것은 다시점의 언술로 시를 입체화하는 한 양식이
다. 기러기와 산새가 대답할 리 없건만 이렇게 시인이 스스로 묻고 혼
자 답하는 극적 구성을 취함으로써 시를 읽는 독자들을 함축적인 청자
로 끌어들이는 것이다. 문답법과 대구 형식의 구성을 통해 시인은 화자
의 독백적 언술이 지니는 단조로움을 막고 있다.

　비가 온다
　오누나
　오는비는
　올지라도 한닷새 왓스면죠치.

68

여드래 스무날엔
온다고 하고
초하로 삭망(朔望)이면 간다고햇지.
가도가도 왕십리(往十里) 비가 오네.

웬걸, 저새야
울냐거든
왕십리건너가서 울어나다고,
비마자 나른해서 벌새가 운다.

천안에삼거리 실버들도
촉촉히저젓서 느러젓다네.
비가와도 한닷새 왓스면죠치.

구름도 산마루에 걸녀서 운다.

———「왕십리(往十里)」전문

　이러한 예들은 「왕십리」에서도 보인다. 이 시의 화자는 일인칭의 서
정적 자아이다. 먼저, 1연과 2연에서는 '오다'와 '가다'의 대립적 이미
지를 통하여 비가 오는 상황을 표현하고 있다. "여드래 스무날"과 "초
하로 삭망", "온다고 하고"와 "간다고햇지"와 더불어 "비가 온다/ 오
누나"와 "가도가도 왕십리"가 대립적 이미지를 이루면서, 지속적인 반
복을 통하여 비가 오는 장소인 "왕십리"의 공간을 무한히 확장시키고
있다.
　반면, 3연과 4연에서 화자는 "벌새"와 "구름"에 감정이입하여 울음
의 정서를 표출하고 있다. 이때, "왕십리건너가서 울어나다고"의 "건너
가서"와 "구름도 산마루에 걸녀서 운다"의 "걸녀서"가 대립적 이미지

를 이루면서, 확장된 왕십리의 공간을 통하여 울음의 시간 또한 끊임없이 지속시키고 있다.

그런데 3연에서의 "웬걸"이라는 간투사는 1, 2연에서 묘사된 비의 이미지를 3, 4연에서 묘사된 울음의 이미지로 전환시키는 극적 장치로서 기능하고 있다. 2연에서 "온다고 하고~간다고했지"의 주체가 누구인지 명시되어 있지는 않지만 화자가 아닌 다른 누구인가는 분명하다. 왜냐하면 '내가 (누구에겐가 언제) 간다고 말했다'라는 간접 인용은 성립될 수 있으나, '내가 (누구에겐가 언제) 온다고 했다'라는 간접 인용은 부자연스러워 올바른 표현으로 성립될 수 없기 때문이다. 또한 3연에서 화자의 '울음'은 이 주체의 부재와 관련된 것으로 유추할 수 있다. 그러나 화자는 울음의 정서를 직접적으로 표출하지 않고 "벌새"와 "구름"에 의탁함으로써 간접적으로 표현한다. 이때, 간투사 "웬걸"은 화자의 주관적 정서를 객관화하여 심리적 거리를 유지할 수 있도록 해 주는 역할을 하고 있기도 하다.

그런데 자문자답의 형식보다 더욱 극적인 체험을 가능하게 해 주는 것은, 일인칭의 독백적인 화자가 강렬한 이미지를 만들며 등장하는 경우이다. 소월의 시편에는 수많은 이별의 장면들이 있는데, 이별의 슬픔과 상실의 절망감을 노래하는 것은 대부분 일인칭의 여성 화자이다. 그런데 떠나가는 임 앞에서 한 방울 눈물도 없이 진달래꽃을 뿌리는 여성의 처연한 모습(「진달내꽃」)이나, 불현듯 뛰쳐나와 산으로 치달아 오르는 모습(「하늘잣」)이 그렇듯이, 이 주인공들 또한 강렬한 포즈를 지닌다.

왜안이 오시나요,
영창(映窓)에는 달빗, 매화꽃치
그림자는 산란(散亂)히 휘젓는데.
아이. 눈 싹감고 요대로 잠을들쟈.

—「애모(愛慕)」 부분

바드득 니를갈고
죽어볼까요
창(窓)까에 아롱아롱
달이 빗춘다

—「원앙침(鴛鴦枕)」 부분

말니지못할만치 몸부림하며
마치천리만리(千里萬里)나 가고도십픈
맘이라고나 하여볼까.

—「천리만리(千里萬里)」 부분

혼자 남은 여자가 부르는 그리움과 원망의 노래라고 할 수 있는 위의
작품들이 풀어헤친 넋두리가 아니라, 선연한 이미지로 예리하게 뇌리에
박혀 오는 이유는 다름 아닌 화자의 극적인 포즈 때문이다. 달빛에 매화
꽃이 어른거리는 영창 앞에서 눈을 "싹" 감으려는 화자나, 달빛 창가에
서 "바드득" 이를 가는 여성은 내면을 토로하는 독백적 화자의 모습이라
기보다는 어떤 실질적인 육체성을 가지고 우리 앞에 재현된 여성으로 느
껴진다. 이별의 고통, 독수공방의 절절한 외로움은 시적 의미망을 통해서
라기보다는 먼저 화자가 만들어 내는 극적인 제스처와 정황을 통해서 감
각적으로 간파되어 버린다. 말리지 못할 만치 몸부림치는 마음이 환기하
는 격렬한 육체적 감각은 원망과 서러움으로 침체되기 쉬운 이별의 노래
에 현장성과 장면성을 부여해 줌으로써 시적 체험을 생생하게 해 준다.

붉은해는 서산마루에 걸니웟다.
사슴이의무리도 슬피운다.
떠러저나가안즌 산우헤서

극적 구성과 미적 거리 71

나는 그대의이름을 부르노라.

(중략)

선채로 이 자리에 돌이되여도
부르다가 내가 죽을 이름이여!
사랑하는 그사람이어!
사랑하는 그사람이어!

　　　　　　　　　　　　　　　　——「초혼(招魂)」 부분

죽음에 대한 극한적 슬픔과 상실감의 절정을 노래하고 있는 「초혼」
은 죽은 이를 부르는 화자의 목소리가 강렬하게 독자를 사로잡는다. 화
자는 마치 무대에 서 있는 것처럼 인상적인 공간에 위치해 있다. 석양
의 시간과 떨어져나가 앉은 산 위라는 고립된 공간, 하늘과 땅 사이의
상징적 지점, 그리고 뒤에서 사슴의 무리가 슬피 울어 주는 배경은 슬
픔을 극대화시키는 기표로서 하나하나 세팅되어 있는 것이라고 볼 수
있다. "사랑하는 그사람이어"라고 절규하는 화자의 목소리가 인생의
이면에 감추어진 비극의 심원을 파고드는 것은 바로 이러한 극적인 시
공간의 배경이 독자와 화자 사이에 존재하기 때문이다.

　독백적 언술이 변용된 최대치가 대화 형식의 도입이라고 할 수 있
다. 물론 시에서의 대화성(Dialigizität)은 서사 장르나 일상적 문맥에서
의 대화와는 다르다고 할 수 있다.[1] 서정시는 전 텍스트를 통해서 화자

---

1) 바흐친은 문학적 대화성은 구조적으로 대화적인 발화와 다르다고 설명하고 있다. 서
　정적 발화 안에 이질적인 발화가 끼어들더라도 그것은 결국 서정적 발화 안에서 통합
　가능하기 때문이라는 것이다. 바흐친의 이러한 논지를 바탕으로 시 분석의 실례를 잘
　보여 주고 있는 예로 디히터 람핑, 『서정시: 그 이론과 역사』(문학과 지성사, 1994),
　147~153쪽을 참고할 수 있다.

의 어떤 통일된 정서를 구현하는 것이다. 따라서 내부에 다른 화자가 끼어들어 대화 상황이 만들어지더라도, 이것은 궁극적으로도 어떤 정서의 상태를 구현함으로써 보다 확장된 경험을 가능하게 하는 역할을 한다.

> ① 날저믈고 돗는달에
> 흰물은 쏼쏼……
> 금모래 반짝…….
> ② 청(靑)노새 몰고가는낭군(郎君)!
> 여긔는 강촌(江村)
> 강촌에 내몸은 홀로 사네.
> ③ 말하자면, 나도 나도
> 느즌봄 오늘이 다 진(盡)토록
> 백년처권(百年妻眷)을 울고가네.
> ④ 길쎄 저믄 나는 선비,
> 당신은 강촌에 홀로된몸.
>
> ──「강촌(江村)」 부분

위의 시는 노을 지는 강가를 배경으로 한 순간의 장면을 그려 낸 작품인데, 장면이 함축하고 있는 확장적 요소가 흥미롭다. 이 시에서 화자는 누구인가? 일인칭의 '나'가 등장하기 때문에 선비가 현상적 화자라고 보아도 무방할 것이다. 하지만 이 시는 동시에 세 명의 화자가 공존함으로써, 극적 순간이 완벽하게 연출되고 있다. 등장하는 목소리에 따라 이 시는 네 부분으로 나누어 볼 수 있다. ①은 객관적 풍경 서술, ②는 여자의 말, ③은 남자의 말, 그리고 ④는 남자의 말이면서, 이 시의 전체를 매듭짓는 것에 해당한다. 따라서 전체를 조망해 내는 객관적인 화자인 ①과 ②의 여자, ③의 남자, 이렇게 세 명의 화자가 시에 등장하는 것이다. (④는 ③의 화자이기도 한 선비 뒤에 숨어 있는 객관적 화자가 함께 관여하는 복합적 화자라 할 수 있다.) 각기 외로운 상태에 처해 있는 두 인물이 하루 중 가장 아름답고 짧은 일몰의 순간에 마주쳐 스쳐 지나가면서 지아비나 지어미를 생각하는 정을 잊을 수 없다고 토로하는 장면은 순간적이지만 매우 극적이다. 운명의 외로움과 이성에 대한 강렬한 이끌림이라는 생의 낯익은 체험이 진부한 타령으로 울리지 않는 이유는 이것이 대화를 통해서 양편에서 고백되고, 다시 그것이 대자연의 배경 속에서 하나의 목소리로 정돈되기 때문이다. 이러한 구성은 상황에 대한 정서적 동일화가 직접이 아닌 우회적 통로를 통해 이루어지게 한다. '나'의 노래이면서도 여성, 남성, 객관적 화자의 목소리가 다성적으로 존재하기에, 미묘한 정서적 동일화의 차이가 만들어지는 것이고, 상황에 대한 심미적인 거리가 유지될 수 있는 것이다.

성촌(城村)의 아가씨들
널쮜노나
초파일 날이라고
널을쮜지요
바람부러요
바람이 분다고!
담안에는 수양(垂楊)의버드나무
채색줄 층층그네 매지를마라요

담밧게는수양의느러진가지
느러진가지는
오오 누나!
휘젓이 느러저서 그늘이깁소.

죠타 봄날은

몸에겹지

널쒸는 성촌의아가씨네들

널은 사랑의 버릇이라오

─「널」전문

「강촌」에서 각기 배역이 다른 화자들이 등장해서 극적 정황을 연출
했다면, 위의 시에는 시선이 이질적인 두 종류의 화자가 등장한다. 1연
의 화자와 2, 3연의 화자는 각각 객관적인 목소리와 주관적인 목소리를
가지고 있어, 서로 다른 특성을 보여 준다. 1연은 초파일날 널을 뛰는
상황에 대한 객관적인 전달이다. 하지만 2, 3연의 시선은 널을 뛰는 아
가씨들의 내면으로 들어가 있다. 여기에서 수양버드나무는 성촌이라는
제한된 공간 안에 갇혀 사는 여성들의 환유적 이미지라고 볼 수 있는
데, 담 밖으로 길게 가지를 늘어뜨리고 불어오는 봄바람이 흔들리는 버
드나무의 이미지는 채색(彩色)줄 층층그네의 이미지와 함께, 청춘의 분
출하는 에너지와 외부 세계로 뻗어 나가려는 강렬한 욕망들을 나타낸
다. 1연에서 널뛰는 장면의 제시에 머물렀던 화자의 건조한 목소리는
갑자기 2, 3연에서는 고양되면서, 1연의 평면적인 장면에 갑자기 깊은
내면성과 운동감이 부여된다. 바흐친의 용어를 빌린다면 1연과 2, 3연
은 대화적으로 서로 상호 작용하는 것이다. 그런데 시 텍스트에서는
이질적인 목소리들이 통합됨으로써 정서의 일관성을 달성할 수 있는
데, 4연의 역할이 그것이라 할 수 있다. "널은 사랑의 버릇"이라는 갑작
스러운 은유적 치환에 수긍할 수 있는 이유는 1연에서 객관적으로 제
시된 널뛰는 장면에다, 2, 3연에서 청춘의 거친 호흡을 이미 더해 주었
기 때문이다. 수직으로 상승하는 널의 운동성이 결국은 담 안과 담 밖
의 경계선에 미묘하게 정지해 있는 버드나무의 가지들을 높이 비상하
게 하는 것임을 이미 독자들이 간파하고 있는 것이다. 이처럼 소월 시

내부에서는 서로 이질적인 목소리가 등장하여, 때로는 다양한 경험을 하게 하고, 때로는 상상력의 완급을 조절하는 역할을 한다. 그러나 이러한 화자들을 통해 극적 상황이 연출된다 해도 4연에서 보듯이 궁극적으로는 현상적 화자의 목소리에 귀속됨으로써, 시 전체는 정서적인 통합을 지향하고 있어 서정시의 기본 원리를 충실하게 수행하고 있다.[2]

3 고유 명사의 시어화(詩語化)와 미적 거리

소월 시가 주관적인 정서의 토로이면서도, 시적 긴장을 유지하는 또 하나의 시적 장치는 고유 명사를 시어화하여 사용하는 것이다. 장소나 사람을 지칭하는 고유 명사가 보통 명사화하여 하나의 시어로서 기능을 갖는 예는 소월의 여러 작품에서 찾아볼 수 있다. "정주곽산(定州郭山)"(「길」), "영변(寧邊)에 약산(藥山)"(「진달내꼿」), "진두강(津頭江)"(「접동새」), "만수산(萬壽山)"·"제석산(嗥昔山)"(「나는 세상모르고 사랏노라」) 등이 그런 예들이다. 고유 명사 중에서도 "영변에 약산"과 같은 지명은 향토적이고 전통적인 정서를 드러내는 예로 늘 등장한다. 그런데 고유 명사들은 구조적으로는 텍스트 내부에서 특정한 공간성을 형성함으로써, 텍스트 공간을 인상적으로 재현해 내며 동시에 적절한 심미적 거리를 확보하는 역할을 한다.

물로사흘 배사흘
먼삼천리

---

2) 이러한 맥락에서 해석할 수 있는 또 하나의 중요한 작품으로 「개여울」을 들 수 있다. 이 작품은 화자가 떠난 임을 생각하면서 개울가에 혼자 앉아 있는 인물(당신)에게 말을 거는 형식이다. 이야기를 전달해 주는 화자, 말을 하는 당신, 그리고 당신과 관계가 있는 제3의 인물이 상정되어 있는 이 시는 미묘한 시점의 변화가 흥미롭다.

더더구나 거러넘는 먼삼천리
삭주구성(朔州龜城)은 산을넘은육천리요

　　　　　　　　　　——「삭주구성(朔州龜城)」 부분

접동
접동
아우래비접동

진두강(津頭江)가람까에 살든누나는
진두강압마을에
와서웁니다

　　　　　　　　　　——「접동새」 부분

　「삭주구성」의 숫자는 구체적인 거리라기보다는 "삭주구성"에 이르
는 심리적 거리[3]를 말하고 있다. 시적 공간은 항상 이곳이 아닌 저곳을
지향하거나, 이곳 내부에 있는 낯선 이곳을 천착하고 있기 쉽다. 따라
서 서정시의 공간은 자칫 화자의 주관성에 의해 침윤된 자폐성을 띄기
가 쉬운데, 여기에 고유 명사의 지명을 사용함으로써 좀 더 사실적이면
서도 객관적인 공간을 형성할 수가 있다. 삼천리, 육천리 등의 수치들
이 중복됨으로써 화자가 말하는 공간성은 점점 모호해지고 원거리화되
는데, "삭주구성"이라는 구체적 지명이 들어감으로써 경험의 영역과
시가 만들어 내는 모호한 원거리 사이에 구체적 공간의 설정이 가능해
지는 것이다.
　「접동새」는 자칫 설화의 세계로 귀속되어 서사적인 이야기가 전개
되며 긴장감이 떨어지기 쉬운 내용으로 구성되어 있다. 그런데 "진두

---

3) George Dickie, *Art and the Aesthetic*(Ithaca: Cornell Univ. Press, 1974).

강가람까"와 "접동새"라는 시어를 반복함으로써 '한'이라는 형체도 없이 막막한 감정을 구체적인 공간으로 환치시킨다. "진두강"이라는 고유 명사는 추상적 감정을 구체화하여 정서적인 체험을 할 수 있는 전달의 매개 작용을 하고 있다. 그리고 궁극적으로는 '한'이라는 주제에 감정적으로 완전히 매몰되는 것이 아니고, 그것을 구체적 공간성 속에서 경험하도록 하여 주제에 대한 심미적 거리 감각을 유지시켜 주는 역할을 하는 것이다.

> 연분홍(軟粉紅)저고리, 빨안불부튼
> 평양에도 장별리(將別里),
> 금실은실의 가는비는
> 비스름이도 내리네 쌱리네.
>
> 털털한 배암 문휘(紋徽)돗은양산(洋傘)에
> 나리는 가는비는
> 우에나 아래나 나리네, 쌱리네.
>
> 흐르는 대동강, 한복판에
> 울며 돌든 벌새의쎄무리
> 당신과이별하는 한복판에
> 비는 쉴틈도업시 내리네, 쌱리네.
>
> ──「장별리(將別里)」전문

이별에 관한 모든 시가 그렇듯이 이 시에서의 이별도 격렬한 파토스에 휩싸여 있다. 흐르는 대동강의 한복판의 새떼도 그렇고 당신과 나의 한복판으로 떨어지는 빗줄기도 그렇다. 금실 은실의 빗줄기라든가, 당신과 나 사이에 떨어지는 빗줄기는 이별의 상황을 아주 근거리에서 포착하고 있는 것이다. 상황과 시선이 밀착됨으로써, 격렬한 슬픔이 젖음이라는 육체적 감각을 통해서 전달된다. 그런데 이별은 "장별리"라는 공간 안에서 이루어진다. 그런데 "장별리"라는 고유 명사는 이별, 대동강, 비를 모두 포함하는 모든 공간을 하나의 이름 안에 묶어 버림으로써, 마치 카메라의 렌즈가 근거리에서 점점 원거리로 멀어지는 것처럼 이 격렬한 감정의 과잉 상태는 장별리라는 고유 명사를 통하여 거리화된다. 즉 고유 명사는 시 내부의 파토스로부터 거리감을 유지하게 하여, 이별을 대상화하는 심미적 거리감을 만들어 주고 있는 것이다.

① 천안(天安)에삼거리 실버들도
　촉촉히저젓서 느러젓다네.

　　　　　　　　　　　　　　　　　—「왕십리」부분

② 영변(寧邊)에 약산(藥山)
　진달내꼿

　　　　　　　　　　　　　　　　—「진달내꼿」부분

③ 이편에는함양(咸陽), 저편에담양(潭陽),

　　　　　　　　　　　　　　—「춘향과 이도령」부분

④ 가도가도 왕십리 비가오네.

　웬걸, 저새야
　울냐거든
　왕십리건너가서 울어나다고,

　　　　　　　　　　　　　　　　—「왕십리」부분

김소월의 시에서 고유 명사의 사용은 향토적 감성을 일으키는 원천으로서 많이 지적되어 오고 있다. 그런데 지명이 그냥 제시만 되어 있다고 해서 향토적 감성이 일어나는 것은 아니다. 소월의 시에서 고유명사는 독특한 운 맞춤의 구성 속에서 등장한다. ①에서 보이는 "천안에"와 "촉촉히"의 두운 'ㅊ', "삼거리"와 "실버들"의 두운 'ㅅ'과 자수의 어울림, ②에서 소월의 고향인 평북 소재의 "영변"과 "약산"의 'ㅇ'이나 'ㅣ' 모음 운의 공통 요소, ③에서 "이편"·"저편"과 "함양"·"담양"의 균형적인 대조감, ④에서 '가다'의 반복과 "왕십리"의 의미적 겹침 등은 모두 의도적인 배치이다. 음운의 반복성을 통해서 율동미를 만들어 내면서 고유 명사는 시어의 일부로 치환된다. 동시에 텍스트는 하나의 극적 무대 안에 설정되는 것이며, 내부의 이별도 죽음도 독특한 공간적 지점을 가지고 전개된다. 마치 그리스 비극에서 무대와 관객석사이에 신비한 거리(mystic distance)가 존재하듯이, 고유 명사는 정서적인 분출이 강렬하게 이루어지는 소월 시와 독자와의 미적 거리를 설정해 주는 역할을 하고 있는 것이다.

4 시적(詩的) 순간과 서정적 동일화

어느 연구자는 "소월 시는 아직도 감동적인가"라는 도발적인 질문을 던진 바 있지만, 소월 시의 극적 코드를 찾아내는 일은 그의 시가 "아직도" 감동적인 이유를 설명해 줄 수 있는 중요한 징표가 된다. 현대 서정시가 정서적으로나 형식적으로나 전통의 카테고리를 넘어서서 텍스트의 다성화 시대에 접어든 지는 이미 오래이다. 거기에 비하면 소월의 화자는 대부분 여전히 독백적인 목소리를 지닌 일인칭 화자라 할 수 있다. 음악이 갖는 직접적인 청각성에 우리가 별 저항 없이 정서적으로 이끌려 가는 것처럼, 일인칭 화자의 독백은 아주 가까이에서 들리는 목소리이기에 미처 다른 생각을 할 겨를도 없이 정서적인 일체감을 이루게 한다. 더욱이 화자가 매우 보편적 정서에 호소하는 이야기를 할 때, 이 동일화는 한층 수월하게 일방적으로 진행되기 때문에 시적 긴장이 결여될 수도 있다. 그러나 본론에서 분석한 바와 같이 소월의 시는 세심한 극적 장치들을 통해 서정적 동일화의 다양한 통로들을 만들고 있음을 알 수 있다.

서정시는 그것이 아무리 서사적으로 확대되고, 또는 극적으로 다성화된다 해도 이미지와 의미망이 하나의 지점을 향해 집중됨으로써, 어떤 시적 순간을 성취하려는 근원적인 욕망을 가지고 있다. 소월의 텍스트에서 이러한 정점은 '시간의 수직화'나 '정지'의 시적 순간으로 자주 드러난다. 「합장(合掌)」은 소월의 시 중에서 비교적 덜 애송되는 작품인데, 극적인 포즈와 심미적 거리가 정지한 지점에서 우리는 서정시가 이룩한 아름다운 시적 순간과 마주치게 된다.

> 라들이. 단두몸이라. 밤빗츤 배여와라.
> 아, 이거봐, 우거진나무아래로 달드러라.
> 우리는 말하며거럿서라, 바람은 부는대로
> 등불빗혜 거리는해적여라, 희미한하느편에
> 고히밝은그림자 아득이고
> 픽도갓가힌, 풀밧테서 이슬이번쩍여라.
>
> 밤은 막깁퍼, 사방은 고요한데,
> 이마즉, 말도안하고, 더안가고,
> 길까에 우둑허니. 눈감고 마주섯서.
> 먼먼산. 산덜의덜종소래. 달빗츤 지새여라.
>
> ──「합장」 전문

시의 전반부에는 대화와 움직임이 있다. 밤, 달빛, 바람에 흔들리는 나무, 등불에 해적이는 그림자들은 두 몸의 움직임과 내면의 흔들림을 서사적인 시간의 흐름 속에서 전달해 준다. 그런데 뒷부분은 모든 움직임이 정지 상태에 돌입한다. "아, 이거봐"하는 돌연한 대화 대신 침묵이 채워지고, 시각적인 움직임 대신 절의 종소리가 공간을 채운다. 침묵과 정지의 순간이 마치 연극의 마지막 장면처럼 떠오르는 것이다. 대화도, 달빛 아래 사물들의 움직임도 이미 멈추어 있지만 시적 순간 안에 이 모든 것은 숨을 죽이고 응집되어 있다. 모든 것이 정지되어 하나의 침묵 안에 포괄되어 있기에 인간과 자연과 우주의 질서가 소통될 수 있는 것이며, 독자도 깊은 내적 동일화를 체험할 수 있는 것이다.

앞에서 분석한 「강촌」에서 나타나는 대화체도 이야기를 향해서 전개되는 것이 아니고, 서정적 순간을 지향한다. 저물어 가는 날과 새로 돋아오는 달이 하나의 통일체로 융화된 석양의 순간으로 집중되어 있다는 것이다. 이 시에서 가장 중요하게 작용하는 요소는 황혼의 시간성이다. 즉 저무는 날과 돋는 달의 시간적 구조가 전혀 반대되는 두 사물이 겹치는 곳의 시간적 배경이 된다. 석양은 모든 대응되는 것, '날/달', '저물다/돋다', '흰물/금모래', '선비/홀로된 여자' 등의 이질적인 이미지들의 중간 지점에 와 있다. 그리하여 이 중간 지대의 영역 안에 있는 모든 사물들은 석양의 빛, 즉 반사하는 빛의 의지에 의해, 노새의 갈색 몸을 청색으로 바꾸어 몽롱하고 환상적인 꿈의 세계로 이끌어 가고 있는 것이다. 이 석양의 시간이 지나가면, 물과 나귀와 모래는 어둠 속에서 그 아름다운 빛깔들을 잃을 것이고 길손과 홀로된 여자는 고달픈 자신들의 일로 돌아가서 각기 제 갈 길을 갈 것이다. 즉 이 모든 이질적인 사물들을 따뜻이 화해시키는 것이 석양이 일으키는 변화이다. 이 대화의 순간은 사실상 시간의 흐름이 잠시 중단된 작은 영원의 순간이다. 동일한 풍경이 황혼이라는 시간의 조명 때문에 꿈의 세계로 바뀌는 시간이며, 현실적으로 단절되고 분할되어 있는 모든 것들이 융해되어 현실을 넘어서는 경지에로 미학적 변화를 일으키는 시간이다.

이처럼 소월 시의 극적인 구성은 시적 순간을 향해 응집되어 있으며, 시적 순간이 갖는 비상하는 에너지야말로 소월 시에 있어서 새로운 감동을 유발하는 원천이 되고 있다.[4] 소월의 시 속에서 화자는 고정되어 있거나 단성적이지 않다. 극적인 강렬한 포즈로 우리 앞에 재현되기도 하고, 때로는 목소리를 바꾸거나 대화적 구성의 극적 정황으로 화자와 청자 사이에 놓인 일방적 동일화의 과정을 분산시키기도 한다. 그런가 하면 고유 명사를 사용하여 절대화되며 모호해질 수 있는 시적 공간에 구체성을 부여해, 일정한 심미적 거리를 유지하기도 한다. 소월의 시는 이러한 시적 장치를 통해 흔히 보편적 정감에 호소하는 작품들이 빠지기 쉬운 폐쇄적이고 일방적인 소통의 형식에서 다소 물러서 있다. 그리고 이러한 극적 장치들은 응축된 시적 순간을 제공하여, 더욱 풍요로운 정서적 동일화의 가능성들을 만들어 내고 있는 것이다. 소월 시는 아직도 감동적이다.

---

4) 시상은 시시각각 변하지만 시혼은 불변한다는 소월의 '시혼(詩魂)'의 논지는 화자의 위치와 포즈가 다양하게 변하면서도, 결국 자기 내면을 토로하는 집중된 순간을 만들어 내는 그의 시적 기법과도 통한다고 볼 수 있다. "시 작품이란 그 시상의 범위, 리듬의 변화, 또는 그 정조의 명암에 따라 비록 같은 한 사람의 시작(詩作)일지라도 물론 이동이 생기지만 시혼 자신의 변환으로 말미암아 시작에 이동이 생기며 우열(愚劣)이 나타나는 것이 아니라, 그 사회와 또는 그 당시 정경의 여하에 의하여 작자의 심령 상에 무시로 나타나는 음영의 현상이 변환되는 데 지나지 않는다." 김소월, 「시혼」, 《개벽》(1925. 5)

시의 어법과 세계관
— 한용운

1 머리말

만해 한용운이 한국 시사에 남긴 발자취는 넓고도 다채롭다. 그의
시는 구체성과 추상의 세계, 일상과 철학, 서정성과 형이상학의 영역을
아우르고 있다.[1] 승려이며 시인이며 독립운동가라는 전기적 면모는 정
신세계의 넓이와 깊이를 만드는 현실적 바탕이 된다. 그런데 이 다채로
운 면모들은 분리되어 있지 않고, 항상 하나의 일관된 사상의 흐름 안
에서 자유롭고 유연한 운동성을 보여 준다. 구체적 사물이 자연스럽게
추상의 관념으로 변전(變轉)하는가 하면, 서로 다른 양극을 오가는 시
인의 현란한 행보는 어느덧 모순을 전혀 다른 질서로 포괄해 내기도
한다.[2] 지속적인 운동과 변전이야말로 존재의 근본적인 속성이라는 불

---

1) 만해 시가 갖는 독자성과 시사적(詩史的) 선구성에 대해서는 많은 논자들이 지적하
   고 있다. "만해는 현대시의 선구자로서 가장 시사적인 동시에 시사를 뛰어넘는 시인
   이며, 시집 『님의 침묵』은 시 정신과 시적 결실의 면에서 민족의 시학이라 할 수 있
   다." 김재홍, 「만해 시학의 원리」, 김용직 외, 『한국 현대시사 연구』(일지사, 1983),
   166쪽.

2) 필자는 한용운 시에서는 모든 사물의 움직임이 생성과 단절을 거쳐 연속되는 형태를
   지니고 있으며, 우주의 생성 과정과도 유사한 이러한 운동성은 시집 『님의 침묵』 전

교의 통찰은 한용운의 시 세계 속에서 매우 극적으로 실현된다.

이 글에서는 그의 시어, 화법, 시적 논리 등을 분석하며, 구체적이고 감각적인 소재들이 어떻게 형이상학적 초월의 세계를 펼쳐 보이는지를 고찰하기로 한다.

2 시어의 구체성과 형이상학으로의 통로

한 시인의 시 세계는 그가 즐겨 사용하는 소재와 그 소재를 다루는 기법에 의해 형상화된다. 특별히 만해의 시는 확연한 이항 대립의 모순성을 띠고 있으며, 이 모순성은 노래와 침묵, 황금색과 적색, 빛과 어둠, 시간과 공간, 이별과 재회, 죽음과 재생 등의 형태로 나타나고 있다. 그러나 그의 시가 위와 같은 추상적이고 개념적인 소재를 그대로 가져왔다면 지금까지 독자들에게 설득력을 얻지 못했을 것이다.

만해의 시가 시로서 성공할 수 있었던 큰 이유 중의 하나는 높은 경지에 있는 추상적인 세계를 구체적인 사물로 이미지화하여, 형이상학적인 관념의 세계를 감각적, 육체적인 이미지로 제시하는 데 있다. 시는 관념과 사물의 만남이며 불가시적(不可視的)인 것과 가시적(可視的)인 것의 상호 작용이라고 할 수 있는데, 그의 시는 좋은 본보기가 된다.

　　황금의 꽃가티 굿고빗나든 옛맹서는 차듸찬씌끌이되야서 한숨의미풍에 나러갓슴니다
　　날카로은 첫「키쓰」의추억은 나의운명의지침을 돌너노코 뒤ㅅ거름처서 사러젓슴니다

체를 관통하고 있음을 지적한 바 있다. 김현자, 『시와 상상력의 구조』(민음사, 1982), 112~193쪽.

나는 향긔로은 님의 말소리에 귀먹고 꽃다은 님의얼골에 눈머럿슴
니다

사랑도 사람의일이라 맛날째에 미리 써날것을 염녀하고경계하지 아
니한것은 아니지만 리별은 뜻밧긔일이되고 놀난가슴은 새로은슯음에
터짐니다

──「님의 침묵」 부분

그의 대표적인 시 「님의 침묵」에서 가장 먼저 받는 인상은 임과의
이별로 인한 고통스러움이다. 연인과의 헤어짐으로 얻는 고통을 만해
는 시각과 촉각, 그리고 후각 등의 감각을 사용하여 매우 감각적으로
그려 내고 있다.

시적 화자는 임이 떠나는 광경을 "푸른 산빛"과 "단풍나무"의 푸르
고 붉은색의 대비를 통해 인식한다. 하늘의 푸름과 땅의 붉음은 수직
적인 대립인 동시에 보색이 주는 강렬한 대립성을 주고 있으며, 화자는
그 사이를 "참어 떨치고" 가는 임을 바라본다. 임이 떠나는 것을 강력
한 시각 이미지를 통해 눈으로 인식한 후, 화자의 감각은 촉각으로 이
동한다. 산문적인 해석으로도 화자가 임이 떠난 후에 가슴에 찌르는 듯
한 고통을 받는다는 것을 알 수 있듯, 감각 역시 시각에서 촉각적인 것
으로 이동하는 것이다. 이 촉각 이미지는 주로 날카로운 사물의 이미지
를 통해 드러낸다.

부드럽고 탄력 있는 육신, 곧 "입술"이 와 닿는 충격을 만해는 "날카
로운 첫 키스의 추억"으로 인식한다. 특히 그 "날카로운 첫 키스"를 통
해 그의 "운명의 지침"이 방향을 바꾸게 되었다는 것은 입맞춤으로 다
가온 무언의 깨달음, 혹은 임으로 대표되는 존재와의 접촉이 화자에게
존재적인 충격을 준 것으로 읽을 수 있을 것이다. 초월적인 어떤 존재
와의 만남, 곧 진리의 깨달음과 같은 추상적인 경험을 만해는 일상의
영역에서 벌어지는 "키스"와 연결시킨다. 이것은 만해에게 있어서 우

리들 일상의 육체의 언어는 진리의 깨달음 같은 추상의 세계와 동일한 틀 속에 묶일 수 있다는 것을 증명한다. 그의 임은 가없는 추상의 존재인 동시에 만질 수 있고, 볼 수 있는 육체를 지닌 우리의 연인이 된다.

이처럼 나침반, 지침과 같은 금속성의 이미지는 날카로운 공격적 도구로 나타나 화자의 애(창자), 피와 눈물, 키스, 죽음 등을 끊어 놓기도 하지만, 때로는 자신의 강렬한 의지의 표상이 되기도 하고, 형이상학적 세계를 지시하는 기표로 변전하기도 한다.

> 당신은 나의 품에로오서요 나의 품에는 보드러운가슴이 잇슴니다
> 만일 당신을 조처오는사람이 잇스면 당신은 머리를숙여서 나의가슴에 대입시오
> 나의가슴은 당신이만질째에는 물가티 보드러웁지마는 당신의위험을 위하야는 황금의 칼도되고 강철의방패도됨니다
> 나의가슴은 말ㅅ굽에 밟힌낙화가 될지언정 당신의머리가 나의가슴에서 써러질수는 업슴니다
>
> ─「오서요」 부분

물의 부드러움과 칼의 날카로운 공격성, 그리고 강철의 단단함이 하나의 흐름 속에서 이어지는 분방한 운동성을 위의 시는 보여 준다. 물, 칼, 강철은 각각 구체적 사물로서 임을 향한 헌신적 의지를 보여 주지만, 물, 칼, 강철이 하나의 흐름으로 동질화됨으로써, 이미지들이 더 큰 형이상학적 세계와 연결된다. 존재가 고정되어 있지 않듯이 사랑의 감정은 고정되어 있을 수 없다. 사람의 감정이나 관계는 오히려 이처럼 변화하는 세계 속에서 함께 쉼 없이 움직임으로써 그 참모습을 보일 수 있음을 '물 – 칼 – 강철'의 이미지의 변전을 통하여 보여 준다.

> 님의사랑은 강철을녹이는불보다도 쓰거은데, 님의 손ㅅ길은 너머차

서 한도(限度)가 업습니다

　나는 이세상에서 서늘한것도 보고, 찬것도 보앗습니다 그러나 님의
손ㅅ길가티찬것은 볼수가 업습니다.

　국화픤 서리아츰에 써러진닙새를 울니고오는 가을바람도 님의
손ㅅ길보다는 차지 못합니다

　달이적고 별에쌀나는 겨울밤에 어름위에 싸인눈도 님의손ㅅ길보다
는 차지 못합니다

　감로(甘露)와 가티 청량한 선사의 설법도 님의 손ㅅ길보다는 차지못
합니다

　나의적은가슴에 타오르는불꼿은 님의손ㅅ길이 아니고는 쯰는수가업
습니다

　님의손ㅅ길의온도를 측량할 만한 한난계(寒暖計)는 나의가슴밧게는
아모데도 업습니다

　님의사랑은 불보다도 쓰거워서 근심산(山)을 태우고 한(限)바다를 말
니는데 님의손ㅅ길은 너머도차서 한도가업습니다.

　　　　　　　　　　　　　　　　　　　—「님의 손길」 전문

　위의 시와 마찬가지로 만해는 연인과의 사랑을 이야기하기 위해 감
각화 기법을 사용한다. 산문적인 해석을 통해 시에서 반복되는 언술이
크게 두 개의 층위를 갖고 있음을 알 수 있다. 바로 '님의 손길'과 '나
의 사랑'이다. 그리고 이 언술은 '차갑다'와 '뜨겁다'로 반복되고 있다.
그러나 이 반복은 각각에 연결되는 감각적 언술을 통해 변이된다.

　'님의 차가운 손길'은 "가을 바람"과 "얼음", "눈", 그리고 "감로"와
같이 청량한 선사의 "설법" 등과 연결된다. 이들이 주는 청량함, 맑음,
깨끗함, 그리고 차가움의 감각은 화자에게 있어 "님"이라는 존재가 어
떤 위치에 자리 잡고 있는지 짐작하게 만든다. 그의 임은 맑고, 깨끗하

고 고결한, 그러면서도 서늘하고 높은 존재가 된다.

그러나 화자는 이것을 반대로 임에 대한 '뜨거운' 자신의 '사랑'과 연결시킨다. 임의 차가운 손길은 주변을 얼려 버릴 정도로 차갑지만, 그 차가운 손길을 필요로 하는 것은 화자의 "가슴에 타오르는 불꽃"이다. 시에서 화자는 임이 갖는 '차가움'과 화자 자신이 갖는 '뜨거움'이 만나야 함을 당위적으로 역설한다. 임의 손길과 화자의 가슴이 만나게 될 때, "강철을 녹이는 불" 같은 임의 사랑은 "타오르는 불꽃" 같은 나의 사랑과 같은 위치로 만나게 된다.

> 의(義)잇는사람은 올은일을위하야는 칼날을밟슴니다
> 서산에지는 해는 붉은놀을밟슴니다
>
> ─「나의 길」 부분

「나의 길」에서는 옳은 일을 위하여 감수해야 하는 고통을 '칼날을 밟는다'라는 가슴 서늘한 서술어를 통하여 적극적이며 능동적인 극복의 의지를 나타내고 있다. 고통이 남에 의해 당해야 하는 수동적인 것이라면 칼에 의한 단절은 그것에 대한 적극적 의지의 표상이 된다. 칼은 예리하고 날카롭고 단단한 속성에 의해 공격적이며 열정적인 움직임이 되며 동시에 엄격하고 진실된 것을 지향하는 고행자(苦行者)적인 감각을 지니게 되는 것이다.

이런 날카롭고 단단한 감각은 주로 광물적인 이미지를 통해 나타나게 된다.

> 님이어 당신은 백번이나단련한금결임니다
> 뽕나무쌕리가 산호가되도록 천국의 사랑을 바듭소서
> 님이어 사랑이어 아츰볕의 첫거름이어
>
> ─「찬송」 부분

님이어 님에게밧치는 이적은생명을 힘껏쎠안아주서요

이적은생명이 님의품에서 으서진다하야도 환희의영지에서 순정(殉
情)한 생명의 파편은 최귀(最貴)한보석이되야서 쪼각쪼각이적당이이어
저서 님의가슴에 사랑의휘장을 걸것습니다

님이어 씃업는사막에 한가지의 깃듸일 나무도업는 적은새인 나의생
명을 님의가슴에 으셔지도록 쎠안아주서요.

그리고 부서진 생명의 쪼각쪼각에입마춰주서요

—「생명(生命)」 부분

「찬송」의 경우 화자는 임을 가장 단단하고 순도 높은 광물, 곧 "백번
이나 단련한 금결"로 인식한다. 대장간에서의 풀무질과 계속되는 망치
질은 불순물이 섞인 금속을 가장 순도 높은 금으로 걸러 낼 뿐 아니라
완벽한 순도를 향해 응축시키는 결과를 낳는다. "백번"의 단련 과정은
엄격함과 완결성과 겹치며, 화자가 바라보는 임의 완전무결함을 가장
단적으로 드러낸다.

금속, 특별히 황금의 이미지는 만해 시에서 임을 환기하기도 한다.
시 「생명」에서 화자는 임이 있는 곳을 '황금의 나라'로 인식한다. 화자
는 임이 있는 곳을 향해 나아가는 자신을 "작은 생명"으로, 그리고 "최
귀한 보석"으로 이해한다. 그러나 작은 생명이 단단하고 아름다운 보
석이 되기 위해서는 희망을 날카롭고 곧은 나침반으로 삼아 험한 바닷
길을 거쳐야 한다. 험한 바다를 지나는 과정은 작은 생명의 "배"를 "최
귀한 보석"으로 변화시키는, 「찬송」의 경우와 마찬가지로 변화하는 과
정과 같은 맥락이다. 여기서 한 걸음 더 나아가 "보석"은 그 보석을 지
니는 이의 피부에 맞닿는 직접적인 동일화의 도구가 되기도 한다. 화
자는 보석을 "으스러지도록 껴안"거나 "입맞춰" 달라고 말한다. 입맞
춤과 포옹은 피부의 직접적인 접촉을 의미하며 화자는 이를 통해 배가
땅에 닿듯, 자신이 임에게 가 닿기를 소망한다.

보석과 입맞춤은 가장 구체적이면서도 감각적인 시어이나, 강렬한 감각들은 궁극적으로는 깨달음과 초월의 논리를 체득하게 한다.

3 다채로운 목소리와 극적 정황

구체적인 요소를 추상의 세계에 자연스럽게 연결시키는 만해의 시적 기법은 화법의 측면에서 더욱 잘 드러난다. 만해의 시적 화자는 여성적 목소리를 내는 경우가 많다. 하지만 여성적 목소리 자체도 다양한 종결 어미와 감탄사의 사용, 돈호법이나 영탄법의 수사법 등에 의해서 생생하게 바뀌며, 또 다른 대화적 목소리가 개입됨으로써 시는 극적 분위기를 연출해 낸다.

만해의 시는 낯익은 여성 화자가 등장함으로써 친근한 서정의 세계를 열어 보이지만, 여성 화자의 목소리는 결코 고정되어 있거나 단조롭지 않다. 대부분의 종결 어미가 '-습니다'와 '-요'로 끝나서 공손함과 겸양이 주조를 이루나, 문맥에 의해서 이러한 목소리에는 여러 가지 감정이 섞여 들어간다.

① 그것이참말인가요 님이어, 속임업시말슴하야 주서요
—「참말인가요」 부분

② 님이어 리별을참을수가업거든 나의죽엄을 참아주서요
—「참어주서요」 부분

③ 당신이아니더면 포시럽고 맥그럽든얼굴이 웨 주름살이접혀요
—「당신이 아니더면」 부분

④ 당신이 어듸 그진주를 가지고기서요 잠시라도 웨 남을 빌녀주서요
                                                              ─「진주」부분

⑤ 자유를모르는것은 아니지만 당신에게는 복종만하고십허요
                                                              ─「복종」부분

⑥ 우주는 죽엄인가요 인생은 잠인가요
                                                          ─「고적한 밤」부분

　비격식체의 일반적인 경어체 어미인 '‐요'가 전부 쓰이고 있지만, ①, ②의 경우에는 소망을 담은 청유의 뜻이 강하며, ③, ④에는 원망과 질책의 의미가 어려 있다. ⑤에는 강한 자기 의지가 포함되어 있으며, ⑥에는 비가시적 세계에 대한 경외심과 더불어 구도의 열망이 숨어 있다. 이와 같은 다양한 감정의 개입은 여성의 목소리에 생생한 성격을 부여하고, 상황 자체를 극적으로 연출하는 중요한 역할을 한다.
　또한 "아아!"라는 감탄사와 "님이여"라는 돈호법은 시집 『님의 침묵』 전체를 통해서 빈번하게 사용된다. 마치 음악에서의 라이트모티프처럼 중심 스토리를 이루는 것은 아니지만, 이러한 시어들은 반복적으로 등장하여 각각의 문맥과 결합하면서 극적인 정황들을 연출하는 데 매우 중요한 역할을 한다. '아아'는 '오오'로도 자주 변이되어 등장하며, 부르는 대상은 "님이여"(「포도주」), "계월향이여"(「계월향에게」), "벗이여, 나의 벗이여"(「타골의 시 'GARDENISTO'를 읽고」), "대동강아!"(「사랑의 불」), "금강산아!"(「금강산」) 등으로 다양하게 드러난다.

　　네 네 가요 지금곳가요
　　에그 등ㅅ불을켜랴다가 초를거꾸로쏫젓슴니다 그려 저를 엇저나 저 사람들이 숭보것네

님이어 나는이러케밧븜니다 님은 나를 게으르다고 꾸짓슴니다 에그 저것좀 보아 「밧분것이 게으른것이다」하시네

내가 님의꾸지럼을듯기로 무엇이실컷슴닛가 다만 님의거문고줄이 완급(緩急)을 이를까 점허합니다

──「사랑의 끝판」 부분

위의 작품에서 "님이여"를 중심으로 나와 임의 극적 상황이 이루어 짐을 확인할 수 있다. 거문고 줄의 완급으로 표상되는 임의 여유롭고 초월적인 공간과 그곳을 향해 달려가는 나의 급한 마음이 생동감 있는 극적 장면을 만들어 낸다. 여기에는 현상적 화자인 "나"와 청자인 "님"의 목소리(바쁜 것이 게으른 것이다)가 대화를 나누고 있어 극적 분위기가 고조된다. 특히 나의 목소리는 대답(네 네~가요), 혼잣말(에그~그려), 설명적 진술(내가~저어합니다)의 세 가지 층위에서 이루어져서, 하나의 장면은 복합적인 감정 상태까지도 함께 전달한다.

서정시에는 대부분 일인칭 독백적 화자가 등장하지만 내부에 이처럼 다양한 변전을 포함하고 있는 독백적 화자의 목소리는 서정시의 폭을 깊게 하는 역할을 한다. 나아가 청자의 등장으로 극적 대화의 상황이 만들어질 때, 서정시의 독백적 언술이 빠지기 쉬운 감정의 방출이나 고립성을 넘어서, 상황에 대한 다각적 성찰과 전망을 얻게 된다.

날과밤으로 흐르고흐르는 남강(南江)은 가지안슴니다

바람과비에 우두커니섯는 촉석루(矗石樓)는살가튼광음(光陰)을 싸러서 다름질침니다

논개여 나에게 우름과우슴을 동시에 주는 사랑하는논개여

그대는 조선의무덤가온데 피엿든 조흔꽃의하나이다 그래서 그향긔는 썩지안는다

나는시인으로 그대의애인이되얏노라

그대는어데잇너뇨 죽지안한그대가 이세상에는업고나

나는 황금의 칼에베혀진 꼿과가티 향긔롭고 애처로은 그대의당년(當年)을회상(回想)한다
술향긔에 목마친 고요한노래는 옥(獄)에무친 썩은칼을 울녓다
춤추는소매를 안고도는 무서은찬바람은 귀신나라의꼿숩풀을 거쳐서 써러지는해를 얼녓다
간얄핀 그대의마음은 비록침착하얏지만 썰니는것보다도 더욱무서웟다
아름답고무독(無毒)한 그대의눈은 비록우섯지만 우는것보다도 더욱 슯엇다
붉은듯하다가 푸르고 푸른듯하다가 희여지며 가늘게썰니는 그대의 입설은 우슴의 조운(朝雲)이냐, 우름의모우(暮雨)이냐, 새벽달의비밀이냐, 이슬꼿의 상징이냐
찌비가튼 그대의손에 썩기우지못한락화대(落花臺)의남은 꼿은 부스럼에취하야 얼골이 붉엇다
옥(玉)가튼 그대의발쑴치에 밟히운 강언덕의 묵은이끼는 교긍(驕矜)에넘쳐서 푸른사롱(紗籠)으로 자기의제명(題名)을 가리엇다

아아 나는그대도업는 빈무덤가튼집을 그대의집이라고 부릅니다
만일 이름쑨이나마 그대의집도업스면 그대의이름을 불너볼기회가 업는까닭입니다
나는 꼿을사랑합니다 마는 그대의집에 픠어잇는꼿을 썩글수는 업습니다
그대의집에 픠어잇는꼿을 썩그랴면 나의창자가 먼저썩거지는 까닭입니다
나는꼿을사랑합니다 마는 그대의집에 꼿을심을수는 업습니다
그대의집에 꼿을심으랴면 나의가슴에 가시가 먼저심어지는 까닭입니다
용서하여요 논개여 금석(金石)가튼 굿은언약을 저바린것은 그대가아

니오 나임니다

용서하여요 논개여 쓸쓸하고호젓한잠ㅅ자리에 외로히누어서 씨친한
(恨)에 울고잇는것은 내가아니라, 그대임니다

나의 가슴에「사랑」의 글ㅅ자를 황금으로색여서 그대의사당(祠堂)에
기념비를세운들 그대에게 무슨위로가 되오릿가

나의 노래에「눈물」의 곡조를 낙인으로 찍어서 그대의사당에 제종
(祭鐘)을울닌대도 나에게 무슨속죄가 되오릿가

나는 다만 그대의유언대로 그대에게 다 하지못한사랑을 영원히 다른
여자에게 주지아니할 뿐입니다 그것은 그대의얼골과가티 이즐수가업는
맹세임니다

용서하여요 논개여 그대가용서하면 나의죄는 신에게 참회를아니한
대도 사라지것슴니다

천추(千秋)에 죽지안는 논개여

하루도 살ㅅ수업는 논개여

그대를사랑하는 나의 마음이얼마나 질거우며 얼마나 슯흐것는가

나는우슴이제워서 눈물이되고 눈물이제워서 우슴이 됩니다

용서하여요 사랑하는 오오 논개여

　　　　　　　　　——「논개의 애인이 되어 그의 묘(廟)에」전문

일찍이 조지훈은 "혁명가와 선승과 시인의 일체화 이것이 한용운 선
생의 진면목이요, 선생이 지닌바 이 세 가지의 성격은 마치 정삼각형과
같아 어느 것이나 다른 양자를 저변으로 한 정점을 이루었다."[3]라며 만
해 사상의 중층성과 통합성을 언급한 바 있다. 목소리의 다양성이나 그
런 목소리들이 만들어 내는 극적 정황이란 만해의 이러한 특성이 시에

---

3) 만해사상연구회 편, 『한용운 사상 연구』 1집(민족사, 1981).

서 방법적으로 구체화된 것이라 말할 수 있을 것이다.

유장하면서도 격정적 호흡으로 독자에게 강렬하게 호소해 오는 「논개의 애인이 되어 그의 묘에」는 화자의 어조의 변화에 따라 화자와 논개의 관계가 다채롭게 변화되면서 새로운 극적 국면이 펼쳐진다. 논개라는 시적 대상에 대한 서술자의 객관적 목소리가 있는가 하면, 논개의 고귀한 순교의 순간을 예찬하며 그려 내는 시인의 목소리가 있고, 사랑하는 연인인 논개에게 참회를 고하는 애인의 목소리가 들리기도 하고, 논개라는 위대한 역사적 실체를 따르고 싶은 후손의 회한 어린 목소리가 나타나기도 한다. 위의 시를 각 연별로 중심이 되는 시어, 상황, 어법 등에 따라 정리하면 다음과 같다.

	시적 대상과 (화자의 관계)	호격 감탄사	감정	주요 종결 어미	주요 시어
1연	역사적 실체로서의 논개(객관적 서술자 시인이며 연인)	사랑하는 논개여	객관적 영탄	−습니다 −노라	남강, 촉석루, 조선의 무덤, 꽃
2연	그대의 당년(當年) (시인으로서의 서술자)	없음	예찬	−한다 −었다	술향기, 노래, 춤, 울음, 웃음, 손, 발꿈치
3연	그대의 집 (역사적 존재로서의 서술자)	없음	탄식	−습니다 −입니다	빈 무덤, 집, 꽃
4연	용서해 줄 여성 (연인으로서의 서술자)	용서하서요, 논개여	참회	−하셔요 −오리까	용서, 언약, 잠자리, 사랑, 눈물, 유언, 천추, 사랑, 웃음, 울음, 용서
5연	복합적 대상 (복합적 서술자)	사랑하는 오오 논개여	탄식과 영탄	−여 −겠는가 −ㅂ니다	

서정시는 전 텍스트를 통해서 화자의 통일된 정서를 구현하는 것이다. 그런데 그 내부에서 목소리의 변주는 다양한 극적 상황을 만들어 냄으로써, 보다 확장된 경험과 사유의 세계를 보여 준다.[4] 위의 시는 논개라는 역사적 실체에 대한 존경과 그리움의 정서에서 시작하여, 논개의 삶에 대한 회고로 시선이 변해 간다. 또한 논개와 같은 순정한 영혼이 존재하지 않는 민족의 현실에 대한 통탄을 하는가 하면, 논개의 뒤를 따르지 못한 후손의 자책이 사랑하는 이를 잃은 연인의 통절한 목소리로 행해진다. 논개를 숭앙하는 시인으로서의 연인이 이제는 한 여자를 사랑하는 남자가 되어 더욱 진솔한 회한의 아픔을 토로하는 것이다. 그리고 마지막 연에서는 논개가 결국 따르고 싶은 역사적 지표이고 되찾고 싶은 그리운 연인이며, 유약한 자신을 정화하는 재생의 원천임을 노래하는 복합적인 목소리로 끝을 맺는다.

한용운 시에 나타나는 다양한 목소리와 극적 정황은 단순한 기법의 문제를 넘어서 있다. 오히려 끊임없는 변전의 운동성 속에서 진리를 포괄하려는 그의 사유 체계의 산물이다. 시적 대상이 되는 논개도, 그리고 그를 관조하는 시선 자체도 다채롭게 변이됨으로써, 시인이며 운동가이며 종교가인 자신의 복합성을 일관된 시 정신 속에서 구현해 내는 것이다. 이처럼 한용운 시에 있어서 방법과 정신은 상호 작용하면서 대립을 완화하고 모순적 세계를 포괄하는 변전의 운동성을 만들어 낸다.

4 역설의 언술과 변전(變轉)의 상호 작용

시의 의미 구조 안에서 만해의 세계관은 역설을 통해 본격적으로 구

---

4) 바흐친은 서정적 발화 안에 이질적인 발화가 끼어들더라도 그것은 결국 서정적 발화 안에서 통합 가능하기 때문에, 문화적 대화성은 구조적으로 대화적 발화와는 다르다고 지적한다. 김욱동, 『대화적 상상력, 바흐친의 문학 이론』(문학과 지성사, 1988).

현된다. 역설의 언술은 서양 문학에서는 19세기까지 궤변이나 지적 희롱의 일종으로 취급당했으며, 역설적 논리의 시는 저급한 것으로 여겨졌다.[5] 우리 시의 전통 속에서도 역설은 불교적인 문학을 제외하고는 그렇게 중요하게 취급되지 못했다. 그런 의미에서 한용운의 시 세계가 역설의 논리로 무장하고 있다는 것은 매우 중요하다. 1920년대라는 역사적 시공간은 다양한 의미에서 불일치의 시대였다. 주권의 침탈이라는 민족사적인 모순의 상황은 물론이고, 발 빠른 근대주의와 부서지는 전통의 세계가 길항했으며, 그 속에서 개인들의 삶 역시 상반되는 충동에 흔들려야만 했다.

한용운의 시는 그런 모순과 충동 속에서 방향을 찾고, 그것을 향해 변전해 가는 생생한 모색의 과정이다. 따라서 역설의 언술들은 초월의 논리로만은 설명되지 않는다. 사랑과 미움, 웃음과 울음을 포괄하는 역설의 언술은 1920년대라는 현실에 대응하는 열정적 삶의 장이며, 시인이자 운동가이자 승려인 만해 자신의 존재론의 장이기도 하다.

만해는 이 세상을 초월한 완벽함보다는 기쁨과 더불어 고통도 감수해 나가야 하는 인간 실존에 더 큰 의미를 부여하면서, 삶에 대한 긍정적 의지를 시로 형상화한다. 생의 고통 속에서 오히려 아름다움을 발견하려는 역설적 인식은 그의 다른 시에서도 보편적으로 발견되는 사유 체계이다. 시인은 현상적 존재로서의 '나'와 초월적 존재로서의 '임'이 합일되기 위해서는 이러한 역설적 진리를 내포하는 깨달음에 의해서만 가능한 것임을 나타내고 있는 것이다.

리별은 미(美)의창조(創造)입니다
이별의미는 아츰의 바탕〔質〕업는 황금과 밤의 올〔系〕업는 검은비단과 죽엄업는 영(永)원한생명과 시들지안는 하늘의푸른옷에도 업슴니다

5) 이상섭, 『복합성의 시학』(민음사, 1987), 151쪽.

님이어 리별이아니면 나는 눈물에서 죽엇다가 우슴에서 다시사러날
수가 업슴니다 오오 리별이어
　　미는 이별의창조임니다

　　　　　　　　　　　　　　　　　—「리별은 미의창조」 전문

　　이별과 미의 관계를 규정함에 있어서 이 시 각각의 행은 독자적인
기능을 수행하고 있다. 1행과 4행을 언뜻 보면 유사한 의미를 강조하
기 위한 반복인 것처럼 보이지만, 4행에 있어서의 주술(主述)의 도치는
이 시를 그 자체로 완결된 하나의 체계로 묶는 결정적 역할을 한다. 즉,
이별은 미를 창조하고 미는 이별의 창조라는 병렬의 수사법에 의해, 이
별은 바로 미 자체라는 완벽한 등식 관계가 성립된다. 그리하여 이 시
에서 첫 연의 단정은 이별에 대한 관습적인 연상인 떠나감이나 대상을
잃는 것, 없어짐의 부정적 의미를 가장 긍정적인 미로 규정하고 있는
것이다.

　　2행에는 이별이 지닌 미적 요소를 소유하지 못한, 대립되는 이미지
들이 등장하고 있다. "아침의 바탕[質] 없는 황금", "밤의 올[系] 없는
비단", "죽음 없는 영원의 생명", "시들지 않는 하늘의 푸른 꽃"이 그
것이다. 이 이미지들은 일상적 시각으로 보면 화려한 미감을 지니고 있
는 것들이다. 그러나 이 시에서 시인은 일상적 시각을 초월하여 사물의
본질을 꿰뚫고 있다. 시인은 이들 이미지에 모두 ' - 이 없는'이라는 한
정어(관형격)를 수식함으로써 부정항(이별)이 없이는 참된 미도 생성
될 수 없다는 논리를 만들어 내고 있는 것이다. 즉 황금은 아침의 영롱
한 빛의 바탕 없이는 그 광휘로움을 빛낼 수 없고, 비단 또한 올이 없
거나 검은 색과의 대비 없이는 그 다채로운 아름다움을 인정받을 수
없다. 즉, 한용운에게 시듦이 없고 죽음이 없는 영원한 생명과 꽃과 황
금과 비단은 오히려 아름답지 않은 것이 된다. 이별의 아픔이나 고통이
이러한 밤의 고뇌, 어둠, 그리고 시듦과 죽음에 비겨진다고 할 때, 이별

이 없는 아름다움도 그 의미를 상실하게 된다. 3행에 나타난 바와 같이 눈물에서 죽었다가 웃음에서 살아날 수 있는 이별이야말로 생(生)의 순환적 리듬을 가지고 있고, 재생의 기쁨을 내포하고 있기에 아름다운 것이다. 그러므로 시인은 이별의 의미에 최대의 가치를 부여하며 4행의 마무리에서 이별을 완벽한 미 자체로 승화하고 있는 것이다.

> 사랑을 '사랑'이라고하면 발써 사랑은 아닙니다
> 사랑을 이름지을만한 말이나글이 어데잇슴닛가
> 미소에눌녀서 괴로은듯한 장미빗입설인들 그것을 스칠수가잇슴닛가
> 눈물의 뒤에 숨어서 슯음의흑암면(黑闇面)을 반사하는 가을물ㅅ결의 눈인들 그것을 비칠수가 잇슴닛가
> 그림자업는구름을것쳐서 메아리업는절벽을것쳐서 마음이갈ㅅ수업는 바다를것쳐서 존재? 존재임니다
>
> ——「사랑의 존재」 부분

화자는 사랑을 '사랑'이라고 하면 사랑이 아니라는 역설적인 부정을 통해 사랑의 본질을 형상화하고 있다. 그 까닭은 연이은 다음 행의 "사랑을 이름지을 만한 말이나 글이 어데 있습니까"라는 물음을 통해 명확해진다. 본질적인 의미의 사랑은 '사랑'이라는 언어로 불리면서 사랑 그 자체라기보다는 어떤 특정 대상 속에서 '사랑'이라는 언어로 파악된 특정한 의미로 변질되기 때문에 실체의 사랑과 '사랑'이라는 말이 다른 것임을 보여 준다. 시인은 사랑의 고정화에 대한 생각을 거부하면서 사랑의 본질은 이름 붙일 수 없는 자유로운 것임을 강조하고 있다.

> 귀태여 이즈랴면
> 이즐수가 업는것은 아니지만
> 잠과죽엄쑨이기로

님두고는 못하야요

아아 잇치지 안는 생각보다
잇고저하는 그것이 더욱괴롭슴니다

— 「나는 잇고저」 부분

위의 예에서 '생각'과 '잇음'은 대립되는 단어이다. "남들은 님을 생각한다지만 나는 님을 잇고저하야요"는 명백한 모순이다. 그러나 "생각하야 보앗슴니다"는 그 대립이 긍정을 전제로 하고 있음을 드러낸다. 다음 연의 '님쑨인데 엇지하야요'로 한층 거세게 다가가면서 마침내는 "잇고저하는 그것이 더욱 괴롭슴니다"에 이르러 내가 잇고자 함이 허구임이 드러난다. 이 시는 다음의 내용으로 요약할 수 있다.

1연: 임을 잇고자 함
2연: 잊으려면 생각나는 임
3연: 임을 잊을 수 없음
4연: 잊으려는 마음의 괴로움

화자가 임을 잊으려는 생각을 가짐과 동시에 자꾸만 임을 더 생각하게 되고 오히려 임을 잊을 수 없음을 깨닫게 되는 것으로 3연에서 절정을 이룬다고 하겠다. 결국 이 시는 임을 잊을 수 없음을 보여 주기 위해 임을 잊겠다는 말로 시작된 역설의 시라 할 수 있다.

만해의 시 속에 나타난 임의 대부분은 '가 버린 임'으로서 이별의 대상이었다면 이 시에서는 '임을 잊고자 하나 잊지 못'하고 괴로워하는 상심을 순화하고 있다. 이 시의 화자는 잊고자 하는 자신의 의지와, 그러면서도 잊을 수 없다는 체념이자 달관을 보여 줌으로써 독자로 하여금 괴로움의 깊이를 절실히 느끼게 해 준다.

당신의소리는 '침묵(沈默)'인가요

당신이 노래를부르지 아니하는째에 당신의노래가락은 역력히들닙니다 그려

당신의소리는 침묵이여요

당신의얼골은 '흑암(黑闇)'인가요

내가 눈을감은째에 당신의얼골은 분명히보임니다 그려

당신의얼골은 흑암이여요

당신의그림자는 '광명(光明)'인가요

당신의그림자는 달이너머간뒤에 어두은창에 비침니다 그려

당신의그림자는 광명이여요

— 「반비례(反比例)」 전문

이 작품은 3연의 전부가 역설의 구조를 이루고 있다. 1연의 소리와 침묵, 2연의 얼굴과 흑암, 3연의 그림자와 광명의 대립되는 이미지들이 결합되고 있다. 이러한 두 개의 모순되는 명제는 각각 노래를 부르지 않는데 노랫가락이 들림으로써, 눈을 감을 때에 얼굴이 보임으로써, 그림자가 달이 넘어간 뒤에 어두운 창에 비침으로써 또 다른 '시적 진실'을 획득하게 되어, 결국은 당신의 소리−침묵, 얼굴−흑암, 그림자−광명일 뿐임을 확신하게 되는 것이다. 일상적인 생각에서 소리는 결코 침묵일 수 없으며, 얼굴이 흑암일 수 없고, 그림자 또한 광명일 수가 없으나, 주체와 객체가 역설에 의거해 근원적 동일성을 획득하게 된다. 이처럼 만해 시에서 역설의 기법은 모순을 극복하고 시적 초월과 비약을 성취시키는 원동력이 되는 것이다.

남들은 자유를사랑한다지마는 나는 복종을좋아하야요

자유를모르는것은 아니지만 당신에게는복종만하고십허요

복종하고십흔데 복종하는것은 아름다운자유보다도 달금합니다 그것
이 나의 행복입니다

그러나 당신이 나더러 다른사람을복종하라면 그것만은복종할수가
업습니다

다른사람을 복종하려면 당신에게복종할수가업는 까닭입니다

— 「복종」 전문

이 시가 주는 감동은 역시 그 역설적인 언술 때문이다. 이 시의 '자
유'는 만해가 말하는 인간 생활 목적으로서 '참된 자유'와는 다른 성질
의 것이다. 그것은 3·1 운동 후 일제가 문화 정책을 표방함으로써 민
족을 기만하고자 하던 '이름 좋은 자유'일 수 있다. "연애가 자유라면
님도 자유일 것이다. 그러나 너희는 이름 좋은 자유의 알뜰한 구속을
받지 않느냐"(「군말」)라고 만해는 외친다.

한 나라가 다른 나라의 정치적·문화적 예속 아래 놓여 있을 때 그
나라의 민중이 지배자들로부터 부여받은 자유란 '이름 좋은 자유'에
불과한 것이며 그것은 식민지 민족을 옭아매는 실제의 '구속'이 된다.
이러한 상황적 모순은 남녀의 애정 사이에서나 진리나 신(神)의 추구
에서도 동일하게 나타난다. 그래서 한용운은 "이름 좋은 자유를 끊임
없이 거부하고 참된 자유에 복종"하겠다고 말한다. 여기에서 우리는
부정을 통해 보다 더 큰 긍정으로 나아가는 만해 시의 틀을 읽을 수 있
다. 즉 부정과 긍정, 거부와 복종이 짜 내는 하나의 변증법이 역설적인
표현 속에서 힘차게 살아나고 있다. '참된 자유'는 저절로 얻어지는 것
이 아니라 생명을 바쳐야 하는 일이기까지 하다.

5 맺음말

하나의 형상이나 관념에 고정되지 않는, 변전의 운동성 속에 한용운적 사유의 원천이 숨어 있다. 변전을 통해 모순을 통합하고 존재의 방향을 찾는 것이야말로 고(苦)에서 해탈을 꿈꾸는 불교의 논리이며, 자기 극복을 통해 역사에 응전하는 독립운동가의 길이다. 이러한 변전의 세계관이 시의 기법과 조우하면서, 구체적 이미지로 비가시적 세계를 조명하고 역설의 언술로 인간 존재의 양식을 갈파하는 정신주의 시의 새로운 장이 구축된다.

한용운의 시 세계는 현실과 초월 세계, 노래와 침묵, 빛과 어둠, 이별과 재회, 죽음과 재생이라는 이항 대립의 모순 구조 위에 펼쳐 있으나, 다채로운 시적 기법을 통하여 추상적이고 비가시적인 세계를 가시화한다. 이때, 은유의 기법은 두 개의 이질적 질서를 포괄해 내는 구체적 방법이 되며, 역설의 언술은 모순을 통합하는 통로가 된다. 또한 대화적 구성이나 다양한 어법, 극적 목소리 등을 통해, 관념은 육화되어 시의 몸과 언어를 획득하게 된다.

따라서 한용운 시의 소재들은 매우 구체적이고 감각적이지만 이런 소재들이 다다르는 세계는 포괄적이며 형이상학적이다. 이것은 마치 어떤 때는 불타가 되며 자연도 되고 일제에 빼앗긴 조국이 되기도 하는 임[6]의 본성과도 닮아 있으며, 갈구하는 자의 끊임없는 예기(豫期)와 모색의 실천 속에 불완전한 모습으로 나타난다는 임[7]의 모습과도 닮아 있다.

만해에 이르러 한국 현대시는 추상적 사유의 세계를 형상화시키는 시적 기법의 다양성을 획득하였다. 다채로운 어법과 다성적 목소리가

---

6) 조연현, 『한국 현대 문학사』(성문각, 1974), 434쪽.

7) 김흥규, 『문학과 역사적 인간』(창작과 비평사, 1980), 21쪽.

만들어 내는 극적 무대에서 한용운은 은유와 역설을 통해 생의 모순을 포괄해 나가며, 역동적이면서도 거대한 삶의 원리를 형상화해 내고 있다.

시의 화자와 감각의 변용
─노천명

1 머리말

노천명은 1938년 첫 시집 『산호림』으로 문단에 데뷔하여 「사슴」,
「남사당」, 「이름없는 여인이 되어」 등의 시편들로 널리 인구에 회자되
었으며 한국 현대시사의 인상적인 이정표로 자리 잡고 있다. 1930년대
는 이전의 시단에는 드물던 여성시인들이 등장하기 시작하여 활동 범
위와 문학성을 넓혀 나간 시기로 노천명은 언어의 절제와 감정의 극기
를 통해 한국 여성시의 새로운 지평을 연 시인으로 평가받는다. 그의
시편들은 이미지들이 빚어내는 복합성과 여운을 강하게 환기시키는데,
시인은 각종 풍물과 기억들을 세심하게 복원하면서 혹은 감각적 이미
지를 수반하면서 관념의 때를 벗겨 나간다.

처녀시집 『산호림』에서 노천명은 유년 시절에 떠난 고향의 그리운
정경을 반추하고 자의식의 세계를 강하게 부각시킨다. 언뜻 세속으로
부터 이탈하여 순결한 시심(詩心)만을 견지하려는 결벽증적인 시적 기
질을 보여 주는 것 같기도 하지만, 그가 구사한 투명하고 맑은 이미지
와 다양한 비유법은 우리 시단의 소중한 자산으로 남을 만큼 값진 것
이다. 그의 작품들은 현대 여성시사의 실질적인 시작이라고 할 수 있는

107

데, 전기적인 생애를 둘러싼 단편적인 언급에 비해 개별 작품의 정밀한 분석을 통한 문학적 특성에 대한 규명은 아직 미진한 감이 있다. 이 글에서는 기존 연구에서 언급하지 않은 양가성의 시학과 감각의 변용 및 서사적 요소의 추출이라는 관점에서 노천명의 시를 자세히 분석해 나가고, 아울러 그의 시사적 위치와 의의를 조망해 보고자 한다.

노천명은 『산호림』(1938), 『창변(窓邊)』(1945), 『별을 처다보며』(1953), 유고시집 『사슴의 노래』(1958) 등 네 권의 시집과 두 권의 시선집 그리고 두 권의 수필집[1]을 상재하면서 활발한 문필 활동을 하였는데, 그에 대한 평가는 긍정과 부정의 상반된 평가가 엇갈려 오면서 다양한 논문과 평문이 발표되어 왔다. 노천명에 대한 연구는 전기적인 고찰에서부터 시인의 심리적 특성 연구, 그리고 작품의 미학적 가치와 의의를 논하는 데까지 이르렀으며 기존의 논의와 평가를 종합해 보면 다음과 같다.

우선 노천명 시를 긍정적으로 평가한 최초의 문학 연구자는 최재서이다.[2] 그는 노천명의 시를 "정서의 절제"라는 표현으로 전제한 다음 응축된 열정과 여성다운 섬세한 서정을 표현하고 있다는 점에서 그의 시를 높이 평가하고 있다. 그 이후 노천명 시에 대한 평가는 정서와 언어의 절제라는 논의 범주에서 평가하는 입장[3]과 사회적 질곡으로부터의 도피, 개인의 고독 속으로 침잠해 버린 시인이라는 범주에서 평가하는 입장으로 나뉜다. 특히 부정적인 견해로는 정태용과 김윤식, 신경림

---

1) 『산딸기』(1948), 『나의 생활백서』(1954).
2) 최재서, 『문학과 지성』(인문사, 1938), 240~249쪽.
3) 이성교, 「노천명 연구」, 《성신사대 인문과학 연구 논문집》(1968).
   조지훈, 「노천명 시 해설」, 『한국 시인 전집』 7권(신구문화사, 1949).
   김광섭, 「사슴의 노래 서문」, 『노천명 시집』(천명사, 1961).
   김해성, 「노천명의 시 세계」, 『현대시 원론』(대광출판사, 1980).
   이인복, 『문학과 구원의 문제』(숙명여대 출판부, 1982).

등의 견해가 대표적인데,[4] 김윤식은 내성화(內省化)된 고독에 초점을 맞추면서 노천명의 글쓰기가 유년 시절의 정신적 외상(外傷)에서 비롯됨을 지적하고 시 쓰기와 수필 쓰기의 관계를 전기적, 심리적 관점에서 조명하고 있다. 허영자는 노천명의 전기적 사실이 지나치게 부각되어 객관적인 연구에 장애가 되어 왔음을 지적하고, 노천명을 한국 현대시단의 최초의 본격 여성시인이라 명명할 때 여기에 혹시 과장되거나 옹호 받는 여지는 없는지를 검토할 것을 주장한다.

한편 노천명 시에 대한 논의와 성과는 대개 세 가지 범주로 나누어 정리할 수 있다.

첫 번째는 독특한 시인 의식을 규명하려는 논의로서 정한(情恨)의 세계와 관련된 고향 의식과 향토성에 관한 연구가 있다. 정한의 세계는 풍속의 재현과 풍물시, 소박한 서정의 세계 등으로 고찰되고 있다. 이러한 관점에서의 연구는 김해성,[5] 정영자,[6] 한영옥[7]의 경우가 대표적이며 특히 김재홍은 당대 여류시단의 통념을 뛰어넘어 시를 구원의 표상으로 상승시킨 최초의 전문 시인으로 높이 평가하고 노천명 시의 기조음이 되는 것은 유년 회상과 과거적 상상력이라고 지적한다.[8] 또 노병곤은 정지용의 시와 노천명의 시를 비교하면서 고향에 대한 집착과 향수가 노천명 문학의 출발점임을 지적하고 고향 공간이 유년 시절의

---

4) 정태용, 「노천명론」, 『한국 현대시인 연구』(어문각, 1976), 191~192쪽.
  김윤식, 「예술의 방법론과 기질의 문제」, 『한국 현대시론 비평』(일지사, 1982), 114쪽.
  _____, 「시와 산문의 이율배반」, 『한국 근대 문학사상 비판』(일지사, 1984), 344~351쪽.
  신경림, 「노천명의 문학과 인간」, 『모가지가 길어서 슬픈 짐승은』(지문사, 1981).
  허영자, 「노천명 시의 자전적 요소」, 『한국 현대시사 연구』(일지사, 1983).
5) 김해성, 앞의 글.
6) 정영자, 「노천명의 시 세계」, 『한국 여성시인 연구』(평민사, 1986).
7) 한영옥, 「노천명·모윤숙 시의 특질 비교」, 《향란문학》 9집(1979).
8) 김재홍, 「노천명 ── 실락원의 시 또는 모순의 시」, 『한국 현대시인 연구』(일지사, 1986).

인상 재편에 집중되고 있음을 규명하고 있다.[9]

두 번째는 노천명의 정신세계와 창작 방법의 특성을 밝히려는 것으로 이 논의들은 대개 그 시에 나타난 고독과 애상에 초점을 맞추고 작품과 인간 면모에 드러나는 고독의 의미를 해명하고 있다.[10] 김지향은 시에 표출된 고독의 차원이 시기별로 어떻게 나타나는가에 관심을 두면서 문학작품의 본질적인 요소 중 하나인 고독이 보다 진솔하게 인간 내면에 접근, 노천명의 시를 심화시키는 척도로 작용하고 있다고 본다.[11]

세 번째는 노천명 시의 시어와 수사법, 페미니즘적 요소에 대한 논의이다. 우선 수사법에 대한 연구로는 허미자,[12] 이성교[13]의 논의가 있으며 언어의 미학적 활용과 이미지의 전개 방식에 주목한 논의로는 졸고[14]가 있다. 또 김옥순은 진정한 여성적인 언술의 가치가 무엇인지를 물으면서 노천명 시의 문체가 일반적인 여성적 문체와는 거리가 있음을 분석하고 그의 시가 남성적 언술, 남성적 문체에 일치하고 있다고 본다.[15]

---

9) 노병곤, 「고향 의식의 양상과 의미 — 지용 시와 천명 시를 중심으로」, 《한국학논집》 26집(1995).

10) 최하림, 「화려하고 고고한 지성」, 《문학사상》 1976. 5.
   이인복, 「노천명론」, 《아세아 여성 연구》 22집(1983).
   허영자, 『한국 대표 시평설』(문학세계사, 1983).
   최선자, 「노천명 시 연구」, 연세대 교육대학원 석사 학위 논문(1985).
   남숙희, 「노천명 시의 정서적 특질에 관한 고찰」, 동국대 교육대학원 석사 학위 논문(1984).

11) 김지향, 「여류시에 나타난 고독 의식 연구 — 노천명 시 전집을 중심으로」, 《한양여자전문대 논문집》 12집, 「노천명론」, 『한국 현대 여성시인 연구』(1989).

12) 허미자, 「현대시의 수사에 대한 연구」, 《이대 녹원》 7집(1962).

13) 이성교, 「노천명 연구」, 《성신사대 인문과학 연구 논문집》(1968).

14) 김현자, 「노천명 — 장미」, 『한국 현대시 읽기』(민음사, 1999).
   _____, 「식물적 상상력과 절제의 미감」, 『노천명 시 전집 1』(솔, 1997).

15) 김옥순, 「노천명 시에 나타난 페미니스트적 시각: 특권적 의식과 여성적 사실주의」, 《이화어문논집》 14집(1996).

이상의 논의들에서 노천명 시의 연구는 고독과 애상, 언어 감각, 향토주의, 방언의 애착 등의 견해를 수렴하면서 폭넓은 연구가 진행되어 왔으며 최근에는 전집이 출간됨으로써 의의 있는 진척이 이루어지고 있다. 그러나 이미지와 감각, 어법, 화자 등의 특성이 전체적인 시인 의식 안에서 충분히 포괄되지 못하고 연구자의 관심에 따라 특정 작품을 통해 자신의 관점만 부각시키는 결과를 가져오기도 했다. 또 시사적 위치에 대한 평가 역시 미진한 감이 있었다.

2 양가성(兩價性)의 시학 —— 여성성과 남성성의 변증법

본질적으로 서정 장르는 자아의 내면을 향한 독백적 성격을 지니듯, 노천명의 많은 작품도 일인칭 화자의 고백적 언술을 통해 서정성을 환기한다. 시인이 어떤 화자와 어조를 선택하는가 하는 문제는 제재에 대한 시인의 태도와 긴밀하게 연관되는데, 시인이 다루는 제재나 시 의식의 변모에 따라 자아의 인식론적 변화를 어조나 화자를 통해 가장 가시적으로 드러내기 때문이다.

노천명의 시선은 고향 회상으로부터 이국 풍물에 이르기까지 다양하지만, 그 시선과 의식의 중심에는 늘 시적 주체인 '나'가 있다. 전통적인 여성시가 주로 임과의 관계 속에서 사랑이나 이별을 통해 자아를 발견했다면, 노천명의 시는 '나'에 대한 자의식을 꼿꼿이 지키면서 자아를 발견하고 있다는 점에서 주목된다. 노천명은 자기 자신을 객관적인 대상으로 바라보며 관찰하기도 하지만 다른 시적 대상에 자신을 투사해 자아를 응시하기도 한다.

그런데 그 시적 대상은 때로 남성으로 변신되기도 한다. 즉 시인은 여장을 한 남사당, 관(冠)을 가진 사슴, 신부를 기다리는 신랑 등 남성적인 대상에 자아를 투영하는 것이다. 이러한 시들에서는 화자로 상정한 대상이 남성인 만큼 시적 언술도 남성적 어조와 어법으로 이루어진다. 자아를 응시하는 존재 탐구의 장에 들어서되 흔히 종래에 남성적 언술로 인식되었던 어조와 언술을 체화해 표현하고 있는 것이다.

그의 시에서 시적 자아는 여성이면서 남성이고 남성이면서 여성적인 존재이며, 그 이중적이고 복합적인 존재성은 곧잘 양성적인 어조와 어법으로 드러난다. 노천명 시의 화자들은 매우 다양하며 유연하다. 절제된 미의식으로 다양한 화자를 자유롭게 조율하면서 다양한 소재들을 개성 있는 언술로 담아내는 그의 시는, 여성성인 아니마와 남성성인 아니무스[16]가 공존하는 다성적이며 복합적인 화자를 통해 여성시의 체험과 세계를 일견 확대시켰다는 점에서도 의의를 지닌다.

그러므로 노천명의 시에서 여성성의 문제는 새롭게 해석되어야 한다. 그의 시에는 화자는 여성 화자와 남성 화자가 자유롭게 공존하는 양성성을 지니며, 감각과 의식 또한 때로 크고 거칠되 때로는 섬세하고 부드러운 양면성을 지닌다. 시인은 자신에 내재한 아니마뿐 아니라 아니무스를 자유롭게 작품에 투사한다. 이는 노천명이 다른 여성 시인들에 비해 자신을 드러내는 데 스스로 억압을 덜 느끼려 애쓰며 보다 자유로운 정신을 추구하려 했기 때문이라 볼 수 있다. 이는 우리 여성시에 있어서 시적 화자의 계보를 정립하는 데 새로운 한 특징을 덧붙이는 시도라 할 수 있다. 그 대표적인 시는 「남사당」이다.

---

16) 가스통 바슐라르, 김현 옮김, 『몽상의 시학』(홍성사, 1978).

아니무스(animus): '여성에게 있어서의 무의식의 남성적 의인화'를 의미하는 아니무스는 남성에게 있어서의 아니마와 마찬가지로 부정적인 상과 긍정적인 상을 동시에 갖는다. 긍정적 아니무스는 여성에게 주도성, 기획성, 용기, 진실성, 객관성, 정신적 예지 등의 남성적 성격을 부여해 주고 최고의 형태에 있어서는 정신적인 깊이를 인격화할 수 있다. 여성은 긍정적 아니무스를 통해 자신의 문화적, 개인적, 객관적인 상황의 저변에 깔린 과정을 경험할 수 있고 따라서 삶에 대한 강화된 정신적 태도로 향하는 길을 찾을 수 있다.

나는 얼굴에 분을 하고
삼단 같이 머리를 따내리는 사나이

초립에 쾌자를 걸린 조라치들이
날라리를 부는 저녁이면
다홍 치마를 두르고 나는 향단이가 된다

이리하여 장터 어느 넓은 마당을 빌려
램프 불을 돋운 포장 속에선
내 남성이 십분 굴욕되다

산 넘어 지나온 저 촌엔
은반지를 사주고 싶은
고운 처녀도 있었건만

다음날이면 떠남을 짓는
처녀야
나는 집시의 피였다
내일은 또 어늬 동리로 들어간다냐

우리들의 도구를 실은 노새의 뒤를 따라
산딸기의 이슬을 털며
길에 오르는 새벽은

구경꾼을 모으는 날라리 소리처럼
슬픔과 기쁨이 섞여 핀다

―「남사당」전문

이 시에서 시적 화자는 남사당패에서 향단이 역을 하는 젊은 남자이다. 작품 표면에 일차적으로 드러나는 갈등과 대립 항은 분장을 한 "향단이"와 "사나이"의 갈등이다.[17] 한편, 시 외부로 확대해 보면 여기에는 남성적 화자와 실제 여성시인이 대립하는 또 다른 한 층이 존재한다. 이 시에서 남성 화자는 권위적인 목소리를 내고 있다. "초립에 쾌자를 걸친 조라치들이"라는 구절에서 볼 수 있듯이 자신을 조라치들보다 우위에 놓는 우월감을 가진 남성 화자로 나타내고 있다. 시인은 자신이 여성이면서도 남성의 경험을 상상하며 시를 쓰고 있다. 물론 여기서 남성 화자는 페르소나이므로 실제 시인의 성과는 관계가 없다. 다만 이 시에서 남자이면서 여장을 하고 여자의 배역을 맡아야 했던 남사당을 통해 시인 자신이 겪었던 생의 이율배반적인 면을 재발견해 표현하게 된다. "사나이"로서의 시적 화자는 정체성의 혼란을 겪는 시인의 대리 자아이기 때문이다. 특히 "굴욕"이라는 표현으로 남녀의 대립적 갈등을 선명하게 드러낸 점이 가장 부각된다. 즉 여성이 남성에게 느꼈던 무수한 굴욕이 시에서는 남성 화자를 통해 여성이 되는 것도 아니고 고작 여장하는 것을 "십분 굴욕"으로까지 느끼는 것으로 강조되기 때문이다. 분, 삼단 같은 머리, 다홍치마, 은반지 등은 여기서 남성과 대조적인 "굴욕"적인 여성 존재가 되기 위한 전유물일 뿐이다. 시인은 자신의 내면에 은반지를 받는 "고운 처녀"로서의 자아도 있지만 자유롭게 떠도는 "집시"의 자아도 있다는 것을 표현한다. 여자로 위장한 남자, 남자로 위장한 여자, 그래서 하나이면서 둘인 존재가 자신 속에 함

---

17) 이어령 편, 「노천명」, 『한국 작가 전기 연구(上)』, (동화예술선서, 1975).

노천명의 전기적 사실 중에서 이 시의 해석에 곧잘 언급되는 이야기가 있다. 노천명은 고향인 장연에서 소학교를 다닐 때 무슨 이유에서인지 남장을 하고 다녔다는 것이다. 하나 있던 남동생이 일찍 죽어 남동생을 보려고 그랬다는 이야기도 있고, 어릴 적부터 병약했던 노천명이 홍역을 앓고 죽을 고비를 넘기자 명이 길어지라고 속설에 따라 남장을 시키고 개명을 했다고도 전해진다. 이 이야기와 시는 자주 함께 언급되곤 해 왔다.

께 깃들어 있음을 드러내고 있는 것이다. 시인은 자신의 두 존재성, 즉 양성성이 조화로울 수 없었던 경직된 현실에서 늘 "나는 집시의 피였다"라고 되뇌며 남사당처럼 여러 곳을 떠도는 직업을 꿈꾸었을 것이다. 여성과 남성이라는 성적 구별을 넘어서서 자유로운 영혼을 지닌 인간의 존재로 살고 싶었던 시인의 의식이 "슬픔과 기쁨이 섞"인 모순의 삶으로 표상되고 있다.

「남사당」에 대한 몇몇의 기존 논의들은 이 시를 두고 "남성 선망적인 시"라고 해석한 바 있다.[18] 그러나 여장을 하면서 "내 남성이 십분 굴욕되다"라고 한 것은 앞에서도 분석했듯이 이 시의 화자의 어법이지 실제로 시인이 남성 되기를 희구했던 것이라고 볼 수는 없다. 오히려 「남사당」은 단순히 남성 화자로 변신한 것이라기보다는 성 역할에 대한 노천명의 진지한 탐색과 시적인 실천을 보여 주는 작품이다. 여성으로 살면서 자신의 존재에 한계를 느끼지 않을 수 없었던 시인은 시 안에서나마 남성 화자로 역할 바꾸기를 시도해 보기도 하고, 여성의 탈을 씀으로써 남성 화자를 통해 남성의 우월감과 여성의 존재론적 비극을 이중적으로 드러내 보이기도 한다. 이 시에서 겉으로 드러난 남성의 우월감과 배면에 깔린 여성의 존재론적 좌절감과 갈등은 시인의 내면에서 싸우고 있는 아니무스와 아니마의 극적인 상황을 보여 준다.

그러므로 이 시는 새로운 시적 화자와 어법을 통해 여성 시인에게 내재한 양성성의 모습을 극명하게 보여 주었다고 할 수 있다. 양성성의 혼재야말로 노천명의 시에서 가장 주목할 만한 면모인 것이다. 노천

---

18) 김옥순, 「노천명 시에 나타난 페미니스트적 시각」, 《이화어문논집》 14집(1996), 147~150쪽.
　　김옥순은 노천명의 시의 어법과 어조가 남성적 언술이라 말하면서 남성의 자유분방함에 대한 편향적 시선이라고 해석하고 있다. 「남사당」이나 「사슴」 등의 시를 노천명의 가부장적이고 특권적인 의식에서 나온 작품이라 보고 있다.

명 시의 이러한 양면성은 이상적 자아와 현실적 존재, 꿈과 삶의 이중성을 가장 잘 보여 준다. 바슐라르가 「안과 밖의 변증법」에서 "존재는 안으로의 응집이기도 하고 중심으로 역류하는 분산이기도 하다. 존재는 스스로 나타나기를 바라고 또한 스스로를 숨기기를 바라기도 하며, 마음의 열림과 닫힘의 움직임은 너무나 다양하고 또 너무나 자주 역전된다."라고 말했듯이 노천명의 시는 어쩔 수 없이 폐쇄와 개방의 모순, 안과 밖을 동시에 소유하려는 보편적인 인간의 모순 등을 보여 주고 있기 때문이다.

다음의 시들에서도 양성적인 언술 태도는 잘 드러난다.

> 그대가 오신다는 기별만 같아
> 치맛자락 풀덤불에 걸키며
> 그대를 맞으러 나왔습니다
>
> 내 낭자에 산호(珊瑚)잠 하나 못 꽂고
> 실안개 도는 갑사치마도 못 걸친 채
> 그대 황홀히 나를 맞아주겠거니 ―
> 오신다는 길가에 나왔습니다.
>
> ─「희망」 부분

> 사월이 오면, 사월이 오면은……
> 향기로운 라일락이 우거지리
> 회색빛 우울을 걷어버리고
> 가지 않으려나 나의 사람아
> 저 라일락 아래로 ― 라일락 아래로
>
> 푸른 물 다담뿍 안고 사월이 오면

가냘픈 맥박에도 피가 더하리라
나의 사람아 눈물을 걷자
청춘의 노래를, 사월의 정령을
드높이 기운차게 불러보지 않으려나

앙상한 얼굴의 구름을 벗기고
사월의 태양을 맞기 위해
다시 거문고의 줄을 골라
내 노래에 맞추지 않으려나 나의 사람아!

— 「사월의 노래」 전문

위에 인용한 두 편의 시 역시 정조와 어조에서 대조적이다. 시 「희망」은 "그대"를 기다리는 여인의 간절한 마음을 공손하기까지 한 어조로 표현하고 있다. 반복되는 서술어 "나왔습니다"라는 공대어는 "나"를 낮추는 동시에 "그대"를 높이며, "산호(珊瑚)잠"이나 "갑사치마"는 이 시의 여성적 분위기를 더욱 강조한다. 미처 치장도 하지 못하고 그대를 맞으러 나온 화자는 임을 기다리는 여성의 일반적인 이미지를 반복하고 있으며, 이 같은 시적 분위기는 시적 화자와 실제 시인이 여성이라는 점에서 더 익숙하게 느끼게 한다.

반면 시 「사월의 노래」는 시 전체를 통괄하고 있는 어조에 의해 함축적 화자가 남성임을 짐작하게 한다. "그대"며 "님"이라는 표현에 비해 "나의 사람"이라는 다소 중립적인 표현도 이에 일조한다. "회색빛 우울을 걷어버리고", "나의 사람아 눈물을 걷자", "드높이 기운차게 불러보지 않으려나" 등의 구절에 드러나는 적극적이며 능동적인 태도, "가지 않으려나", "불러보지 않으려나", "맞추지 않으려나" 등의 서술어에 보이는 권유의 말투 속의 권위적인 성격이 이를 대변한다. 또한, 2연의 "청춘의 노래를, 사월의 정령을/ 드높이 기운차게 불러보지 않으려나"가 환기하는 역동적이며 진취적인 자세는 소극적이며 겸양하는 여성적인 어조 및 심리와는 대조를 이룬다.

어느 조그만 산골로 들어가
나는 이름없는 여인이 되고 싶소
초가지붕에 박넝쿨 올리고
삼밭엔 오이랑 호박을 놓고
들장미로 울타리를 엮어
마당엔 하늘을 욕심껏 들여놓고
밤이면 실컷 별을 안고

부엉이가 우는 밤도 내사 외롭지 않겠소
기차가 지나가 버리는 마을
놋양푼에 수수엿을 녹여 먹으며
내 좋은 사람과 밤이 늦도록
여우 나는 산골 얘기를 하면
삽살개는 달을 짖고
나는 여왕보다 더 행복하겠소

　　　　　　　　　　　　——「이름없는 여인이 되어」 전문

모가지가 길어서 슬픈 짐승이여
언제나 점잖은 편 말이 없구나
관이 향기로운 너는
무척 높은 족속이었나 보다
물속의 제 그림자를 들여다보고
잃었던 전설을 생각해 내고는
어찌할 수 없는 향수에

슬픈 모가지를 하고 먼데 산을 바라본다

—「사슴」 전문

위의 두 시 역시 시인이 자아를 의식하는 대비적인 방법을 보여 준다. 이름조차 없는 존재로 살고 싶다는 바람과 고고한 존재로 살고 싶다는 두 마음이 길항하고 있다. 「이름없는 여인이 되어」의 화자는 정적이고 감상적인 어조로 비현실적인 자연의 공간 속에서 살아가기를 바란다. 기차조차 서지 않는 조그만 산골에서 온통 자연에 둘러싸여 그 속에 자신의 존재를 녹이며 그야말로 존재도 이름도 없는 여인으로 살기를 희구하는 것이다. 사실 이러한 언술은 지금의 자기 존재에 만족하지 못해 자기 존재를 부정하고 있음을 역설적으로 드러내는 것이기도 하다. 즉 그의 높은 자존심과 이상이 현실 속에서 풍파를 겪고 난 후 다른 시선에서 인생을 관조하게 된 표현이라 할 수 있다. 내 생애 부여받은 "이름"은 누구나 일생을 걸고 겪어 나가야 할 과업과도 같다. 젊은 날의 열망이 자기가 원하는 이름을 찾아가는 것이라면, 이 시에서의 화자는 이제 청춘의 고비를 넘어 단지 주어진 이름으로 살아야 하는 자신의 삶을 마주한다. 이제 "이름"은 자기가 원하든 원하지 않든 자신에게 쓰인 굴레이기 때문이다. 거부하고 싶은 이 이름은 성찰 끝에 찾은 진정한 자아의 이름이라기보다는 어떤 규약이나 현실적 제약 속에서 붙은 이름이기도 할 것이다. 따라서 "이름"의 대립 항은 그 모든 것을 벗어 버린 자연의 대상들이다. 그런 의미에서 이 시의 제목인 "이름없는 여인이 되어"는 이름에 대한 이 시인의 집착을 의식적 또는 무의식적으로 보여 준다. 하늘, 별, 마당, 초가지붕, 박넝쿨, 오이, 들장미. 이들은 있는 그대로가 존재인 '이름 없는' 것들이다. 화자는 자연물들에 자신을 투영하며 세속을 벗어 버리는 삶을 살기를, 즉 존재론적 전환을 이루기를 갈망한다. 어떤 외로움을 대가로 치르더라도 끝내 받아들이려는 이름 없는 삶, 그 의지는 "욕심껏"과 "실컷"이라는 시어로 표현된다. 그 욕심의 대상은 세속적 욕망과는 구별되는 "하늘"의 공간이다. 세속적인 영욕을 벗고 자기 존재만으로 충족한 삶을 살고 싶어 하는 시인의 열망은 현실적으로 시인이 "여왕"의 삶 속에서도 진정한 자기 자신을 찾지 못해 차마 행복할 수 없다는 사실을 보여 준다는 점에서 의미를 지닌다.

노천명의 대표작인 「사슴」은 정돈된 호흡과 절제된 감수성으로 "사슴"이라는 대상을 통해 자아의 이상과 자아 성찰의 방법을 세련된 면모로 그려 냈다는 점에서 두드러진다. 높고 향기롭고 귀한 것을 추구했던, 그야말로 "높은 족속"의 자의식을 선명하게 드러내고 있는 것이다. 향기로운 "관"을 쓴 "점잖은 편 말이 없"는 남성적 존재인 사슴에 자신을 비추어 보는 것은 곧 자아의 모습을 남성적 존재에 투사한 것이다. 귀족이나 선비의 풍모를 지닌 사슴에서 자신의 모습을 읽으면서 자신에게 내재해 있는 남성의 모습, 즉 귀족에 가까운 선비적 자아를 드러내고 있는 것이다.

이같이 노천명이 자아를 드러내는 두 가지 방식은 여성적 언술과 남성적 언술의 공존 혹은 병행이다. 즉 이름 없는 여인의 모습과 높은 족속인 선비의 복합성이 시인의 내면에 존재하는 보다 근원적이고 본질적인 모습인 것이다. 여왕의 삶을 살기보다는 "이름없는" 본원적 자아를 꿈꾸는 모습, "높은 족속"의 자아를 품었으되 슬픈 그림자와 먼 산을 응시하는 모습은 노천명이 인식한 자기 자신의 갈등이자 어쩌면 모든 인간에 내재한 보편적인 존재론적 갈등일 것이다. 시인은 인간 내면에 보편적으로 존재하는 여성적 자아와 남성적 자아의 양성성이 서로 갈등하고 화해하면서 변증법적 과정으로 삶을 이루어 나간다는 것을 인식하고 또 표현했던 것이다.

남성 화자와 남성성의 수용은 노천명이 이룬 새로운 영역이었으며 여성시의 체험을 확장시킨 의의가 있다. 그의 시에는 감성적이고 부드러운 이상적 자아의 아니마적 세계와 능동적이며 야심적인 아니무스의 세계가 공존하고 있다. 어느 자아도 억압하지 않으면서 양성적 자아를 자유롭게 표출한 시. 이것이 노천명 시의 여성성과 남성성의 변증법적 조화이다. 이는 우리 시사에서 큰 시인일수록 양성성을 지녔다는 점을 상기하면 더욱 흥미롭다. 1920년대의 소월과 만해가 여성 화자와 남성 화자를 동시에 누리며 시를 썼고 또 이 점에서 그들의 시가 역사적 맥락의 의미를 부여받았듯이, 노천명 시에서 발견되는 양성성의 어조와 어법 역시 당대 지식인 여성으로서 지녔던 자유로운 의식과 욕망을 표현했다는 점에서 의미를 부여받을 수 있을 것이다.

3 자의식과 절제의 미감(美感)

　① 내 마음은 그칠 줄 모르고 타고 또 타오
　② 계절의 여왕 오월의 푸른 여신앞에
　　　내가 웬일로 무색하고 외롭구나.
　③ 내가 이 손풍금을 작난하오

　노천명의 '나'라는 대명사는 꽤 강력한 힘을 우리에게 전해 준다. 그의 '나'는 '나는'이나 '나와'가 아닌 '내가', '내' 등의 강한 주체적 어세(語勢)를 가지고 있다. '내 노래', '나의 사람', '내 영혼', '내 달력', '내 생의 비밀', '내 슬픈 밤' 등 그는 끊임없이 자기를 세운다. 전통적인 현대 여성시인들의 시에 나타나는 '나'가 대부분 수동적, 의존적, 체념적인 분위기를 나타내는 데 비해 그의 '나'는 대단히 능동적 · 적극적인 의지를 보인다. 때로 스스로를 탐색하는 것에 지쳐 그 외로움에서 빠져나오려고 몸부림치고 한탄하면서도 그는 의연히, 그리고 집요하게 '나'의 추구를 계속하고 있는 것이다.

　① 물속의 제 그림자를 들여다보고

잃었던 전설을 생각해내고는
어찌할 수 없는 향수에
슬픈 모가지를 하고 먼데 산을 바라본다

　　　　　　　　　　　　　　　　—「사슴」 부분

② 「파라솔」을 접듯이
마음을 접어 가지고 안으로만 들다.

장미가 말을 배우지 않은 이유를
알겠다.
사슴이 말을 안하는 연유도
알아듣겠다.

　　　　　　　　　　　　　—「유월(六月)의 언덕」 부분

　이 두 시편에서 우리는 하나의 나르시시즘을 읽는다. 자기의 모습에
취한 나르시스, 그는 물가에 자기 얼굴을 비추고 또 비추며, 무수한 나
를 들여다본다. 자아에 대한 혼신을 다한 집중으로 끝없이 자기를 응시
하는 것이다. 그리하여 마지막에 비극적 자기 인식의 고통으로 인한 쓰
라린 자기 한계에 도달한다. 그 슬픈 자각이 사슴 - 장미 - 나를 어쩔 수
없이 외로운 영상으로 몰아가는 것이다.

　맘속 붉은 장미를 우지직끈 꺾어 보내 놓고 —
　그날부터 내 안에서 번뇌가 자라다

　늬 수정같은 맘에
　나
　한점 티 되어 무겁게 자리하면 어찌하랴

122

차라리 얼음같이 얼어버리련다
하늘 보며 나무모양 우뚝 서버리련다
아니
낙엽처럼 설게 날아가버리련다

—「장미」 전문

아홉 행의 짧은 시이지만 극적 요소를 지니고 있는 「장미」는 의미론적으로 1연 1~2행, 2연 3~5행, 3연 6~9행의 세 부분으로 나누어 볼 수 있다.

1연에서는 "장미/번뇌", "꺾다/자라다"의 대립을 통해 화자의 마음을 그리고 있다. 여기서 "맘속 붉은 장미"는 사랑에 대한 열정으로 타오르는 화자의 내면을 상징한다. 마음속에 자라나게 해야 할 아름다운 장미는 꺾어 버리고, 꺾어 없애야 할 번뇌를 자라게 하고 있는 것에서 이 시의 화자가 처한 갈등의 상태를 짐작할 수 있다.

"우지직끈 꺾어 보내 놓고"의 상징어 "우지직끈"의 거세고 강한 어감은 섬세하고 미묘한 사랑의 감정에 대한 화자의 마음이 움직이는 정도를 나타낸다. "꺾는다"는 것이 대상의 상실을 의미하는 파괴적 행위라면, "보낸다"는 사랑의 고백과 같은 적극적 행위이다. 화자는 자신의 마음속에서 자라난 장미를 꺾어 버리는 것과 동시에 그 꺾어 낸 장미를 "너"의 마음에 이식하는 작업을 하며, 그 행위에 의해 번뇌에 빠지게 됨을 추출해 낼 수 있다.

1연에서는 화자가 번뇌에 빠지게 된 원인을 설명하였다면, 2연에서는 그 번뇌의 내용을 구체적으로 보여 준다. 그것은 자신이 열정적으로 사랑하는 사람에게 부담되지 않을까 하는 두려움으로 나타난다. 사랑의 대상인 "너"는 "수정"으로, 두 번째 행의 "나"는 그것이 주는 최대의 형식적 간결성 때문에 모든 다른 형태의 행과 구별되고 있다. 화자인 나는 "티"로 은유화되어 자신이 "수정"과 같이 맑고 빛나는 상대방을 흐리게 하고 어둡게 하는 "티"와 같은 존재가 아닌가 하는 불안을 느끼는 것이다. 한 점 티의 무게는 사실 무거운 것이 아니지만, 상대방을 구속하는 심리적 무게로 해서 "너"의 마음속에 무겁게 자리할지 모르는 것이다.

2연에 쓰인 은유는 수정과 티, 너와 내가 대칭의 축을 이루는 복합적인 것이다. 수정 속의 티, 너 속의 나는 큰 것이 부분을 함의(含義)하는 형태를 이루면서 수정과 티의 상이성에 의해 너와 나의 실체적인 공동의 요소(너와 나의 관계)를 형성하고 있다. 수정 ⊃ 티, 너 ⊃ 나, 즉 너의 맘속에 있는 "티"로 자신을 인식하는 시적 자아의 이 내향성(內向性)은 3연의 6·7·9행에 나타난 "얼음", "나무", "낙엽"으로 변용된다. "얼음", "나무", "낙엽" 등의 이미지에는 사적인 경험과는 분리되는 추상성 및 간접성 등의 개념이 내포되어 있는데, 화자는 자신을 이러한 대상들로 변화시킴으로써 번뇌로부터 자유로워지고자 한다.

6행에서는 사랑을 스스로 부정한 화자의 춥고 쓸쓸한 심리 상태가 차갑고 딱딱하게 굳어 있는 "얼음"으로 감각화된다. "얼어버리련다"라는 결의는 첫째 행의 장미를 꺾어 보내는 행위와는 달리 소극적이고 도피적인 심리 반응이다. 사랑하는 대상에 대하여 적극적일 수 없기 때문에 "차라리" 마음의 문을 닫아 버리는 자기 폐쇄의 상태가 되고자 하는 것이다.

그것은 다시 하늘을 보며 우뚝 서 버린 나무의 속성으로 연결된다. 하늘을 보는 행위는 현실의 생활과 거기에서 비롯되는 욕구의 외면을 뜻한다고 할 수 있으며, 움직이지 않는 나무가 됨으로써 욕망에 흔들리지 않는 절제와 극기를 가지고자 하는 것이다. 즉 화자의 내면은 "너"와의 관계에서 숱한 꿈의 형상들을 가꾸어 왔지만 겉으로는 모든 것을 거부하는 태도를 취하며, 야멸차고 매섭게 긋는 감정의 양상들은 칼날 같은 날카로움과 차가움을 지닌 "얼음"으로 또는 단호함을 지닌 "나무"로 구조화되고 있는 것이다.

시적 자아인 "나"는 다음 단계에서 그 인고의 무거움을 가볍게 하기 위한 변신을 시도한다. "무겁게 자리함"에 대한 의구는 낙엽처럼 날아가 버리는 가벼움과 결합되고 있다. 나무를 떠나서 날아가는 부동(浮動)의 잎들, 낙엽은 고통의 무게가 가꾸어 온 비세속적인 꿈이며, 그 가벼움은 곧 소멸을 향해 나아간다. 사랑하는 대상에 대한 자신의 미련과 그리움이 남기는 모든 여지를 없애기 위하여 "나"는 존재 자체가 사라져 버리고자 한다. 그러나 사랑하는 대상으로부터 완전히 떨어져 나가는 것은 견디기 힘든 슬픔이다. 6·7행에서 사물에 의해 감정을 절제하고 있었던 것과는 달리 9행에는 "설게 날아가버리련다"로 하여 "설게"라는 감정적 부사를 붙임으로써 화자가 지닌 주체할 길 없는 슬픔의 정조를 서술하고 있다.

"얼다, 서다, 날아가버리다"로 이어지는 서술어의 변화는 화자의 감각을 없애고 움직임을 멈추게 하며 나아가서 존재 자체가 소멸되게 한다. 이러한 과정이 비록 부정적인 양상을 띠는 것이긴 하지만 화자는 이를 통해 "번뇌"로부터 자유로워지기를 바라고 있다.

이 시의 시적 자아는 사랑하는 대상에게로 행하는 순수한 열정과 자신의 열정이 상대방에게 부담이 될까 봐 두려워 그것을 억제하려는 감정의 은폐 사이에서 갈등을 겪고 있다. 사랑의 속성인 대상과의 원근의 거리 감정, 즉 적극성과 소극성의 심리적 거리가 이 시에서 긴밀하게 결부된 하나의 양면 감정을 구성하는 것이다. 이 양면 감정의 갈등 사이에서 화자는 얼음의 무게와 낙엽의 가벼움, 나무의 부동성과 낙엽의 움직임의 대조에 의해 모순된 정조를 은연중에 드러낸다.

이 시에서는 시적 자아가 사랑하는 사람에 대하여 취하는 태도의 적극적 이미지와 그에 반하는 소극적·도피적 이미지가 대립하고 있으며, 이에 따르는 마음의 개방과 폐쇄, 열정과 은폐 사이의 긴장이 시를 유지하면서 절제의 미감을 획득하고 있다.

행위의 적극성	형 상	행위의 소극성
자기 긍정		자기 부정
개장	←→	폐쇄
순수 열정 장미 수정 꺾어 보내다	←→	감정 은폐 번뇌 티, 얼음, 나무, 낙엽 얼어버리다 우뚝서버리다 날아가버리다

"장미"는 노천명의 인간상을 구체적으로 밝혀 주는 중심어인 셈이다. 그의 시에 나타난 "장미"와 "사슴", 이 두 대상의 공통점은 고고하고 홀로이며 어울려지지 않는 표상이다. 슬프고 점잖으며 향기로운 사슴은 "몹시 차 보여서 좀처럼 가까이하기 어렵고, 조그만 거리낌에도 밤잠을 못 자고 괴로워하는 성미"의 "자화상"과 일치하고 있다.

4 고향 회상의 언술과 서사적 요소

고향 회귀와 향토적인 전원 세계에 대한 열망은 노천명의 초기 시에서부터 강렬한 흡인력을 발산한다. 에밀 슈타이거는 서정시의 본질을 회감(回感, Erinnerung)이라고 한 바 있는데[19] 회감이란 기억, 회상 등의 말로도 쓰이지만 슈타이거는 이 말을 통해 주체와 객체의 융합을 나타내려고 했다. 다시 말해 내면으로 향하는 회상의 작용에 의해 과거, 현

---

19) 에밀 슈타이거, 이유영·오현일 옮김, 『시각의 근본 개념』(삼중당, 1978), 95~96쪽 참조.

재, 미래를 그 시혼(詩魂)의 고유한 본성으로 동일화시키는 상태를 말하는 것이다. 그의 전 작품에서는 체험에 대한 기억과 이에 대한 시적 재편이 시 쓰기의 한 기저음을 이루고 있다.

언제든 가리
마지막엔 돌아가리라
목화꽃이 고운 내 고향으로

아이들이 하눌타리 따는 길 미리론
학림사(鶴林寺) 가는 달구지가 조을며 지나가고
대낮에 잔나비가 우는 산골
등잔 밑에서
딸에게 편지 쓰는 어머니도 있었다

둥굴레산에 올라 무릇을 캐고
접중화 싱아 뻐꾹새 장구채 범부채 마주재 기룩이
도라지 체니 곰방대 곰취 참두릅 개두릅을 뜯던 소녀들은
말끝마다 "꽈"소리를 찾고
개암 살을 까며 소년들은
금방망이 놓고 간 도깨비 얘길 즐겼다.
　　　　　　　　　　　　　　　　　──「망향」전문

이 시는 목화꽃이 만발한 고향의 아름다운 풍경을 떠올리면서 시가 시작된다. 달구지가 지나가고 산에 올라 나물을 캐는 소녀들이 담소를 즐기는 등 자연 안의 평화로운 일상 공간에서의 화해롭고 따뜻한 삶이 드러난다. 시인은 "학림사", "둥굴레산"이라는 실제 지명을 자연스럽

게 시화함으로써 독자들에게 친근함을 느끼게 한다. 이런 정다운 분위기 속에 내재된 고향은 딸에게 편지를 쓰는 어머니, 도깨비 얘기를 읽는 소년, 소녀들의 영상으로 드러난다. 시적 화자의 회상의 진행에 따라 자연이나 사물과 동화해 가는 고향 사람들의 정겨운 모습들이 생생하게 형상화되고 있지만, 즉물적 인식과는 다르게 이미지 자체의 부각보다는 내부의 이야기적 상황에 이미지들이 수렴되고 있다. 등잔 밑에서 딸에게 편지를 쓰는 어머니나 도깨비 얘기를 읽는 아이들, 목사가 없는 교회당 등의 다양한 세목들이 사실적으로 묘사되고 사람들의 행위에 대한 서술이 공존하면서 생동감 있는 고향의 하루가 이미지로 그려지고 있는 것이다. 이런 특징은 다음의 시에서 더 분명하게 나타난다.

뒤 울안 보루쇠 열매가 붉어오면
앞산에서 뻐꾸기 울었다
해마다 다른 까치가 와 집을 짓는다는
앞마당 아라사 버들은 키가 커 늘 쳐다봤다

아랫말과 웃동리가 넓어뵈던 촌(村)에선
단오의 명절이 한껏 즐겁고……
모닥불에 강냉이를 튀먹던 아이들
곧잘 하늘의 별 세기를 내기했다

강가에서 개〔川〕비린내가 유난히
풍겨오는 저녁엔 비가 온다던
늙은이의 천기 예보(天氣豫報)는 틀린 적이 없었다
도적이 들고 난 새벽녘처럼 호젓한 밤
개 짖는 소리가 덜 좋아

이불 속으로 들어가 묻히는 밤이 있었다

———「생가」전문

이 시는 어린 시절에 시인이 살았던 "생가"라는 공간이 개별적이고 시각적인 단편의 연상들 속에 병렬적 구도로 환기되고 있다. 시각과 후각, 청각의 공감각이 회화적 단상을 제시함으로써 매우 적극적인 환기력을 갖고 생가가 있는 마을을 평화스러운 공간으로 유도한다. 고향의 다양한 풍물을 바라보는 화자의 시적 거리가 일정하게 유지되면서 그 대상은 화자가 포착할 수 있는 특수한 장면만으로 선명하게 부각되는 것이다. 즉 시선이 "뒤 울안 보루쉬 열매"라는 시각적 대상에서 감각적으로 시작되어 까치가 집을 짓는 앞마당의 버드나무→아이들이 놀고 있는 마을→강가→생가로 거리 감각을 통해 이동하는데, 이는 장면의 제시, 단편적인 의미소의 나열에 그치는 것이 아니라 생가라는 구심적 공간을 중심으로 사람들의 조촐한 생활상을 전체적으로 그려 내는 의미 구조를 가진다. 다시 말해 1, 2, 3연의 다양한 식물과 동물, 사람 등의 개별체들은 감각적 인상의 환기로 1차 의미를 이루고 이불 속에 들어가 묻히는 4연의 시적 화자는 고향의 내부 공간인 생가로 모든 기억과 사건이 수렴되면서 더욱 폭넓은 의미 공간을 이루게 된다. 즉 이 시에서는 기억의 대상들이 하나하나 독립적 장면들처럼 제시되어 인상적인 이미지들을 중첩시키고 있는데, 그 내부에서 각각의 선명한 장면들이 함께 발산하는 의미의 진폭이 있어 생가라는 공간이 삶의 전체성을 보여 주는 공간으로 자리 잡고 있음을 알 수 있다. 그러므로 개별 대상들의 감각적인 포착은 시인이 제시하고자 하는 일상 세계의 평화로운 조응이라는 세계상을 이루는 것이며, 단편적인 장면 환기처럼 느껴짐에도 불구하고 그 안에는 생활의 다양한 이야기들을 지향하는 시인 의식이 내재되어 있는 것이다.

고향은 노천명에게 시적 체험의 원형적인 공간이며 자아와 세계와의 화해를 유발하는 공간이기도 하다. 그는 고향에서 삶과 죽음을 생각하고, 고향에서 재생을 꿈꾼다. 고향은 기억의 무한한 원천을 제공하는 상상력의 보고(寶庫)이며 고향을 떠올릴 때 자신이 처한 생의 갈등과 번민에서 벗어날 수 있다. 그의 시적 상상력의 회귀점인 고향은 시인이 선별적으로 채택하는 단편적인 이미지가 아니라고 판단된다. 고향을 시의 문맥 속으로 끌어올리는 것은 곧 그의 시가 출발하는 지점이기도 하다. 짧고 찰나적인 유년기의 경험만으로도 성년기를 지배하는 강렬한 기억을 가질 수 있는 근본적인 동인(動因)은 그 기억을 체화시켜 표현해 내는 언어의 힘일 것이다. 노천명은 고향에 대한 단편적인 회상에 만족하지 않고 그것을 시 속에 재현한다. 시인은 고향과 함께 떠오르는 공동체적인 세계 인식과 함께 운명과 인연에의 따스함을 보여 주는데 여기서 처연하고 쓸쓸한 내면 풍경이 감각적인 이미지군으로 형상화되는 것이다. "잘생긴 느티나무 아래서 태고연히/ 조바심도 시기도 없던 마을/ 총 소리나 말굽 소리는 더구나 멀었다"(「그리운 마을」에서) 같은 구절이 환기하듯이 고향은 화자에게 내면으로 되울림해 돌아오는 평화롭고 고요한 깊은 공간의 꿈으로 채색된다.

앞의 시들은 시적 대상이 현재가 아니라 시인의 기억 속에 자리 잡고 있는 체험의 집합들이다. 그렇지만 이 체험에 대한 재구(再構)는 객관적인 거리를 유지하면서 감각적 이미지들의 생생한 부각이라는 면에서 장면들이 만들어 내는 삶의 조망들이 선명하게 드러난다. 서정시는 인간과 시간을 객관화하는 것이 아니라 인간과 그들의 삶 혹은 공간과 사건을 위해 이용되었던 경험과 주제를 객관화하는 것이라는 전제에서 볼 때 관념적 추상적 진술이나 자아 표출보다는 언어와 기억에 더 비중을 두는 위의 시들은 노천명 시를 이해하는 데 중요한 단서를 제공한다. 특히 앞의 시는 이미지즘과의 관련을 떠오르게 하는데 대상에 대한 객관적 거리를 가지고 순간적으로 환기되는 느낌, 즉 인상주의적인 순간성을 일정 정도 보여 주는 것으로 이해된다.

주지하다시피 1930~1940년대 시단에 "고향 상실"이라는 주제는 많은 시인들의 시적 화두였다. 고향은 원초에의 회귀 대상이 되고 근원적인 그리움으로서 문학의 폭넓은 사유의 대상이 되어 왔다. 과거로의 회귀는 결핍된 현재로부터의 이동이며, 현실과 이상의 단절을 극복하는 지향적 의식 행위가 된다. 향수는 고향에 대한 그리움과 상실된 낙원을 회복하고자 하는 시적 의지를 나타낸다. 그러나 과거의 공간으로 더 깊숙이 침잠함으로써 자아 동일성을 찾으려는 시인 의식은 현재에 대한 비응전력, 진정한 역사적 실존에의 회피라는 비판의 여지를 갖는다. 당대의 여느 시인들과는 달리 사회의 모순 구조에 대한 통찰이나 비판 정신을 함유하고 있지 않다는 점에서 이런 논지는 어느 정도 타당성을 갖는다. 그렇지만 이전의 여성시들이 슬픔과 그리움의 정서를 제대로 여과하지 않고 토로하거나 자기 감정을 영탄조로 분출했던 상황을 생각해 본다면 노천명의 감정 처리 방식은 구체성과 절제미를 갖춘 새로운 것이었음이 틀림없다. 앞에서 인용한 시들뿐 아니라 「돌집이」, 「저녁」, 「연잣간」, 「교정」, 「바다에의 향수」, 「망향」 같은 시들은 고향에 대한 단편적인 회상에 만족하지 않고 그것을 시 속에 적극적으로 재현하는 면모를 보인다. 노천명 시에서 고향에 대한 풍물적 묘사는 개체적 삶의 장면과 사건에 의해 획득되는 것으로 볼 수 있다. 이러한 장면은 특정한 사건이나 상황의 면밀한 제시를 이루는 서사물의 수법으로도 볼 수 있으며 객관적인 사실성 확보가 가능해지는 것으로 보인다. 시인은 자신의 기억 속에 내장된 다양한 풍물을 객관적 사건으로 투사시킴으로써 그리움이나 비애의 정서를 객관적으로 공명시키고 있는 것이다. 곧 시인의 그리움과 향수가 조촐하고 소박한 고향 사람들의 삶의 행위와 풍속에 맞물리면서 개인의 정조가 타인들과의 삶과 연대되어 보편의 정서로 공명되는 것이다.

서정 장르는 본질적으로 자아의 내면을 향한 독백체 성격을 가진다.[20]

---

20) Alaster Fowler, *Kinds of Literature*(Harvard Univ. Press, 1982), 62쪽.

일인칭 현상적 화자의 고백적 언술을 통한 서정성의 환기 외에도 노천명의 시에서 주목되는 점은 객관적 언술이라는 영역을 개척했다는 점이다. 이렇게 서사적 이야기가 함축된 시들은 1930년대 시단을 풍미했던 이야기시의 연장선상에서 논의될 가능성을 담고 있으며, 감각적인 방언의 활용으로 시어의 미학적 특성에 대해 섬세한 운용을 보여 준다.

어머니가 떠나시던 날은 눈보라가 날렸다

언니는 흰 족두리를 쓰고
오라버니는 굴관을 하고
나는 흰 댕기를 늘인 삼 또아리를 쓰고

상여가 동리를 보고 하직하는
마지막 절하는 것 봐도
나는 도무지 어머니가 아주 가시는 거 같지 않았다

　　　　　　　　　　　　　　　　　　　　—「작별」 부분

　노천명의 가장 아름다운 시 중의 한 편인 「작별」은 여성 화자가 일인칭 현상적 화자로 등장하지만 어머니의 죽음과 장례의 경험을 다루면서도 슬픔이나 눈물, 비탄을 직접적으로 서술하지 않는다. 상여와 소복의 행렬, 장례의 절차 위로 눈발이 날리는 풍경은 이 시를 온통 흰빛으로 채색한다. 이 무화(無化)의 빛과 무심한 듯 가라앉아 있는 목소리는 삶과 죽음, 이승과 저승의 경계 없이 가득 차 있는 화자의 비통함을 역설적으로 전달한다. 슬프고 어두운 심리 상태 위에 흰색이라는 시각적 이미지를 병치시키는 수법에서 정서를 객관화하고 심미적으로 질서화하는 노천명의 절제된 시 의식의 한 단면을 느낄 수 있다. 어머니의 죽음이라는 사건에 대해 화자는 객관적인 보고자의 입장에 서 있는 담담한 목소리를 들려줌으로써 한 편의 서사적 이야기가 재현되는 느낌을 불러일으킨다.

이렇게 노천명의 절제의 미감과 다양한 화자에 대한 관심이 만들어 낸 특징은 서사적 이야기가 함축된 시들로 객관적 언술 형태를 확보하고 있다는 사실이다. 앞에서도 지적했듯이 1930~1940년대 시단에서 고향 상실과 토속적 세계의 재현은 많은 시인들의 중요한 시적 제재였다. 정지용, 이용악, 윤동주, 오장환 등의 시인들은 잃어버린 고향과 유랑의 삶을 노래했으며 백석 같은 이는 삶의 연대성이 살아 있는 과거 공동체의 공간과 삶을 적극적으로 수용함으로써 현실을 극복해 보려 했다. 노천명의 시들은 이런 시도들과도 긴밀하게 연결되어 있으며 특히 백석의 시편들과 긴밀한 연관성을 보인다. 회상적 감상주의나 복고주의와는 다른 맥락에서 그가 보여 준 관찰과 응시의 시선은 과거 자체에 대한 관심보다는 공동체 속의 일원으로서 자신과 타인의 삶의 존재에 대한 성찰에서 비롯된다고 할 수 있다. 「가난한 사람들」, 「분이」, 「하일산중(夏日山中)」 같은 시편들은 동네 사람들의 풍습과 세목을 통해 공동체적 삶의 뿌리가 강했던 시절에 한 개인이 얼마나 충족된 삶을 살았는가 하는 것을 잘 보여 준다. 이러한 작품군을 통해 노천명 시에 드러나는 공동체적 일체감이 한 개인에게 얼마나 큰 정서적 합일을 가져다주고 있는가를 알 수 있으며 특히 이러한 것이 전근대의 삶에서 가능했음을 짐작케 한다.

> 수수경단에 백설기 대추송편에 꿀편
> 인절미를 색색이로 차려놓고
> 책에 붓에 쌀에 금전 은전
> 갖은 보화를 그뜩 싸는 돌상 위에
>
> ──「돌잡이」 부분

대추밤을 돈사야 추석을 차렸다
이십 리를 걸어 열하룻장을 보러 떠나는 새벽
막내딸 이쁜이는 대추를 안 준다고 울었다

—「장날」 부분

차일을 친 마당 멍석 위엔
잔치 국수상이 벌어지고

상을 받은 아주머니들은
이차떡에 절편에 대추랑 밤을 수건에 쌌다

대례를 지내는 마당에선
장옷을 입은 색씨보다도 나는
그 머리에 쓴 칠보족두리가 더 맘에 있었다

—「잔치」 부분

위에 인용한 세 편의 시들은 짤막한 사건과 감각적이고 토속적인 어
휘를 적절히 사용하면서 서사적 요소를 시에 수용하여 한국인의 기억
속에 보편적으로 잠재해 있는 유년 시절의 정겨운 고향 체험을 생생하
게 재구(再構)해 내고 있다. 잃어버린 고향과 따뜻한 삶의 편린을 잘 되
살려내면서 시인은 작품 전면에는 거의 드러나지 않고 객관적인 서술
자의 목소리로만 존재하고 있다. 이것은 스냅 사진처럼 정지된 풍경이
아니라 생생하게 살아 있는 생활상이며 방언과 자유율의 근간에 배어
있는 전통적 리듬감도 여기에 일조한다. 「돌잡이」의 "수수경단", "백설
기", "대추송편", "색색이"로 이어지는 'ㅅ'의 음상이나 「장날」에 보이
는 'ㅇ' 음의 연속적 음상은 읽는 재미는 물론, 추억과 과거의 공간을
현재로 생생히 환기시키는 역할을 한다. 이 시들은 아주 규칙적이고 정

제된 리듬을 보이지는 않지만 독특한 방식으로 개별 어휘와 통사구들을 병렬시킴으로써 고향의 풍속을 보다 생생히 재구해 내고 있다.

> 물가에서도 그는 말이 적었다
> 아라사 어디메로 갔다는 소식을 들은 채
> 올해도 수수밭 깜부기가 패어버렸다
>
> 샛노란 강냉이를 보고 목이 메일 제
> 울안의 박꽃도 번잡한 웃음을 삼켰다
> 수국꽃이 향기롭던 저녁 —
> 처녀는 별처럼 머언 얘기를 삼켰더란다
>
> ──「옥촉서」 전문

고향의 이야기가 시간적 순서에 따라 순차적으로 진행되는 서사적인 시간 구성을 지니고 있는 특징은 「옥촉서」에서 더욱 뚜렷이 드러난다. 이 시는 풍경 자체의 묘사보다 사건의 세계를 환기시키는 데 초점을 맞춤으로써, 서사적 분위기가 강하게 느껴져서 일종의 이야기시를 연상케 한다. 서정시의 서사 지향성은 단편성을 통해 총체성에 접근하는 방식으로 요약된다. 즉 일정 상황이나 분산된 체험의 재현을 중심으로 언술이 구축되며 장면의 계기적 질서화는 일상적 체험의 단면을 그려 내는 데 유효한 것이다.

우물가의 저녁 무렵이라는 시간적 배경이 전면화되고 있지만 여기에는 떠나 버린 어떤 인물과 그를 그리워하는 처녀의 안타까운 이야기가 담겨 있다. 그는 왜 고향을 떠나 아라사로 갔을까, 또 둘은 어떤 사이였을까 하는 식의 시적 상상력을 강렬하게 자극하면서 단지 서정적인 한 장의 그림이 아니라 한 시대의 아픔을 예리하게 간파한 밑그림으로도 읽힌다. "더란다"라고 일정한 거리를 전제로 보고하는 객관적 화자의 내적 독백의 형태로 진술되는 이야기에서 낭독성을 통해 독자들을 시 속으로, 다시 말해 시인의 의도 속으로 유인하는 역할을 충분히 담당하고 있는 것이다. 밭에는 깜부기가 패어 버리고 이별의 아픔이 있는 황폐한 현실의 그림 위로 샛노란 강냉이, 웃음을 삼킨 박꽃, 수국 꽃 향기, 별빛이 겹치면서 노천명 특유의 시적 감수성을 십분 발휘하고 있는 작품이라고 할 만하다.

5 감각적 이미지와 미적 거리

노천명의 시는 5월의 햇살을 닮아 있다. 첫여름의 밝고 감미로운 햇살과 풍부하고 다감하게 흘러넘치는 감각들은 노천명 시의 원천적 에너지가 되고 있다. 계절, 식물, 동물, 하늘, 숲, 여인, 이슬 등의 이미지들은 이 시인의 섬세한 감각과 만나 때로는 강렬하게 분출되기도 하고, 때로는 야무지게 응축되기도 한다.

　　청자빛 하늘이
　　육모정 탑위에서 그리듯이 곱고
　　연당 창포잎에
　　여인 생주치마에
　　첫여름이 흐른다

　　라일락 숲에
　　내 젊은 꿈이 나비같이 앉은 정오
　　계절의 여왕 오월의 푸른 여신 앞에
　　내가 웬일로 무색하고 외롭구나
　　밀물처럼 가슴 속 몰려드는 것을

어찌하는 수 없어
눈은 먼데 하늘을 본다
기인 담을 끼고 외진 길을 걸으면
생각이 무지개로 핀다

——「푸른 오월」 부분

　　노천명 초기 시의 밝고 화사한 정서가 잘 드러난 위의 시는 계절의
이미지들이 만들어 내는 깨끗하고 담백한 미감으로 가득 채워져 있다.
5월의 약동하는 생명력과 자신의 여린 꿈을 대비시키는 듯하면서도,
어느덧 계절의 생명력을 내부로 치환시켜 자아를 상승시키는 솜씨는
노천명이 가진 역동적 상상력의 힘을 잘 보여 준다.

　　하늘과 창포 잎과 첫여름 그리고 라일락 숲의 이미지는 시각, 후각,
촉각적 감각을 자극하면서 계절의 여왕 5월이 풍기는 생명의 에너지와
약동하는 정열을 효과적으로 만들어 낸다. 반면 내 젊은 꿈은 정오의
고요함 위로 "나비같이" 앉아 있어, 여린 생명의 작은 움직임으로 대비
되어 있다.

　　이러한 이미지들은 시인의 색채 상상력 속에서 빛에 의해 무지개의
찬연한 빛깔로 풍요롭게 확대된다. 꿈이 우리를 높이 데려다주는 하늘
은 빛나는 무지개가 피어나는 곳이다. 그 찬란한 계절 앞에서 무색하고
외로운 시인의 자아는 "기인 담", "외진 길"로 표상되는 번민과 외로운
터널을 통과하여 드디어는 "무지개"로 "먼데 하늘"에 높다랗게 피어나
고 있다.

사월이 오면, 사월이 오면……
향기로운 라일락이 우거지리
회색빛 우울을 걷어버리고
가지 않으려나 나의 사람아

저 라일락 아래로 라일락 아래로

—「사월의 노래」부분

향수가 물이랑처럼 꿈틀거린다
퍼덕이는 깃발에 이국정경이 아롱진다
지향 없는 곳을 마음은 더듬었다

—「교정」부분

곱게 물든 단풍 한 잎 따들고
이슬에 젖은 치맛자락 휩싸 쥐며 돌아서니
머언데 기차소리가 맑다

—「가을날」부분

어느날 아침 이슬에 젖은
푸른 밭을 거니는 내 존재가
하도 귀한 것 같아 들국화 꺾어들고
아름다운 아침을 종다리처럼 노래하였소

—「구름같이」부분

인공의 언어가 아닌 자연어들을 있는 그대로 표출하여 노래하는 시
들은 맑고 화사한 만큼 때로는 서늘하고 쓸쓸한 감정과 미지의 대상을
향한 동경의 정서를 보여 주기도 한다. 「사월이 오면」에서 "라일락 아
래"나 "나의 사람", 그리고 「교정」에서의 "지향 없는 곳", 「가을날」의
"머언데 기차소리"는 추상적이고 막연한 정서에만 머무르지 않는다.
그의 시에는 구체적 이미지가 살아 있고, "나"라는 시적 자아가 의식의
중심에 강하게 자리 잡고 있기 때문이다. 다시 살펴보면 "나의 사람"이
란 라일락을 사랑하는 "나" 자신의 투영이며, 「교정」에서 우리를 주목

하게 하는 것은 지향 없는 곳이 아니라 오히려 물이랑처럼 꿈틀대고 깃발처럼 펄럭이는 시인의 열정이다. 「가을날」에서는 계절의 쓸쓸한 심상도 "이슬에 젖은 치맛자락"이라는 이 시인 특유의 촉각적 감각으로 예민하게 포착해 이것을 멀리 사라져 가는 기차 소리로 병치시킴으로써 이별과 스러짐의 정서를 맑게 여과시켜 낸다. 이는 시적 자아가 대상과의 거리를 조정함으로써 독자에게 미감(美感)을 전달하는 토대가 된다.[21]

> 오월의 낮 차가 찰랑찰랑
> 배추꽃이 노오란 마을을 지나면
> 문득
> 상아를 캐던 고향이 그리워
>
> 타향의 산을 보며
> 마음은
> 서쪽 하늘의 구름을 따른다
>
> ──「향수」 전문

시인의 '먼 데'를 향한 시선은 때로는 이국적인 정서와 결부되어 우리를 멀고 아득한 동경의 세계로 나아가게 하지만, 대부분은 고향, 추억, 풍속의 정감들을 불러일으켜 독자로 하여금 따뜻하고 아늑한 우리 민족 특유의 원형적 정서를 체험하게 한다. 잃어버린 고향을 향한 향수야말로 식민지 시대의 가장 중요한 정서였고, 전통시가의 주된 소재이다. 황해도 장연이 고향인 노천명은 소학교 시절 서울로 이사를 했고

---

21) Virgile Charles Aldrich, *Philosophy of Art*, 73~80쪽.
　올드리치는 감상자가 자신을 물리적 대상으로서의 사물에 거리를 두게 하는 것을 감지(perhension)라고 정의하면서 이 감지가 미적 지각 양태를 이룩한다고 주장한다.

그때부터 향수는 고질병처럼 그를 따라다닌다. 시인은 "배추꽃이 노오란" 어느 타향의 마을과 "싱아를 캐던 고향"을 "찰랑찰랑"이라는 의성어로 결합시키면서 오월 한낮의 절절한 향수를 청각에 의해 선명하게 포착한다. 그리고 이 향수는 독자들의 가슴에도 "찰랑찰랑" 물살을 일으키며 차오르는 느낌을 전달한다. "낮 차", "찰랑찰랑"의 "차(cha)" 공통 운(韻)만큼이나 "오월", "노오란", "고향"의 "ㅗ" 모음도 맑고 투명한 느낌을 주면서 언어의 음성적 기능에 의한 미적 체험의 형상화에 더불어 기여하고 있다. "낮 차"의 움직임과 함께 서쪽 하늘의 구름을 따라가는 마음은 이 정겨운 풍경에 움직임을 부여함으로써 생동적 느낌이 들게 한다. 또한 이 짧은 시의 한 행으로 처리하고 있는 "문득"이라는 셋째 행의 시어는 타향과 고향의 두 공간을 연결시키면서 통합적인 느낌을 전해 준다.

밖을 향한 확산과 안을 향한 응축의 두 움직임은 노천명 시의 비유법에서 다양하게 감각화되고 있다.

'파라솔'을 접듯이/ 마음을 안으로 접다(「유월의 언덕」)
오이씨같은 발부리가 창공을 차고/ 까아맣게 늘였다 들어오는 길은(「그네」)
마당엔 하늘을 욕심껏 들여놓고(「이름없는 여인이 되어」)

접었다 폈다 하는 파라솔을 추상의 덩어리인 마음으로 구체화하는 감각이 신선하다. 늘였다 들어오는 그네의 움직임이나 넓은 하늘을 좁은 마당 안으로 들여놓는 응축의 움직임은 이 시들에 입체감을 부여하고 있다. 이러한 중심을 향한 상상력은 「손풍금」, 「조춘」, 「마당에 들여논 하늘」에서 그 지향성이 확대되고 있다.

내 설운 얘기로 귀에 살이 진/ 낡은 손풍금이 하나 우리 집에 있소

(「손풍금」)

　눈 속의 매화같은 계집이여/ 칼을 쓰고도 너는 붉은 사랑을 뱉어버리
지 않았다(「춘향」)

　머지 않아 아가씨 가슴에도/ 누가 산도야지를 놓겠구려(「조춘」)

　깨어진 기와 위를 담쟁이 넝쿨이/ 꺼멓게 기는 흰 낮(「고궁」)

　봄이 나른히 기고(「촌경」)

　보리는 그 윤나는 머리를 풀어헤쳤습니다(「봄의 서곡」)

　시각, 청각뿐만 아니라 촉각, 미각[22]으로도 확대되고 있는데 노천명
의 이러한 감각들은 정지용, 김광균, 김기림 등 1930년대 대표적인 모더
니스트들의 특질과 공통항을 이루는 특성으로 지적할 수 있을 것이다.

　긴 짐승모양 징그럽게 감겨들고(「별은 창에」)

　마술사 같은 어둠이 꿈틀거리며/ 무거운 걸음새로 기어드니(「포구의
밤」)

　기인 항해에 지친 배의 육중스런 몸뚱이(「바다에의 향수」)

　마음 속엔 고삐 논 슬픔이 뒹군다(「돌아오는 길」)

　"감겨들다", "꿈틀거린다", "기어들다", "슬픔이 뒹군다" 등의 서술
어가 동물적 이미지의 육감적 인상들을 환기시키면서 "어둠", "밤",
"향수", "슬픔" 같은 관념들을 생생하고 구체적으로 촉감화하고 있다.
선험적인 생명력을 환기시키는 이 선명하고 감각적인 이미지군은 시
인의 감정의 풍경을 나타내는 것이며 사람의 마음이 사물에 닿는 듯한
직접적인 느낌을 주고 있다. 이러한 촉감에 기초한 비유들은 당시의 언

---

22) Henri Morier, "Metaphor", *Dictionnaire de Poetique et de Rheorique*(Press Universitaire de
France, 1961). 몰리에르는 시각, 청각, 취각, 촉각, 미각의 순으로 감각과 거리와의 관
계를 원근법에 의해 설명하고 있다.

어 감각으로는 매우 새롭고 이색적인 것이라고 할 수 있으며 한국시가
전통적으로 지니고 있는 촉감의 요소들을 연계시킬 수 있는 가능성을
지닌다.

6 맺음말

지금까지 살펴보았듯이 노천명의 섬세한 감성은 대상에 대한 지적
절제의 시선과 만나면서 자의식에 대한 집요한 성찰 과정을 보여 준다.
특히 이 응시의 절제의 시선은 종래에 남성적 언술로 인식되었던 어조
와 언술을 체화해 표현하고 있으며 양성적 목소리와 객관적 언술, 그리
고 서사 지향성이라는 새로운 영역을 개척하게 된다. 여성 화자, 남성
화자는 물론 객관적 화자에 이르기까지 화자를 자유롭게 변모시키면서
다양한 소재들을 개성 있는 언술 속에 담아내 여성시의 체험과 세계를
확대시키고 있다. 남성 화자와 남성성의 수용은 한결같이 가냘프고 수
동적인 목소리를 냈던 여성시의 체험을 넓히고 다양한 시 세계를 개척
했다는 점에서 중요한 의미를 갖는다고 본다. 이것은 체념적이고 순응
적이기만 했던 기존의 여성시의 지평을 뛰어넘어 새로운 시의 화법을
개발한 의의를 가지는 것으로 볼 수 있을 것이다.

시어의 측면에서 노천명은 모국어를 각별히 닦아 썼는데, 특히 자연
어에 대한 애정과 관심이 높아 그의 시는 우리 고유의 식물, 풍속, 사물
들의 이름들을 누구보다도 풍부하게 보유하고 있다. 토속어의 활용과
구체적 이미지, 그리고 청신하고 맑은 상상력이 역동적으로 흐르는 그
의 시 세계는 당대 시단에 신선한 자극이 되었으리라 생각된다.

그의 시에서 고향에 대한 회귀감은 원초적인 것으로의 복귀라 할 수
있는데 이렇게 원형적인 정서를 유발하면서도 감정의 통제와 개성적
비유를 통해 새롭고 참신한 심미적 경험을 고양시키고 있다. 시인은 자

신의 기억 속에 내장된 다양한 풍물을 객관적 사건으로 투사시킴으로써 그리움이나 비애의 정서를 객관적으로 공명시키고 있는 것이다. 곧 시인의 그리움과 향수가 조촐하고 소박한 고향 사람들의 삶의 행위와 풍속에 맞물리면서 개인의 정조가 타인들과의 삶과 연대되어 보편의 정서로 공명되고 있다.

또한 세련된 은유와 이미지 구사의 수법, 그리고 서사적 이야기가 함축된 시들에서 1930년대 시단의 한 분위기를 간파할 수 있으며 노천명의 시사적 위치 또한 그 부근에서 정당한 평가를 내려야 할 것으로 생각된다.

음성상징과 민족어의 울림
─김영랑

1 머리말

민족 언어의 시원에는 공동체의 의식과 무의식을 길어 올리는 원형의 샘이 있다. 이 샘물을 마시며 언어 공동체는 공유하는 문화와 독특한 가치를 창조한다. 문학, 그중에서도 특별히 시는 민족 언어의 보물 창고이다. 아름답게 갈고 닦인 시어는 민족 언어에 광휘를 더해 준다.

김영랑은 한국어의 아름다움을 빼어나게 되살린 시인으로 꼽힌다. 김소월, 정지용과 더불어 우리말 구사에 가장 탁월한 능력을 보여 주는 영랑은 우리말의 감각적 매력을 그의 시 속에서 가장 빛나게 한다. 가히 언어의 마술사라고 할 수 있을 것이다. 아름답고 정갈한 시어가 구축하는 영랑 시의 세계를 통해, 우리는 한국인이 아니면 느낄 수 없는 섬세한 색, 향기, 소리, 촉감, 맛의 세계를 느낀다.

시인 서정주는 영랑의 시 세계를 정지용과 비교하여 다음과 같이 말한 바 있다.

시를 표현하는 일을 일종의 직조에 비할진대, 지용의 것은 대부분이 알숭달숭한 박래품의 모조에 가깝다면 영랑의 것은 또 순전한 조선산의 모시나 명주이다. 눈에 선뜩 그 직조의 기교가 드러나지 않지만 이 가늘게 짜인 명주는 충분히 올과 날이 바르고 보드랍고, 윤기가 있고 또 따뜻하기까지 하다.

기교를 부리지 않은, "순전한 조선산 모시나 명주"와 같은 "보드랍고 윤기가 있고 또 따뜻한" 영랑의 시 세계는 바로 '시어'로부터 설명할 수 있을 것이다. 모국어에 생명의 소리를 부여하고, 살아 있는 시어를 통해 세계와 대화하고자 했던 영랑의 시 세계는 현실의 암울함과 더불어 후기 시에서 급격한 변화를 일으키게 된다. 모국어와 시인, 시어와 시인의 운명적 관계를 김영랑의 시적 여정을 통해 확인해 볼 수 있다.

2 모국어의 몸과 혼

1902년 전남 강진군 강진읍에서 태어난 영랑은 남도의 아름다운 풍경과 언어를 몸으로 익히며 성장했다. 시어에는 강진 방언이 자연스럽게 녹아 있을 뿐 아니라 전통 사회에서 상용했던 의고체의 예스런 말이 살아 있다. 그리고 이러한 모국어의 자산 위에 시인 스스로가 독특한 질감의 조어(造語)를 얹어 낸다.

인접한 음운과 비슷한 음운으로 변질되며 발음이 좀 더 쉽게 울리듯 이루어지는 남도 방언의 특징[1]은 다감하고 따사로운 영랑 시의 특징과도 잘 맞아떨어진다.

---

1) 김웅배와 이기갑은 남도 남부 방언의 특징을 고부화('애'와 '에'가 중화), 움라우트(Umlaut), 구개음화, 어두경음화 등으로 들어 설명한다. 이기갑·고광모 외, 『전남 방언 사전』(태학사, 1997).

'오 – 매 단풍들것네'
장광에 골불은 감닙 날러오아
누이는 놀란 듯이 치어다보며
'오 – 매 단풍들것네'

추석이 내일모레 기둘리니
바람이 자지어서 걱정이리
누이의 마음아 나를 보아라
'오 – 매 단풍들것네'

—「오 – 매 단풍들것네」 전문

영랑 시를 떠올릴 때 가장 많이 등장하는 시 「오 – 매 단풍들것네」는
남도 방언 '오매'와 ' – 것네'의 종결 어미를 통해 독자에게 신선한 즐거
움을 준다. 시어 '오 – 매'는 '워매'라는 감탄사를 여성스럽게 바꾼 것[2]으
로, 단풍이 들 무렵의 가을이 주는 계절의 탄력성과 긴장감을 누이의
탄성과 절묘하게 결부한 것이다. 또한 ' – 것네'는 ' – 겠네'의 방언으로
발랄함을 자아낸다. 장독대를 의미하는 '장광' 역시 같은 대상을 다른
말로 전달함으로써 다가오는 의미의 신선함과 새롭게 지각되는 의미를
통해 시적 효과를 배가하게 된다. 남도 방언의 특징을 잘 활용한 그의
시어는 이외에도 '어덕(언덕)', '재앙(말썽)', '동우(동이)' 등 여러 가지
가 있다.

영랑은 이 남도의 방언을 그대로 사용하기보다는, 한 번 더 정련하
여 새로운 질감으로 살려 내는 경우가 많다.

---

2) 허형만, 「김영랑 시와 남도 방언」, 《한국시학연구》 10호(한국시학연구학회, 2004. 5),
383~385쪽.

도처오르는 아츰날빗이 빤질한 은결을 도도네(「동백닙에 빗나는 마음」 전문)

돌담에 소색이는 햇발가치(「내마음 고요히 고흔봄 길우에」)

보실보실 가을눈〔眼〕이 그나래를 치며/ 허공의 소색임을 드르라 한다 (「4행소곡(四行小曲)」)

'아침'의 방언인 "아츰"은 남도의 방언인 '아직'이나, 강진 방언인 '아적'과도 다른 언어이다. "아츰"은 "빤질한 은결"이라는 시어와 맞물리며 'ㅡ' 음이 시에서 그려 내는 빛을 반사하는 반짝임을 환기시켜 새로운 효과를 창출한다. 밤의 어둠을 몰아내는 아침 날빛의 감각이 "빤질한 은결"의 예리한 시각적 음상과 어울리면서 새로운 시간의 찬연한 기운이 느껴진다. 또한, '속삭이는'의 강진 방언인 '쏘삭이는', 그리고 남도 방언의 '소삭이다', '쏘삭이다' 대신 "소색이는"을 선택함으로서 이어지는 "햇발"의 부드럽고 연약한 느낌을 그대로 살려낸 것을 볼 수 있다.

특별히 그의 시에서 '물'은 반질반질하고 투명하고 반짝이는 거울 이미지로 드러난다. 그러나 그 반짝이는 빛은 눈부신 햇살이나 타오르는 불길처럼 강렬한 빛이 아니라, 은은하고 부드러운 빛이라고 할 수 있다. 이는 한국인의 정서와 밀접하게 연결되면서 영랑 시의 미학적 자질로 작동하고 있다.

구비진 돌담을 도라서 도라서/ 달이 흐른다 놀이 흐른다/ 하이얀 그림자/ 은실을 즈르르 모라서/ 꿈밭에 봄마음 가고가고 또간다(「꿈밭에 봄마음」)

이제 저 감나무 그림자가/ 삿분 한치씩 올마오고/ 이 마루우에 빛깔의 방석이/ 보시시 깔니우면(「사개틀닌 고풍(古風)의 툇마루에」)

히부얀 조히등불 수집은 거름거리(「제야(除夜)」)

인용한 시들은 빛이 달빛과 희부연 빛 등으로 부드럽게 풀리는 모습을 보여 준다. 이 빛은 소박하면서도 다정하고 은은하다. 그의 시어에서 빛은 물에 비치는 햇빛(「동백닢에 빗나는 마음」)이거나, 마을 공동체의 조붓한 인상을 자아내는 '돌담'에 비치는 햇빛으로 우리에게 익숙한 유년의 모습을 떠올리게 한다.

이렇듯 영랑 시의 정감 넘치는 언어들은 훼손되지 않은 고향의 원형질을 복원해 냄으로써 한국인들의 보편적 정서를 자극한다. 이러한 경향의 시들은 공동체적 일체감이 한 개인에게 얼마나 큰 정서적 합일을 가져다주고 있는가를 알 수 있게 해 준다.

동시에 그는 의고체, 아어체의 언어와 부드럽고 서정적인 어조를 통해 아니마적 시 세계를 구현하며 독자에게 다가온다.

> 삼백예순날 하냥 섭섭해 우옵내다(「모란이 피기까지는」)
> 마당앞/ 맑은새암을 드려다본다(「마당앞 맑은새암을」)
> 떠날러가는 마음의 포렴한 길을(「4행소곡」)
> 님두시고 가는길의 애끈한 마음이여/ 한숨쉬면 꺼질듯한 조매로운 꿈길이여(「4행소곡 2」)
> 간열픈 실오랙이/ 네목숨이 조매로아(「가야금」)

마음이 가는 길을 '포렴하다'라고 하면서 포근하고 납납한 느낌이 들게 하는 그의 어법은 가벼우면서도 흐르는 듯 부드럽게 다가온다. 또한 '웁니다' 대신 '우옵내다'를 통해 간절한 느낌을 더하거나 '샘'을 '새암'으로 늘여 어감을 살리면서 "애끈한", "조매로운" 같은 형용사와 더불어 여성적이고 부드러운 아니마적 성격을 잘 드러내는 동시에 아어체와 잘 어울리는 절창의 아름다움을 잘 보여 주기도 한다.

내마음을 아실 이

내혼자마음 날같이 아실 이
그래도 어데나 게실것이면

내마음에 때때로 어리우는 티끌과
속임없는 눈물의 간곡한 방울방울
푸른밤 고히맺는 이슬같은 보람을
보밴듯 감추었다 내여드리지

아! 그립다
내혼자마음 날같이 아실 이
꿈에나 아득히 보이는가

향맑은 옥돌에 불이달어
사랑은 타기도 하오런만
불빛에 연긴듯 히미론 마음은
사랑도 모르리 내혼자 마음은

　　　　　　　　　　　　　　—「내 마음을 아실 이」 전문

　시 「내 마음을 아실 이」는 김영랑의 시적 지향성을 대표할 수 있는
작품으로, 시어의 압축이나 생략을 통한 형태적 특성, 전통적인 서정의
가락이나 정서, 소리의 음영이나 음상에 의한 청각적 정감의 요소가 잘
나타나 있다. 특별히 서럽고도 슬픈 마음을 직접적으로 노출하는 것을
삼가는 자세는 정서의 심층적 내면화와 더불어 영랑 시의 화자가 지닌
아니마적 특성이라고 할 수 있다.[3]

---

3) 심재휘, 「김영랑 시의 어조 연구 — 어미 활용을 중심으로」, 《우리어문연구》 30권(우
　리어문학회, 2008).

자신의 내밀한 마음을 알아 줄 존재가 있을지 질문하는 화자의 의문은 '임'에 대한 그리움을 티끌, 눈물, 이슬, 보배 등의 이미지로 사물화되는 과정을 통해 독자의 궁금증을 유발한다. 특히 "푸른밤 고히맺는 이슬같은 보람"은 "이슬같은 보람"이 "보배같은 보람"으로도 읽힐 수 있게 하는 효과를 불러온다.

　특별히 화자는 "속임 없는" "간곡한" 등의 형용사를 통해 여성적인 희구와 절제의 심적 자세를 보여 준다. 이때 "간곡한"이라는 한정어는 문법상으로는 앞의 명사 "눈물"에 붙어 "간곡한 눈물"이 되어야 하겠으나, "방울방울" 앞에 놓임으로써 이 시어를 방울이라는 명사의 반복으로 느끼게도 한다. 그리고 그리움의 강렬한 효과는 "향맑은 옥돌에 불이달어"처럼 유음 'ㄹ'[4]이 사랑의 세찬 불길을 구상화하면서, 특이한 표현 효과를 낳는다. 여기서 "향맑은"은 옥돌의 순수함과 투명성을 더욱 강조하는 역할을 해 준다. 옥돌은 빛을 내장하고 있는 돌로 불과 만나 보석으로 변용된다. 즉 옥돌이라는 단단한 결정체는 화자의 심정이 깊이로 이행되고 있음을 나타내 준다. 그리하여 이 시어는 사랑의 세찬 불길을 구상화하며 종음 'ㄹ' 음을 통해 특이한 표현 효과를 얻고 있다. 'ㄹ' 음 뒤에 이어지는 것은 초성(初聲)이 'ㅇ'으로 비어 있는 모음들로 'ㄹ' 음이 연음(連音)됨으로써 연연한 흐름의 세계를 표상한다. 넘어가는 듯한 소리의 가락은 부드럽고 유연한 '맑은', '돌', '불', '달다' 등의 어휘 자체의 의미와 함께 화자의 간절한 사랑의 염원이 강화되어 있음을 알게 한다.

　이러한 음운의 효과는 연음 효과를 불러오며 연약한 흐름의 세계를 표상한다. '맑은', '돌', '불', '달다' 등의 어휘 자체의 의미와 함께 화

---

4) 이인모, 『문체론』(선명문화사, 1973), 321쪽. 그는 우리말 자음의 음색의 듣기 좋은 경우를 ①ㄹ[l] ②ㄹ[r] ③ㅇ[ŋ] ④ㄴ[n] ⑤ㅁ[m]과 같은 순으로 배열하고 있다. 같은 무성 자음도 평음에 비해 경음은 껄끄럽고 억센 느낌을 주며 유기음은 날카로운 느낌을 준다.

자의 간절한 염원도 강화되는 것이다. 이는 전후의 "하오련만", "희미론", "사랑도 모르리" 등으로 이어지면서 전체적으로 'ㄹ'음의 유동성이 시의 분위기를 좌우하게 만든다.

공동체가 사용하는 방언을 바탕으로 정련된 시어를 구사하는 영랑 시는 모국어의 독특한 살결을 되살린다. 또한 부드러우면서도 유려한 어조는 아름다운 시어에 익숙하면서도 보편적인 원형질적인 정서를 부여한다.

3 청명한 소리와 대화의 세계

음성상징에 의한 이미지의 감각화와 의미의 확대는 영랑 시를 이루는 중요한 특성으로, 우리말을 통해서 소리와 시적 정감이 밀착되는 좋은 효과를 보여 주고 있다.

영랑 시가 주관적 정서의 세계에 기반해 있으면서도 감상에 떨어지지 않는 것은 감정의 절제를 통해 시적 긴장을 잃지 않기 때문인데, 운 맞춤이나 음성상징을 통해 사물들에 생명을 부여하며 정서와 분리된 새로운 소리의 세계를 창조한다.

> 내마음의 어딘 듯 한편에 끝업는 강물이 흐르네
> 도처오르는 아츰날빗이 빤질한 은결을 도도네
> 가슴엔듯, 눈엔듯, 또 핏줄엔듯, 마음이 도른도른 숨어있는 곳
> 내마음의 어딘 듯 한편에 끝업는 강물이 흐르네
> ──「동백닙에 빗나는 마음」 전문

> 창랑에 잠방거리는 섬들을길러(「그대는 호령도 하실만하다」)
> 호 그립고 향미론 소리야(「시냇물 소리」)

비슷한 음을 맞추어 감각을 정돈하는 운맞춤 기법 또한 인용한 시에서 읽을 수 있다. '도란도란', '두런두런'의 변형어인 "도른도른"은 'ㅡ' 모음의 반복을 통해 사람의 숨은 '마음'에 따뜻한 생명력을 주는 효과를 낳는다. '창랑'과 '잠방'이라는 비슷한 발음이 나는 시어를 의도적으로 배치하여 섬이 살아 있는 느낌으로 다가오는가 하면, '호'와 '향미론'에서 'ㅎ' 음과 양성 모음이 주는 맑고 부드러움 덕분에 시냇물 소리가 정답게 의인화된다.

> 호르 호르르 호르르르 가을아침
> 취여진 청명을 마시며 거닐면
> 수풀이 호르르 버레가 호르르르
> 청명은 내머리속 가슴속을 저져들어
> 발끝 손끝으로 새어나가니
> (중략)
> 햇발이 처음 쏘다지면
> 청명은 갑작히 으리으리한 관을쓰고
> 토르록 실으르 동백한알은 빠지나니
>
> ──「청명」부분

풀벌레의 노랫소리에 흐르는 청명한 기운이 쏟아져 나온다는 시인의 상상력은 자연과 동화되는 황홀감을 통해 드러나고 있다. 여기서 "호르르"라는 음성상징은 청명을 마시는 것과 더불어 사물의 움직임 전체가 청명의 기운이 약동하는 생명감을 얻게 된다.

이어지는 표현 "햇발이 처음 쏘다지면/ 청명은 갑작히 으리으리한 관을쓰고/ 토르록 실으르 동백한알은 빠지나니"를 보면, 시인은 여기서 둥근 열매가 껍질을 차고 나오는 상태를 청각 영상으로 실감나게 표현한다. "토르록 실으르"라는 의성어는 고요한 분위기 가운데 놀라움과 함께 귀여운 여운으로 우리 가슴에 남게 된다.

이러한 음상징 기법은 소리를 통해 사물 하나하나를 되살려 내어, 세계를 생동감 있게 따뜻하게 숨 쉬는 살아 있는 생명체로 만들어 낸다. 시어를 통해 살아 있는 세계를 재구하고자 하는 영랑의 지향성은 궁극적으로는 자신과 세계에 대한 말 걸기의 어법과 연결된다. 시어의 취향은 단지 시어에서 끝나는 것이 아니라, 세계에 대한 지향성과 긴밀하게 연결된다.

흔히 장르론에서는 서정과 서사, 극이라는 삼분법을 활용한다. 이때 서정시는 일인칭 화자의 독백을 중심으로 이루어지지만, 이 목소리는 고립된 것이라기보다는 삶의 다양한 국면을 마주하는 시적 자아에 의해 다채롭게 굴절된다. 토속적이고 민속적인 세계와 조우하는 김영랑 시에서 화자의 목소리는 자문자답의 형식을 통해 바흐친의 대화성(Dialigizität)을 환기한다.

대화의 형식이 가장 잘 나타나는 아래의 시를 보면, 너와 나, 북소리와 사람의 소리가 어우러진 행복한 진경이 펼쳐진다. 소리를 내며 살아 있는 생생한 시어, 그리고 자문자답과 대화를 통해 세상과 대면하고자 했던 시인의 지향을 읽을 수 있다.

자네 소리하게 내 북을 치제

진양조 중머리 중중머리
엇머리 자저지다 휘모라보아

이러케 숨결이 꼭마저사만 이룬 일이란
인생에 흔치안어 어려운일 시원한일

소리를 떠나서야 북은 오직 가죽일뿐
헛때리면 만갑(萬甲)이도 숨을 고쳐 쉴박게

장단(長短)을 친다는말이 모자라오
연창(演唱)을 살리는 반주(伴奏)쯤은 지나고
북은 오히려 컨닥타요

떠밧는 명기(名技)인듸 잔가락을 온통 이즈오
떡떡궁! 중중정(動中靜)이오 소란속에 고요 잇어
인생이 가을가치 익어가오

자네 소리하게 내 북을 치제

—「북」 전문

　시 「북」은 화자가 주거니 받거니 하는 대화법을 활용하는 것을 보여
준다. 북을 치는 '내'가 소리하는 '자네'에게 말을 건네는 것이다. 그러
나 시에서는 한 사람이 이야기하는 것처럼 동일한 어조나 어법이 진행
되지 않는다. 낯설게 이야기하는 목소리가 등장하기 때문이다. 5, 6연
이 바로 그 부분이다. 북의 의미를 다시금 전달하는 화자의 목소리는
이전까지의 목소리와 다르다.

　그러나 첫 연의 "자네 소리하게 내 북을 치제"가 마지막 연에서 다
시 반복되면서 낯선 목소리는 다시 사라지고, 원래의 화자의 목소리가
등장한다. 이 낯선 경험은 위에서 언급한 자문자답이라고 할 수 있다.
이 낯선 경험은 그러나 '북을 치는 행위'로 통합되면서 일관성을 갖는
다. 서정시는 전 텍스트를 통해서 화자의 어떤 통일된 정서를 구현하는
것이라고 할 때, 따라서 그 내부에 다른 화자가 끼어든다거나 화자가
분열되어 대화 상황이 만들어진다 해도, 이것은 궁극적으로도 어떤 정

서의 상태를 구현함으로써 보다 확장된 경험을 가능하게 하는 역할을 한다.

동시에 '북을 치는' 행위는 상대와 내가 하나가 되는 것을 말한다. 북소리의 동일한 리듬이 두 사람의 심장 고동을 하나로 엮는다. "이러케 숨결이 꼭마저사만 이룬 일이란/ 인생에 흔치안어 어려운일 시원한 일"이 이루어지는 것이다. 가쁜 숨결과 리듬이 이루어 낸 쾌감은 시를 읽는 독자에게 순식간에 전염된다.

김영랑의 대화체는 전반적으로 볼 때, 화려하게 극적(劇的)으로 나타나지는 않는다. 그러나 내가 또 다른 나에게 묻는 자문자답의 형식(「내 마음 아실 이」)에서부터 "외롭건 내 곁에 쉬시다가라"(「묘비명」)라고 망자가 살아 있는 사람에게 말을 거는 형식, 그리고 계절과 자연의 유혹적인 대화("얇은 단장하고 아양 가득 차 있는 산봉우리야 오늘 밤 너 어디로 가버리런?"(「5월」))에 이르기까지 매우 다채롭고 지속적으로 드러난다.

순수 서정의 세계가 현실과 대면하는 독특한 방식을 김영랑은 보여 준다. 움직임과 소리를 부여하여 시적 대상을 생생하게 살아나게 하는가 하면, 대화체의 말 걸기를 통해 소통을 시도한다. 아름다운 모국어로 살려 낸 세계에서 소리를 내고, 그것들과 대화하는 것이야말로 시인이 생각했던 "인생에 흔치 안어 어려운 일 시원한 일"(「북」)이었을 것이고, 그 시적 순간이야말로 "인생이 가을가치 익어가"(「북」)는 충족된 순간이었을 것이다. 하지만 현실의 암울함이 거세져 모국어의 운신의 폭이 좁아질 때, 모국어가 더 이상 살아 있는 '소리'를 낼 수 없을 때, 영랑의 시도 역시 '소리'를 내지 못하게 된다.

4 민족의식과 역사적 자아

　영랑은 첫 시집을 간행한 1930년대 후반 이후부터는, 초기의 경향
과는 다른 시 세계를 전개한다. 이 시기에는 관념적인 시어와 한자어
를 많이 사용하였으며, 시의 형태적인 면에서도 시행과 연의 배치를 통
해 잘 짜인 시행 대신 직접적인 진술의 시 세계를 보여 준다. 「거문고」,
「가야금」, 「독(毒)을 차고」, 「망각」, 「춘향」, 「묘비명」, 「한줌 흙」, 광복
이후에 발표된 「오월의 아침」, 「바다로 가자」, 「겨레의 새해」, 「천리를
올라온다」 등의 시가 이 계열에 속한다.

　　검은 벽에 기대선 채로
　　해가 스무 번 바뀌었는데
　　내 기린(麒麟)은 영영 울지를 못한다.

　　그 가슴을 퉁 흔들고 간 노인의 손
　　지금 어느 끝없는 향연에 높이 앉았으려니
　　땅 위에 외롱 기린이야 하마 잊어졌을라.

　　박같은 거친 들 이리 떼만 몰려다니고
　　사람인 양 꾸민 잔나비떼들 쏘다니어
　　내 기린은 맘 둘 곳 몸 둘 곳 없어지다.

　　문 아조 굳이 닫고 벽에 기대선 채
　　해가 또 한 번 박귀거늘
　　이 맘도 내 기린은 맘 둘 곳 몸 둘 곳 없어지다.
　　　　　　　　　　　　　　　　　　　　　　　—「거문고」 전문

「거문고」는 중기를 여는 작품으로 새로운 시 의식이 본격적으로 드러나기 시작한다는 점에서 매우 중요하다. 거문고가 '기린'에 비유되며 신비로운 분위기를 창출하는데, "울지를 못"하는 거문고는 소리를 내지 못하는 시이며, 노래하지 못하는 시인을 의미한다. 이런 맥락에서 더 나아가 전통 악기인 거문고는 민족이나 조국이나 애국지사의 의미로까지 확대되어, 제국의 잔혹한 탄압으로 숨소리조차 내지 못하고 은거해야 하는 민족의 서글픔을 대변한다. 유구한 역사를 지닌 악기와 상상의 동물을 시어에 차용함으로써 함부로 소리 낼 수 없는 시대의 깊은 고통을 그려 낸다. 문조차 닫힌 벽 앞에서 울 수 없는 거문고처럼 소리와 대화를 빼앗겨 버린 시인의 언어는 이제 단단하게 독으로 응결된다.

　시 「독을 차고」는 이런 김영랑의 결의를 알레고리화한다. 영랑은 암담한 식민지 시대에서는 고통이 동반되며 그것을 극복하고자 하는 강인한 의지가 필요하다는 것을 극단적으로 드러내기 위해 독을 차는 화자를 설정했다고 볼 수 있다.

　　내 가슴에 독(毒)을 찬지 오래로다
　　아직 아무도 해(害)한일 없는 새로 뽑은 독
　　벗은 그 무서운 독 그만 흩어버리라 한다
　　나는 그 독이 벗도 선뜻 해할지 모른다 위협하고,

　　독 안차고 살아도 머지않아 너 나 마주 가버리면
　　수억(累億) 천만(千萬) 세대가 그 뒤로 잠자코 흘러가고
　　나중에 땅덩이 모지라져 모래알이 될 것임을
　　"허무(虛無)한듸!" 독은 차서 무엇 하느냐고?

　　아! 내 세상에 태어났음을 원망않고 보낸

어느 하루가 있었던가, '허무한듸!', 허나
앞뒤로 덤비는 이리 승냥이 바야흐로 내 마음을 노리매
내 산채 짐승의 밥이되어 찢기우고 할퀴우라 네 맡긴 신세임을

나는 독을 품고 선선히 가리라,
마금날 내 깨끗한 마음 건지기 위하야.

──「독을 차고」 부분

벗과의 대화가 등장하지만, 더 이상 아름다운 소리를 내는 대화가
아니다. 나와 벗은 세계를 보는 견해가 달라 대화를 하고는 있지만 서
로 전혀 소통할 수 없다. 벗은 독을 차고 살지 않아도 어차피 시간이
흘러가면 모든 것이 "모래알"로 사라질 것이므로 어려운 길은 굳이 가
지 말라고 하지만, 화자는 이런 벗에게 반발하며 위협으로 대처한다.
이렇듯 깨끗함을 지키기 위해서 독을 차겠다는 나의 행위는 비타협적
이며 강인하고 의지적이다. 굴절된 역사에 타협함으로써 얻는 안녕 따
위는 강하게 거부하겠다는 신념이 보인다.

여기서 독(毒)은 "새로 뽑은" 독이다. 아직 아무도 해한 적이 없는 독
이기에 순결하면서도 치명적인 독이다. 영랑은 이러한 독을 가지고 자
신의 내면을 강하게 하기 위해 갈무리하고 단련하면서, 동시에 이 독에
의하여 그의 살아 숨쉬는 아름다운 시어들은 잠재워지는 비극적 경험
을 한다. "독", "찢기우고" "할퀴우다" 등의 시어 강렬한 시어는 소리
와 대화가 죽어 버린 서정시의 세계에 부치는 조사(弔詞)이기도 하다.

우렁찬 소리 한마디 안 그리운가
네 비위에 꼭 맞는 그 한마디!
입에 돌고 귀에 아직 우는구나

사십 갓 찬 나이, 내 일찍 나서 좋다
창자가 잘리는 설움도 맛봐서 좋다
간 쓸개가 가까스로 남았거늘

    (중략)

봄 되면 우렁찬 소리 여기저기 나는 듯해 자지러지다가도
거저 되살아날 듯싶다만 내 보금자리는 하냥 서런 행복이 가득 차 있다
                                            ──「우감(偶感)」부분

큰칼 쓰고 옥(獄)에 든 춘향(春香)이는
제마음이 그리도 독했든가 놀래었다.
성문(城門)이 부서저도 이 악물고
사또를 노려보든 교만한 눈
그는 옛날 성학사(成學士) 박팽년(朴彭年)이
불지짐에도 태연하였음을 알았었니라.
오! 일편단심(一片丹心)

(중략)

사랑이 무엇이기
정절(貞節)이 무엇이기
그 때문에 꽃의 춘향 그만 옥사(獄死)한단말까
지네 구렁이 같은 변학도의
흉칙한 얼굴에 까무러쳐도
어린 가슴 달큼히 지켜주는 도련님 생각
오! 일편단심

(중략)

모진 춘향이 그 밤 새벽에 또 까무라쳐서는
영 다시 깨어나진 못했었다. 두견은 울었건만
도련님 다시 뵈어 한을 풀었으나 살아날 가망은 아주 끊기고
온몸 푸른 맥도 확 풀려 버렸을 법
출도 끝에 어사는 춘향의 몸을 거두며 울다
'내 변가보다 자인 무지하여 춘향을 죽였구나'
오! 일편단심

— 「춘향(春香)」 부분

「춘향」은 시 「독을 차고」 이후 두 달 만에 발표된 작품이며 식민지 시대를 살아가는 김영랑의 자의식을 극적으로 보여 준다.

춘향은 박팽년이나 논개와 같이 전통적인 의(義)의 화신이면서도, 동시에 정신적, 육체적으로 고통받는 인간이다. 원소설과는 달리 이 시는 춘향이 죽음을 맞이하는 비극으로 끝이 난다. 강인한 정신은 한 치의 타협도 용서하지 않고 춘향을 죽음으로 몰아간다. 현실에 대한 저항 의지는 죽음을 불사하는 독한 절개로 형상화되면서 춘향의 개인적 사랑은 사회, 역사, 민족에 대한 사랑으로 확장되고 있다.

시인은 현실과 대면하게 되고 그 끝에서 죽음을 만난다. "오! 일편단심"이라는 감탄사가 반복되면서 아름다운 음상어의 맑은 울림과는 다른 이념과 의지에 찬 인간의 강렬한 육성이 들린다. "봄되면 들리는 우렁찬 소리"(「우감」)를 그리워하지만 현실의 시인은 "일편단심"을 외칠 수밖에 없는 역사적 인간의 자리를 선택한다. 그래서 그의 소리는 이제 더 이상 청명하게 울리지 않는다. 세계와 대화를 나눌 수도 없다. "울어 피로 뱉고 뱉은 피 도로 삼켜/ 평생을 원한과 슬픔에 지친 새"(「두견」)처럼 서러운 육성으로 목이 멜 뿐이다.

5 맺음말

토씨나 점 하나도 버릴 것이 없는 정갈하고 아름답게 빚어진 시어로 대표되는 김영랑의 시 세계는 서정시의 전통을 이으면서도 소월이나 지용과는 또 다른 지점을 획득했다고 평가된다. 동시에 이러한 평가는 언어적 미(美)에만 집착하고 시대적 상황을 외면했다고 그를 비판하는 근거가 되기도 했다.

말을 잃어버린 시대의 거센 풍파 속에서 영랑이 붙들고 있던 모국어란 과연 무엇이었을까? 그가 고유어, 향토어를 애용하고 전통적인 어법을 사용하며, 시어를 정련하여 언어가 스스로 소리를 내고 살아 움직이게 했던 것은 과연 무엇이었을까? 이것은 단순한 유미주의적 취향을 넘어선 것으로, 주권을 잃어버린 시대를 살아가는 역사적 자아의 의지이며 의식적 선택이었음을 부정할 수 없다.

시인에게 모국어는 가장 행복하고 평화로운 삶의 바탕이다. 모국어를 그토록 연마하여 아름답게 소리 내게 하고 살아 숨 쉬게 했지만, 현실이 폐색되면서 영랑의 시는 음성상징어의 울림 대신, 역사적 자아의 육성을 내게 된다. 거문고가 아름다운 소리를 내지 못할 때, 그것은 죽음을 불사하는 독한 '춘향'이 되며, 피를 토하는 '두견'이 된다. 모국어에 대한 애정이 궁극적으로는 역사적 현실에 대한 진솔한 대면으로 귀결되었다는 점은 이런 맥락에서 필연적으로 보인다.

만약 영랑이 전쟁 중에 타개하지 않고 시 세계를 계속 이어 갈 수 있었다면 그 '촉기' 어린 서정시의 세계는 역사적 자아의 고투를 거쳐 새로운 시적 진경으로 펼쳐졌을지도 모른다. 아름다운 시어와 현실 의식이 만난 지점에서 그의 시적 세계는 급작스럽게 종결되었다. 하지만 시인은 언어를 연마하는 자이며, 모국어로 가장 아름다운 소리를 내는 자라는 것을 김영랑의 시 세계는 다시금 확인시켜 준다.

설화 텍스트의 이미지 변용
—— 서정주·김춘수

1 머리말

설화는 인간의 무의식과 원형적 체험이 상징적으로 투사된 것이라 할 수 있다. 그것은 우리들의 가장 속 깊은 본능적인 삶과 집단적인 꿈을 품고 있으며, 인간 공통의 심리적이고 정신적인 활동에 있어서 종족과 민족을 결합시키는 의의를 지닌다. 설화는 청자의 수용 양상에 의해 끊임없이 다양한 반응을 낳고 또 의미의 확대가 이루어지는데, 현대시에 있어서 설화의 수용은 청자(즉 수용자)로서의 영역과 시인(창조자)으로서의 영역이 함께 만나는 작업이다. 이때 시인의 태도는 수용자와 창조자 간의 거리 조정이 다양하게 취해질 수 있는 바, 거리 조정이란 설화의 시적 변용에 있어서 하나의 방법이 되기 때문이다. 원 소재에 대한 변용의 한계는 독자의 공감이라고 할 수 있다. 보편적 체험이 보다 강조되어 있는 설화를 시인은 자신의 개입의 극대화를 위해 능동적이면서도 독창적으로 내면화한다. 이와 같은 시인의 적극적인 참여는 시인 자신의 현실 극복을 위해 고전 변용이 행해지고 있음을 알려준다. 즉 동일화를 위한 변용이라고 할 수 있다.

지귀 설화가 지니고 있는 짝사랑이라는 오래되고 친밀한 주제는 독자들의 보편적 반응을 불러일으킨다. 잠에서 영영 깨어나지 못한 채 자신을 죽음으로까지 몰아간 지귀의 생애는 어리석음에도 불구하고 한 인격의 강렬한 불타오름, 극단적인 순수, 불의 열정 등 독자들에게 여러 가지 의미를 제시한다. 짝사랑의 테마가 지니는 보편성은 이 설화가 수없이 재해독될 가능성을 지니고 있음을 암시한다. 원설화가 지닌 넘을 수 없는 신분상의 제약으로 인한 사랑의 어긋남, 폭발하고 자멸하여 불귀신으로 끝난 한 사나이의 한(恨)은 지귀라는 인물의 사랑에 대한 희구이면서 동시에 인간이 지닌 수직의 갈망을 상징한다고 할 수 있다. 바슐라르는 "연인들은 순수한 동시에 격정적이고 유일한 자인 동시에 보편적이며, 극적인 동시에 충실하고, 순간적인 동시에 영원적인 것이 되고자 한다."라고 하였는데, 이 지귀 설화에 깔려 있는 사랑과 죽음과 불의 결합은 현대 문학에 다각도로 적용될 여지를 갖는다. 이러한 설화의 시적 변용이란 집단 보편의 감정이 내재해 있어 공감 획득이 용이하고 외적 소재의 문학적 활동으로서 쉽게 전달된다는 점에 의의가 있다.

지귀 설화는 대동운부군옥(大東韻府群玉) 권십(卷十)의 '심화요탑(心火繞塔)'에 전한다.

心火繞塔

志鬼新羅活理驛人. 慕善德王之美麗, 愚愁涕泣 形容憔悴. 王幸寺行香, 聞而召之. 志鬼歸寺塔下 待駕行, 忽然睡甜. 王脫臂環 置胸還宮. 後乃睡覺, 志鬼悶絶良久 心火出繞其塔

卽變爲火鬼. 王命術士作呪詞曰

志鬼心中火

燒身變火神

流移滄海外

不見不相親.

時俗帖此詞於門壁 以鎭火炎.

　　　　　　　　— 대동운부군옥(大東韻府群玉) 권십(卷十)

　이 글에서는 지귀 설화를 현대시로 수용하고 있는 서정주와 김춘수의 작품을 통해 그 시적 변용을 살펴보고자 한다. 한국 현대시사에서 중요한 위치를 차지하고 있는 이 시인들은 세계관과 이미지 해석에 있어 동일한 소재를 다루는 대조적인 수용 양상을 보여 주어, 그들의 시를 대하는 독자들에게 또다른 가치의 기대 지평을 재구성하게 한다.

　대상 작품은 서정주의 「지귀와 선덕여왕의 염사(艶史)」, 「선덕여왕의 말씀」, 「우리 데이트는」, 「경주소견(慶州所見)」과 김춘수의 「타령조(打令調) 1－9」로, 이들 작품은 동일한 소재를 다루는 두 시인의 의식 세계를 비교, 대조할 수 있어 흥미롭다. 고찰의 방법으로서 시적 형상화의 과정에서 보이는 설화의 수용 방법의 규명과, 작품 분석을 통한 의미와 상징 체계, 이미지와의 연관 등을 설정하였으며 이를 통하여 두 시인의 설화 수용의 태도를 규명하고자 한다.

　김춘수의 「타령조 3」을 제외한 작품들과 서정주의 「경주소견」은 엄격한 의미에서 지귀 설화에 대한 연작으로 볼 수 없으나, 부분적으로 지귀 설화에 대한 시인의 태도를 살펴볼 수 있어 같이 다루었다.

2 서정주 시의 수직 공간과 화해의 구조

1) 다층적 화자와 설화 원형의 육화

Ⅰ ⓐ 선역여왕(善德女王)이 이쁜 데에 반해서
　　ⓑ 지귀(志鬼)라는 쌍사내가 말라 간단 말을 듣고
　　ⓒ 여왕께서 「절깐에서 만나자」 하신 건

ⓓ 그것은 열 번이나 잘하신 일이지.

Ⅱ ⓔ 그래서 지귀가 먼저 절깐으로 와

　ⓕ 기대리다 돌탑(塔) 기대 잠이 든 것도

　ⓖ 데이트꾼으로선 좀 멍청키야 하지만

　ⓗ 대인기질(大人氣質)을 높이 사 봐주기라면

　ⓘ 그 또한 백배(百倍)는 잘한 일이고

Ⅲ ⓙ 늦게야 절깐에 오신 선덕여왕이

　ⓚ 이 지귀의 이 대인기질을 살며시 이해(理解)해서

　ⓛ 마음속에 엔간히는 흐뭇해져 가지고

　ⓜ 그 팔에 낀 팔지를 가만히 벗어

　ⓝ 그 지귀의 잠든 가슴에 얹어 준 것도

　ⓞ 천(千) 번이나 만(萬) 번이나 잘하신 일이지.

Ⅳ ⓟ 그런데 잠에서 깨어난 고 지귀가

　ⓠ 제 가슴에 놓인 고 여왕의 팔찔 알아보고

　ⓡ 발끈 지랄하여 불이 터져 나자빠지다니!?

　ⓢ 「실력(實力)인 줄 알았더니 자발없는 것이라」고

　ⓣ 여왕께선 오죽이나 섭섭했겠나?

　ⓤ 데이트꾼들 이것만큼은 주의(注意)해야 할 일이라고.

　　　　　　　　　　　　　　——「지귀와 선덕여왕의 염사」

　지귀 설화를 해석하는 서정주의 첫 단계 시인 「지귀와 선덕여왕의 염사」는 설화의 본능적, 무의식적 측면이 강조되어 드러나고 있다. 제목부터가 「지귀와 선덕여왕의 염사」라고 스캔들화하고 있는데, 보다 강렬한 욕망의 구사, 그 원시적 감성 쪽으로의 해석에 경사되어 있다. 거칠고 다듬어지지 않아 시적 긴장이나 감동은 덜하지만, 한편으로는 설화의 내용을 가장 충실히 적나라하게 그대로 반영함으로써 이야기에 현실성을 부여하고 있는 것이다.

이 시는 이미지를 전개하는 구조에 있어서도 이야기의 전개를 충실히 다루면서, 사실성을 강조하는 특수 구조의 유형을 지닌다.

요약해 보면 다음과 같다.

Ⅰ 여왕이 절간에서 만나자 한 일 —— 발단

⇩ (1행~4행)

Ⅱ 지귀가 여왕을 기다리다 잠이 든 일) —— 전개

⇩ (5행~9행)

Ⅲ 여왕이 팔찌를 지귀의 가슴에 얹어 준 일 —— 절정

⇩ (10행~15행)

Ⅳ 잠이 깬 지귀가 여왕의 팔찌를 알아보고 불이 터져 죽은 일 —— 결말

(16행~21행)

이러한 진행을 통하여 시는 스토리의 산문적 구조를 충실히 지키고 있다. 또한 인물의 행위도, 'Ⅰ 선덕의 행위→Ⅱ 지귀의 행위→Ⅲ 선덕의 행위→Ⅳ 지귀의 행위'의 차례로 이어지고 있다. 그러므로 자연히 이 시에는 숨어 있는 함축적 화자인 시인의 설명이 많이 붙게 된다. Ⅰ의 선덕여왕의 행위에 대하여 "그것은 잘하신 일이지"라고 부언하고, Ⅱ에서 지귀의 잠이 든 행위를 "그 또한 백배는 잘한 일이고", Ⅲ에서 또다시 선덕여왕의 행위를 "천 번이나 만 번이나 잘 한 일이지" 등에서 보여 주듯이 이러한 화법은 어조의 미묘한 친근감과 더불어 독자의 동의를 구하는 문제에 능동적으로 기여하고 있다.

이러한 산문성은 지시 대명사의 사용에서도 드러난다.

ⓚ 이 지귀의 이 대인기질을 살며시 이해해서

ⓜ 그 팔에 낀 팔지를 가만히 벗어

ⓝ 그 지귀의 잠든 가슴에 얹어 준 것도

ⓟ 그런데 잠에서 깨어난 고 지귀가

ⓠ 제 가슴에 놓인 고 여왕의 팔찔 알아보고

위의 예에서 보듯이 '이', '그', '고' 등의 지시 대명사의 되풀이는 이 시를 과감한 생략이나 압축에 의한 시적 긴장(tension)보다는 설명적이며 서술적으로 바꾼다. 서정주는 이 설화를 첫 단계에서는 거칠고 승화되지 못한 육체적인 욕망에 의한 것으로 해석한다. "이쁜 데에 반해서", "쌍사내가 말라 간단 말을 듣고", "발끈 지랄하여", "자발없는 것" 등의 순화되지 못한 시어들을 의도적으로 동원함으로써 함축적 화자의 가볍고 경박한 듯한 어조와 더불어 설화의 육적인 측면을 강조하고 있다. 또한 "절깐(절간)", "쌍사내(사내)" 등 예사소리의 단어들을 된소리화하여 사용한다든지 지귀의 행위를 멍청하다, 나자빠지다 등의 속화된 서술어를 사용하는 것도 적나라한 인간 묘사의 중추가 되는 본능의 힘을 강조하고 있는 것이다.

인물을 대하는 시인의 태도 역시 선덕여왕의 행위는 긍정적으로, 지귀의 행위는 부정적으로 간주하고 있다. 원설화에서 지귀가 심화로 불타 죽은 사실을 불[男根]이 터져 죽은 것으로 변용함으로써, 지귀의 행위가 보상받을 길 없는 공격성이나 광란에 의해 스스로를 가해한 것으로 규정짓는다. 설화에서의 불[火]의 이미지는 남성의 성기인 불[根]로 변용되고 있다. 바슐라르에 의하면 불의 꿈은 성적인 해석이 가장 확실한 것으로 "불은 시간을 변화시키면서, 끓어오르는 욕망"[1]을 암시한다. 그리하여 시인은 두 인물, 즉 선덕여왕과 화자의 거리가 계층적인 면뿐 아니라 인간적인 품격에도 작용하고 있음을 지적한다. 즉 지귀가 대인 기질을 지닌 큰 사람인 줄 알았더니 지랄하여 나자빠지는 자발없

---

1) 바슐라르, 민희식 옮김, 「제2장 불의 정신 분석 ─ 성화(性化)된 불」, 『불의 정신 분석, 초의 불꽃, 대지와 의지의 몽상』(삼성출판사), 72쪽.

는 존재라고 하여, 정신적인 도량이 부족한 지귀의 인격을 문제삼고 있다. 그러므로 이 시의 결말은 여러 가지로 어긋나기만 하는 두 인물 간의 사랑을 원설화와 마찬가지로 비극적인 것으로 맺는다. 시인의 어조 역시 Ⅰ의 평탄하고 담담한 어조에서 Ⅱ, Ⅲ으로 갈수록 상승되다가 Ⅳ의 18에서 절정에 이르면서 19, 21행에서 급속히 낮아지는 하강의 어조로 끝맺고 있다.

요약하면, 첫째, 이 시는 지귀나 선덕여왕의 내면적 심리나 그것의 전개에 초점을 맞추기보다는 원설화가 지닌 이야기 자체의 충실성을 따르면서 이 이야기의 본능적인 면을 보다 더 강조하고 있다. 둘째, 그러므로 이 시의 구조는 이야기를 순차적으로 전개하는 지속적 구조와 사실적 묘사의 수용 양상을 보여 준다. 셋째, 결말 역시 시인의 독자적인 해석보다는 원설화가 지닌 비극적 결말을 그대로 수용하고 있다.

> 짐(朕)의 무덤은 푸른 영(嶺) 위의 욕계(欲界) 제이천(第二天).
> 피 예 있으니, 피 예 있으니, 어쩔 수 없이
> 구름 엉기고, 비 터잡는 데 그런 하늘 속.
>
> 피 예 있으니, 피 예 있으니,
> 너무들 인색치 말고
> 있는 사람은 병약자한테 시량(柴糧)도 더러 노느고
> 홀어미 홀아비들도 더러 찾아 위로코,
> 첨성대 위엔 첨성대 위엔 그중 실한 사내를 놔라.
>
> 살[肉體]의 일로써 살의 일로써 미친 사내에게는
> 살 닿는 것 중 그 중 빛나는 황금팔찌를 그 가슴 위에,
> 그래도 그 어지러운 불이 다 스러지지 않거든
> 다스리는 노래는 바다 넘어서 하늘 끝까지.

하지만 사랑이거든
그것이 참말로 사랑이거든
서라벌 천년의 지혜가 가꾼 국법보다도 국법의 불보다도
늘 항상 더 타고 있거라.

짐의 무덤은 푸른 영 위의 욕계 제이천.
피 예 있으니, 피 예 있으니, 어쩔 수 없이
구름 엉기고, 비 터잡는 데 그런 하늘 속.

내 못 떠난다.

　　　　　　　　　　　　　　　—「선덕여왕의 말씀」 전문

　미당의 세 번째 시집 『신라초』에 실려 있는 이 시는 원설화가 지닌
도식적 경직성을 피와 살이 통하는 사랑의 이야기로 재구성하고 있
다. 여왕과 백성이라는 관계는 본디 수직적일 수밖에 없다. 그러나 이
수직적인 관계가 사랑에 의해 수평적이고 대등한 입장이 될 수 있다
는 미당의 인지는 승화된 사랑의 이미지에 의해 더욱 간절하게 다가
온다.

　이 시의 의미 구조는 하나의 스토리를 지속하는 지속 구조의 형태를
지니고 있다. 1연에서 2연을 거쳐 3연으로 갈수록 분위기가 고조되어
있다가 정돈 단계를 거쳐 5연에서는 1연을 반복함으로써 완만한 하강
의 형태를 보여 준다.

　첫째 연에서 나타난 주요 이미지는 여왕의 "무덤"과 "욕계 제이천
(欲界 第二天)"[2]이라 할 수 있다. 우리가 바라보는 일상적인 하늘이 제

---

2) 서정주, 「호프만과 미당, 그 만남의 현장」, 《현대문학》 1993. 11, 254쪽.
　서정주는 "저는 윤회 전생을 믿는 사람 가운데 한 사람입니다. 불교에서 말하는 사람
　이 이승에서 쌓는 업에 따라 가게 되는 저세상의 세계 가운데 도리천이라는 곳이 있

일천(第一天)이라면, 그리고 그것이 종교적인 이상향이라면, 제이천은 "구름 엉기고 비 터잡는" 혼돈의 공간이다. 즉 우리가 사는 이승의 공간으로 인간의 욕망을 완전히 벗어버리지 못한 "피 예 있으니"의 살과 피가 있는 육체의 공간이다. 첫 연부터 강조되고 있는 "피 예 있으니"의 피는 우리의 몸속에 타오르는 생명의 불이라 할 수 있다. 불꽃의 이미지를 강렬히 지닌 물의 이미지가 이 시에서는 피의 이미지로 변용되고 있다. 그리고 이것은 여왕의 무덤까지 연결된다. 1연 2행의 "어쩔 수 없이"라는 구절 또한 이러한 갈등의 이미지를 강화시켜 준다.

둘째 연은 선덕여왕이 독백하는 형태를 띠고 있는 1연과는 달리 여왕이 백성들에게 직접 말을 건네고 명령하는 어투를 사용함으로써 여왕의 생각을 직접 드러내고 있다. 1연의 "피 예 있으니, 피 예 있으니"[3]의 반복을 통해 살과 피를 지닌 인간사를 따뜻한 긍정의 시선으로 펼쳐 보인다. 약한 자나 병약자들에게 베풀 것을 권유하고 있는 일이나 고독한 홀아비, 홀어미들에게 따뜻한 관심을 표명하고 있음은 화자가 여왕이라는 자신의 신분을 한시도 잊지 않고 있음을 상기시킨다. 그러나 동시에 다음 행에서 "첨성대 위엔, 첨성대 위엔 그중 실한 사내를 놔라"에서는 화자가 정신적인 것과 동시에 육체적인 것들에 똑같이 마음을 쓰고 있음을 상징한다. 자신이 열과 성을 기울여 만든 좋은 성과 중의 하나인 첨성대 위에 놓인 "실한 사내"는 일단은 제의적인 분위기를 나타낸다. 여러 가지 제의의 의식은 우선 사회적 금기에 해당하는 것으로 이 구절은 불이 지닌 금기의 요소가 내면화되고 있다. 한 평범

습니다. 그곳은 인간의 욕망을 완전히 벗어 버리지 못한 중생들이 가는 욕계육천(欲界六天) 가운데 둘째 하늘인데, 이 세상에서 살면서 제가 인간의 욕망을 모두 벗어 버릴 것 같지는 않으니 그저 그런 곳에 가서 복숭아꽃이 피는 곳에서 농사나 짓고 싶습니다."라고 술회하고 있다.

3) J. P. 리처드, 윤영애 옮김, 『시와 깊이』(민음사), 354쪽.
"피는 열기와 유연함, 충만함, 지속성 등을 소유하고 있다. 피는 삶의 액체적 비밀을 존재의 가장 구석진 부분까지 미끄러져 들어가게 한다. 피는 빛나고 타오른다."

한 서민 남자와 왕이라는 최상의 계급에 속하는 여자의 사랑은 제도적인 금기의 의미를 상징화한다.

이 실한 사내는 셋째 연에서 좀 더 구체적으로 "살의 일로써 미친 사내"로 설명되며 구체화된다. 이 3연의 어조는 따뜻하고 간곡하며 2연보다 은근히 우회적인 어투를 쓰고 있다. "살의 일로써 미친 사내"를 위로하기 위해 여왕이 그녀의 황금팔찌를 지귀의 가슴 위에 놓은 행위는 "황금팔찌"가 인간의 살 닿은 것 중 가장 빛나는 것이라는 점에서 주요한 의미를 갖는다. 황금이 주는 색채적인 이미지는 인간의 살갗 색과 통하며, 황금의 시각적인 이미지인 빛남은 단순히 황금팔찌 그 자체인 사물을 추상적인 사랑의 이미지로 상징화시키고 있다. 즉 황금팔찌는 살을 맞대는 것 이상의 의미를 내포한다. 그러한 사랑의 감정은 동시에 그 살을 다스리기가 어렵다는 것을 너무 잘 알기에 "다스리는 노래"로 이어지게 된다. "다스리는 노래"는 "바다 넘어서 하늘 끝까지" 미쳐야 함을 자각하고 있다. 이 시공을 울리는 다스림의 노래는 실한 사내를 위한 행위만이 아니라 여왕 스스로의 감정에 대한 다스림의 이중적 의미를 지닌다. 즉 서로의 서로에 대한 다스림 없이는 얻어질 수 없다는 보다 높은 형태의 사랑에 대한 추구라 할 수 있다.

넷째 연에서 이 자각은 지혜롭게 승화되고 있다.

하지만 사랑이거든
그것이 참말로 사랑이거든
서라벌 천년의 지혜가 가꾼 국법보다도 국법의 불보다도
늘 항상 더 타고 있거라.

"사랑이거든 참말로 사랑이거든"의 반복을 통한 강조는 육(肉)의 일로 미쳤을 법한 지귀의 사랑을 한 단계 끌어올리고 있는 것이다. 자신은 그 국법의 수호자이면서, 그리고 그것에서 한치의 테두리도 벗어나지 않으면서도, 국법보다, 국법의 불보다도 "늘 항상 타고 있는" 더욱 소중한 것이 사랑의 불임을 자각하고 있는 것이다. 그 사랑은 정신적인 투명함에 대한 육체적 상징이기도 하며 또한 생명력의 동등함을 이룩하려는 의도를 지닌다.

　　살의 불 < 국법의 불 < 사랑의 불

　이 단계에서 시는 설화를 한 단계 높은 곳으로 상승시키고 있다. 선덕여왕이 "늘 항상 더 타고 있"기를 기원하는 참된 사랑의 불은 본능과 무의식에 충실했던 지귀의 화산 같은 불을 빛으로 전환시킨다. 이 사랑의 정신은 '불과 빛'의 현상학적 변증법에 따라 이루어지는 참된 이념화[4]를 이룩하고 있다. "참말로 사랑이거든"을 강조하는 여왕의 간절한 어조는 인간의 광기와 불균형을 바로잡는 기능을 수행하는 것이다.

　5연은 1연을 그대로 반복함으로써 화자의 마음을 재삼 다지는 것으로 끝맺고 있다. 6연의 "내 못 떠난다"의 절규와 더불어 "어쩔 수 없이" 다시 태어나도 자신이 살았던 이승의 세계를 택할 수밖에 없는 여왕의 마음은 고통과 환희를 동시에 지닌 욕계 제이천(欲界第二天), 즉 지상적인 것에 대한 애착을 표명하고 있다. 동시에 인간의 육체와 정신을 똑같이 소중히 할 줄 아는 깨달음에서 스스로를 파악하고 있다. 살과 피가 인간의 육체와 생명력을 상징하는 것이라면 "구름 엉기고 비터잡는" 곳의 구름과 비의 이미지는 하늘의 살과 피의 이미지로 변용된다고 할 수 있다. 보잘것없는 한 남자의 짝사랑을 받아들이는 데 있어서 자신의 존엄성을 전혀 잃지 않으면서 이 시의 화자(여왕)가 보여 주는 태도의 유연함은 독자들에게 생생하고 구체적인 연대감을 심어 주는 데 성공하고 있다. 규칙적인 1연 4행과의 구성과는 달리 1행의 1연

---

4) G. 바슐라르, 앞의 책, 78쪽.

을 따로 떨어뜨려 구성하는 "내 못 떠난다"의 복합적인 의미는 살과 피를 지닌 인간의 일들을 이해하는 여왕의 마음과, 그러한 사랑이 있는 욕계 제이천, 지상을 사랑하는 여왕의 마음이 외친 소리이다. 이승을 사랑하는 모든 보편적인 존재들의 갈등을 함축하는 것이라 하겠다.

시 「선덕여왕의 말씀」은 신분에 맞지 않게 자신을 짝사랑한 사내를 이해하고 사랑하며 또 화합하는, 이 세상 사람 사이에 일어날 수 있는 관계들을 그림으로써, 선덕여왕의 실한 사내에 대한 사랑과 그와의 영원성을 꿈꾸는 마음으로 이해할 수 있다.

또한 "너무들 인색치 말고", "홀아비들도 더러 찾아 위로코" 등의 서정주 특유의 구어체 문투는 독자들에게 친근감과 함께 이 설화가 시간을 초월한 인간 공통의 제재임을 인식하게 하며 공감하게 한다.

지금까지의 분석을 토대로 본 「선덕여왕의 말씀」은, 첫째, 설화에 나타난 불의 이미지는 처음에는 인간 육체의 피의 이미지로, 다음 단계에서는 빛의 이미지로 변용되고 있다. 불은 빛으로 바뀌면서 순수하고 고양된 상승의 이미지로 이념화된다. 둘째, 천상보다 더 애착이 가는 것이 지상이며 국법보다 더 귀한 것이 사랑이라는 화자의 강조는 이 땅에 사는 사람들에게 생생한 연대감을 환기시키며, 후대의 독자들에게 구체적인 감동으로 다가오게 한다. 셋째, 서정주의 연작시 중 첫 단계의 시 「지귀와 선덕여왕의 염사」가 육체를 강조한 시라면 이 시는 육체와 정신의 가치를 동시에 인정하는 모색의 단계라 할 수 있다.

미당이 육체와 정신의 조화를 도모할 줄 아는 역사적 인물로 선덕여왕을 자주 내세우고 있음은 「경주소견」 같은 시에서도 확실하게 드러난다.

아무도 이것을 주저앉힐 힘이 없는 때문이겠지
왕릉(王陵)들은 노랑 송아지들을 언즌 채
애드발룬처럼 모조리 하늘에 두웅둥 떠 돌아다니고,

그 사람들은 아랫두리를 벗은 어린아이 모양이 되어
그 끈 밑에 매어달려 위험하게 부유하고 있었다.

토함산에 올라서니
선덕여왕릉이지 아마
그게 시월 상달 석류 벙그러지듯 열리며
웬일인지 소리내어 깔깔거리고 웃으며
산(山)가슴에 만발하는 철쭉꽃 밭이 돼 뒹굴기 시작했다.

누가 그러는가 했더니
석굴암에 기어들어가 보니까
역시 그것은 우리의 제일 큰 어른 대불이었다.

선덕여왕의 식지의 손톱께를 지긋이 그 응뎅이로 깔아
자지라지게 웃기고
또 저 뭇 왕릉들이 즈이 하늘로 가버리는 것을
그 살의 중력으로 말리고 있는 것은……
　　　　　　　　　　　　　　　　　　　──「경주소견」전문

　　앞의 시들과 달리 이 시는 엄밀한 의미에서 설화의 수용이라기보다
는 경주 기행이나 유적지의 답사에 대한 감상 토로의 성격이 더 강하다.
이 시의 현상적 화자로는 시인을 추정함이 타당하다. 이 시의 구조는 대
단히 복합적인 것으로, 가령 '사람들, 왕릉, 선덕여왕릉, 토함산 − 석굴암
대불, 선덕여왕 − 왕릉, 살'의 식으로 다양하게 섞여 있는 대상들을 보
게 된다.
　　"시월 상달 벌어지는 석류"와 "산 가슴에 만발하는 철쭉꽃"과 같
은 묘사로 선덕여왕릉이 열리는 환상을 비유하고 있는 이 상징의 체계

는 이승에서의 삶이 갖는 기쁨과 희열의 긍정적인 환희를 표출한다. 위엄 있는 여왕의 신분과는 전혀 어울리지 않게 깔깔거리고 웃는다든지, "선덕여왕의 식지 손톱께를 지긋이 그 응뎅이로 깔아/ 자지라지게 웃기고" 등의 점잖지 못한 행위를 희화화함으로써 무덤 속에 있는 죽은 왕들을 살아 있는 인간으로 생생하게 실감나게 하는 작용을 하고 있다. 웃는 소리의 묘사를 통해 보여 주는 감각적 경험의 독특한 날카로움이나 석굴암 대불의 어른스러운 저력이 생명감을 가득히 하고 있다. 그리하여 그 소리들의 조합과 풍요한 이승에서의 생명감은 왕릉조차 그 땅의 흡인력으로 끌어들인다.

> 또 저 뭇 왕릉들이 즈이 하늘로 가버리는 것을
> 그 살의 중력으로 말리고 있는 것은……

살의 중력은 땅으로부터 끌어당기는 힘을 말한다. 이는 번뇌도 갈등도 없는 하늘보다는 오히려 고통과 환희가 골고루 섞여 있는 지상에 대한 애착을 의미한다. 이 구절은 앞의 시 「선덕여왕의 말씀」 중에서 욕계 제이천을 "어쩔 수 없이" "내 못 떠난다"라고 귀결짓는 선덕여왕의 태도와 일맥상통한다.[5]

2) 순환적 시간과 빛으로의 변용

> 햇볕 아늑하고
> 영원(永遠)도 잘 보이는 날

---

5) "서(西)로 가는 달같이는 나는 아무래도 갈 수가 없다"(「추천사」)거나, 「학(鶴)」에서 학이 "어루만지듯 저승결을 날은다"의 시구에서 보여 주듯, 이 지상과 천상 사이의 갈등을 가지면서도 결국 지상을 떠나지 못하는 것이 미당의 시작 상징 체계의 원형적 모티프에 속한다고 할 수 있다.

우리 데이트는 인젠 이렇게 해야지

내가 어느 절간에 가 불공(佛供)을 하면
그대는 그 어디 돌탑(搭)에 기대어
한 낮잠 잘 주무시고,

그대 좋은 낮잠의 상(賞)으로
나는 내 금(金)팔찌나 한 짝
그대 자는 가슴 위에 벗어서 얹어 놓고,

그리곤 그대 깨어나거던
시원한 바다나 하나
우리 둘 사이에 두어야지.

우리 데이트는 인젠 이렇게 하지
햇볕 아늑하고
영원도 잘 보이는 날
　　　　　—「우리 데이트는 — 선덕여왕의 말씀」 전문

　이 시는 원설화가 지닌 줄거리 위주의 수용에서 과감히 벗어나 함축성과 다의성(多義性)을 내포하는 상징 구조로 변이되고 있다. 「우리 데이트는」이라는 제목부터가 열려 있는 화법을 사용하고 있으며, 이러한 문법은 과감한 생략과 압축을 통해 이 시의 구조 전체에 관여하고 있다.
　선덕여왕을 현상적 화자로, 선덕여왕의 말을 듣는 지귀를 현상적 청자로 등장시키고 있다. 이러한 화법은 화자와 청자의 친밀감을 증폭시키면서 두 사람의 관계를 대등한 것으로 이끈다. 시간적 배경 역시, "햇볕 아늑하고/ 영원도 잘 보이는 날"로 설정되어 있다. 이 밝고 긍정적인 시간의 의미는 선덕여왕과 지귀의 관계가 내생이나 그 다음의 생에서는 충분히 달라지고 평등해질 수 있을 것이라는 긍정적인 생각을 나타내고 있다. "햇볕 아늑하고/ 영원도 잘 보이는 날"은 이 시의 시작과 끝에서 되풀이되어 강렬한 인상으로 강조되고 있다. 이것은 원설화에서 지귀의 본능에 이념화(理念化)의 빛을 비추지 못한 채 타 버리고만 의지의 결핍성을 극복하려고 시도한 서정주의 방법이라고 할 수 있다. 원설화의 불을 빛으로 바꿈으로써 불과 빛의 현상학적 변증법에 따라 이루어지는 참된 이념화라고 할 수 있다. 영원도 잘 보일 정도로 투명한 빛의 가시적인 힘, 그 무한한 가능성을 강조함으로써 빛에 이르지 못한 지귀의 불의 한계성을 넘어서고 있다. "우리 데이트는 인젠 이렇게 해야지"라는 구절은 짝사랑으로 불타 죽은 지귀의 한을 달래고 보상해 주려는 시인의 의도를 느끼게 한다. "데이트"라는 당시의 시대에 맞지 않는 외래어 사용도 그렇고 "인젠 이렇게 해야지"라는 선덕여왕의 독백은 지귀와의 거리를 가깝고 동일한 위치로 끌어올리면서, 내세에서나 가능할 법한 두 사람의 사랑의 관계를 능동적인 것으로 만든다. "인젠 이렇게 해야지"의 부사어 "인젠"은 과거엔 그렇지 못했는데 앞으로는 좀 더 나은 상황으로 만들려는 화자의 의지나 다짐을 표명해 준다. 그것은 선덕여왕 스스로 생각하고 다짐하는 투의 이야기 전개법이기도 하다.

그 데이트의 내용은 다음과 같은 행위로 나타난다.

나(선덕여왕)	그대(지귀)
불공을 하다	낮잠을 자다
↓	↓
금발찌를 벗다	금팔찌를 가슴 위에 얹다
↓	↓
둘 사이에 바다를 놓다	깨어나다

선덕여왕의 "불공을 하다"라는 종교적인 세계와 대조적인 그대의 "낮잠을 자다"라는 일상적인 모습은 성(聖)과 속(俗)이라는 반대의 축을 형성하고 있다. "그대는 그 어디 돌탑에 기대어" "한 낮잠 잘 주무시고", "그대, 좋은 낮잠의 상으로" 등의 어법은 실제로는 막막한 기다림 가운데 지쳐 잠들었음직한 지귀의 낮잠을 여유로 이끄는 시인의 태도를 함의하고 있다. 선덕여왕의 금팔찌를 벗는 행위는 '벗다'라는 동사의 간접적인 의미에서 육적(肉的) 의미가 나타나고 낮잠의 상으로 금팔찌를 내건다는 데서 희화화된 한이 나타난다. 작가는 지귀의 번민과 참을 수 없는 고통을 낮잠 자기라는 일상적이고 아주 태평스러운 행위의 강조를 통해 원설화의 분위기를 바꾸어 놓고 있는 것이다.

「선덕여왕의 말씀 1」에서 풀 길 없던 두 사람의 관계는 이 시에서 시간을 넘어선 신화적 상상력에 의한 해결을 시도하고 있다. 서정주 시에서의 영원이라는 개념은 시간의 영속성을 의미하며 순환적인 시간 의식을 바탕으로 한다. 즉 시간을 직선적인 계기성의 실체로 파악하여 보지 않고, '순환적 계기의 구조'[6]로 파악한다. 이러한 시간의 순환 구조는 유한한 삶 속에서 무한을 재현하는 가장 근본적인 방식이 된다. "데이트"라는 시어에 의해 몇 백 년 전의 일을 현대화하듯이 그것은 끊임없이 순환하는 시간 속에서 소멸하지 않고 되살아나는 것이다. 추상적이고 비가시적인 영원을 "잘 보이는 날"이라고 가시적인 것으로 시각화하고 있음도 이러한 맥락과 연관된다. 곧 둘의 관계는 영원한 삶, 시간의 영속성에 의해 바다를 사이에 둔 물리적 거리나, 몇 천 년을 지난 시간적 거리에서도 영원할 수 있는 것이다. 그것은 또한 "불공", "절간", "돌탑" 등의 이미지가 환기하는 초월적인 이미지에 의해서도 뒷받침된다. 현세에서는 내내 미완성으로 끝난 그들의 만남을 영원이 잘 보이는 날의 데이트로 설정함으로써 시인은 짧고 단속적인 이승에서의

---

6) Meyerhoff Hans, *Time in Literature*(California Univ. Press, 1968), 126쪽.

시간을 연속과 반복의 측량할 길 없는 시간으로 변용시킨다. 그리하여 그들은 인간적인 굴레의 한계로부터 해방되는 것이다. 즉 이 시에서의 두 사람의 시간은 물리적, 역사적 시간의 한계를 벗어나서 신화적, 순환적 시간[7]으로 바뀐다.

> 선비가 먹을 갈아 그리고 싶게 되었으니
> 영원도 이젠 아마 그 호적에 넣을 것이다
>
> ──「떠돌이의 시」부분

> 그것 캐어 이고 나오나니
> 영원으로처럼 캐어 이고 나오나니
>
> ──「겨울 황해」부분

위에 제시한 시들은 서정주의 많은 작품들이 보여 주는 시간의 순환 구조를 갖는다. 순간적인 현재를 상상력의 질서 속에서 확장시켜 되풀이함으로써 영원성 안에 놓고 있는 것이다.

3연에서는 바다의 이미지가 등장하는데, 그들의 구원은 이 바다의 무한적인 속성과의 합일을 통해서 이루어진다. 속되고 유한한 인간의 현실적 삶이 바다의 무한성과 합일될 때, 개체적 삶에서 벗어나서 보편적 우주적 영역으로 확대된다.

일반적으로 서정주 시에 있어서의 바다의 이미지는 무한한 깊이에의 인식인 동시에 앞 구절의 황금팔찌와 연관되어 테두리 있는 원의 이미지, 완전하여 끊임없는 순환의 원리를 보여 준다. 아무 데로도 더 갈 데가 없는 천벌, 고뇌의 공간이면서 동시에 윤회의 사슬이 되는 것

---

7) 서정주 시는 현실적 인식보다 영원 속에서 되풀이되는 현재로서의 인식이 많이 드러난다. 구체적으로 작품을 지적하면 「국화 옆에서」, 「춘향유문」, 「인연설화조」, 「깜정 수우해제(水牛角製)의 긴 비녀」, 「칠석」, 「난초잎을 보며」, 「겨울 황해」 등을 들 수 있다.

이다. "시원한 바다나 하나 두고"에서 "시원한"이라는 형용사는 유유
자적한 여유를 지닌 시인의 시선을 느끼게 하는데, 여기에서도 역시 시
간을 순환 반복의 질서 위에서 포착하고 있다. 이별은 새로운 시작(만
남)을 위한 것이며, 완전성과 영원성을 추구하는 상징적 만남이 되고
있다. 또한 4연에서의 바다는 원설화에서는 "하염없이 바다로 흘러가
는"의 구절과 연관된다고 할 수 있다.

　　잠 속에서 동일한 지위를 획득하는 이 둘의 관계는 잠을 깬 후, 시원
한 바다를 둘의 사이에 놓는 것으로 다시 분리가 이루어진다.

　　그리곤 그대 깨어나거던
　　시원한 바다나 하나
　　우리 둘 사이에 두어야지.

　　바다는 육체의 허망함과 삶의 무너짐을 넘어서는 초월적 결합을 상
징하는 이미지이다. 그들 관계의 어찌할 수 없는 답답한 상황을 물리적
으로는 더 크게 벌려 놓는 바다의 이미지가 초월적인 의미에서는 그들
을 완전한 결합으로 이끌고 있다. 그들의 구원은 이 바다의 무한한 속
성과의 합일을 통해서 이루어진다. 속되고 유한한 인간의 현실적 삶이
바다의 무한성과 합일될 때, 개체적 삶에서 벗어나서 보편적, 우주적
영역으로 확대된다. 즉 "시원한 바다"는 역설적인 해결을 가져다주는
공간으로 기능하고 있다. 문득 생각이 난 듯이 말하는 가볍고 범상한
어투의 "바다나 하나"는 "그리곤 그대", "우리 둘 사이"에서 보여 주는
무심히 지나치는 듯한 운 맞춤과 함께 두 사람의 심리적 거리를 가깝
게 전환시키고 있다.

　　원설화에서는 불귀신이 된 지귀를 떼어 놓기 위한 주문의 내용으로
바다는 단절과 격리의 공간이 되고 있다.

지귀의 맘속불은 몸을 태워 불귀신이 되었구나

크고 넓은 바다 멀리 흘러가라, 넓은 바다 멀리 흘러가라

다시는 보지도 친하지도 않으리라

위의 원설화에서 보듯이 지귀와 선덕여왕 사이를 단절시킨다는 점에서 바다의 이미지는 물리적 심리적 거리에서 일치된다. 그러나 이 시에서는 두 사람의 관계가 물리적 공간적으로는 먼 거리가 되지만, 심리적으로는 화해의 가까운 거리로 바뀌고 있는 것이다. 그것은 첫 연과 끝 연의 영원이라는 시간 개념이나 '시원한 바다'라는 공간이 현실적 제약을 넘어선 초월의 영역으로 둘의 관계를 끌어 가고 있기 때문이다. 현생과 내생의 넘나듦은 선덕여왕과 지귀를 분리와 결합의 양 틀로의 넘나듦으로 이어지게 하는 것이다.

또한 매 연마다 "나"와 "그대", 그리고 "우리"를 강조하는 이 시의 어투는 연마다 짝을 맞추어 의도적으로 대등화된 관계를 형성한다. 청자를 "그대"라는 예사높임의 친근한 호칭으로 부름은 화자의 정서와 평상의 감정을 벗어난 변용시의 고조된 기분을 느끼게 해 준다. 아울러 종결 어미의 "주무시고", "이렇게 해야지", "두어야지", "하지" 등은 화자의 청자에 대한 따뜻한 정서적 태도를 읽을 수 있게 하는 단서가 된다.

이것은 궁극적으로 서정주 특유의 낙관론적 세계관을 반영한다. 그는 비극을 비극으로 끝나게 하지 않고 익살, 흥타령 등의 기법을 통해 희극적인 것으로 끌어간다. 마지막 연은 첫째 연의 3행/1행, 2행의 순서를 바꿈으로써 "햇볕 아늑한 영원의 시간"을 강조하고 있다.

욕망이 성취되지 못하고 불귀신이 된 지귀는 "악마적인 신의 세계"에 놓인다.[8] 운명의 조작이나 어리석은 자연의 힘에 의한 원형적 이미

---

8) Northrop Frye, *Anatomy of Criticism*(Princeton Univ. Press, 1957), 208쪽.

지에 속하는 이 귀신이 자신보다 강한 입장에 놓이게 될까 봐 선덕여
왕은 '다시는 보지도, 친하지도 않으리라(不見不相親)'는 강력하고 냉정
한 주문으로 그것을 물리치려 한다. 이러한 심리적 거리 두기는 '넓은
바다 멀리 흘러가라(流移滄海外)'는 물리적 공간적 거리에 의해 구체화
되고 있다. 귀신인 지귀를 멀리하려는 부정적 의미를 표상하는 바다의
이미지는 그러나 서정주의 시에서는 영원한 둘 사이의 결합을 가능하
게 하는 초월적 공간으로 변용된다. "시원한 바다"는 물리적 거리가 결
코 단절이나 장애가 되지 않는 문학적 공간을 상징한다. 그것은 시, 공
간을 훌쩍 뛰어넘어 정신이 결합되는 만남의 긍정적 공간이 된다.

3 김춘수 시의 수평 공간과 비판적 거리

1) 특정 화자와 해체적 언술

   Ⅰ A 지귀야,
     네 살과 피는 삭발(削髮)을 하고
     가야산(伽倻山) 해인사(海印寺)에 가서
     독경이나 하지.
    B 환장한 너는
     종로 네거리에 가서
     남녀노소의 구둣발에 차이기나 하지.
    C 금팔찌 한 개를 벗어주고
     선덕여왕께서 도리천(忉利天)의 여왕이 되신 뒤에

프라이에 의하면 악마적인 사랑의 관계는 충성심에 거역하는, 또는 충성심을 가진 사
람을 좌절시키는 어떤 격심한 파괴적인 열정의 관계로 된다. 갈망은 하면서도 결코 손
에 넣을 수 없는 물질적인 욕망의 대상으로 상징되고 있다.

Ⅱ A′ 지귀야,

　　네 살과 피는 삭발을 하고

　　가야산 해인사에 가서

　　독경이나 하지.

　B′ 환장한 너는

　　종로 네거리에 가서

　　남녀노소의 구둣발에 차이기나 하지.

　C′ 때마침 내리는

　　밤과 비에 젖기나 하지.

　　오한이 들고 신열이 나거들랑

Ⅲ A″네 살과 피는 또 한번 삭발을 하고

　　지귀야,

―「타령조 3」 전문

　똑같이 지귀 설화를 차용하고 있는 김춘수의 「타령조 3」은 다른 양
상을 보여 준다. 타령의 본래적 특징인 반복이나 열거의 구조가 이 시
의 형태에도 기본적으로 갈려 있는데, 타령조라는 제목부터가 생의 슬
픔이나 기쁨에 정식으로 대들지 않고 우회시키려는 분위기를 만든다.
문학적인 측면에서 보면 타령은 어떤 사물의 형태를 병렬적으로 나열
해 가면서 묘사하거나, 어떤 인물의 언동을 순차적으로 연결시켜 나가
면서 서술하는 것이다.[9]

　이 시를 살펴보면 전체적으로 A, B, C 세 개의 의미 단락이 반복되
는 구조를 갖는다. 반복의 형태를 정리해 보면 다음과 같다.

　Ⅰ(A - B - C) - Ⅱ(A′ - B′ - C′) - Ⅲ(A″ -)

---

9) 장성수, 「― 타령의 성격에 대한 연구」, 《문학과 언어》 13집(1992), 228쪽.

여기에서 Ⅰ, Ⅱ단락은 A-B-C의 순으로 연결되어 있으나, 의미상으로는 C-A-B로 놓고 보는 것이 더 자연스럽다. 먼저 Ⅰ단락을 살펴보면 "지귀야"라는 호격으로 시작되는 A는, 시공의 급작스러운 전환을 보인 B는 각각 C를 통하여 의미의 연결이 이루어짐을 알 수 있다. 즉 C는 A, B의 두 상황을 유발시킨 동기가 된다. 여왕이 남겨 준 금팔찌(C)는 지귀의 운명을 바꾸는 지침이 되는데, 사랑을 종교적으로 승화시키든지(A) 또는 시공을 뛰어넘어 영원히 그 사랑의 고통 속에서 헤매는 (B) 두 길이 놓여 있는 것이다. 즉 Ⅰ단락을 산문적으로 연결시켜 보면 다음과 같이 정리할 수 있을 것이다.

사랑이 이루어질 수 없음을 알았을 때(C)
지귀야 너는 승려가 되었으면 좋았을 것을(A)
사랑을 버릴 수가 없어 영원한 굴레에서 헤매이는구나(B)

지귀의 사랑은 영원히 풀리지 않을 한을 품고 있기에 시의 구조도 Ⅰ에서 그치지 않고 다시 반복되는 형태를 갖는다. Ⅱ에서 화자는 다시 지귀에게 똑같이 A, B를 되풀이한다. 그러나 두 번째 단락의 A, B는 앞 단락과 문장 자체는 똑같지만 반복되는 것이기에 그 의미나 어조의 강도가 다르다고 할 수 있다. 즉 새로운 A′, B′가 되는 것인데 Ⅰ단락보다 더욱 유장해지고 비장해지면서도 헤어날 수 없는 운명에 대한 비극적 색채를 강하게 띠고 있다. 이 변화는 C′에 의하여 더욱 잘 드러난다. C′는 앞 단락과 마찬가지로 의미상으로 A′, B′의 앞에 놓는 것이 의미의 흐름이 자연스러울 것이다. C′는 종로 네거리에서 더욱 단단해지는 지귀의 사랑을 의미한다. 즉 지귀의 사랑은 그 고통 속에서 더욱 빛을 발해 새로운 사랑의 열병을 앓게 된다. 그러므로 C′는 Ⅰ과 Ⅱ에 함께 걸려 피할 수 없는 비극적 운명을 지속시키면서, 동시에 Ⅲ단락으로 연결되어 이 사랑이 영원히 계속될 것임을 시사한다. Ⅲ단락은 A만이 변형된 형태(A″)로 제시되어 있다. 화자는 다시 한 번 지귀에게 "삭발이나 하지"라고 조언하고 있는데, 특히 "지귀야"라는 호칭을 끝에 배치함으로써 그 뒤에 계속 새로운 B와 C가 계속될 것임을 암시한다.

그러므로 이 시는 완결되어 있다기보다는 계속적인 반복을 암시하며 열려 있다. 그리고 반복의 구조는 지귀의 비극적 사랑의 속성을 상징하면서, 동시에 타령이라는 형태적 특성과도 긴밀하게 맞물려 있는 것이다. 즉 반복을 통해서 결코 해결될 수 없는 갈등을 전면에 부각시키는데, 그것은 무한한 결핍감, 버림받았기 때문에 고독한 욕망의 세계를 형태화한다. 시에서의 반복은 동질적인 패턴을 형성함으로써 의미의 일관성과 정서적 효과를 고양시키는 기능을 지니면서도 의미 구조의 긴장감을 파기시키는 역할을 한다. 다시 말하면 타령의 정서는 무엇인가를 계속적으로 반복해 뇌까림으로써 마음에 응어리진 것을 풀어내려는 심리 상태에 닿아 있다고 할 수 있다.

그렇다면, 이 시를 타령조로 노래하게 하는 정서적 근원은 무엇이며 그 효과는 무엇인가. 마음속에 무언가 아픔이 맺혀 있을 때, 그러나 아픔을 만든 특정한 가해자를 찾아볼 수도 없고, 풀어 볼 길도 없을 때, 우리는 이것을 한이라고 말한다. 「타령조 3」이 보여 주는 지귀의 사랑은 한의 빛깔을 갖고 있다. 이 시의 갈등은 현상적으로는 지귀와 선덕여왕에 국한되어 있으나 보다 근원적인 문제는 좁힐 수 없는 신분의 벽이다. 그러므로 지귀에게 고통을 준 가해자를 군이 따지자면 비천한 몸으로 여왕을 사랑하게 한 비극적인 운명이라고나 해야 할 것이다. 만일 지귀가 운명에 순응했다면, 사랑의 열정을 잘 삭이고 해인사로 가서 독경이나 하는 데서 사랑을 멈출 수 있었다면, 지귀의 사랑은 풀리지 않는 한으로 응어리지지 않았을 수도 있었다. 하지만 이루어질 수 없는 사랑에 설복할 수 없었기에 지귀의 사랑은 한의 모습이 된다. 즉 삭발을 하고 초월적으로 해결할 사랑이 아니라, 처절하게 능욕을 당할지라도 가슴에 담고 싶은 사랑이기에, 지귀는 신라 시대의 사랑을 현대의 종로 네거리까지 끌고 내려올 수 있었던 것이다. 즉, 시공을 넘어 종로 네거리의 비속한 거리에서 웃음거리가 되면서도 또다시 사랑의 신열에 들뜨는 지귀의 사랑은 영원히 풀릴 수 없는 한의 원형을 보여 주는 것이다.

그런데 이렇게 심각하고 비장한 한의 노래를 시인은 '타령조'라는 자못 느슨하고 심드렁한 어조로 풀어내고 있다. 시에서 보이는 현상적 화자는 지귀의 운명을 속속들이 잘 아는 전지적 화자로써, 권위나 위엄보다는 '−하지' 투의 해도 그만 안 해도 그만이라는 식의 무심한 목소리를 낸다. 즉 시의 내용과 어조가 완전히 상반되어 있다고 할 수 있는데, 이 이질감은 전체 시 구조 속에서 더욱 구체화된다.

즉 어조와는 달리 이 설화를 해석하는 시인의 심리에는 비극적 세계관이 깔려 있다. 지귀 설화가 상징하는 비극적 인간상은 신분 제도의 높고 낮은 입장이 대립되는 상황을 토대로 하고 있다. 그러므로 지귀와 선덕여왕은 해인사와 종로 네거리라는 공간적 거리에 비례하여 머나먼 심리적 거리를 벌려 놓는데, 두 인물의 관계는 선덕여왕이 '금팔찌 하나만 벗어 주었어도' 늘 갈등이 존재하는 비극적 관계를 형성한다. 즉 이 도달할 수 없는 대상에 대한 지귀의 비극은 결국 자신을 불태우는 마음속 불길, 즉 '심화'로 나타나는데, 지귀의 극복할 길 없는 광기를 시인은 "삭발", "구둣발길질"이라는 비정상적 행위에 의해 심화된 절대성의 영역으로 옮겨 놓고 있다. 주제와도 상관이 깊을 법한 "환장한 너"는 어리석은 순수와 그리고 그 속에 내재한 동적인 강력한 힘을 암시한다. "오한"과 "신열"은 지귀의 내면 충동의 산물이며 마음속에 일어나는 감정을 밖으로 드러내 주는 물질이다. 사랑의 중병을 앓고 있는 자가 동시적으로 경험할 수 있는 열(熱)과 냉(冷)의 이미지인 것이다.

이 설화의 갈등을 해결하는 시인의 방법론적인 모색은 두 가지이다. 즉 현실에 적응하지 못하는 사랑은 해결 방안이 없다. 비현실적인 공간인 절로 가거나, 세상의 현실 속에서 끝없이 상처받고 짓밟히며 버림받는 두 가지 길뿐이다. 이야말로 시인의 비극적 세계관, 비관적 타개 방법이다.

전체적으로 이 시에 나타난 화자의 표면적인 어조는 강렬하면서도 단호한 태도를 드러내고 있다. 화자는 혐오감에 가까운 조롱이나 경멸조를 숨기지 않는다. 화자는 B와 B′에서 되풀이하여 "환장한 너"라고 지칭함으로써 집념이 비정상적인 것임을 지적한다. 화자가 청자에게 무엇인가를 제안하는 청유법의 문체를 쓰고 있는 이 시의 화법은 종지형 어미를 반말체 "−지"로 쓰고 있다.

> 독경이나 하지 (A)
> 남녀노소의 구둣발에 차이기나 하지 (B, B′)
> 밤과 비에 젖기나 하지(C)

이처럼 화자는 청자의 짝사랑을 비현실적이며(A), 버림받은 상황이며(B, B′), 자연에게서조차 보호받지 못할(C) 행위로 간주한다. 이미 알고 있던 사실에 대한 환기, 또는 확인 진술의 서법 기능으로 볼 수 있는 종결 어미 "−지"[10]가 여기에서는 반대로 시인의 주관적 상념을 반강제적으로 강요하는 기능을 하고 있다. 그러나 동시에 이 어조는 비언어적인 것, 즉 지귀라는 이상적 청자를 공격 비난함에 의하여 그의 어리석은 집념을 지적하면서 심정적으로 실제 독자의 지지와 관심을 끌도록 부각시키고 있는 것이다. "때마침 내리는", "단 한 번"의 상황을 강조하는 부사들은 이 숨겨진 어조 속에서 어쩔 수 없는 슬픔과 연민의 정이 담겨 있음을 시사한다.

> 오한이 들고 신열이 나거들랑
> 네 살과 피는 또 한번 삭발을 하고
> 지귀야,

---

10) 장경희, 『현대 국어의 양태 범주 연구』(탑출판사, 1985).

화자는 "네 살과 피는 삭발을 하고"를 세 번 되풀이하여 강조하고 있는데, 욕망과 생명력을 상징하는 살과 피의 기세가 "삭발"이라는 돌연한 시어에 의해 사정없이 꺾이고 있다. 원설화에서 보이는 불의 이미지는 이 시의 표면에는 전연 드러나지 않는다. 그것은 "때마침 내리는/밤과 비에 젖는"의 이미지에 의해 물과 연관시켜 볼 수 있다. 인간의 생명력과 불을 상징하는 살과 피는 비에 의하여 타오르지 못하고 만다. 불은 어둠과 물의 결합이 지니는 하향의 운동성과 함께 죽음의 의미를 그 내부에 지니고 있다. 이러한 불과 물의 두 이질적 물질 간의 결합은 3연의 "오한", "신열"이라는 극한적인 열과 냉의 대립 이미지로 끌어가고 있다. 이 양극적인 이미지는 끊임없는 갈등, 헤어짐과 만남에서 결과된다. 즉 차가움과 뜨거움이라는 극단적 현상은 불과 물의 두 물질적 속성과 함께 침울한 모순의 불꽃을 창출한다.

결국 지귀의 마음속에 타올랐던 사랑의 불길은 "삭발"에 의해 힘이 꺾이고 "비와 어둠"에 의해 소멸되어 가며 사람들의 비정한 "발길질"에 의해 파괴되어 가는 도정을 보여 준다. 또한 "가야산 해인사"와 "종로 네거리" 사이의 머나먼 거리는 성과 속 사이의 운동성을 그 내부에 나타낸다. "환장", "삭발", "구둣발길질"이라는 단어들의 삭막함은 불우하고 억울하며 절망적인 지귀의 고독을 암시하는 상징물이다. 이러한 이미지들의 내면에는 불의 파괴 작용과 의식의 침몰을 나타내고자 하는 시인의 내밀한 의식이 반영되어 있는 것이다. 그것은 의식이 객관적 판단에서 벗어나 있는 상태로서 오직 "주의력의 문제(therehold of attention)"[11]가 낮아질 때에야 비로소 드러나는 내면 심리의 속성과 맞닿아 있다고 할 수 있다.

그리하여 이 시의 맨 마지막을 맺는 "지귀야"의 부름은 의도적이고

---

11) Jolande Jacobi, *Complex, Archetype, Symbol in the Psychology of C. G. Jung*, Bollongen Series LV I(Princeton Univ. Press), 27쪽.

도전적인 첫 행의 부름과는 달리 시인의 온갖 느낌을 담은 복합적 태도를 함의하고 있는 것이다. 그것은 저 혼자 하는 사랑의 외로움과 막막함, 생의 고통을 같이 확인하는 자의 공허와 침묵의 응시이며, 낮은 억양의 비극적 목소리인 것이다.

이러한 기법은 독자가 예상했던 기대를 깨뜨리면서 계속 그 반응을 확장시킨다. 즉 엿듣고 있는 실제 독자인 청자들이 자신들의 부조리하고 고뇌에 찬 실제를 깨닫게 함으로써, 현상적 청자에 대한 동정과 연민으로 시작한 문제가 다름 아닌 자신들의 문제임을 깨닫게 되는 것이다. 이 시는 지귀라는 설화적 인물을 통해 시인과 독자가 함께 체험을 나눈다는 객관성을 지닌다. 또한 각각의 독자들 내면 생활을 형성하고 있는 심층적 소원을 극복하는 데 필요한 자신들의 독특한 초월적 방법을 발견하기 위해 이 작품을 다시 고쳐 읽는 셈이 된다. 즉 독자를 현상적 청자의 이야기 속에서 함께 느끼고 인물의 행위를 통해 대리 경험[12]토록 함으로써, 이야기는 말하는 가운데 살아 있는 것이다. 설화를 수용했기 때문에 일차적으로 청중과 독자라는 역할을 함께 수행할 수 있다.

결국 「타령조 3」이 보여 주는 미감의 핵심은 상반적인 것이 불러일으키는 효과라 할 수 있다. 반복의 구조가 의미상으로는 비극적 운명의 굴레를 표상하지만, 언어적으로는 타령조의 반복이 긴장과 무거움을 이완시키는 역할을 하고 있다. 여기서는 풀리지 않는 한을 자꾸 반복하고 뇌까림으로써 언어적으로나마 무화시키려는 심리적 기제가 작용하고 있다고 할 수 있을 것이다.

2) 소외 효과와 비극적 내면화

「타령조」는 15편의 연작 형태로 발표되고 있다. 직접적으로 지귀 설

---

12) S. K. Langer, *Feeling and Form*(London: Routledge, Kegan Paul Limited, 1953), 262쪽.

화를 소재로 한 시는 「타령조 3」 한 편뿐이지만 이 연작시의 전체적인 구조는 대체로 응답받지 못하는 사랑이나 비천한 형태의 버림받음, 비애와 삶의 여러 욕망의 덧없음을 "장타령이 지닌 넋두리와 리듬"[13]의 형태를 빌려 시화하고 있다. 주제뿐 아니라 이 시편들에서는 타령의 본래적 특성인 반복이나 열거의 형식, 타령의 후렴에서 나온 듯한 청유형 어조 등 그 특성들을 수용하려 한 노력이 엿보인다.

① 저
　머나먼 홍모인의 도시
　비엔나로 갈까나
　프로이드 전사를 찾아갈까나
　서해로 갈까나 동해로 갈까나

　　　　　　　　　　　　　　　　　—「타령조 2」 부분

② 나중에는 오뉴월 구름으로 흐르다가
　입춘 가까운 눈발로도 쏠리다가

　　　　　　　　　　　　　　　　　—「타령조 5」 부분

③ 그해 여름은
　유월 한달을 비만 보내다가

---

13) 김춘수, 『타령조 기타』(문화출판사, 1969).
　그는 이 시집 후기에서 "지사 시집 이후 십 년 동안 나는 또 한번의 실험기를 겪게 되었다. 그것은 육십년대의 상반기에 걸친 연작시 「타령조」를 통해서다. 장타령이 가진 넋두리와 리듬을 현대 한국의 상황하에서 재생시켜 보고 싶었다. 이러한 처음의 의도와는 달리 결과적으로는 하나의 기교적 실험이 되어 버린 듯하다. 그러나 이러한 과정이 나에게 있어서는 헛된 일은 아니었다고 생각한다. 「타령조」 이후의 나의 시작에 이때의 기교적 실험이 음양으로 작용하고 있다는 것을 충분히 짐작하고 있기 때문이다."라고 밝히고 있다.

칠월 한달을
구질구질한 비만 보내다가

—「타령조 6」 부분

④ 재떨이에 던져진 꽁초
　제멋대로 나동그라진 꽁초
　흰자월 드러내고……
　천정을 쳐다보는 꽁초

—「타령조 9」 부분

　비엔나와 프로이트, 서해와 동해, 유월과 칠월 등의 시어를 순차적으로 열거하거나 "흐르거나", "쏠리다가", "비만 보내거나" 등의 서술어를 연결시켜 나가면서 반복하는 것은 전통적인 타령이 지니는 본래의 모습이다. 또한 이 타령조의 시편들에 깔려 있는 분위기의 바탕이 되고 있는 소외의 감정 역시 전통적이라 할 수 있다. 이 소외의 감정은 대치할 수 없는 인간 조건에 대한 인식을 전제로 하고 있으며, 근원적인 것으로 파악된다.

　그리하여 김춘수의 타령조에 수용된 주제들은 모든 것이 추락의 방향을 가리키고 있다. 그것은 본질적으로 인간의 가장 절망적인 상태를 상징한다.

　사랑이여, 너는
　어둠의 변두리를 돌고 돌다가
　새벽녘에사
　그리운 그이의
Ⅰ 겨우 콧잔등이나 입 언저리를 발견하고
　먼동이 틀 때까지 눈이 밝아 오다가

눈이 밝아 오다가, 이른 아침에
파이프나 입에 물고
어슬렁어슬렁 집을 나간 그이가
밤, 자정이 넘도록 돌아오지 않는다면
어둠의 변두리를 돌고 돌다가
먼동이 틀 때까지 사랑이여, 너는
얼마만큼 달아서 병이 되는가,

Ⅱ 병이 되며는
무당(巫堂)을 불러다 굿을 하는가,
넋이야 넋이로다 넋반에 담고
타고동동(打鼓多多) 타고동동(打鼓多多) 구슬채찍 휘두르며
역귀신(役鬼神) 하는가,
아니면, 모가지에 칼을 쓴 춘향이처럼
머리칼 열 발이나 풀어뜨리고
저승의 산하나 바라보는가,

Ⅲ 사랑이여, 너는
어둠의 변두리를 돌고 돌다가……

—「타령조 1」 전문

이룰 수 없는 사랑의 한을 주조로 하고 있는 이 시는 현상적 청자인 "너"가 "사랑"과 동일화되고 있다. 또한 현상적 청자로 가상할 수 있는 "나"와 "나의 사랑"도 엄밀한 의미에서 구분이 없다. 이 시를 여는 1, 2행의 "사랑이여, 너는/ 어둠의 변두리를 돌고 돌다가"는 Ⅰ, Ⅱ, Ⅲ에서 세개의 의미 단락이 반복되는 구조를 갖는다. 앞에서 분석한 「타령조 3」의 Ⅰ(A-B-C), Ⅱ(A′-B′-C′), Ⅲ(A″-)와 거의 동일한 형태를 보인다.

Ⅰ, Ⅱ, Ⅲ의 세 기둥을 축으로 사랑은 어둠의 변두리에서 병이 되고 죽음이 되며 넋으로 이어지고 있다. 이른 아침에 나가서 "자정이 넘

도록 돌아오지 않는 그이", 기다림 끝에 병이 되어 "무당을 불러 굿"을 해야 하는 사랑, "모가지에 칼을 쓴 춘향이"의 사랑은 쉽게 풀리지 않을 한을 공통적인 바탕으로 한다. Ⅰ의 개인적인 넋두리에서 Ⅱ의 보편적 이미지로 연계되면서 빠르고 급격한 동작의 연속과 함께 시의 내용은 객관화되고 있다. 사랑에서 연유된 자기 상실감이나 인간에게 부과된 가혹하고 무거운 짐, 소외감 등은 타령조 특유의 리듬감과 함께 전통적인 연계성을 얻어 내고 있다.

> 넋이야 넋이로다 넋반에 담고
> 타고동동 타고동동 구슬채찍 휘두르며
> 역귀신 하는가,

"타고동동(打鼓冬冬)"은 북소리와 귀신 쫓는 축문의 이중적 효과를 의도하고 있다. 북 치는 소리의 소리 상징인 의성어를 굳이 한자로 표기하고 있음은 음성상징의 시각적 효과를 동시에 노린 것이다. 타령조 연작이 주제로 하고 있는 사랑은 존재의 바닥 모를 심연에서 느끼는 좌절감과 소외감이 주조를 이루고 있다. 어둠과 변두리를 돌고 도는 화자의 사랑은 긴 기다림 끝에 "병이 되는가", "굿을 하는가", "저승의 산하나 바라보는가"의 자문자답을 되풀이하는 무기력한 것이다. 이 도령과의 사랑을 성취하고 행복한 결말을 보여 주는 춘향전에서 시인은 유독 "머리칼 열발이나 풀어뜨리고/ 저승의 산하나 바라보는" 주인공의 비극적인 갈등을 강조하고 있다. 이러한 태도는 사물과 세계에 대한 시인의 사유 방식[14]의 특성을 보여 준다고 할 수 있다.

---

14) 김춘수, 「고통에 대한 콤플렉스」, 『김춘수 전집 1』(문장사), 354쪽.
　　그는 자신의 존재의 근본 문제를 육체와 의식의 아픔에 대한 해답 찾기라고 서술한다. "나는 고통에 대해 콤플렉스를 가지고 있다. 고통에 민감하면서 그것에 질리고 있다. 도저히 감당할 수 없는 상태로밖에는 안 보인다. 나는 과거에 수많은 고통과 부딪쳐

엘리엘리나마사박다니
나마사박다니, 내사랑은
먼지가 되었는가 티끌이 되었는가

　　　　　　　　　　　　　　　　　　—「타령조 2」 부분

쓸개빠진 녀석의 쓸개빠진 사랑을 보았나
……
그래서 녀석의 새끼들은
뿔이 돋혔지
눈두덩에 뿔이 돋힌 귀신이 됐지

　　　　　　　　　　　　　　　　　　—「타령조 5」 부분

흰자월 드러내고
천정을 치떠보는 꽁초는
필터 가까운 한 부분이
아직 한번도 타지 못한 그 부분이
이젠 좀 분하고 억울할 따름이라네

　　　　　　　　　　　　　　　　　　—「타령조 9」 부분

　타령조의 사랑은 먼지나 티끌과도 같이 그를 정착케 할 어떠한 의미
도 부여되지 않고 있다. "쓸개빠진 녀석의 쓸개빠진 사랑"이 지니는 자
조, 누군가에 의해 던져지고 버림받은 것의 비애, 자신의 딱한 처지를

본 일이 있었다. 내가 원해서 그렇게 된 것은 아니다. 그러니까 나는 언제나 고통에 대
해서 피동적인 입장에 있었다. 웬만한 것은 시간이 해결해 주었지만, 시간이 가면 갈
수록 그때의 기억이 되살아나 새로운 고통을 안겨 주곤 하는 그런 고통의 기억도 있
다. 이것은 죽을 때까지 내 체내에서 씻어 낼 수 없는 것이다. 이미 내 체질의 일부가
되고 있다. 때로 나는 여기서부터 도피해 보려고 하지만 한 번도 성공한 일은 없다. 나
는 늘 패배 의식을 안은 채 살아가고 있다. 내 경우에는 육체의 고통이 정신을 압도한
것 같다. 그 굴욕감을 버리지 못하고 있다."

과장하고 희화화함으로써 더욱 비극적 느낌이 고조되는 삶의 여러 욕망들이 구체화되고 있다. "눈두덩이에 뿔이 돋힌 귀신이 됐지" 등의 변신은 황폐하기까지 하다.

김춘수는 타령조의 화자를 "현실의 인간과 유추가 불가능하도록 익명화"[15]시키고 있으며, 이들 화자를 오직 텍스트 내의 특수 공간에서만 그 의의를 갖도록 하고 있다. 역사나 사회로부터 개인이 받는 피해에 대한 감수성의 예민함은 현실과 논리를 극단적으로 배제하면서 애매하고 수동적인 정조를 자아내고 있다. 이러한 그의 인식의 바탕에는 생을 고통으로 파악하는 비극적 세계관이 깔려 있다.

4 맺음말

설화에는 사실과 경험 중심의 현실 기능과 본능과 상징 중심의 비현실 기능이 복합적으로 포괄되어 있다고 할 수 있는데, 현대시에서 차용된 설화는 원설화를 보다 생기 있게 공감시키고 확대시키고 있다.

서정주가 관습적인 상징인 지귀 설화를 사용하여 따뜻한 화해의 세계를 펼쳐 보였다면, 김춘수는 독자에게 지귀라는 설화적 인물의 행위를 대리 체험하게 함으로써, 지귀의 한 맺힌 사랑의 비극성을 독자들 각자가 경험해 볼 여지를 만들어 주고 있다.

서정주의 설화 수용 태도는 그 결말이 지극한 행복에의 지향임을 볼 때 적극적이고도 긍정적인 방향에로의 발전이라 할 수 있다. 세 편의 시 작품이 하나의 완결된 구조로서 재구성된다는 것은 시인의 설화 수용 태도와 관련하여 적극적인 의도를 파악해 낼 수 있다는 데 의의가 있다고 본다. 동일한 설화를 차용하면서, 지귀 설화를 해석하는 과정을

---

15) 김준오, 「변신과 익명」, 『가면의 해석학』(이우출판사, 1985), 286쪽.

점점 더 승화된 고차원의 것으로 이끌며, 개인적인 것에서 보편적 공감대의 차원으로 확대시켜 나가고 있다.

서정주는 설화를 수용함에 있어서 다양한 태도의 변모를 보이는데, 비극적 소재를 시인 특유의 낙관적 세계관으로 화해시키고, 초월의 방식으로 시공간을 뛰어넘는 영원성을 부여하고 있다. 또한 텍스트의 의미를 생동적인 리듬감으로 형상화하여 독자의 흥미를 유발하는 내적 의장으로 사용한다. 지속적으로 관심을 보이고 있는 초월적인 관념의 세계에 대한 형상화를 구체적 언어로 드러냄으로써 추상적 거리를 단축하는 작용을 하고 있는 것이다. 또한 화자 및 청자의 다양한 선택을 하고 있어 세 편의 연작시를 각기 다른 시적 화자로 대응하고 있다. 이 화자들은 궁극적으로 갈등을 포용해 내는 화해 의식을 표출하며, 생의 부정적 측면까지도 내면으로 포용한다. 삶을 바라보는 화자의 유연한 태도는 밝고 생명력 넘치는 시어들을 통해 더욱 구체적으로 드러나고 있다. 지귀를 죽음에 이르게 한 불의 이미지는 빛으로 변용되어 순수하고 고양된 상승의 이미지로 이념화된다.

김춘수의 시는 설화 수용에 있어서 시인과 화자, 화자와 시적 대상, 그리고 청자 사이의 거리 조정에 독특한 방법을 보여 준다. 그의 「타령조 1」,「타령조 3」등은 언어와 소통 양식을 근본적으로 생각해 보게 하는 소외 효과, 아이러니 등의 기법으로 설화와 현대시, 화자와 청자, 시인과 독자 사이의 다양한 거리 조정을 시도함으로써 시적 긴장을 유발하고 있다. 공간과 시간의 먼 거리 두기, 이미지의 과도한 변용적 요소, 내용과 상반되는 시 형태의 도입이 보여 주는 극단의 대조는 바로 시인의 비극적 세계관으로부터 생성되는 것이다. 지귀 설화에 표상되어 있는 불의 이미지는 김춘수의 시에서 밤과 어둠, 비의 이미지와 연계되면서 비극적 운명의 굴레를 표상화하고 있다. 즉 김춘수의 시 세계가 보여 주는 의도적 불화, 비관론, 현실로부터의 도피, 극단적인 무의미는 설화 수용 태도에서도 그대로 드러나고 있다.

이상 살펴본 대로 두 시인의 태도는 다채롭게 대비된다. 화해와 영원 지향에 바탕을 둔 서정주의 낙관론은 불화와 현실 지향의 비관론에 바탕을 둔 김춘수와 대조적이다. 즉 이 두 시인들은 설화에서 확연하게 드러나지 않았거나, 감추어진 부분을 강조해서 드러냄으로써 이 설화를 당대의 것으로 심화시키면서도 친근하게 재확대시키고 있는 것이다.

서정(抒情)과 시사(詩史)

서정의 본질과 변모 양상

1 서정, 시의 낡은 얼굴 낯선 얼굴

한국 근현대시는 100여 년의 시간을 축적하여 이제 울창한 숲을 이루었다. 그 안에서 숨 쉬고 땅을 일구는 일을 하는 우리에게 이 숲은 편안하고 친숙한 공간이다. 하지만 동시에 이곳은 끊임없이 낯선 얼굴들을 포용해야 하는 복합적이고 다성적인 공간이기도 하다. 친숙함과 낯섦에서부터 오늘의 주제인 서정의 문제를 이야기해 보고 싶다.

모국어와 주권의 강탈이라는 자아 정체성의 전면적 위기 상황에서 한국 시는 어려운 출발을 했다. 유구한 전통이 있었으나 그것을 풍요로운 터전으로 삼을 수 있는 상황도 아니었다. 전통적 서정을 부정하면서 시작한 근현대시의 여정을 생각할 때 서정은 시의 가장 낡은 얼굴인지도 모른다. 하지만 세계에 대해 느끼고 감동하고 소통과 화해를 꾀하는 서정의 오래된 힘이야말로 변하지 않는 시의 본원임을 부정할 수 없다. 1920년대 소월과 만해로 대표되는 전통적 서정의 계승, 1930년대 시문학파가 보여 준 음악적 언어와 순수 서정의 세계, 1950년대 전후 모더니스트들이 보여 준 서정의 현대화, 1970년대 민요적 형식과 장시에 담아낸 공동체적 정서, 1980년대 서정의 다양화 등 서정의 존재 양태는 현대시사 속에서 다양한 모습으로 계승·변용되어 왔다. 기성의 문학 정신과 형식을 부정하며 전통적 서정에서 일탈하려는 시도들이 있을 때마다, 또 한편에서는 서정시로 회귀하려는 반작용이 일어났다. 그 반복과 회귀의 여정이 현대시의 추동력이었다고 해도 과언이 아닐 것이다.

　서정을 배제하는 정신도, 서정을 극복하고자 하는 시도도, 서정에 바탕을 두고 있었으며 이때마다 시와 비시의 경계가 새롭게 확장되며 시의 영역 또한 확대되었다. 따라서 서정을 문학사의 통시적이고 공시적인 변화 축에서 살아 있는 가변적 실체로서 조망해 보는 것이 필요하다.

2 서정시의 전통적 개념

　서정시가 본질적으로 주관의 영역이라는 것은 문학에 대한 이념과 방법을 초월하여 대부분의 이론가들이 합의하는 부분이다. 서정 장르는 본질적으로 자아의 내면을 향한 독백체 성격을 가진다.[1] 헤겔의 미학에서는 서정시란 개인의 '내면성(Innerlichkeit)'을 핵심 요소로 삼고 있는 것이라 했다. 그런가 하면 헤겔과는 사뭇 다른 편에 서 있는 에밀 슈타이거는 주체와 대상이 융합된 서정적 정조(Stimmung)라는 개념으로 서정시의 원리를 설명한다.[2] 행위를 모방하는 서사 장르나 극 장르와는 다르게 서정시는 주체가 자기의 내면 안에서 외적 세계와 대응하며 주관적 목소리를 내는 것이며, 이때 목소리의 특수성에서 개별 작품

---

1) 전통적 서정시 이론의 근본적인 전제는 서정시란 본질적으로 '자기발언(selbstaus-sprache)'이라는 관념이다. 디이터 람핑, 장영태 옮김, 『서정시: 이론과 역사』(문학과지성사, 1994), 98쪽.

2) Emile Steiger, *Grundbegriffe der Poetik*(Zürich: Atlantis Verlag, 1946).

의 독자적 영역이 성립된다는 것[3]은 시학의 장에서 여전히 유효한 명제이다.

일인칭의 문학이자 개인적인 주관성을 표현하는 것을 특징으로 삼기에 서정시는 흔히 '일인칭 문학', '순간적 감동의 형상화' 혹은 '회감(回感)' 등의 용어로 정의되며, 형식적으로도 고백적이고 자기 표현적인 요소가 강하게 나타난다고 설명된다.[4]

그러나 우리 시의 전개 과정을 볼 때 서정의 의미는 주관의 영역에만 고정되어 있지 않다. 화자의 문제만을 보더라도 서정시의 주체인 시적 자아는 외부 세계와 끊임없이 교류하는 존재이기에, 시적 순간의 발화가 단지 개인적 주관성에 한정되어 있지 않고 어느 정도의 사회적 보편성을 담보하게 된다. 그러므로 고전적 삼분법에서 말하는 일인칭 화자의 단일하고 고답적인 미감은 실제 현대시에서는 다양하게 굴절되어 나타난다. 따라서 서정의 특성도 변화될 수밖에 없고 그 동인은 사회와의 관계 속에서 파생되게 된다.[5]

김소월이나 윤동주의 시에 나오는 화자들은 시적 자아와 일치성을 갖는다고 보는 것이 자연스럽다고 할 수 있다. 그러나 시대가 변화하고 복잡해지면서, 삶의 총체성과 세계에 대한 총괄적 비전을 그려 내려는 욕구가 확대되어 온 것도 사실이다. 이와 함께 그것을 전달하고 보고할 수 있는 현실적 욕구도 강화되어 왔다. 이런 욕구는 서정시가 서술시나 해체시, 도시시 등의 새로운 형태를 실험하고 자기 변신을 꾀하는 결과를 낳게 되었다.[6]

---

3) Wolfgang Johannes Kayser, 김윤섭 옮김, 「장르의 구조」, 『언어예술작품론』(예림기획, 1999).
4) 디이터 람핑, 앞의 책.
5) 오세영, 「서정시란 무엇인가」, 《시와시학》 2001 여름.
   정효구, 「서정시의 본질과 그 현대적 의미」, 《시와시학》 2005 겨울.
   최승호, 「김영랑 시의 서정화 방식과 순수성의 사회학적 의미」, 《국어국문학》 131호.
6) 김준오, 『도시시와 해체시』(문학과 비평사, 1992).

서정의 본질적 의미에 지나치게 집착하는 경우, 통시적으로 변해 가는 시의 현실을 따라가기가 어렵다. 동시에 서정의 확장이라는 시각에서 서정시의 자기 변화를 무조건 수용하다 보면, 모든 시는 서정시라는 환원론으로 귀착되게 된다.

오히려 서정을 논하기 위해서는 인간의 서정이 문학사 속에서 어떻게 자기 실현의 길을 모색했는지를 생각해 보아야 할 것이다. 서정이란 인간 정서의 본질적 영역과 공시적 문학 공간에서 만들어지는 다른 힘들의 길항 사이에서 존재한다. 이 긴장에 의해 낡은 서정이 쇄신되고, 서정과 비서정의 경계가 만들어지며, 서정시의 통시적 역사가 전개된다고 할 수 있다.

따라서 서정의 함의를 되짚어 보는 일은 먼저 서정의 범주 설정에서 시작될 수 있을 것이다. 서정은 정서의 영역에 국한되어 있는 것이 아니고 궁극적으로는 정신의 문제라는 것을 상기할 필요가 있다. 사심 없는 정서나 풍부한 감성이란 궁극적으로는 형이상학적인 염결성, 순수를 그리는 정신적 취향을 의미하는 것이다. 또한 이것은 화해와 공존이 있는 균형적 세계에 대한 무의식적 지향을 의미하기도 한다. 즉 서정이란 감각적 세계에 속하는 것이면서 동시에 높은 정신적 경지라는 도덕적 가치와도 불가분하게 밀착되어 있다.

그러므로 서정은 노래에 의해서 만들어지는 원초적이고 음악적인 리듬의 영역으로부터 관념적이고 당위적인 순수 초월의 세계에까지 넓은 스펙트럼으로 존재할 수밖에 없다. 리듬이 서정의 육체적 실현을 구체화하는 한 축이라면, 순수 의식이라 이름할 수 있는 초월에의 지향은 서정의 관념적 실현의 한 축이라고 할 수 있을 것이다.

3 서정의 범주와 실현 양상

1) 리듬과 서정

고대의 제식에서 시는 집단 의식과 율동 안에서 자연 발생적으로 살아 있는 것으로 신비스러운 주문(呪文)이자, 폭발적 정서의 집약체였다. 이러한 시는 수많은 세월 동안 정서적으로 순화되어 개인적 서정시에 다다르게 되는데, 시에 있어 리듬이란 오랜 역사 동안 인간을 정서적이고 영적인 세계로 이끌어내 일종의 도취 상태를 경험하게 하는 힘을 발휘해 왔다. 리듬은 살아 있는 육체의 리듬에서부터 시작하여 자연과 우주 전체와 관련되는 것이기 때문에 인간의 서정에 활력과 생명을 주는 역할을 한다.

서정이 자기 실현의 길을 찾고자 할 때 리듬과 결합하는 것은 가장 자연스러우면서도 효과적인 방법이 아닐 수 없다. 소월이나 안서의 시에서 나타나는 서정은 3음보를 기본으로 하는 음악적 리듬감과 깊게 결합되어 있다. 소월의 「진달래꽃」이나 「가는 길」, 「산」에서 보여 주는 서정성은 운율적 완성도와 비례하고 있다.

> 불귀 불귀(不歸 不歸) 다시불귀(不歸)
> 삼수갑산(三水甲山)에 다시불귀(不歸)
> 사나희속이라 니즈련만
> 십오년(十伍年)정분을 못닛겠네
>
> ── 김소월, 「산」 부분

전통적인 민요의 구성을 따라 "불귀(不歸)"의 노래는 나지막하면서도 비극적인 리듬을 이끌어 낸다. 돌아오지 못할 운명에 대한 절박한 의식과 더불어 의미와 형식의 밀도가 절묘하게 어우러진다. 불귀라는 어휘의 되풀이는 시인의 자아의식을 강조하는 동시에 독자의 호흡까지도 끌어들이는 주술적인 효과를 불러일으킨다. 시인의 고독한 서정이 리듬을 통해 전달되고 공유된다고 해도 과언이 아닐 것이다. 이렇게 리듬과 서정이 긴밀하게 결합되는 것은 김영랑, 박목월, 박용래, 박재삼 등에게서도 면면히 확인할 수 있다.

그런데 시의 구성이 의미나 이미지 구조 등으로 전개되지 못하고, 리듬의 흐름에 지나치게 의존하는 경우, 시적 서정과 리듬의 긴장 관계가 유지되기 어렵다. 시적 화자의 서정이 지나치게 주관화될 때 서정은 제대로 실현되지 못하고, 리듬에 의존하게 된다. 서정이 극단적으로 주관화될 때 의미는 약화되고 시 전체가 리듬의 영역으로 흡수되어 버리는 것을 소월이나 김억의 일부 시에서 확인할 수 있다.

오다가다 길에서
만난이라고
그저보고 그대로
갈줄 아는가,

뒷산(山)은 청청(靑靑)
풀잎사귀 푸르고
앞바단 중중(重重)
흰거품 밀려든다

산(山)새는 죄죄
제흥(興)을 노래하고
바다엔 흰돛
옛길을 찾노란다

── 김억, 「오다가다」 부분

위의 시는 제목부터 대립적인 서술의 조합으로 이루어져 있어 의미 구성이 열린 느낌을 준다. 7·5조의 바탕으로 이별한 사랑에 대한 담담한 그리움을 노래하고 있는데, 이 담담함은 의미의 결합에서 오는 것이 아니라 어휘의 병치가 만들어 내는 짧고도 잔잔한 리듬감에서 비롯된다. 뒷산↔앞바다, 청청↔중중, 풀잎사귀↔흰 거품과 같은 형태로 대칭되는 구성이 반복되며 인간사의 심각함을 부드럽게 달래 주는 평화로운 포구의 풍경이 느슨하게 나열된다. 어휘의 병치에서 오는 밝은 활음조의 효과, 얼마든지 반복되어도 좋을 듯한 연속적인 리듬을 따라가다 보면 의미로부터 유리되어 무심하게 흐르는 리듬의 세계로 이끌리는 느낌을 받을 수 있다. 의미의 구성보다는 리듬의 연속에 의해 시가 전개됨으로써, 노래와 시의 경계에까지 닿아 있는 경우라 할 수 있다.

서정은 리듬을 잘 운용할 때 자기실현의 다양한 길들을 찾아낼 수 있다. 다음의 시는 서정이 존재하는 양식에 대한 새로운 성찰을 열어 준다.

무르익은 과실(果實)이
가지에서 절로 떨어지듯이 종소리는
허공(虛空)에서 떨어진다. 떨어진 그 자리에서
종소리는 터져서 빛이 되고 향기가 되고
다시 엉기고 맴돌아
귓가에 가슴 속에 메아리치며 종소리는
웅 웅 웅 웅 웅……
삼십삼천을 날아오른다 아득한 것.

종소리 우에 꽃방석을
깔고 앉아 웃음 짓는 사람아
죽은 자가 깨어서 말하는 시간

산 자는 죽음의 신비에 젖은

이 텅하니 비인 새벽의

공간을

조용히 흔드는

종소리

너 향기로운

과실이여 !

── 조지훈, 「범종(梵鐘)」 전문

음상징의 귀중한 명편인 「범종」은 삶과 죽음을 바라보는 시인의 통찰력이 "웅웅웅웅웅"이라는 상징어를 통해 전달된다. 종소리를 나타내는 이 의성어는 언어의 선험적 생명력을 지닌 것으로, 서정을 보다 감각적으로 구체화시키는 역할을 하고 있어 서정의 한 특수한 형상화라고 할 수 있다. 이 소리의 움직임은 잠들어 있는 서정의 결을 일으켜 세우면서, 전체 시에 깔린 무성한 생명력의 이미지를 역동적으로 흐르게 한다. 대상 자체가 내는 소리의 묘사는 리듬의 가장 원초적인 영역을 관통하면서 독자의 환기력에 직접적으로 호소하고 있다.

종소리의 깊은 울림은 대립적인 모든 영역을 통합시키면서 궁극적으로는 죽음과 삶, 절망과 희망을 합일시키는 부처의 진리로 연결된다. 종소리는 삼십삼천을 날아오르는 웅혼한 리듬이며 삶과 죽음을 연결시키는 종교적 초월의 상징이기도 하다. 서정이 리듬과 초월적 관념 사이에서 아름다운 자기실현을 하고 있는 예라고 할 수 있을 것이다.

2) 관념과 현실, 서정

서정은 리듬을 통해서 자기실현의 방법을 모색하면서, 궁극적으로 초월적 세계에 대한 지향으로 나아간다.

춘향이
눈썹
넘어
광한루 넘어
다홍 치마 빛으로
피는 꽃을 아시는가?

비개인
아침 해로
가야금 소리로
피는 꽃을 아시는가
무주 남원 석류꽃을……

석류꽃은
영원으로
시집가는 꽃
구름 넘어 영원으로
시집 가는 꽃.

우리는 뜨내기
나무 기러기
소리도 없이
그 꽃가마
따르고 따르고 또 따르나니……

— 서정주, 「석류꽃」 전문

광한루로 상징되는 유한한 현실 공간에서 살아가는 것이 춘향이로 대표되는 우리들 인간의 운명이다. 그와 다르게 인간의 영역을 넘어 영원한 세계로 나아가는 것이 석류꽃이다. 움직이는 인간에게서 날 수 없는 나무 기러기라는 불구의 존재성을 보고, 역으로 고정되어 있는 석류꽃을 영원으로 시집가는 초월적 존재로 파악하는 역전의 상상력은 능동적이고 유연하게 유동하는 미당적인 서정의 세계를 엿보게 한다. 석류꽃은 유한성의 세계를 넘어 영원의 시간을 보고자 했던 미당의 의식적 지향이 실체화되어 나타나는 대상이며, 미당의 서정이 실현되는 한 방식을 잘 보여 주는 것이다. 이처럼 순수한 서정의 세계는 초월적 시공간과 연계되어 있으며, 추상적인 이념의 세계에 아슬아슬하게 닿아 있다.

> 이 세상이라 해야 어디 살 세상인가요
> 죽어서나 주린 배 부르고
> 남의 일 벗어나지요
> 조남연이네 할머니
> 감꽃 흐드러진 달밤 자정 지나 숨 넘어갔지요
> 사람이 아니라 바위나 돌이나 나무등걸 같은 할머니
> 어서어서 가고 싶었던 흙으로 돌아갔지요
> ── 고은, 「감꽃」 부분

고은의 시편들 중 완성도가 높은 작품들은 한결같이 서사적 구성이 구축하는 현실에 대한 핍진성이 보편적 서정으로 순화되어 있다. 위의 시에서 가난의 아픔이나 현실의 버거운 굴레가 "감꽃"으로 형상화되는 순간을 주목해 볼 필요가 있다. 가난한 할머니가 죽어 흙으로 돌아가는 것은 자연으로의 회귀이고 자연과의 재합일의 상태라 할 수 있다. 그런데 이 재합일의 과정은 추상적이 아니고 삶에 대한 진한 페이소스를 불러일으키는 매우 정서적이고 구체적인 공감의 과정이라 할 수 있다. 이 시에서 자연의 순환 질서와 민중의 정한이 만나는 지점은 서정과 현실이 화해롭게 공존하는 하나의 예를 제시해 준다.

서정시가 순수라는 이름으로 현실적 경험과 점점 동떨어져 나가며 현실 도피적인 관념의 세계로 빠져드는 것은 이러한 언저리에서 생기는 문제일 것이다. 순간의 시학으로 명명되는 서정의 시적 성취는 "연꽃/ 만나러 가는/ 바람 아니라/ 만나고 가는 바람같이……"(서정주, 「연꽃 만나러 가는 바람같이」 부분)에서처럼 시간과 공간을 자유롭게 뛰어넘어 서정의 무장무애(無障無礙)한 자기 변신을 이룩하기도 하지만, 이때 현실과의 접점은 약화되기가 쉽다.

관념의 세계로만 열려 있고, 현실 인식에서는 폐쇄적이 된다면 서정이 동시대의 보편적인 삶의 감정을 담는 데에는 명확한 한계가 있을 수밖에 없다.[7] 모더니즘이나 리얼리즘의 입장, 그리고 현대성의 문제들을 인식과 형식 양 측면에서 시에 반영하고자 했던 시도들은 각기 다른 방향에서 출발하기는 했지만 본질적으로는 전통적 리리시즘의 바로 이러한 측면을 문제 삼고 있다고 할 수 있다. 요컨대 리듬과 관념의 문제 이외에, 현실과의 긴장 관계가 서정의 범주를 이루는 중요한 기준점이 된다고 하겠다.

4 현대시의 선적(禪的) 취향 ― '서정'의 가능성과 과제

이상에서 본 바와 같이 서정은 '크게는 리듬, 현실, 관념 등의 영역과 긴장 관계를 이루면서 시의 정통성을 계승해 왔다. 이데올로기 시대의 종언 이후 우리 시에서는 서정시로 복귀하는 움직임들이 다양하게 이루어졌다. 또한 최근 젊은 시인들의 세계에 대한 평화롭고 조숙한 성

---

7) 게오르그 루카치, 황석천 옮김, 『현대리얼리즘론』(열음사, 1986).

찰의 시선들에서도 서정시의 새로운 도래가 엿보이고 있다. 그런데 우리 시대의 서정시들이 과연 리듬의 문제, 현실의 문제 그리고 관념적 세계의 문제와 얼마나 균형 있는 긴장을 유지하고 있는지는 의문의 여지가 있다. 특히 최근의 시들에서 서정이 정신주의나 초월주의로 쉽사리 나아가는 양상들에 대한 우려 어린 지적도 많다.[8]

여기에서 서정이 극단적인 관념주의나 초월주의로 나아가지 않고, 높은 정신의 성취를 담보할 수 있는 하나의 가능성으로서 선시의 전통을 검토해 볼 필요가 있다. 불립문자(不立文字)의 경지를 강조하는 선의 세계는 일상적 언어가 환기하는 의미의 한계를 넘어서 그 이면에 숨어 있는 진정한 존재의 실재를 찾고자 한다는 점에서 서정시와 본질적으로 유사하다. 우주 속에 깃들어 있는 작은 인간 존재를 깨닫는다는 의미에서 선적 사유는 매우 관념적인 것이지만, 선시가 구현하는 구도의 방법은 구체적 사물과 공간의 접촉을 통해서 실현된다.[9] 선시의 전통은 우리 시의 정신주의가 가벼운 초월적 포즈가 아니라 융숭한 뿌리와 근원에서 비롯되는 것임을 증명해 주는 것이다.

그러므로 서정시의 한 주류로서 선시적 전통의 맥이 계속 이어지고 있음은 주목해 볼 만하다. 상징과 역설을 통해서 대립적 세계의 모순을 극복하고 있는 한용운, 독특한 해학과 달관의 세계를 시로 형상화한 서정주, 동양적 선시 정신을 바탕으로 하고 있는 조지훈의 시편들, 그리고 선적 이미지를 감각화하고 있는 박목월의 초기 시 등은 선시로부터 비롯되는 높은 정신과 시적 형상화의 방법이 현대시에 계승되고 있는 예라고 할 수 있다.

또한 1980년대 이후 물질적 가치가 삶을 압도하게 되면서부터, 이에 대한 반발의 시사적 징표로서 선시적 전통이 강력하게 부활하는 것을

---

8) 최동호, 『하나의 도(道)에 이르는 시학(詩學)』(고려대 출판부, 1997).

9) 김현자, 「한국 선시의 미적 거리」, 『한국 시의 감각과 미적 거리』(문학과 지성사, 1997).

목격할 수 있었다. 황지우, 이성복, 최승호 등 보수적 문법을 해체함으로써 새로운 시의 패러다임을 개척한 일군의 시인들은 후반에 이르러서 선취(禪趣)적 경향으로 급격하게 선회한다. 개성적 자기 세계를 일구어 온 황동규, 고은, 김지하, 정현종, 오세영, 조정권, 이성선 등의 중견 시인들도 불교, 도교를 넘나드는 정신주의적 색채를 수용하면서 일상 속에서의 깨달음의 모색이나 생과 사에 대한 존재론적 성찰을 시적 주제로 삼는다. 선(禪)은 마음의 깨달음을 목표로 하기 때문에 현대시의 선취적 경향은 외부 세계를 공격하는 풍자시와는 대조적으로 존재의 본질 탐구에 관심을 두며 개인적이고 내면 지향적으로 전개된다.

정신주의로 통칭되는 이러한 흐름은 현대의 정신적 위기를 극복하려는 현실적 욕구를 대변하고 있으며, 궁극적으로는 근원을 들여다보며 분열적 세계와의 통합을 시도하려는 서정적 욕구의 발현을 의미하기도 한다. 따라서 선취적 경향에서 현실을 도피한 신비주의적 초월이 아니라 서정시의 시원의 영역으로 복귀하려는 긍정적인 힘을 발견할 필요가 있다.

넓은 창
바깥
먹구름떼
쏟아지는 비
저녁빛에 젖어
큰바람과 함께 움직인다
그렇게 싱싱한 바깥
풍경 속으로
나방 한 마리가 획 지나간다
— .

나방이 풍경을 완성한다!

　　　　　　　　— 정현종, 「나방이 풍경을 완성한다」 전문

　정현종의 시는 순간적으로 지나가는 풍경에 완성이라는 단어를 부여함으로써 일상 속에서 찾아낸 깨달음의 모색 혹은 우주와 사물에 대한 존재론적 성찰을 보여 주는 시이다. 풍경이란 객관화된 거리에 의해 유지되는 것이기에, 풍경이라는 언어에는 근대적인 오만한 시선이 느껴진다. 하지만 정현종의 시는 풍경을 발견하는 차원을 넘어 완성하는 빛나는 시적 탐구의 과정을 보여 준다. 작은 나방 한 마리가 온 우주와 생명이 깃들어 있는 풍경을 완성했음을 깨달을 때, 시인은 더 이상 방관적 관조자가 아니라 자기 생명의 근원성을 저 풍경의 어느 부분에서 확인한 것이 아니었을까? 깨달음 안에서 새롭게 생을 투시해 가는 개체와 세계 사이의 조화의 미덕을 발견하고, 인간과 세계의 화해로운 동일화를 추구하려는 정신적 지향을 음미하게 해 준다. 이 짧은 서정적 순간의 바탕에는 삶과 세계의 본질을 탐구하려는 강인한 탐구 정신이 자리하고 있는 것이다.

　부정과 공격의 후유증으로 분열되어 버린 언어를 치유하기 위해서, 또한 통합과 포용의 시선으로 세계와의 화해를 지향하기 위해서는 서정의 생명력이 필요하다. 그리고 이러한 서정의 순수한 감화력을 선취적 특성에서 찾아낼 수 있음을 정현종의 시와 같은 작품에서 확인할 수 있다.

5 맺음말

　산문, 속도, 영상으로 대표되는 이 시대는 시문학에 새로운 시대적 과제를 요구하고 있다. 시의 가장 낡은 얼굴인 서정은 낯선 세계 앞에서 다시 한번 어려운 선택과 변화를 요구받고 있는 듯하다. 서정시가 상업 문화에 편승하여 지나치게 대중화된다든가, 선시적인 취향의 서정시들이 쉽사리 신비주의로 월경해 가며 현실과 괴리되는 것 등은 치열한 검증 과정이 필요한 문제이다.

서정은 '자기도취'가 아니라 '따뜻한 소통'과 '뜨거운 감동'을 지향해야 한다. 서정을 통해 물질주의와 폭력적 경쟁의 문명에 대응하고, 인간의 품위와 고결한 정신적 성취에 도달하는 것이 우리 시가 당면한 현재적 과제일 것이다. 엄정한 자기반성과 세계에 대한 깊은 통찰을 서정의 영역에 유입해야 한다. 그런 의미에서 선시적 전통이 보여 주는 깊은 사유와 압축적 표현의 미감은 서정이 자기실현을 하는 데 있어서 하나의 방향을 암시받을 수 있다.

한국 시 전통의 계승과 확장

1 전통의 현재성과 원형적 동일성

한 공동체가 공유하는 의식의 배면에는 전통적 삶 속에 뿌리내린 민속 신앙이나 시간관, 공간관 등이 작동하고 있다. 이것이 삶의 총체적인 기록인 문학에서는 각 민족 특유의 심의 경향(心意傾向)으로 나타나며, 전체 문학사를 통하여 보편적 공감대의 바탕을 형성하게 된다.

그렇다면 문학사의 통시적이고 공시적인 변화 속에서도 지속되어 온 한국 현대시의 전통[1]과 원형적 동일성은 무엇일까? 노래에서 출발하여 전통시가를 거쳐서 현대시에 이르기까지, 한국 시는 어디에 뿌리를 두고 성장하여 어떤 열매를 맺어 왔는가? 이 문제는 한국 문학, 더

---

1) T. S. Eliot, "Tradition and Indivisual Talent", *The Egoist*(1920).
엘리엇은 전통이 자연스럽게 후세대로 전달되는 것이 아니라, 주체가 적극적으로 노력해야 얻어 낼 수 있는 것이라고 하면서, 이를 위해서는 역사의식이 요구된다고 보았다. 이 역사의식은 당대적인 것만이 아닌 통시적인 것이라고 할 수 있다. 또한 그는 통합된 감수성과 역사의식을 통해 과거와 현재의 연속성을 이야기하고 있다. 과거에 대한 의식이기에 전통은 보수적이고 경직되어 보이지만 현재와 미래의 연속성으로 인해 수용성과 가변성을 띤다. 그러면서도 그 일관성을 보존한다는 점에 특징이 있다.

나아가서는 시학 연구의 중심에 자리하고 있다고 해도 과언이 아닐 것이다.

　그동안 전통에 관한 연구는 단절과 지속,[2] 고전 문학과 현대 문학의 연속성,[3] 한국적 전통의 특질,[4] 한·은근과 끈기·향수,[5] 그리고 한국 시의 여성적 경향 등을 중심으로 한국 문학의 본질에 접근하려는 시도들이 축적되어 왔다. 하지만 실제로 '전통'의 개념은 매우 포괄적이고 복잡해서 구체적인 기준이나 개념의 범위를 명확하게 정하는 일이 쉽지 않다. 또한 21세기 과학의 놀라운 발전과 정보망의 위력으로 이제 세계는 하나로 연결되어 있고 다양한 문화와 가치가 널리 공유되고 있어서, 한 공동체의 독특한 정체성을 분류해 내기가 쉽지 않은 것이다.

　그러나 이러한 변화의 시대, 각종 문화의 정체성이 '세계'라는 커다란 범주 안에서 새롭게 재구성되고 공유되는 시대일수록 오히려 한국인의 의식과 세계관에 담긴 독특한 전통과 정신의 면모를 찾는 일은 더욱 중요해진다. 변화에 대한 주체적인 대응과 새로운 문화와 가치의 창조를 위해서는 같으면서도 다른, 그 민족만의 독특한 개성과 특질을 찾아내야 하며, 이것이 바로 변화의 시대에 능동적으로 대처하는 근거

---

　2) 조연현, 「전통의 개념과 그 가치」, 『문학과 그 주변』(인간사, 1958).
　　조연현은 전통의 가치를 그 현재성에 두면서, 전통은 비록 과거에서부터 온 것이지만 현재의 삶에도 지속적으로 영향을 끼치고 있다고 보았다. 다시 말해, 전통은 과거인 것이면서 현재가 되며, 현재를 살아가야 하는 방법을 탐구할 방법과 연결된다고 할 수 있다.
　3) 조윤제, 「현대 문학의 전통론」, 《자유문학》 1958. 5.
　　정병욱, 「고전의 현대화 논의」, 《사상계》 1957. 6.
　　성기옥 외, 『한국 시의 미학적 패러다임과 시학적 전통』(소명, 2004).
　4) 서정주, 「한국적 전통성의 근원」, 『서정주 문학 전집』 2권(일지사, 1972).
　5) 오세영, 『현대시와 실천 비평』(이우출판사, 1983), 32쪽; 『문학 연구 방법론』(시와시학사, 1991).
　　오세영은 전통에 대한 개념과 역사적 정의를 정리하면서 작품의 실제적인 분석을 통해 과거성과 현대성의 변용 양상을 보여 주고 있다. 김소월의 「진달래꽃」은 고려의 속요 「가시리」에게서 그 동질적인 감흥을 맛볼 수 있다는 것이다.

가 될 수 있는 것이다.

소재나 대상, 문학 담당층, 양식의 변이라는 차원에서 한국 시를 통시해 보면, 단절이나 대립의 양상이 두드러진다. 이러한 단절이나 차이에서 빚어지는 각 양식의 독자성을 규명하는 것은 미시사의 축적이라는 점에서 매우 중요한 의미를 지닌다. 하지만 문학적 언술의 근원을 이루는 시간과 공간 의식, 그리고 시점과 거리 의식 등에서 관찰해 보면, 차이를 넘어 전체 문학사를 관통하는 전통의 흐름을 찾아볼 수 있다.

2 열린 공간과 관계 지향성

한국인의 사유의 틀 안에는 미분화된 시·공간에 대한 지향, 즉 경계가 해체된 시간·공간 의식의 지향이 고유한 인식 틀로 자리 잡고 있다. 안팎을 경계짓기보다는 이 두 공간 사이의 매개물로서 자리 잡고 있는 문지방, 집 안과 집 밖의 공간의 소통을 허용하는 울타리, 안과 밖이라는 공간의 특성을 자유자재로 변형시킬 수 있는 미닫이와 여닫이, 그리고 하늘과 땅의 공간을 함께 조망할 수 있는 정자나 누각 등 한국인의 일상에 무수히 깃들어 있는 고유한 문화유산들은 한국적 공간 의식[6]의 양상을 엿볼 수 있게 한다.

엄격한 경계를 자유자재로 넘나드는 공간에서 '보고 – 보이는 나와 타자의 상관 관계'를 추출해 낼 수 있으며, 타자 속의 나 혹은 내가 타자로 전위되는 복합적 언술을 읽을 수 있다. 이러한 공간 의식은 한국 문학의 양식에서는 문답가나 병렬 구조(parallelism)를 통해서 구현된다.

---

6) 이어령, 『공간의 기호학』(민음사, 2000), 401쪽.

오다가다 길에서
만난이라고
그저보고 그대로
갈 줄 아는가

뒷산은 청청(靑靑)
풀잎사귀 푸르고
앞바단 중중(重重)
흰 거품 밀려든다

— 김억, 「오다가다」 부분

여보소 공중에
저기러기
열십자(十字)복판에 내가 섯소.
갈내갈내 갈닌길
길이라도
내게 바이갈 길은 하나업소.

— 김소월, 「길」 부분

날 저물고 돗는 달에
흰물은 쏼쏼,
금(金)모래 반짝,
청(靑)노새 몰고가는 낭군(浪君)!
여긔는 강촌(江村)
나는 홀어미로세.
그러면은, 나는
느즌봄, 오늘이 다 가도록

220

백년처권(百年妻眷)을 울고가네.
나는 만년궁(萬年窮)째나는 선배.
당신은 강촌에 홀어미몸.

— 김소월, 「강촌(江村)」 부분

민요의 형식에서도 보듯이, 묻고 답하는 화답의 형식은 우리 노래의 익숙한 형식이다. 하나의 고정된 시점에서 노래하지 않고, 상대적인 시점으로 전이되면서 말하고 대답하는 관계 지향적인 노래의 방식은 현대시에서 쉽게 찾아볼 수 있다.

김억의 「오다가다」에서 화자는 나와 그대의 관계에 대한 자문(自問)과 자연의 풍광을 무심하게 서술하는 자답(自答)을 통해서, 비껴가는 인연의 속절없음을 함축적으로 전달한다. "열십자 복판"에서 우는 까마귀를 빌려 화자의 심정을 노래한 김소월의 「길」 역시 어제와 오늘, 이곳과 저곳을 헤매며 갈 곳이 없는 나그네의 처지를 형상화하며 '갈린 길'의 존재와 '갈 길'의 부재라는 모순적 상황을 통해 길에 대한 인식의 전환을 이야기한다. 곧, '길 있음'에서 길이 실제 사물로서의 길의 의미를 지닌다면, '길 없음'에서 길은 정신적 지향성으로서의 길의 의미인 것이다.

자문자답의 형식은 독자를 시의 문맥으로 불러들이는 역할을 하기에 이것은 다시점(多視點)의 언술로 전이되기도 한다. 이러한 예는 김소월의 시나 한용운의 시에서 더욱 적극적으로 확대되고 있으며, 대화 형식의 도입은 그 좋은 예라 할 수 있다. 시에서의 '대화성'은 서사 장르나 일상적 문맥에서의 대화와는 다르다. 서정시는 전 텍스트를 통해서 화자의 통일된 정서를 구현하기에 그 내부에 다른 화자가 끼어들어 대화 상황이 만들어지더라도, 이것은 궁극적으로 정서의 어떤 상태를 구현함으로써 보다 확장된 경험을 가능하게 하기 때문이다.

소월의 시 「강촌」은 세 명의 화자가 공존함으로써, 극적 순간이 완벽하게 연출되고 있다. 외로운 삶과 그 삶의 과정 중에 만난 낯선 이성에 대한 강한 이끌림. 이러한 익숙한 체험을 생의 울림으로 독자를 공감하게 하는 것은 양쪽의 고백이 자연 속에서 재배치되고 정렬되기 때문이다. 서정적 자아 한 사람의 목소리가 여성과 남성, 그리고 객관적 화자의 세 층위로 다성성을 갖춤으로써 동일화의 양상은 겹겹의 차이를 낳는다.

이렇듯 독백적 언술을 최대치로 변용한 대화 형식의 시를 통해, 김소월은 화자와 청자와의 관계를 좀 더 적극적으로 이끌어낸다. 화자는 대상에 대응하는 시적 화자의 변용을 다양화하는 동시에 시적 양식을 확산하는 역할을 지니게 한다. 「춘향과 이도령」, 「널」, 「달마지」, 「원앙침」 등 소월의 다른 시에서도 문답법은 폭넓게 쓰이고 있다. 이 시들은 시를 쓰는 시인과 시 속의 화자, 그리고 시를 읽는 독자를 끌어들이며 한 공간으로 불러 모은다. 곧, 그의 시 속의 노래는 '나'의 노래이면서도 여성, 남성, 객관적 화자의 목소리가 다성적으로 존재하기에, 미묘한 정서적 동일화의 차이가 만들어지는 것이고, 상황에 대한 심미적인 거리가 유지될 수 있는 것이다.[7]

또한 한용운의 경우는 이 문답법을 보다 더 적극적으로 사용하고 있다. 대표시 「알 수 없어요」에 쓰인 의문문의 반복은 시 구조 전체를 지탱하면서, 화자와 청자의 관계를 긴밀히 조정, 연계하고 있다. 『님의 침묵』에서 「예술가」, 「타고르의 시 Gardenisto를 읽고」, 「비밀」 등 많은 시에서 보이는 대화체는 화자인 "나"와 대상인 "님"의 관계를 긴밀하게 연결시키며, 이와 더불어 나의 자기반성적 성찰이 대상에 투영됨으로써, 나와 임 사이의 관계는 일방적인 것이 아니라 상호 침투적인 것으로 변화된다. 이러한 주체와 대상 간의 상호 침투성은 곧 대상들 간

---

7) 김현자, 「김소월 시의 극적 구성과 미적 거리」, 《한국문학이론과 비평》 17권, 2002. 12.

의 경계를 지우고 통합함으로써 대상이 점유하고 있는 공간을 팽창하고 확대시키는 기능을 담당한다.

　문답과 다시점과 같은 언술 양상은 노천명과 같은 여성 시인에게는 '양성적 화자의 목소리'라는 양상으로 변이되어 나타난다. 노천명의 시에서 시적 자아는 여성이면서 남성이고 남성이면서도 여성인 복합적 특성을 보여 준다. 「남사당」에서 확인되듯이, 이러한 존재성은 때로는 감성적이면서도 부드러운 서정적 자아로, 때로는 능동적이고 야심적인 목소리로서 드러난다. 이것은 여성과 남성의 성적 구별을 넘어서 자유로운 영혼을 지닌 인간 존재로 살고 싶었던 시인 의식의 발로이며, 제도적 성의 분별을 넘어서 인간에게 내재한 양성성을 표출하고자 하는 의지이기도 하다.

　민요를 닮은 문답식 구조는 윤동주, 유치환 등을 거쳐 청록파 시인 박목월, 박두진, 조지훈, 김광섭, 오규원으로 이어진다.

　　뭐락카노, 저편 강 기슭에서
　　니 음성은 바람에 불려서

　　오냐 오냐 오냐
　　나의 목소리도 바람에 날려서

　　　　　　　　　　　　　　　　　── 박목월, 「이별가」 부분

　　저렇게 많은 별 중에서
　　별 하나가 나를 내려다본다
　　이렇게 많은 사람 중에서
　　그 별 하나를 쳐다본다
　　밤이 깊을수록
　　별은 밝음 속에 사라지고

나는 어둠 속에 사라진다
이렇게 정다운
너 하나 나 하나는
어디서 무엇이 되어
다시 만나랴

— 김광섭, 「저녁에」 부분

여러 곳이 끊겼어도
길은 길이어서
나무는 비켜서고
바위는 물러앉고
굴러내린 돌은 그러나
길이 버리지 못하고
들고 있다

— 오규원, 「산과 길」 전문

이승과 저승의 경계에 선 화자에게 바람은 이편과 저편의 목소리를
흩어 놓아 의사소통을 불가능하게 만드는 방해자이다. 동시에 내 목소
리와 네 목소리를 실어 나르는 매개물이기도 하다. 화자는 선명하지 않
은 소리의 한 자락을 붙들기 위해 애쓰며 거듭, "뭐락카노"라고 묻지만,
결국은 바람에 의해 소리는 스러지고 모호해진다. 그러나 이러한 감각
의 불분명함은 그것을 불구(不具)적인 상태로 인식하는 좌절과 절망을
내포하지 않는다. 오히려 시인은 거기서 만남과 헤어짐이라는 인연 자
체가 "갈밭을 건너는 바람"이라는 승화된 차원의 인식에 도달한다. 따
라서 그는 종국에는 삶과 죽음 전체를 적극적으로 긍정할 수 있게 된다.
　김광섭의 「저녁에」는 별과 나의 시점을 동등하게 병치시킴으로써
시적 거리를 형상화하고 있다. 만남 자체를 시적 화자의 눈으로만 보지

않는 것이다. 즉 하늘에서 별이 내려다보는 거리와 땅에서 내가 쳐다보는 거리가 균형을 이루며 그 축에서 둘의 시선이 만나고 있다. 그 마주침으로 인해 상대는 서로에게 가까이 다가가고, 서로간의 거리는 하늘과 땅의 거리로 비유되는 까마득한 거리에서 "이렇게 정다운" 거리로 급격히 다가온다. 하늘의 공간과 지상의 공간이 별이 사람을 내려다보는 시선과 사람이 별을 올려다보는 시선을 통해서 소통되면서, 별과 사람은 각각 명멸하고 재생하는 우주적 순환의 고리로서 되살아나는 것이다. 공간 의식의 자유로움은 시선의 자유로움을 만들고, "어디서 무엇이 되어 다시 만나랴"라고 노래하는 경계를 넘어서는 새로운 목소리를 만들어 내고 있다.

또한 오규원의 「산과 길」은 나무와 바위, 돌이라는 각각 다른 대상에 의해 길과 산의 공간을 풍경화하고 있다. '길이 들고 있는 돌멩이'라는 시각은 사물들과 시인의 시점이 공존하는 시의 모습을 보여 준다.

이렇듯 경계를 자유롭게 넘나드는 공간 의식은 나와 타자 사이의 관계 지향성과 긴밀하게 연결되어 있으며, 보고 – 보이는 관계 속에서 자유롭게 변전하는 목소리를 통해 한국 시의 전통으로서 면면히 이어지고 있다. 이렇듯 경계의 공간을 발견함으로써 새로운 소통을 꿈꾸는 의식은 2000년대 중견, 신진 시인들에게서도 지속적으로 나타난다.

> 세상 물정에 어두운 산 하나와
> 제 갈 길에 취한 계곡물 하나가
> 서로 잘 만나 단란한 일가(一家)를 이루며 사는 곳.
> 남루도 이쯤이면 괜찮다,
> 수척한 배낭 메고 입산하는 중늙은이
> 하나
> 가물가물 흔들리며 가는 한중(閑中).
>
> — 이수익, 「산수화」 전문

가고 싶다는 인간의 열망이

놋대접풍으로 쩔렁거려서

그리운 마음 흘러 넘치게 하는

바다 가까운 절간이다

　　　　　　— 김명인, 「안정사(安靜寺)」 부분

이곳과 저곳의 어우러짐, 그리고 그 속에 자리한 강렬한 인간의 정
서는 회감을 주조로 하는 서정시에서 더욱 강렬하게 드러나기 마련이
지만, 경계를 넘나들고자 하는 공간 의식은 한국 시에서는 더욱 분명한
지향성을 갖고 나타난다. 열린 공간 의식은 산과 계곡과 남루의 인간이
단란한 일가를 이루기도 하고(「산수화」), "바다 가까운 절간"을 인간의
열망으로 흘러넘치는 마음의 공간(「안정사」)으로 변전시키기도 한다.

「안정사」에서 "굴신하는 정향나무"와 오체투지로 엎드리는 아낙의
열망은 "쩔렁거리는" 놋대접마냥 흘러넘친다. 이 열망이 흘러넘칠 수
있는 것은 바로 안정사라는 공간의 특수성 때문이다. 산과 하늘, 땅과
바다가 수직의 대립 축을 이루고, 땅과 바다의 사이에 놓인 산 속의 절,
그 중심에 놓인 풍경과 탑은 자연물에서 인공물로 이동하는 화자의 시
선을 보여 준다. 하지만 시인은 건축물인 물고기를 자연물로 전이시키
고, 물고기를 인간의 영역으로 끌어당긴다. 풍경 속을 헤엄치는 물고
기, 목메어 슬픈 섬, 몸 부딪치는 물고기가 그것이다. 안정사라는 특수
한 공간에서 물고기의 몸 부딪치는 소리는 가고 싶은 곳에 대한 기원
의 소리, 풍경 소리가 된다.

서양의 관념 체계가 고정적이고 확정적인 한 개체로서의 개인 ─ 주
체와 그러한 개인을 둘러싸고 있는 무수한 대상들 ─ 객체 사이의 대결
양상으로 드러난다면, 동양적 세계관 속에서 의식은 원(圓)의 상태를
추구하며 이로써 의식은 비고정적이고 그 무엇으로도 변용이 가능한

잠재태로 발견되는 것이다. 그리고 이렇게 열린 공간 속에서는 주체와 객체의 경계가 사라지고 나는 바라보는 자이자, 동시에 응시의 대상이 된다. 이러한 경계 공간에 놓인 자아는 대상들과, 그가 위치한 공간과의 융화를 가능케 하며 더 나아가 내가 우주 속으로 스며들고 또한 '우주가 내 몸 안에서 현현되는 상태'로까지 이어지는 것이다.[8]

너와 나, 혹은 주체와 대상 간의 분리가 아닌, 너이면서 나, 주체이면서 대상인 한국의 시에서는 일상적이고도 작은 사물의 미세한 움직임을 통해서 온 우주를 바라보며, 우주에 담긴 인간에 대해 사유한다. 인간은 우주의 한 부분이기도 하지만 동시에 우주 그 자체이기도 하다.

3 순환론적 시간의 변전(變轉)

한국인의 시간관은 주로 종교, 사상, 민속 등 전통의 자장(磁場) 안에서 단절과 소멸의 시간성보다는 재생과 순환의 시간성으로 형성되어 왔다. 시간에 대한 서양의 직선적인 관점과 대조되는 동양의 순환론적 시간 의식은 한국 시 전반에 걸쳐 두루 발견된다. 이런 시간들은 문학이 꿈꾸는 영원에 대한 갈망과도 같다. 시간에 따라 모든 사물은 변화하지만 이 변화 때문에 도리어 우리는 동일성을 꿈꾸고 연속적이고 불변적인 것을 하나의 가치 양상으로 찾게 되는 것이다. 이와 같은 경향은 한국 시의 토대를 이루는 중심 시인들의 시 세계에서 그 맥을 짚어볼 수 있다.

가장 먼저 김소월의 「산유화」, 「금잔디」, 「접동새」 등에서 보이는 자연에로의 회귀 의식(回歸意識)은 삶과 죽음을 대립이 아닌 동일성으로 융화시키고 있다. 「산유화」의 경우 "산에는 꽃 피네"와 "산에는 꽃 지

---

8) 정화열, 『몸의 정치』(아카넷, 2005).

네"가 대칭을 이루며 계절적 순환을 보여 준다. 꽃이 피고 지는 산은 생사(生死)가 갈등을 일으키는 현실의 세계가 아니라 서정과 신화의 공간이 되고 있다. 즉 하나의 공간에서 '피고/짐'이 동시에 일어날 수 없는 현실의 시간을 신화의 시간으로 전환시킨다. 소월의 대부분의 시에서 의미상의 대립을 이루는 현재/미래, 과거/미래, 과거/현재의 시간적인 대립이나 생사(生死)의 대립은 회귀의 감각에 의해 서로 이질적인 것이 조화되어 한 공간 속에 포용되고 있다.

또한 한용운의 『님의 침묵』에서 시간의 순환은 생성 - 소멸 - 재생의 원형적인 구조로서 형상화된다. 그에게 있어 만남은 이별이 되고 다시 이별은 또 다른 만남을 기약하는 계기가 된다. 모든 사물의 움직임은 생성과 단절을 거쳐 마침내는 연속되는 형태를 가진다. 우주의 생성 과정과도 유사한 이와 같은 운동의 순환적 상상력은 님과의 만남 - 이별 - 재회라는 이 시집의 변용의 틀과도 밀접히 대응하고 있다. 계절이 봄에서 겨울로, 그리고 다시 봄으로 돌아오듯이 순환 원리의 보편성은, 갈등과 고통 많은 우리의 삶에서 무한한 존재의 확대와 새로운 삶의 재구축을 시도하고 있는 것으로 해석할 수 있다. 역설을 통한 긍정에 이르는 그의 시적 변용 과정은 한용운의 시 세계를 특징 짓는 것이기도 하면서, 한국 시가 가지는 고유한 시간관을 드러내는 대표적인 양상인 것이다.

> 그래, 그 모란꽃 사윈 재가 강물에서
> 어느 물고기의 배로 들어가
> 그 혈육에 자리했을 때,
> 처녀의 피가 흘러가서 된 물살은
> 그 고기 가까이서 출렁이게 되고,
> 그 고기를, ─ 그 좋아서 뛰던 고기를
> 어느 하늘가의 물새가 와 채어 먹은 뒤엔
> 처녀도 이내 햇볕을 따라 하늘로 날아올라서

그 새의 날개 곁을 스쳐다니는 구름이 되었다.
　　　　　　　　　— 서정주,「인연설화조(因緣說話調)」부분

내가
돌이 되면

돌은
연꽃이 되고

연꽃은
호수가 되고
내가
호수가 되면

호수는
연꽃이 되고

연꽃은
돌이 되고
　　　　　　　　　　　— 서정주,「내가 돌이 되면」전문

석류(石榴)꽃은
영원(永遠)으로
시집가는 꽃
구름 넘어 영원(永遠)으로
시집가는 꽃
　　　　　　　　　　　— 서정주,「석류꽃」부분

시간의 순환성은 서정주에 이르면 이미지의 변용에 의한 종횡무진한 상상력의 연쇄를 보여 준다. 그는 자신의 세계관을 그만의 미적 언어로 구체화하며 독특한 이미지의 변용을 보여 줌으로써 한국 시가 보여 줄 수 있는 미학적 극치에 도달한다.[9]

시인은 모란꽃과 처녀와 재와 흙과 강물의 끝없는 이미지의 변용을 통해 순환하는 시간의 고리를 엮어 내기도 하고(「인연설화조」), 나/돌/연꽃/호수를 연쇄적으로 순환시킴으로써 지속의 시간성을 구현한다. 또한 의미 차원에서의 연쇄와 이미지의 연쇄가 동시적으로 진행되며 순환적 상상력을 보여 준다. 또한 비가시적(非可視的), 추상적 속성을 지닌 영원이라는 가없는 시간을 석류꽃 같은 식물에 의해 실체화하고 있는데, 비실체적인 것에 부피와 양감(量感)을 부여함으로써 구체적인 것으로 전달하게 만드는 것이다. 인간이 지닌 한계를 극복하여 영원성을 소유하고자 하는 서정주의 모색은 그의 시 전체를 꿰뚫는 일관된 지향성을 갖는다. 실존적 시간에서 순환적 시간으로의 전이(轉移), 인연과 재생에 의한 순환 구조로 나타나는 것이다.

인연과 재생에 의한 순환 구조와 영원이라는 시간에 대한 탐색은 이육사, 신석정, 박용래, 박재삼, 김광림, 황동규, 정현종 등 많은 시인들에게도 드러나며 한국 시의 시적 미감을 이루는 보편적 요소가 된다.

이와 같은 시간의 순환 구조는 유한한 삶 속에서 무한을 재현하는 가장 기본적인 방식이다. 유한 속에서 무한을 재현한다는 것은 한마디로 그것이 신화적 상상력의 세계를 전제한다는 말이 된다. 신화적 시간은 과거의 성스러웠던 시간이 끊임없이 반복된다는 인식, 즉 그러한 반복 속에서 우리의 삶이 끊임없이 신성한 시간을 체험하며, 그러한 삶이야말로 이른바 재생의 삶이 되는 것을 말한다. 그리고 이것은 순환하는

---

9) 서정주 시는 현실적 인식보다 영원 속에서 되풀이되는 현재로서의 인식이 많이 드러난다. 「국화옆에서」, 「춘향유문」, 「인연설화조」, 「깜정수우각제의 긴 비녀」, 「칠석(七夕)」, 「겨울황해(黃海)」 등을 들 수 있다.

시간과 영원에 대한 갈구이자, 영원 속에서 되풀이되는 신화적인 상상력에 자리하는 현재로서의 시간 인식인 것이다.

하지만 나도, 내가 노래할 시(詩)도 물이 된다. 오늘은 자기의 무게로 기어가는 물이지만 내일은 어린 것의 눈썹에 맺히고 목마른 자의 가슴 속을 지나 당신의 처마에 궂은 가을 빗줄기로 걸리는 기다란 역정(歷程)과 순회(巡廻)에 나는 순리(順理)와 전신(轉身)을 깨달을 뿐이다.

— 박목월, 「비유의 물」 부분

이웃 마을// 돌담 위// 연시로 익다// 한쪽 볼// 서리에 묻고// 깊은 잠 자다// 눈 오는 어느 날// 깨어나// 제상 아래// 심지 머금은// 종발로 빛나다

— 박용래, 「연시」 부분

박목월의 시 「비유의 물」은 물이라는 원소의 자유로운 변용을 통해 목월 특유의 순환 의식과 죽음에 대한 의식을 보여 준다. 생의 무게를 물의 무게로 이야기한 시인은 하늘과 땅을 오가는 물을 통해 상승과 하강, 응축과 확장의 역동적인 운동성을 보여 주며 변전의 상상력을 선보인다. 물이 몸을 바꾸는 '전신(轉身)'은 현실과 이상 사이를 좁히려는 시인의 시 쓰기 의식과 같은 맥락이다. "비천"이 죽음으로 끝나는 여정이 아니라 다시금 "구름", "수증기", "빗줄기" 등으로 다양하게 변화되는 물의 여행이라는 사실을 읽을 수 있다.

이러한 순환론의 시적 여정은, 박용래에 와서는 긍정과 해탈의 논리로 드러나고 있다. 햇살이 모여 열매로 익고("연시"), 열매는 곧이어 서리 내린 흰 빛의 영상을 통해 제사의 흰 빛과 연결된다. "볼", "잠든다" 등의 시어를 통해 등장하는 인간적이고 넉넉한 어조는 그의 시가 환기하는 해학적이고 낙관적인 생의 모습과 맞닿아 있다. 제사상 위에 오른

초의 심지불로 전이되는 붉은 빛의 영상을 통해, 열매라는 자연의 논리가, 인간의 생과 사라는 삶의 논리와 겹쳐지면서 순환의 미학을 완성하는 것이다.

박목월과 박용래 두 시인은 모두 자연을 배경으로 순환론적인 한국적 시간 의식을 보여 주고 있다. 목월의 시가 구도적이고 초월적인 성향을 보이는 동시에 이미지의 수직적 상승을 통해 이를 드러냈다면, 박용래는 이와 달리 낙천적이고 해학적인, 흥겨움의 정서를 통해 화해로운 세계관을 보여 준다. 이는 반복적이면서도 확산적인 시간상을 투사하는 시인 특유의 의식이 투영되었기 때문인데, 이를 통하여 자아와 세계의 분열이 극복되고 동화되는 양상을 통해 드러나고 있다.[10]

한국 시에서의 시간은 경계를 넘나들며 이질적인 시공간이 서정적 자아의 의식 아래 통합되며 세계와 동일화를 이루는 양상으로 나타난다. 또한 시간의 경계를 유연하게 넘나드는 동시에, 시간의 무수한 축을 하나로 통합하면서 순간적인 집약성을 보여 주고 있다. 서정주의 「선운사 동구」에서 확연하게 드러나는 시간 경계의 유연한 넘나듦은 동백꽃을 보러 간 화자와 동백꽃의 시간, 그리고 막걸릿집 여자의 육자배기 가락처럼 제각각 다른 시간 축이 서로 간섭하면서 드러난다. "작년 것만 목이 쉬어" 남은 육자배기 가락이 현현하는 과거의 시간과 화자가 속해 있는 현재의 시간, 그리고 아직 피지 않은 동백꽃의 미래의 시간은 제각각 다른 축을 형성하고 있지만 서정적 자아의 언술 아래 하나의 시간으로 통합된다. 이러한 이질적 시간의 통합 및 간섭 양상은 박목월의 「폐원」이나 오탁번의 「장모님」 등에서도 마찬가지로 발견할 수 있다.

---

10) 김현자, 「한국 자연시에 나타난 은유 연구 ── 박목월·박용래의 시를 중심으로」, 《한국시학연구》 2007. 11.

시 「폐원」에서 목월은 피리를 부는 '나'와 눈이 내렸던 '옛날'의 종소리를 사원이라는 공간에서 통합시킨다. 사원의 종소리와 나의 피리소리가 접하는 지점 돌층계에서 현재와 과거가 겹치고 '나'와 '그'의 시간이 겹친다. 한편 「장모님」의 화자는 아내를 장모로 착각하면서 세월의 흐름을 인식하게 된다. 동시에 이 과정은 과거의 아내와 화자가 서로 사랑했던 "그 시절의 바닷물결"이 현재로 밀려오는, 기억의 상기라고 할 수 있다. 어머니와 딸의 시간이 겹치고, 나의 과거와 현재가 겹치면서 아내는 경계를 넘나드는 시간 양상의 중심에서 "장모님이 된 나의 아내"이자 "흰 뼈로 흔적만 남아 민들레 씨앗처럼 가벼워진 그 옛날의 장모님"이 되면서 세월의 흐름을 인식하는 화자를 "울리"게 만든다.

물론 한국적 시간의 양상을 무조건 순환적이라고는 할 수 없다. 직선적이고 선조적인 시간성의 양상을 뒤엉키게 하고 뒤틀면서 그 안에서 발견되는 근대적 개인의 고뇌를 보여 주고 있는 시들은 분명 차별점을 드러내기 때문이다. 시 「시제이호」에서 이상은 아버지에게서 아들로 이어지는 직선적이고 남성적이며 역사적인, 선조적인 시간에 대한 거부감을 드러낸다. 특히 할아버지, 증조할아버지 등의 시어 대신 "아버지의 아버지", "아버지의 아버지의 아버지" 등으로 시어를 활용함으로써 개인 위에 얹힌 시간의 무게와 고뇌를 실감하게 만든다.

그런데 이와는 반대로 여성시인들은 아버지─아들의 관계가 아닌 어머니─딸의 관계를 전혀 다른 양상으로 풀어내며 이상의 고뇌에 대한 돌파구를 보여 주고 있다. 김혜순과 고정희 등은 몸으로 기억하는 여성적 연대와 이를 통해 형성되는 시간 의식을 드러내고 있기 때문이다.

바닷속에 자맥질해 들어갈 때마다
바다 밑 땅 위에선 모든 어머니들의
신발이 한가로이 녹고 있는데

청천벽력.

정전. 암흑천지.

순간 모든 거울들 내 앞으로 한꺼번에 쏟아지며

깨어지며 한 어머니를 토해내니

흰옷 입은 사람 여럿이 장갑 낀 손으로

거울 조각들을 치우며 피 묻고 눈감은

모든 내 어머니들의 어머니

조그만 어머니를 들어 올리며

말하길 손가락이 열 개 달린 공주요!

　　　　　　── 김혜순, 「딸을 낳던 날의 기억」 부분

　족보의 기록이 아버지에게서 아들로, 특별히 적장자를 중심으로 이어지면서 누락되는 이름은 수없이 많다. 동시에 이들은 아버지와 아들의 관계를 방계로 만들고, 딸들의 이름을 삭제해 버린다. 김혜순은 역으로 출산의 현장에서 '어머니의 어머니', 그리고 '어머니의 어머니의 어머니'의 형상을 수없이 그려 낸다. 이상의 시가 직선적인 관계에 대한 무게와 고뇌를 노래한 것과는 달리, 환상 속에서 거울을 통해 겹겹이 만나는 어머니들의 모습은 무게와 고뇌가 아닌 탄생의 비밀을 알고 있는 자들이 나누는 '웃음'이다. 그리하여 그 어머니들과의 접점을 통해 시인은 까마득한 고통을 이겨 내고 "조그만 어머니"를 낳는다. 이아기는 시인의 딸이자 수많은 어머니로서 또 다른 연대를 상상하게 하면서 여성들의 연대 속에서 생성되는 시간 의식을 보여 주고 있다.

　몸으로 겪는 사건을 통해 역사성과 순환성을 끌어안는 여성시인들의 시간적 상상력은 비단 여성의 몸으로만 현현될 뿐 아니라, 가족과 시대를 품어 안는 그릇으로, 그리고 집으로 변형된다.

　'어머니'나 '집'으로 압축되는 구심적 시간 의식은 실제로 한국 시에서 고향 의식, 귀소 본능이라는 낯익은 주제로 지속적으로 구현되어 왔었다. 정지용, 노천명, 백석 등의 시인들에게서 보이는 전설 같은 고향, 그리움의 공간인 고향은 끊임없이 현재 시점에서 되살아난다. "전설 밤바다"이자 "금빛 울음"(「향수」)이 있는 정지용의 유토피아나, "가난한 엄매와 의젓한 마을사람들"(「국수」)이 살아가는 백석의 따뜻한 고향 공동체, "이승과 저승에 두루 무성하던 노랫소리(「상가수의 노래」)가 뻗어 나가는 서정주의 신화적 마을은 시간을 횡단하여 궁극적으로 다다르자 전통의 구심점을 상징적으로 보여 준다.

이러한 원형적인 그리움의 대상을 찾아가는 시간 여행은 존재의 본질, 생명의 본질로의 회귀를 꿈꾸게 되며, 궁극적으로는 '죽음에 대한 성찰'[11]에 이어진다. 죽음은 단절이 아니라, 근원으로의 회귀의 과정에서 만나게 되는 한 순간이기에 죽음을 성찰하는 시선은 담담하다. 죽음은 "소풍 끝나는 날"(천상병, 「귀천」)이며, "몸의 피가 다 마를 때까지 바람과 놀아(황동규, 「풍장」) 육신을 무화시키고, 결국 이 세상 공부를 다 마치고 돌아가는 "집"(이진명, 「집에 돌아갈 날짜를 세어보다」)이다. 근원으로의 귀향을 꿈꾸는 한국적 시간 의식 속에서 죽음에 대한 이러한 유연하고도 긍정적인 사유가 획득된 것이다.

한국 시는 시간 인식에 있어서 현재 안에 과거나 미래를 병치시키기도 하고 순간을 다양한 시간으로 연결시키기도 하며 또는 서로 무관한 개체를 연결하여 시간의 연속성을 만들어 내기도 하면서 현재의 시간을 확장해 간다. 시인들은 시간의 단절성을 연속으로 이끌면서 재창조, 정신화하고 있다.

결국 시간에 대한 한국 시의 모색은 유한한 존재로서의 인간이 무한을 꿈꾸는 영원한 행복에의 꿈이며, 인간이 꿈꿀 수 있는 가장 크고도 비밀한 시간과 세계에 대한 염원이다. 이는 한국의 오래고 험난한 역사

---

11) 모리스 블랑쇼, 박혜영 옮김, 『문학의 공간』(책세상, 1990).

속에서도 면면히 지켜 온 화해와 긍정의 웃음을 뒷받침한다. 단절과 분리, 고통과 괴로움의 순간에도 웃음과 축제의 시간을 떠올리는 것, 그 역설의 과정을 통한 시원(始原)으로의 회귀. 이것이 한국 시의 독특한 정체성을 확인하는 중요한 부분이라고 할 수 있다.

4 원융(圓融), 무애(無礙)의 사유와 상생(相生)의 거리 의식

한국의 대표적인 시인들, 김소월, 한용운, 이육사, 정지용, 백석, 김영랑, 유치환, 노천명, 박목월, 박두진, 조지훈, 서정주, 박용래 등의 시는 한국 시의 전통의 정체성을 확인하는 중요한 바탕이 된다. 이들에게 있어 시간과 공간, 나와 너, 주체와 대상은 단절되고 분리된 것이 아니라 순환·통합되어 있다. 경계를 넘나드는 다시점(多視點)의 변용을 통해 타자와의 적극적인 소통을 지향하는 공간 의식, 동양적인 순환의 시간관을 바탕으로 역사적 연대로 때로는 존재의 근원으로 확장해 가는 시간 의식은 각각 씨줄과 날줄이 되어 한국 시의 전통을 구축해 오고 있다. 그런데 씨줄과 날줄은 기계적으로 교차되는 것이 아니고, 한국 시 특유의 독특한 미의식에 의해서 조정되고 배치되고 있음을 주목해야 한다.

한국 시는 이곳과 저곳 사이 또는 상반되는 지향 사이에서의 갈등이라는 보편적인 주제를 다루면서도 이 다양한 관계들을 상생(相生)의 미적 거리에 의해서 이어 낸다. 삶과 죽음 사이에 놓여 있는 떨어져 앉은 산의 공간이나 노을이라는 시간(김소월,「초혼」), 지상과 천상 사이를 오가는 그네의 공간(서정주,「추천사」), 같밭을 건너서 강 저편에 닿는 바람처럼 시공의 경계를 넘는 움직임(박목월,「이별가」) 등에서도 확인할 수 있듯이, 심미적 거리 의식은 경계 공간과 분절의 시간을 넘어 나와 타자 사이의 대립성을 완화시켜 나간다. 너와 나, 이곳과 저곳, 긍정과 부정을 함께 바라보려 하기에, 그 어느 쪽으로도 치우치지 않는 지점에서 두 세계를 긍정적으로 통합하는 거리 감각이 획득되는 것이다. 소월의 작품에서 최근 시인들의 작품들에 이르기까지 이러한 심미적 거리 의식은 한국 시 전통의 주된 지향성을 이루면서, 고요한 공간 속에 비축되어 있는 시간의 흐름까지도 정밀하게 포착해 내는 한국 서정시의 독특한 미학을 수립하고 있다.

이것은 궁극적으로는 경계와 장애를 넘어 세계를 통합적으로 인식하려는 무애(無礙)나, 시공간이 지닌 모든 경계를 포용하고 다시 열어놓는 원융(圓融)으로 이어지며, 한국적 사유의 원형을 이루고 있다. 이러한 사유 방식은 단절 속에서 화합을, 분리 속에서 통합을 꿈꾸는 에너지로 작용하면서 한국 시의 전통을 확장시켜 나가고 있다. 물론 무애와 원융은 미분화(未分化)의 소산이 아니다. 이것은 서정적 순간의 다양한 변이와 확산에 바탕을 두고 새로운 화해와 열림을 지향하는 구체적 운동 방향이며, 한국 시 전통의 씨실과 날실을 직조하는 원형적 에너지이다. 한국 시의 세계는 새로운 생명을 꿈꾸는 충만한 역동성으로 살아 있다. 이 전통의 주된 지향성이야말로 한국 시를 다르면서도 함께 타오르는 연속체로 살아 숨 쉬게 하며, 한국 시에 새로운 가능성을 부여해 주는 원동력이 된다.

현대 문학과 상상력의 총체성

1 가장 익숙하면서도 가장 낯선 힘, 상상력

'상상력의 혁명'이니 '새로운 생산력으로서의 상상력'이니 하는 말들은 상상력에 전복적이고 미래적이며 이질적인 이미지를 덧씌운다. 상상력은 새로운 시대정신을 대표하는 화두이며 새로운 시대감각과 밀접하게 연관된다. 하지만 근원적으로 상상력이란 인간의 가장 보편적이면서도 원형적인 정신 활동이다.

새벽마다 정화수 한 사발을 떠 놓고 가족의 강녕을 빌고, 뒷마당의 돌 하나를 신주로 삼아 마음을 의탁하고 살던 옛 어머니들은 풍요로운 상상력의 소유자들이었다. "내가/ 돌이 되면// 돌은/ 연꽃이 되고// 연꽃은 호수가 되고(서정주, 「내가 돌이 되면」)"처럼 굳이 문자 언어로 표현하지 않아도, 정화수 앞에 선 어미의 헤어진 손마디는 정갈한 물살이 되어 하늘까지 뻗쳐 나간다. 이름 없는 돌이 전혀 낯선 다른 것으로 변이되고, 비속하고 사소한 것들이 일순에 간절하고 거룩한 소망으로 바뀌어 버린다. 논리와 추론을 훌쩍 건너는 상상의 공간을 평범한 촌부들이 일상사로 넘나들었던 것이다.

시적인 상상력뿐만이 아니다. 다음 이야기가 듣고 싶어서 세헤라자

데를 죽이지 못하는 '천일야화'의 왕처럼, 무엇인가 새로운 이야기를 만들거나 듣고 싶어 하는 서사적 상상력은 사람을 죽이기도 하고 살리기도 한다. 장터에 모여 앉아 재간 있는 이야기꾼의 한마디 한마디에 희비를 오가며 사람들은 상상의 세계를 즐기고 꿈의 성취를 갈망했던 것이다. 상상력은 이처럼 우리들의 삶과 정서의 가장 깊은 곳에서 항상 살아 숨 쉬면서 활발하게 작동해 왔다.

그런데 이성과 감정을 이원론적으로 파악하는 서양의 전통에서 감각의 구현체인 이미지나, 이미지를 만들어 내는 상상력은 이성의 주변적 가치로서 폄하되어 왔다. 유교적 사유 체계에서 질서를 중시하던 우리 사회에서도 이런 사정은 비슷했다. 그런데 20세기에 접어들며 상상력에 대한 이론이 탐구되면서 상상력의 작용이 본격적이고 긍정적으로 평가되기 시작했다. 콜리지(Samuel Tayler Coleridge), I. A. 리처즈(I. A. Richards), 가스통 바슐라르(Gaston Bachelard)나 질베르 뒤랑(Gilbert Durand) 등에 이르러서 상상력은 인간 정신 활동의 원천이며 무한한 감성의 영역을 창출하는 힘으로 해석되었다. 이성중심주의 철학자들에게는 그저 오류에 불과했던 상상력이 인간의 이성 활동을 좌우하는 근본적인 힘으로 부활한 것이다.

이와 같은 상상력의 복귀는 과도한 이성중심주의 때문에 분열되고 위축된 인간을 새롭게 성찰하려는 시대 의식과 깊이 관련되어 있다. 자의식의 과부하 상태로 분열 국면에 처해 있는 현대인들에게 상상력의 복원은 억압적 현실에 새로운 공기를 넣어 주는 역할을 한 것이다. 특히 20세기 후반부터 급변하는 신문명의 시대를 맞이하여, 사람들은 완전히 새로운 방식으로 자신을 표현하고 소통해야 하는 낯선 세계에 던져졌다. 새로운 기술 문명의 시대에 상상력은 다매체적 확장이라는 새로운 과제를 부여받은 것이다. 이처럼 상상력은 늘 인간 정신 활동의 바탕으로 존재해 왔으면서도, 동시에 낯선 세상에 대해 새롭게 대응하는 가장 '그럴듯한' 방법으로 재탄생해 왔다. 일찍이 문학은 아무리 새로운 것이라도 관습적 행위에 불과하다면서 "문학이 불필요해지는 시간이 기어이 올 것인가"라고 했던 노스럽 프라이의 우려가 목전에서 재현되고 있는 상황에서, 상상력은 다시 한번 그럴듯한 재탄생을 요구받고 있다.

낯선 세계에 던져진 아이들은 사소한 사물에도 탄성을 지르며 놀라워한다. 사자를 보며 "아, 사자다!"라고 외치는 아이들은 사물에 대한 가장 보편적이고 관습적인 이해를 바탕으로, 가장 새롭고 낯선 눈빛을 발하고 있는 것이다. 마찬가지로 문학 또한 가장 보편적인 요소를 바탕으로 하여 가장 개성적인 요소를 가지고 있어야만 공감과 새로운 감동을 얻을 수 있다. 그 모순된 것들을 결합하는 것이 바로 상상력이다. 은유·상징·신화·알레고리 등의 본질에는 상상력이라는 거대한 힘이 내재하고 있어서 작가와 독자를 연결시킨다. 상상력의 힘은 동질적이면서도 이질적인 요소가 함께 합쳐져서, 인간이라면 누구나 가지고 있는 보편적인 공감을 만들어 내며 나아가 새로운 인식을 가능하게 한다.

2 한국 현대 문학과 상상력의 이론적 탐구

한국 현대 문학에서 상상력 논의의 시작은 김소월의 「시혼(詩魂)」에서 찾아볼 수 있다. 소월은 "평범한 가운데서는 물(物)의 정체를 보지 못하며, 습관적 행위에서는 진리(眞理)를 보다 더 잘 발견할 수 없"으며 사물의 진실, 혹은 사물의 아름다움은 비일상의 시간인 '밤'을 통해 새롭고 낯설게 볼 수 있음을 피력한다.[1] 또한 그는 시가 영원불변설,

---

1) 김소월, 「시혼」, 《개벽》 59호(1925. 5), 문예면 11쪽.
"다시 한번, 도회(都會)의 밝음과 짓거림이 그의 문명으로써 광휘(光輝)와 세력(勢力)을 다투며 자랑할 쌔에도, 저, 깊고 어둡은 산과 숲의 그늘진 곳에서는 외롭은 버러지 한 마리가, 그 무슨 슬음에 겨윗는지, 수임업시 울고 잇습니다. 여러분. 그 버

곧 '시간과 공간을 초월한' 시혼(詩魂)에 의해 창조된다고 주장한다. 이러한 시각은 상상력의 천재성을 인식하는 낭만주의 문학관과도 맞닿아 있는데, 비록 소박하게 보이지만 상상력에 관하여 처음으로 제시한 시론이자 사물의 이면과 이중성, 그리고 일상적이고 습관적인 시각을 해체하는 상상력의 일탈성을 인식하고 있다는 점에서 의의가 있다 하겠다. 또한 시인의 상상력인 "시혼"을 "음영(陰影)"으로 이야기할 수 있는 2차적 상상력을 통해 변형시킨다는 지적은 익숙한 것을 낯설고도 새롭게 현현하고자 함을 알려 주는 소중한 자료라고 할 수 있다.

이후의 상상력에 관한 사유는 정지용의 시론[2]에서 짚어 볼 수 있다. 그는 시가 정신주의적인 것[3]이며, 정신적인 것의 결정체이자 정신의 육화(肉化)라고 보았다. 특별히 시를 쓰는 과정을 창조 과정과 연결[4]하는 그에게 있어, 시 쓰기는 신이 자연을 창조하는 것과 동일한 의미를 갖는다.[5] 그는 시를 유기체적인 세계로 파악할 것을 강조하면서 시적 기법을 잊으라는 주장[6]까지도 역설한다. 정지용에게 있어 인위적인 시

러지 한 마리가 오히려 더 만히 우리 사람의 정조(情操)답지 안으며 난들에 말라 벌 바람에 여위는 갈째 하나가 오히려 아직도 더 갓갑은, 우리 사람의 무상(無常)과 변전(變轉)을 설워하여 주는 살틀한 노래의 동무가 안이며, 저 넓고 아득한 난바다의 쉬노는 물셜들이 오히려 더 조흔, 우리 사람의 자유를 사랑한다는 계시(啓示)가 안 입닛가."

2) 《문장》지에 발표한 「시의 옹호」(1939. 1권 6호), 「시와 언어」(1939. 1권 10호).

3) 그는 시는 사물의 핵심에 미치고, 그것을 통하는 세계라고 보았다. 이승훈, 「정지용의 시론」, 『한국현대시론사』(고려원, 1993), 82쪽.
   "시는 언어의 구성이기보다 더 정신적인 것의 열렬한 정황 혹은 왕일한 상태 혹은 황홀한 사기임으로 시인은 항상 정신적인 것에서 정신적인 것을 조준한다." 「시의 옹호」, 『달과 자유 — 정지용 시와 산문』(깊은샘, 1994), 334쪽.

4) "애(愛)에 협동하는 시의 영위는 신의 제2 창조", 위의 책, 같은 쪽.

5) 이러한 창조의 과정은 감성과 지성, 그리고 "의력(意力)으로 체질로 교양으로 지식으로" "통히 하나"가 되어 나오는 과정이다. 위의 책, 335쪽.

6) 위의 책, 같은 쪽.
   이승훈은 정지용이 "시의 기법은 시론 혹은 기법에 의탁할 수 없다."라고 주장하였

적 방법론은 지양해야 할 대상이었지만, 상상력을 발동시킬 사고의 통로를 닦는 일은 절대적이었던 것이다.

지용은 시의 언어는 익숙하고 낡은 말이 아닌 새로운 말, 어린아이들의 말이라고 지적한다. 어린이들의 말은 언제나 새로운 말이자 새로 배우는 말이다.[7] 새로운 말, 익숙한 말에서 벗어나 새롭게 말함으로써 정신을 깨우는 것, 그리고 언어를 통해 새로운 세계를 창출하며 무로부터의 창조의 개념을 이야기한 그의 시론은 익숙한 것에서 새로운 것을 추출하고, 인식의 저변을 넓히는 상상력의 기능과 상통하고 있다.

다음으로 시와 과학적 정신을 연결지어 시론을 제기한 김기림에게서 상상력에 관한 논의의 맥을 이어 볼 수 있다. 그는 『시론』(백양당, 1947), 『시의 이해』(을유문화사, 1950) 등에서 시적 방법론[8]과 외국의 이론가들을 소개하였는데, 이는 당대의 호흡, 그리고 새로운 감수성[9]

으며, "기법이 시론이나 시법보다는 자연스러운 연습에 의해 획득된다."라는 정지용의 견해를 눈여겨 보아야 한다고 보았다. 이승훈, 「정지용의 시론」, 『한국현대시론사』(고려원, 1993), 85쪽.

7) "예지에서 참신한 영해의 눌어, 그것이 차라리 시에 가깝다. 어린아이는 새 말밖에 배우지 않는다. 어린아이의 말은 즐겁고 참신하다. 으레 쓰는 말일지라도 그것이 시에 오르면 번번히 새로 탄생한, 혈색에 붉고 따뜻한 체중을 얻는다." 「시의 옹호」, 『달과 자유 ― 정지용 시와 산문』(깊은샘, 1994), 334쪽.

8) "시는 나뭇잎이 피는 것처럼 물이 흐르는 것처럼 자연스럽게 쓰여져서는 안 된다. (중략) 시는 우선 '지어지는 것'이다. 시적 가치를 의욕하고 기도하는 의식적 방법론이 있지 않으면 아니된다."《조선일보》1932. 4;「2 시의 방법」,『김기림 전집』2(심설당, 1988), 79쪽 재인용.
"비록 한 조각의 시라 할지라도 그 속에는 시적 정신이 굳세게 움직여야 한다. 그래서 그 속에서 그 정신의 시대에 대한 감각과 비판에 접할 수 있을 때 우리는 처음으로 우리들이 바라는 시를 찾았다고 할 수 있을 것이다."《신동아》1933. 7;「3 시적 '모더니티'」,『김기림 전집』2(심설당, 198), 80쪽 재인용.

9) "감성에는 두 가지 딴 「카테고리」가 있다. 다다 이후의 초조한 말초신경과 퇴폐적인 감성과 다른 하나는 아주 '프리미티브'한 직관적인 감성이 그것이다. 새로운 시 속에서 후자의 감성을 거부한다는 것은 무슨 고루한 생각일까. 우리들이 가지고 있는 문학 속에 흐르고 있는 타성적인 감각에 싫증을 느끼지 않는다는 것은 무슨 일일까. (중략)

으로 좀 더 넓은 상상의 세계와의 접목을 통해 활력 있는 시 세계를 구축하려는 의지와 무관하지 않다.

김기림은 I. A. 리처즈의 이론을 소개하며 시의 질서와 과학적 정신의 중요성을 주장한다. 이전 시를 재래시로 구분 짓고 비판하며, 새로운 감성의 논리를 설파한다. 시 자체를 하나의 세계로 이해하고,[10] 시의 자율성을 이야기한 그의 시론은 언어를 통해 구성된 현실에 대한 진지한 인식을 볼 수 있다. 특별히 상상력을 시작(詩作)의 중요한 원리로 인식한 그의 주장은,[11] 『시의 이해』에서 논의한 콜리지와 I. A. 리처즈의 이론에 대한 정리, 그리고 상상과 환상에 대한 나름의 정의와 구별법에 의해 구체화된다. 기법과 언어에 대한 그의 균형 의식[12]은 오든의 제2차적 상상력과 연관 지어 이해할 수 있다. 인간은 익숙한 것을 모방하고 답습하지만, 한편으로는 이를 새롭게 '의외로' '비범'하게, '엄청난 비약'[13]을 통해 새롭게 만들어 낸다. 그의 논리는 상상력의 본

'풀은 푸르다'고 가르쳐져 왔으니까 너도나도 '풀은 푸르다'고 감각해야 한다고. 시인이여, 너는 이러한 비속주의의 말은 곧이 듣지 말아라. '프리미티브'한 감성은 새로운 관념(인류의 재질(材質))을 찾아낸다. 새로운 시인에게는 이러한 감성이 필요하다." 《신동아》1933. 7; 「3 시적 '모더니티」, 『김기림 전집』2(심설당, 1988), 81쪽 재인용.

10) "그래서 한 편의 시는 그 자체가 한 개의 통일된 세계다. 그것은 일양적인 시인의 개성(혹은 시풍)이 아니고 한 시편으로서의 독자성에 의하여 독자를 붙잡을 것이다. 그것은 항상 청신한 시각에서 바라본 문명 비평이다." 《신동아》1933. 7; 「3 시적 '모더니티」, 『김기림 전집』2(심설당, 1988), 84쪽 재인용.

11) "현실에서는 만나지 못하는 일들이 만들어지며 경험되는 신기한 장소는 다름 아닌 상상의 세계며, 그것을 만들어 경험하는 것이 상상 작용이다. 시인의 활동은 지각이나 기억의 작용을 물론 무기로 쓰지만 가장 중요한 무기는 실은 상상 작용인 것이다." 「3장 상상」, 『김기림 전집』2(심설당, 1988), 233~234쪽.

12) 여기에서 그는 콜리지의 상상론, 곧 "종합하는 신비한 힘"이자 "대립되거나 잘 맞지 않는 뭇 성질의 균형 또는 조화에 신기감과 청신감의 낡고 익숙한 대상과의 균형 또는 조화에서 나타나는 것"을 언급하며 이를 상상력의 고전적인 표본이라고 지적하였다. 위의 책, 231쪽.

13) 위의 책, 235쪽.

김기림은 이러한 과정에서 상상력의 힘을 발견하고, 이를 "어느 한 부분도 가능한 제

질에 대한 적극적인 사유와 함께, 당대 언어와의 지속적인 접촉을 통해 시어의 확장을 일구고자 했다는[14] 점에서 눈여겨볼 만하다.

한편 송욱은 비평가의 입장에서 상상력에 관한 논의를 정리한다. 그는 저서 『시학 평전』(일조각, 1963)에서 서양 문학의 이론을 적극적으로 가져올 뿐 아니라 이를 한국적으로 소화하여 문학을 이해하는 새로운 통로로 마련하고자 하였다. 그는 콜리지의 제1상상력과 제2상상력을 무한한 신성(神性)의 영역과 이를 능동적으로 반영하고자 하는 의지로 설명한다. 제1상상력의 신성성은 사회적 의식과 무관하지 않으며, 그렇기에 이 무한한 동시에 외경의 대상이 되는 신성성을 시인들은 즉각적으로 인식해야 한다는 것이다. 곧 제2상상력이 갖는 힘, "역사의식·정치의식·사회의식 안으로 시신(詩神)을 이끌고 들어가 외부 세계나 의식과 신성한 것이 밀접한 관계를 맺게 하는 역할"[15]에 대한 시인들의 책임을 지적한 것이다.[16] 서양 이론에 경도된 면이 적지 않지만, 리처즈와 발레리, 그리고 보들레르와 바슐라르 등 서양의 작품과 상상력에 관한 이론을 적극적으로 수용함으로써 비평의 폭을 넓힌 그의 성과 역시 주목할 만하다 하겠다.

성격은 살리면서 동시에 전체적 효과에서는 다른 부분과 조화되는 것"이자 "산 유기체의 세포처럼 자라나는" 것, 그리고 일종의 "중앙 집권제적 조직"이라고 설명한다.

14) "시를 떠나서 말 자체만을 보더라도 그것은 분명히 살아 있는 것이다. 우리는 고어 자전 속의 말을 가지고 이야기하지는 않는다. 살아 있다고 하는 말은 늘 성장하는 것을 전제한다. 그것은 그 자체의 흐름을 가지는 동시에 여러 가지 외적 충격과 영향을 받아서 그 자체의 흐름을 굵고 넓게 만들면서 흘러가는 것이다. 시에 있어서 쓰여지는 말도 당연히 이러한 살아 있는 말이 아니면 아니 된다. (중략) 왜 그러냐 하면 죽은 말은 이미 우리들의 산 사유나 감정의 옷으로서 잘 맞지 않는 까닭이다." 1935년 9. 27; 「8 시의 용어」, 『김기림 전집』 2(심설당, 1988), 171쪽 재인용.

15) 송욱, 『시학 평전』(일조각, 1963), 89쪽

16) "그리고 이는 제일 상상력의 대상인 신성한 존재가, 다시 말하면 한국 사람의 신성한 존재가 시대의 진전에 따라 매우 변화한 까닭이리라. 그리고 새로 나타나려는 신성한 존재의 모습을 시인들이 아직 알아차리지 못했거나 잘못 안 까닭인지도 모른다." 위의 책, 89쪽.

3 동일성과 비동일성의 상상력

문학의 주제는 사랑, 자연에 대한 외경심, 신에 대한 두려움, 인간에 대한 동지애, 또한 전통 사상에 바탕한 인간형의 탐구와 같은 불변의 영역에서 벗어나기가 어렵다. 문학작품은 이러한 보편적인 주제의 맹아를 모두 품고 있다. 그런데 이 잠재적 에너지로 가득한 씨앗을 어떻게 형상화하며 구체적으로 발아시킬 것인가가 문학적 독창성의 핵심이 된다. 상상력은 그 모든 과정을 받치고 있는 힘이다. 현대문학사를 대표할 시인이나 소설가들은 한결같이 상상력의 눈부신 변용이라는 측면에서 뛰어남을 발휘한다.

밤은 바다가 되고 거문고 줄은 무지개가 됩니다(한용운, 「거문고 탈 때」)

눈은 정다운 옛이야기/ (중략)/ 아스피린 분말(粉末)이 되어 곱게 빛나고(김광균, 「눈오는 밤의 시」)

비인 밭에 밤바람 소리 말을 달리고(정지용, 「향수」)

달은 구름 속에 있습니다. 금연(禁煙)이라는 느낌입니다(이상, 「산촌여정」)

겨울은 강철로 된 무지갠가 보다(이육사, 「절정」)

하늘이/ 하도나/ 고요하시니/ 난초는/ 궁금해/ 벙그는거라(서정주, 「난초」)

서로 다른 사물을 동일한 것으로 연결해 내는 데서 새로운 세계가 빚어지고 신선한 경이감이 일어난다. 아스피린과 눈발이 이어지는 인상적인 순간은 근대적 감수성이 탄생하는 바로 그 순간이다. 하늘의 움직임과 난초의 개화를 대우주와 소우주의 개벽으로 통합해 내는 것이 시인의 상상력이며, 서로 다른 대상이 하나의 질서로 재조합된다. 한

246

작은 식물의 실존과 우주 만물을 주재하는 하늘의 움직임을 동일화시키는 시인의 눈은 우리를 수직적으로 일으켜 세우며 경이감과 감동을 전해 준다.

이상의 작품에서는 구름에 가려져 빛을 잃고 어슴푸레한 기운만 겨우 내보이는 달이 갑자기 금연이라는 낯선 어휘로 치환된다. 달과 담배는 도무지 비슷한 범주에 섞일 수 없는 단어들이다. 멀리 있는 두 개의 어휘가 비동일성의 영역을 묶어 내는 상상력을 통해 그야말로 얼핏 교차되면서 신선한 의미의 영역을 만들어 낸다. 구름 속의 달은 깊은 곳에 불씨를 감추고 있는 꺼져 버린 담배가 된다. 자연물이 인간의 경험 세계로 전이되는 순간이다. 이처럼 하나의 대상을 낯선 대상으로 전이시키는 과정은 상상력의 가장 중요한 메커니즘이다.

> 피가 잉잉거리던 병(病)은 이제는 다 나았습니다.
> 올봄에
> 매[鷹]는,
> 진갈매의 향수(香水)의 강물과 같은
> 한섬지기 남짓한 이내[嵐]의 밭을 찾아내서
>
> 대여섯 달 가꾸어 지낸 오늘엔,
> 홍싸리의 수풀마냥 피는 서걱이다가
> 비취(翡翠)의 별빛 불들을 켜고,
> 요즈막엔 다시 생금(生金)의 광맥(鑛脈)을 하늘에 폅니다.
>
> 아버지.
> 아버지에게로도,
> 내 어린 것 불거내(弗居內)에게로도, 숨은 불거내(弗居內)의 애비에게로도,

또 먼 먼 즈믄해 뒤에 올 젊은 여인(女人)들에게로도,
생금(生金) 광맥(鑛脈)을 하늘에 폅니다.

＊사소(娑蘇)의 신선 수행(神仙修行) 시절의 두 번째 편지.

　진갈매 – 짙은 갈매(葛梅), 갈매는 녹색

　이내〔嵐〕 – 산기(山氣) 증청(烝淸)한 하늘의 특수(特殊)한 기운

　불거내(弗居內) – 박혁거세(朴赫居世)

　(원시(原詩)의 주(註))

　　　　　── 서정주,「사소(娑蘇) 두 번째의 편지 단편(斷片)」전문

　이 시에서 시인의 상상력은 멀리 신화 속 인물에까지 다다른다. 사소는 시의 화자이면서 동시에 드넓은 시공을 응축하고 있는 상상력의 맹아이다. 사소를 통하여 시인은 인간의 불변적 동일성이나 원형의 연속성을 구현하는 상상력의 역동적인 발현 과정을 보여 준다.

　본래 중국 황실의 딸인 사소는 일찍이 신선의 술법을 배워 해동에 와서 머무르다 매를 따라 선도산(仙桃山)으로 가서 지신(地神)이 되었고 박혁거세를 낳아 왕으로 키웠다고 전한다. 시인은 이 설화를 소재로 실제적 삶을 넘어서는 존재론적인 전이(轉移)를 보여 준다. 그것은 "아버지에게로도/ 내 어린 불거내에게도, 숨은 불거내의 애비에게로도" 펼쳐지는 영원한 동일성의 세계이다. 개인적 상상력을 뛰어넘어 신화 속 인물과 아버지 – 아들 – 그의 아들 불거내를 원형의 연속성으로 이어 내는 세계이다.

　이처럼 상상력은 상실된 근원적 감각까지를 포괄하는 총체적인 기억 작용이다. 이것은 문학적 상상력의 객체성으로 인간의 불변적 동일성에 기반하여 작동한다. 원형의 우물에서 생각을 퍼올리는 힘이며, 과거와 현재를 원형적 연속성으로 재인식하게 하는 무시간(無時間)적인 작용이다.

사소를 중심으로 다층적으로 배치된 원형적인 이미지의 시어들은 이 시의 상상력의 역동적 과정에 힘을 더하고 있다. 첫 행에서 동물적 울음을 환기시키는 "잉잉거리다"는 피의 병이 인간적인 번민과 고통에 연관되어 있음을 지시한다. "피"는 숨어 있는 자아에 대한 환유적 치환이며 "매"는 상승 의식의 은유적 치환이다. 2연에서 "이내(산기 증청한 하늘의 특수한 기운)의 밭"을 통해 밭은 액화되고 기화되며 "진갈매의 향수의 강물"을 통해 식물적인 심상으로 전화된다. 더 나아가 "피"는 "홍싸리 수풀" 같은 마르고 건조한 식물로 변용되어 부피와 무게를 벗어 버리고 생에 대한 집착이나 욕망을 잃는다. 또한 "비췌의 별빛"이라는 은유에 의해 "피"는 광물화되며, 다시 "생금의 광맥"에 의해 유기체적 생명성을 부여받는다. 최초로 피가 가졌던 동물성 생명성을 싱싱하게 함유하면서도 지상의 것과는 다른 신비로운 광맥의 공간이 하늘에 펼쳐지는 것이다.

이 생금 광맥의 공간이야말로 시적 화자가 현실적 시공간을 넘어 아버지와 자식과 남편과 후대의 여인들을 만나는 곳이며, 시인의 상상력이 다다른 원형의 장소이다. 그러므로 사소라는 시적 화자는 아비와 자식과 남편을 지닌 모든 여인의 전형일 수 있으며, 피가 생금과 광맥으로 화하는 마찰음은 여인들의 삶이 만들어 내는 원형적인 마찰음으로 확산된다. 바로 이러한 점에서 이 시는 시의 의미를 하나의 선조적(線條的) 질서로 배열시키면서 인간의 연속적 자기 파악을 향해 열리고 있다. 이 시를 읽는 출발점이 설화였다면, 이제 서정주의 상상력은 사소의 설화를 새로운 이야기의 세계로 열어 놓고 있는 셈이다. 그리고 그 주인공은 현실의 독자임은 말할 필요도 없을 것이다.

이와 같이 인간은 상상력을 통해 세계와의 화해와 동일성을 꾀하지만, 전혀 반대편에서 세계와 대척하며 비동일성의 상상력을 펼치는 경우도 많다. 김소월이나 한용운, 서정주 등의 대척점에서 이상, 김춘수, 황지우 등을 만나게 된다.

이상은 거의 병치적으로 마주 보고 있다고 해도 좋은 비동일적인 의미항들을 종횡무진 오가면서 기존의 시문법과 수사의 범주를 적극적으로 파기한다. 시 「절벽」의 경우에서 보면, 꽃이 향기롭게 만개(滿開)하는 상황과 보이지 않는 묘혈(墓穴)을 파고 들어가 눕는 이질적인 상황이 반복적으로 되풀이되면서, 통일된 의미의 세계를 훌쩍 뛰어넘는 새로운 의식 운동을 펼쳐 보인다. 도로를 질주하는 13인의 아해(兒孩)의 등장이나 거기서 나타나는 낯선 이미지와 기이한 반복 구조는 서정적 상상력이 작동해 나갈 새로운 가능성을 예고해 주는 것이었다.

비동일성을 지향하는 상상력은 시적 내용이 아니라 형태의 조형적 측면에서도 작용한다. 비시적 언어라고 생각되는 비속어 일상어를 과감하게 도입하고, 행과 연의 가름으로 구성되는 낯익은 시 문법을 해체해 버리는 것. 말하는 주체와 말해지는 주체 사이의 균열에 주목하는 정신분열적 시 쓰기 등, 느닷없이 돌출되어 상식을 깨뜨리는 이들 시의 어법은 자아와 세계를 분리하고 불일치를 전경화한다.

이러한 비동일성의 상상력이 추구하는 바는 무엇일까? 그것은 부조리한 세계와의 대결이다. 비동일성의 시학에 따르면 세계 자체가 이미 비틀리고 부조리한 곳이다. 따라서 세계를 매끄러운 전체로 그려 내는 미메시스적 재현은 그러한 세계의 모습을 진실하게 반영할 수 없다. 오히려 비틀고 파편화시키고 이질적인 부분들을 조각조각 이어 붙여 만든 왜곡된 형상들이 진실에 더 근접할 수 있는 것이다.

따라서 비동일성의 상상력을 추구하는 시인들은 시가 순수한 언어 예술이라는 신념을 갖고 있는 전통적 예술관을 거부한다. 또한 불변성과 영원성으로 무장한 초월적인 주체성의 신화에서 탈주하고자 한다. 이상의 시들은 일찍이 이러한 반전통 반서정의 맥락을 우리 근현대시사 안에 성공적으로 정착시켰다. 우리는 그의 시에서 20세기 초 회화에서 촉발된 일련의 실험적 모더니즘 운동의 다양한 맥락들을 발견하게 된다. 통사 파괴, 인쇄 효과, 음향 효과, 자유로운 환상의 세계, 입체파의 기하학적 추상과 이미지의 분석적 재구성, 다다이즘의 콜라주와 몽타주 기법, 모든 선입견에서 벗어난 자유로운 사고의 발현을 의미하는 초현실주의의 자동 기술법 등 통사적인 시문법에 대한 반동, 그리고 새로운 형태를 추구하는 상상력의 다양한 모험이 포진되어 있는 것이다. 이상의 「오감도」 연작과 「선에 대한 각서」 연작은 우리 문학사에서 본격적인 형태시가 출현하게 된 상황과 그러한 시 유형 내에서 작동하고 있는 비동일성의 상상력이 어떤 것이었는지를 잘 보여 준다. 이상에서 본격적으로 발현된 이러한 경향은 20세기 말 붐을 이룬 포스트모더니즘의 물신주의 비판과 결합되어 전통적 시 형식의 영점화를 꾀하는 해체시 계열로 이어졌다.

4 총체성의 미학, 새로운 상상력을 위한 제언

한국 현대 문학은 100여 년의 역사 속에서 전통 문학을 계승한 작품에서부터 전복적 에너지로 가득한 실험적 작품에 이르기까지 다양하고 풍부한 결실을 얻어 냈다. 문자 언어라는 제한적인 기호를 통해서 세계와 화해를 꾀하거나 또는 세계로부터 탈주해 나가려는 시도의 기저에는 동일성 또는 비동일성을 지향해 가는 에너지를 장착한 상상력이 있었다.

그런데 최근에 이르러서 멀티미디어 시대가 본격적으로 전개되며 문학은 문자 세계에서 벗어나 보다 다양한 미디어들과 소통해야 하는 국면을 맞이하게 되었다. 이성 중심의 세계는 자신의 감각 기관을 총체적으로 사용하여 느끼고 즐기고 상상하는 감성적이고 유희적인 속성을 발휘하는 시대로 급박하게 옮아가고 있다. 현대인은 자신들을 둘러싼 멀티미디어 문화와 적극적으로 소통하려는 욕망을 품고 있다. 상상력은 궁극적으로 인간 정신과 세계와의 상호 작용 가운데서 나타나는 것이다. 따라서 문학의 창작과 수용 방법은 물론이고 문학적 상상력 자체가 대대적인 변화를 겪을 수밖에 없다. 앞으로 문학의 상상력은 문자와 의미와의 관계뿐 아니라 문자 기호와 다른 매체와의 소통을 적극적으로 모색하면서, 새로운 시대의 새로운 에너지로 작용할 것이다. 문학적 상상력을 위한 제언을 한다는 의미에서 앞으로의 상상력에서 중요시되어야 할 것을 크게 네 개의 범주로 정리해 보면서 이 논의를 마무리하고자 한다.

첫째, 현장의 상상력이 필요하다. 상상력의 폭이 커지면 커질수록 현실 세계의 리얼리티에 더욱 파고드는 작업이 병행되어야 한다. 팩션(fact+fiction)의 대두에서 알 수 있듯이 실제적인 삶의 문제, 또는 역사에 기반하고 있으면서도 발랄하고 도발적인 상상력으로 시대를 뛰어넘어 현실을 재구축하는 독특한 시도들이 새로운 가능성으로 주목된다. 천운영, 김탁환, 박현욱 등 최근의 젊은 작가들은 철저한 조사 과정을 통해서 모은 자료를 바탕으로 역사적 고증을 하듯이 상상력을 촉발시킨다. 상상력의 비약을 위해서는 더욱더 현실의 세밀하고 깊숙한 영역까지 천착하는 노력이 필요하다. 이 작가들은 상상력이 천재들만의 전용물이며 '무(無)'에서 '유(有)'를 만들어 내는 것이라는 선입견에서 벗어날 필요가 있음을 보여 준다. 한편 독자들은 작가의 창작 과정에 주목하여 상상력의 재료가 어떻게 구성되어 작동하는가를 탐구할 필요가 있다. 예컨대 작가 노트, 작가와의 인터뷰, 작가의 누리집, 기타 잡글 등이 주요한 분석 텍스트로 확장될 수 있다. 우리 시대의 새로운 상상력의 양상들에는 경쾌함과 깊이, 발랄함과 진중함이 공존한다. 이들의 실험은 그 특성은 각기 다르지만, 한국문학사의 상상력의 모델에서 이어지고 계승되는 부분을 가지고 있다. 가치가 있느냐 없느냐의 기준으로 젊은 세대의 상상력을 먼저 따질 것이 아니다. 가벼운 상상력과 진지한 상상력 등 다양한 층위로 범주화하여 그들의 다양한 가능성을 살펴볼 필요가 있다.

둘째, 전방위적 상상력이 필요하다. 문학에 다른 매체를 적극적으로 도입할 때, 문학의 창조성이 떨어지는 것이 아닌가 하는 우려의 말들도 많다. 하지만 문학이 문자의 고유성만을 고집하지 않고 타 매체로 상상력의 폭을 넓힐 때, 오히려 시대적 요구에 부응할 수 있으며, 이것은 대중문화의 시대에 문학이 대중문화와 공존할 수 있는 가능성을 모색하는 길이기도 하다. 상상력은 본질 자체가 종횡무진하는 것이기에 틀에 갇히기를 거부한다. 소재와 주제, 장르를 넘나들고 길거리에 널린 쓰레기 더미에서 순식간에 관념의 영역으로 옮아가는 새로운 세대의 복합적이고 분방한 상상력을 열린 사유의 틀에서 살펴볼 필요가 있다. 박상순, 김중혁, 박민규 등의 작품에서 나타나는 형태시나 영상시의 실험, 디지털과 아날로그의 경계를 종횡무진 넘나드는 시도, 음악, 미술, 영화, 광고, 영상 등 문학 외적 소재를 적극적으로 차용하는 시도들은 일상의 삶과 친숙한 것들로부터 공감을 유도하면서도 새로운 경험을 가능하게 할 수 있다. 탈경계와 탈장르는 적당한 재구성이나 적당한 뒤틀림과는 다르다. 물론 표면적인 기교의 유희로 빠지는 것은 경계해야겠지만 내용상 기존의 체계와 패러다임을 유쾌하게 전복시킬 수 있는 힘이 있어야 하며, 기술적으로도 문자 매체(문학에서의 특정 장르)의 고유한 특성을 바탕으로 다른 매체의 특성을 내면화하는 새로운 아이디어와 시도가 필요하다.

셋째, 총체적 미학을 지향하는 통합적 상상력이 필요하다. 상상력의 본질은 연결하는 힘에 있다. 개인과 세계 사이의 불연속성을 연결하며, 의미와 기호 사이의 단층을 연결한다. 연결하는 힘인 상상력은 개인과 세계 사이의 동일성을 발견하게 하고, 때로는 비동일성을 도모함으로써, 새로운 관계를 정립하는 길을 열어 가게 한다. 특히 21세기의 상상력은 문학의 엄숙주의나 교훈성에 감성이라는 새로운 힘을 더해 주는 역할을 해야 한다. 구체적인 감성을 통해 수용되면서도 궁극적으로는 사유와 논리의 영역에 다다르게 하는 상상력이 필요하다는 것이다.

일찍이 I. A. 리처즈는 "상반되는 성질이나 부조화한 성질에 균형과 화해"를 주는 것이 상상력이라고 지적했는데, 오늘의 맥락에서 이것은 감성과 이성의 통합적 조화를 의미하는 것으로 읽을 수 있을 것이다. 감정과 이성의 조화로운 고양을 가능하게 하는 상상력이야말로 비정한 합리주의나 말초적 쾌락주의에 극단적으로 치우쳐 있는 디지털 문명의 시대에 따뜻하고 원초적인 삶의 관계를 회복할 수 있는 문학적 대안이 될 것이다.

넷째, 새로운 세대들을 위하여 상상력은 교육되어야 한다. 상상력은 자연 발생적인 힘이기도 하지만 교육에 의해서 훈련되고 배양되는 인식 능력이라는 것을 주목해야 한다. 상상력을 교육적으로 훈련함으로써 문학의 건강함을 유지할 수 있다는 노스럽 프라이의 지적은 오늘날의 상황에서도 시사하는 바가 크다. 현대인은 거대한 대중문화의 일원으로 존재하지만 근본적으로는 고독하고 소외된 개별자들이다. 이들에게 문학의 상상력은 자기 존재를 확인하고, 자신만의 창조적 경험과 세계에 참여하는 즐거움을 줄 의무가 있다. 문학작품이 펼쳐 내는 역동적인 상상력은 고독한 개인을 원초적인 동일성의 세계로 돌아가게 한다. 따라서 문학 수업에서 주제나 장르, 구성 방식을 다각도에서 새롭게 '상상'하는 훈련을 하고, 상상을 통해 감성과 논리를 연결해 나가는 교육 과정을 마련하는 것이 필요하리라고 생각한다.

근대 문화 수용과 서정의 형상화

1 머리말

개화기 시가의 주제와 표현 양식은 시대 상황과 밀접하게 연관된다. 격동기의 혼란한 상황 속에서 외세에 대한 항거와 수용, 유교적 세계관과 개화적 세계관, 그리고 계층 간의 결집과 갈등이 첨예하게 제기된 시기였으므로 그러한 사회 변화와 더불어 개화기의 시가는 내용이나 기법 면에서 변모를 거듭했다.

개화기 시가는 산문 장르에 비해 당시의 시대적 상황을 훨씬 더 포괄적으로 날카롭게 드러내고 있다. 주지하다시피 신소설이나 신파극의 작자층이 전문성을 띤 전업 작가들이었던 것과는 달리 개화기 시가의 창작 계층은 모든 계층을 망라했다는 점에서 적극적인 의의를 지닌다. 어느 시대의 시가보다 작가와 독자 간의 거리가 좁혀짐으로써 직접적인 호응과 공감대를 형성하고 있으며, 변혁의 시대를 맞으면서 외세에 대응하는 각 계층의 입장을 광범위하게 나타내고 있다.

개화기 시가 문학에 관한 지금까지의 연구는 주로 문학사적 관점이나 장르 연구에 집중되어 온 감이 있다. 주제 의식과 표현 기법을 연계하고 작품에 대한 구체적인 분석을 통하여 논의를 보강할 필요성이 제기된다. 이 시기의 시가들에 나타난 주제 의식과 거기에 상응한 표현 기법의 특성을 살펴보고, 나아가 그 근본 토대가 되는 이념의 전통적 요소와 서양 문화의 수용 양상을 고찰하려는 것이 이 글의 목적이다.

2 개화기 가사·창가의 주제와 기법

개화기 시가는 가사·시조·민요·한시 등의 전통 양식과 창가·찬 송가·신시 등의 새로운 양식이 병존해 있었다. 이 가운데 가사와 시조 는 1910년 이전까지 각각 830여 수, 580여 수가 창작되어 전체 시가의 90퍼센트 이상을 차지하고 있다.[1] 이러한 전래 가사와 시조에의 편향은 전통적 양식을 통해 우리 고유의 주체성을 확보하고, 외세에 대한 저항 과 비판을 효과적으로 표현하려는 발상에서 비롯된 것으로 사회 비판과 저항 정신이 강하게 드러나는 것이다. 이들 전통 양식의 시가들은 애국 운동과 개화 사상을 일반 계층에게 전달하는 데 있어서 친숙하고 보편 적인 양식이므로 개화기 시가의 지배적 양식으로서 등장할 수 있었다.

1)《독립신문》 시가의 주제와 어조
《독립신문》은 1896년 4월 7일 창간하여 1899년 12월 4일 종간에 이 르기까지 국문체로 신문을 발행하여 근대 의식의 형성에 많은 공헌을 하였다.《독립신문》 시가에는 '자쥬독립', '부국강병', '애국', '동포', '진충보국', '문명개화' 등의 시어가 중심어로 사용되고 있는데, 당시의 시대적 목표였던 자주 독립의 쟁취와 민권 사상의 계발 및 근대적인 개혁 의지를 뒷받침하고 있다.《독립신문》에 실린 애국·독립가의 주

---

1) 김영철, 「한국 개화기 시가의 장르 형성 과정 연구」, 서울대 대학원 박사 학위 청구 논문, 1987, 62~64쪽.

제는 나라를 사랑하고 사농공상과 자기 직분에 충실할 것과 문명 개화에 대한 기대, 교육의 필요성을 강조한 것으로 집약된다.

봉츅ᄒ세 봉츅ᄒ세 애국태평 봉츅ᄒ세
즐겁도다 즐겁도다 독립즈쥬 즐겁도다
쏫피여라 쏫피여라 우리명산 쏫피여라
향기롭다 향기롭다 우리국가 향기롭다
열ᄆ열나 열ᄆ열나 부국강병 열ᄆ열나
열심ᄒ세 열심ᄒ세 츙군이국 열심ᄒ세
진력ᄒ세 진력ᄒ세 ᄒ롱공샹 진력ᄒ세
빗나도다 빗나도다 우리국긔 빗나도다
영화롭다 영화롭다 우리만민 영화롭다
놉ᄒ시다 놉ᄒ시다 우리님군 놉ᄒ시다
만세만세 만만세ᄂ 대군쥬폐하 만만세
　　　　　　　　　——「애국가」(1896년 5월 19일자)

「애국가」는 1896년 건양의 연호를 제정하면서 오랜 역사적 관계를 맺어 온 중국의 종주권으로부터 해방되어 국가의 완전한 자주 독립을 쟁취하게 되었음을 선언하고 있다. 4음 4보격의 정형성에 맞추기 위해 인위적인 동어 반복을 사용하였다. "독립즈쥬", "츙군이국", "ᄒ롱공샹", "님군", "대군쥬폐하" 등의 애국과 독립·충군을 강조하는 중심어가 반복 사용되고 있으며, 사농공상에 진력하여 문명 개화를 이룩할 것을 "ᄒ세", "도다" 등의 강한 권고와 감탄형 종결 어미의 사용을 통해 적절히 드러낸다.

이러한 시가의 제시 형식은 화자와 청자 간의 감정 교류의 가능성을 높여 주면서 직설적인 호소의 어법으로 공감대를 넓히고 있다. 또한 "쏫피여라 쏫피여라", "열ᄆ열나 열ᄆ열나" 등의 구절에서 보이는 간곡한 기원과 열정은 그것을 뒷받침하는 이 시의 전체적인 상승의 어조에 의해 민족이나 국가에 대한 인식을 새롭게 하고 있다. 또한, 그로 인하여 동일한 목표를 지닌 민족의 공동체적 자각에 도달할 수 있다는 의지를 표명한다.

이 시기의 독립·애국가들의 애국 관념은 충군애국으로서 봉건적 군주제 아래에서 임금을 섬기던 전대의 것과 별다른 차별성이 보이지 않는다. "성쥬", "츙효", "츙군", "츙군애민", "진츙보국", "조션백셩", "조션인민" 등의 시어가 나타나는데, '백성'이라는 봉건적 요소와 '인민'이라는 서양 민주주의적 요소가 혼용되어 쓰이고 있다. 천부 인권 사상에 기초하여 근대적 민주주의 상을 정립하려 하였으나 민주주의의 근간이 되는 민중에 대한 사고에서는 미숙하고 모순된 의식을 보여 준다.

> 남녀업시 입학ㅎ야 세계학식 비화볼가
> 교육해야 개화되고 개화해야 사름 되네
> ──「리즁원 동심가」(1896년 5월 26일자)

> 각부각군 관찰군슈 션뎡션치 ㅎ고지고
> 면면촌촌 백셩들은 사롱공샹 힘써보세
> 삼강오륜 쥰행하고 효뎨츙신 직혀보세
> 개화개화 헛말말고 실샹개화 하여보세
> ── 이영언(1896년 9월 10일자)

《독립신문》의 시가는 개화에 절대적 가치를 부여하면서 서양이나 일본을 개화의 모범국으로 받아들여 온 국민이 합심하여 근대화 운동에 주력할 것을 주장하고 있다. "교육ㅎ야 개화되고 개화ㅎ야 사름 되는" 민중은 개화 교육을 받아야 할 계몽의 대상으로 존재하며 민중의 주체성은 설 자리를 잃고 있다. 즉 개화 교육을 받은 지식인이 중심이 되는 사유 체계를 보여 준다. 또한 왕을 받들면서 봉건적 요소를 극복해야 하는 과도기의 시대 상황이 두 번째 예문에서와 같은 모순된 양면성의 노래를 낳고 있다. "관찰 군수"와 "백성", "삼강오륜", "효제충신"으로 표방되는 유교 정신과 서양적 문화 이념을 중심 개념으로 하는 개화 사상은 그 이념이나 입장이 대립되는 것임에도 불구하고 위의 시들에서는 혼용되어 나타난다. "좋은시고", "품고지고", "하고지고" 등의 감탄형 종결 어미가 갖는 낙천적 태도는 자신의 주장을 논리적으로 제시하기보다는 낙관적 전망을 내세우기에 급급한 태도를 보여 준다. 그리고 개화의 개념 자체가 서양적인 것을 지표로 삼고 있어서 서양 문물에 대한 추종과 선망의 자세가 드러난다. 민권 사상을 기반으로 개혁을 주장하는 근대적 신사고로의 전환을 보여 주면서도 군주나 나라에 대한 봉건 의식에 정체되어 있는 의식의 한계와 모순성이 시 속에 표출되고 있다.

2) 《대한매일신보》 시가의 의식과 기법

개화기 가사 가운데 언론 투쟁의 일환으로 이 시대의 시대상을 가장 직접적으로 구체화한 것은 《대한매일신보(大韓每日申報)》의 가사였다. 《대한매일신보》는 1904년 7월 18일부터 1910년 8월 28일까지 발행된 적극적이고 비판적인 항일 노선 신문으로서 영국인 어네스트 베델 이 사장으로, 양기탁·박은식·신채호 등이 편집진으로 참여하였다. 이들은 유학에 사상적 기반을 두고 있었고, 민족주의적 입장에서 서양 문물을 수용하고자 했다. 《대한매일신보》의 장르 가운데 전통적인 가사와 시조가 주류를 이루는 것도 이들의 민족주의적 입장에 기인한 것이라 할 수 있다.[2] 이들은 전통적인 가사 양식에 민요의 후렴구와 같은 무

---

2) 김영철, 앞의 책, 이 글에는 《대한매일신보》의 장르 분포를 제시하고 있다. 이를 살펴보면, 가사가 698편, 시조가 381편, 변조체 19편, 창가 13편, 언문풍월 3편, 민요 2편, 역시 1편으로 가사와 시조의 수가 월등한 우위를 점유하고 있다.

의미하거나 또는 유의미한 반복구를 두어 연을 나누는 수법을 사용하였고, 우회적인 풍자의 방법을 사용해 일제의 침략에 항거하였다.

가사는 개화기에 가장 많이 창작된 율문 양식으로 이는 가사가 갖는 산문적 속성에 기인하는 것이다. 가사는 실제로 있는 일을 다루면서도 자기의 주장을 곁들이기 쉬운 교술적 성격을 지녀, 신문 기사나 논설과 같은 구실을 할 수 있었고 4·4조 연속체 리듬이 주는 친숙함으로 널리 파급될 수 있는 이점이 있다.[3] 그러므로 가사는 국권 상실과 문명 개화라는 내용을 잘 표출할 수 있을 뿐 아니라, 반복적 리듬감의 효과에 의해 사람들을 격동, 고무시킬 수 있는 힘을 지니고 있었다.

《대한매일신보》의 가사는 4·4조의 연속체로서 전통적인 가사의 율격을 계승하고 있다. 또한 전통적인 가사 양식보다 더 철저하게 율격의 엄격성을 띠고 있다. 이러한 개화기 시가의 정형적인 4·4조 율격 현상은 우리의 주체적 시가 양식인 가사를 계승하려는 집필진의 민족주의적 입장이 표출되는 것이다. 또한, 일정한 율격의 정형성으로 인해 일반 대중에게 기억되고, 읽히기 쉽기에 이러한 형식을 선택한 것이다. 즉 새로운 형식보다는 이전부터 내려오는 가사 형식을 선택한 것이 일반 대중의 계몽에 보다 효과적이었을 것이다.

① 민족적 주체성과 표현 양식

개화기는 시대적 특성상 전통적인 요소와 서양적인 요소가 강하게 충돌하고 갈등을 일으킨 시대였다. 개화기 가사는 특히 전통적이고 기층적인 장르인 민요의 다양한 특성들을 적극적으로 수용하여 그 영역을 확대하고 있다. 4음 4보격 연속체의 율문 양식이 지니는 유장함과 단조로움은 균형적인 주자학적 세계관 속에서 사대부들의 미의식을 가장 잘 드러내 준다. 하지만 개화기라는 다급하고 첨예한 현실의 갈등

---

3) 조동일, 『한국 문학 통사』 4권(지식산업사, 1982), 277쪽.

상활을 재현하기에는 적절치 않았고, 그에 따라 민요조가 지니는 생동
감과 반복구에 의한 정서적 환기 효과를 적극적으로 받아들이고 있
다.[4] 개화기 가사는 민요의 민중적 성향과 결합되면서 형식과 문체에
커다란 변이가 오는데, 그것은 크게 숫자요〔數謠〕나 한글 자모요, 타령
조의 성행과 반복구의 사용으로 나타난다.

> 일국은 혼동ᄒ니 닉각대신의 권리로다
> 나라권리 다팔아셔 ᄌ긔디위 미득ᄒ니
> 독전기리 됴흘시고
> 이천만중 우리동포 성명ᄌ산 엇지ᄒ나
> 불고싱령 뎌관리들 탐학에만 죵ᄉᄒ니
> 쥰만고퇵 됴흘시고
> 십백사십여군즁에 늄은토지 얼마런고
> 류리청산 뎌괴잇다 류국산천 굽어보니
> 쵸잠식지 됴흘시고

《대한매일신보》 1907년 12월 18일자에 실린 「문일지십(聞一之十)」은
일에서 십까지의 숫자를 머리운으로 하고 "……됴흘시고"라는 유의미
반복구를 사용하고 있다. 원래 가사가 지닌 4·4조 연속체의 율문 양식
에 민요적 특성을 적극적으로 수용하여 4보격이 지니는 구조적 긴장성
이 이완되고 4음 4보격과 4음 2보격의 율격이 혼재되어 나타난다. 그리
고 반복구에 의해 자연스럽게 연이 나뉜다. 가사의 내용은 혼란한 시대
상황 속에서 자기의 안일만을 추구하는 내각 대신의 매국 행위와 그 속

---

4) 성기옥, 『한국 시가 율격의 이론』(새문사, 1986), 216~218쪽.
　　성기옥은 《대한매일신보》 가사의 경우 시가 장르의 형식적 전통은 오히려 가사보다
　　민요에 있음을 주장하면서 본래 4보격의 구조적 긴장을 상실해 가고 있으며, 그 율
　　격적 기저는 4음 2보격이라고 보고 있다.

에서 이중의 고통을 겪고 있는 민중들의 현실을 풍자적으로 담고 있다.

　　가쟝 귀(貴)한 대한청년(大韓靑年) 거름거름 전진하셰
　　고생 환난(患難) 무릅써서 구름같이 싸횐 침기(侵氣)
　　봄눈같이 쓰러내셰

　　나라일을 ᄒᆞᄂᆞ씌는 너와나를 막론(莫論)ᄒᆞ고
　　노예됨을 면(免)ᄒᆞ고져 누려보세 자유복락
　　이천만인 한가지로
　　　　　　　　　　　　──「국문가(國文歌)」(1910년 4월 5일자)

　「국문가」는 한글 자모를 머리운으로 이용한 시가로서 대한의 청년
들에게 새로운 자유복락의 나라를 건설하기 위해서 투신할 것을 권고
하는 노래이다. 여기에도 4음 4보격의 해체가 나타나며 분연법, 유의
미 반복구의 사용이 나타난다. 이러한 머리운을 맞춘 시가는 숫자요〔數
謠〕─ 한글자모요(國文字母謠) ─ 표제요(標題謠) 등으로 변해 가고 있는
데, 초기에는 사회 비판이나 일본 제국주의에 대한 치열한 항일 저항
의식을 드러내고 대중적인 파급력을 고려해 민요적 기법을 차용하였으
나 차츰 원래의 비판적 기능에서 벗어나 언어 유희로 고착화되는 경향
을 보여 준다.
　《대한매일신보》 가사의 또 다른 두드러진 특징은 매 연의 앞 또는
뒤에 나타나는 반복구의 사용과 이에 따른 분연 현상이다. 이러한 반복
구에 대해 조동일은 몇 줄마다 반복구를 두는 것은 분단이 되게 하여
가사가 지나치게 유장해지는 폐단을 시정하고, 시대적 상황이 급박해
진 것에 호흡을 맞추려는 의도로 보았다.[5] 반복법은 작자가 독자에게

---

5) 조동일, 앞의 책, 277쪽.

어떤 내용을 보다 정확하게 전달하고자 할 때 사용하게 된다. 각 연과 연 사이의 동일한 구절의 반복은 그 글에 통일성을 부여하게 되어 독자에게 보다 정확한 의사 전달을 할 수 있게 된다.

《대한매일신보》의 초기에 나타난 반복구는 고전 시가를 계승하는 유형을 보이고 있다.

제1곡(第一曲) 시국(時局)을 살펴보니 밧귀나니 마음이라
한강수(漢江水) 징그리고 북악산(北岳山)은 근심한다
영웅역사(英雄烈士) 몃몃친고 슯흔눈물 절로 난다
시르렁둥덩실

제2곡(第二曲) 나라팔아 엇은 지위(地位) 7사신(七大臣)이 누구신가
와송세월(臥送歲月) 할얏더니 홀지풍파(忽地風波) 누가 알가
여천거함(如天巨艦) 돗슬다니 래두안위(來頭安危) 염려(念慮)로세
시르렁둥덩실

《대한매일신보》 1908년 1월 11일(제706호)의 「아양구첩(蛾洋九疊)」의 부분이다. 전체 10연으로 구성된 이 글에서는 각 연과 연 사이에 "시르렁둥덩실"이라는 민요조 감탄 어구를 사용하고 있다. 이러한 반복구는 음악적 효과를 가지고 있는 것으로, 대중의 정서적 측면에 호소하는 기능을 한다. 이와 비슷한 반복구로는 「구곡도가(九曲掉歌)」(1908년 1월 18일 제708호)에 나타나는 "어긔엇차 돗다러라" 등과 「가요풍송(歌謠諷誦)」(1908년 1월 21일 제713호)의 "애고지고홍" 등이 매 연의 뒷구로 드러나고 있다. 이러한 반복구는 매연의 앞구와 뒷구에 호응이 되어 나타나기도 한다.

돌아돌아 上元돌아 同胞兄弟 決心ㅎ고 揷血同盟 團合ㅎ야 先柔後强 이

性質이

　他人羈絆 脫兔할제 有如天日 爲國誠이 너와ㄱ치 붉어져라

　돌아돌아 上元돌아　각학徒가 奮發ㅎ야 必惜寸陰 下工할 제 鄭康成의
본을바다

　不下유가 三年이라 祖國思想 換氣ㅎ니 너와ㄱ치 붉어져라

　비ㄴ이다 비ㄴ이다 檀君箕子의 遺業으로 이 疆土를 保有ㅎ니 東海水
가 如帶ㅎ고 白頭山이 如砥토록 國而永存 勿替ㅎ오 하ㄴ님전 비ㄴ이다

　비ㄴ이다 비ㄴ이다 四千年을 相傳ㅎ니 禮義之邦 分明ㅎ다 不如干戈
昇平日에 國勢以是 微弱ㅎ니 强壯之力 黙佑ㅎ오 하ㄴ님전 비ㄴ이다

　첫 번째 예문은 1908년 2월 16일(제732호)의 「상원간월(上元看月)」이
고, 두 번째 예문은 《대한매일신보》 1908년 7월 30일(제869호)의 「위국
대축(爲國臺祝)」이다. 첫 번째 예문에서는 "돌아돌아 上元돌아"와 "너
와 ㄱ치 붉어져라"가 호응을 이루고 있다. 두 번째 예문에서는 "비ㄴ
이다"란 앞구와 "하ㄴ님전 비ㄴ이다"란 뒷구가 호응을 이루며, 국가의
보존을 기원하는 본문의 내용을 좀 더 명확하게 나타낸다. 이러한 후렴
구의 호응은 처음에는 민요조의 단순한 음악적 기능을 하는 감탄구를
사용하다가 점차 의미 있는 어구의 반복으로 변화하게 된다.

　우리國權 賣渡할데 一等忠奴 自顧하야 天下罪名 不顧하고 千辛萬苦은 地
位 不過 一年 危殆하니 背恩忘德이 아닌가 七大臣의 원망이오

　觀察郡守 驛屯土로 許多民人 誘引하야 收劍돈의 蕩敗家産 兄弟妻子 遊
離한다 有力者만 하야먹고 殘瘦 한놈 발나세니 一進會의 원망이오

《대한매일신보》 1908년 1월 28일(제719호)의 「부세원한(浮世怨恨)」

이다. 이 글에서는 칠대신(七大臣), 일진회(一進會), 매관자(買官者), 노학구(老學究), 협잡배(挾雜輩), 골생원, 퇴리배(退吏輩), 창우배(倡優輩)를 비판하면서 "원망이오"란 반복구를 붙이고 있다. 이렇듯 가사의 반복구 형식은 초기에는 무의미한 민요조의 반복구를 사용하다가 점차 본문의 내용과 연관되는 유의미한 반복구로 변화되어 간다. 그리고 이러한 반복구와 그에 따른 분연 현상은 가사의 의미 전달을 명확하게 이끌어 급박한 시대적 추이에 맞는 가사 양식으로 정착된다.

② 풍자의 기법과 서술 방식

《대한매일신보》가사의 가장 큰 특성은 풍자성에 있다. 1905년 을사늑약 체결, 1907년 정미칠조약을 거쳐 1910년 마침내 일본의 식민지가 되면서 일본의 정치, 문화적 억압은 더욱 가중되었다. 항거의 주된 방식이었던 언론 활동도 예외가 될 수 없었는데, 1907년 일제 통감부는 '광무신문지법'을 제정하고 신문 발행을 허가제로 하여 신문 내용을 엄격하게 검열하기 시작한다. 특히 이 법안의 제21조에는 "안녕질서를 방해하고 또는 풍속을 괴란한다고 인정할 때에는 그 발매 배포를 금하고 이를 압수하며 또는 발행을 정지 혹은 금지할 수 있다."라 하여 언론을 통한 사회 정치적 비판의 가능성을 철저히 봉쇄하고 있다.[6]

이러한 억압적인 분위기에서 《대한매일신보》논설진은 언론을 통해 독립 사상을 전파하기 위해서 일본 제국주의에 대한 직접적이고 노골적인 항거나 비판보다는 풍자의 수법을 택하고 있다. 또한, 비판의 대상에서도 실제 일본 제국주의보다는 우리나라 정부의 무능과 매국노의 친일 행위, 지식인이나 귀족 계급, 신여성들의 허명 개화(虛名 開化) 등을 비판하였고 실제 일본을 비판할 때도 직접적이기보다는 개인적인 도덕성 문제로 환원시켰다. 개화기 시가의 풍자 양상은 직설적 골계,

---

6) 조동일, 「개화기의 우국 가사」, 『개화기의 우국 문화』(신구문화사, 1974).

냉소, 아이러니와 역설, 언문풍월 등으로 나타난다. 풍자는 대상에 대한 우월한 태도를 보일 때 이루어지는 수사법이며, 대상에 대해 극도의 반감을 품을 때는 냉소가 되기도 한다. 하지만《대한매일신보》가사의 풍자는 냉소로 그치는 것이 아니라 부정적이고 비판적 태도 뒤에 민족의 각성과 자주 독립의 쟁취, 올바른 민족 국가의 형성이라는 건설적이고 긍정적인 욕망이 자리 잡고 있다. 이러한 교정과 개선의 목적이 현실과 풍자 문학 사이에 강한 긴장을 유발한다.

《대한매일신보》에서 풍자하고 있는 대상은 주로 인물에 관한 것이다. 이완용·송병준 등의 매국적 집권층, 조선조 내내 유지되어 오던 이권을 빼앗긴 탓에 개화를 저주하며 벼슬의 기회만을 노리며 사리사욕에만 몰두하는 수구파 유림, 헛된 개화에만 물들어 사치와 방탕을 일삼는 귀족 후예, 유학생, 바람난 신여성들과 같은 주체성을 상실한 개화주의자들, 일본 국민의 도덕적 타락과 야만성 등이 주된 풍자의 대상이 된다. 또한 정치와 사회에 대한 강한 풍자 의식을 엿볼 수 있는데,《독립신문》의 중심어였던 '애국'이나 '충군(忠君)'이라는 어휘는 찾아볼 수가 없다. 을사조약 체결 이후 내각을 매국 정부로 명확히 인식하게 되면서 나타난 것으로 군주 또한 매관 내각의 허수아비로 설정하고 있어 맹목적인 충 이데올로기에서 벗어나는 모습을 보여 준다. 또한 개화 지식인의 비주체적 태도나 서양의 것을 모방하기만 하려는 허명 개화에 대한 강한 풍자를 나타내고 있는 것으로, 이는《독립신문》이 지식인층의 역할을 부각시킨 것과는 대조적이다. 오히려《대한매일신보》는 민중적이고 민족적 역량에 대한 강한 기대감을 표출하고 있다.《독립신문》의 애국 독립가가 선진 외래 문화에 대하여 맹목적인 추종 자세를 보여 주고 있는 데 비해《대한매일신보》는 민족적 주체성을 고수하면서 자발적이고 점진적인 개화를 이룰 것을 주장하고 있는 점도 주목할 만하다.[7]

---

7) 김학동,『한국 개화기 시가 연구』(시문학사, 1981), 86~88쪽.

內閣으로 돌아드니 第一坐 物主大臣 功名도 宏壯하다
伍條約에도 한목이오 七條約에도 한목이라
伍七 두끗 잡았으니 판돈을 다 못쓴다 그만저만 두었으면

內部로 돌아드니 三百四十餘 郡守에 興成소리 귀가슨다
各大臣 분매질에 自己실속 無機로세
낯선손님 손벌리니 待接않고 못백인다 그만저만 두었으면

「정해측량(政海測量)」(《대한매일신보》1907년 1월 9일자)은 정치의 바다를 측량 기계로 재겠다는 1연을 시작으로 내각 10부의 매국적 행위를 열거하고 있는데, 반복구 "그만저만 두었으면"을 사용하여 매국 행위를 그만하기를 바라는 마음을 나타내고 있다. 물론, 4보격의 구조적 긴밀성이 깨어지고 6보격이 출현하기도 한다. 을사조약, 정미칠조약 등을 도박판으로 비유하여 내각의 행위를 '한몫 잡다'로 풍자하고 '큰 건을 두 개나 잡았으니 그만 만족하라' 등의 골계적 수법을 사용한다.

東洋中 開明國은 日本이라 ᄒᆞ깃도다
그 全體를 말할진대 彼輩들도 自稱하고
世界公認 한바이나 個人으로 擧論하면
開明發達 姑捨하고 野蠻人의 諸般行爲
世界中에 最甚이라 대강들어 표시할까
(중략)
同胞들아 廳哉어다 우리 韓國 말할진대
個人으로 보게 되면 學問知識 言論이며
愛國憂民 ᄒᆞ뎌 思想은 日人보다 優勝者가
不爲不多 하건마는 他人에게 見困함은

團合못한 原因이니 注意할 일이 아닌가
　　　　—「동창만록(東窓漫錄)」《대한매일신보》1909년 3월 9일)

　이 가사는 일본에 대한 풍자를 담고 있는데 직접적인 비판 의식을 드러내지 않고 그 나라 전체는 문명국으로 칭해지지만 개인으로 거론하면서 야만인이며 윤리 도덕을 상실한 인격 파탄자라고 비하하고 있다. 일본에 대한 분노를 개인적 인격의 문제로 환원함으로써 일본 제국주의의 야만성을 은연중에 드러낸다. 결사 부분에서는 한국 동포들이 학문 지식이나 애국 사상에는 우월하지만 단합하지 못한 것이 타인에게 복속되는 결과를 낳았다고 주장한다. 작품 전면에 깔려 있는 일본인에 대한 신랄하고 차디찬 냉소적 태도와 일본 전체를 개명국(開明國)으로 칭하는 언술의 이중성이 역설적 효과를 자아내고 있다.

　　새가새가 나러든다 復國鳥가 나러든다
　　이산으로 가며 復國 뎌산으로 가며 復國
　　청신진일 피나도록 復國復國 슳히우니
　　志士魂이 네 아니냐
　　새가새가 나러든다 錦衣黃鶯 나러든다
　　軍隊解放 此天地에 兵式不見 오랫더니
　　十里長제 細柳營에 爾獨設陣 往來ㅎ니
　　將軍魂이 네 아니냐
　　(중략)
　　새가새가 나러든다 毒鵑鳥가 나러든다
　　島中千年 惡物로셔 他種族은 滅絶ㅎ고
　　졔 種族만 살아흔다 模樣까지 怪毒ㅎ니
　　强盜魂이 녜 아니냐
　　　　—「의장청조(依仗聽鳥)」《대한매일신보》1908년 10월 28일)

268

위의 가사는 민요의 「새타령」의 형식을 그대로 따 오고 있다. 뻐꾸기의 울음소리를 묘사한 "복국복국"이라는 음성 상징어는 나라를 되찾는다는 의미 또한 지니고 있어 중의적인 성격을 지니고 있다. 복국조를 지사혼(志士魂)으로, 황앵을 장군혼(將軍魂)으로 독곡조를 강도혼(强盜魂)으로 비유하고 있다. 여기서 "독곡조"는 일본을 풍자하는 것으로 일본의 지정학적 위치와 교묘하게 연관시켜 섬 가운데 살면서 다른 민족을 절멸시키는 악으로 설정하고 있다.

이와 같이 《대한매일신보》의 가사에는 동물·식물·곤충 등의 자연물에 자신의 감정을 이입하거나 대상의 부정적 속성들을 빗대어 풍자한 시들이 많이 있다. 동물 이미지와 풍자 대상과의 관련성을 살펴보면 다음과 같다. 일본인을 벼룩·거미·구미호·모기 등에 비유하고, 정계 관료는 빈대에, 허명개화꾼은 공교스러운 원숭이에, 연극장 관광 여사는 풍류스러운 백학에, 괄신적자(刮臣賊子)는 독기 품은 복어(鰒魚)에, 개인적인 이익에는 민감하고 위급하면 후퇴는 빠른 반지사(反志士)는 게에, 동족의 생사를 무시하고 사리사욕만을 채우는 간신배는 미꾸라지에 비유하고 있다.

《대한매일신보》는 정치·사회에 관한 강렬한 비판 의식을 분출하는 진보적 태도를 보여 준 것에 비해 개화한 여성에 대한 시각은 보수적 유교 이념에서 벗어나지 못하였다. 여자는 철저히 수동적이며, '안'의 존재에 머물러야 한다는 의식에 정체되어 있었기에 개화한 여성들의 활동에 대해 우려를 표명하며, 방탕한 생활을 풍자한 시들이 많이 나타난다.

西門外로 도라드니 엇던荒淫 여인네들
밉살스리 洋쪽지고 半洋服에 眼鏡쓰고
演劇場을 제집삼아 저녁먹고 썩나셔서
업는貌樣 익써내고 궁둥춤에 바람니러
誰家蕩子 닉스랑가 左右顧見 送盼ㅎ니

그 行헐도 可痛터라
　　—「미인정태(美人情態)」《대한매일신보》1909년 6월 29일)

　　이 가사는 오랫동안 여성이 쇄문유수(鎖門幽囚)로 머물다가 갑자기 개화가 시작되면서 여성들이 집안에만 머물지 않고 적극적으로 사회 활동을 벌이는 것을 풍자하고 있다. 여성의 사회 활동을 곧 가정 윤리의 붕괴로 연결짓는 사고는 유교적 가부장제에서 유래된 것으로, 이 시기에도 여전히 여성에 대한 의식은 고착되어 있음을 보여 준다. 총명한 재질로 학업을 수학하고 문명을 깨우치는 것을 기약하지는 않고 "연극장을 드나들며 궁둥춤을 추는" 여성들의 풍류 방탕한 생활과 허명 개화를 풍자하면서 여자들이 현모양처의 풍모를 지녀야 가정과 나라가 올바로 설 수 있다고 주장하고 있다.
　　《대한매일신보》의 가사는 《독립신문》의 애국 독립가와는 달리 우리 민족의 내면에 면면히 흐르는 민족의 주체성의 발현을 보여 준다는 점에서 「동학 가사」와 일맥상통한다. 이 둘은 외래적인 요소의 무조건적인 추종에서 벗어나 전통적이고 민중적인 요소를 재발견함으로써 새로운 사회 건설의 동력을 만들어 내고 있다. 「동학 가사」는 종교적 언술을 통해서 제세구민과 보국안민의 정신을 바탕으로 자기 문명에 대한 자존적 태도와 서학이 지닌 각자위심(各自爲心)을 떨치고 동귀일체(同歸一體)를 중요시함으로써 근대적 민족주의의 각성을 보여 준다. 또한, 인내천 사상을 기초로 하여 모든 인간은 무궁한 가능성의 존재로서 모두가 평등하다는 자각은 계급과 성에 의한 차별로부터의 해방과 국난의 위기를 극복할 수 있는 힘의 소재가 민중 스스로에게 있다는 것을 깨우쳐 준다. 이러한 의식은 《대한매일신보》의 가사와 맞닿아 있다고 할 수 있다. 외세 의존적이고 추상적인 개화에서 탈피해 민중 중심의 민족 주체성에 입각한 내적 개화의 중요성을 강조하면서 풍자의 수법으로 새로운 사회상을 정립해 가기 위한 교정과 개선의 의지를 보여 준다는 점에서 높이 평가할 만하다.

3 창가·신시의 서양 문화 수용과 전통의 계승

19세기 말 외국 선교사들의 국내 포교 활동이 증가하면서 그 일환으로 성경의 번역 및 찬송가집의 출판이 활발해진다. 특히 찬송가는 일차적으로 영미시의 번역이라는 측면에서 서양 사상의 유입 경로가 되며 개화기 시가의 율격에 많은 영향을 미쳤다. 서양적 요소와 개화기 시가의 전통적 요소가 상호 작용을 벌이면서 서로 경쟁·보완하는 긴장 관계를 통해 발전하고 있다.

1) 초기 찬송가의 번역과《독립신문》의 창가

찬송가의 번역은[8] 외국 선교사들이 국내의 기독교 교인들의 도움을 받아 이루어졌는데 서양 음계와 음수율에 맞추어진 찬송가를 한국어로 번역하는 것은 무척 힘들고 고통스러운 작업이었다고 한다. 그래서 자연히 음 하나에 글자 하나를 대응하는 식이 되었고 번역은 전체적인 의미만을 전달하는 것에 그쳤으며, 국어의 성질상 원문의 표현을 그대로 같은 음곡에 맞춰서 노래 부를 수 있도록 옮기지는 못했다. 또한 감탄사가 많고 관념어가 적은 한국어의 특수성으로 말미암아 상대적으로 기독교 신앙의 논리적 성격에서 비롯된 관념어를 적절한 한국어로 번

---

8) 우리나라에서 최초로 찬송가집이 간행된 것은 1892년 선교사 존스(George Heber Johns)와 로드와일러(Louise C. Rothweiler)가 공통으로 낸 『찬미가』로, 여기에는 전부 27편의 번역 찬송가가 수록되어 있는데, 이것은 음곡이 붙지 않은 가사만으로 된 소형본으로 감리교회에서만 전용되었다. 다음에 나온 것이 1894년 언더우드(Horace Underwood)의 『찬양가』로 오선 악보로 출판되었는데, 가사와 악보가 동시에 출판된 최초의 것이며, 1895년 그리암 리(G. Lee)와 기포드(Mrs. M. H. Gifford)가 공동 편찬한 『찬성시』가 가장 후대의 것이다.

역하지 못하고 한자어를 사용하거나 음절수를 맞추기 위해 축약·생략·변형된 어휘들을 사용하고 있다. 이 가운데 『찬미가』, 『찬양가』, 『찬성시』 모두에 수록되어 있으며 가장 먼저, 그리고 널리 알려진 찬송가인 「Jesus love me! This I Know!」는 미국인 애너 워너(Anna Warner, 1820~1915)가 작사한 것으로 번역 상황을 살펴보면 다음과 같다.

『찬미가』(역자: 미상)
1. 쥬ᄉ랑내알기ᄂ 셩셔말슴분명히
    어린아히쥬맛터 연약홈을붓드네

    후렴 예수날ᄉ랑 예수날ᄉ랑
        예수날ᄉ랑 셩셔에말잇소

2. ᄉ랑ᄒ여몸ᄇ려 하늘문열어주어
    내의죄악다씻고 아ᄒ드러가게히

3. 날ᄉ랑쉬음업서 병들고연약ᄒ나
    비록놉흔위에셔 나를일싱도라보

4. 예수날ᄉ랑ᄒ니 좌우로보호ᄒ네
    내쥬를ᄉ랑ᄒ면 ᄉ후하늘에인도

『찬양가』(역자: 언더우드)
1. 예수나를ᄉ랑ᄒ오 셩경에말슴일셰
    어린ᄋ히임쟈요 예수가피로삿네

    후렴 예수ᄂᆞᆯᄉ랑ᄒ오 예수날ᄉ랑ᄒ오

예수늘ᄉ랑ᄒ오 셩경말ᄉ믈셰

2. 그임쟈도라가샤 하늘문크게여오
   내가ᄉ랑ᄒ오면 하늘집에ᄀᆺ치가오

3. 예수나를ᄉ랑ᄒ오 지금ᄭ지ᄉ랑ᄒ오
   그임쟈내죄씻쳐 어린ᄋ희오라ᄒ오

4. 내목연ᄒᆯ지라도 아모근심치마라
   조금후에다시와 어린ᄋ희ᄃ려가

『찬셩시』(역자: Mrs. Baird)
1. 예수ᄉ랑ᄒ심은 거룩ᄒ신말일네
   어린거시약ᄒ나 예수권셰만토다

후렴 날ᄉ랑ᄒ심 날ᄉ랑ᄒ심
   날ᄉ랑ᄒ심 셩경에쓰셧네

2. 저를ᄉ랑ᄒ시니 저의죄를다씻쳐
   하늘문을여시고 드러가게ᄒ시네

3. 제가연학ᄒᆯᄉ록 더욱귀히녁이니
   놉은보좌우헤서 ᄂ즌ᄃᆡᆯ보시네

4. 저를ᄉ랑ᄒ시니 멀니아니ᄶ나셔
   병이들어죽을째 올라가게ᄒ시네

이들 번역을 보면 내용에 논리적인 연관성이 부족하고 원문의 뜻을 대강 전달하는 데 그치고 있다. 가령 『찬미가』 3절 3, 4행의 원문인 "From his shining throne on the high Comes to watch me where I lie"는 "비록 높은 위에서 나를 일생 돌아보시네"라고 번역되고 있는데 신의 변함없는 사랑의 빛이 항상 나를 지켜 주신다는 내용은 전달하고 있으나 "비록"이라는 부사어가 강조의 의미로 쓴 것이라고 보기에는 무리가 있으며 단지 글자 수를 맞추기 위한 것으로 보인다. 또 "일생 동안 돌아보다"와 "어디 있든지 지켜보다" 사이에 의미의 유사성이 있지만 전자가 비교적 긴 시간이라는 지속성과 구체적이지 않은 어떤 초월적 존재가 돌봐 줄 것을 기대하는 구복의 의미가 강하다면 후자는 유일자인 "He"를 지시하면서 신의 능력이 인간의 세계에 초월적으로 내재한다는 것과 신의 빛이란 어떤 상황에도 항상 적용된다는 항상성을 강조함으로써 인간으로 하여금 자발적인 신앙 윤리를 이끌어내는 데 초점을 맞추고 있어서 초기 찬송가가 기독교 교리를 충실하게 전달하지 못하고 있음을 알 수 있다.

『찬양가』는 특히 번역된 어휘들이 매우 미숙하며 원문의 내용에서 크게 동떨어져서 번역이라기보다는 번안에 가깝다. 가장 후대의 것인 『찬성시』가 비교적 내용의 전개 방식이나 어휘가 세련되어 원문의 뜻을 효과적으로 전달하면서도 기독교적인 색채를 뚜렷하게 드러내면서 그 자체로 시적인 면모까지 갖추고 있다.

한편 『찬양가』 1장을 보면 "거륵 거륵ᄒ다 어질고 능하신 삼위일톄 유복 삼일일셰"로 번역되어 있는데, 현행 찬송가에서는 "거룩 거룩 거룩 자비하신 주여 성 삼위일체 우리 주로다"로 되어 있다. 전자가 복을 구하는 마음이 강하게 나타난 반면 후자는 성스러운 삼위일체의 신을 증거하는 기독교 본질론을 강조하고 있다. 이외에도 초기 찬송가 번역에는 전래의 민간 신앙과 관련한 기복적 내용을 담은 가사가 자주 발견된다. 다른 예로 『찬양가』 110장에서는 "장싱불로"라는 구절이 반복되고 있는데 그것은 서양적인 의미의 내세관이라기보다는 지극히 현실적인 욕망의 성취에 대한 전통적 기원이다.

작자의 이름이 알려지지 않은 61장의 찬송가는 한국인이 쓴 우리말 찬송으로 가사 내용이 지성으로 덕을 쌓아 천당에 가겠다는 것으로 고래의 유교적 윤리관과 기독교 신앙이 결합된 형태를 보여 준다. 특히 "사름육신 싱긴근본 싱어토귀어토(生於土歸於土)ᄒ네"라는 구절은 창세기의 하나님이 흙으로 인간을 빚었다는 기독교적인 내용과 한국인의 현세구복적인 성격의 근원이 되는 허무주의적 현실주의 자연 회귀 사상이 함께 나타난다. 이러한 신 부재의 한국 문학 속에서 창조적 신의 존재를 인식하고 발전하게 되는 일련의 과정이 "예수의 놉흔일홈이 내 귀에 드러온후로 젼죄악을 쇼멸ᄒ니 수후텬당 내거실세"라는 가사에 잘 드러난다. 이외에도 역시 한국인의 번역인 4장, 11장, 29장에서 이와 같은 신앙 고백이 이루어지고 있다.

사용된 어휘에서도 『찬양가』 1894년판에 나타나는 신을 지칭하는 "상주(上主)", "아비", "님금" 등과 예수를 지칭하는 "임쟈" 등이 1895년 판에서는 완전히 사라지는데, 이것 역시 기독교 신앙의 성격을 좀 더 분명하게 파악하게 된 결과이며, 상대적으로 초기 찬송가에서는 기독교적인 사고와 전통적인 사고가 혼합, 미분화된 상태였음을 알 수 있다. 특히 한국인에 의해 창작된 찬송가 가운데 『찬미가』 42장을 보면 1절이 "셰샹사름 죄악만하 근원들을 좃지안코 쥬의정도 빈반ᄒ고 수신의게 절ᄒ다가"로 되어 있는데, 여기서 "주"라는 어휘만 빼면 그것이 기독교의 교리라기보다는 오히려 유교적 사유 방식이 고스란히 드러나고 있음을 발견할 수 있다.

당시 선교사로 와 있던 게일(James S. Gale)이 선교 보고서에 실은 한국 찬송가에 대한 평을 보면 "번역 찬송은 시문학적 표현도 아쉬운 동시에 시적 형태도 갖추지 못하고 있다. 그러나 한국 사람들은 노래 부르기를 좋아하고 특히 서양 찬송곡조를 좋아해서 잘 부르는데 이것은 순수하게 노래를 음미하여 가슴에서 우러나오는 노래라고는 기대할 수 없다."[9]라고 말하고 있다. 또 다른 보고서에는 "한국 사람은 놀랄 만큼 음악에 대해서 민감하다. 이러한 것을 보면 한국적인 토착 찬송가 가 나오는 것은 별로 어렵지 않을 것이다.[10]"라는 언급이 있다.

이를 통해 초기 찬송가가 기독교 신앙의 본질을 잘 파악하기보다는 그것이 노래라는 측면과 다 같이 모여 부른다는 측면이 우리 민족의 정서적 체질에 잘 부합되었기 때문에 찬송가가 널리 불릴 수 있었다는 것을 알 수 있다. 인용문에서 서양 찬송곡조를 좋아했다는 것은 적절한 노래 곡조가 부족한 상황에서 찬송가의 곡조를 채택할 수밖에 없었다 는 사실과 무관하지 않으며 이것이 순수하게 노래를 음미하여 종교적 믿음이 가슴에서 우러나오는 노래가 아니라는 것은 기독교 교리와 신 앙에 충실하지 못한 것으로 볼 수 있겠지만 그 이면에는 비록 서양의 찬송가를 부를지라도 곡조에 담긴 사상은 단순히 서양 기독교 신앙의 무비판적 수용이 아니라 민족 고유 정서에 맞도록 재구성되고 적절히 가감해서 지어졌다는 것을 짐작할 수 있다.

당시의 초대 교인들이 '정확한 곡조로 유창하게 찬송가를 부르지는 못했으나 나라 잃은 설움 속에서 열심히 찬송을 불렀으며, 태극기와 십 자가는 애국하는 한국 교회의 상징이었으며, 찬송가의 연창은 우리 민 족이 고통 속에서 어떻게 해서든지 새 희망을 찾으려고 애쓴'[11] 것이라 는 말은 결국 찬송가의 번역에 나타나는 양상은 외래 신앙과 토착 신 앙이 상호 갈등, 보완의 관계를 통해 긴장을 유지할 수밖에 없으며, 이 것을 시대 상황과 연결시켜 생각해 보면 위기의식을 느끼던 당대인들 이 종교를 통해 국가와 개인 모두의 안녕을 꾀하고자 선택한 하나의 방법이었다는 것을 보여 주고 있다.

《독립신문》에 실린 시가들 가운데 가창을 전제로 한 경우, 그것은

9) *The Korean Repository*(September, 1896), 337쪽.

10) *The Korean Repository*, Vol. 3(New York, 1896), 376쪽.

11) 김광수, 『한국 민족 기독교 백년사』(기독교문사, 1978), 69쪽.

선곡후사(先曲後詞), 즉 기존에 있는 악곡에 맞추어 가사를 짓는 방식을 취했다. 이것은 당시 전문적인 작곡가가 없기 때문이기도 하지만 우리나라의 전통적인 시가 창작의 관습이기도 했다. 따라서 가사의 양식은 기존 악곡 양식의 범위 안에서 정해질 수밖에 없으며, 이때 찬송가의 악곡이 사용된 경우가 빈번하다. 그런데 시가에 딸린 악보를 제시하거나 특별한 가창 곡조를 밝혀 놓지 않고 있다는 사실에서 시가의 수록 목적이 반드시 노래로 불려야만 한다는 원칙에 충실한 것이 아니라 눈으로 보고 즐기는 데 있음을 알 수 있다. 그러므로 《독립신문》에 수록된 시가들을 노래에 종속된 가사가 아니라 독자적인 시 양식의 하나로 파악하는 데 무리가 없다.

《독립신문》에 수록된 시가들을 유형별로 분류해 보면[12] 다음과 같이 나눌 수 있다.

1. 형식상 4·4조 2구가 1행이 되며 2행이 한 연이 되는 창가
2. 합가가 딸린 창가
3. 후렴구가 붙은 창가

각 유형별로 작품의 예를 들어 분석해 보면, 첫 번째 유형인 「셔울슌청골최돈셩의글」의 내용은 다음과 같다.

대죠션국건양원년 ᄌ쥬독닙깃버ᄒ셰
텬디간에사롬되야 진충보국뎨일이니
님군씌츙셩ᄒ고 정부를보호ᄒ셰
인민들을ᄉ랑ᄒ고 나라긔를놉히달셰
나라도울싱각으로 시죵여일동심ᄒ셰

---

12) 김병철, 『한국 근대 번역 문학사 연구』(을유문화사, 1975), 131~134쪽.

부녀경틱ᄌᆞ식교육 사름마다홀거시라
집을각기흥ᄒ랴면 나라몬져보젼ᄒ세
우리나라보젼ᄒ기 자나ᄭᆡ나싱각ᄒ세
나라위ᄒᆡ죽ᄂᆞ죽엄 영광이제원한업네
국태평가안락은 ᄉᆞ롱공상힘을쓰네
우리나라흥ᄒᆞ기를 비ᄂᆞ이다하ᄂᆞ님ᄭᅴ
문명지화열닌셰샹 말과일과ᄀᆞ게ᄒ세
아모것도몰은사름 감히일언ᄒᆞ옵내다
　　　　　　　　—《독립신문》3호, 1896년 4월 11일자

　글의 구조를 보면 1행에서 대조선국의 건국과 독립을 선포하고 그다
음 2행부터 10행까지는 새로이 건국된 조선의 미래에 대한 비전을 제
시하고 그것의 실현을 위해 모든 백성이 동참할 것을 요구하고 있다.
11행은 나라의 발전과 안녕을 축원하는 제의의 일부이며, 12행은 개화
된 세상에서는 말과 일이 같게 하자는 것으로 개화된 세상에 대한 기대
와 그러한 바람을 적극적인 실천으로 이루어 내려는 태도가 엿보인다.
조동일은 이처럼 대한제국의 독립을 칭송하는 「독립가」 또는 「애국가」
는, 나라를 세우고 나면 건국을 칭송하는 노래인 악장을 지어 부르던
관례에 따라 지어진 대한제국의 악장이며 그 일을 나라가 직접 관장하
지 않고 개화 지식인이나 학생들이 맡은 점이 달라졌다고 말한다.
　두 번째 유형인 「학부쥬ᄉᆞ니필균씨의대죠션ᄌᆞ쥬독립ᄋᆡ국하ᄂᆞ노ᄅᆡ」
는 합가가 딸린 형태로, 이 유형에 해당하는 작품은 하나밖에 없다.

아세아에대죠션이 ᄌᆞ쥬독립분명ᄒ다
합가 인야에야ᄋᆡ국ᄒ세 나라위ᄒᆡ죽어보세
분골ᄒ고쇄신토록 츙군ᄒ고ᄋᆡ국ᄒ세
합가 우리정부놉혀주고 우리군민도와주세

깁흔잠을어셔띄여 부국강병진보ᄒ셰
합가 눕의쳔딕받게되니 후회막급업시ᄒ셰
(하략)

—《독립신문》1896년 5월 9일자

합가란 독창자 한 사람이 선창을 하면 그 뒤에 합가 부분을 모두가 제창하는 방식의 노래를 말한다. 이러한 합가 형식은 선창과 후창을 나누어 부르도록 한 민요의 가창 방식을 따르고 있으며, 가락도 민요에 의존했을 것으로 보인다.[13] 그러나 김병철의 논의에서는 찬송가 중에도 합가 형태가 있다고 하면서 예를 들어 설명하고 있는데[14] 이에 대해서는 물론 기독교에도 우리 민요의 합가 형태의 가창 방식을 가진 노래가 있기는 하나 대개 그것은 개신교보다는 가톨릭의 성무일도에서 사용되는 시편의 응답송과 더 밀접하게 연관된다고 볼 수 있다. 또 찬송가의 번역이 반드시 원문에 충실한 것은 아니었으며 우리 실정에 맞도록 조정된 경우가 많다는 점과의 관련성을 고려한다면 그것이 반드시 찬송가의 영향이라고 단정지을 수 없는 문제로 보인다.

세 번째 유형인 「농상공부쥬ᄉ최병헌독립가」는 제1에서 제5까지 각 절에 번호를 붙이고 후렴을 따로 둔 것으로 그 형식에서 찬송가의 영향이 뚜렷하게 나타난다.

춥깃분날하ᄂ님이
(일)
춥깃분날하ᄂ님이
나를그즌식삼ᄂ날

---

13) 조동일, 앞의 책, 265쪽.
14) 김병철, 앞의 책, 138쪽.

일노크게깃분소릭
텬하만민압희ᄒ네
후렴
깃분날깃분날
예수내쥐다셧신날
빌고혼방비ᄒᄂ법
예수붉히ᄀᄅ쳣네
깃분날깃분날
예수내쥐다셧신날

── 「찬미가」 제16장

(일)
유태국에나신구쥬
동포형뎨일앗ᄉ니
하ᄂ님의은혜시니
엇지아니감격ᄒ리
후렴
규셰주의탄일일셰
깃분날깃분날
쥬의영광빗쳤ᄉ니
일월보덤빗ᄂ도다
깃분날깃분날
구셰주의탄일일셰

── 「이화학당학생작 찬송가」(「찬미가」 부록)

(뎨일)
텬지만물챵죠후에

280

오쥬구역텬텅이라
아시아쥬동양즁에
대죠션국분명ᄒ다
(후렴)
독립긔쵸쟝구슐은
군민샹이뎨일이라
깃분날깃분날
대죠션국독립ᄒ날
깃분날깃분날
대죠션국독립ᄒ날

——「농샹공부쥬ᄉ 최병헌 독립가」
(《독립신문》 1896년 10월 31일자)

위의 세 노래를 보면 찬송가가 신에 대한 찬미의 노래인 반면, 독립가는 나라의 독립을 확인하고 칭송하는 노래라는 점에서 다르다. 그러나 그 내용의 논리적 전개 방식은 매우 유사하며 신의 권능이나 국가의 독립이라는 대의에 의해서 개인의 정체성을 확인하게 되는 과정이나 찬미하는 마음에서 갖게 되는 심정적 동질성 등은 크게 다르지 않다. 특히 후렴구에서 "깃분날깃분날"은 독립가가 찬송가 곡조에 맞추어 불렸다는 점을 감안할 때 거의 동일한 맥락으로 파악된다. 또 찬송가 곡종 맞추는 습관에 의해 자수율이 동일하며 행과 연의 구조 또한 찬송가 가사나 독립가가 그리 다르지 않다.

위의 세 유형을 통해서 알 수 있는 것은 애국·독립가류는 전통적인 시가 장르인 시조와는 다르게 행과 연의 구분이 되어 있다는 점이다. 그러나 애국·독립가류의 창가는 4·4조이긴 하지만 가사와는 다르게 그 분량에서 가사에 비해 현격히 짧은 길이로 대개 10연 내외로 되어 있다. 또 대부분의 애국·독립가류가 연과 연 사이에 한 행 정도의 간격을 두어 연 구분이 되고 있는데 이것은 모두 가창을 전제로 해서 각 연의 단위를 표시한 것으로, 길이가 짧다는 점과 더불어 노래로 불리는 데 중점을 두다 보니 악곡의 마디수와 맞추기 위한 분절이 생긴 것이다. 이처럼 찬송가와 「애국가」, 「독립가」가 상당한 유사점을 보이고 있는 것은 시대에 대입해 볼 때 애국·독립가류가 그보다 3~4년 앞선 찬송가의 영향을 받았으리라는 추측이 타당성을 지니게 된다.

그 외에 부곡(附曲)된 애국가 가운데 최초의 것은 1896년 음력 7월 25일 고종 황제 탄신일에 새문안교회 교인들이 부른 「황제탄신축가」로 그 내용은 다음과 같다.

> 1. 높으신 상주님 자비론 상주님 궁휼히 보소서
>   이 나라 이 땅을 지켜주옵시고 오 주여 이 나라 보우하소서
>
> 2. 우리의 대군주 폐하 만세 만만세 만세로다
>   복되신 오늘날 은혜를 내리사 만수무강케 하여주소서
>
> 3. 상주의 권능으로 우리의 대군주 폐하 등극하셨네
>   이 나라 이 땅은 영세불멸 하겠네 대군주 폐하여 만세로다
>
> 4. 상주님 은혜로 오 주여 이 나라 독립하였네
>   우리들 백성은 상하반상 구별없이 오 주여 상주님 기도하겠네
>
> 5. 홀로 한 분이신 만왕의 왕이여 찬미받으소서
>   상주님 경배하는 나라와 백성들 국태민안 부귀영화 틀림없이 받겠네[15]

---

15) 『새문안교회 70년사』(새문안교회 70년사 편찬위원회, 1958), 33~34쪽.

위의 작품은 1950년 발행된 『합동찬송가』 제468장의 곡조에 맞추어 불렀으며 그 가사에서는 영국 국가를 모방했다. 기독교인이면서 동시에 대한제국의 백성인 그들로서는 상주 – 하나님께 황제와 나라의 평안을 기원하는 노래를 부르는 것이 당연하다. 그런데 인용된 노래를 영국 국가와 비교해 보면 "God save our gracious King, Long live our noble King, God save the King, Send him victorious"로 되어 있는데 "God"은 "상주님", "King"은 "대군주 폐하", 혹은 "나라"로 번역하고 있으며, 대군주 폐하의 등극이 상주님의 권능 때문이라는 내용은 기독교적 세계관과 조선조의 유교적 세계관을 결합시키려는 시도이나, 이때의 상주가 영국 국가에서처럼 반드시 기독교적인 절대신인 "God"이 아니어도 의미의 전달에 손색이 없다. 오히려 상주라는 어휘 때문에 전통적 요소와 더 친근하게 느껴지며 토착화되고 있다. 또 상주의 은혜로 이 나라가 독립하였을 뿐만 아니라 상하와 반상의 구별이 없어졌다는 내용은 기독교라는 새로운 가치관을 통해서 기존 질서의 재편성을 열망하던 당시의 사회적 분위기와 시대적 요청을 엿볼 수 있다. 더불어 기독교적인 유일신 사상이 나타나는 "홀로 한 분이신 만왕의 왕"이라는 구절과, 이어지는 "국태민안 부귀영화 틀림없이 받겠네"라는 가사 내용은 기독교가 정착되는 과정에서 그 원래의 뜻이 민간 신앙에서 흔히 발견되는 구복적 성격으로 변형된 전형적인 모습으로 생각된다.

따라서 이런 애국가는 찬송가라는 서양적 요소의 적극적 영향을 받아 형식적인 측면에서 기존의 율격과는 전혀 다른 정형성을 지니게 된다. 그러나 그에 담긴 내용에는 민족적 정서가 다분히 들어 있으며 또 노래의 목적 역시 민족적 자부심과 정체성의 확인이라는 기능에 연결되어 있다. 또 기독교가 억압받는 자들을 해방시키고 낙원을 약속하기 때문에 당대적 현실과 긴밀히 결합할 수 있었고 그 영향력도 강할 수 있었다. 후대에 종교와 정치적 현실이 어느 정도 분리되어서도 기독교의 사회 참여적 성격은 상당 기간 지속되어 왔으므로 애국가류의 창가 역시 그러한 맥락에서 이해되어야 할 것이다.

2) 학교 창가와 찬송가의 관계

학교 창가란 개화기 창가의 한 유형으로 학교에서 가르치고 부르는 노래를 말한다. 학교 창가가 시작된 것은 근대식 학교가 세워진 19세기 말엽부터이며 주로 외국 선교사들이나 기독교인들에 의해 설립된 사립 학교에서 불렸고 정부에서 공식적으로 '창가'를 정규 수업 과목에 편입시킨 것은 『학부 창가집』을 마련한 1910년 5월의 일이다. 그런데 이 『학부 창가집』은 애국심을 고취시키는 내용의 '불량한 창가'를 가르치는 사립 학교들을 통제하기 위한 목적으로 일본의 지도, 감독 아래에서 정부가 편찬한 것이기 때문에 '학교 창가와 찬송가의 관계'라는 본 장의 논의와는 모순되는 성향을 지닌다. 따라서 여기에서는 주로 미션계 사립 학교에서 불린 창가를 중심으로 살펴보고자 한다.

1897년 배재학당의 학생들이 방학례식 때 부른 「무궁화노래」는 4·4조가 아니라 8·6·8·6의 가사에 6·4·8·6의 후렴구로 된 새로운 형태의 노래로, 이 창가는 서양의 노래인 「Auld Lang syne」에 맞추어 불렸으며 개화 행사의 자리에서 공식적으로 불렸다. 이 노래에 관한 기록을 찾아보면 1896년 11월 21일 독립문 정초식 거행 때 배재학당 학생들이 노래 부르는 순서를 맡게 되어 윤치호가 작사하고 교사 벙커(P. H. Bunker)가 연습을 시켰다고 한다.[16] 그러니까 4·4조가 아닌 창가는 이미 1896년 말엽부터 서양식 악곡에 따라 불렸음을 알 수 있다. 그런데 이 「무궁화노래」의 곡조인 「Auld Lang syne」은 교회에서 「성부여 의지 없어서」라는 찬송의 곡조로도 사용되었던 것이며 그 외에도 《협성회 회보》에(초기에는 배재학당에서 발간되었음.) 실린 이승만의 「고목가」 역시 찬송가 곡조에 의한 6·4, 6·4, 6·7, 6·4의 율조를 가진 것으로

---

16) 『배재 80년사』(배재학당, 1965), 186~187쪽.

《독립신문》에 수록된 애국가류와는 다른 양상을 보인다. 더구나 그 가사에서도, 아래와 같이 되어 있어서 가사의 율조와 세부적인 구절법에도 일치하고 있는 것으로 미루어보아 배재학당의 창가들은 교회의 문화권 내에서 지어진 작품들이라 할 수 있다.

「한복디 잇스니」	음절수	「고목가」
한복디 있스니 저 먼델세	- 3.3.1.3 -	슬프다 저나무 다 늙었네
거기서 성도들 낮빛같아	- 3.3.4 -	병들고 썩어서 반만셨네
구주를 높여서 기쁜노래 하기를	- 3.3.4.3 -	심악한 비바람 이리저리 급히쳐
영생한 구주를 영영 찬송	- 3.3.2.2 -	몃백년 큰남기 오늘 위태

그렇다면 찬송가의 영향을 받은 《독립신문》의 창가들이 찬송가보다 4·4조의 음수율에 의한 정형률을 훨씬 더 강화시킨 형태를 보여주는 것에 대한 의문이 제기된다. 그것은 《독립신문》에 수록된 창가의 작자들이 가사나 한시의 4·4조와는 다른, 노랫말의 내재적 자율성을 의식하지 못하고 단순히 자수율을 맞추어야 한다는 압박감 때문에 발생한 부정적 결과라고 할 수 있다. 같은 4·4조라도 창가의 4·4조는 악곡에 의해 노래되는 과정에서 발생한 것인 반면, 가사의 4·4조는 그것이 음송되었다 할지라도 그 감상 방식이 적극적인 음악 양식의 차원이라기보다는 눈으로 보고 즐기는 차원에 머물러 있기에 차이가 있다. 따라서 가사에 비해 창가는 그 음악적 특성이 훨씬 강조될 수밖에 없다. 그런데 《독립신문》이 창가를 수록하면서 가창되는 방식대로 수록하지 않았고 일부는 기자에 의해 윤색되거나 전체적인 의미만 비슷하도록 글자 수를 조정해서 수록되었다는 점 등으로 보아 아직까지 시(詩)와 가(歌)의 구분이 명확하지 않았다는 것과 《독립신문》의 정형률이 보다 엄격해진 것은 그것이 노랫말임을 무시했기 때문임을 알 수 있다.

1899년《독립신문》이 중간되고 1905년《대한매일신보》가 창간되기 전까지인 1900년부터 1905년까지의 신문에는 개화기 창가가 눈에 띄지 않는다. 이 시기에는 4·4조류의 창가가 아직도 불리고는 있었지만 개인적 차원이라기보다는 학교의 공식적인 창가로 자리를 잡기 시작했으며, 새로운 율조인 7·5, 8·5, 6·5조가 학교 창가에서 처음으로 나타났다는 사실을 주목할 필요가 있다.

　　한편 공옥소학교의 「행보가」는 6·6·6·5, 6·6·6·5 (후렴) 5·5·6·5으로 된 행진곡으로, 그 내용에서도 열강의 침략을 경계한다는 것이 주류를 이루고 있으며 이 학교의 「무궁화가」는 배재학당의 「무궁화가」와 거의 유사해서, 초기에는 서양인 선교사들이 설립한 미션계 스쿨이 서양 음악을 접하게 되었으며 그것이 점차 일반 학교에까지 확산됨으로써 그러한 서양 곡조가 보편화되기 시작한 것을 알 수 있다. 그 외에 정신여학교 「교가」는 1905년 제정되었는데, 이 작품도 4·4조에서 벗어난 형태이며 이화학당의 「교가」는 1904년에 작사된 것이 계속 불렸는데 그 가사는 일정한 율조가 없이 거의 자유시에 가까울 정도로 다양하다. 이처럼 창가는 찬송가와 학교 창가의 보급과 더불어 서양 악곡이 널리 확산되는 과정에서 어느 정도 시간이 흐르면서 4·4조의 엄격한 정형률로부터 탈피하게 되었다.

　　결국 초기 찬송가가 개화기 시가에 미친 영향은 우선 개신교의 찬송가는 신분의 고하와 남녀노소를 막론하고 모두 한 장소에 모여 노래할 수 있는 장을 마련해 주었기 때문에 그것이 빠르게 보급될 수 있었으며 여러 사람이 제창하기에 적합하도록 노래에 어려운 기교가 없이 멜로디에 중점을 두었기 때문에 쉽게 익힐 수 있었다. 더구나 기독교의 정착이 당시 우리 민족의 시련을 극복하고자 하는 주체적, 능동적 노력과 부합되었고 찬송가에는 애국적 요소와 한국적 특성이 나타나 있어 비록 곡조는 생소할지라도 많은 사람들이 기꺼이 불렀다는 사실 역시 간과할 수 없다. 따라서 찬송가와 창가는 율격적인 측면에서나 내용에서 서로 전통적인 것과 서양적인 요소 사이의 갈등과 경쟁 관계를 거치면서 발전해 간 것으로 보인다.

3) 육당(六堂)의 신시와 이미지의 확대

「해(海)에게서 소년(少年)에게」를 기점으로 한 최남선의 신시는 시어의 확대나 주제 의식의 변화, 형태적 측면에서 현대 자유시 형성의 단초를 마련하고 있다. 그의 신시는 전대의 정형시형에서 오는 단조로움을 극복하며 형태와 율격상 다양한 시도를 보여 준다. 이는 개화기 가사까지 존속되어 오던 가사와 민요 등의 전통 장르가 지닌 집단적인 객관화 성향과는 달리 서정시 특유의 주관성을 보여 주며, 또한 시어의 확대나 주제 의식에서 종래의 시가와는 다른 폭넓은 의식을 드러내 준다. 최남선의 중심 시어는 '소년', '바다', '산' 등의 강하고 생명력과 활력이 넘치는 것들로 표상되고 있는데 약하고 수동적일 수밖에 없었던 시대 상황 속에서 힘찬 생명력에 대한 강한 지향성을 보여 준다. 그의 시에 나타나는 중심 공간인 '바다'와 '산'은 크고 무한한 힘의 상징으로 낡은 것을 '때리고 부수고 무너뜨리는' 끝없이 새로운 것이며 만물을 생성케 하는 생명력을 상징하고 있다. 인물 층위에서 자주 사용되는 '소년'은 어리지만 새로운 사회를 형성할 수 있는 강대한 힘이 잠재되어 있는 소년이다. 소년이 지니고 있는 모든 인체가 힘과 신천지에의 꿈과 건강의 상징으로 등장한다.

어둠 속에 뜨는
눈 무쇠같은 다리
내 귀를 따린다 이 소래!
생명의 비를 내 마음에 퍼부어 주라,
한 손은 남(南)으로 내미러 필리핀 군도의 폭우를 막고
송고타 그의 얼골

우리의 가삼 속엔 검은 구름이 머물러 본 일 업고
우리 머리엔 엉킨 실 들안진일 잇지아니해
두 팔이 들먹들먹 가만히 잇슬순업다

위의 시에서 보이듯이 육당의 시에는 신체어가 많이 등장하는데, 힘
있게 뻗어 나가는 소년의 육체를 매개로 하여 희망과 어둠을 뚫고 나
가는 의지를 표출하고 있다. "눈", "이마", "얼골" 등의 신체상의 상방
적 공간을 설정해 광대무변의 의지와 희망을 노래하고, "두 팔"은 필리
핀 군도의 폭우를 막을 정도로 "나라"의 경계를 넘어 세계로 확장되고
있다. 또한 "두 팔이 들먹들먹 가만히 잇슬순업다"에서는 "들먹들먹"
이라는 의성어를 적절히 사용하여 강대한 힘과 에너지가 소년의 몸속
에서 끓어 넘치는 모습을 그려 낸다. 소년과 더불어 호응하는 어휘들은
"활개", "활동", "손뼉", "씨름", "달음질" 등의 운동성이 크고 호방함
을 나타내는 동작 어휘들이다.

독립 - 자주 - 특립(特立)
송굿? 화저(火箸)? 필통의 붓?
영광의 첨탑(尖塔)
피뢰침(避雷針)? 기(旗)ㅅ대? 전간목(電桿木)?
온갖 아름다운 용이 한데로 뭉치여된
조선 남아의 지정대항의 큰 팔쭉 천주(天柱)는 불어지고 지축(地軸)
은 썩거져도 까싹업다, 이 첨탑!

시 「태백산맥(太白山賊)」에서 "첨탑"은 민족을, "송곳", "화저", "필
통의 붓"은 조선남아의 "팔쭉"을 알레고리화한다. "칼날", "도끼", "갑
옷", "무쇠" 등의 단단한 금속성의 물질들을 육당은 즐겨 이미지화함
으로써 시 전체에 활기와 개혁의 의지를 팽팽하게 부여하고 있다.

최남선은 유년기에 기독교의 영향을 입었으며[17] 일본 유학 생활을 통해 서양 문명에의 강한 지식욕을 가지게 되었는데 이는 시에도 영향을 준다. 그의 시에서는 "주", "성전", "부활", "하느님", "찬송", "구세주", "하늘명령" 등의 기독교적인 어휘들이 희망이나 기원·가능성을 시사하는 긍정적 지표로 사용되고 있는 반면 "악마", "심판", "불세례" 등은 불의나 암흑·침묵 같은 부정적 이미지를 형성하여 이항대립의 요소를 나타낸다. 이것은 춘원이 시어에 기독교적 어휘를 수용하면서 "가시관", "쇠사슬", "죄악" 등의 부정적 이미지로 현세를 교화하는 데 쓰고 있는 것과는 대조적이다. 하지만, 육당의 시에서 불교·역사·전통적 이념에 기반을 둔 다양한 시어들이 검출되는 것을 생각해 볼 때 그의 기독교 수용은 지식욕의 동기가 되었을 뿐 그 사상의 기저에는 전통적인 사유가 더욱 뿌리 깊게 자리 잡고 있었음을 알 수 있다.

요컨대 최남선의 신시는 의성어·의태어의 사용, 다양한 율격적 변주, "소년", "바다", "산" 등의 생명력 넘치는 중심어, 견고한 금속성 이미지의 형상화로 우리 시의 폭을 크고 호방하게 확대시켰으며 다양한 측면에서 현대 자유시 형성에 큰 계기를 마련하고 있다.

4 여성 시가의 변모와 구성 유형

1) 사회 변동과 여성관의 변화

개화기에 접어들면서 밀어닥친 신사상의 유입과 시대적 격변의 소용돌이는 오랫동안 견고하게 유지되어 온 유교적 가부장제 속에서 온갖 제한과 폐쇄의 굴레를 뒤집어쓰고 살아왔던 여성의 인식에 대전환을 가져왔다. 조선 사회는 유학의 음양 사상에 근거하여 남존여비의 질

---

17) 홍일식, 『육당 연구』(일신사, 1959), 9쪽.

서를 인간으로는 어쩔 수 없는 하늘의 도리로 해석하였고, 삼종지도, 칠거지악, 남녀칠세부동석 등의 규범을 만들어 내어 여성에게 순종과 정조, 인내와 미덕을 강요하는 철저한 불평등에 기초한 사회였다. 이러한 인식에 전환을 가져온 계기로는 봉건제에서 근대로 이행해 가는 과도기적 성격, 외세의 침입 등의 혼란한 시대 상황, 서학과 동학 등의 새로운 사상의 수용, 《독립신문》, 《대한매일신보》, 《여자계》, 《여자시론》, 《가정잡지》, 《부녀지광》 등의 언론의 역할, 신교육의 보급 등이 있다. 이들이 복합적으로 작용하여 천부인권에 기초한 남녀평등의 사회적 분위기를 형성해 낸 것이다.

1894년 4월 고종은 전국에 사민평등의 교지를 내려 남녀 인권의 평등을 선포하였고 그해 6월 갑오경장 개혁령에서는 자유·평등·민권 사상에 기초하여 조혼 금지, 과부의 재가를 공표했다. 이는 여성들을 하나의 독립적 인간성을 지닌 개체로 인정하기 시작했다는 것으로 여성계에 획기적인 전기를 마련하였다. 개화기는 일본 제국주의의 침략과 국권의 상실이라는 암흑기였으며 봉건제가 해체되고 근대 사회로 넘어가는 과도기적 성격을 띠었다. 이러한 절박한 현실 속에서 여성도 더 이상 규방에서 머물러 있을 수만은 없었고 외재적으로 새로운 의식과 활동이 요구되는 시기이기도 하였다. 이 땅에 유교적 질서를 해체하고 새로운 사상으로 등장한 것이 서학과 동학이었다.

서학, 즉 천주교 신도들은 주로 정권에서 소외된 남인과 지배 계급에 억눌려 온 중간 계층 및 부녀자들이었다. 특히 여성의 경우 전통적인 규범과 질서의 굴레를 벗어 버리고 죽음까지도 두려워하지 않는 용기를 나타내었다. 천주교의 '천주는 인류 공동의 부모이며 만인은 모두 피조물이요, 한 형제이며, 천주교의 유일신을 믿으면 누구나 천국에 갈 수 있다'는 내세관은 인간의 평등주의를 의식하게 했고, '천국에는 양반·상민·남녀의 차별이 없다는 교리'에 따라 여성에 대한 새로운 인식 변화가 나타났다. 또한 천주교에서는 여자의 순결과 정조를 중요시

290

함과 동시에 남자의 순결을 요구하는데 이는 여성에게 있어 오래 압박이었던 처첩 관계의 해방을 의미하는 것[18]이었고 일부일처제가 가장 바람직한 남녀 간의 결합임을 강조하고 있다.

한편 자생적 요소가 강한 동학의 인내천 사상은 '인즉천(人卽天)이며 천즉인(天卽人)이니 인외(人外)에 별로 천(天)이 없고 천외(天外)에 인(人)이 없다'라 하여 유교 질서 안에서 억압받고 하대되었던 여성과 평민, 어린이에게도 인시천(人是天)으로서의 인격이 있음을 일깨우고 있다. 또한 부부관계의 화순(和順)함을 도(道)의 제일 종지(宗旨)로 여겨서 남성들이 여성을 대할 때 억압과 강요가 아닌 인간적인 대우와 인격적인 존중을 하라고 가르치고 있다.[19]「내수문(內修文)」이라는 부녀자를 위한 경전을 만들어 자아를 상실해 왔던 여성에게 자아 정체감을 형성케 하고 만민평등의 교리를 전파하기도 하였다.

1896년 창간된《독립신문》은 천부인권설을 토대로 여성의 권리 의식을 고취시키려 하였다. 여성을 새로운 근대 사회의 시민으로 육성하는 데 중점을 두고 남녀 동등권, 사랑과 공경, 신의에 바탕을 둔 부부관계의 정립, 청상과부의 개가 허락, 축첩의 폐지, 여성의 적극적인 사회 활동, 구국의 동반자로서의 여성의 역할 인식 등을 강조하였다. 개화기 여성 잡지로는《여자계》,《여자시론》,《가정잡지》,《신여자》,《신가정》,《부녀지광》,《활부녀》,《신녀세계》,《신가정》,《근우》등이 있었으며, 이들 잡지들은 변화되는 시대 상황 속에서 여성의 역할, 가정의 위상에 대해 논의하였다. 그리고 문예란이나 비평에 자발적으로 작품

---

18) 『한국 여성사』(이화여대 출판부, 1978).

19) "내외가 화지 못하고 타인을 화하고자 하는 것은 자기 집에 불난 것을 끄지 않고 타인의 불을 끄는 자와 같으니라. 그러므로 부인을 화하지 못하면 비록 날로 삼생(三牲)의 용으로써 천주를 위한다 할지라도 반드시 감응할 바 없으리라. 부인이 혹 부명(夫命)을 좇지 아니하거든 정성을 다하여 배(拜)하라, 온언순사(溫言順辭)로써 일배이배(一拜二拜)하면 비록 도적(盜賊)의 악(惡)이라도 감화가 되느니라." 손인주, 「천주교 창건사」, 『한국 여성 교육사』(연세대 출판부, 1977).

을 응모하는 여성이 많았을 정도로 여성들의 실질적인 개화와 여권 신장에 도움을 주었다.

《매일신보》에는 규칙적으로 「현대(現代)의 모범 여사(女史)」라는 기사를 다루고 있는데, 이는 그 시대의 모범적인 여성상을 제시하고 있어 주목할 만하다.

경성의 부인 샤회에 유명한 윤고려 녀소는 김윤정씨의 령낭으로 다년 미국에 유학ᄒ야 문명흔 공리에 호흡ᄒ다가 귀조흔 후 윤치오씨와 백년의 언약을 매짐은 샤회 인샤의 긔억ᄒ는 바이라 다시 논논홀 필요가 업스나, 그 녀사의 온슉한 덩성과 총명흔 직질은 다만 가뎡의 어진 안히와 착흔 모친됨에만 만족케 역이지안코, 향상 녀ᄌ 사회에 활동ᄒ는 용감한 긔상이 잇서 현직 녀학교 교장의 임무를 씌고 잇는 바, (중략)
　　　　　—「현대의 모범 여사」(《매일신보》1913년 4월16일자)

여기에서는 가정에서의 수동적이고 보조적인 역할에만 머물지 않고 신학문을 보급하고 학교를 세우고 사회 활동에 심혈을 기울인 사람들을 모범적인 여성상으로 평가하고 있다. 또한 각 여학교의 우등 졸업생의 소개도 고정적으로 이루어지고 있다. 여기에서도 현숙함보다는 지적인 능력과 사회 활동을 중요하게 언급하고 있다. 이러한 다양한 내적 외적 조건들이 어울려서 개화기 여성 의식의 변모와 각성을 가져왔다. 오랜 가부장제 구조의 억압 속에서 고통을 당해 왔던 여성들은 비로소 자아를 성찰하고 자신의 존재와 지위·능력을 외부로 확산시키는 가능성을 체험하였다.

2) 개화기 여성 시가의 유형 및 기법

개화기 여성 문학은 황진이, 허난설헌, 이옥봉, 매창, 운초 등을 중심으로 이어져 온 조선 시대의 사상(思想) 문학과 1920년대 탄실 김명순,

일엽 김원주, 창월 나혜석으로 시작되는 근대 여성 문학 사이의 과도기적 성격을 지닌다. 따라서 이 시대에는 지속과 변모의 두 양상이 혼재되어 있다. 전대의 문학은 달, 등불, 기러기, 꿈, 창, 비 등의 이미지를 활용하여 상실감과 그리움이 복합된 상사의 정서를 주로 노래하였다. 이 시기 문학의 주 계층은 기녀들이었는데, 기녀는 가부장제와 신분제 양편에 의해 어떤 계층보다도 소외된 존재이면서 또한 여성에게 주어진 고정된 삶의 틀을 거부하고자 했던 신분이었으나, 체제에의 항거 의식보다는 주로 임에 대한 그리움을 주제로 하였다. 또한 허난설헌이나 이옥봉은 꿈과 몽상을 통해서 규방에 갇힌 여성의 원한(怨恨)을 해소하려 하였는데 이는 윤리와 규범의 높은 담을 뛰어넘을 수 없었던 의식의 한계를 보여 준다.[20]

개화기 여성 시가의 제양상은 작자층과 시 세계의 차별성에 따라 크게 세 가지로 구분될 수 있다. 첫 번째는 송설당[21], 의성 김씨 부인 등 부녀자 계층을 중심으로 전개되는 규방가사이며 두 번째는 옥엽, 채란, 김강진, 신영월, 김보하 등 광무대 기생들의 봉축과 풍류의 시들이고 세 번째는 신학문의 적극적인 수용자이며 실천자였던 여생도들의 노래이다. 규방가사와 기생의 시편들은 모두 전대 문학의 창조적인 계승과 지속의 측면이 강하며 여생도들의 노래는 기독교 사상과 찬송가의 보급이라는 서양적 요소의 수용의 측면이 짙다. 이러한 지속과 변이의 두

---

20) 이병주, 「여류의 한시 문학」, 『한국 한시(漢詩)의 이해』(민음사, 1987).
   신은경, 「조선조 여성 텍스트의 페미니즘적 조명 — 기녀 언술을 중심으로」, 『페미니즘과 문학비평』(고려원, 1994).

21) 최송설당은 다른 규방가사의 작가들이 이름이나 신분이 알려지지 않은 것에 비해 그 행적이 구체적으로 드러나 있으며 『송설당집』이라는 노래집을 출간하기도 했다. 그는 영친왕의 보모였으며 고종으로부터 송설당이라는 호를 하사받았고 사회 활동, 신교육의 보급, 학교 설립 등에 힘썼다고 전한다. 한시가 40여 편, 가사가 50편 정도 전한다. 허철회, 「최송설당의 시가 연구」, 《한국 문학 연구》 15집(동국대 한국문화연구소, 1991).

측면은 전통적 형식과 새로운 사상(내용)으로 하나의 작품 안에서 갈
등을 나타내기도 한다.

① 규방가사

규방가사는 18세기 후반에 자리 잡기 시작해서 19세기 동안에 급격
하게 성장한 갈래이다. 1930년대까지 지속적으로 창작되어 작품 수는
수천 편에 이른다. 1860년대 이후 급격한 사회 변화와 함께 더욱 활발
하게 창작되었는데,[22] 이는 가사가 지닌 교술적 성격과 관련이 있다.
사회 변동이 심한 시기에 자아가 충돌하는 혼란과 경세관(經世觀)을 담
아내기 위해서는 교술성이 필요했기 때문에 더욱 활발하게 창작되고
전파되었다. 전대의 규방가사의 경우에는 철저하게 수동적인 안의 존
재로 머물며, 계녀교훈가(戒女敎訓歌)가 주로 창작되었고,[23] 정절과 삼
종지도의 이데올로기를 적극적으로 내화하는 모습을 보여 준다. 이 시
기의 주된 작자층은 유교적인 소양을 지닌 양반 계급의 부녀자들로서
언어가 우아하며 어려운 한자 고사성어를 주로 사용하였다. 사친(事親)
이나 풍류, 규원(閨怨)을 노래하는 경우에는 완곡한 표현 방식과 간접
적인 서술로 감정을 우회적으로 표현하였고 강한 자기 억제를 보여 주
었다.[24] 문체면에서는 한문고사나 한시구를 주로 사용하였고 여훈이나
여사서 등의 문장 차용이 많아서 난삽한 느낌을 주기도 한다.

그러나 조선 후기의 급박한 시대 변화와 개화기에 접어들면서 여성
들은 자신의 현실을 자각하고 억압된 상황을 호소하는 적극적 태도를
통해 다양한 자아 발견의 양상을 나타내기 시작한다. 이는 유교적 도
덕률에서 벗어나고자 하는 개화·평등 사상이 남성에게만 국한된 것이
아니라 여성에게도 확대·심화되었음을 보여 준다. 이들이 전통 윤리

---

22) 조동일, 앞의 책.
23) 권영철, 『규방가사 연구』(이우출판사, 1980) 30쪽.
24) 박효순, 『한국 시가의 신조명』(탐구당, 1984).

관에 대한 비판을 통해서 궁극적으로 도달하고자 했던 이상 세계는 만민평등의 세계이다. 평등과 인간 존엄성의 자각은 민족사의 현실 비판으로 발전된다. 새로운 외국 문물과 문화에 대한 선망과 배척이라는 이율배반적인 갈등 속에서 남성들의 작품에서는 볼 수 없는 구체적 직접적인 생활 체험을 바탕으로 국권 상실의 비통함을 형상화하고 있다.

　　오빅연 서한정치 여성의기 엇지횟노
　　남녀칠셰 부동셕의 십칠팔세 되고보면
　　시집스리 감옥안의 남존여비 못된 풍속
　　남자는 자유되고 여자는 노예로서
　　일생을 다하도록 인형 생활 출입없다
　　슘종지예 철망 속의 칠거지악 밥을 먹고
　　현모양처 이불 속의 독슈공방 꿈을 꿨다

　　　　　　　　　　　　　　　　　　　　——「빅의쳔亽」

　「빅의쳔亽」는 전통적 윤리 규범의 부조리를 인식하고 강경하게 비판하고 있다. 이러한 부조리성이 결국은 시대적 혼란을 가져왔다는 전제 아래 굴종으로 일관된 여성의 삶을 노예의 삶으로 아프게 인식하면서 남녀평등에의 염원을 표출한다. 현모양처, 칠거지악 등의 제도적 장치가 남성과 여성 사이의 진정한 사랑과 교감의 기회를 빼앗아갔으며 시집살이와 남존여비의 못된 풍속이 여자를 얼마나 억압하고 수동적 존재로 만들어 왔는지를 직설적으로 표현하여 개화기 부녀자들의 자각과 기존 가치관의 충격을 명백하게 보여 주고 있는 작품이다.

　　만국형편 발달하네 개명천지 노느락고
　　그로그로 그른 거슬 중놈을 아난거시
　　아난내 삽삽하지 여필종부 하압기로

내 역시 개명하오 의상은 흑색이요
공부는 신학서로 신학서에 이른 말이
남녀동권 질징하니 반가울샤 그말이야
(중략)
부모가 씌히시고 백씨가 씌히신들
듯난자식 허무하지 개명발달 한다면서
나에사정 모르실가 알면서 안오시니
무삼곡절 알수없오 아마도 안동읍은
색향으로 일렀더니 화류계에 정을부처
가무에 혼착한가 만약에 그러하면
안동읍 구재판에 작정대로 하오리다
재판을 안이하면 개며나리 되오리다.

— 「상장가」

　「상장가」는 "남녀동권 질징하니 반가울샤 그말이야"라는 구절에서
보이듯이 신학서를 공부하면서 남녀평등을 깨우쳐 가는 여성의 자각을
보여 준다. 남성의 무능과 폭력성을 비난하면서도 어쩔 수 없이 남편을
기다리는 모습은 이율배반적인 태도이다. 기다림에 지친 아내는 남편
이 화류계에 빠지지나 않을까 걱정하면서 그럴 경우에는 재판에 붙이겠
다고 다짐하고 실행치 않을 경우에는 "개며느리"가 되겠다고 직설적으
로 표현한다. 이전의 여성들이 남편의 외도를 인내와 순종으로 받아들
이던 것과는 달리 적극적인 여성상이 나타나 있다. 이 가사는 문체에서
도 변이의 측면을 보여 준다. 이전의 양반층의 규방가사에서는 한문 고
사나 여훈, 여사서 등의 문장 차용이 많아 난삽하고 남성들이 쓰는 언술
을 그대로 모방하려는 성향을 보여 주었다. 하지만 이 시기에 이르러서
는 오늘날의 작품에서와 같이 구어적 표현이나 직설적인 표현, 여성의
생활 세계와 감정이 진솔하게 표현되는 여성적 언술이 조금씩 나타나기

시작한다. 그리고 개화와 서양 문물의 수용으로 규방가사에서도 새로운 문물어가 많이 등장하는데 예를 들면 "지차, 경부선, 철교, 차창, 서간도, 동물원, 관광, 박물관, 고등학교, 자동차, 전차, 구두" 등이 있다.

반도강산 우리동포 나의한말 들어보서
영미법덕 져 나라는 남녀간이 동등하야
남녀교육 차별업셔 한가지로 발달씨켜
남자가 졸업하면 여자도 졸업하야
지식이 동등되니 마암인들 틀릴소냐
그름으로 서양인은 부부를 정할찌에
남자연녕 삼십이요 여자연녕 이십이라
외인은 상관업고 자긔서로 연합하야
마암지식 서로안후 서신으로 상통하야
둘이인연 상합하면 약혼을 하온후의
부모님께 승낙받아 혼인을 정히놋코
친구의계 청첩하야 구름갓치 모여드러
사문의난 송순이요 좌우의난 화초로다
이와갓치 조혼예식 두 번보기 어렵도다……

—「경계가」

「경계가」는 형식상으로는 이전의 계녀 교훈가의 전통을 따르고 있지만 내용상으로는 파격적인 변모를 보여 주고 있다. 신학문의 영향력이 부녀자들의 의식에 얼마나 큰 파급 효과를 지니고 있었는지를 알 수 있다. 이 작품에 나타난 신사상은 첫째, 부부의 동등한 관계와 화합이 이루어져야 세상이 온전해질 수 있고, 둘째, 영미의 나라들을 예로 들어서 남녀 교육의 차별이 철폐되어야 지식이 동등하고 마음이 화합될 수 있다는 것, 셋째, 부부를 정할 때에 둘이 마음이 맞아야 혼인이

성립한다는 진보적인 결혼관의 표출이며, 네 번째로는 조혼 예식이 금지되어야 한다는 것이다.

이러한 남녀평등을 노래한 가사 외에도 구국의 노래, 신구 세대의 갈등을 노래한 가사들이 있다. 전통적 윤리와 생활 방식을 계승해 온 작자가 새로운 시대 조류에 대처하는 방식은 계층·교육 수준에 따라 조금씩 차별성을 지닌다. 안동에 거주하는 의성 김씨 부인이 독립 운동을 하는 남편을 따라 만주로 가면서 지은 노래인 「눈물 뿌려 이별사」[25]는 조선 개국으로부터 망국에 이르기까지의 과정을 객관적으로 묘사하면서 조국을 버리고 이국땅을 찾아 길을 떠나야 하는 회한과 비참한 현실 속에서 자위의 길을 모색해 보려는 노력이 잘 나타나 있다. 이 가사는 앞에서 서술한 작품들과는 달리 중국의 고사나 한자가 많이 사용되고 있는데, 남성적 언술을 따르고자 하는 성향을 나타내고 있다. 국권 상실이라는 수난의 와중에서 항일의 의지와 시대 비판을 예리하게 드러내면서도 가문에 대한 집착, 여필종부의 사고를 그대로 수용하고 있어 양반 계급 부녀자의 의식의 한계를 보여 준다.

---

25) 박효순, 앞의 책, 302～305쪽.
　(전략)
　千萬年을 祝壽하여 無量될 줄 알았더니
　運手가 다하민가 國運이 盡하민가
　國運바다 삼겨나셔 古舅之間 척이도여
　切嗟腐心 亡兆로다 恩義戀情 긋대부터
　國破亡國 시작하여 國家부틈 病이드니
　백성들이 무사할가 (중략)
　入門時 먹은 마음 不遷位 祠堂압히
　八寸之義 매즈두고 歲歲年年 즐기다가
　萬世候 離別하고 紅銘旗 압세우고
　祖上님게 뒤를 싸라 子孫충슈 하즈더니
　千萬里 離別이야

298

세상사 살펴보니 시대와 풍조가
변천하야 옛과 지금 다르도다
어떠한 여자들은 고등학교 출신하야
양머리 꽉꽉구두 보석반지 금시계로
썍하는 작동차와 달달하는 전차로서
동서남북 왕래하고 사회상에 출입하여
남녀평등 오늘시대 훌륭한 여자로되
슬프다 우리어찌 산간벽지 생존하야
산정지쁠 부엌에서 방아찟고 물여다가
음식공지 직분이요 엄동설한 찬바람에
빨래하시 고생이요 장장한일 더운날에
농사바라지 원수로다……

　　　　　　　　　　　　　　　　　─「화전가」

　이 가사는 도시 신여성의 생활상과 농촌의 여성을 대조함으로써 남
녀평등이 일부 계층에만 국한되어 있음을 한탄하고 있다. 풍자적 수법
을 적극적으로 활용해 도시 신여성들의 모습을 희화화하고 자동차와
전차의 신기한 모습을 의성어의 적절한 사용으로 잘 나타내고 있다. 농
촌 여성들에게도 개화 사상과 만민평등에의 의지가 확산되어 있음을
보여 주지만 현실과 이상의 간극이 컸음을 또한 확인시켜 준다.

　② 기녀(妓女)들의 노래
　조선조의 황진이, 매창, 운초 등이 여성 문학의 주작자층을 형성했던
것과 동일하게 개화기의 옥엽, 채란, 김강진, 신영월, 김보하 등도 꾸준
히 기녀 문학의 연맥을 이어 나간다. 이들은 주로 광무대 기생들로서
현상제로 《매일신보》나 《대한매일신보》에 시들을 응모하였다. 장르는
잡가·한시·가사 등으로 다양하며, 시 세계는 주로 신문 봉축이나 풍

류지정을 노래하고 있다. 당시의 사회가 여전히 일반 여성들에게는 덜 개방되어 있었기 때문에 상대적으로 여류 기생층의 활발한 활동이 지속되고 있다. 개화기의 혼란한 시대 상황과 국권 상실에 대한 비판은 보이지 않는다. 봉축의 노래로는 다음과 같은 것이 있다.

작품평	발표지와 일시	작자	주요 내용 및 장르
자창 산념불	《매일신보》 1913년 2월 28일자	오옥엽	'광무대 구경이 참됴와요'를 앞머리운으로 '축 매일신보'를 꼬리운으로 하여 쓴 민요. 광무대의 봄 풍경의 융창함을 배경으로 《매일신보》가 매양 장천에 늙지 말고 일취월장할 것을 기원하는 노래.
산념불	《매일신보》 1913년 1월 1일자	채란	눈오는 날을 배경으로 눈발이 날리듯 백천만장의 신문이 나오고 공정한 보필로 면면촌촌에 바른 소식을 전할 것을 합수하는 노래. 장르는 민요이며 "뉘나누 나요 난이 난실네야/ 늘뉘리 늘뉘리 늘뉘리야"의 후렴구가 반복됨.
만세가	《매일신보》 1913년 3월 27일자	봉난, 산옥, 옥엽	밝은 길로 인도하고 큰 빛으로 비추어 주는 신문을 봉축하는 노래. 장르는 잡가.
《매일신보》를 봉축함	《매일신보》 1913년 3월 8일자	김보하 (기명; 계향)	세세년년 신문의 무강을 바라는 노래. 잡가.
《매일신보》를 축하함	《매일신보》 1913년 3월 26일자	신영월	햇빛같이 명료하고 번개같이 민첩한 보도를 칭송하는 노래. 창가.

전대의 풍류지정을 계승한 작품으로는 김강진의 「강구연월」(《매일신보》1913년 2월 2일자)이 있다. 이 노래는 가사로서 여느 남성 가객들과 다를 바 없는 풍류를 노래하고 있다. 봄 여름 가을 겨울의 풍광을 서술하고 세월의 무상함을 한탄하면서 강구연월(康衢煙月)한 이 시대에 쾌활하게 놀아 보자고 이야기하고 있다.

(전략)
쟝한의 츄풍불면 강동싱각 뉘금하리
쥬양싱쥬ㅎ고보면 구쳐할길바이없다
네의싱 이 길고긴들 년광이야 잡어미랴
벗님불러 마조안자 월하작쥬 하야볽가
고쥬사립뎌어웅은 독죠한강 무슴일가
일평싱의 뎌지긔우ㄴ 강상빅구 쑨이로다
희돗으면 활동ㅎ고 희가지면 안식ㅎ니
우리복력제일이라 뉘힘으로 이러한가
취흥겨워노릭ㅎ니 격양가가 싸로잇나
강구연월 이 시듸의 쾌활ㅎ게 노라보세

　　　　　　　　　　　　　　　　　　—「강구연월」

ㅈ명죵아 말물어보쟈
오지ㄴ 안쿠서 왜 가기만 하느냐
어이구지구홍 청화로구나 홍
죵아 너는 어이 가기만 ㅎ느냐
가는길 쉬구셔 도로 좀 오려무나
어이구지구홍 말 물어보자 홍
너가는줄 내아조 몰랏더니
이희가 다가고 싁철이 왓구나

어이구지구홍 나는다좋다홍

──「자명종」

　잡가인「자명종」은 광무대 기생 옥엽의 작품으로《매일신보》1913년 1월 15일자에 실려 있다. "어이구지구홍……홍"의 여음을 사용하고 있으며 자명종을 의인화하여 세월을 빨리 데리고 감을 질책하는 노래이다. 세월의 무상함, 오지는 않고 바삐 가 버리기만 하는 시간의 무정함을 탓하면서도 시간의 흐름과는 상관없이 풍류를 즐기겠다는 삶에 대한 낙관적인 태도가 엿보인다. 오옥엽은 사물을 의인화하고 자신의 감정을 투영해 내는 안목과 언어 구사력이 뛰어나 개화기를 대표하는 중요한 여성시인이라 할 수 있다.

　이들 기녀들의 시는 한껏 난숙했던 조선조 기녀 문학과 허난설헌, 이옥봉 등의 여류 한시의 서정적 전통에 닿아 있지만, 과도기의 혼란스러운 정세에 대한 아무런 인식이나 비판적 성향을 보여 주지 못했다는 점에서 전대의 여성 시인들이 지니고 있던 인식의 한계에 머물러 있으며 미학적 차원에서는 오히려 퇴행성을 보여 준다고 평가할 수 있다.

　③ 여학생도(女學生徒)의 애국가

　신교육의 적극적인 수용자이며 실천자였던 여학생들은 애국과 여권 신장을 구체적이고 직접적으로 표현하고 계도하려는 일련의 시가들을 발표했다. 이 시들은 근대 사회를 확립하고 국권 상실의 위기를 타개하기 위해서 여성도 남성과 동등한 위치에서 사회적 활동을 전개해야 함을 강조하고 있다.

학도야 학도야 이국학교 학도들아
녯일을 싱각하고 니두를 삷혀보세
ᄌ녀를 양육ᄒ고 가즁범ᄉ 살필 찍에

학식이 전무하여 방법을 몰랏구나
독립을 회복후 자유궐리 보전함은
우리들 엇기위에 답척이 즁ㅎ도다
틱극긔 팔괘쟝 대한뎨국 놉흔일흠
동서양륙대주에 번스시 날녀보세
금갓흔시간을 잠시라도 허송말고
독실히 공부하여 셩은을 갑파보세
동반구 대한국이 천만명 동포즁에
남ㅈ만 교육하고 녀자는 압박힛네
츙군샹 이국가 효친사상 일심으로
남녀가 합력ㅎ여 학문을 힘뼈보셰
젼습을 고치고 시졍신을 분발ㅎ여
농공샹 실디업을 각각히 힘뼈보셰
(후략)

—「평양이국녀학도의 학도가」

위 작품은 《제국신문》 1906년 7월 9일자 잡조란에 발표된 것이다.
이 노래는 남녀 평등 사상을 바탕으로 여성도 남성과 같이 독실히 공
부하여서 독립을 회복하고 자유 권리를 보전하며 태평안락의 상등국
을 만들어 보자는 생각을 담아내고 있다. 전래 관습에 대한 강한 비판
과 농공상과 같은 실제 업을 힘쓰자는 등 직업에 대한 새로운 가치 평
가가 들어 있다. 지금까지 천시되었던 농공상이 부국한 태평안락의 세
계를 건설하는 데 실질적인 기초가 된다는 인식을 하고 여성도 그러한
직업의 주체로 힘써야 함을 강조하는 등은 진취적인 근대 의식을 보여
준다.
그 외의 「여학도 애국가 ── 혈쥭가 10절」(《뎨국신문》 1906년 8월 13일
자)은 서문에서 예수 그리스도의 십자가 보혈과 민충정공의 순절을 동

일선상에 놓고 비교하면서 이제는 썩고 음란한 노래를 부르지 말고 충절의 노래를 부르겠다고 다짐하고 있다.[26] 「혈죽가」의 내용은 피 묻은 대나무를 통해 민충정공의 갈충보국의 정신을 기리며 10여 세를 헛되이 살아온 자신들의 삶을 되돌아보며 비록 여성이라도 그의 마음을 따르지 않겠느냐고 반문하고 있다. 1906년 6월 5일자《대한매일신보》에 실린 평양 여생도의 「애조가(哀弔歌)」는 지진으로 재난을 당한 상항(桑港)의 동포들을 구호해야 한다는 내용이다.

이들 여생도들의 시는 서양적 사상의 내용에 찬송가와 영향 관계가 있는 창가와 가사의 형태로 창작되었는데, 근대적 의식을 적극적으로 개진하고 있으나 문체에 있어서는 당시 남성 작가층의 것과 동일하다. 개화 사상의 보급과 경세에 주안점을 두었기 때문에 거칠고 메마르고 강건한 남성적 언술을 차용해서 쓰고 있으며 여성적 문체의 발견에까지 이르지는 못하였다.

5 맺음말

이상에서 개화기 시가를 이루는 가사와 창가, 찬송가, 신시 등의 주제 의식과 표현 양식 및 상관 관계, 여성 시가의 변모와 구성 유형 등을 서양 문화 수용과 전통성의 요소를 중심으로 고찰해 보았다.

《독립신문》을 주 매체로 한 초기의 개화기 시가는 "자주 독립"과

---

26) "경계자 예수 그리스도는 십자가에 보비로운 피를 흘녀 우리의 죄를 디신하셧고 계명 민츙졍공은 익국셩 더운 피로 우리 두뢰에 부엇ᄂ딕 홈을며 칼과 옷을 두엇던 방에서 네 쩔기참딕가 소소나셔 만셰에 쳥쳥불기 ᄒ깃스니 우리도 녯젹의 썩어지고 음란ᄒ 노릭난 불으지말기 위ᄒ야 혈죽가 십졀을 지여 보ᄂ오니 귀신문에 노릭를 불녀 츙졀의 만일이라도 효측케 하시믈 바라오."《뎨국신문》, 1906년 8월 13일자, 잡보란 중에서.

304

"애국", "충성" 등의 시어를 주로 사용하고 있는데, 나라를 사랑하고 자기 직분에 충실, 문명 개화와 교육의 필요성을 강조한 주제 의식을 전개하여 천부 인권과 평등 사상에 기초한 근대 의식의 형성에 큰 공헌을 하였다. 또한 "도다", "하고" 등의 상승적인 어조와 감탄형 종결 어미가 사용되어 낙관적 태도를 바탕으로 단결과 단합을 일깨우고 있다. 그러나 봉건적 요소와 근대 민주주의적 요소가 혼용되어 나타난다는 점에서 의식의 한계를 보여 준다. 개화에 절대적 가치를 부여하여 지식인 계급의 역할을 강조하고 독립에 대한 지나친 낙관적 기대에 의존하고 있어서 현실 그 자체에 대한 냉철한 비판 의식은 부족한 편이다.

《대한매일신보》는 1904년 7월 18일부터 1910년 8월 28일까지 발행한 신문으로 적극적인 항일 노선을 견지하고 있었다. 《대한매일신보》 가사는 풍자를 통해 당시 일부 집권층의 매국 행위와 개화기 지식인의 외세 의존적인 허명 개화를 비판하면서 민족 주체성에 기초한 근대적 민족주의를 재정립하고자 하였다. 또한 동식물의 모티프를 이용해서 대상의 부정적 속성을 빗대어 쓴 풍자의 수법은 민요와의 상호 작용의 결과라 생각된다. 《대한매일신보》 가사의 주제 의식은 우리 사회의 구조적 비리와 일제 침략 때문에 빚어지는 갖가지 병폐를 드러내며 항일의 투지를 강하게 드러내고 있어 민족 수난에 대처하는 주체적인 근대 문학의 좋은 본보기가 된다고 할 수 있다.

개화기 시가에 가장 뚜렷한 영향을 미친 것은 찬송가라고 할 수 있는데 서양 기독교 찬송가의 영향을 정리해 보면 다음과 같다. 애국·독립가와 찬송가의 구체적인 대조 분석에 의하면 칭송하는 대상이 다르긴 하나 그 내용의 논리적 전개 방식이 매우 유사하며 신의 권능이나 국가의 독립이라는 대의에 의해서 개인의 정체성을 확인하게 되는 과정, 찬미하는 마음에서의 심정적 동질성 등은 크게 다르지 않다. 또한 행과 연의 구조나 후렴구의 기능이 동일한 맥락으로 파악된다. 애국·독립가류의 창가는 4·4조와 10연 내외의 길이를 지니며 연과 연 사이에 한 행

정도의 간격을 두어 연 구분이 되어 있는데 이는 가창(歌唱)을 전제로 해서 각 연의 단위를 표시한 것으로 노래로 불리는 데 중점을 두다 보니 악곡의 마디수와 맞추기 위한 분절이 생겨난 것이다.

이러한 애국·독립가는 찬송가의 영향으로 형식적인 측면에서는 기존의 율격과는 다른 정형성을 띠고 있지만 그 내용에는 민족적 정서가 짙게 나타나며 노래의 목적 역시 민족적 자부심과 정체성의 확인에 있다. 또 기독교가 억압받는 자들을 해방시키고 낙원을 약속하기 때문에 당시의 우리 민족의 시련을 극복하고자 하는 주체적, 능동적 지향성과 잘 맞아서 그 파급력도 강할 수 있었다.

「해에게서 소년에게」를 기점으로 한 육당의 신시는 이전의 전통 시가에서 볼 수 없었던 새로운 형식의 시도와 내용의 변화를 보여 주는데, 형식에서 구어체의 사용, 전통적 음수율에서 벗어난 새로운 리듬과 의성어를 활용하고 있으며 내용에서는 인습 타파, 문명 추구, 근대 정신의 지향 등이 나타나고 있다. 또한 시어나 주제 의식에서 가사나 창가가 지닌 압도적 주제 의식에서 벗어나 개인적·서정적 요소가 확대되는 조건을 보여 주고 있어 자유시 형성의 단초를 마련한 것으로 평가할 수 있다. '바다', '산', '소년' 등의 중심어, 금속성의 단단한 이미지들을 사용하여 미약하고 수동적인 시대 상황 속에서 강하고 호방한 시 세계를 보여 줌으로써 우리 시의 폭과 깊이를 확대시키고 있다.

개화기는 오랫동안 유교적 가부장제 속에 억압적으로 살아왔던 여성 의식에 대전환의 계기를 마련한다. 다양한 내적·외적 조건들이 어울려서 여성들은 비로소 자아를 성찰하고 자신의 존재와 지위·능력을 외부 사회로 확산시키는 가능성을 체험하게 된다. 개화기 여성 문학은 지속과 변모의 두 양상이 혼재되어 나타난다. 이러한 지속과 변이의 두 측면은 하나의 작품 안에서 다양한 긴장과 갈등의 양상을 드러내기도 한다.

개화기의 규방가사는 현실에의 자각과 다양한 자아 발견의 양상이 구체적이고 직접적인 여성 생활 체험을 통해 형상화되고 있다. 문체에서도 전대의 규방가사가 용사를 주로 사용하며 남성들이 쓰는 언술을 그대로 모방하려는 성향을 보여 주는 것과 달리, 구어적·직설적 표현, 여성의 생활 세계와 감정이 진솔하게 표현되는 여성적 언술의 발견이 나타난다. 또한 개화와 서양 문물의 수용으로 인한 신문물어가 사용되기도 한다. 전통적 윤리와 생활 방식을 계승해 온 여성 작자가 새로운 시대에 적응, 대처하는 방식은 계층과 교육 수준에 따라 차별성을 지닌다. 양반 부녀자들의 가사는 가문이나 여필종부에 대한 강한 집착을 보여 주며 문체면에서는 남성적 언술을 모방하고 있다. 하지만 평민 여성들은 풍자적 어법과 희화화를 통해 개화기의 시대적 혼란상과 남녀평등이 일부 상류층 여성에게만 국한됨을 비판한다.

개화기 사회가 여전히 일반 부녀자들에게는 폐쇄성을 지니고 있었던 반면에 기생들은 꾸준히 기녀 문학의 연맥을 이어 간다. 삶에 대한 낙관적 태도를 바탕으로 한 이들의 시는 근대 이행기의 혼란스러운 정세에 대한 아무런 비판적 성향을 보여 주지 못한다는 점에서 전대의 여성 시인들이 지니고 있던 인식의 한계에 그대로 정체되어 있으며 미학적 차원에서는 오히려 퇴행성을 보여 준다고 평가할 수 있다. 여생도들의 시는 근대적 의식을 적극적으로 개진하고 있지만 개화 사상의 보급과 경세에 치중하고 있으며 여성적 문체의 발견에까지는 이르지 못하고 있다.

총체적으로 개화기 시가들은 개화기에 새로 들어온 서양의 문물과 사상은 의식의 표면에서 민족의 생활을 규제하는 반면에 고유한 전통적 요소는 심층적으로 침잠하여 내면적 의식과 형식의 바탕을 형성하고 있음을 입증하고 있다. 이는 사회 구조와도 관계가 깊어서 어느 시대나 지배 상층 계급은 외래 사상을 도입하여 그것으로 민중 지배의 방편을 삼았던 반면에 민중은 전통 문화적인 요소를 굳게 지키면서 집단 무의식의 거대한 뿌리와도 같이 우리 민족이 기층 문화층을 담당하여 왔다. 그리고 동학 가사와 《대한매일신보》의 가사에서 보이듯 새로운 사회에 적용될 수 있는 가치 체계와 비판적 준거를 만들어 내는 창조성을 지니기도 한다. 개화기의 시가는 시대의 구분이나 발표 매체, 작자나 수용층에 의한 제재·어조·문체의 차이를 보이기도 하지만 내면에 흐르고 있는 동질성은 끝끝내 지켜 온 민족의 주체성이다. 찬송가, 장르, 율격 등의 서양적 요소가 큰 영향을 끼치고 갈등·혼용되고 있지만 외래 종교나 사상을 받아들이는 데 있어서 단순한 추종과 모방에 그치는 것이 아니라 주체적인 입장에서 전통적인 요소와 융화시켜 재창조하고 있다.

전후 모더니즘과 서정시의 확장

1 전후 시단의 주요 경향

1950년대는 전쟁이라는 정치적, 사회적 격절을 겪으며 시인들이 급격한 의식의 단절과 굴절을 경험한 시기이다. 1950년대의 전반기가 전쟁으로 인한 민족의 생존 자체가 문제되었던 시기라면, 후반기는 전후 복구와 앞으로의 민족적 지향성을 확보하는 일이 관건이 되었던 시기였다. 전쟁의 폭발력은 세계와 자아를 동시에 무화시키는 재난의 체험으로 시인들에게 각인되었다. 현실의 모든 가치와 신념의 체계가 붕괴된 전후(戰後)의 시적 상황은 이 시기를 지배하는 실존적 위기의식과 깊숙하게 연관된다. 그리하여 전쟁이라는 외상을 각각의 시인들이 어떻게 인식하고 형상화하였는가에 대한 물음은 1950년대의 시사를 관통하는 근본적 문제로 떠오른다.

분단과 문단의 재편성, 그리고 이념적 폐쇄성이 강화되는 이 시기에 시인들은 전쟁의 공포와 위기의식을 경험하게 된다. 전쟁의 불안과 공포 그리고 자기 해체의 위기를 경험한 시인들에게 현실은 죽음을 생산하는 공포의 세계이며, 이러한 인식은 자기 소외와 환멸을 동반한 균열된 자의식으로 표출된다. 삶을 파괴하고, 개인의 실존을 균열시키는 현실의 폭력을 생생하게 경험하는 가운데, 시인들은 세계에 대한 깊은 성찰과 반성의 시선을 견지하면서, 언어의 새로운 미학을 탐구하게 된다. 특히 전쟁이라는 대재난과 직접 대면하는 가운데서 쓰인 시편들은, 시인의 충격과 공포, 죽음의 의식이 강하게 분출한다. '전선 문학'을 비롯한 일련의 전쟁시들은 시적 형상화의 수준에 도달하지 못한 것이라 해도, 전쟁이라는 카타스트로프의 체험을 시적 대상으로 삼음으로써 1950년대 시사의 고유한 특성을 드러내 준다.

또한 전쟁이 가져온 공포 속에서 자아가 감지하는 불안과 혼돈의 정조는 곧 세계의 파탄과 황폐화에 필적하는 자아의 상실이라는 문제와 직결된다는 점에서 문제적이다. 1950년대의 시적 인식의 지형도는 이러한 폐허의 정조를 밑그림으로 하여, 주목할 만한 다양한 시적 모색을 보여 준다. 서정주, 이원섭, 이동주, 박재삼 등으로 대표되는 전통 서정 시인들의 작업은 1950년대 시사의 중요한 흐름을 이룬다. 이들은 순수 서정의 세계를 통해 파탄된 현실과 자아를 복원하고자 한다. 세계와 자아에 대한 깊이 있는 성찰의 시선은, 고립되고 파편화된 자아의 내면을 치유하고 자연과의 내적 연속성을 회복하려는 시적 의지로 표출된다. 또한 새로운 여성시인들이 출현하면서 서정의 영역은 본격적으로 확장되고 심화되기에 이른다.

다른 한편 1950년대 시의 한 흐름은 모더니즘적 계열의 시들로 구축된다. 박인환, 김규동, 조향, 김경린 등 '후반기'의 동인들로 출발한 일군의 시인들은 기성의 권위와 질서, 문학적 관습을 부정하고, 미학적 실험과 모색을 통해서 전후 세대들의 새로운 출현을 선언한다. 1930년대 모더니즘 문학의 한계로 지적되어 온 형식적 방법에 대한 단절 의식을 전면화한 신진 모더니스트들은 근대 문명에 대한 철저한 반항과 성찰을 자신들의 미적 토대로 구축한다. 1950년대 모더니스트들은 근대의 부정성을 실존적 문제로 심화시키는 가운데 새로운 시 쓰기를 추구해 나간다. 이 시기의 모더니즘 시인들은 1930년대 모더니즘의 언어 중심, 기교적 측면, 근대성에 대한 감각적 수용의 문제를 비판하는 가운데, 전대의 모더니즘과 스스로를 차별 짓는다. 1930년대 모더니즘의 문명 비판이 정치적인 것을 거세한 '방법'으로서의 비판에 국한됨으로써 현실 감각을 상실할 수밖에 없었던 것에 비해, 1950년대 모더니즘이 방법으로서의 문명 비판이 실존적 인식의 문제와 만나는 지점에서 출발하고 있다는 점은 중요한 의미를 지닌다. 1950년대 모더니즘 시는 근대를 실존적 조건으로 인식하고 적극적으로 시적 사유의 대상으로 삼음으로써 근대적 세계에 대한 심도 있는 반성과 성찰의 과정을 보여 준다는 점에서 의미가 있다.

이렇게 전통 서정시와 모더니즘으로 갈래지어지는 1950년대의 시적 경향은, 전쟁을 경험한 세대의 불행한 자의식과 세계 상실의 체험에 뿌리를 내리고 있다. 언어와 세계에 대한 인식의 차별성에도 불구하고 이들은 세계와 존재에 대한 탐색과 성찰의 시선을 통해서 폐허의 현실에 대응하는 미학을 구축하고자 했으며, 이러한 노력은 절망과 환멸로 가득 찬 전후의 시대를 관통해 가면서 1960년대의 새로운 시적 흐름으로 이어진다. 다시 말해 1950년대 시에서 서정시와 모더니즘의 두 흐름은 대립되는 미학적 입장으로 충돌하기보다는, 파탄된 현실에서 시의 자기 정체성을 확보하기 위해 고투를 벌였던 개별 시인들의 치열한 시적 의식의 산물이라는 점에서 내적 연관성을 이루고 있다.

2 서정성의 회복과 확대

전쟁이 끝난 후, 불탄 자리만 남은 허허벌판에서 삶을 향한 간절한 노력들이 하나둘씩 피어나기 시작했다. 폐허가 된 마음을 어루만지고 메마른 정서에 수혈을 하며 극심한 정신적 공황을 수습하여 삶의 가치를 되찾고자 하는 시도들이 시단에서도 나타났다. 전쟁으로 끊긴 순수 서정시에 연계되는 새로운 서정시의 물살이 번져 가기 시작한 것이다. 이는 암울하고 혼돈스러운 현실에서 벗어나는 탈출구인 동시에, 시와 인간의 본령이라 할 수 있는 서정을 찾아 새로운 삶을 살아가고자 하는 능동적인 의지로 해석할 수 있다. 서정주, 김광균, 김광섭, 김상옥, 노천명, 박남수, 박목월, 신석정, 신석초, 유치환, 장만영, 조지훈 등을 당대 활동하던 대표적인 시인으로 꼽을 수 있다.

"어느 가시덤풀 쑥굴헝에 뇌일지라도" 어려운 시대의 삶을 "청산(靑山)이 그 무릎아래 지란(芝蘭)을 기르듯" 살아야겠다는 마음가짐을 다지는[1] 서정주의 「무등(無等)을 보며」는 "당대의 순수 서정시파의 한 흐름"[2]을 상징적으로 보여 준다. 해방 이후 그의 시는 전통적 삶과 정서를 한국적인 언어로 풀어내고 있는데, 이러한 경향은 두 번째 시집 『귀촉도』(1946)를 거쳐 세 번째 시집 『서정주 시선』(1955)에서 훨씬 심화되다가 네 번째 시집 『신라초』(1960)에 이르러 본격화되고 있다.[3] 이 시기의 시들은 「무등을 보며」를 비롯하여 생명에 대한 경외감을 바탕으로 힘겨운 현실에도 인간 자체에 대한 희망을 노래하는 유형[4]과, 설화의 인물들을 새롭게 재조명한 유형으로 나눌 수 있다. 이런 작업을 통해 그는 한국적인 세계관과 미학을 고대 신라의 찬란했던 문화 속에서 발견하고 이를 '신라 정신'이라 명명하였다. 불교와 샤머니즘, 그리

---

1) 최동호, 「1950년대의 시적 흐름과 정신사적 의의」, 김윤식 · 김우종 외 30인 지음, 『한국 현대문학사』(현대문학, 1994), 317쪽.

2) 최동호, 앞의 책, 317쪽.

3) 잘 알려진 「무등을 보며」와 「국화 옆에서」, 「추천사(鞦韆詞) ― 춘향의 말 1」, 「다시 밝은 날에 ― 춘향의 말 2」, 「춘향유문 ― 춘향의 말 3」, 「내리는 눈발속에서는」, 「선덕여왕의 말씀」, 「꽃밭의 독백(獨白) ― 사소(娑蘇) 단장(斷章)」, 「단식후(斷食後)」, 「풀리는 한강(漢江)가에서」, 「꽃피는 것 기특해라」, 「학(鶴)」 등이 이 시기에 쓰인 시들이다.

4) 「무등을 보며」, 「학」, 「내리는 눈발속에서는」, 「꽃피는 것 기특해라」, 「상리과원(上里果園)」 등의 시가 여기에 속한다.

고 풍류도의 동양적인 정신을 엿볼 수 있는 서정주의 신라 정신은 한 민족의 원형적인 미의식을 찾아내고자 노력한 그의 시적 탐색이라 할 수 있다. 그의 시에 등장하는 선덕여왕과 사소, 그리고 춘향[5] 등의 인물들은 차안과 피안의 대립되는 세계 속에서 인간적인 고뇌를 인정하고 받아들이면서도 그 한계를 뛰어넘어 존재론적 깨달음을 얻는 모습으로 그려진다.

> 천길 땅밑을 검은 물로 흐르거나
> 도솔천의 하늘을 구름으로 날드래도
> 그건 결국 도련님 곁 아니예요?
>
> 더구나 그 구름이 쏘내기되야 퍼부을 때
> 춘향은 틀림없이 거기 있을거에요!
> ──「춘향유문(春香遺文) ── 춘향(春香)의 말 3」부분
>
> 살[肉體]의 일로써 살의 일로써 미친 사내에게는
> 살 닿는 것 중 그중 빛나는 황금팔찌를 그 가슴 위에,
> 그래도 그 어지러운 불이 다 스러지지 않거든
> 다스리는 노래는 바다 넘어서 하늘 끝까지
>
> (중략)
>
> 짐(朕)의 무덤은 푸른 영(嶺) 위의 욕계(欲界) 제이천(第二天).
> 피 예 있으니, 피 예 있으니, 어쩔 수 없이

─────────

5) 「추천사 ── 춘향의 말 1」, 「다시 밝은 날에 ── 춘향의 말 2」, 「춘향유문 ── 춘향의 말 3」.

구름 엉기고 비 터잡는 데 ― 그런 하늘 속.
―「선덕여왕의 말씀」 부분

아버지.
아버지에게로도,
내 어린 것 불거내(弗居內)에게로도, 숨은 불거내의 애비에게로도,
또 먼 먼 즈믄해 뒤에 올 젊은 여인들에게로도,
생금(生金) 광맥(鑛脈)을 하늘에 폅니다.
―「사소 두 번째의 편지 단편」 전문

　춘향의 깨달음은 "구름"과 "쏘내기"라는 매개체를 빌려 하늘과 땅, 이승과 저승을 이어 가는 유연함과 맞물린다. 미당 시의 시간과 공간의 자유로운 운용은 "구름 엉기고 비 터잡는" "욕계 제이천(欲界第二天)"의 세속적 공간에서 지귀의 사랑을 이해하는 선덕여왕(「선덕여왕의 말씀」)의 성숙함, 그리고 시간을 초월해 원형성을 획득하는 박혁거세의 어머니 사소(「꽃밭의 독백 ― 사소 단장」, 「사소 두 번째의 편지 단편」)를 통해 살펴볼 수 있다. 이 영원·초월 의식은 추상적으로 존재하는 것이 아니고, 삶의 구체적인 순간 속에서 발견된다. 시인이 열어 놓은 영원의 시간에 초월적 힘이나 절대적 종교의 경지, 또는 추상적인 논리의 세계가 쉽사리 주인으로 들어설 수 없는 것도 바로 이 때문이다. 서정주의 시는 바로 이러한 삶의 공간 양식과 궤를 같이 하고 있는데, 두 영역을 구분하는 경계를 자유자재로 넘어 다니는 시인의 공간 의식은 그의 유연한 세계관을 뒷받침하는 중요한 바탕이 된다. 춘향이가 지상과 천상 양쪽을 오가는 것(「추천사」)이나, 이승도 저승도 아닌 "저승결을 나르는"(「학」) '학'의 자태에서 바로 이곳과 저곳에 종속되지 않는 경계 공간에 자리하려는 미당의 공간 의식이 명확히 드러난다.
　또한 신화나 설화의 인물들을 차용함으로써 독자와의 동질성을 회

복하는 효과를 얻을 수 있다. 현실 세계의 윤리 규범을 초월한 영원의 세계는 "생금 광맥"으로 제시된다. 이곳은 현실적 시공간을 넘어 아버지와 자식과 남편과 후대의 여인들을 만나는 곳이며, 시인의 상상력이 다다른 원형의 장소이다. 그러므로 사소라는 시적 화자는 아비와 자식과 남편을 지닌 모든 여인의 전형일 수 있으며, 피를 생금 광맥으로 변화시키는 생의 고통스러운 여정은 여인들의 삶의 원형을 이루며 공감대를 형성한다. 바로 이러한 점에서 이 시는 시인의 개인적 기억을 뛰어넘어 인간의 불변적 동일성을 향해 열리고 있다. 미당은 이런 인물들을 통해 근원적인 존재를 설정하여 연속성과 동일성을 획득한다. 이러한 그의 상상력은 예술성과 지혜를 담고 있는 신라 정신을 탐구하던 시인 자신의 의도뿐 아니라 전통을 재탐구함으로써 현실을 재인식하고자 하는 정신과도 연결된다.

한편 유치환의 시는 삶에 대한 존재론적인 문제를 시적 세계의 근원적인 토대로 한다.『예루살렘의 닭』(1953),『청마 시집』(1954),『행복은 이렇게 오더니라』(1953),『제9시집(第九詩集)』(1957),『유치환 선집』(1958),『뜨거운 노래는 땅에 묻는다』(1960) 등의 시집에서 시인은 인간 존재를 부정적으로 파악하는 허무 의식과 비감(悲感), 그리고 실존적 허무를 뛰어넘어 존재론적 상황을 초월코자 하는 초극 의지를 표출한다. 그렇기에 그의 시어는 섬세함이나 부드러움보다는 호방하고 남성적[6]이며 비장미를 보여 준다.

---

6) 김영미는 청마 시의 특징적인 어조를 아니무스의 시로 규정하면서 청마 시 가운데 여성 편향적인 어조로 되어 있는 시는 전체적으로 볼 때 그 수가 매우 적다는 것을 지적하고 있다.(김영미,「한국 현대시의 어조 연구: 영랑과 청마 시를 중심으로」, 이화여대 대학원 박사 논문, 1993)

권영민은 "유치환의 시에서 중요한 시적 지향성인 '의지'의 테마들이 내면의 힘보다 겉의 소리로 느껴지는 공허함을 노출시키고 있다."는 점을 지적하기도 하였다. 권영민,『한국 현대시사 연구』(일지사, 1983).

하늘의 무궁함을 노래하지 말라 인류로 하여금 영원히 머리에서 벗을 수 없이 눌러 씌운, 밑도 끝도 없이 넓고 큰 저 허공으로서, 푸른 산맥과 검은 삼림의 레―스의 그 변죽을 꾸밈이 없어 보아라 자유로이 오고 가는 구름의, 아침과 저녁 봄 가을 여름 겨울의 때 따라 천차만별한 빛깔과 형태의 나타남이 없어 보아라 또한 밤이 있어 푸른 달의 차고 이즒과 억조 성좌의 휘황찬란함이 더불어 찾아 오는, 우리가 눈감고 죽음의 망각의 한토막을 즐기어 잠들 수 있는 그 밤의 덕이 없어 보아라 저 희멀건 허공이야말로, 수수(須臾)한 목숨의 죄업(罪業)을 냉혹히 하는 응시(凝視) 고문(拷問)하는 "때"의 유령(幽靈)인 허공(虛空)이야말로, 그 아래에서의 70년 죽음보다 가혹하고 긴 형벌(刑罰)일지니 ―

―「하늘」 전문

시 「하늘」에서는 힘 있는 어조와 더불어 청마 시의 비장미를 엿볼 수 있다. "자유로이 오고 가는 구름" "천차만별한 빛깔과 형태의 나타남" 등 이 자유로운 공간 인식은 '자아의 세계화', 곧 응축이 아닌 확산이라는 세계 인식으로 이어진다. 수직·수평으로 확장된 시인의 시선은, "보아라"라는 영탄형의 시어를 통해 다시금 감정을 촉발한다. 넓고 큰 세계에 선 시인의 감정이 변화하는 순간이다. 그리하여 이 모든 화려함이 수놓이는 공간인 "허공"을 다시금 생각하는 데 다다르게 된다. "우리가 눈감고 죽음의 망각의 한토막을 즐기어 잠들 수 있는 그 밤의 덕이 없어 보아라"와 같이, 죽음과 망각의 시간으로 이끌려 가는 것이다. 평서문보다는 의문문이나 감탄사를 즐겨 쓰는 그의 어법은 간절한 호소력을 지니고 있는데,[7] 시제나 존대를 나타나는

---

7) "아아 등(燈)을! 어서 등(燈)을!"(「미루나무의 노래」), "윤리란! 법도란! 도덕이란!" (감옥묘지(「監獄墓地」)), "아아 어찌 밀어뜨려 낼 수 없이 내게로 시방 닥아 도는 깊은 회오(悔惡)의 골짜기를 지닌 아득한 산, 밤!"(「산」), "호! 호! 호교!/ 호! 호! 호교!" (「미사의 종(鐘)」) 등에서 보이듯 그의 시에서는 자아의 내적 정서가 직접적이고 강

보조 어간의 개입이 없는 것 역시[8] 직접적이고 강렬한 미감을 전달한다 하겠다.

이 시기에 그의 시는 자연물을 통한 인간적인 감정의 투사를 중점적으로 드러낸다. 『예루살렘의 닭』, 『청마시집』, 『제9시집』, 『유치환 선집』 등등의 시집에서, 그는 자연물들, 곧 바다와 바위, 나무, 구름, 꽃, 별 등의 자연물을 통해 인간적인 외로움과 좌절 등의 감정을 투사한다.[9]

그의 시는 이미지보다 관념과 사유에 기초한 세계 인식을 바탕으로 하기에, 철학적이고 사변적인 경향을 보여 주고 있다. 시 「바람」에서 청마는 "바람과 나는 동기(同氣). 우주(宇宙)의 가장 묵은 일문(一門)의 후예(後裔)로서 세계의 어디메도 안주할 곳을 갖지 못한 영원한 표박인(漂泊人), 쉼 없이 뉘우치고 탄식하고 회의하고 헤매어야 하는 운명"이라면서, '우주', '후예', '표방', '유랑' 등의 시어를 통해, 어디에도 정착하지 못하고 유랑하는 고독한 존재의 운명을 다소 사변적으로 노래하고 있다.

한편 조지훈은 『풀잎 단장』(1952), 『조지훈 시선』(1956), 『역사 앞에서』(1959)를 발표하였다. 『풀잎 단장』은 자연물과 식물 심상이 중심적이며,[10] 자연물과 자아의 관계는 거대하고 커다란 자연(우주)과, 작은 자아로 대변된다. 이때 자연물인 꽃이나 풀잎, 꽃 한 송이 등에 이입된

렬하게 분출된다.

8) "나는 눈을 감는다/ 나는 없다/ 아니다, 나만 있다/ 천지간에 나만이 있다/ 아슬한 하늘끝 파도소리 바람소리 되어 나만이 있다"(「바닷가에 서서」) 등의 시에서는, '있다', '없다'의 기본형의 서술어를 급박한 어조로 반복함으로써, 자기 존재를 확인하려는 시적 자아의 의지가 강렬한 인상으로 드러나고 있다.

9) "허구한 세월의 긴긴 장일(長日)을 똑같은 사념(思念)에 제 그림자 또렷또렷 지키고 서서, 무시로 생각난 듯 바람이 불면 제일이 외쳐 외로움 알리우곤 또 다시 잠기는 무료, 기울이는 귀 —"(「청산(靑山)에서」)에서 보듯, 청산의 이미지에는 '제 그림자'를 올곧게 지키면서, 외로움을 견디는 인간의 실존적 고독이 투사되어 있다.

10) 「산길」, 「풀밭에서」, 「낙엽」, 「절정」 등의 시를 포함한 시집 전체에서 풀(풀잎), 꽃, 갈대, 바다 등은 시적 자아의 의식을 대변하는 이미지로 활용되고 있다.

자아의 '작음'은, 우주와 독립된, 별개의 자연이 아닌 서로가 서로에 속해 있는 관계, 소통할 수 있는 관계로 드러난다. "지대한 공간을 막고/ 다시 무한에 통하나니// 내 여기 기대어/ 깊은 밤 빛나는 별이나// 이른 아침/ 떨리는 꽃잎과 얘기하리라"(「창(窓)」)에서, 꽃잎과 풀은 무한한 우주를 관통하는 존재의 통로이자 실존의 문턱이다. 시인은 이러한 꽃잎, 풀 등과 소통함으로써 자아의 한계를 넘어 무한한 우주로의 열림을 경험하게 되는 것이다.

> 꽃망울 속에 새로운 우주가 열리는 파
> 동! 아 여기 태고적 바다의 소리없는 물
> 보래가 꽃잎을 적신다
>
> 방안 하나 가득 석류꽃이 물들어 온다
> 내가 석류꽃 속으로 들어가 앉는다 아무
> 것도 생각할 수가 없다
>
> ──「아침」 부분

태곳적 바다와 새로운 우주와의 조우를, 시인은 피어나는 석류꽃의 향기를 통해 직감한다. 이러한 다른 세계와의 조우[11]는 또 하나의 깨달음, 곧 "이 작은 꽃 속에 이렇게도 크나큰 그늘이 있을줄은 몰랐다"로 나아간다. 이러한 선적(禪的) 세계관은 짧고 운율성이 강한 시들로 구성된 시집 후반부에서 더욱 확연하다. 「고사(古寺)」, 「도라지꽃」, 「달

---

11) 또한 그의 시에서 바다는 열린 세계, 드넓은 세계를 상징하며, 시적 자아는 그 세계와의 만남에 젖어들게 된다. "바다로 흘러가는 산골 물소리만이 깊은곳으로 깊은곳으로 스며드는 그저 아득해지는 내 마음의 길을 열어준다"(「산골」)에서, 산골을 흘러가는 물소리는 깊은 바닷속으로 흘러들고, 이 소리의 흐름에 실려 가는 자아의 내면 역시 이러한 심원한 존재의 내부로 스며들고 있다.

밤」등은 짧으면서도 잘 정제된 운율로 인해 리듬감을 느낄 수 있으며, 자아와 세계가 풍경 속에 녹아들어가는 인상을 준다. 그러나 "흔들리는 내가 없으면 바람은 소리조차 지니지 않는다"(「풀밭에서」)에서 시인은 자아와 세계(자연)의 연관성을 탐색하는데, 이는 자아와 우주(바람) 사이의 깊은 친연성을 전경화하는 것이다. "한줄기 바람에 조찰히 씻기우는 풀잎을 바라보며 나의 몸가짐도 또한 실오라기 같은 바람결에 흔들리노니"(「풀잎단장」)에서, 바람에 씻긴 풀잎의 정결한 이미지는 '나의 몸가짐'을 되돌아보는 자아 성찰의 매개이며, 이러한 자연적, 우주적 대상과의 상호 연관 속에서 시인은 자기 존재를 새롭게 확인한다. 이러한 자세는 스스로의 내면을 다시 한번 반성하는 자세로 이어진다. 그렇기에 그의 자연을 두고, 정한모는 순수 객관의 자연인 동시에 인간적 정감을 초월하는 자연이며 더 넓은 세계를 구현하고자 하는 대상[12]이라고 지적한다.

등단 초기의 시들이 전통미와 고전미를 압축적으로 살려내었다면, 중후반기에 이르러서는 엄격하면서도 사색적이고 종교적인 시 의식이 구체화된 이미지를 통해 한층 더 원숙하게 구현된다. 이후 시집 『조지훈 시선』[13]의 「지옥기(地獄記)」, 「학(鶴)」, 「포옹(抱擁)」, 「기도(祈禱)」, 「염원(念願)」, 「코스모스」 등의 작품은, 「학」과 「기도」를 제외하고는 산문체의 서술형 문장의 시들로 구성되어 있다. 이전의 시와 마찬가지로 꽃 이미지, 우주로 대변되는 또 다른 정신적인 세계에 대한 희구가 드러나 있으며, 그리움이나 슬픔이 사변적이고 철학적으로 형상화된다.

한편 이 시기에 박목월은 두 번째 시집 『산도화』(1955)와 세 번째 시집 『난·기타』(1959)를 발표한다. 정한모는 "간결한 표현, 생략에서 오

---

12) 정한모, 「초기 작품의 시 세계」, 『조지훈 연구』(고려대 출판부, 1978), 25쪽.

13) 초기작에서부터 그가 시선집을 엮을 당시인 1958년까지의 작품을 시인 자신이 묶어 낸 선집으로, 미발표시 32편이 포함되어 있는 이 시선은 시인의 작품 세계 전반을 살펴볼 수 있는 귀중한 자료이다.

는 여백이 주는 함축 등 서정시의 응축 작업에 필요한 온갖 방법을 목월은 충분히 기도하고 실천하여 한국어가 시에서 표현할 수 있는 성과를 누구보다도 많이 거두었다."라고 지적한다. 박목월 시의 아름다움은 다양한 감각화 기법과 여기에 담긴 깊이 있는 성찰을 통해 드러난다. 『산도화』에서 그는 「산도화」, 「선도산화」, 「모란여정」 등의 시를 통해 시각으로는 꽃, 맑은 물 및 수정의 심상, 그리고 아스름하게 비치는 사물의 이미지를, 청각으로는 조용하게 속삭이는 작은 소리와 움직임을 그려 낸다. 또한 대상과의 거리를 멀게 설정함으로써 목월은 고요하고 평화로운 세계를 구현한다.

　　모란꽃 이우는 하얀 해으름

　　강을 건너는 청모시 옷고름

　　산도화
　　수정(水晶)그늘
　　어려 보랏빛

　　모란꽃 해으름 청모시 옷고름
　　　　　　　　　　　　　　　　—「모란여정(牧丹餘情)」 전문

　　"이우는""건너는"의 시어에서 파악할 수 있는 먼 거리 의식을 통해 확보되는 담담한 시선은 "청모시 옷고름"과 "보랏빛" 수정 그늘과 연관되며 시인이 풍기는 맑고 고요한 향기를 그대로 독자에게 전해 준다. 특별히 거리 의식은 박목월 시의 미적 특징을 이루는 본질적인 요소들 중의 하나로서 그의 정서와 사상 사이에 개재되어 있는 미적 경험을 만들어 내는 특수한 구성 요소로 작용하고 있다. 박목월은 시각적으로 자신과 대상과의 거리를 멀게 잡음으로써 대상을 아득하고 먼 것, 사라지고 바래는 것 등의 무화(無化)되는 것으로 바라본다. 이를 통해 그의 시에서 먼, 고요한, 잠잠한, 잔잔한 등의 시각적 경험을 중개하는 형용사들을 추출할 수 있다. 그러나 이 조용한 움직임을 나타내는 어휘들은 무심하면서도 부드럽고 강한 시인의 응집력을 드러낸다.[14] 이러한 경향은 세 번째 시집 『난 · 기타』에서 심화되며 좀 더 깊이 있고 철학적인 세계가 구현된다.

> 모밀묵이 먹고 싶다.
> 그 싱겁고 구수하고
> 못나고도 소박(素朴)하게 점잖은
> 촌 잔칫날 팔모상(床)에올라
> 새사돈을 대접하는 것
> 그것은 저문 봄날 해질 무렵에
> 허전한 마음이
> 마음을 달래는
> 쓸쓸한 식욕(食慾)이 꿈꾸는 음식(飮食).
> 또한 인생의 참뜻을 짐작한 자의
> 너그럽고 넉넉한
> 눈물이 갈구하는 쓸쓸한 식성(食性).
> ──「적막(寂寞)한 식욕(食慾)」 전문

습습하고 싱거운 것, 고독한 향기, 목마름은 투명하고 고요한 세계를 향한 지향성을 보여 준다. 무미(無味)의 부드러움을 지니는 박목월의 감각적 특징은 그를 단단하게 만든 고립의 요소와 함께 불확실한 적막

---

14) 김현자, 『한국 시의 감각과 미적 거리』(문학과지성사, 1997).

의 세계로 이끌어간다. 「야반음(夜半吟)」, 「심상(心象)」, 「하관(下官)」, 「당인리 근처」 등 삶의 무게와 죽음에 대한 시선을 통해 심화되는 적막의 세계에서 시인은 피안과 차안, 현실과 이상의 이율배반적인 두 세계를 통합시켜 나간다. 삶의 무게를 진지하게 성찰하는 그의 자세는("'나'는 흔들리는 저울대(臺). 시(詩)는 그것을 고누려는 종(鐘)"(「시(詩)」)) 관조적이면서도 온기를 잃지 않는다.("다만 한오리 인류(人類)의 체온(體溫)과/ 그 깊이 따스한 핏줄에/ 의지하라./ 의지하여 너그러이 살아 보아라."(「따스한 것을 노래함」)) 이러한 데에는 대상과 주체의 거리를 적절하게 조정하여 바라봄으로써 대상과 사고의 관련성을 질서화하는 그의 미학적 세계관의 역할이 크다. 서정성을 견지하는 동시에 거리 의식을 설정함으로써 미적인 균형을 이루고자 한 그의 자세는, 현실을 외면하지 않으면서도 이것을 뛰어넘고자 하는 시인 자신의 의지와 연결된다 하겠다.

박두진 역시 청록파의 다른 두 시인과 함께 자연에 그 시적 근간을 두고 있는 시인 중의 하나이다. 그의 자연은 "민족과 인류, 현실과 영원, 현세적·정치적 이상과 종교적·궁극적 생활 생존 양식이 아무런 모순 없이 일원화된 세계"[15]라는 명제에서 출발한다. 자연을 묘사하면서 그는 이상화된 자연, 혹은 관념의 세계를 동시에 보여 주고 있다. 자연을 향한 그의 긍정적이고 건강한 찬가는 시적 상상력 및 자아 의식을 이루는 갈등과 해소를, 자연에 의한 밝음과 어두움의 대칭적 구조를 통해 드러나고 있다. 그에게 있어 자연은 친화력과 공감을 바탕으로 한 영원과 동경, 갈망의 보편적인 정서를 담아내는 대상이 되는 것이다. 초기 시에서 중심을 이루는 '해'의 이미지는 '빛'으로 연계되어 그의 후기 시를 계속 지배하는 중심 이미지가 된다.

신이 오른 듯, ―

---

15) 박두진, 「시의 운명」, 《문학사상》 1972. 10, 276쪽.

가슴에서 목구멍이
벅차 오르며,
팔다리가 올라가며,
호흡이 멎어지며,
못견디게 광홀(洸惚)한
아침이 있읍니다.

웃식어려 져.
해를 늘름 삼켰다가
해를 토(吐)한듯,
못견디게 승리(勝利)로운
아침이 있읍니다.

소리치는 금 빛깔
알말을 타고,
별에서 별에로
쩡겅 쩡겅 달리는,
못견디게 호사로운
아침이 있읍니다.

—「아침에」부분

   그는 빛 속에서 자신이 개인적 존재로서 지니는 생명 욕구의 중심을
찾거나 초현실적인 절대의 세계를 투영한다. 또한 산과 해의 이미지를
통해 강인하게 타오르는 생명력을 드러낸다. 그에게 있어 생명은 늘 타
오름과 갈망을 가진 것으로 인간 내면의 구체적인 열정을 상징하는 것
이다.
   또한 그의 시가 얻은 빼어난 성취는 한국어의 리듬을 자유자재로 활

용한 데서 찾을 수 있다. 모음과 자음의 활음조, 의성어와 의태어가 문장 속에서 조응하는 이중적 기능은 한국어가 지니는 소리의 표현력 내지 운율학 연구의 풍부한 가능성을 제시하고 있다 하겠다. 청록파의 다른 두 시인과는 달리, 박두진은 섬세하고 투명한 서정이나 관조의 태도로 자연을 노래하는 대신, 자연의 생명적 이미지와 능동적 상상력, 한국어가 갖는 소리의 아름다움을 활용한 리듬 효과, 그리고 시를 시대와 종교, 윤리와 동일한 것으로 꿰뚫는 시정신의 다면적인 추구를 통해 청록파가 제시한 또 다른 깊이 있는 시 세계를 보여 주고 있다.

이 시기에 김광섭은 세 번째 시집 『해바라기』를 통해 비유와 은유, 그리고 감각 이미지를 활용함으로써 시 세계를 구체화하고 있다.

> 바람결보다 더 부드러운 은빛 날리는
> 가을 하늘 현란한 광채가 흘러
> 양양한 대기에 바다의 무늬가 인다
> (중략)
> 생의 근원을 향한 아폴로의 호탕한 눈동자같이
> 황색(黃色) 꽃잎 금빛 가루로 겹겹이 단장한
> 아 의욕의 씨 원광(圓光)에 묻히듯 향기에 익어가니
>
> ——「해바라기」 부분

시 「해바라기」는 의미의 심화와 서정적 집중이 조화롭게 이루어진 시이다. 시인은 세계에 대한 능동적 의지와 생명력을 표출하고 있다. "대기에 바다의 무늬가 인다"는 하늘과 바다와 땅의 공간적 융합을 보여 준다.

「달밤」, 「사랑」, 「보이지 않는 별」, 「들국화」 등의 시에서 '너'는 시 속에 등장하는 구체적인 꽃들인 '백합', '해바라기', '들국화'와 빛과 불로 이어지는 밝음, 환함의 이미지를 통해 긍정성을 획득하고 있다. 다소 현학적인 비유에도 불구하고 그의 시는 "입술을 대이라 가을이 서

럽지 않게"(「가을이 서럽지 않게」), "풀잎은 서로 입술을 방임한다"(「바위에 묻힌 꿈같이」) 등의 감각 이미지와, 담담하고 서술적인 어조를 통해 균형을 유지한다.

또한 『밤의 서정』(1956), 『저녁 종소리』(1957)를 발표한 장만영(張萬榮)[16]은 서술체의 산문시(「서정가(抒情歌)」 등), 외래어의 사용[17]과 함께 새로운 감각을 선보였다. 한편 김상옥(金相沃)[18]은 시집 『의상』(1953), 『목석의 노래』(1956)로 전통적이고 서정적인 시 세계를 구현하였다. 「의상(衣裳)」 시편과 「호수(湖水)」 시편에서 전통적이면서도 감각적이고 화려한 이미지를 엿볼 수 있는데, 이는 대상을 육화(肉化)하는 그의 기법[19]과도 연관이 있다.

신석정(辛夕汀)[20]은 시집 『빙하(氷河)』(1956)에서 상실에 대한 슬픔을 서정적으로 이야기한다. 「슬픈 평행선」, 「망향(望鄉)의 노래」, 「귀향시초(歸鄉詩抄)」, 그리고 제주도 시편(「다시 제주도」, 「항구에서」 등)에서는 사라진 고향, 그리고 돌아와도 이전의 모습을 잃어버린 고향에 대한 그리움과 슬픔을 설파하였다.

---

16) 장만영(張萬榮, 1914~1975): 황해도 연백 출생. 1932년 《동광(東光)》지에 투고한 시 「봄노래」로 김억의 추천을 받으면서 데뷔. 시집 『밤의 서정』(1956), 『저녁 종소리』(1957) 등.

17) "돌아오는 황혼이 먼/ 무수한 피아노 소리, 피아노 소리"(「정동(貞洞)골목」) "포오크며 나이프 소리"(「온실(溫室)」) "방카로풍(風)의 발코니(중략) 암 · 체아에 누운 채/ 잠이 들었다"(「해바라기」)

18) 김상옥(金相沃, 1920~2004): 경남 통영 출생. 1939년 《문장》과 《동아일보》에 시조가 추천 및 당선되면서 작품 활동 시작. 시집 『의상』(1953), 『목석의 노래』(1956) 등.

19) "여미기만 여미어 아직은/ 한 매듭 고를 못 푼 이 옷고름!// (중략) 휘감겨 다시 홈치어도/ 발꿈치 치렁치렁 끌리는 자락// 소매 배래 하얗게 날려서/ 아 학춤을 추기에 알맞고나// 가지런히 가지런히 아직은/ 접은 채 펴지 못한 운명의 날개!"(「의상 1」) "그것은 이미 한겹 부드러운 살결이었다/ 그것은 다시 날 수 없는 서럽게도 찬란한 날개였다."(「의상 2」)

20) 신석정(辛夕汀, 1907~1974): 본명은 석정(錫正). 전북 부안 출생. 1931년 《시문학》 3호부터 동인으로 참여. 시집 『빙하』(1956) 등.

「성탄제」 시편으로 잘 알려진 김종길[21] 역시 이 시기, 서정적이면서도 절제된 어법을 통해 시 세계를 구체화하고 있다. 「성탄제」, 「주점서장(酒店序章)」, 「꽃밭」 등의 시가 이 시기의 시다. 그의 시는 일상의 체험에서 깊은 사색의 우물을 발견하는 힘이 있다.

> 서러운 서른 살 나의 이마에
> 불현듯 아버지의 서느런 옷자락을 느끼는 것은,
>
> 눈 속에 따오신 산수유 붉은 알알이
> 아직도 내 혈액 속에 녹아 흐르는 까닭일까.
>
> ──「성탄제」 부분

대상에 대한 진중한 탐구 정신과, 시를 읽을 때 편안한 느낌이 들게 하는 어법은 추상적이지 않고 보편적인, 따뜻한 감동의 힘을 느끼게 한다. 시 「성탄제」에서 어린 시절 아버지가 준 산수유 열매는 아픈 영혼을 치유하는 원형적인 이미지로 나타난다. 아버지의 서늘한 옷자락이나 산수유의 붉은 열매는 과거의 경험이면서 동시에 현실의 나를 치유해 주고 어루만져 주는 역할을 한다. 가족의 대표자인 아버지는 나에게 핏줄의 연속성을 부여해 줌으로써, 내가 삶으로부터 단절되지 않고 오늘을 살아가게 하는 치유제의 역할을 한다. 이렇듯 생명을 서로 나누어 갖고, 그 생명을 서로 지켜 주는 가족의 혈연적인 원형성은 지극히 구체적이고 생생한 감각들로 나타나면서, 서정 장르 특유의 구체성과 상상력의 장을 확보한다. 적절한 균형감은 김종길 시의 가장 큰 장점이라 할 수 있다. 의미의 굽이마다 적절하게 포진된 언어와 그 언어를 끌고

---

21) 김종길(金宗吉, 1926~　): 경북 안동 출생. 1947년《경향신문》신춘문예에 「문(門)」이 당선되어 등단. 시집 『성탄제』(삼애사, 1969), 『하회에서』(민음사, 1977), 『황사 현상』(민음사, 1986) 등.

가는 유연한 사유가 특별한 시적 경지를 이룬다.

시 「낙화」로 잘 알려진 시인 이형기[22)]는, 이 시기 전통적인 서정성을 견지하면서 밀도 그대로 시어의 긴장을 이룩한다.

가야 할 때가 언제인가를/ 분명히 알고 가는 이의/ 뒤모습은 얼마나 아름다운가// 봄 한 철/ 격정을 인내한/ 나의 사랑은 지고 있다// 분분한 낙화⋯⋯// 결별이 이룩하는 축복에 싸여/ 지금은 가야 할 때/ 무성한 녹음과 그리고/ 머지않아 열매 맺는/ 가을을 향하여/ 나의 청춘은 꽃답게 죽는다// 헤어지자/ 섬세한 손길을 흔들며/ 하롱하롱 꽃잎이 지는 어느 날/ 나의 사랑, 나의 결별/ 샘터에 물 고인 듯 성숙하는/ 내 영혼의 슬픈 눈

―「낙화」 전문

이별이라는 인간사의 문제를 '낙화'라는 자연 현상을 통해 구현하는 시인은 봄에서 여름, 그리고 가을로의 계절적인 변화와 더불어 성숙해 가는 사랑의 모습을 보여 준다. "꽃답게 죽는다"라는 시어는 이별의 정서를 절정으로 끌어올리는 동시에 사랑과 인간적 섭리에 대한 시인의 자세를 섬세한 미감으로 드러낸다. "샘터에 물 고인 듯 성숙하는" 시인의 "눈"과 눈물의 이미지는 그의 다른 시편에서도 두드러지게 나타나는데, 이 물은 메마른 땅을 적시고 생을 풍요롭게 하는 동시에, 힘겨운 삶을 위로하는 매개이며, 또한 「낙화」에서와 마찬가지로 성숙의 지표로 형상화되고 있다.

산은 조용히 비에 젖고 있다/ 밑도 끝도 없이 내리는 가을비/ 가을비

---

22) 이형기(李炯基, 1933~): 경남 진주 출생. 동국대 불교학과 졸업. 1949년《문예》지에 「비오는 날」 외 2편이 추천되어 등단. 시집 『적막강산』(1963) 등.

속에 진좌한 무게를/ 그 누구도 가늠하지 못한다// (중략)// 어쩌면 눈물 어린 눈으로 보듯/ 가을비 속에 어룽진 윤곽/ 아아 그러나 지울 수 없다

—「산」 부분

물을 따라/ 자꾸 흘르라치면// 네가 사는 바다 밑에/ 이르리라고// 풀잎 따서/ 작은 그리움 하나// 편지하듯 이렇게/ 띄워 본다.

—「강가에서」 전문

인간의 슬픔과 그리움의 정서를 투명한 물 이미지를 통해 맑게 승화시키는 그의 시선은, "가을비 속에 진좌한 무게", 그리고 "물기가 배인 육신의 무게"를 이해하면서 좀 더 깊어진다. "비"로 형상화되는 삶의 무거움은 물의 흐르는 속성을 통해 "너"를 향해 흘러가는 그리움으로 변화하며, 삶의 터전인 "땅 위에 엎디어 밝히는" "울림"으로 변화한다. 쉽게 공감할 수 있는 근원적인 정서인 그리움, 슬픔, 서러움 등의 정서를 진지하면서도 쉽게 풀어내며 독자에게 다가가고 있다.

또한 정한모[23]는 이 시기 '아가'와 '나비' 등 작고 약한 생명에 대한 신뢰와 애정을 드러내며 전쟁으로 상실된 인간성을 옹호한다. 1945년 등단한 그는 이 시기 두 권의 시집 『카오스의 사족』(1958)과 『여백을 위한 서정』(1959)에서도 마찬가지로, 무거움이나 어두움을 드러내기보다는, 가벼운 것, 밝은 것 그리고 견고한 것을 주된 시적 이미지로 활용한다. 시인은 살아 있는 모든 생명체에 대한 애정을 드러내며 휴머니즘 의식을 확대하지만 무조건 현실을 아름답게 포장하는 것이 아니라, 고단한 현실 가운데서도 이를 긍정적으로 이겨 내려는 삶의 의지를 통해

23) 정한모(鄭漢模, 1923~1991): 충남 부여 출생. 1945년 동인 잡지 《백맥(白脈)》에 시 「귀향시편(歸鄕詩篇)」을 발표하며 등단. 《백맥》, 《주막》 동인. 시집 『카오스의 사족(蛇足)』(1958), 『여백(餘白)을 위한 서정(抒情)』(1959) 등.

감동을 전한다.

> 금나간 양은냄비며
> 불속에서 끌어낸 몇가지 옷이며
> 어린것들 기저귀들을 꾸려넣은
> 보퉁이를 내려놓고 앉아서
> 아픈 다리 지친 마음을 쉬고 있는 고개머리
> 점심 새때 기울어지는 햇살이 따스한 속에
>
> (중략)
>
> 그저 모든 기쁨만을 나눠가면서
> 꺼질듯 사랑하며 살기로 했습니다
>
> ―「고개 머리에서」부분

시 「고개 머리에서」는 피난길을 환기시키는 여정을 통해서 힘겨운 현실을 보여 주고 있다. "양은냄비", "불속에서 끌어낸 몇가지 옷", "어린것들 기저귀" 등은 일상적 삶을 상징하는 소재들이자, 삶의 곤궁함과 피난길의 고통을 환기시키는 동시에, 생명의 소중함을 일깨우는 대상이다. 이러한 절망과 비탄의 상황을 끌어안는 새로운 삶에 대한 희구는 "따스한 햇살"을 통해서 현실을 끌어안는 성숙한 시선, 그리고 "꺼질듯 사랑하며 살기로 했"다는 삶의 의지를 낳는다.

한편 구상, 김현승, 김남조 등은 절망과 불안의 전후 시대를 종교적 자세를 통해 극복하고자 했다. 특히 김현승의 기도체의 시들은 부패한 현실을 극복하고자 한 시인의 방편으로 해석된다. 1934년 등단 이후 그는 꾸준히 종교적인 색채와 염원 및 희구의 경어체 사용, 그리고 '마른 나뭇가지'나 결정화된 '눈물' 등 단단하고 견고하게 빚은 시적 이미지를 주로 활용하였다.

1957년 발간된 『김현승 시초(詩抄)』[24] 역시 "아버지", "당신", "주(主)", "신(神)" 등으로 나타나는 절대적 존재에게 시인은 곡진한 어조로 삶을 이야기하며 깨달음에 이르고 있다.[25] 이러한 깨달음은 가을이라는 절대자의 섭리를 생각하게 하는 실존적 계기가 되는 시간 속에서 얻게 되는데, 주요 이미지인 "나무"는 가을의 마른 나무이다. 시인은 「플라타너스」, 「나무와 먼길」과 같은 시에서 인간의 동반자인 동시에 초월자인 나무에게 직접 말을 건네며 인간과 나무를 동일시한다. 또한, '가을'의 시간적 특성과 '나무'의 특수성은 절망이나 고독을 넘어, 스스로를 돌아보는 내적 반성의 시간을 갖고 타인을 위해 "기도"하고, 그들을 "사랑"하게 되는 모습을 보인다.

그리하여 그의 구도자적인 태도는, 좀 더 맑고 투명한 것, 견고하고 아름다운 것을 향한 지향[26]을 보여 주는데, 이는 이후, 마음을 닦고 이상적인 곳을 바라보며, 더 구체적으로는 "창을 잃으면/ 창공으로 나아가는 해협을 잃고"(「창」)에서와 같이, "창을 닦는" 행위, 그리고 시 「바람」에서 "바람"을 통해 사물의 숨은 의미가 드러나는 것을 관찰하는 시선 등으로 변용된다.

또한 노천명, 모윤숙 등 해방 전에 등단한 여성시인들도 활발하게

---

24) 김현승, 「자서(自序)」, 『김현승 시초(詩抄)』(문학사상사, 1957). 그의 대표적인 시로 알려진 「눈물」, 「플라타너스」, 「가을의 기도」, 「이별(離別)에게」 등이 여기에 수록되어 있다. 초기 시 중 선별한 시 13(1부)편과 그 이후 시들(2부)을 묶은 것으로, 시인 스스로가 이야기한 대로, 자신의 시 세계를 돌아보며 이후의 시작(詩作)을 준비한 숨고르기를 위한 작업이라 할 수 있다.

25) "비우심으로/ 비우심으로/ 비인 도가니 나의 마음을 울리실 줄이야"(「이별에게」)에서처럼, 시인은 '비움'을 통하여 자기 각성에 이르게 된다. 이러한 존재의 각성은 '가을', '나무', '까마귀' 등의 소재를 통해 효과적으로 표현된다.

26) "마른", "꽃씨", "열매", "마른 나뭇가지", "흠도 티도,/ 금가지 않은/ 나의 전체는 오직 이뿐!"(「눈물」) 등.

활동하였다.

이미 해방 전에 발간된 시집『빛나는 지역』(1934년)을 통해 민족주의적이고 열정적인 낭만을 보여 주었던 모윤숙은 1950년대에 와서도 이러한 주정적 경향을 계속해서 이어가는 한편, 개인적이고 내밀한 정서를 보다 심화해 보여 주고 있다. 이러한 경향은 시집『풍랑』(1951)[27]과『정경(情景)』(1959)에서 잘 드러난다.

먼저 6·25전쟁기에 발표된 시들로 이루어진『풍랑』은 파란만장한 피난 생활의 체험과 고백적 어조를 특징적으로 보여 주는 시집이다. 조국의 참상과 시대의 아픔을 배경으로 삼고 있는 그의 대표작「국군은 죽어서 말한다」역시 이 시기에 쓰인 작품이다. 이 시에서는 현실 자체를 적극적으로 해석하는 힘이 강하게 전해진다. 어머니, 조국 등의 주제가 독자들에게 주는 보편적인 회감을 바탕으로 화자에 따라 조절되는 미적 거리, 객관성과 주관성의 교차, 극적 구성과 어조의 변화 등을 통해 서사적 구조와 서정적 집중을 이루어 낸 성공적인 작품이라 할 수 있다.

시집『풍랑』을 통해 시인이 보여 준 당대인의 고통스러운 내면과 민족주의적 구호들은 1959년에 발간된『정경』으로 넘어가면서 보다 정제된 표현을 얻게 된다. 이 시집에 이르러 모윤숙은 전 시집에서 보여 주었던 현실의 아픔과 고백을 다스리며(「헤어진 뒤에도」,「남대문(南大門)」) 다시금 서정적인 정서를 회복하고자 한다. 특히 "그렇지요", "그렇게 했지요", "～지 않나요?" 등과 같은 청자 지향적 언술을 주도적으로 사용, 내밀한 고백을 통해 내면을 다스리는 서정적 화자의 형상을 효과적

---

27) 6·25전쟁기에 발표된 시들로 이 시기의 시집『풍랑』(1951)은 한국전쟁 동안 파란만장한 피난 생활을 몸소 겪은 시인의 체험적 고백의 시편들로 가득 차 있다. 그러나 저항적 자세보다는 기원적인 뜨거운 호소력, 산문적이고 설명적인 구호투에 기대고 있다. 모윤숙은 일반적으로 시의 형식적인 아름다움의 측면보다는 시의 뜻에 더 관심을 가지고 애국적인 낭만으로 민족을 노래한 여성시인으로 평가된다.

으로 주조해 내고 있다. 그러나 때로는 영탄 어법이나 서술체가 지나친 사용으로 말미암아 시적 긴장이 약화되는 경우도 있어 모윤숙의 주정주의적 경향이 갖는 일정한 한계를 노출하기도 한다.

주정주의적 경향을 특징적으로 보여 준 모윤숙과 달리 노천명은 첫 시집에서부터 지적 세련미와 절제된 언어로 여성시의 지성적 경향을 이루는 바탕이 되어 온 시인이다. 주정적, 구호적 언술 일색이었던 해방 이전의 여성 시단에서 노천명은 응시와 절제의 시선, 그리고 다성적 목소리[28]와 객관적 언술로 특징지어지는 새로운 영역을 개척하였던 것이다.

시어의 측면에서 노천명은 모국어를 각별히 닦아 썼는데, 특히 자연어에 대한 애정과 관심이 높아 그의 시는 우리 고유의 식물, 풍속, 사물들을 이름을 누구보다도 풍부하게 보유하고 있다. 세련된 은유와 이미지 구사의 수법, 서사적 이야기가 함축된 시들은 토속어 활용과 구체적 이미지, 그리고 청신하고 맑은 상상력이 역동적으로 흐르는 시 세계를 구현하며 당대 시단에 신선한 자극이 되었다.

---

28) 여성적 언술과 남성적 언술의 공존 혹은 병행을 통해 자아를 드러내는 시인의 모습은 익히 알려진 '사슴'의 모습을 통해 구체적으로 드러난다. '높은 족속'의 자아를 품었으되 슬픈 그림자와 먼 산을 응시하는 모습은 노천명이 인식한 자기 자신의 갈등이자 어쩌면 모든 인간에 내재한 보편적인 존재론적 갈등일 것이다. 동시에 인간 내면에 깃든 남성성과 여성성의 요소를 폭넓게 수용한, 즉 인간에게 내재한 양성성을 동시에 드러냄으로써, 어느 자아도 억압하지 않고 자유로운 의식과 욕망을 표현했다는 점에서 의의를 찾을 수 있을 것이다. 그의 시에서 읽어 낼 수 있는 응시와 절제의 시선은 종래 남성적 언술로 인식되었던 어조와 언술을 체화해 표현하고 있으며 양성적 목소리와 객관적 언술 그리고 서사 지향성이라는 새로운 영역을 개척하게 된다. 또한 그는 여성 화자, 남성 화자는 물론 객관적 화자에 이르기까지 절제의 미감으로 화자를 자유롭게 변모시키면서 다양한 소재들을 개성 있는 언술 속에 담아내 여성시의 체험과 세계를 확대시켰다. 남성 화자와 남성성의 수용은 한결같이 가냘프고 수동적인 목소리를 냈던 여성시의 체험을 넓히고 순응적이기만 했던 기존의 여성시의 지평을 뛰어넘어 새로운 화법을 개발한 의의를 가지는 것으로 볼 수 있다.

아카시아 꽃 핀 유월의 하늘은/ 사뭇 곱기만 한데/ 파라솔을 접듯이/
마음을 접고 안으로 안으로만 든다(「유월의 언덕」 부분)

오이씨같은 발부리가 창공을 차고/ 까아맣게 늘였다 들어오는 길은
(「그네」 부분)

마당엔 하늘을 욕심껏 들여놓고(「이름없는 여인이 되어」 부분)

접었다 폈다 하는 파라솔을 추상의 덩어리인 마음으로 구체화하는
감각이 신선하다. 그네의 움직임이나 넓은 하늘을 좁은 마당 안으로 들
여놓는 응축의 움직임은 시에 입체감을 부여한다. 감각적 이미지를 처
리하는 노천명의 어법은 현대시의 모더니즘적인 요소와도 닿아 있다.

그러나 1950년대로 넘어오면서 노천명의 시는 세련미와 절제미를
보여 주던 초기 시 경향으로부터 다소 멀어진다. 『산호림』, 『창변』의
시대를 지나 『별을 쳐다보며』(1953)와 유고 시집 『사슴의 노래』(1958)
에 이르면서 노천명의 시 세계에는 불안한 그림자가 짙게 드리워진다.
이러한 변모 과정에는 친일 경력과 부역, 감옥 생활, 생활고 등의 신산
한 현실의 문제가 도사리고 있다고 할 수 있다. 시와 역사, 이상과 현실
의 긴장감이 무너졌을 때 노천명의 자아는 절제와 응시의 거리를 잃어
버리게 되었던 것이다.

노천명은 해방 이후, 특히 전쟁 이후에 애국시를 많이 발표하는데,
이는 부역에 대한 보상 심리에서 나온 지극히 전략적인 행동이었다고
생각된다. 표현적 측면에서 이러한 시들은 영탄적 어조와 과잉된 감정
분출을 특징적으로 보여 준다. 이 과잉된 표정의 이면에 내포되어 있는
것이 바로 공포와 불안에 쫓기며 폐쇄적인 공간으로 자아를 축소시켜
가는 시인의 불안한 실존 상황이다.

한편 1950년대를 주된 활동기로 삼는 대표적인 여성시인으로는 김
남조와 홍윤숙 등을 들 수 있다. 이들은 모윤숙과 노천명의 계보를 각

각 계승하면서도 독창적인 시 세계를 개척, 여성시단에 새로운 활력을
불어넣었다.

김남조[29]는 첫 시집 『목숨』(1953)을 시작으로 『나아드의 향유』
(1955), 『나무와 바람』(1958), 『정념(情念)의 기(期)』(1960) 등을 잇달아
발간하면서 활발한 시작 활동을 전개한다. 무엇보다 그는 전통적 서정
시의 경향을 계승하는 동시에 사랑을 주제로 한 섬세하고도 부드러운
서정성을 독특하게 시화함으로써 여성시의 한 계보를 발전적으로 선도
하였다.

김남조 시의 중심 축은 단연 "님"과 나의 관계, 즉 '사랑'이다. 사랑
을 다룸에 있어 그는 불완전하고 곤핍한 존재의 부정적 본질을 인식하
는 자기 응시의 태도에서 출발하여 존재의 불완전성을 타자에의 순응
적 귀속으로 극복하는 태도를 일관되게 보여 준다. 그의 임은 때로는
목숨을 걸고 사랑해야 할 운명적인 대상으로 드러나기도 하고, 때로는
거의 신격화된 신앙의 대상으로 나타나기도 한다. 임을 신성화함으로써
사랑에 절대적인 힘을 부여하여 삶의 의욕과 의의를 회복하고자 한다.

첫 시집 『목숨』에서 그는 진정한 '사랑'과 마주하는 순간을 '목숨
의 절정'에 비유한다. 그리고 생의 절체절명의 순간에 마주하는 '바다'
를 사랑이 넘실대는 충만한 공간으로 형상화하고 있다. 『나아드의 향
유』나 『나무와 바람』, 그리고 『정념 기』 역시 사랑하는 이를 위한 시적
자아의 헌신적이고 희생적인 이미지를 두드러지게 보여 준다. 김남조
의 시에서 '당신'은 지고한 존재이며, 이러한 당신에 대한 사랑은 특히
'나무'라는, 존재론적인 사랑을 함유하는 시인의 개인적 상징물에 가탁
되어 섬세하게 형상화되고 있다.

---

29) 김남조(金南祚, 1927~): 대구 출생. 1950년 《연합신문》에 「성수(星宿)」와 「잔상
(殘像)」을 발표하며 등단. 시집 『목숨』(1953), 『나아드의 향유』(1955), 『나무와 바람』
(1958) 등.

임의 말씀 절반은
맑으신 웃음
그 웃음의 절반은
하느님 거 같으셨다
임을 모르고 내가 살았더라면
아무 하늘도 안보였으리

—「임」 부분

울고 싶어라
머리칼도 곤두서는
률연(慄然)한 추위에
물과 바다의
모든 깊은 곳으로부터
보혈을 섞어 빚은
새 봄의 혈액을
한없이 자아올리시는
설일(雪日)의 주님

—「설일(雪日)」 부분

인용한 시들에서 볼 수 있듯이 김남조의 시에서 '임'은 대부분 흠 하
나 없는 무구한 존재로 묘사된다. 하지만 무구한 '임'과의 사랑을 끊
임없이 노래하는 그의 시가 계절적 배경으로 채택하는 것은 역설적이
게도 주로 겨울이다. 일견 모순되는 설정으로 보이지만 혹독한 겨울일
수록 그것을 견딘 뒤에 얻게 될 봄의 결실을 더욱 값지게 만들어 준다
는 점을 감안한다면 '겨울'이라는 계절적 배경이 그의 시에서 갖는 역
할은 매우 효과적이라고 할 수 있다. 겨울이 혹독할수록, 그 겨울에 대
한 시적 자아의 견딤이 고통을 동반할수록 시적 자아의 사랑과 깨달음

은 지고한 것으로 고양된다. 겨울 · 추위 · 바람 · 눈물로 상징되는 기다림의 혹독한 시간, 차가움과 내밀함의 시간을 겪고 나서야 비로소 시적 자아는 임을 진정으로 맞이할 수 있게 되는 것이다. 가령 「겨울사랑」, 「겨울에게」, 「다시 겨울에게」, 「겨울나무」, 「겨울바다」, 「겨울꽃」 등의 시는 이러한 겨울의 속성을 잘 보여 준다. 이 시들에서 겨울은 존재의 새로운 탄생을 예비하는 죽음의 시간, 즉 통과제의적인 시간으로 형상화된다. 겨울을 마주한 시적 자아는 죽음의 과정을 조용히 응시한다. 그리고 그 죽음의 시간을 고독하게 참아내고, 이 인내의 과정을 거쳐 다시금 영원한 생명을 획득해 간다. 이때 겨울은 물리적 · 자학적 현실 속의 존재를 천상의 지고지순한 존재로 상승시켜 차원 높은 생명의 가치를 획득하게 하며, 또한 청춘의 열정과 번민을 차갑게 얼려 비로소 임과의 이성적인 진정한 융화를 이루게 한다.

이 밖에도 김남조 시에 자주 등장하는 시어로는 새, 나무, 풀, 하늘, 바람, 영혼, 촛불 등을 들 수 있다. 이러한 시어들 역시 대부분 영혼과 육체의 갈등, 지상적 욕망과 천상적 평안의 갈등이 빚어내는 정신의 부하물들로 나타난다.

> 이 바람을 어이랴
> 실바람 한 오락지 살갗에만 닿아도 사랑 내음에 절은
> 머리칼 한 움큼에 열손가락 찔러넣듯 진홍의 관능에
> 몸서리치며 내 미치네
>
> ──「범부(凡婦)의 노래」 부분

시 「범부의 노래」는 지상의 관능적 사랑이 기도와 정화를 통해 신을 향한 지순무구의 아가페적 사랑으로 변모되는 과정을 잘 보여 준다. 순명(順命)의 사랑을 아는 나무의 사랑을 통해 "천상의 불빛이 땅으로 부어져 내린다"는 시적 표현은 시인의 사랑이 단순히 개인적인 수준에

머무는 것이 아님을 보여 주고 있다. 이 시가 이야기하는 사랑은 목숨이 있는 모든 것을 대상으로 하는 승화되고 보편화된 사랑이다. 세계와의 융합을 꿈꾸는 이러한 포괄적 세계관은, 가톨리시즘에 입각한 양면성의 포괄, 개별적인 것을 넘어서는 영원성에의 희구, 인간애 등으로 특징지어지는 김남조 시의 개성을 잘 드러내고 있다.

반면 홍윤숙은 김남조와 대적점에서 노천명을 계승한 지성적 흐름을 주도한 시인이다. 1947년 등단하여 1962년 첫 시집 『여사시집』을 출간한 홍윤숙은 끝없이 자기 존재를 확인하고 정감을 억제해 나가는 태도를 견지하며 사물과 관념의 영역을 성실하게 천착해 나갔다. 그의 시에는 언어에 의한 지적 성찰이 번뜩인다. 특히 그는 당대 여성시인으로서는 드물게 6·25전쟁 이후 비극적 역사 속에 놓인 개인의 삶을 조명하고 있으며, 여성들의 삶이 비극적 역사나 사회의 모순과 결코 무관하지 않음을 체험한 사람만이 느낄 수 있는 절박한 현실 의식을 통해 차분하고 담담한 어조로 이야기한다. 여성의 의식과 활동이 모두 위축될 수밖에 없었던 시대적 정황 속에서 강건한 의식을 바탕으로 한 시를 썼던 것이다. 이러한 태도는 역사의 주변부로 밀려나 있던 여성의 의식을 감수성의 자극이 아닌 반성에 의한 지적 충격을 통해 일깨우고 있다는 점에서, 그리고 이를 통해 기존의 여성 언술에 새로운 가능성을 열어 주고 있다는 점에서 중요한 의의를 가진다.

> 보아요
> 우리들이 떠나온 그날부터
> 숯불 같은 산하를 맨발로 걸어온
> 40년 광야
>
> (중략)

바람 부는 벌판에 장대로 서서
한 시대 어둠을 허물어 내요
두 팔에 집채 같은 밤을 안아요

─「사는 법 6」 부분

「사는 법 6」은 고난으로 점철된 역사를 몸으로 직접 체험한 자만이
가질 수 있는 적극적인 현실 인식이 돋보이는 시이다. 시인은 한반도의
역사와 그 속에서 지탱해 온 자신의 삶을 "숯불 같은 산하를 맨발로 걸
어온 40년/ 광야"에 비유한다. 맨 살갗에 와 닿는 불의 뜨거움은 죽음
에 가까운 고통을 환기하지만 불이 가져다준 인내와 의식의 고양은 결
국 집채 같은 한 밤, 한 시대의 어둠을 허무는 긍정적인 불을 낳고 있
다. 특히 거친 남성적 현실과 대비되는 "보아요", "허물어 내요", "안아
요" 등의 여성적 어조는 비극적 역사를 온몸으로 감수해 내면서 부정적
현실을 건강한 노동과 모성적 포용으로 극복해 가려는 여성의 의지를
잘 드러낸다.

홍윤숙의 역사에 대한 체화된 인식은 여성의 삶에 부정적인 것으로
인식되기 쉬운 일상사에 대한 반추를 통해 내적 깊이를 얻어 간다. 여성
적 공간의 일상성은 시인 특유의 긍정적 성찰로 인해 빛난다. 남성이 계
속되는 자기 비하와 소시민성으로 인해 부정적인 일상으로 회귀한다면
여성은 생의 지혜로 깊숙이 나아간다. 그러한 성찰은 홍윤숙의 시에서
'소금', '바람', '나무', '집' 등의 일련의 이미지를 동반하고 나타난다.

또한 홍윤숙은 6·25전쟁 이후 비극적 상황 속에 놓여 있는 개인의
삶을 조망하면서 주로 남성 작가들의 관심사였던 역사나 사회에 깊이
접근함으로써 내부로만 향해 왔던 여성시의 범주를 확장시켰다. '하고
있다', '스며들다', '본다' 등의 객관화된 어법의 사용은 대상과의 균형
잡힌 거리 위에서 삶과 우주에 대해 성찰하는 시인의 관조적, 지적 태
도와 적절히 호응한다. 이러한 확대된 시각과 지적 태도는 문화나 역사

밖으로 소외되어 있던 여성들의 의식에 지적 자극을 주는 역할을 하고 있으며, 주정주의적 경향에 경사되어 왔던 기존의 여성적 언술에 새로운 가능성을 열어 주고 있다.

이 시기 전봉건[30]은 시집 『사랑을 위한 되풀이』에서 폐허가 된 삶 속에서 다시금 피어나는 생명에 대한 애정과 사랑을 열정적인 어조로 이야기한다. "되풀이"라는 시집과 해당 시의 제목답게, 그의 시에서는 "자세히 보라", "무엇인가", "저것들"의 반복되는 시어를 통해, 남루한 일상을 낱낱이 조명한다. 그 일상을 눈물겹고 아름다운 것으로 바꿈으로써, 그는 삶을 이겨내는 의지를 다지는 것이다.

저것들/ 살찐 꽁치 두어 마리 사러/ 시장 가는 언니 등에 엎힌 저것./ 깨어지고 부서진 기와 조각에/ 구름이랑 해랑 산과 나무랑 그림 그리며 노는/ 성황당 뜰의 저 어린 것./ 전차길도 마구 건너뛰는 숨박꼭질/ 온통 넋 잃은 저 어린것들을 본다// (중략)/자세히 보라./ 그러면 저 언덕 아래 나뒹군/ 대포의 녹슨 포신이나/ 저 밭머리에 처박힌 전차의/ 녹슨 캐타페라에도/ 오늘 아침 이슬은 아롱아롱 맺혀 있고/ 이슬마다 태양은 가득히 고여/ 빛나고 있음을 알 수가 있다// (중략)// 둥글게/ 일렁이고 일렁이는/ 푸른 물결 무늬./ 자세히 보라/ 저 물결 푸른 무늬 타고 함께 분명히 춤추듯이 일렁이고/ 일렁이는 우리의 하늘과 햇빛/ 버드나무와 그리고 너와 나와/ 얼굴 든 작은 꽃 한 송이/ 어찌 노래가/ 아닐 것이랴.

　　　　　　　　　　　　　　　　　　　―「사랑을 위한 되풀이」 부분

시인은 전쟁이 지나간 자리에서 뛰노는 어린 아이들의 모습과, 그 흔적에 맺힌 이슬과 아롱진 햇살, 그리고 일상을 꾸려 나가는 이들의

---

30) 전봉건(全鳳健, 1928~1988): 평남 안주 출생. 1950년《문예》지에「사월(四月)」,「축도(祝禱)」 등을 발표하며 등단.《현대시학》 창간. 시집『사랑을 위한 되풀이』(춘조사, 1959) 등.

움직임을 애정 어린 시선으로 노래한다. 그리하여 그는 다시금 "노래하리라"고 외친다. 그의 시이자 시집 제목이기도 한 "사랑을 위한 되풀이"는, 결국 그의 노래가 세계를 사랑하고 있음을 뜨겁게 이야기하는 "되풀이"인 것이다. 이를 통해 시인은 노래의 힘을 통해 독자를 치유하고, 세계와 화해한다.

이외에 전쟁 후 피폐해진 삶에 서정성을 회복시키고자 하는 시단의 경향에 따라, 전후 시단에는 구자운, 권일송, 김관식, 김남조, 김종문, 김종진, 박양균, 박재삼, 박성룡, 박용래, 박희진, 유경환, 윤삼하, 이동주, 이수복, 이성교, 이유경, 이원섭, 이형기, 임강빈, 장호, 정공채, 한성기, 한하운, 황금찬 등의 시인들이 대거 등장한다.

박재삼[31]은 1953년《문예》지에 「강(江)물에서」로 등단했다. 시인은 맑고 투명한 시어와 명징한 이미지를 전통적인 가락에 실어 민족적 정한을 아름답고 처연하게 그려 냈다.

> 마음도 한 자리에 못 앉아있는 마음일 때
> 친구의 서러운 사랑이야기를
>
> 가을 햇볕으로나 동무삼아 따라가면,
> 어느새 등성이에 이르러 눈물나고나
>
> ―「울음이 타는 강」 부분

어지간히 구성진 노래끝에도 눈물나지 않던 것이 문득 머언 들판을

---

31) 박재삼(朴在森, 1933~1997): 일본 도쿄부 미나미다마군 출생. 1953년 모윤숙에 의해《문예》에 시조 「강물에서」로 추천 받음. 1955년 서정주에 의해《현대문학》에 시 「섭리」, 「정적」으로 추천 완료. 1956년 제2회 현대문학 신인상 수상. 시집 『춘향(春香)이 마음』(1962), 『울음이 타는 가을강』(1987) 등.

서성이는 구름 그림자에 눈물져 올 줄이야.

　사람들아 사람들아

　우리 마음 그림자는, 드디어 마음에도 등을 넘어 내려오는 눈물이 아
니란 말가.

──「바람 그림자를」 부분

　집을 치면, 정화수 잔잔한 위에 아침마다 새로 생기는 물방울의 선선
한 우물집이었을레, 또한 윤이 나는 마루, 그 끝에 평상의, 갈앉은 뜨락
의, 물냄새 창창한 그런 집이었을레. 서방님은 바람같단들 어느때고 바
람은 어려울 따름. 그 옆에 순순한 스러지는 물방울의 찬란한 춘향이 마
음이 아니었을레.

──「수정가」 부분

　1959년 발표된 대표작인 「울음이 타는 강」은 순간의 시학을 지향하
는 서정시가 다다를 수 있는 미감의 절정을 보여 준다. 섬세하고 투명
한 감성을 우리말의 결을 최대한 살려 선택된 시어에 투영하여, 전통적
정한의 정서를 인상적으로 체험하게 한다. 화자는 자문자답의 형식을
빌려 청자를 낯익은 고향의 장소로 불러들인다. 「수정가」 역시 정한의
눈물을 맑고 깨끗한 아침의 물방울로 신선하게 길어올린다. 담담한 듯
하면서도 다정하고 정겨운 가락을 타고 흐르는 춘향의 목소리는 음습
한 정한의 정서에 신선하고 새로운 기운을 부여한다. 박재삼의 시에 있
어서 "눈물"은 한과 눈물을 소재로 전통적인 서정성을 획득했다는 긍
정적인 평가[32]와 더불어 비현실적이고 현실에 대한 응전력이 부족하다

---

32) 김주연, 「한과 그 이후」, 『천년의 바람』(민음사, 1975) 해설.

는 부정적인 폄하[33]의 근본 원인이 되고 있다. 그러나 "눈물"은 영탄적인 울음이나 슬픔을 넘어서, 정서를 질서화하는 승화 과정을 거치며 새로운 미감을 획득한다.

한국어의 언어적 질감을 되살리고 소월, 영랑, 미당으로 이어지는 전통적인 정서와 리듬을 계승한 박재삼의 서정적 시 세계는, 모더니즘론이 새롭게 대두되었던 1950년대 한국시사에서 의미 있는 성과를 거두었다고 할 수 있겠다.

「이야기하는 쟁기꾼의 대지」로 등단한 신동엽[34]은 「진달래 산천(山川)」, 「새로 열리는 땅」, 「향(香)아」 등의 시편에서 전통적 서정주의의 풍모를 뚜렷이 보여 준다. 이 시들에서 그는 이야기시, 서술시 등의 장르 변동을 시도하며 '옛이야기'와 '전설'로 이야기되는 순일하고 아름다운 세계를 이상향으로 그려 내며 이를 갈구한다.[35]

한편 자연물에 대한 애정을 드러낸 박용래[36] 시의 특징으로는 단문 및 명사형 종결 어미와 반복적 어법을 통한 운율의 확보, 그리고 자연물을 소재로 하며 여성적인 어조와 소멸 의식을 통해 표현되는 서정성의 확보 등을 들 수 있다. 새, 바람, 풀꽃, 논, 풀벌레 등의 향토적이고

윤재근, 「박재삼론」, 《현대문학》 1975. 5.

33) 고은, 「실내 작가론 ─ 박재삼 편」, 《월간문학》 1970. 1.
　　김혜련, 「박재삼 시 자세히 읽기」, 『춘향이 마음』(신구문화사, 1982).

34) 신동엽(申東曄, 1930~1969): 충남 부여 출생. 1959년 《조선일보》 신춘문예에 장시 「이야기하는 쟁기꾼의 대지(大地)」가 입선하면서 등단. 시집 『아사녀(阿斯女)』(1963), 전집 『신동엽 전집』(1975) 등.

35) "들국화처럼 소박한 모습을 가꾸기 위하여 맨발을 벗고 콩바심하던 차라리 그 미개지(未開地)에로 가자 달이 뜨는 명절밤 비단치마를 나부끼며 떼지어 춤추던 전설같은 풍속으로 돌아가자 내 스물 구비치는 싱싱한 마음밭으로 돌아가자"(「향아」)

36) 박용래(朴龍來, 1925~1980): 충남 논산 출생. 1956년 박두진에 의해 「황토길」, 「땅」 등이 각각 《현대문학》 1월호와 4월호에 2, 3회 추천을 받으며 등단. 1979년 한국문학사 제정 제7회 한국문학작가상 수상. 시집 『싸락눈』(1969), 『강아지풀』(1975), 『백발(白髮)의 꽃대궁』(1979).

전원적인 소재는 1950년대 후반에 쓴 15편의 초기 시 「땅」, 「겨울밤」, 「설야」, 「가을의 노래」 등의 시편에서부터 주된 이미지로 나타난다. 그의 시에서 자연은, 웅장하거나 강렬한 원시성을 풍기는 것이 아닌, 작고 소외된 풀꽃, 벌레, 그리고 그 속에 깃든 소박한 정착 공간 등으로 등장한다. 시인은 홀로 침묵한 채, 자연과 교감하며 서정적인 동일화를 이루고 있으며, 인간의 근원적인 고독과 그리움에 대해 숙고하게 만드는 "듣는" 행위[37]는 세계를 관찰하고, 나아가 자아의 내면을 탐색하는 작업을 이룬다. 그의 시는 소박하고 전원적이지만 동시에 근원적인 공간인 자연 공간의 향수를 불러일으킴으로써 공감을 이끌며 자아를 치유하는 작업으로 확장된다.

한편 조병화는 인간의 순수 고독을 이야기한 시인으로 꼽을 수 있다. 조병화의 시는 인간의 본질적 속성이라 할 수 있는 근원적 고독에 시적 뿌리를 내리고 있다. 전쟁의 참상에 대한 언급 이후, 일상의 고독과 외로움 속에 파묻힌 존재자의 모습을 현현하는 조병화는 존재의 내적 고독을 시적 서정으로 순화시키는 데서 형성되는 순수 고독의 세계를 지속적으로 탐구해 왔다. 이러한 경향은 1950년대에 발간된 시집[38] 들에서 두드러지게 발견된다. 순도 높은 고독에 대한 의식과 강렬한 희구는 『패각(貝殼)의 침실』(1952), 『인간고독(人間孤島)』(1954)에 이르러서는 구체적인 일상성을 띠며 좀 더 확연한 시각 이미지로 변이된다.[39]

---

37) 그가 듣고 있는 눈 소리나 풀벌레 소리의 특징은 인위적인 소리가 아닌 자연의 소리이며, 이 소리는 시적 자아로 하여금 듣게 한다는 점에서 특징적이다. "잠 이루지 못하는 밤 고향집 마늘밭에 눈은 쌓이리"(「겨울밤」)에서 환기되는 눈 쌓인 풍경의 고즈넉한 풍광은, "언제까지나 작별을 아니 생각할 수는 없고"(「땅」)로 이어지면서, 존재의 근원적 고독을 불러낸다.

38) 『하루만의 위안』(1950), 『패각의 침실』(1952), 『인간고독』(1954), 『사랑이 가기 전에』(1955), 『기다리며 사는 사람들』(1959) 등.

39) "빨간 태양을 가슴에 안고/ 사나이들이 잠이 길어진 아침에/ 샘터로 나오는 여인네들은 젖이 불었다"(「샘터」, "열매와 같이 익은 심장을 안고/ 길을 걷자/ (중략)/ 주검

또한 이후의 시집 『사랑이 가기 전에』(1955), 『기다리며 사는 사람들』(1959)에서는 철학적인 주제 의식을 좀 더 평이한 언어로 풀어 이야기함으로써 철학적이고 사색적인 주제 의식에도 불구하고, 쉽고 서술적인 어조와, 사랑·외로움·이별 등 누구나 공감할 수 있는 보편적인 시적 상황을 통해 독자와의 거리를 좁혔다는 의의를 찾을 수 있다.

1952년에 등단한 천상병[40]은 장식적 수사나 지적인 조작을 배제하고 현실을 초탈한 삶의 자세를 매우 간명하고 담백하게 표현한다. 그는 세속적 가치와 인위적 기교를 뛰어넘어 소박하고 천진한 시 의식을 담음으로써 매우 개성적인 시 세계를 보여 준 시인이다. 「나무」, 「약속」, 「갈대」, 「강물」 등의 시에서 시인은 대상이 풍기는 고독에 동참한다. 특별히 그는 「등불」, 「어두운 밤에」에서 고독을 마주하는 자신과 조우하고, 시인으로서의 자신을 발견한다. 이러한 의식은 곧 하늘의 '새'라는 상징물로 이어지는데, 초기 시 「무명(無名)」(1957)에서도 시인은 자연의 거대한 흐름 속에 서 있는 자아를 발견한다. 우주 속에서 무명의 존재를 발견했다는 것은 삶을 개척하는 역동적인 힘으로 작용할 수도 있으나, 동시에 유한한 인간에 대한 비극적 성찰의 시작이 될 수도 있다. 그러나 하늘을 나는 새는 그의 시에서 삶의 유한성을 역전시켜, 무명의 존재를 우주라는 영원의 공간으로 귀속시키는 상관물이 된다.[41]

은 가고 인생이 남고"(「길을 걷자」)

40) 천상병(千祥炳, 1930~1993): 일본 효고현 히로시 출생. 1952년 《문예》 1월호에 유치환의 추천으로 「강물」을 발표하고, 5·6월 합본호에 모윤숙의 추천으로 「갈매기」를 발표하며 등단. 1971년 행방불명되어 사망 추정. 유고집 『새』 발간. 시집 『새』(1971), 『천상병은 천상 시인이다』(1984) 등.

41) "이 하늘, 저 하늘의/ 순수균형"(「새」)의 자세는 곧, "하늘을 깎아" 무명의 존재를 탐구하고자 했던 시인 의식의 일관된 지향으로서, 그의 시 세계를 풀어나가는 출발점이 된다. "저기 저 하늘을 깎아서/ 하루 빨리 내가/ 나의 무명을 적어야 할 까닭을,// 나는 알려고 한다/ 나는 알려고 한다"(「무명」)에서, 시인은 반복적 술어를 통해서 자기 존재에 대한 탐구의 의지를 곧추세운다.

문덕수[42]는 이 시기 '나무' 등을 비롯한 식물의 심상(「생각하는 나무」 등)을 통해 고통스러운 삶 속에서도 강렬하게 피어나는 삶의 여정을 그려 내고 있다. 「군대」, 「초병」, 「포연을 숨쉬는 나팔꽃」, 「완충 지대에서」, 「38선에서」 등의 시에서 그는 전쟁의 참상만이 아니라, 그 안에서 견디고 살아 나가는 인간에 집중한다.

> 보이지 않는 지맥에까지 어쩔 수 없는 몸부림을 전한다.
> 안으로 지닌 생명의 그지없는 중량을 가득히 느껴 본다.
> 받들고 숨쉬는 하늘과 구름과……산새의 무게를 균형해 본다.
> 먼 불안의 방황에서 돌아오듯
> 이제 숨막히는 긴장을 푼다.
> 한 잎 두 잎 목숨을 떨어뜨린다.
> 가볍고 서운한 안으로 충만해 오는 희열이 있다.
> 가지를 휘감아 울리는 비상(飛翔)의 흐느낌이 있다.
> 발가벗은 채
> 나무는 귀를 기울여 본다.
>
> ──「생각하는 나무」 부분

"몸부림", "생명의 그지없는 중량", "방황" 등의 시어는 대지에 뿌리 박고 몸을 굳건히 세운 나무에 긴장감을 불어넣는다. 이 긴장감의 절정에는 삶을 일구고 가늠해 보는 인간사와, "하늘"과 "구름", 그리고 "산새"의 무게를 지고 있는 나무가 겹치는 "긴장"이 놓인다. 계절의 순환에 따라 잎을 떨구고 나무는 일시적으로 죽음에 다가서지만, 그 또한

---

42) 문덕수(文德守, 1928~): 호는 심산(心山), 자는 청태(靑笞). 1928 경남 함안 출생. 1955년 《현대문학》에 시 「침묵」이 추천되어 등단. 1964년 평론 「신라 정신의 영원성과 현실성」으로 현대문학상 수상. 시집 『황홀(恍惚)』(1956), 『선(線), 공간(空間)』(1966), 『새벽바다』(1975) 등.

"가볍고 서운한" "충만해 오는 희열"로 승화된다. 시인은 시대적 아픔을 회한에 끈적거리지 않는 강인함으로 형상화한다.

한편 이 시기에 한하운[43]은 시집 『보리피리』를 출간하였다. 『보리피리』는 1949년 시인이 나병 환자들을 위한 사업에 직접 뛰어들면서 한동안 활동하지 않다가 6년 만에 낸 시집이다. 병에 걸리고 난 이후, 그는 천형의 존재로서의 슬픔과, 한 많고 아름다운 세상[44]을 "문둥이"라는 시어로 표현한다.[45] 특히 그는 눈물이나 울음 등 극한의 슬픔을 "피 - ㄹ 닐니리"라는 피리소리[46]로 형상화하였다.

김관식[47]은 『낙화집』(1952)과 『김관식 시선』(1956)에서 "땅벌레", "누에", "잠자리" 등의 벌레 이미지를 통해 전쟁의 충격이 남긴 상흔으로 인해 축소되고 왜소해진 자아의 모습을 형상화하였다. 또한 성서의 창세 이야기와 추수감사절 등의 기독교적 시선을 엿볼 수 있는데, 여기서도 마찬가지로 "두더지"나 "뱀" 등 땅에 접촉한 짐승과 죄의 이미지를 엿볼 수 있다. 또한 '그대'를 비롯한 타인에게 이야기하는, 말 건네는(「석가의 노래」 등) 대화 및 서술체를 통해 감정을 직접적으로 토로(「통곡」)한다.

전통적 소재에 대한 애정과 서정성에 대한 관심을 드러내는 이동주[48]는 『혼야(婚夜)』(1951), 『강강술래』(1955)에서 과거의 시간과 현재

---

43) 한하운(韓何雲, 1920~1975): 1949년 《신천지(新天地)》 4월호에 시 「전라도 길」, 「벌」, 「목숨」 등 13편을 발표하며 등단. 시집 『한하운 시초』(1949), 『보리피리』(1955), 『한하운 시 전집』(1956) 등.

44) 한하운, 「자시(自序)」, 『보리피리』(인간사, 1955).

45) "그리움과 뉘우침이 가득한 문둥이"(「청지유정(靑芝有情)」)

46) 그의 시에서 피리나 풀잎, 파랑 등의 'ㅍ' 음상과 "파랑잔듸"(「청지유정」)에서 환기되는 푸른색의 이미지는 시인이 생각하는 이상적인 자유로움과 생명을 드러내 준다.

47) 김관식(金冠植, 1934~1970): 충남 논산 출생. 1952년 시집 『낙화집(落花集)』 발행. 1953년 《현대문학》에 「연(蓮)」, 「계곡(溪谷)에서」 등으로 추천되어 등단. 시집 『낙화집』(1952), 『김관식 시선』(1956) 등.

48) 이동주(李東柱, 1920~1979): 전남 해남 출생. 1946년 좌경 단체인 목포예술문화동

346

의 시간을 매개하는 행위('강강술래', '혼인')를 통해 이질적인 시공간을 통합하며 물아의 경지에 다가선다. 또한 앞뒤 낱말의 수를 통일한 행갈이나 운맞춤, 그리고 곡진하면서도 정돈된 어법, 운율에 대한 시인의 섬세한 의식을 통해 전통적인 시인의 세계관을 살펴볼 수 있다. 한편 임강빈[49]은 꽃과 항아리를 통해 묘사적인 시 세계를 보여 주고 있다. 새와 열매 등의 자연물과 더불어 짧고 운율이 강한 시를("먼곳으로부터/ 찾아오는// 새벽/ 맑은/ 동자여"(「새벽」), "물살이 고와서/ 소리내는 강// 물소리가/ 이따금/ 목을 적신다"(「강」)) 통해 공감을 자아내고 있다.

또한 1956, 1958, 1959년에 등단한 신경림, 고은, 황동규, 민영 등의 시인은 이후 1960년대부터 현재에 이르기까지 활발하게 활동하며 한국 시의 깊이와 너비를 확장한 시인이라 할 수 있다. 시 「갈대」로 잘 알려진 신경림[50]은 등단 초기에는 인간의 원초적 고뇌를 노래하였으며, 이후에는 농촌 현실을 밀착적으로 그려 냈다. 같은 해 등단한 고은[51]은 「봄밤의 말씀」, 「눈길」 등을 발표하면서 본격적인 작품 활동을 시작하였다. 그의 시에서 두드러지는 것은 자연이 지닌 변전의 요소와 예리한 관찰에 의해 파악되는 순수한 서정성이라고 할 수 있다.[52] 또한 「즐거운

맹에 가담하여 오덕, 심인섭, 정철 등과 함께 공동시집 『네동무』 간행. 1950년 서정주의 추천으로 《문예》지에 「새댁」과 「혼야(婚夜)」를 발표하며 등단. 1960년 한국문인협회상 수상. 1962년 오월문학상 장려상 수상. 시집 『혼야』(1951), 『강강술래』(1955), 『산조』 등.

49) 임강빈(任剛彬, 1931~): 1956년 《현대문학》에 「코스모스」 외 2편이 추천되어 등단. 시집 『당신의 손』(1969) 등.

50) 신경림(申庚林, 1936~): 충북 중원 출생. 1956년 《문화예술》에 시 「낮달」로 등단. 시집 『새재』(1979) 외 다수.

51) 고은(高銀, 1933~): 본명 고은태(高銀泰). 전북 군산 출생. 《현대시》에 「폐결핵」을 발표하면서 등단. 시집 『신 언어 최후의 마을』(1967) 외 다수.

52) 초기의 시집 『피안감성』, 『신·언어·최후의 마을』 등에서 인간이나 자연은 같은 질서 아래 놓여 있으며, 모든 생명체를 소멸시키는 삶의 법칙에 의하여 인간은 성장하고 죽는다고 말한다. 또한 그는 인간과 자연의 생사변전이 같은 원인에서 생긴다는 주제를 여러 방법으로 변형·제시함으로써 자연과 인간을 움직이는 법칙을 파악하고자 한다.

편지」 및 「풍장」 시편으로 잘 알려진 황동규[53]는 지적이고 세련된 언어
와, 다채로운 상상력을 통한 새로운 서정의 세계를 구현하면서 한국 시
의 주지적 경향을 이어 나가고 있다. 그리고 약하고 소외된 존재를 끊임
없이 문학의 언어를 통해 공론화한 시인 민영[54]은 세계의 불합리와 폭
력성을 직시하면서도 삶의 아픔을 끌어안는 강인한 시 세계를 펼친다.

　전후의 현실에서 파탄된 자아를 회복하고, 세계와 자아의 내적 연관
성을 성찰하고자 하는 1950년대의 서정시는 단순히 전통적 서정을 계
승하는 차원을 넘어선다. 이 시기의 서정에는, 파괴된 개인의 실존을 회
복하고자 하는 성찰의 자의식이 강렬하게 자리하고 있다. 시인들은 자
아의 고독과 슬픔을 깊이 있게 들여다봄으로써, 고유한 내면성을 구축
하고, 이를 통해서 폐허가 된 현실에 대응하고자 하는 시적 의식을 보여
준다. 이러한 서정성의 다양한 질감은 1950년대의 시적 인식을 심화시
키고, 서정의 영토를 확장하는 데 기여하였다. 특히 새로운 여성시인들
의 등장은, 기존의 여성시가 보여 준 인식적 지평을 넘어서는 새로운 가
능성을 보여 주었다. 그러나 해방과 전쟁, 분단 등으로 점철되는 이 시
기는 모든 인간이 타자이고 주변인이며, 고독한 소외인이었던 총체적
비극의 시대였다는 점에서, 각각의 시인들이 보여 준 다양한 서정시의
특질은 1950년대의 시사를 이끌어 가는 중요한 흐름이었다고 하겠다.

3 모더니즘 시와 다양한 실험적 모색들

　해방 이후 모더니즘 운동을 주도한 것은 1930년대 모더니즘의 발전

---

53) 황동규(黃東奎, 1938~): 평남 숙천 출생, 시 「시월」, 「동백나무」, 「즐거운 편지」가
　《현대문학》에 추천되어 등단. 시집 『삼남에 내리는 눈』(1974) 외 다수.
54) 민영(閔暎, 1934~): 강원도 철원 출생. 1959년 《현대문학》에 「동원(童願)」으로 등
　단. 시집 『단장』(1972) 등.

적 계승을 표방하며 1948년에 결성된 '신시론' 동인이었다. 김경린, 김병욱, 박인환, 김경희, 임호권 등이 동인으로 참여하였는데, 무엇보다 스스로를 전대 모더니즘은 물론 기성 문단과도 구별하는 세대론적 성격을 강하게 보여 주었다는 점이 이들의 큰 특징이라 할 수 있다. 그 새로운 모색의 결과물이 바로 김수영, 김경린, 박인환, 양병식, 임호권 5인이 참여한 해방 기념시집 『새로운 도시와 시민들의 합창』(1949)이다.

이렇게 해방 공간 안에서 '신시론' 동인들이 전개한 모더니즘 운동은 당시 좌우익 양측으로부터 비판받아야 했다. 좌익 진영으로부터는 사상성 결여라는 공격을, 전통 서정시 일색의 우익 진영으로부터는 난해라는 비난을 받았던 것이다.[55] 이들이 표방한 '현대성'은 통념적으로 당시 좌우 문단 양 진영에 공통으로 시급했던 '민족 문학 건설'의 과제와는 동떨어진 기교탐닉주의로 받아들여져 왔기 때문이다. 그러나 그들의 모색은 단순히 기교적 차원에서 판단될 수만은 없는 측면을 갖는다. 그들이 기치로 내건 '언어의 기능 확대', '새로운 시 형식의 마련' 이면에는 부정적 현실에 대한 미적 저항이라는 인식론적 차원이 함께 견지되어 있기 때문이다.

1950년대 모더니즘 시 운동은 해방 공간에 등장한 이 신진 모더니스트들을 중심으로 전개되었다. '신시론' 동인을 중심으로 태동했던 후기 모더니즘[56] 운동은 1950년 이후 '후반기'라는 명칭으로 거듭나며 본격적인 유파적 운동으로 정착해 갔다. '후반기'의 집단적 활동은 전쟁 발발 이후 1951년 부산에서부터 본격적으로 시작되었으며, 이후 여러 차

---

55) 이승훈, 『한국 모더니즘시사』(문예출판사, 2000) 181쪽.

56) '후기 모더니즘'이라는 용어로 해방 이후 모더니즘 운동을 처음 지칭한 것은 시인 김경린이다. 그는 '신시론' 그룹과 시집 『새로운 도시와 시민들의 합창』에 참여했던 시인들을 중심으로 모더니즘의 새로운 흐름이 형성되어 갔던 당대적 상황을 설명하면서 '후기 모더니즘'이라는 용어를 사용하고 있다. 김경린, 「'신시론' 그룹과 『새로운 도시와 시민들의 합창』과 후기 모더니즘의 태동」, 김경린 편저, 『한국 모더니즘 시운동 대표 동인 시선』(앞선 책, 1994).

례의 동인 교체가 이어지면서 집단 내적으로 다양한 경향들을 포괄하였다. '신시론' 동인 중 김병욱, 김경희 등은 출발 직후부터 이 흐름에서 탈퇴하였고, 이후 김규동, 김차영, 이봉래, 조향 등이 정규 구성원으로 새롭게 영입되었다. 그러므로 정규 구성원으로 명명될 수 있는 시인으로는 동인회를 주도한 박인환, 김경린을 비롯, 후에 부산에서 영입된 김규동, 김차영, 이봉래, 조향 등의 6명을 들 수 있겠다. 그러나 이들은 1950년에 결성되어 1954년에 실질적으로 활동을 중단할 때까지 이렇다 할 동인지를 발간하지 못하여 집단을 결속할 만한 성과물을 구체적으로 내놓지 못하였고, 이로 인해 정규 구성원을 정확하게 한정하는 일을 어렵게 하였다. 실제로 '후반기'의 주요 동인인 김규동은 『새로운 도시와 시민들의 합창』에 참여하였던 김수영과 1950년대에 새롭게 등장한 김종문, 박태진, 전봉건 이활 등을 이 흐름에 포함시키기도 한다. 이는 '후반기'라는 용어가 단순히 폐쇄적인 그룹 이름에 그친 것이 아님을 보여 준다. 오히려 '후반기'라는 용어는 그 그룹의 이념에 동조하고 동일군의 인간 관계를 형성한 여러 방계 시인들까지를 포괄하는 사조적 맥락에서 사용된 측면이 크다.[57] '후기 모더니즘의 기수'라는 이들의 정체성은 이렇게 각 멤버들의 개성과 유파 자체의 세대론적 성격이 갈등·상호 작용하는 가운데 점차 분명하게 정립되어 갔다.

'후반기' 동인들이 자신들의 정체성을 확립하는 과정에서 대타항으로 설정한 것은 1930년대 모더니즘이다.[58] '후반기' 동인의 시가 보여

---

57) 이상 '후반기' 동인의 결성 과정과 정규 동인들에 대한 보다 자세한 내용은 오세영의 「후반기(後半期) 동인(同人)의 시사적(詩史的) 위치(位置)」, 『20세기 한국시 연구』(새문사, 1989)에 상술되어 있다.

58) 1950년대 모더니즘을 1930년대 모더니즘과 연속선상에서 파악하고 있는 논의로는 김유중의 것을 들 수 있다. 그는 영미 모더니즘의 영향을 공통항으로 설정하여 1930년대와 1950년대 모더니즘, 나아가 1960~1970년대 모더니즘을 일관된 맥락 속에서 다룬다. 무엇보다 영미 계열 모더니즘의 한국적 수용 과정을 통시적으로 훑는 과정 속에서 1950년대 모더니즘이 담당한 긍정적 기능과 시사적 의의를 중요하게 다루

준 도시적 소재와 새로운 언어에 대한 방법적 탐색, 그리고 현실에 대한 미적 응전은 이들이 1930년대 모더니즘과 갖는 연계성과 차별성을 동시에 드러낸다. '후반기' 동인 자신들에 의해 강조된 것은 무엇보다 차별성이었는데, 이는 그 운동의 정신적 측면에서 잘 드러난다. 1930년대 모더니즘의 모색이 주로 기법적인 측면에 경사되어 있었다면, 1950년대 '후반기' 동인의 모더니즘은 그러한 기법적 모색에 '현대적 정신'에 대한 인식론적 고려를 더하고자 했다는 점에서 차이를 보여 준다. '현대성'에 대한 문학적 접근과 인식론적 접근을 동시에 견지함으로써 근대 이후 피상적 수준으로 수용되었던 서양 모더니즘을 자기화하고자 노력했던 것이다. 바로 이점이 이들의 시를 단순히 수사학적 차원에 국한하여 바라보는 시각을 재고하게 만든다. 그들의 다양한 실험과 모색들은 모더니즘, 즉 현대성을 어떻게 선취할 것인가라는 문제에 깊이 천착하고 있었다는 점, 그리고 스스로의 집단을 '후반기'라는 용어로 지칭한 점은 이들이 모더니즘을 단순히 방법론적 차원에서만 받아들인 것이 아님을 단적으로 보여 준다. 그러므로 '후반기' 동인들이 표방한 모더니즘은 인식적 차원에서 이해될 필요가 있다.

'후반기' 동인 중심의 모더니즘 운동이 갖는 시사적 의의는 1930년대 모더니즘의 특성을 어느 정도 지속시키면서 그 한계를 넘어서고자 시도했던 점에서 찾아진다. 또한 이들이 전개한 모더니즘 운동은 해방 후의 문학적 공백기 속에서 전대 모더니즘과 1960년대 모더니즘을 이어 주는 우리 시의 교량 역할을 하였다는 점에서도 의의가 크다. 특히 좌익 문인들의 월북으로 인한 이념적 공백을 '모더니즘 운동'을 표방한 새로운 문학 이념을 통해 대치한 점 역시 이들의 시사적 비중을 가

고 있는데, 이를 통해 '후반기' 동인의 한계에 대한 비판에 중심이 놓여 온 선행 연구사를 보완하고 있다. 김유중, 「모더니즘 시와 시론」, 한국현대시학회 편, 『20세기 한국시의 사적 조명』(태학사, 2003).

벼이 다룰 수 없게 한다.[59]

그러나 결과적 측면에서 볼 때, 이들이 과연 1930년대 모더니즘의 한계를 돌파하고 성숙한 모더니즘적인 인식을 성취했는가 여부에 대해서는 다소 회의적일 수밖에 없다. 이들의 시가 보여 준 비판적 포즈는 광범위한 의미의 문명 비판을 피상적으로 답습하는 데 그쳤다는 한계를 드러내기 때문이다. '후반기' 동인의 실험은 식민지 체험, 이데올로기 전쟁, 분단 등의 병리적 상황들로 점철되어 온 한국적 현실, 한국의 특수한 '근대'에 대한 응전보다는 '문명적 상황'이라는 추상적이고 보편적인 인식틀에 기반한 것이었다. 이로 인해 이들이 추구한 새로움은 피상적인 수준에 그칠 수밖에 없었다. 새로움의 피상성은 이들의 시가 1930년대의 모더니즘 시와 실질적으로는 크게 차별되지 않는다는 사실을 보여 준다. '후반기'가 주창한 모더니즘의 특성이라 할 수 있는 낯선 이미지들과 난해성, 현란한 수사들은 1930년대 모더니즘 시에서 다수 시도되었던 유형들을 반복적으로 재생산하고 있을 뿐, 발전적 계승 혹은 발전적 극복의 단계까지는 도달하지 못하였다는 점에서 한계를 드러냈다.

그러한 한계들은 문명 비판을 전면에 내세운 김경린[60]과 초현실주의적 경향의 조향[61]에게서 단적으로 드러난다. 전위적 모더니즘의 주된

---

59) 이기성, 「1950년대 모더니즘 시의 시간 의식과 시쓰기」, 이화여대 대학원 박사 논문, 2001.

60) 김경린(金璟麟, 1918~): 함북 종성 출생. 1939년 《조선일보》에 시 「차창(車窓)」 등을 발표하며 등단. 1950년 '후반기' 동인 참여. 1957년 《DIAL》 동인에 참여. 시집 『현대의 온도(溫度)』(1957), 『태양(太陽)이 직각(直角)으로 떨어지는 서울』(1985), 『서울은 야생마처럼』(1987).

61) 조향(趙鄕, 1917~1984): 경남 사천 출생. 1940년 《매일신보》 신춘문예에 「초야(初夜)」가 당선되면서 등단. 1941년 일본에서 《일본시단》, 《시문학연구》지 동인으로 활동. 1946년 시 동인지 《노만파》 창간. 1950년 '후반기' 동인 참여. 시 전집 『조향 전집』(1994) 등.

내용을 이루는 도시적 소재와 불안 의식은 이들의 시에서 오히려 더 단순해지고 조잡해진 경향을 보이고 있음을 볼 수 있다.

> 오늘도
> 성난 타자기처럼
> 질주하는 국제 열차에
> 나의 젊음은 실려가고
> 보랏빛
> 애정을 날리며
> 경사진 가로에서
> 또다시
> 태양에 젖어 돌아오는 벗들을 본다.
> > ── 김경린, 「국제 열차는 타자기(打字機)처럼」 부분

> 낡은 아코오뎡은 대화를 관뒀습니다.
> ── 여보세요?
>
> 폰폰따리아
> 마주르카
> 디이젤 ── 엔진에 피는 들국화,
> ── 왜 그러십니까?
> 모래밭에서
> 수화기(受話器)
> 여인(女人)의 허벅지
> 낙지 까아만 그림자
>
> 비둘기와 소녀들의 랑데 ── 부우

그 위에
손을 흔드는 파아란 깃폭들

나비는
기중기(起重機)의
허리에 붙어서
푸른 바다의 층계를 헤아린다
　　　　　　　　　— 조향, 「바다의 층계(層階)」 전문

　김경린은 속도감 넘치는 열차의 모습과 태양을 등지고 집으로 돌아
가는 소시민들의 모습을 병치시킴으로써 속도 지향적인 문명과 그 안
에서 촉발되는 소시민적 비애를 형상화하고 있다. 지칠 줄 모르고 질주
하는 국제 열차와 그것에 실려 점차 젊음을 소진해 가는 사람들의 모
습은 문명 사회 안에서 인간이 소외되어 가는 상황을 보여 준다. 문명
의 비인간성은 "경사진 가로에서/ 또다시/ 태양에 젖어 돌아오는 벗
들", 즉 정신없는 일과를 마치고 지쳐 돌아가는 소시민들의 모습과 병
치되면서 더욱 부각된다.
　시적 언어에 대한 김경린의 강조점은 이렇게 감정의 지성화와 즉물
적 표현, 그리고 새로운 언어에 놓여 있다. 그러나 그의 시가 늘 시론을
통해 개진된 것만큼의 성취를 보여 주는 데까지 나아갔던 것은 아니다.
아니 오히려 그의 시도는 실패로 끝나는 경우가 더 많았다. 시적 형상
화에 있어 냉혹한 현실에 대한 지성적 대응보다는 센티멘탈한 감성에
호소하는, 즉 시론에서 피력된 방향과 일치하지 않는 경우를 빈번하게
보여 주었기 때문이다. 그가 내세운 표현의 새로움 역시 1930년대와
비교해 볼 때 더 진전된 것이라고 보기 힘들다. 오히려 문명에 대한 지
향과 비판이 갈등하는 1930년대 모더니즘의 긴장된 언어가 김경린에
게서는 다소 약화되어 있다. 김경린은 모더니즘 시의 특징적 국면이라

할 문명인의 비애와 불안 의식을 문명/자연, 기계/인간의 도식적인 이항 대립틀을 통해 단순화시켰다는 점에서 한계를 보여 준다.

초현실주의를 표방했던 조향 역시 새로움에 대한 피상적 답습의 수준에서 크게 벗어나지 못하고 있다. 그의 시어는 김경린의 경우보다 더 낯설다. "낡은 아코오뎡", "폰폰따리아", "마주르카", "디이젤—엔진에 피는 들국화", "수화기", "비둘기와 소녀들의 랑데—부우", "기중기의" 등 시「바다의 층계」에는 생경한 문명어들이 다수 포진되어 있다. 특히 이 시는 이질적 사물의 병치를 통해 시적 긴장과 새로운 의미 창출을 꾀하는 초현실주의의 데페이즈망 기법을 전면적으로 사용하고 있다는 점에서 주목된다. 문명어와 자연어의 결합으로 이루어진 이미지들의 병치가 특징적인데, 이런 전체 이미지들은 마지막에 가서 "기중기의/ 허리에 붙어서/ 푸른 바다의 층계를 헤아리"는 나비의 이미지로 수렴된다.

그러나 조향이 그려 낸 이 낯선 풍경은 인식론적 충격을 전달하는 데까지 나아가지 못했다. 그가 시도한 생경한 이미지들의 자유로운 결합은 언어적 충격을 넘어 현실의 폭력성에 대한 메타포로 나아가지 못한 채 단순 나열에 그치고 있을 뿐이다. 문명 비판을 위한 실험이 아닌 실험 자체를 위한 실험에 그쳐 버린 것이다.

김경린과 조향의 시는 나열된 소재가 새롭거나 시어가 현란하고 장식적일 뿐, 정작 새로운 시적 논리를 개척하지는 못하였다는 한계를 공통적으로 보여 준다. 또한 그 관심과 의욕이 실험적인 단계를 완전히 벗어나지 못한 채 패배적인 의식과 현실에 대한 도피로 이어지고 있다는 한계 역시 드러내고 있다. 실제 이들의 시에서 이야기되는 도시 문명은 현실과 동떨어진 이국적 풍물에 대한 막연한 인식으로 나타난 경우가 적지 않다.

이에 비한다면 김규동[62]은 이념적 무장과 시적 실천이 비교적 일치

---

62) 김규동(金奎東, 1925~): 함북 경성 출생. 1948년《예술조선》지 신춘문예에 시

한 시인이었다고 할 수 있다. 김규동은 '구인회'를 중심으로 전개되었던 1930년대 모더니즘 운동의 비판적 극복을 슬로건으로 내거는 한편, 1950년대 시단의 양대 경향 중 하나인 전통적 서정주의를 강하게 거부하면서 자신의 노선을 분명히 해 갔다. 이 시기의 그는 특히 주지적 입장에 기반한 시와 시론을 대거 발표하였는데, 첫 시집『나비와 광장』과 1959년에 발간된 시론집『새로운 시론』이 그 결과물이다.

> 현기증 나는 활주로의
> 초후의 절정에서 흰나비는
> 돌진의 방향을 잊어버리고
> 피 묻은 육체의 파편들을 굽어본다.
>
> 기계처럼 작열한 작은 심장을 축일
> 한 모금 샘물도 없는 허망한 관점에서
> 어린 나비의 안막(眼膜)을 차단하는 건
> 투명한 광선의 바다뿐이었기에 ―
> 진공의 해안에서처럼 과묵한 묘지 사이사이
> 숨가쁜 제트기의 백선(白線)과 이동하는 계절 속 ―
> 불길처럼 일어나는 인광(燐光)의 조수에 밀려
> 이제 흰나비는 말없이 이즈러진 날개를 파닥거린다.
>
> ―「나비와 광장」부분

김규동 시의 주된 배경은 시「나비와 광장」의 제목에서 이미 명시되어 있듯 도시이다. 여기서 광장은 사람이 모이는 곳이자 중심지라는 의

「강」이 입선하면서 등단. 1951년 '후반기' 동인 참여. 1955년《한국일보》신춘문예에 시「우리는 살리라」로 당선,《조선일보》신춘문예에 시「포대(砲臺)」로 입선. 시집『나비와 광장(廣場)』(1955),『현대의 신화』(1958),『죽음의 영웅』(1977) 등.

미로 활용되기 때문이다. "오늘도 나는 이 거리에서/ 도대체 어디로 가는 것인가"(「하늘과 태양만이 남아 있는 도시」)에서 보듯, 광장 한복판에 선 시적 자아를 지배하는 감정은 불안이다. 이 불안함은 "불안(不安)한 세대(世代)의 기류 위에 떨어지는 불행한 저음(低音)"(「화하(花河)의 밤」)에서와 같이 어디로 갈지 알 수 없는 것에 대한 불안, 곧 시대에 대한 불안과 연결된다. 전후의 황폐한 현실 앞에 마주한 주체의 심경을 권태와 서글픔, 허망함, 피로감 등으로 표현하는 김규동의 방식은, 주조된 피로한 주체의 형상 자체를 통해 시대를 문제적으로 바라보게 한다. 김규동의 문명 비판은 바로 이점에서 김경린과 조향의 문명 비판이 보여 준 피상적 수준을 넘어서고 있다. 김규동의 시적 성취는 막막함을 바라보고자 하는 주체의 의지, 곧 폭풍우나 바람 속에 서거나, 바라보는 자세와, 3·1운동, 8·15광복, 6·25전쟁 등 시대의 아픈 기억들을 반복 호출하는 과정 속에서 발 디딜 무언가를 찾고자 하는 태도에서 드러난다. 『나비와 광장』을 통해 그는 시적 방법에 대한 탐색과 더불어 자기 성찰과 현실에 대한 모색을 시도하였던 것이다.

정작 '후반기'의 주도적 인물이었던 박인환[63]은 조향, 김경린, 김규동 시의 즉물적 경향과는 이질적이라고 할 만큼 감상성과 허무적 감각이 강하게 노출된 시 세계를 전개하는 다소 이례적인 행보를 보여 준다. 박인환 역시 이론적으로는 문명에 대한 이성적 비판을 추구하는 전위적 모더니즘의 기치를 내걸었으나 실제 시작(詩作)에 있어서는 그러한 기치에 반하는 센티멘탈리즘을 강하게 노출하고 있어 이론과 실천상의 괴리가 단적으로 포착된다. 박인환 특유의 센티멘탈리즘은 대표작 「목마와 숙녀」에서 단적으로 드러난다. 많은 평자들은 이 시가 도시

---

63) 박인환(朴寅煥, 1926~1956): 강원도 인제 출생. 1946년 《국제신보》에 시 「거리」를 발표하면서 등단. 1948년 '신시론' 동인 참여. 1949년 김경린, 임호권, 김수영, 양병식 등과 『새로운 도시와 시민들의 합창』 출간. 1950년 '후반기' 동인 결성. 1951년 육군 소속 종군 작가단 참여. 시집 『박인환 선시집』(1955), 시 전집 『목마와 숙녀』(1976).

문명 속에 자리 잡고 있는 존재론적 우울과 감상을 피상적으로 묘사한 단계에 머물러 있다고 지적해 왔다.[64] 하지만 실제로 1950년대에 쓴 그의 시 전반을 검토해 보면 피상적 감상성이라는 용어 아래 일괄적으로 단순화할 수 없는 측면들이 드러난다.

"어데서나 나와 함께 사는/ 불행한 신"(「불행한 신」), "불안한 언덕"(「1950년의 만가」), "불행한 연대"(「일곱 개의 층계」), "살육의 시대"(「서적과 풍경」), "황막한 연대"(「1953년의 여자에게」), "주검과 관념의 거리", "상심한 별"(「목마와 숙녀」), "고갈된 세계"(「의혹의 기(旗)」), "비참한 축제"(「잠을 이루지 못하는 밤」) 등 일일이 나열하기 어려울 정도로 1950년대 박인환의 시가 그려 내는 세계의 모습에는 종말 의식과 죽음 의식이 짙게 깔려 있다. 해방기의 혼란과 뒤이은 전쟁, 그리고 분단이라는 한계적 상황을 두루 거쳐 온 그의 시에는 더 이상 『새로운 도시와 시민들의 합창』에서 보이던 미래에의 희망과 "투명한 감각"(「지하실」)이 발견되지 않는다. 죽음과 우울, 피로와 고독, 타락한 도시와 전망의 부재를 이야기하는 절망적 언사들로 가득할 뿐이다.

---

64) 1950년대 박인환 시의 감상성을 모더니즘 성취의 한계로 지적하는 논의로는 다음과 같은 것들이 있다.
김춘수, 「'후반기' 동인회의 의의」, 《심상》 1975. 8.
이주형, 「박인환 시고(詩考)」, 《국어교육연구》 10집, 1978.
오세영, 「후반기 동인의 시사적 위치」, 『20세기 한국시 연구』(새문사, 1989).
이건청, 「박인환과 모더니즘적 추구」, 김용직 외, 『한국 현대시사 연구』(일지사, 1983).
고명수, 「박인환론」, 『한국 모더니즘 시인론』(문학아카데미, 1995).
이와 달리 박인환의 시적 성취를 인정하는 한편, 그의 시사적 위치를 모두 긍정적으로 평가하는 논의 역시 다양하게 진행되었다. 주요 논의로는 다음과 같은 것들이 있다.
김규동, 「박인환론」, 《심상》 1978. 1.
김재홍, 『한국전쟁과 현대시의 응전력』(평민사, 1978).
장인수, 「한 모더니스트의 자기 소묘」, 상허학회 지음, 『새로 쓰는 한국시인론』(백년글사랑, 2003).

저 묘지에서 우는 사람은 누구입니까.

저 파괴된 건물에서 나오는 사람은 누구입니까.

검은 바다에서 연기처럼 꺼진 것은 무엇입니까.

인간의 내부에서 사멸된 것은 무엇입니까.

일 년이 끝나고 그 다음에 시작되는 것은 무엇입니까.

전쟁이 빼앗어간 나의 친우는 어디서 만날 수 있습니까.

슬픔 대신에 나에게 죽음을 주시오.

인간을 대신하여 세상을 풍설(風雪)로 뒤덮어주시오.

건물과 창백한 묘지에 있던 자리에

꽃이 피지 않도록.

— 박인환, 「검은 신이여」 부분

「검은 신이여」는 폭력과 광기, 폐허 속에서 파탄 난 주체의 내면을 여실히 보여 준다. 화자는 반복된 물음을 통해 현실의 비극에 대한 신의 대답을 기다린다. 그러나 신은 어떠한 대답도, 전망도 제시해 주지 않는다. 화자의 물음만이 메아리처럼 공허하게 울릴 뿐이다. 박인환이 신을 "검은 신"이라고 명명하고 있는 것은 바로 이 때문이라고 할 수 있다. 미래에 대한 긍정적 비전이 상실된 전후의 피폐한 현실을 '대답 없는 신'의 형상으로 상징화하고 있는 것이다. 물음을 요구로 전환하는 언술 형태는 전망의 부재와 당대인의 균열된 내면을 여실히 보여 준다. 슬픔 대신 죽음을, 꽃 대신 풍설을 요구하는, 즉 폐허의 현실을 치유할 방법을 구하는 것이 아니라 심판과 종말을 요구하는 데서 주체의 실존적 한계 의식이 첨예하게 드러나고 있다.

비극적 현실을 극화하는 이러한 반어적 어법은 박인환의 시를 센티멘탈한 현실 도피주의, 실패한 모더니즘의 표본으로 규정짓던 통상적 비판들을 재고하게 만든다. 1950년대 박인환 시의 주된 특징으로 거론되는 슬픔, 허무주의, 불안 의식은 폭력의 극단과 불모적 현실을 몸으로 체험한 당대인들의 황량한 내면을 반영하는 것으로 볼 수 있기 때문이다. 박인환 시의 미적 현대성은 이렇게 미래에 대한 희망을 송두리째 무너뜨린 위기의 연대(年代)를 실존적 자각과 내면적 언술을 통해 극화했다는 점에서 찾을 수 있을 것이다.

'후반기' 동인에 직접 가담하지는 않았지만, 그들과의 유파적 동질성을 강하게 보유한 김수영[65]의 초기 시 역시 같은 흐름 속에서 파악될 수 있다. 그의 초기 시가 보여 준 난해함은 많은 연구자들이 그가 여타 '후반기' 동인들과 마찬가지로 인식론적 성숙이 결여된 피상적 모더니즘을 표방했음을 증거하는 기준으로 동원되곤 하였다. 그러나 실제 텍스트를 살펴보면, 난해함 이면에 전통과 현대, 낙후된 과거와 선취해야 할 미래의 갈등, 비문명권의 열등감과 문명을 향한 긍정적 시선 등이 복잡하게 얽혀 있음을 보게 된다. 즉 김수영은 '현대성'과 우리의 현재적 상황에 가로 놓인 거리를 인식하면서, 비판을 위한 비판이 아닌 우리 현실에 뿌리 박은 비판을 보여 주고 있는 것이다. 문명에 대한 지향과 열등감의 묘한 공존은 김수영의 초기 시에 자주 등장하는 '설움'이라는 단어를 통해 잘 드러난다.

내가 으스러지게 설움에 몸을 태우는 것은 내가 바라는 것이 있기 때문이다.

그러나 나는 그 으스러진 설움의 풍경마저 싫어진다.

나는 너무나 자주 설움과 입을 맞추었기 때문에

---

65) 김수영(金洙暎, 1921~1968): 서울 종로구 출생. 1945년에 《문예부락(文藝部落)》에 시 「묘정(廟廷)의 노래」를 발표하면서 등단. 김종문, 이인석, 김춘수, 이상로, 임진수, 김경린, 김규동, 이흥우 등과 묶은 앤솔러지 『평화(平和)에의 증언(證言)』에 참여. 1958년 한국시인협회상 수상. 시집 『달나라의 장난』(1959).

가을바람에 늙어가는 거미처럼 몸이 까맣게 타버렸다.

                                   — 김수영, 「거미」 전문

사람이란 사람이 모두 고민(苦憫)하고 있는
어두운 대지(大地)를 차고 이륙(離陸)하는 것이
이다지도 힘이 들지 않는다는 것을 처음 깨달은 것은
우매(愚昧)한 나라의 어린 시인(詩人)들이었다
헬리콥터가 풍선(風船)보다도 가벼웁게 상승(上昇)하는 것을 보고
놀랄 수 있는 사람은 설움을 아는 사람이지만
또한 이것을 보고 놀라지 않는 것도 설움을 아는 사람일 것이다
그들은 너무나 오랫동안 자기(自己)의 말을 잊고
남의 말을 하여왔으며
그것도 간신히 떠듬는 목소리로밖에는 못해왔기 때문이다

                                   — 김수영, 「헬리콥터」 부분

너를 보는 설움은 피폐(疲弊)한 고향(故鄕)의 설움일지도 모른다
예언자(豫言者)가 나지 않는 거리로 창(窓)이 난 이 도서관(圖書館)은
창설(創設)의 의도(意圖)부터가 풍자적(諷刺的)이었는지도 모른다

                       — 김수영, 「국립도서관(國立圖書館)」 부분

  위의 시들은 모두 김수영의 시가 이야기하는 설움이 근거한 곳이 어디인지를 보여 준다. 시 「거미」에 따르면 자아의 설움은 "바라는 것이 있기 때문"에 생겨난다. 그리고 이 '바라는 것'의 구체적 내용은 다음의 시들을 통해 제시되고 있다. '설움'은 「헬리콥터」에서는 근대 문명의 상징인 "헬리콥터"의 손쉬운 이륙을 보며 우리의 현실을 자각하는 "우매한 나라의 어린 시인들"에 의해, 「국립도서관」에서는 피폐한 고향과 예언자가 나지 않는 거리의 상황을 인식하는 화자에 의해 촉발된

다. 두 시에서 모두 명확히 제시되는 바, 설움의 원인은 선취해야 할 미래와 현실 사이의 괴리에서 발생하고 있다. 시대 및 현실에 대한 자각과 선취해야 할 미래에 대한 지향, 이 두 방향의 긴장이 김수영의 시를 피상적인 모더니즘의 범주에 놓을 수 없게 한다. 그가 모색한 현대성은 한국적 현실에 뿌리박은 상상력 안에서 마련되고 있기 때문이다. '후반기' 동인들이 보여 준 시론과 작시 상의 괴리, 그리고 실험적 수준을 넘어서지 못한 생경하고 난해한 언어의 한계를 김수영은 현실 옆에 체재하는 방식을 통해 극복하고 있는 것이다. 동시대에 발표된 「폭포(瀑布)」, 「사령(死靈)」 등의 시에서는 이러한 경향이 역사의식과 현실 비판을 명징하게 보여 주는 방향으로 발현되고 있기도 하다. 그의 1960년대적 경향을 예후적으로 보여 주는 「폭포」와 「사령」은 모더니스트에서 참여시의 기수로 변모해 가는 김수영의 시적 도정을 과도기적으로 보여 준다.

낯선 언어와 피상적 문명 비판 못지않게 후기 모더니스트들을 이야기할 때 염두에 두어야 하는 사실 가운데 하나가 바로 동인들 각각의 다양한 시적 경향이다. 후기 모더니스트들 각각은 어느 하나의 흐름으로 묶을 수 없을 만큼 모더니즘의 제 영역에 다양하게 포진해 있다. 모더니즘 내의 다양한 흐름의 공존은 후발 주자로서 1950년대에 새롭게 등장한 송욱, 전영경, 전봉건, 김종삼, 김종문, 신동집, 민재식 등에게서 더욱 두드러지게 나타나는 점이기도 하다. 이 신진 시인들은 '후반기' 동인들이 전개한 모더니즘 운동과 직, 간접적으로 관련되어 있으면서도, 기존의 모더니즘적 시각만으로는 제대로 접근하기 어려울 만큼 다양하고 이질적인 방향을 각각 대변하고 있다. 이러한 사실은 결국 이후 우리 시단의 폭과 깊이가 그만큼 넓어지고 두터워졌다는 반증이 될 수 있을 것이다.[66]

---

66) 김유중, 앞의 책, 235쪽.

1953년 등단한 김종삼[67]의 시에서는 순수시로서의 성취만이 아니라 언어에 대한 실험 정신을 살필 수 있다. 전후에 팽배했던 고립감과 고독 그리고 좌절감을, 그는 잃어버린 세계를 향한 열망으로 이야기하였으며, 이를 환상적이고 몽환적인 기법과, 그 기법이 지향하는 예술의 세계, 영원의 세계로 드러내고 있다. 하지만 이 세계와의 결합이 불가능하다.

나의 무지(無知)는 어제 속에 잠든 망해(亡骸) 쎄자아르 프랑크가 살던 사원(寺院) 주변에 머물렀다.

나의 무지(無知)는 스떼판 말라르메가 살던 본가(本家)에 머물렀다.
그가 태던 곰방댈 훔쳐 내었다.
훔쳐 낸 곰방댈 물고서
나의 하잘것이 없는 무지(無知)는
방 고호가 다니던 가을의 근교(近郊) 길바닥에 머물렀다
그의 발바닥만한 낙엽이 흩어졌다.
어느 곳은 쌓이었다.

나의 하잘것이 없는 무지(無知)는
장 뽈 싸르트르가 경영(經營)하는 연탄공장(煉炭工場)의 직공(職工)이 되었다.

파면(罷免)되었다.

— 김종삼, 「앙포르멜」 부분

---

67) 김종삼(金宗三, 1921~1984): 황해도 은율 출생. 1953년 《신세계》에 「원정(園丁)」을 발표하면서 등단. 시집 『전쟁과 음악과 희망과』(김종삼, 전봉건, 김광림 3인 시집, 1957), 『십이음계』(1969), 『시인학교』(1977) 등.

환상의 세계에 편입될 수 없는 이유를 시인은 "무지(無知)"로 이야기한다. "나의 무지는"-"머물렀다"의 반복은 시인이 결국 바라는 세계, 곧 현실 세계 너머에 있는 이상 세계와의 비화해를 이야기한다. "파면"된 시인은, 거부된 스스로의 의미에 대해 질문한다. 「나」, 「나의 본(本)」, 「나의 본적(本籍)」 등의 일련의 시들은 이러한 맥락에서 이해할 수 있다.[68]

송욱[69]은 특히 이러한 상황 속에서 독특한 시 형식과 탄탄한 이론적 무장으로 주목 받은 신인 가운데 하나였다. 그가 본격적으로 문단의 주목을 끌기 시작한 것은 1950년대 후반 전후의 혼란스러운 상황과 정치적 부패를 해학적으로 풍자한 연작시 「하여지향(何如之鄕)」부터였다고 할 수 있다. '비순수'와 '역사의식', 그리고 '풍자적 상상력'을 표방한 이 시는 역사와 현실의 여러 국면들이 탈색되어 있는 순수 서정시와 난해한 모더니즘 시를 동시적으로 공격하며 전쟁과 분단으로 인해 단절되었던 풍자적 전통의 맥을 다시 잇는다는 점에서 시사적 의의를 갖는다. 그러나 동원된 언어들이 지나치게 작위적이고 실험적이라는 점, 내용의 도식성으로 인해 아이러니적 효과가 감소하고 있다는 점에서 그의 실험은 일견 한계점을 드러내고 있기도 하다. 실험에서 한 단계

---

68) "나의 이상은 어느 한촌 역 같다./ 간혹 크고 작은/ 길 나무의 굳어진 기인 눈길 같다./ 가보진 못했던 다 파한 어느 시골 장거리의/ 저녁녘 같다./ 나의 연인은 다 파한 시골/ 장거리의 골목 안 귀퉁이 같다."(「나」 전문)

나의 본적은 늦가을 햇볕 쪼이는 마른 잎이다. 밟으면 깨어지는 소리가 난다./ 나의 본적은 거대한 계곡이다./ 나무 잎새다./ 나의 본적은 푸른 눈을 가진 한 여인의 영원히 맑은 거울이다./ 나의 본적은/ 몇 사람밖에 안 되는 고장/ 겨울이 온 교회당 한 모퉁이다./ 나의 본적은 인류의 짚신이고 맨발이다."(「나의 본적」 전문)

"나의 연인은/ 고지대 빈터/돌축대이다./ 나의 연인은 어느 철둑길 언변에/ 높이 자란/ 어둠한 잡초밭이다./ 나의 연인은 내가 살아가는 날짜들이다."(「연인」 전문)

69) 송욱(宋稶, 1925~1980): 충남 홍성 출생. 서정주의 추천으로 《문예》 3 · 4월호에 시 「장미」, 「비오는 창」을 발표하면서 등단. 시집 『유혹(誘惑)』(1954), 『하여지향』(1961), 『월정가(月精歌)』(1971) 등.

더 나아간 적합한 언어적 풍경을 성취하지 못함으로써, 서양 문학과 이론에 지나치게 경사된 채 공소한 문명 비판만을 반복 생산해 낸 '후반기' 동인들과 동일한 한계에 봉착할 수밖에 없었던 것이다. 1950년대 모더니즘의 중심부에 있던 시인은 아니지만, 그 역시 1950년대 모더니즘의 성과와 한계를 동시에 보여 주고 있다.

「오렌지」 등의 시로 잘 알려진 신동집[70]은 이 시기에 삶과 죽음의 모습을 담담하게 관조(「목숨」, 「얼굴」, 「나의 안에서」)하며 의미를 찾아간다. 시집 『서정의 유형』에서는 본래의 관념을 부정하고 다시금 이를 새롭게 인식하려는 시인의 모습을 엿볼 수 있다.("어제 만난 얼굴은 다시는 볼 수 없습니다/ 오늘 만난 얼굴은 어제의 얼굴이 아니올시다/ 좀 더 찢어지고 부숴지고 이즈러진 얼굴의 복수(複數)// 남은 것은, 단/ 하늘 밑 땅 위의 인간의 얼굴 뿐입니다/ 일절(一切)의 풍경을 믿지 않는 마음은 얼굴뿐입니다(「얼굴」 전문)) 또한 『제이의 서정』에서는 실험 정신을 유지하면서도,("보다 명철해질 것을 바라며 여러 정다운 사물들에 눈을 돌린다. 꿈은 나의 한계를 벗어 나가고 '이데에'는 찬 바람에 씻기워 맑은 피가 된다"(「신설」)) 공감할 수 있는 시 쓰기 의식을 통해("어디엔가 반작이고 있을/ 나의 오늘을 나는 짚어야 한다"(「어떤시」)) 소통의 통로를 열어 놓고자 노력한다.

지금까지 살펴본 바, '후반기' 동인을 중심으로 전개된 후기 모더니즘 운동은 그들의 시론을 통해 개진된 바와는 다르게 실제 시적 성취 면에서 일정한 한계를 노정하였다. 피상적인 문명 비판, 첨예한 현실 인식의 부재, 체화되지 못한 문명어들의 생경한 나열 등이 바로 그 한계점으로 지적되는 사항들이다. 이 한계들은 이들의 시가 1930년대 시와의 연속선상에서 여전히 과도기적 단계, 즉 우리 시에 도입된 모더니

---

70) 신동집(申瞳集, 1924~): 1948년 『대낮』으로 작품 활동 시작. 시집으로 『서정의 유형』(1954), 『제이의 서정』(1958) 등.

즘을 성숙화, 자기화하기 위한 모색의 단계에 머물러 있음을 보여 준다. 1930년대의 모더니즘의 비판적 극복을 기치로 내걸었으나 '후반기' 동인이 보여 준 언어적 풍경은 결국 1930년대 시와 크게 차별되지 않는 것이었다.

그러나 다른 한편으로, 해방 후의 문학적, 사회적 기후 속에서 시와 삶 사이에 새로운 관계를 시도하고자 했던 '후반기' 동인들의 노력은 해방 직후 자칫 단절될 뻔한 이 땅의 모더니즘의 한 맥락을 잇게 하고, 도시적, 감각적, 지성적 형상화 방법과 시대 감각에 의한 의식 세계를 확충하였으며 이를 통해 새로운 언어 개발과 이미지 조형에 기여한 것이 사실이다. 또한 이 계열과 직·간접적으로 결속되어 있으면서도 현실과 좀 더 밀착된 언어를 선보인 새로운 시인들이 이 시기에 등장함으로써, 한국 모더니즘 시의 전체적 틀이 본격적으로 잡히기 시작한다. 그러므로 1950년대 후기 모더니즘 운동은 그 한계 못지않게 중요한 시사적 의미를 지니고 있음을 강조하지 않을 수 없다.

4 맺음말

문학사에서 하나의 시기는 전대의 문학적 관습에 대한 반성과 새로운 미학의 출현으로 특징지어진다. 당대 문학의 장을 역동적으로 만들어 가는 것은 현실의 질곡에 대응하면서 자신의 고유한 언어 미학을 창출하려는 시인들의 도전과 모색의 정신이라 하겠다. 이런 점에서 1950년대는 전쟁이라는 비극적 체험의 절망을 딛고 다양한 시적 모색이 수행된 가능성의 시기이다.

전쟁의 불안과 공포 그리고 자기 해체의 위기를 경험한 시인들에게 현실은 죽음을 생산하는 공포의 세계였으며, 이러한 인식은 자기소외와 환멸을 동반한 균열된 자의식으로 표출되었다. 그러나 이러한 절망과 위기의식은, 1950년대 후반기에 이르러 점차 언어적 안정성을 확보하고, 세계와 자아에 대한 깊이 있는 성찰의 시선을 얻게 된다. 이 시기 서정적 계열의 시들이 보여 주는 세계와 자아에 대한 깊이 있는 물음과 성찰은, 1920년대 이래의 전통적 서정을 계승하고 심화하면서 서정시의 영역을 확장하였다는 점에서 주목할 만하다. 그리고 모더니즘 시들이 보여 주는 치열한 대결 의식과 실험적 모색들은 1950년대 한국 시사의 지평을 새롭게 구축한다.

전통적 서정시와 모더니즘의 두 갈래로 흘러가는 시적 모색은 1950년대에 국한된 것이 아니라, 한국 현대시사의 기저를 형성하는 심원한 흐름을 이룬다. 이러한 흐름은 전후의 시대적 정신으로 융합되면서, 순수와 참여의 대립으로 특징지어지는 1960년대 이후의 시적 경향을 구축하는 데 중요한 역할을 하였다. 전후의 현실이 주체에게 직접적으로 가하는 고통과 상처의 시기로 의미화되는 1950년대의 시와 달리, 근대화의 진행과 그로 인한 소외가 심화되는 1960년대 시의 무의식은 '환부 없는 아픔'으로 비유되는 비가시적 억압에 침윤되어 있다. 개인의 소외와 고립의 정조가 1960년대 문학의 전의식으로 자리 잡게 되는 과정은, 전후의 파탄된 문명과 불안 의식을 존재의 위기로 내면화하는 1950년대 시와의 연속선상에서 이해될 수 있는 것이다. 특히 1960년대 순수시는 자기 해체 위기를 극단적으로 경험한 1950년대 시의 징후적 요소가 내면화되는 과정과 긴밀하게 연관되어 있다고 하겠다.

이렇게 전후 시가 보여 주는 개인의 고독과 불안, 그리고 폐허의 현실에 대한 가파른 대결 의식과 성찰의 자의식은 1960년대 시단의 현실 인식과 역사적 실천의 과정에서도 지속적인 문제로 제기됨으로써 한국 현대시사를 구축하는 밑바탕이 된다. 현실에 대한 반성적 자의식을 시적 인식으로 심화시켜 갔던 1950년대의 시사는 식민지에서 해방기를 거쳐 1960년대로 이어지는 우리 시사의 분기점을 이루면서 역사적 의미를 획득한다.

한국 여성시의 존재 탐구와 언술 구조

1 머리말

한국 문학사에서 복원되어야 할 공백 지점을 지적할 때 여성 문학은 여전히 가장 먼저 떠오르는 과제 중의 하나이다. 근대 이전의 전통 사회에서 여성은 철저한 주변인으로써 소외되었던 만큼, 여성 문학은 특정한 계층의 소수 작품과 여성이 담당 층이었으리라 짐작되는 구비 자료들이 있을 뿐이다. 개화기를 지나 1920년대에 여성시인이 한국현대시사에 등장한 이래 여성 문학은 그 운신의 폭을 확장시키면서, 1960년대 이후에는 많은 성과들을 거두어 내고 있다.

이제 여성시인들이 양적으로 확대되고 질적으로 심화되면서 다양한 소재와 기법들이 모색되었으며, 페미니즘 이론이 수용되고 여성 의식이 심화되고 확대되면서 한국 시사에서 중요한 자리를 차지하게 되었다. 최근 여성 작가들의 활동은 사뭇 눈부실 정도로 활발하며 그에 따른 당대 비평도 많이 발표되고 있다. 그럼에도 고전 시가와 현대시를 잇는 여성 문학사에 대한 학문적 관심은 다소 소극적이며 미지의 영역으로 유보되고 있다. 이에 본 논의는 현대 여성시를 전통과의 연계성 속에서 살펴봄으로써 한국 여성시가의 계보를 통시적으로 검토하고 동시에 그 시학적 특성과 위상을 점검함으로써 여성 고유의 시각을 발견하고자 한다.

역사적으로 온갖 억압과 금기 속에서 한(恨)이라는 형식으로 움츠러들면서도 내부에서 끊임없이 끓어오르던 욕망, 전통 사회의 존재 방식과 사유 방식에 순응하면서도 때로는 반항하던 흔적들, 강요된 침묵을 뚫고 더듬거리다 절규처럼 터져 나온 말들, 여성의 시에는 이러한 억압적 현실과 좌절된 꿈들이 담겨 있다. 따라서 여성시를 읽는다는 것은 이러한 여성 특유의 경험과 사유 방식, 표현 방식 등을 편견 없이 올바르고 적극적으로 읽어 내는 것을 전제로 한다. 여성들은 억압적 현실을 어떤 기제로 담아내는가? 그들에게 있어 시란, 혹은 노래란 무엇인가? 그들의 시에는 어떤 꿈들이 혹은 어떤 현실이 담겨 있는가? 또 그것들은 역사 속에서 어떻게 계승되고 변모되는가? 여성시를 읽으면서 우리는 이러한 질문을 던지려 하며 이를 통해 여성 시문학의 고유성과 이에 대한 정당한 평가가 이루어질 수 있을 것이다.

본 논문은 전통시가와 현대시에 드러난 여성시의 주제를 중심으로 여성시에 내재한 본질과 특성을 드러내고 글쓰기를 통해 이루어지는 여성 의식의 확장과 주체적 자각의 과정을 살펴보고자 한다. 한국 시가의 전통적 흐름 속에서 파악하고자 하는 이 같은 작업은 남성과 여성을 분리하여 성의 차별을 드러내거나 운동으로서의 전망을 모색하는 선언적 차원의 시도와는 다르다. 따라서 본 논의는 구체적인 텍스트 분석을 통해 여성시학이라 할 만한 여성 시문학 고유의 특성을 발견하고 나아가 이를 통하여 드러나는 여성 문화의 긍정적 지향점을 모색해 볼 것이다.

2 전통시가에 나타난 여성의 노래와 생존적 글쓰기

철저하게 중심에서 소외된 주변적 존재로 살아온 여성들은 오랫동안 자기만의 말과 문자를 지니지 못했다. 그런 폐쇄적 상황에서 자신의 감정과 생활을 여성의 언어로 표현한 문학작품은 매우 한정적일 수밖에 없었다. 양반 부녀자들은 원칙적으로 한문을 배우는 게 허락되지 않았고 한시를 쓰거나 한문학을 하는 것 자체가 불문율처럼 금지되었다. 그러나 철저하게 여성을 배제하는 폐쇄적 사회 풍토 속에서 한문으로 작품을 남긴 사람들이 몇몇 있는데 김임벽당, 이빙호당, 신사임당, 황진이, 허난설헌, 이옥봉, 이계랑, 홍랑 등이 그들이다. 이들은 이름난 사대부 부녀자들이거나 비천한 신분의 기녀였지만 나름대로 적극적인 사회 활동을 펼칠 수 있었던 계층이었기 때문에 작품이 남아 있을 수 있게 되었다.

그러나 역사 속에서 이미 잊혔거나 가려진 노래의 흔적을 따라가다 보면 끊임없이 무엇인가를 표현하고 여성적 언어를 통해 내적 욕망을 분출할 수밖에 없었던 여성들의 노래와 소서사를 자주 발견하게 된다. 시조와 한시, 규방가사 등을 통해 유교적 이념과 남성 중심의 사회 구조를 적극적으로 내면화하면서도 남성 주류적인 관습적 시 문법을 해체하고 여성 특유의 섬세함과 상상력의 일탈을 보여 주었던 양반 부녀자들이나 기생들, 민요와 사설시조, 평민 내방가사 등의 이름 없는 여성 작가들, 그리고 이를 입에서 입으로 적극적으로 전승시켜 온 가창자(歌唱者)들, 이들은 모두 노래 부르기와 글쓰기를 통해서 자신의 정체성을 탐색하고 존재의 내밀한 깊이까지 들어가려는 현대 여성 작가들의 문제의식과 욕망을 그대로 담고 있다.

여성을 거부하는 분리와 배제의 세계 속에서 여성이 느끼는 절망적 단절 의식, 죽음을 통해 그것을 극복하고 적극적으로 끌어안으려는 우주적 사랑을 보여 준 「공무도하가」, 돌아오지 않는 남편을 기다리며 애태우는 아내의 노래 「정읍사」, 성에 대한 발랄하고 적극적인 관심을 보여 준 「쌍화점」 등에는 기다림, 순종, 포용, 억압된 성 등 여성의 고유한 경험 세계가 전제되어 있을 뿐 아니라 시적 극복의 몸부림이 깃들어 있다. 이들 작품을 지나 오면 전대의 문학적 토양 위에서 비로소 적극적으로 자신의 존재를 드러내고 체계를 갖추기 시작하는 여성시인들의 모습을 발견하게 된다. 이들의 시에 나타나는 존재론적 고민이나 세계 인식은 오늘날 여성들이 갖고 있는 문제의식과도 긴밀하게 맞닿아 있는 것으로서 현대 여성시의 중요한 모태가 된다.

1) 사랑과 기다림의 능동적 언술

황진이의 시는 주로 수동적이고 체념적이며 운명론적인 의식 세계를 담아 온 여성시의 흐름 속에서 적극적이고 자유로운 의식 세계, 그리고 암울한 여성의 운명을 거부하고 관습에 도전하려는 생각들을 응축하고 있다는 점에서 가치가 돋보인다. 이는 물론 그의 탁월한 문학적 소양과 재능에 기인한 것이지만 여기에는 그녀의 신분적 위치가 사대부와 규방을 벗어난 기녀로서 자아실현이 비교적 가능했고 객관적인 위치에서 여성들의 삶을 바라볼 수 있었다는 점도 크게 작용했을 것이다. 엄격한 가부장제의 규율이 지배하는 규방에서 벗어나 있었으므로 사유 자체가 당당하고 포괄적일 수 있었다.

특히 황진이의 시조나 한시들은 시가 장르의 동시대적인 특성들을 갖추고 있으면서도 역동적 상상력과 우리말 구문의 묘미가 살아 있는 어투를 통하여 관습화되어 가던 시조 장르에 활기를 부여하고 있다. 그는 자주 자신의 정서를 자연물을 통하여 형상화한다. 강호자연은 사대부들이 가장 즐겨 찾는 시적 형상화의 대상물이었으며 때로는 수기와 연구의 대상으로 때로는 유흥과 풍류의 대상으로 시 속에 등장한다. 또한 산수 경물(山水景物)의 서정적 묘사로서 시 속에 그려지기도 한다. 황진이의 시 속에도 산과 물과 달 등의 자연 경물이 등장하지만 이것들은 매우 능동적이고 융통성 있는 시인 의식에 의해 포착되는 것으로서, 다양한 미적 거리 속에서 조명된다.

> 청산은 내 뜻이요, 녹수는 님의 정이로다
> 녹수 흘러간들 청산이여 변할손가
> 녹수도 청산을 못 잊어 우러예어 가는고

위의 시는 자연의 원리에 순응하고 그 속에 자신을 투사하려는 시선과 외적 세계를 자기 내부로 끌어들이려는 능동적인 시선이 함께 있어서 자연에 대한 황진이 특유의 자세를 보여 준다. 이 시를 이루는 기본적인 거리 의식은 자연을 서경적인 거리감으로 인지하는 것이다. 청산은 부동의 것이고 녹수는 흘러가는 것임을 인정한다. 이것은 그대로의 자연을 인정하고 그 속으로 융합하려는 동양적 자연관의 일환이다. 그러나 황진이는 여기에다 개성적인 변신을 부가한다. 즉 '물'이 갖는 원형적 여성성이나 '산'이 갖는 원형적 남성성의 비유들을 유보하고 오히려 여성을 산처럼 한결같이 변함없는 존재로, 남성을 물처럼 유동적이고 흘러가 버릴 존재로 묘사하고 있어 고정되고 관습화된 편견에서 사물과 세계를 뒤바꿔 생각해 보는 사유의 참신성이 잘 드러난다. 자신을 산으로, 남성을 물로 비유하는 것은 그녀의 입장이 붙박인 기녀이고 남성은 사랑을 주고 스쳐 가는 존재이기 때문이라는 견해도 가능하지만, 보다 중요한 점은 관습적인 비유의 파괴, 떠나 버릴 남성을 향한 의존적 사랑을 거부하는 자유 의지, 남녀 관계에 대한 고정적인 사고의 틀을 깨려는 도전적 자세 등이 담겨 있다는 것이다. 이러한 의식의 전환은 대상에 대한 탄력 있는 거리 의식을 통해 보다 잘 드러난다.

곧 "녹수가 흘러가고 청산이 변치 않는다"라는 서경적인 시선에서 "청산은 내 뜻이고 녹수는 님의 정"이라는 서정적 시선으로 옮겨짐으로써 외적 세계가 자아 내부로 유입되는 해석의 전환이 이루어진다. 이러한 거리의 단축은 또 한 번 시인의 내부로 밀착되면서 녹수의 흐름을 자기를 못 잊어 흘리는 눈물의 흐름으로 치환시켜 이별에 대한 당당함과 여유를 확보한다. 요컨대 황진이는 임과의 이별과 갈등을 자연의 원리 속에서 투사시키되 임과 나의 거리를 뒤바꾸고 서경적 거리를 서정적인 거리로 전환시킴으로써 자기 갈등을 질서화하고 순화시켜 시적 해소를 얻게 된다. 곧 자연의 원리를 따르면서도 자연을 주관적으로 변용시키는 것은 황진이 시에 보편성과 개성을 함께 부여하는 중요한 자질이 된다.

이와 같은 황진이의 대상에 대한 유연하면서도 개성 있는 자세는 시간과 공간에 대한 심리적 거리를 자유자재로 조절하고 있는 다음의 시에서 더욱 잘 드러난다.

동짓달 기나긴 밤을 한 허리를 버혀내어
춘풍 이불 아래 서리서리 넣었다가
어른 님 오신 날 밤이어든 구뷔구뷔 펴리라

앞의 시가 외적 자연과 내적 자아 사이의 거리 조절 속에서 이루어진 것이라면, 이 시는 외부 공간과 내부 공간 사이, 물리적 시간과 사적 시간 사이의 역동적인 시선의 변용으로 구성된다. 특히 대비적인 두 의태어는 우리말의 중첩 부사가 가진 감각적인 전달력을 십분 발휘하고 있어 우리말 시가로서의 시조의 격조를 한껏 높여 주고 있다. 시간성을 초월해 물리적 시간을 심리적 시간으로 변용하여 시간을 사물화하고 있다는 점은 익히 알려진 이 시의 탁월한 점이다. 그러나 이 세련된 구성 속에서 진솔한 목소리를 느끼게 하는 점은 시간과 공간을 주관적으로 조합하면서도 자연의 원리 속에 자신의 원망을 의탁하고자 하는 시인의 의도를 포착할 수 있기 때문이다. 겨울이 가면 봄이 오고, 밤이 지나면 또 다른 밤이 온다는 우주적 원리야말로 이별한 임이 언젠가는 다시 돌아온다는 소박한 믿음을 갖게 하는 원천이 되는 것이다. 황진이는 이 소박한 소망과 정서를 시공을 자유롭게 재단하는 독창적 상상력을 통해 풍요롭게 펼치고 있다.

　황진이의 시는 긴장과 역설의 미학을 견지하고 있다. 자연의 질서에 순응하면서도 자연을 주관적으로 자아화하고, 관습적인 자연의 심상을 전도시키기도 한다. 대상과 자아 사이의 유연하고도 독창적인 다양한 미적 거리는 궁극적으로는 임과의 갈등을 전환시키는 새로운 국면을 만들어 낸다. 곧 떠난 임에 대한 체념이나 한탄으로 떨어지지 않으면서도 그의 시 안에는 떠나는 임을 마냥 방관하며 자신의 욕망을 거스를 수도 없는 내적 갈등이 팽팽히 드러난다. 있으라고 하면 있을 것을 차마 잡지 못하고 보내 버리는 정, "명월이 만공산"하다는 비유를 던짐으로써 남성 스스로 택하도록 하는 구애 방식, 자신을 떠난 남성을 '울어 예어 흐르는 물'에 비유한 것은 모두 남성 우월주의를 거부하는 말하기 방식이다. 동시에 좀 더 자유롭고 여유로운 자신의 사랑을 위해 심리적 거리를 유지하려는 의도를 담고 있기도 하다. 이는 기존의 여성시가 애수와 한탄, 회한에 침윤되어 있던 것과 사뭇 다른 점이라 할 수 있다. 사랑의 즐거움과 아름다움을 알고 있었던 한편, 이별의 한숨과 못 이룬 사랑의 슬픔을 여성의 이지적인 면모와 의지로 극복할 수 있었던 전형을 보여 주고 있는 것이다.

一派長川噴壑礱	한 줄기 긴 물굽이가 골짜기 틈 사이로 뿜어나와
龍湫百仞水潨潨	백길이나 되는 용추로 쏟아져 들어가는구나
飛泉倒瀉疑雲漢	거꾸로 엎어지며 날리는 샘이 구름이 아닌가 싶고
怒瀑橫垂宛白虹	성난 폭포 가로 드리운 모습 흰 무지개인가
雹亂霆馳彌洞府	우박이 날리고 벼락이 달리다 골짜기에서 멈추고
珠春玉碎徹晴空	구슬 방아에서 옥이 부서져 맑은 하늘을 뒤덮네
遊人莫道廬山勝	구경꾼들아 여산이 더 낫다고 말하지 말아다오

須識天磨冠海東   해동에서는 천마산이 으뜸인 줄 알아야 하느니라

—「박연시(朴淵詩)」

그의 한시는 시조에 비해 더욱 호방하고 웅장한 상상력을 보여 준다. 보통 남성을 웅장하고 위엄 있는 폭포에 비유하고 여성은 꽃이나 새, 이슬 등 작고 가녀리고 응축적인 대상에 많이 비유하던 것과는 달리, 황진이는 거친 물줄기를 거느리고 그 기상이 하늘을 뒤덮는 박연폭포에 자신을 동일화시킴으로써 자신에 대한 적극적인 자기 긍정과 자신감을 보여 준다. 「박연시」에선 비교에 의한 병렬법을 통해 '샘'이 '구름'으로, '폭포'가 '무지개'로 변용되는 공간의 전도, '한 줄기'의 물이 '백길의 폭포'가 되는 공간의 확대가 일어난다. 한정된 폭포가 종횡무진의 상상력에 의해 작은 공간에서 큰 공간으로, 땅에서 하늘로 변용되고 있다. 이와 같이 황진이의 시는 남성 중심의 논리를 흔들어 놓는 자유분방하고 솔직한 표현의 시들로 규방 문학과는 전혀 다른 느낌을 준다. 생에 대한 열정과 지혜롭고 현명한 태도, 당당함과 정감이 어우러진 그녀의 시편들은 여성시사에 있어서 뚜렷한 자취를 남기고 있다.

2) 은폐된 규방의 갈등과 생존으로서의 글쓰기

허난설헌은 뛰어난 시적 재능을 지녔으나 자기를 펼쳐 보일 수 없는 불행한 삶을 살았다. 특히 결혼 후에는 양반 사회의 규범 안에서 남편과의 갈등, 고부간의 불화, 자식을 모두 잃는 불행, 가문의 쇠락 등 여성으로서 겪을 수 있는 모든 고통을 두루 감내해야 했다. 남녀 간의 진정한 사랑을 체감하지 못했을 뿐만이 아니라 자식을 잃어 모성을 통한 정체성 또한 누릴 계기를 갖지 못하였다. 또한 감수성과 영민함으로 바깥의 세계에서 일어나는 현실적인 문제들을 포착하는 사회의식을 지녔으나, 그것 또한 적극적으로 표방될 수 없었다. 이러한 강박적인 현실 속에서 글쓰기는 그에게 생존을 가능케 하는 힘이 되었다.

376

그의 문학은 상층 부녀자들의 문학 세계와도 다르며 기녀 문학과는 더욱이 구별된다. 여성시 고유의 세밀한 정서를 노래한 작품도 있지만, 허난설헌의 개성은 자신의 불행을 진솔하게 고백하고 이 비극들을 대자적인 시각으로 확대하여 시대와 현실에 대한 관심과 사회의식으로 나아가고 있다는 데에서 찾을 수 있다. 그러므로 조선 중기 임제와 김시습, 홍유순 등 유교적 도덕률을 탈피하고 현실 비판의 탈속에 빠져들었던 방외인 문학의 특징들이 드러난다는 점, 가족과 자신의 관심을 한정하지 않고 좀 더 거시적인 시각을 가질 수 있었던 점, 그리고 조선조 규범에 대한 회의를 표출하고 그것에 순응하지 않으려는 몸짓들이 보인 점들이 시의 특성으로 지적될 수 있는 것이다.

허난설헌의 대표작으로 꼽히는 규원 2편의 시는 임의 부재로 인한 원망과 서러움을 노래하고 있다. 여기서의 규방은 한낮에도 문이 닫혀 있는 곳이다. 이 닫힌 공간에 대한 감지는 가정과 사회가 부과하는 다중의 억압을 인식하는 출발점이 된다. 난설헌에게 있어 억압을 수용하는 독특한 양상은 다른 세계, 특히 신선 세계에 대한 동경으로 나타난다.

> 焚香遙夜禮天壇　향불 피워 고요한 밤 천단에 절을 하여
> 羽駕翔風鶴驚寒　학 타고 날아가니 그 깃이 차가워라
> 淸磬響沈星月冷　풍경소리 은은한데 달도 별도 싸늘하고
> 桂花煙露濕紅鸞　계수나무 꽃이슬에 난새깃을 적시었네
> ──「유선사 5」

> 閒佳瑤瑤吸彩霞　요지에 오래 살아 오색노을을 마시고
> 西風吹折碧桃花　상서로운 바람 불어 벽도화 가지 꺾네
> 東皇長女時相訪　동황님 맏따님 때때로 찾아와서
> 盡日簾前卓鳳去　진종일 발 앞에서 봉황수레 세워 두네
> ──「유선사 18」

'계수'나 '벽도화'는 강산풍월과 벗이 되어 상승하려는 신선의 세계를 나타낸다. 시인은 스스로가 선녀가 되어 신선에게 예를 올리고 상서로운 짐승인 봉황이 끄는 수레를 타며 상승의 욕구, 탈출의 욕망을 표출하고 있다. 이러한 시편에서 상승과 탈출의 지향성은 안개나 오색 구름, 이슬 등의 가벼운 물의 이미지와 용, 봉황, 학, 난새 등 신이한 동물을 매개로 한다.

그러나 허난설헌의 선계는 사대부들이 취흥이 노니는 몽환적인 곳이 아니라, 아름답지만 도달하기 어려운 곳으로서 현실의 간힘과 억눌림을 역으로 재확인하게 하는 곳이 된다. 향불을 피우고 절을 올리는 것은 허난설헌의 선계에 대한 동경과 꿈이 환상적이고 몽상적이라기보다는 사뭇 진지하고 절실한 탈출 의지에서 비롯되었음을 짐작케 한다. 학을 타고 비상하는 것 자체는 매우 비현실적이지만 시인의 감성은 차갑고 싸늘하고 축축하게 젖어드는 현실적 감각으로 일관되고 있어, 선계로의 탈출조차 현실 세계에 지배되고 억눌리고 있음을 알 수 있다.

물론 그녀의 시 속에 신비로운 꿈의 연속 같은 시편들도 보이지만, 진종일 발 건너편에 세워져 있는, 아직 타 보지 못한 봉황수레에 대한 간절한 원망이 허난설헌 시 의식의 핵심을 이루고 있다. 문을 열고 발을 걷어 내고 봉황수레에 오를 수 없다는 것을 인지하면서, 시인은 자기의 비극을 외부 세계의 여성들로 투사하고 확대시키는 현실 의식을 확보하게 된다. 즉 선계로의 탈출 의지는 자신의 외로움과 문재(文才)를 실현할 수 없는 결핍감의 분출이다. 그러나 시인은 쉽사리 선계를 꿈꾸기보다는 비상하고 싶지만 할 수 없는 경계선에서의 갈등을 보여 주면서, 역으로 은폐된 비극들, 그리고 갇힌 현실과 솔직하게 대면하게 되는 것이다. 그러므로 허난설헌의 시에서 '선계'는 자신의 외로움과 실현할 길 없는 결핍감이 분출하여 공간화한 곳이다. 현실에서 채워지지 않는 욕망이 '선계'라는 비현실적 공간으로 형상화됨으로써 현실에서는 도저히 자신의 공간을 찾을 수 없이 철저히 은폐된 여성의 간힘을 반증하는 것이다.

去年喪愛女   지난해에는 사랑하는 딸을 여의고
今年喪愛子   올해에는 아들을 여의었네
……
應知弟兄魂   나는 안다 너희 남매의 혼이
夜夜相追遊   밤마다 서로 따르며 노는 줄을
縱有腹中孩   비록 뱃속에도 아이는 있지만
安可冀長成   어찌 제대로 자라기를 바라겠는가
浪吟黃臺詞   하염없이 황대의 노래를 부르며
血泣悲呑聲   피눈물 흘리며 슬퍼하는 소리를 삼킨다

　　　　　　　　　　　　　　　　　　　—「곡자(哭子)」

東家勢炎火   양반댁 세도가 불길처럼 드세던 날
高樓歌管起   드높은 누각엔 풍악 소리 울렸지만
北隣貧無依   가난한 백성들은 헐벗고 굶주려
飢腹蓬門裏   주린 배를 안고서 오두막에 쓰러졌다네

　　　　　　　　　　　　　　　　　　　—「감우(感遇)」

水把金剪刀   손으로 가위를 잡느라고
夜寒十指直   밤은 찬데 열 손가락이 곱아 온다
爲人作嫁衣   남들을 위해 시집갈 옷을 지으면서
年年還獨宿   해가 거듭 돌아와도 혼자만 지낸다

　　　　　　　　　　　　　　　　　　　—「빈녀음(貧女吟)」

　자식을 먼저 앞세워 보내 모성을 발휘할 기회마저 박탈당한 어머니
의 가혹한 슬픔을 노래한 「곡자」, 양반들의 폭정과 가난한 백성들의 처

참한 현실을 극렬하게 대비시킨 「감우」, 가난해서 시집을 갈 수 없는 노처녀의 한탄과 노동의 고단함을 그린 「빈녀음」 모두는 현실에 대한 강렬한 발언과 비판을 보여 준다. 자신의 불행에만 갇혀 있지 않고 또 자기 내면을 응시하고 비탄하는 데 그치지 않고 자신을 둘러싼 사회에 대한 시선을 유지함으로써 개인의 문제를 사회적 모순 속에서 짚어 낼 수 있었던 점은 우리 여성시에서 중요한 가치를 지닌다. 규방 속에서의 원망, 그리고 선계에 대한 지향과 경계선에서의 갈등, 그리고 현실로의 귀환이라는 허난설헌의 자취는 여성시인들이 보여 주는 의식 운동의 원형적인 모델이 되며, 현대시에 이르러 다양한 외출의 기표로 변용되어 나타난다.

3) 여성 노동의 무게와 육체의 굴레

이름이 알려진 기녀이거나 양반 부녀자들, 서녀들은 그래도 나름대로 자아실현의 기회가 주어졌고 생존을 위한 고단한 노동으로부터는 어느 정도 자유로운 존재들이었다. 그래서 이들은 때로 남성 지배 이데올로기를 내면화하고 남성 언술을 지향하는 태도를 보여 주기도 한다. 이들의 시는 황진이의 호방하고 야성적인 생명력, 허난설헌의 현실에 대한 적극적인 관심과 긴장 등 극복의 요소를 지니기도 하지만 운초, 매창, 이옥봉, 신사임당 등에서 볼 수 있듯이 기존의 질서에 조화롭게 순응하려 하거나 임에 대한 그리움의 세계로 경사되는 등 수동적 감성으로 응집되는 경향을 나타낸다. 따라서 이들의 시는 대체로 여성 특유의 섬세하고 유려한 문체, 정형화된 형식, 절제된 언어 표현 등으로 상층 문화적 특성을 반영한다.

이와 또 다른 주류를 형성하여 이어져 온 대항 문화가 평민 부녀자들의 노래이다. 글자를 지닐 수 없었고 남성 중심의 문화에서 소외된 철저한 주변적 존재인 그들이었기에 오직 구전(口傳)이나 작가를 전혀 알 수 없는 형태로 노래가 남아 있다. 그러나 하층 여성들의 질박한 노래에는 죽음과도 같은 노동과 시집살이의 고통, 폐쇄적 사회 현실, 비천한 신분, 전쟁과 가난, 흉년 등 비참한 현실 속에서도 슬픔이나 체념, 수동적 감성에 머물지 않고 삶에 대한 끈질긴 낙관과 비판 의식, 생래적인 욕망을 자연스럽게 분출하는 데서 오는 건강한 생명력, 적극적이고 야성적인 에너지가 그대로 담겨 있다.

　　매자구야 지자구야
　　왜 이리 났니
　　이 내 몸
　　달구게

　　　　　　　　　　　　　　　　　　　　　　　　　　　　─「김매기 노래」

　　미수가리 걸머쥐고
　　산양장을 건너가니
　　산양 놈의 인심 봐라
　　오돈 오푼 받으란다
　　오유월 짜른 밤에
　　단잠을랑 다 못자고
　　이삼저삼 삼을 적에
　　두 무릎이 다 썩었네
　　어린 아해 젖달란다
　　큰 아해는 밥 달란다
　　뒷집 금동이 거동 보소
　　나를 보고 헛웃음 치네

　　　　　　　　　　　　　　　　　　　　　　　　　　　　─「길쌈 노동요」

수수밭 삼밭을 다 지내놓고서
빤빤한 잔디밭에서 왜 이렇게 졸라
아우라지 건너갈 때는 아우라지더니
가물재 넘어갈 때는 가물 감실하네

시누야 올케야 말내지 말게
삼밭 속의 보금자리는 내가 쳐놓았네

간난 아버지 길 떠나신 줄은 번연히 알면서
간난 아버지 어데 갔느냐 묻기는 왜 묻나

— 「정선아리랑」

「김매기 노래」는 뽑아도 뽑아도 다시 무성하게 자라나는 잡초를 뽑으면서 노동의 고단함과 지루함을 잊기 위해 성(性)을 적극적으로 끌어들인다. 경상도 금천 지방의 「길쌈 노동요」는 생계를 걸머진 한 여성의 아픈 삶의 과정이 절절하게 배어 있다. 밤을 새워 삼을 훑고 베틀질을 해야 하는 현실은 '두 무릎이 썩어 내린다'라고 표현될 정도로 여성에게는 죽음보다 가혹하다. 그렇게 애써 일을 해도 제값을 받지도 못하고 그녀의 몸에 짐처럼 달라붙은 아이들은 그런 불행감을 더욱 심화시킨다. 곡조 가득 슬픔이 배어 나오면서도 결코 그것이 삶에 대한 비탄이나 절망으로 머물지 않는 것은 그 상황에서도 고통을 잊기 위해 정서적 완충 지대를 마련해 두고 있는 서민들의 낙관적 삶의 태도에 있다. 「정선아리랑」은 산골 오지에 묻혀 사는 슬픔, 세상을 등진 한, 산골로 시집보낸 부모와 중신애비에 대한 원망을 담고 있는 애조 띤 곡조로 이름 높지만, 실상 산에서 꼴을 베거나 나물을 뜯으며 불렀다는 노래들은 모두 남편에 대한 성적인 불만, 처녀 총각들의 탈선적 애정, 유부녀의 외도, 성행위의 노골적인 표현 등을 담고 있다. 이들의 민요에

는 자연스럽고 인간적인 욕망을 드러냄으로써 현실의 고통을 해소하려
한 서민들의 생명력과 낙관성이 담겨 있는 것이다. 이때 다루어지는 성
이 결코 비루하거나 천하지 않은 것은 과장이나 가식이 없이 솔직하
고 직정적인 표현 때문이다.

> 시어마님 며느라기 낫바 벽바흘 구르지 마오
> 빗에 바든 며느린가 갑세 쳐온 며느린가 밤나모 서근 등걸에 휘초리나
> 갓치 알살ㅍ선 스아바님 볏뵌 소동 가치 도종고신 시어마님 삼년 겨론
> 망태에 새송곳부리갓치 뾰족하신 스누의님 강피가론 밧틔 돌파나니
> 가치
> 새노란 욋곳갓탄 피똥누는 아들 하나 두고
> 건밧테 멋곳갓튼 며나리를 어듸를 낫바 하시는고

 시집살이의 고됨을 노래하는 사설시조는 이유 없이 며느리를 구박
하는 시집 어른들의 모습을 비유를 통해 희화화하고 있다. '회초리',
'볏뵌 소똥', '쇠송곳부리' 등의 날카롭고 곤두선 대상에 시아버지, 시
어머니, 시누이 등을 비유해서 각박하고 인정머리 없음을 드러내고 '외
꽃'이나 '뫼꽃'에 자신을 투영시킴으로써 자신의 불행을 강렬하게 부
각시킨다.
 18세기 후반에서 19세기까지 급격하게 성장한 규방가사는 거칠게나
마 양반 부녀자들의 규방가사와 평민들의 내방가사로 나누어 볼 수 있
다. 규방가사는 유교적 소양을 지닌 양반 부녀자들이 주작자층으로, 소
혜왕후의 「내훈」이나 송시열의 「계녀서」 등을 외우기 쉽도록 가사로
옮겨 놓아 유교적 이념을 적극적으로 내면화하려는 의도에서 쓰인 「계
녀교훈가」나 답답한 규방에서 벗어나 산이나 들에서 화전놀이나 풍류
를 즐기면서 지은 「화전가」 등이 있다. 이들 작품들은 언어가 우아하며
어려운 한자 고사 성어를 사용하여 사친(事親), 풍류(風流), 규원(閨怨)

등을 노래하고 있다. 완곡한 표현 방식과 간접적인 서술로 자신의 감정을 우회적으로 표현하였고 강한 자기 억제를 보여 준다. 문체적으로는 한문 고사나 한시구를 주로 사용하고 여훈이나 여사서 등의 문장 차용이 많아 난삽한 느낌을 주며 형태도 거의 고정되어 있다. 하지만 조선 후기에 접어들면서 각박한 시대 변화 속에서 여성들도 자기 현실을 자각하고 억압된 상황을 호소하는 적극적 태도로 변하면서 다양한 자기 발견의 양상을 나타내기 시작한다. 이는 유교적 도덕률에서 벗어나고자 하는 개화 사상이 여성들에게도 확대 심화되고 이에 따라 평민 여성들의 자각이 시작된 데서 비롯된다. 이들은 양반 부녀자들의 계녀가나 화전가의 형식을 빌려 와 전통 윤리관의 허실을 비판하고 양반들의 위선에 가득한 삶을 희화화하거나 민족 현실이나 자신의 고통스러운 삶에 대한 뼈아픈 자각을 남성들의 작품에서는 볼 수 없는 직정적이고 구체적인 생활 체험을 통해 형상화하고 있다.

   ① 뭇 밧계서 절을 하고 갓가이 나와 안자
      방이나 덥사온가 잠이나 편하신가
      살들이 무를 적에 저근듯 안잣다가
      그만히 도라나와 진지를 차릴 적에
      식성을 무러가며 반찬을 맛계하고
      꾸러 안자 진지하고 식상을 물인 후에
      할 일을 살외보아 다른 일 업다하면
      나방에 도라나와 일손을 밧비드러
      흥돈흥돈 하지말고 자쥬자쥬 하여서라

                           —「안동 지방 계녀가」

   ② 광대같은 대구댁은
      사냥개를 달맛는가 어이 그리 시끄럽다

부덕 좋은 교동댁은
말소리를 볼작시면 기생 사촌 달맞는가
춤 잘추는 방전댁은
하는 이력 볼작시면 거만하기 그지업다
토곡댁을 볼적시면
숫나비를 달맞는가 하는 짓도 분별업다

——「평남산 화전가」

③ 세상사 살펴보니 시대와 풍조가
　변천하야 옛과 지금 다르도다
　어떠한 여자들은 고등학교 출신하야
　양머리 곽곽구두 보석반지 금시계로
　쌕하는 자동차와 달달하는 전차로서
　동서남북 왕래하고 사회상에 출입하여
　남녀평등 오늘 시대 훌륭한 여자로되
　슬프다 우리 어찌 산간벽지 생존하야
　산정지뜰 부엌에서 방아찟고 물여다가
　음식공지 직분이여 엄동설한 찬 바람에
　쌜래하시 고생이요 장장한일 더운날에
　농사바라지 원수로다

——「화전가」

①의 가사는 전형적인 계녀가의 특성을 보여 준다. 시어른 앞에서 며느리가 갖추어야 할 덕행을 찬찬히 일러 주는 친정어머니의 세심한 관심과 정을 알 수 있다. 이러한 유형의 가사들은 거의 동일한 형태를 지니고 있어 작품성이나 창의성은 부족한 편이나 교술 장르로서의 가사의 성격에 충실하게 부합된다. ②의 가사는 양반 부녀자들의 화전가

형식을 빌려서 부녀자들의 행동거지를 희화화하고 있다. 평소에는 부덕 좋고 우아한 풍모를 지닌 여성들의 가려진 모습이 '화전'이라는 자유로운 시공간에서 격렬한 에너지로 분출되고 있다. ③은 개화기 가사에 해당하는 것으로 도시 신여성과 농촌 여성을 대비함으로써 남녀평등이 일부 계층에만 국한되어 있음을 한탄한다. 적극적인 풍자와 의성, 의태어를 통해 도시 신여성들의 모습이나 변화된 세태 풍경을 효과적으로 드러냈다. 개화 사상과 만민 평등 의식이 농촌 여성들에게도 퍼졌지만 현실은 여전히 불합리했음을 알 수 있다.

　개화기는 오랫동안 유교적 가부장제 속에서 억압적으로 살아왔던 여성 의식에 대전환의 계기를 마련했던 시기이다. 다양한 내적 외적 조건의 변화들과 어울려서 여성들은 비로소 자아를 성찰하고 자신의 존재와 지위, 능력을 외부 사회로 확산시키는 가능성을 체험하게 된다. 개화기 여성 문학은 지속과 변모의 두 양상이 혼재되어 나타난다. 이 시기 규방가사는 다양하고 구체적이며 직정적인 여성의 생활 체험을 통해 현실을 자각하고 자아를 발견하는 데 이른다. 전대의 문체가 남성들의 언술을 흉내 내어 용사를 활용하였다면, 개화기의 규방가사는 구어적이고 직설적인 표현과 삶에서 묻어나는 솔직한 감정을 통해 여성 언술의 특성을 형성하는 의의를 보이고 있다. 서양 문물과 개화로 인해 새로운 문물을 설명하는 언어가 사용되기도 한다.

　물론 새로운 문물에 대한 반응은 계층별, 교육 수준별로 다르다. 양반 부녀자들의 경우 가문과 여필종부에서 자유롭지 못하며, 남성적인 문체를 답습하고 있다. 그러나 평민 여성들은 혼란스러운 시대와 남녀평등 사상을 풍자와 희극적 언어로 표출하고 있다.

　한편 기생의 경우 일반 여성들과는 달리, 이전 기생 문학의 전통을 이어 나간다. 그러나 그들의 낙관적 태도는 역으로 신문명을 비판적으로 바라보지 못하게 했으며, 시적 인식 또한 전대 문학에서 발전하지 못했다. 그 결과 미학적으로도 퇴행하는 결과를 얻었다. 여생도의 경우

근대 문물을 적극적으로 환영하면서도 개화에만 치중할 뿐, 문체를 발전시키지는 못했다는 한계를 보여 준다.

이상 여성 시가를 통해 개화기에 유입된 서양 문화의 영향력을 그려 본다면, 외적인 생활상에 있어서는 여러 면으로 변화를 주었음을 알 수 있다. 그러나 여전히 심층에는 전통적인 요소가 영향력을 행사하였음을 알 수 있다. 이는 상층 계급이 외부 문화를 수용하면서 그것으로 지배 권력을 강화하려고 한 것과는 달리, 민중이 오히려 전통 문화를 집단적 무의식 속에 변용한 것을 통해 알 수 있다.

3 현대시에 나타난 여성 의식의 확대와 여성 언술

김명순, 나혜석, 김일엽 등 여성들이 시단에 등단하기 시작한 1920년대를 대표하는 시인들은 여성의 해방, 남녀평등 의식, 자유주의 정신을 시화하였다. 과작(寡作)임에도 불구하고 이들의 시는 여성시의 형성의 토대가 되었다. 이들의 뒤를 이어 김오남, 노천명, 모윤숙, 백국희, 주수원 등이 등단함으로써 기법 면에서나 주제 의식이 성숙되는 시기를 맞이하게 된다.

1) 전통적 서정성과 절제의 미학

모윤숙, 이영도, 김남조, 허영자, 이봉순, 박명성, 김혜숙, 김선영, 김송희, 김초혜 등의 여성 시인들은 전통적 서정의 연속선상에 있으면서 일련의 계보를 형성한다. 이 계열에 속하는 시인들은 이른바 "동양적 서정파"로, 그들의 작품은 전통 지향적인 주정적 순수시에 속한다. 특히 이들의 시는 사랑과 기다림, 한과 고독의 원천적이며 전통적 정서가 짙게 깔린 서정을 바탕으로 인간의 내면에 고여 있는 슬픔과 비애를 노래하는 것을 그 특징으로 한다. 이러한 시적 경향은 허난설헌, 이옥봉, 이매창 등으로 이어지는 조선조 여성 문학이나 개화기 오옥엽, 신월하, 김강진 등의 광무대 기생을 중심으로 한 문학 활동과 일련의 연맥을 형성한다. 이러한 전통적 서정성 계열의 시들은 상층 여성 문학의 특성을 반영한다. 평민 여성들이 노동의 고단함과 억압적 현실 조건들을 양성적이고 격렬한 에너지와 낙관성으로 노래해 온 데 비해 이 계열의 시는 임에 대한 사랑이나 기다림, 임이 부재하는 현실 속에서의 자아의 결핍감을 표현한다. 따라서 자신이 처해 있는 여성으로서의 폐쇄적이고 비극적인 현실이나 역사에 대해서 어떤 고발이나 발언을 하지 못한다는 점에서 수동적 의식과 감성의 응집이라는 평가에 한정될 수밖에 없다. 반면 정제된 미감과 절제된 언어 구사 등 시의 정서적, 형식적 측면에서 시적 품격을 보여 주어 한국 시의 미적 정형성을 체득하고 있다는 긍정적 평가도 동시에 내릴 수 있다.

이 계열의 시들은 불완전하고 궁핍한 존재의 부정적 본질을 인식하는 자기 응시에서 출발한다. 김남조의 시 「설일」이나 「겨울 사랑」에서 보듯 시인에게 임은 흠 하나 없는 완전 무구한 임으로 묘사된다. 시인이 찾아간 자연의 계절은 주로 겨울로 나타나고 있다. 그것은 겨울이 갖는 차가움의 정서가 그들의 깨달음에 합당하다는 느낌을 갖게 한다. 곧, 화자 자신이 지닌 존재의 뜨거운 열정이나 야성적 생명력을 응고시키고 해체하는 겨울, 바람, 추위, 눈물로 상징되는 기다림의 혹독한 시간을 겪고 나서야 임을 맞을 수 있게 된다.

> 피가 설었을 젠
> 못 얻은 사랑
> 삼동 바다 없는 추위에
> 무상의 축원 익혀
> 오늘 임 맞이하네
>
> ─「겨울 사랑」

1960년대 허영자의 「가슴엔 듯 눈엔 듯」, 「어여쁨이야 어찌 꽃뿐이랴」에 이르면 여성 의식은 한국적 정서를 바탕으로 간결한 함축미와 더불어 더욱 탄력적인 태도로 승화된다. 김남조와 허영자는 둘 다 전통적 서정시의 형식을 통해서 사랑의 슬픔, 이별, 한, 그리움 등 여성 특유의 정서들을 집중적으로 다루고 있다는 점에서 공통성을 갖는다. 그러나 김남조의 시가 감상적이고 부드러운 시적 분위기로 일관하고 있는 반면, 허영자는 그러한 감상적 요소에 엄격한 절제를 보여 줌으로써 짜임새 있는 구성과 압축의 묘미를 드러내 주고 있다.

유안진, 신달자, 김초혜 등의 시인이 이에서 추구하는 사랑은 순수한 영혼이 갈구하는 지고의 것으로 영원과 초월을 향한 이상적 이념을 내포하고 있다. 사랑은 거역할 길 없는 질서의 힘을 지닌 절대적인 것이며 이들의 사랑법은 개인적 감정으로서의 사랑의 감정을 묘사하면서도 개인적 단계를 지나 그것과 동심원적 축을 유지하면서 동시에 인간 존재의 정신세계와 소통하는 방법적 가능성을 모색하는 수단이 된다.

전통적 서정성 계열의 시인들이 보여 준 내면 탐구적 자세는 밀도 있게 여성성을 부각시키고 우리의 전통적 서정성을 계승, 발전시키고 있다는 점에서 긍정적 가치를 갖는 반면 이러한 순응적이고 수동적인 태도를 여성적 삶의 전형으로 고착시킬 위험성을 내포하고 있다는 점에서 비판의 여지가 있다.

2) 모성과 존재 탐구

여성의 신체가 내포하고 있는 월경, 수태, 출산, 수유, 양육 등의 고유하고 특수한 경험의 영역들은 생물학적 모성의 중요한 근거가 되며 여성만이 모성을 지니고 따라서 어머니 역할을 수행하는 것은 당연하다는 인식을 가져온다. 이러한 내면화된 인식은 불평등과 억압의 조건을 형성하며 온전한 자아로 세계의 중심에 서고자 하는 여성의 욕망을 순치시키고 희생과 인내를 강요하는 성차별적인 모성 담론의 토대가 된다. 여성은 불평등한 현실 속에서 심각한 분열과 갈등을 겪지 않을 수 없다. 이런 갈등의 양상은 여성시에서 모성을 거부하거나 해체되거나 찢긴 형태의 불모와 사산의 자궁 이미지를 동반하며 나타나지만 분열과 파괴 속에 잠재된 극렬한 에너지는 적극적, 창조적이며 삶 본능의 에너지로 충만한 모성에 대한 새로운 의미 생성과 담론을 재구성하는 데 이른다.[1]

① 모성과 자아 정체성의 대립 구조

가족 관계 안에서 아내로서, 어머니로서의 역할을 수행하는 여성은 끊임없이 자기를 독립된 개체로서 응시하고 분리하고 싶은 욕구를 지닌다. 하나의 인간으로서 여성은 외부 세계로 자신을 확장시키며 업적 지향적인 삶을 살고 싶어 한다. 그러나 여성 혼자만의 어머니 역할, 아내의 역할을 강조하는 남성 중심주의 사회에서 여성은 자아 정체성과 어머니 역할의 수행 사이에서 심각한 갈등과 분열을 겪기도 한다. 여성시에 드러나는 분열의 양상은 세 가지 측면으로 나타난다. 첫째는 현실의 억압으로부터 벗어나려는 무의식적 욕구가 '잃어버리기', '건망증', '꿈을 통한 거부' 등의 형태로 나타나는 시들이다.

　　─ 안녕히 주무세요
　　치마끈을 굳세게 잡고 따라온
　　막내의 목소리는
　　꿈의 바닷가에 갈매기로 날면서

---

1) Rich, *of Woman Born*, 13쪽.
　에드린 리치는 가부장제 아래의 모성은 대부분의 여성들에게 고통과 박탈감을 주고 "다양한 사회, 정치 체계 속에서 남성 지배를 정당화하는 열쇠"이지만 이러한 상황 아래서도 모성적 경험은 하나의 대안을 제시할 수 있다고 본다. 곧 모성성이 여성적 경험에 있어 풍부한 창조성과 기쁨의 잠재력이 될 수 있다는 것이다.

나를 지키고 있었다

따라오지 마라
따라오지 마라
내 꿈의 집엔
네 자리가 없다

— 신달자, 「어둠의 노래」

사랑하는 막내가 굳세게 치마끈을 잡아 이끄는 일상의 집과 현실의 어떤 인연으로도 따라올 수 없는 꿈의 집은 이항 대립을 통해 삶의 무거움과 동경, 어머니로서의 의무와 자신만의 삶에 대한 갈망 사이의 투쟁과 갈등을 보여 준다. 작별하다 - 지키다, 떠나다 - 맞닿다, 인연이 없다 - 나를 지키다 등의 대립되는 어휘들을 병치시키면서 마음속에서 반란을 일으키는 자아를 강조하고 있다. 삶의 무거움과 동경, 어머니로서의 의무와 자신만의 삶에 대한 갈망, 진한 가족의 인연과 그 일상에서 벗어나고자 하는 투쟁을 보여 주는 화자의 독백은 그것을 듣는 청자에게 충격적인 긴장을 준다. '따라오지 마라'라는 단호한 어조에는 아내나 어머니로서가 아닌 독립적 인격체로서의 삶을 회복하고자 하는 욕망이 숨어 있으며 자기 자신에게 결연한 의지로 다짐하는 것처럼 보인다. 어둠 - 꿈 - 임종이 연관되면서 현실에서는 불가능한 작별이 꿈에서는 가능하다는 것을 보여 줌으로써 꿈에서나마 타협하지 않으려는 자아의 의지가 나타나 있다.

이조 시대관에서 아이를 잃어버린 걸 알았다. 나는 왕의 밥그릇, 술잔, 수저를 잊혀진 후궁처럼 바라보다가 백자 연적의 연꽃잎들을 주르륵 흘리며 고려 시대관으로 달려간다.
　　　(중략)

그러나 계단 위로 꿈결처럼 아이가 걸어 올라오는 것을 본다. 엄마 이게 뭐야? 으응 이건 철갑옷이야. 칼로 싸울 때 맞지 않으려고 입는 거야. 무거운 옷일 거야. 우리는 철기시대 철갑병사 앞에서 두 손을 맞잡는다.

—— 김혜순, 「중앙박물관 길」

아이나 물건을 잃어버리고 정신없이 찾아다니는 의식의 부유를 보여 주는 시 또한 찾아볼 수 있다. 김혜순의 「중앙박물관 길」은 화자가 폐쇄된 공간 속에서 아이를 잃어버린 후 찾기까지의 탐색 과정을 담고 있다. 남성 영웅이 넓고 광활한 공간에서 외부 세계를 정복하고 선형적 시간을 따라 국가나 보물, 배필을 찾아가는 데 비해 시의 화자는 시간을 거슬러 올라가는 반복과 회귀의 체험을 하며, 찾는 대상은 아이지만 찾는 과정에서 중심이 되는 것은 자신의 자아 정체성으로 나타난다. 여성시에는 이처럼 건망증이나 물건을 잃어버리는 일이 자주 나타난다. 그것은 일상에 쉽게 안주하지 못하는 자아의 갈등 양상을 보여 주며 모성성과 자아 정체성 사이에서 갈등하고 분열을 겪는 여성의 모습이기도 하다.

두 번째는 독립성을 찾으려는 욕구와 인내와 희생을 갖춘 여성이 되어야 한다는 강박관념 속에서 분열 형상을 일으키는 시들이다.

엄마의 신발 속엔
우주에서 길을 잃은
하얀 야생별들의 무덤과
야생조들의 신비한 날개들이
감옥창살처럼 종신수로 갇히어
창백하게 메마른 쇠스랑꽃 몇포기를
조화처럼

392

우두커니 걸어놓고 있으니

딸아, 보아라,
가고 싶었던 길들과
가 보지 못했던 길들과
잊을 수 없는 길들이
오늘 밤 꿈에도 분명 살아 있어
인두로 다리미로 오늘 밤에도 정녕
떠도는 길들을 꿈에서 꾹꾹 다림질해 주어야 하느니
　　　　　　　　　　　— 김승희, 「엄마의 발」

　김승희의 「엄마의 발」은 본능적 모성성과 자아 정체성 사이의 대립과 갈등을 극명하게 드러내고 있다. 본능적 모성성의 긍정적 요소라고 할 수 있는 자식을 소중하게 보살피고 양육하는 어머니의 사랑 저편에는 자신의 삶을 희생하고 양보해서 결국 행복할 수 없는 한 여성의 비극이 자리 잡고 있는 것이다. "딸아, 보아라"는 어조상 같은 운명을 걸어가는 동지에게의 호소와, 엄마와 같은 인생을 딸에게는 되물림하고 싶지 않으며 딸이 자신과는 다른 삶을 걸어 가길 바라는 염원이 담겨 있다. '크고 넓은 발'로 걸어서 "가고 싶었던 길들과/ 가 보지 못했던 길들과/ 잊을 수 없는 길"은 자아가 탐색하고자 했던 이상적 방향이었으나 엄마의 신발은 "감옥창살"이 되어 떠나지 못하게 되고 결국은 '슬픔의 입구'로 들어서게 한다. '길'이 펼쳐져야 할 곳에 감옥만이 남아 있게 되면서 야성의 것들이 모두 감금되고 무덤의 이미지만 시 전면에 나타난다. 하늘에서 빛나야 할 별과 같이 향기롭고 생명력 넘치던 자질들은 엄마의 삭막하고 황량한 현실 속에서 물기와 생명을 잃은 채 죽음의 이미지로 고착되어 간다. 딸들은 세상을 향해 힘껏 도약하고 마음껏 자기를 발현시키는 날개와 가능성을 지니지만 어머니는 왜 그들과 달리 세상이 만들어 준 감옥 속에서 끊임없는 비상과 자아 발견의 욕망을 "인두"와 "다리미"로 꾹꾹 누르며 살아야 하는가를 담담하게 자문하는 이 시는 모성과 자아 정체성의 갈등에 대한 놀라운 시적 통찰을 보여 주고 있다. 시 속에 드러난 대립 구조를 정리하면 다음과 같다.

모성	자아 정체성
대지	야생별
대들보	야생조
노동, 무덤, 종신수, 조화	꿈, 날개, 꽃, 야생풀
가지 못했던 길	가 보고 싶었던 길
날지 못하는 어머니	날개를 가진 딸
착한 어머니	행복하지 않은 여자
희생, 사랑, 부자유	자유, 비상, 꿈
가라앉음, 안정, 무거움	높이, 가벼움

이 시의 한계는 여성의 모성성에 대한 상식을 깨뜨린 자아 정체성과의 갈등을 보여 주는 데 성공하면서도, 그 둘의 명제를 조화롭게 종합시키는 관점에까지 이르지 못하고 있다는 점이다. 날카로운 문제의식을 보여 주지만 한탄의 어조, 좌절과 체념에 순응해 버림으로써 창조적 모성의 가능성을 제시해 주지는 못하고 있다.

세 번째는 자의식과 어머니 사이의 갈등에서 모성이 지닌 굳건한 힘과 사랑으로 귀착하려는 태도이다. 어머니와 자아 사이의 갈등 속에서 우울증과 정신질환을 겪으면서도 어머니로서의 삶을 감수해야 하는 비애가 전면에 흐르고 있다. 그러나 그 슬픔은 슬픔으로만 머물지 않는다. 고단하고 박제된 삶으로부터 부활을 꿈꾸는 분만의 상상력이 위대한 모성적 힘으로 작품 저변에 굴절되어 나타나기 때문이다.(김승희, 「쌍봉낙타」) 이러한 유형의 시들은 자녀와 남편을 통해서 자신의 존재를 확인하고 힘을 얻는 모성의 건강성을 보여 준다는 점에서 의의를 지니지만 또 다시 여성의 인내와 희생을 내면화한다는 점에서 시 전면에 비애와 비장함을 준다.

② 모성성의 결핍과 불모성

남성 중심의 억압적 사회는 이원론에 기초한 사회이다. 남성과 여성이라는 성의 이분법적 대립에서 시작하여 육체/정신, 유기체/환경, 식물/동물, 선/악, 흑/백, 감성/지성, 수동성/적극성, 정상/비정상, 삶/죽음 등 실제로는 하나의 연속체이며 통일체인 것을 항상 상반되는 별개의 이미지로 굳혀 버린다. 이렇듯 고정화된 편견과 고정 관념은 모성성의 규정에도 영향을 미친다. 가부장적 사회에서 여성은 남성에 의해 '그의 성과 생식력을 지배당하는'[2] 객체로만 존재한다. 이때 '어머니'라는 어휘는 협의의 생물학적 의미뿐만 아니라 광의의 정치적 의미로 쓰이는 것이다. 모성은 여성을 '아이를 돌보는 감정적이고 의존적인 존재'로만 보는 생각을 내포하게 되는데 이는 모성의 정치적 구성을 나타낸다. 즉 모성이 의식적으로 조직되고 사회적으로 구성된 것이라는 사실을 의미한다. 가부장적 이데올로기는 모성을 자연스러운 것으로 제시하기 때문에 여성을 사적 영역으로 제한시키고 공적 영역으로부터는 배제하는 것이 사물의 자연적인 질서를 지키는 것이라고 주장한다. 가부장제라는 남근 중심주의의 사회 속에서 모성은 그 자체의 분만성을 상실하고 소외와 결핍으로 이루어진 불모성의 세계가 된다.

여성의 역사에 대한 인식은 지금까지의 여자의 삶이 '부재'였다는 데서 시작한다. 끊임없는 외부 세계와의 투쟁을 통해 자신의 공간을 확장해 가는 남성들의 역사는 일직선으로 합목적적으로 나아가는 역사

---

2) Roisin Mconough and Rachel Harrison, "Patriarchy and Relation of Production", *Feminism and Materialism*(London: Routledge and Kegan Paul, 1978), 26쪽.

이다. 하지만 이 속에는 여성의 활동과 경험, 업적이 존재하지 않는다. 여성은 가정과 사적 영역에서 순환과 회귀의 체험을 할 뿐이며 따라서 정지된 시간을 경험한다. '눈꺼풀도 없고 입술도 없고 구멍뿐인 여자가 날아온다'에서 보듯이 온전한 신체성을 상실하고 오직 생식을 담당하는 성적 도구로서의 여성은 자신의 신체로부터 소외될 뿐만 아니라 대상 세계에 대한 앎을 통해 자기의 존재 기반을 구축해 가는 자아로서 존재할 수 없게 된다. 여성의 존재에 대한 아픈 성찰과 탐구는 시인의 시에서 남성 중심의, 폭력적인 로고스 중심적 역사 발전을 해체하고 역사를 거스르는 세계 재편의 욕망으로 나아가고 있다.(김혜순, 「역사」)

최승자의 시에서는 세계의 근원에 대한 결핍감을 표현하기 위해 오염된 자궁, 낙태와 사산(死産)의 자궁 이미지가 자주 등장하기도 한다. 시인은 세계를 남성 중심의 폭력적 세계로 파악한다. 그곳은 건강한 생명력이나 모성성이 자리할 수 없는 불모의 세계이다. 세계가 병들어 있다는 생각은 그것으로 향해 열려 있는 자궁 자체도 전염되고 병든 것으로 확산되어서 시들고 병든 아이가 태어나며 어머니와 아이는 끊임없이 황폐하고 어두운 도시 문명의 시궁창 속으로 흘러 들어가는 것으로 나타난다.

이제 곧 그가 다리를 절룩이며
예언 속의 길을 찾아오고
붉은 달 아래 소리 없이 땀 흘리며
나는 거듭 낳을 것이다.
이 세계를
거대한 암흑 덩어리를.
그리하여 내 태초의 남편아 받아라.
이 세계

이 거대한 핏덩어리를.

— 최승자, 「혼수(昏睡)」

「혼수」에선 오염된 자궁을 분만의 자궁, 생산성이 넘치는 자궁으로 되돌려 놓고자 하는 욕망이 나타난다. 그것은 혼수나 가사(假死) 상태에서 가능하다. 일상적 삶의 질서와 시간을 벗어나 삶과 죽음의 경계에 머물면서 화자는 분만의 체험을 한다. 이때 분만은 단순히 한 아이를 낳는 것이 아니라 하늘과 땅이 맞닿는 근원적인 출산의 경험이며 황폐하고 비극적 세계에서의 생산의 가능성을 모색하는 일이라 할 수 있다. 인간의 이성이 낳은 질서와 그 속에 내재되어 있는 폭력성을 거슬러 올라간 태초의 시간은 암흑과 혼돈의 시간이다. '혼돈'은 죽음과 삶이 덧붙여진 상태에서 발생하는 것이다. 이때 남자와 여자가 몸을 섞는 것도 혼돈에 해당하며 이는 강한 분만의 상상력과 연결된다. 어둠과 혼돈이 지닌 강렬한 에너지 속에서 화자는 "붉은 달 아래"에서 '땀 흘리며 거듭 아이를 낳'으려 한다. '거듭'이라는 말이 주는 강세는 분만에 대한 화자의 결연한 의지를 보여 준다. '것이다'의 단정적 어조, '받아라'의 명령체에서 보이듯 한국 여성시는 최승자에 와서 적극적이고 능동적인 발화 양식을 갖게 된다. 대상에 대한 호칭은 '임'에서 '그대'로, 다시 '너'에게로 변화하게 되는데 이는 대상과 여성 화자 간의 종속적 관계가 평등한 관계로 전환됨을 의미하며 사회에서도 변화된 여성성이 문학 속에 투영되고 있음을 보여 준다. 또한 종결 어미도 '－습니다'체에서 '－어요', '－하마', '－해' 체 등으로 수동성에서 능동적 어조로 전환되고 있다. 공포, 불안, 고통 속에서 여성적 생산성은 억압적 현실을 이겨 내고 나아가서 죽음에 대한 불안을 이겨 내는 힘이 되며 그 생산성은 혼돈에서 나온다.

③ 아니마의 현현과 신모적 모성성

신모적 모성은 그리스 로마 신화의 데미테르 원형이나 우리나라의 당금아기, 바리데기, 청정각씨 등 여성 신화에서도 자주 발견되는 보편성을 지닌다. 이들 여성들은 출산과 양육 등의 여성의 가업을 묵묵히 수행해 내고 남성적 공간에서 끊임없이 쫓겨남을 당하고 결핍의 체험을 하지만 고통을 인내하고 감당해 내면서 신의 위치에 좌정할 정도의 능력의 확장과 성숙을 보여 준다. 여성시에선 남성이 부재하는 현실 속에서 억척스럽게 가족 공동체를 이끌어가는 여가장(女家長)의 모습이나 여성적 경험을 통해 정신적, 인격적 성숙을 맞는 우주적 어머니, 아픈 상처와 역사를 치유하는 치유자로서의 어머니가 나타난다.

> 토담 너머 저쪽,
> 시냇가 수풀 그루터기 아래로 기어온 어미 자라들
> 자운영 꽃잎으로 알을 덮어두고 자라들이 사라진 논두렁길이
> 남쪽 마당에 토막나 흩어져 있다
>
> 국자 속에 담긴 자라의 피에 돋은
> 자운영 향기가 모깃불 연기와 섞이고 있는 고요한 마당
> 아…… 할머니는 자라의 목을 어떻게 잘랐을까?
>
> ── 정화진, 「남쪽마당」

정화진의 시는 현재의 나(이미 성장해 버린 나)가 과거 유년의 안뜰을 응시하는 일관된 시선이 부엌─방─안뜰이라는 여성 중심적 공간을 동반하고 나타난다. 「칼이 확대된다」, 「징거미 더듬이」, 「남쪽 마당」 등의 시들은 아이의 병을 치유하기 위한 신모적 여성의 모습을 담고 있다. 시에 등장하는 할머니는 칼을 갈아 만든 칼물로 아이의 병을 잠재우거나 노란 흙이 날리는 정화된 마당에서 칼로 말라리아의 가슴을 찍어

398

가르거나 동물의 뜨거운 피를 마시게 한다. 이러한 행위는 무의가 병자를 치유하기 위한 무속 제의의 행위와 유사하다. 또한 여성의 치유 행위는 자라/칼/개 등의 남성적 표상들을 잘라 내고 물에 용해, 거세시키는 양상으로 나타난다. 시인의 시에서 드러나는 여성성은 몇 가지 점에서 특성을 지닌다. 할머니가 움직이는 공간은 마당 – 부엌 – 방의 축소된 여성 공간이며 이는 고기의 알이 숨쉬고 우주의 호흡이 담긴 물이 고여드는 등 여성의 자궁 이미지로 귀착된다. 붉은 물, 붉은 피, 뜨거운 열기 등이 할머니에 의해 뒤섞이고 물과 불의 영속적인 결합과 긴장에서 유발되는 '뜨거운 습기'는 병의 치유를 가능하게 한다. 또한 할머니의 공간에서 남성성은 철저하게 거세되어 있다. 시인의 시에서 '사나이'의 이미지는 '긴 총을 든 얼굴 없는 사나이', '문드러진 손가락의 얼굴 없는 사내 녀석', '퀭하게 눈뜬 노인' 등의 실체가 없는 무정형의 모습으로 나타난다.

이외에도 강한 모성성으로 병자를 치유하고 우주 만상을 유지하는 근원적인 힘으로서 자리매김하는 우주적 여성, 신모적 어머니의 모습은 여성시에서 자주 발견된다. 어머니의 우주성을 노래한 고정희의 「어머니」 연작 시편, 한반도가 지닌 중층의 모순과 암울한 역사적 상황 속에서 가족 공동체를 꿋꿋이 이어 온 모성성의 강인한 생명력을 보여 주는 허수경의 「폐병쟁이 내 사내」, 「사식을 먹으며」, 「진주 저물녘」 등이 이에 해당한다. 신모로서의 어머니는 우주적 능력으로의 확장을 보여 주지만 여전히 남성이 부재하는 가족 공동체나 사회에서 남성의 역할을 대체하는 보조적 인물이면서 자신의 내적 욕망을 억압하고 가부장적 담론을 내면화하고 있다는 점에서 한계를 지닌다.

④ 적극적 · 창조적 모성과 삶 본능의 에너지

진 시노다 볼린은 「우리 속에 있는 여신상」을 통해 여성성에 대한 새로운 담론을 제시하고 있다. 이때 아프로디테 유형은 여성이 겪는 갈등의 중심에 해당하는 자율성과 전통적 관계 지향성을 변증법적으로 극복한 적극적, 창조적 모성성을 보여 준다고 생각된다. 그러나 여성시에서 적극적, 창조적 모성성을 보여 주는 예는 드물다. 여전히 여성의 현실이 자주적 토대를 지니지 못하고 전통적으로 모성 이데올로기가 강한 사회에서 적극적 창조적 모성을 발견하고 모색하기란 쉽지가 않았을 것이다. 그렇지만 어머니에 대한 새로운 인식틀을 제공하고 기존의 담론을 깨뜨리는 시적 갱신의 단초들이 발견되기도 한다.

> 어머니는 뒤주 속에 숨어 계십니다
> 어머니는
> 옛날에
> 선녀였습니다
> 선녀의 날개옷을 짓기 위하여
> 어머니는 남몰래
> 황금의 쐐기풀을 훔치러 다녔습니다
> — 김승희, 「배꼽을 위한 연가 9」

어머니는 '뒤주'라는 밀폐된 공간에서 은둔하면서 살고 있다. 사도세자가 영조라는 '아버지'로 대표되는 거대한 권위에 의해 역사의 뒤안길에서 죽어 간 곳이 '뒤주'였던 것처럼 어머니에게 뒤주는 삶을 부재와 저주로 만드는 부정적 현실이다. 그러나 어머니는 지금은 뒤주에 갇혀 있지만 원래는 먼 하늘을 마음대로 넘나들고 천상과 지상을 오가던 존재였다. 그리고 그러한 자유와 비상의 실체인 '선녀'는 온갖 고난과 인내가 만들어 낸 황금의 쐐기옷을 만들어야 하는 가혹한 운명에 놓이지만 그것은 고통의 쐐기옷으로 끝나지 않고 몸의 은유를 통해 선녀의 날개옷으로 변용된다.

위와 같이 몸으로서의 은유는 부정적이고 대상화되고 타자화된 여성의 몸을 야성적이고 긍정적이며 주체적 몸으로 회복시키는 데 중요한 기능을 한다. 여기서 우리는 피학적이고 분열적인 모성이 아니라 적극적이고 창조적이면서 자신의 내적 욕망에 충실한 활력이 넘치는 모성성을 발견하게 된다. 그것은 침묵, 화농, 조각난 꿈, 쐐기풀 등 여성의 실존을 규정해 온 부정적 조건들을 극복하고 긍정적이고 삶 본능의 에너지로 충만한 세계를 구축하면서 이루어진다. 적극적, 창조적 모성은 끊임없는 희생과 인내로 표구화되고 정물화되어 가는 조화(造花)로서의 삶이 아니라, 포효하며 조각난 날개뼈를 맞추어 하늘을 나는 야생조의 세계로 생명력과 변용의 에너지로 충만한 새로운 모성에 관한 담론을 열어 준다.

3) 대사회적 전언과 여성 의식의 확대

여성 특유의 정서를 집중적으로 형상화한 전통적 서정성을 바탕으로 한 시 세계와는 달리 홍윤숙, 강은교, 고정희, 문정희, 가영심, 최영미 등을 중심으로 우리 여성시의 의식이 사회적으로 확대되는 계기가 생겨난다. 이러한 시적 경향은 이미 조선조 허난설헌의 세태 반영시나 민요나 사설시조, 평민 내방사가 등에서 보여 준 민중적 현장에 대한 관심이나 현실 비판 의식과 맞닿아 있다.

이 계열의 시인들은 남성 시인들에 비해서 사회적 이념을 성공적으로 형상화하고 있는 경우가 드문 편이다. 근대화에 의한 인간 소외와 부정적 현실이 만들어 낸 사회 상황에 대한 비판이 이들 시의 보편적 주제가 된다.

시대적 전언이 드문 시대에 홍윤숙은 여성의 삶이 비극적 역사나 사회의 모순과 결코 무관하지 않음을 몸으로 부딪쳐 체험하는 사람만이 느낄 수 있는 절절하고 질박한 현실 의식을 시에 담아내고 있다. 이러한 시각은 문화나 역사 변두리로 늘 소외되어 왔던 여성들의 의식을 감수성의 자극이 아닌 반성에 의한 지적 충격으로 일깨우고 있으며 기존의 여성 언술에 새로운 가능성을 열어 주고 있다.

> 보아요
> 우리들이 떠나온 그날부터
> 숯불같은 산하를 맨발로 걸어온
> 40년의 광야
> 아직은 가나안 바깥 어둠이지만
> (중략)
> 바람대로 머무는 장대로 서서
> 한 시대 어둠을 허물어내요
>
> ─홍윤숙, 「사는 법 6」

「사는 법 6」에서 시인은 현실의 비극을 육화하며 여기에 적극적으로 대응하고자 한다. 시에서 불은 살갗에 와닿는 뜨거움으로 죽음에 가까운 고통을 느끼게 하는 부정적인 불이지만 그것은 동시에 커다란 불을 피우기 위한 불씨의 역할을 하는 것으로 결국엔 밤과 시대의 어둠을 허무는 긍정적 불로 변용된다. 역사를 온몸으로 부딪쳐 가려는 시인의 태도는 신체어의 사용으로 확연히 드러난다. '맨발', '눈부신 이마', '두 팔' 등의 신체어는 '눈부신 이마'의 '지상'과, '두 팔'로 상징되는 노동과 투쟁의 의지를 보여 준다. 억압의 현실 앞에서도 꿋꿋하고 냉철하게 의식을 지켜 나가야 함을 바람 부는 벌판에 서 있는 장대라는 비유로 나타낸다.

역사적 인물을 소재로 해서 사회와 역사에 대한 발언을 하고 있는 문정희는 「아우내의 새」라는 유관순을 소재로 한 서사시로서 개성적 목소리를 강렬하게 드러내고 있다. 서사시의 가능성을 지닌 작품으로 평가되기도 하는 이 작품은 시인의 실험정신뿐 아니라, 역사 사회의식의 일면을 보여 준다. 이미 지나간 역사와 시대적 사건을 천착하면서 시인은 조국에 대한 진정한 사랑을 제시하고 있는 것이다. 그러나 애국적 인물에 대한 화자의 지나친 열정이 감정적으로 노출됨으로써 시적 긴장이 부족한 편이다.

1970년대에 들어서면 현실과 사회의 첨예화된 삶의 문제를 고정희가 노래하기 시작한다. 그녀는 우리 사회의 구조적 모순에 대한 예리한 통찰력과 진리에 대한 뜨거운 갈망을 여성 시인들 가운데서 가장 강력한 목소리로 전달하고 있는 본보기라 할 수 있다. 소외당하고 뿌리 뽑힌 사람들을 위한 따뜻한 눈길, 인간다운 삶의 회복에 대한 염원과 정신의 고양이 잘 나타난다.

상한 갈대라도 하늘 아래선
한 계절 넉넉히 흔들리거니
뿌리 깊으면야
밑둥 잘리어도 새순은 돋거니
충분히 흔들리자 상한 영혼이여
충분히 흔들리며 고통에게로 가자

— 고정희, 「상한 갈대를 위하여」

「상한 갈대를 위하여」에서는 "뿌리 깊으면야 밑둥 잘리어도 새순은 돋"는다는 생명력과 "이 세상 어디서나 개울은 흐르고 이 세상 어디서나 등불은 켜"진다는 믿음과 희망이 바탕에 깔려 있다. 밑둥 잘리고 뿌리 없이 흔들리는 소외당한 외로운 존재들에게 화자는 능동적 행동을 촉구한다. '있거니', '가자' 등의 서술어는 청자에게 낙관적 신념을 확인시키며 적극적인 선택을 요청하고 있다. 또한 서정시의 전형적 청자인 단수가 아닌 복수(집단)에로의 관심을 환기시킨다. '가자 고통이여 살맞대고 가자'라는 외침은 고통과 설움의 땅을 벗어나 좀더 인간다운 현실을 되찾고자 하는 절실한 노력으로 볼 수 있다. 이러한 노력은 '마주 잡을 손'이 환기하는 유대감, 혹은 공유 의식 속에서 집단적인 힘으로 확장되어 간다.

시인은 『여성해방 출사표』라는 시집을 통해 역사 속에 희생되어 온 여성의 삶과 해방을 노래하기도 한다. 황진이를 화자로 내세워 유교적 전통 사회의 성차별 이데올로기를 비판하거나, 권력과 폭력이 중심이 되는 남성 집단의 성향에 대한 비판 의식을 드러낸다. 이러한 시편들은 남성 중심의 사회가 안고 있는 성차별의 모순성을 고발함과 동시에 부당하게 억압받는 여성들의 삶을 해방시키고자 하는 강렬한 주제 의식을 담고 있다. 현실의 부조리를 지적함과 동시에 청자들의 각성된 의지와 능동적 현실 참여를 촉구하는 목소리는 고정희 시에 자주 나타나는 현상이다. 이러한 남성 화자의 목소리를 통해서 확장된 시각, 곧 역사나 현실이 여성의 삶 밖에 있지 않다는 시의식이 한 차원 더 치열하게 성숙되고 있다. 고정희는 남성 화자가 아닌 여성 화자를 등장시킬 경우에도 좀 더 강한 여성상을 제시함으로써 기존의 여성성에 새로운 의미를 첨가한다. 이때 그녀가 설정하는 여성 화자가 전통적 서정시 계열의 여성 화자에 비해 상대적으로 능동적임을 알 수 있다. 화자는 자신의 고통스러운 기다림의 상태를 말하기보다는 크고 깊은 사랑으로 임의 고통을 덮어 주고자 하는 태도를 보여 준다. 또한 '거라', '하마' 등의 화자의 강렬한 바람을 나타내는 어조를 사용함으로써 낮고 부드러우면서도 강한 힘을 동시에 느끼게 한다. 남성과 여성의 차별성을 강조하고 대립시키는 사유는 자칫 경직된 심한 양성 분리주의를 낳을 우려가 있다. 그러나 고정희의 이러한 성 모순에 대한 자각은 다분히 고발적, 구호적으로 표출되기는 하나 사회의 부조리한 체제에 연루되어 있는 여성들의 삶을 적나라하게 파헤치고 있다는 점에서 사회의식이 희귀한 한국 여성시사에서 특별한 의미를 갖는다.

1980년대에 들어서면서 강은교는 허무 의식에 깊이 빠져 있다는 후기 시와는 달리 『빈자일기』를 계기로 새로운 문제의식을 제기하기 시작한다. 이때 시인은 관념적, 개별적 삶 속에 묻혀 있는 의식의 방향을 사회와 역사 속에 숨 쉬고 있는 개인에게로 돌린다. 『소리 집(集)』에 이르면 이러한 역사, 사회, 현실에 대한 시인의 자각과 반성이 보다 뚜렷한 모습으로 나타나고 있다. "무엇이라고 쓸까/ 이 시대 이 어둠 이 안개"(「무엇이라고 쓸까」)라는 물음을 끝없이 던져 가면서 여성다운 섬세함과 어우러진 공동체 의식이 깊어지게 된다. 그리고 1980년대 말 허수경의 『슬픔만한 거름이 어디 있으랴』는 세련되고 시적 형상화가 돋보이는 언어와 기교를 통해 넉넉하고 풍요로운 역사의식과 시대 감각을 획득하고 있다.

4 맺음말

여성에게 있어 시와 노래는 억압적 현실의 징후를 담아내는 그릇이자 그것을 견디고 때론 저항하는 도구이다. 그것은 한없이 연약하고 움츠러들어 있는가 하면 때론 절규하고 몸부림친다. 우리의 여성시에서 발견하게 되는 것도 바로 이러한 양면적 모습이다. 거기에는 전통적 서정과 수동적 감성의 응집으로 이루어진 절제의 미학이 있으며 현실에 대한 적극적인 항거와 반란의 몸부림으로 가득 찬 야성적이고도 도전적인 상상력이 꿈틀거린다. 그리고 이러한 복합적이고 다양한 지류들을 거슬러 올라가 모천으로 회귀하게 되면 우리는 그 지속과 변용의 저류를 면면히 흐르고 있는 한국 여성 시문학의 양면적 특성에 대면하게 된다. 양반 부녀자들이나 기녀가 중심적인 창작 층으로서 지배 이데올로기를 내면화하면서 절제된 감정을 정제된 형식으로 표현해 온 상층 여성 문학과 서민들이나 노동 현장에서의 고단한 삶을 노래로 담아내던 일반 부녀자들의 시들이 그것이다. 전자의 경우 전통적 한이나 그리움의 세계를 내밀하고 세련되게 포착해 내고는 있으나 임으로 상징되는 남성적 질서에 순응하는 한계를 보이고 있다면, 후자는 다소 거칠지만 직정적 현실 체험을 바탕으로 한 건강하고 낙관적인 삶의 태도, 기존의 권위나 질서에 대한 모반의 감정과 도전 의식 등에서 그 미래 지향적 가능성을 엿볼 수 있다. 양 극단의 대립적 양상으로 나타나는 이 같은 두 특성들은 복잡 다양한 현대 여성 시문학에까지 이어져 그 뼈대와 살을 이루어 온 양대 축이라 할 수 있으며, 둘 간의 긴장과 통합을 통해 우리의 여성시는 보다 나은 갱신과 발전을 이룩해 올 수 있었다.

본 논의에서 확인할 수 있었던 것처럼 억압적 현실의 무게 밑에서 피동적이고 순응적인 삶을 살아야 했던 우리의 여성들은 단순히 한 맺힌 슬픔을 노래하며 운명론적 체념과 허무 의식을 보여 주는 데 그치지 않고, 생생한 생활 현장에서의 경험을 바탕으로 삶에 대한 긍정적이고 건강한 욕망을 담아내거나 부조리한 현실을 고발하기도 했다. 고단한 노동과 시집살이 속에서도 쉽게 체념하지 않고 삶을 긍정적으로 포용하고자 하는 건강한 욕망과 낙관성을 보여 주는 민요의 가락과 사설, 기존의 시적 규범을 일탈해 자신의 생활 체험을 직정적으로 담아내고 현실에 대한 적극적인 문제 제기를 시도한 사설시조와 평민 부녀자들의 가사 등은 바로 그러한 예들이다. 그런가 하면 황진이가 보여 준 적극적 사랑과 자유로움, 순종을 벗어 버린 과감하고도 당당한 일탈은 고려 가요에 나타난 솔직하고 자유로운 욕망의 표출, 민요의 건강한 생명력의 연장선에 있다. 폐쇄적 사회에서의 여성의 기다림, 외로움, 채워지지 않는 본래적 욕망을 그려 내는 허난설헌 역시 외로움의 세계에 머물지 않고 시대의식을 시회하면서 버려진 여성들에 대한 관심까지 담아내고 있어 시 의식의 확대된 면모를 보여 준다. 한편 그녀의 시는 이 같은 리얼리즘적인 면모와 함께 신선계로의 초월의식을 담고 있어 그 시적 깊이를 짐작하게 한다.

이들의 시는 여성시의 중요한 주제의 출발점이 되는 시적 성과를 보여 주는 동시에 오늘날의 여성시를 형성하는 중요한 시적 토대가 된다. 황진이의 야성적이고 전복적인 사고는 김혜순, 최승자, 김승희, 최영미에게로 이어지고 있고, 절제의 미학은 허영자, 강은교, 이진명, 박라연 등의 시에서 수용·발전되고 있으며, 민요, 사설시조, 내방가사, 허난설헌 등에서 보인 현실 비판 의식은 고정희, 강은교, 문정희, 허수경, 천양희, 나희덕, 김경미, 차정미 등으로 일련의 계보를 형성해 가며 확대·심화되고 있다. 그런가 하면 임에 대한 그리움을 여성적 섬세함으로 표현하던 서정적 노래들도 여전히 현대 여성시의 중요한 흐름으로 이어지고 있다.

이처럼 다양한 갈래로 수용, 확대되는 여성시는 궁극적으로 여성의 존재 탐구, 정체성 탐색의 시적 모색이라고 할 수 있다. 이제 여성 시인들은 지배적 가치관에 의해 무의식적으로 습득해 온 타자적 존재라는 기존의 역할에서 벗어나려는 꿈과 자신의 진정한 자아와 욕망에 충실하려는 의지를 보다 적극적으로 그리고 보다 심화된 시적 장치를 통해 드러내고 있다. 수동적 사랑과 기다림에서 벗어나 적극적으로 타인과 소통하고 평등한 사랑을 이루고 더 나아가 이타적이고 우주적인 사랑으로의 가능성을 탐색하는 것, 모성성과 자아 정체성 사이에서 갈등하고 분열하면서 가부장제 사회에서 당연하게 부과되어 온 생물학적 모성 이데올로기에서 벗어나 건강한 여성적 생산성을 찾아가고 창조적 모성을 체득해 나아가는 것은 모두 동일한 지향점을 지니고 있다. 그것은 부재에서 현존으로, 수동적이고 피학적인 존재에서 적극적이고 삶 본능의 에너지로 충만한 의식의 확장과 존재의 발견으로 나아가는 것이다.

규방과 부엌, 마당 등에서 반복과 정지된 시간을 체험하게 한 여성적 공간에서 벗어나 여성들은 '자기만의 공간'을 찾아나서고 그곳에서 노래를 부르거나 글을 써 왔다. 그것은 결국 세계와 대면하는 것이며 그 속에서 변화되는 자신을 기록하는 행위이다. 그 기록은 성찰과 갱신을 통해 끊임없이 부재하는 여성의 존재를 현존으로 끌어당기고 확인하며 재구성한 글쓰기였던 것이다. 현실적으로 억눌리고 침묵 당할수록 그 부재에 대항하고 살아남고자 하는 여성의 욕망은 한층 치열해질 것이다. 이런 점에서 억압과 소외 의식의 분출이며 결연한 정신의 각인인 글쓰기/노래하기 행위는 여성들에게 있어 살아남기 위한 몸부림일지도 모른다. 한국시사의 여성시는 이 같은 치열한 몸짓들이 응집되고 축적됨으로써 이루어진 거대한 생존의 서사들인 것이다.

한국 현대 여성시사의 새로운 지평[1]

1 머리말

한국 현대 문학사에 있어서 여성시는 최근 여러 연구자들의 의해 활발하게 논의되면서 소중한 연구 성과를 집적해 왔다. 개별적인 작품과 작가에 대한 풍부한 연구와 통시적인 시각에서 여성시사의 계보를 정리해 보는 논의가 병행되어 왔는데, 초반의 작업은 주로 기존의 문학사에 대한 문제 제기와 더불어 여성시의 가치를 새삼스레 제기하는 선언적인 목소리로 연구를 주도해 왔다. 여성시를 '여류시'라는 다소 편견 섞인 이름으로 치부해 왔던 기존의 시각을 교정하는 것에서 출발해, 남성 중심의 정전으로 이루어져 온 문학사 안에 여성시사의 입지를 마련함으로써 논의의 변방에 머물렀던 여성시를 문학사의 자장 안으로 끌어들이게 되었다.

여성의 사회적 지위와 여성에 대한 인식이 성장함에 따라 문학 연구에서도 많은 연구자들이 한층 의미 있는 시각과 관심으로 여성 문학

---

1) 본 논문은 학술진흥재단 인문학 육성 연구 과제인 「한국현대여성문학사 — 시편 1(1910~1960년)」을 요약한 것이다.

연구의 성과를 공고히 하고 있다. 이들은 지금까지의 문학사가 여성 문학의 부재를 묵인해 온 불구의 혹은 반쪽의 문학사였음을 자각한 것은 물론, 문학의 정전으로 받아들였던 작품들을 여성의 눈으로 '다시 – 읽기'하여 그간의 오독들을 재독하고 있으며, 여성의 시각을 전경화하여 다시 읽은 문학사 속의 여성시들이 사실 한층 적극적이고 능동적인 여성 의식을 요구하고 있었음을 새롭게 발견하게 되었다. 여성시를 자아 도취적이고 농후한 개인적 감상성에 빠진 현실 도피물로 비하하거나, 역사의식의 부재 혹은 여성다움의 유무 등을 언급하면서 폄하해 아예 문학사 안의 자리를 비워 버린 것이 문학사 서술의 '무의식적' 횡포였음을 깨닫게 된 것이다.

이제 여성시에 대한 연구는 그동안 이루어 온 비옥한 연구 성과 위에서 한결 주체적인 시각으로 그 성과와 한계를 연구해야 할 권리와 의무를 실천하고 있다. 여성 시인들의 광기를 선구적 여성 지식인의 몸짓으로 읽어 내고, 그녀들의 넋두리를 여성적 글쓰기와 여성 언술로 밝혀내며, 여성시에 나타난 위악적 욕망과 모성을 자기 정체성을 찾기 위한 여성들의 착란으로 읽어 낼 수 있게 되었다. 무엇보다도, 여성 문학을 거론할 때마다 기존의 연구자들이 폄훼하며 언급해 온 '역사의식의 부재'라는 상투적인 일갈에 대해 여성시는 역사적 상황과의 긴밀한 맥락 속에서 성장해 온 여성 의식의 근대성, 첨예한 현실 의식, 여성시학적 특성 등 값진 시각으로 대응하고 있음 또한 주목할 만하다.

이와 같이 최근에 이르러 여성시에 대한 연구는 기존 문학사의 무관심이 무색할 만큼 많은 연구를 집적하고 있다. 다만 이 의미 있는 방대한 논의들이 아직은 대개 각론식으로 진행되고 있어 이 연구 성과들을 총체적으로 아우르는 작업이 긴요하게 요구된다.[2] 본 연구는 이 연구

---

2) 여성시사에 대해 통시적인 시각으로 연구한 대표적인 논문은 다음과 같다.

고정희, 「한국 여성 문학의 흐름」,《또 하나의 문화》2호, 1996.

김준오, 「현대시와 페미니즘」,《문학과 비평》1991. 겨울.

사들을 충분히 수용하면서, 현대문학사를 세 시기(1기: 1910년부터 해방 전, 2기: 해방 후부터 1960년대)로 나누어 여성시사를 서술하고자 한다. 본 논문은 1기를 여성시의 태동기이자 발아기로, 2기를 여성시의 모색기로 파악하면서, 시기별로 가장 부각되어 온 여성시의 주제들과 그 주제에 각기 상응하는 언술 혹은 표현 기법을 중심으로 여성시사를 서술해 나가고자 한다.

2 1기 (1910년대~해방 전)

1) 선각자적 여성 의식과 직정적 어조

한국 현대시에 여성 시인이 등단한 것은 1920년대이다. 김명순, 나혜석, 김일엽으로 대표되는 이 시기의 시인들은 여성 해방과 자유정신, 남녀평등 의식 등을 시로 형상화하는 한편 그리움, 이별 등을 주제로 한 개인적 서정을 노래하고 있다. 작품 수는 많지 않지만 이들의 작품은 오늘의 여성시를 형성하는 중요한 토대가 된다.

1920년 《창조》 7월호에 「조로(朝露)의 화몽(花夢)」을 발표하면서 등단한 김명순은 시집 『생명(生命)의 과실(果實)』에 실린 24편의 시를 비롯해 《조선문단》, 《현대평론》, 《신동아》, 《신인문학》, 《신민》, 《조선일보》, 《동아일보》, 《매일신보》 등에 활발히 시를 발표했다. 그의 시는 서정을 정제되고 응축된 시 세계로 승화시키고 있는데, 시집 『생명의 과

김현자, 「페미니즘적 관점에서 본 연구」, 『한국 시의 감각과 미적 거리』(문학과 지성사, 1997).
김정란, 「Stabat Mater, 서 있는 성모들」, 《문학정신》 1991. 9.
정영자, 『한국 여성시인 연구』(평민사, 1996).
정효구, 「해방 후 50년의 한국 여성시」, 《시와 시학》 1995. 봄.
정끝별, 「여성주의 시의 흐름과 쟁점」, 《문학사상》 1999. 6.

실』은 여성시에서는 물론 현대문학사에 있어서도 의의를 갖는 시집의 성격을 갖지만 문학사 서술에서 그 기록을 발견하기는 어렵다. 더욱이 이 선구자적인 여성 시인의 작품은 당시의 보수적인 사회에서 사적인 험담과 냉혹한 비판만을 받으며 객관적인 평가를 제대로 받지 못했다. 김명순의 시에 나타난 역사의식과 민족의식, 여성적 자각의 자아실현과 개인적인 정서의 서정화는 현대 여성 문학사의 시발점이라는 점에 있어서 그 의미가 더욱 강조되어야 할 것이다.

김일엽의 문학 또한 여성 해방 사상을 중요한 시적 주제로 삼았는데, 그의 시작품들은 이같이 계몽적인 작품 외에도 인간에 대한 사랑과 그리움, 인간적인 번뇌와 초월적 세계에 대한 희구 등 다소 추상적인 내용을 다루었다. 그는 "썩은 흙덩이나 마른 나무 등걸이라도 자연히 나의 노래는 감응이 있게 됩니다. 나의 노랫가락에 맞춰서 무뚝뚝한 바윗덩이가 빙그레 웃음을 머금게 됩니다."[3]와 같이 문학적 열정으로 창작에 임했지만 그가 피력한 강렬한 여성 해방 의식과 현대적 결혼관 등은 사회에서 성공적으로 실현되지 못하고 늘 개인사의 편력과 악의적인 평가에 발목을 붙잡혔다. 김일엽은 초기에는 여성 계몽적인 내용의 시를 썼으나 점차 '임'에 대한 사랑과 기원, 좌절된 자유 의지와 여성에 대한 모순적 시선에서 오는 고통을 토로했다.

뛰어난 문인이자 화가였던 나혜석 또한 이들과 크게 다르지 않은 전철을 밟았다. 그는 자신의 자유 의지로 살고 싶다는 인간 회복의 열망을 '인형'과 '노라'라는 가부장적 족쇄의 타파로 과감하게 표현했으며, 여성의 자유연애와 욕망을 표현했으나 당시 남성의 자유연애와 자아의 욕망만이 가능한 현실의 벽에 부딪쳐 좌절만을 거듭했다. 시인이라기보다는 화가로서 더 활발히 활동한 나혜석은 1941년부터 시, 소설, 수

---

3) 김태신 편, 「나의 노래」, 『두고 간 정(情) ─ 일엽 시화집(一葉 詩畵集)』(고려원, 1990), 87~88쪽.

필, 논문, 희곡 등 문학 전반에 걸쳐 여성도 남성과 같은 위치에 서야 한다는 여성 해방 운동을 주장했다.

"나는 인형이었네/ 아버지의 딸인 인형으로/ 남편의 아내인 인형으로/ 그네의 노리개이었네.// 노라를 놓아라/ 순순히 놓아다고/ 높은 장벽을 헐고/ 깊은 규문(閨門)을 열고/ 자유의 대기 중에/ 노라를 놓아라"(「노라」)라는 시에서 시인은 여성이 남편의 아내나 자녀의 어미 되기 전에 먼저 인간이라는 것을 강조하고 있다. 시인의 이런 적극적이고 진취적인 의지와 노력은 그 당시의 폐쇄적이고 남성 중심적이었던 문단 상황에서 처음으로 여성성에 대한 새로운 문제 제기를 보여 주었다는 점에서 의의를 지니며 당대의 여성 독자들에게 적극적인 영향을 끼쳤다.

이들의 뒤를 이어 김오남, 노천명, 모윤숙, 백국희, 주수원 등이 등단함으로써 여성시는 기법과 주제 의식이 한층 성숙되는 시기를 맞는다. 이 시인들은 보다 세련된 언어 감각으로 시적 대상을 지각하고 그 느낌을 이미지화했다. 특히 1930년대 《신가정》에 「밤」, 「코스모스」, 「녹음」, 「비오던 그날」, 「고적」 등을 발표했던 백국희는 당대로서는 보기 드문 이미지의 감각적 육화를 보여 주었다. "빛난다/ 유리 같은 공기 속에서!/ 뽑은 듯 나릿한 몸매/ 살랑거리는 모양이 눈에 보인다/ 가벼운 속삭임이 흘러/ 눈썹을 간질인다"(「코스모스」)에서와 같이 백국희의 시편들에서 보이는 이미지의 감각은 여성의 섬세함이 사물에 대한 따스한 애정과 함께 생략과 압축을 통한 독특한 시 세계를 조성하고 있다.

2) 민족의식과 풍려한 이미지

이 시기에 이르러 여성시인들의 사회적 자아 인식과 공적 자의식은 다시 한번 도약한다. 특히 모윤숙은 이러한 의식을 적극적으로 표출함으로써 오히려 찬사와 비난을 동시에 받은 시인이다. 그는 민족 계몽적인 입장에서 우리 민족의 혼과 역사의식을 고취하고 찬양하였으며 파란만장한 역사의 질곡 속에서도 여성이라는 운명을 오히려 민족과 조국에 대한 사랑으로 끌어올렸다. 여성 의식을 자각하는 과정도 '조선의 딸'이라는 대국적인 관점이었으며 그녀가 촉구하는 여성의 자각은 민족개조론과 유사했다. 분단 민족의 아픔, 해방 이후의 혼란스러운 사회 현실 등 그의 주제는 여성시인의 사회적 자아 인식과 공적 자의식의 확대를 적극적으로 보여 주었다. "한 국군의 말을 통하여 가장 실감 있고 감동력이 넘치는 시편을 이루고 있다."[4]라고 평가되는 「국군은 죽어서 말한다」는 한국 시사의 수작(秀作)으로 민족에 대한 시인의 열정이 독자들에게 뜨거운 감동을 준다. 죽은 이가 화자가 되어 서술하는 독백과 그 죽음을 바라보는 청자의 말이 어조의 변화와 함께 극적 구성의 긴장을 유지하고 있다.

시집 『빛나는 지역』, 『옥비녀』, 『풍랑』, 『정경』 등을 통하여 개성이 넘치는 서정시의 세계와 상상력의 분방함과 열정적 이미지를 보여 주기도 한다. 그의 시는 앞 시대의 선언적인 언술과 직선적이고 계몽적인 어조를 넘어선다는 점에서 의의가 있으나 서술 화자의 지나친 개입, 낭만적 민족주의에서 비롯된 영탄과 다소의 과장이 노출된다는 점은 아쉬운 한계라 할 수 있다.

3) 여성성에 대한 자의식과 양가적 언술

노천명에 이르면 여성시인들의 시적 노력은 매우 탁월한 성과를 보인다. 그의 시는 성숙한 문제의식과 지적 세련미로 여성시의 지성적 경향을 이루는 바탕을 마련했다. 노천명으로부터 본격적으로 태동하였다고 할 수 있는 현대 여성시사는 존재론적 내면 성찰과 강렬한 자기 부정, 그리고 사회적 주제가 되는 시 세계를 개진하면서 다양하고 풍요로

---

4) 김재홍, 『한국 전쟁과 현대시의 응전력』(평민사, 1978), 22쪽.

운 결실을 엮어 냈다. 지성적인 자의식과 열정적인 의지로 자신의 여성성과 내면 의식을 응시하는 한편, 우리 민족이 지닌 공동체적 민족 정서를 보여 주었고 객관적 형상화의 방법과 언어의 절제로 여성시의 새로운 경지를 열었다. 시에서 대상과의 미적 거리를 인식하면서 주관적인 표출보다는 한층 여과된 정서의 표출을 보여 준 것 또한 성과라 할수 있다. 이 작업은 해방 이후로 이어지면서 여성시의 초석이 되었는데, 그의 시는 진보적인 여성시로 평가받으며 본격적인 여성시로 자리매김하였다. 노천명의 시는 전통적 여성성 자체에 강한 회의를 제기하고 감정의 극기 및 언어의 절제라는 시적 성과를 이룬 점에서 긍정적으로 평가받지만, 때로 그의 목소리에서 남성 선망을 읽게 되거나 적극적인 여성 의식과 자유 의지라는 주제가 희박해지는 부분들이 있다는 점에서 양가적인 평가가 존재한다. 노천명의 자아 중심적인 내면 의식과 절대 고독의 기질은 그의 내향적인 성향에서 비롯되는 것인데, 이러한 정서가 기품 있고 도도한 서정과 응축된 열정으로 다스려져 표현됨으로써 여성시의 새로운 지평에 긍정적인 자양분이 되었다. 따라서 그의 처녀시집 『산호림』은 현대 여성시사의 실질적인 시작이라고 할 수 있다.

시의 표현 면에 있어서는 양가적인 언술 방식이 그 특징[5]이라 할 수 있다. 그는 한국 여성시에서 최초로 여성 화자와 남성 화자를 동시에 원용하고 있는데, 특히 응시와 절제의 시선은 종래에 남성적 언술로 인식되었던 어조와 언술을 체화했으며 양성적 목소리와 객관적 언술, 그리고 서사 지향성이라는 새로운 영역으로 개척되기도 했다. 그의 시에서 시적 자아는 여성이면서 남성이고 남성이면서 여성적인 존재이며, 그 이중적이고 복합적인 존재성은 곧잘 양성적인 어조와 어법으로 드러난다. 시「남사당」에서 시인은 남자이면서 여장을 하고 여자의 배역

---

5) 김현자,「노천명 시의 양가성과 미적 거리」,《한국시학연구》1999. 10, 7~49쪽.

을 맡아야 했던 남사당을 통해 시인 자신이 겪었던 생의 이율배반적인 면을 재발견해 표현한다. '사나이'로서의 시적 화자는 정체성의 혼란을 겪는 시인의 대리 자아라 할 수 있다. 이 시는 남성 선망적이라기보다는 성 역할에 대한 노천명의 진지한 탐색과 시적인 실천을 보여 주는 작품이다. 노천명 시의 이러한 양면성은 이상적 자아와 현실적 존재, 꿈과 삶의 이중성을 가장 잘 보여 주었다. 노천명은 체념적이고 순응적이었던 기존의 여성시의 지평을 넘어 새로운 시의 화법을 개발했다는 점에서 의의를 지닌다.

3 2기(해방 후~1960년대)

1) 전통적 여성성과 내면적 응집

해방 이후 우리 사회가 큰 변화를 겪으면서 여성시도 많은 변화를 겪게 된다. 여성 시인이 크게 늘어나는 한편 시적 주제와 인식의 폭도 깊고 넓어진다. 전통적인 사랑과 소극적이고 순응적인 여성상을 내면화하는 시가 존재하는 한편, 내면 의식의 흐름을 응결된 시선으로 형상화하고 생의 본질적인 의미에 대한 끈질긴 물음의 시가 시작된다. 이 시기에 이르러 비로소 여성의 내면에 대한 깊은 시선의 천착과 본격적인 탐색이 이루어지는데 이는 다소 관념적이고 수동적인 여성의 모습을 형상화하기도 하지만 여성의 존재론적인 정체성을 심도 있게 보여 주기도 한다.

전통적 여성성과 감성의 결정화는 김남조와 허영자, 이영도의 시에서 특징적으로 드러난다. 감상적 그리움과 희구, 사랑과 부끄러움의 염결성, 기도와 구원의 독백 등은 이전 시대에 비해 세련되어졌으며 여성시의 중요한 주제로 이어졌다. 김남조는 인간 존재의 불완전성을 신과 임에의 순응적 귀속으로 극복하고자 했다. 그의 시들은 불완전하고 궁핍한 존재의 부정적 본질을 인식하는 자기 응시에서 출발한다고 할 수 있다. 꼿꼿하고 이지적인 내면으로 신과 임에 대한 의존을 노래하는 그의 시는 한 사람을 향한 사랑이라기보다는 이 지상의 생명 있는 모든 것에 대한 사랑의 시로 읽힐 수 있다.

이는 허영자로 이어지면서 한국적 정서를 바탕으로 간결한 함축미와 더불어 더욱 탄력적인 태도로 승화되고 있다. 전통적 서정시의 형식을 통해서 사랑의 슬픔, 이별, 한, 그리움 등 여성 특유의 정서들을 집중적으로 다루고 있는데, 김남조의 시가 감성적이고 몽상적인 혹은 부드러운 시적 분위기로 일관한다면 허영자는 그러한 감성적 요소와 더불어 엄격한 절제를 보여 줌으로써 짜임새 있는 구성과 압축의 묘미를 드러낸다. 또한 이영도는 그리움과 사랑을 간결한 형식과 격조 높은 시와 시조로 표현한 바 있다. 이들의 시는 임에 대한 나의 종속성, 수동적인 서술어의 사용, 감성적이고 독백적인 어조 등으로 확장된 여성 의식에 이르지는 못했지만, 극기와 다스림으로 내밀한 서정성을 응집해 서정시를 한 차원 높였다고 할 수 있다.

이러한 서정성은 1960년대에 등단한 김초혜, 김후란, 유안진 등으로 계승되면서 이미지의 명료함, 절제된 어휘의 특성을 보여 준다. 순수 서정시 계열의 시인들이 추구하는 사랑은 순수한 영혼이 갈구하는 지고의 것으로 영원과 초월을 향한 이상적 이념을 내포하고 있다. 사랑은 거역할 길 없는 질서의 힘을 지닌 절대적인 것이며 이들의 사랑법은 개인적 감정으로서의 사랑의 감정을 묘사하면서도 개인적 단계를 지나 그것과 동심원적 축을 유지하면서 동시에 인간 존재의 정신세계와 소통하는 방법적 가능성을 모색하는 수단이 된다.

2) 지성적 명증성과 공적 자의식의 확대
이 시기에는 삶의 허위의식을 폭로하는 등 감상주의적 애상을 벗어나 여성 시인의 지적인 목소리를 적극적으로 표출하는 시가 등장했다.

홍윤숙은 정열과 지성으로 강건한 여성 의식을 드러낸 시인으로, 자기 존재를 인식하고 감상을 절제해 가는 태도로 사물과 관념의 영역을 천착해 나갔다. 특히 그의 시에는 여성의 삶이 비극적 역사나 사회의 모순과 무관하지 않음이 여성의 체험과 구체적인 현실 인식으로 드러난다. 인간 존재의 근원적인 문제를 성찰하고 도시 현실에 대한 비판 의식을 갖는 한편, 사물을 통해 자기 존재를 표현하고 지적 성찰의 언어로 빛나면서 여성시의 지평을 넓혔다. 홍윤숙의 시는 여성 의식을 감수성의 자극이 아닌 반성에 의한 지적 충격으로 일깨우고 있어, 감성 위주의 문학이라는 여성 문학에 대한 한정적 시각에 대한 극복의 가능성을 보여 주었다. 여성의 삶이 지닌 일상성의 반추를 통해 오히려 긍정적으로 전화시켜 나아가는 생의 성찰과 지혜에 이르고자 했으며, 시대적 전언이 드문 시대에 여성의 삶이 비극적 역사나 사회의 모순과 결코 무관하지 않음을 표현함으로써 여성의 의식을 반성에 의한 지적 충격으로 일깨웠다. 시 「사는 법 6」에서처럼 고난과 비극으로 점철된 역사를 "숯불 같은 산하를 맨발로 걸어온 40년의 광야"에 비유하는 등 적극적 현실 인식을 보여 주었다.

이러한 자의식은 1970년대 이후 강은교의 시에 이르러 한층 심화, 확대된다. 생에 대한 허무 의식과 고립 의식 아래 다소 관념적인 주제인 '죽음'이라는 존재론적인 문제를 탐색하는 동시에 사회와 역사의 숨 가쁜 현실 인식을 적극적인 자세로 표출했다. 내면의 허무와 죽음에 대한 모티프를 통하여 생명의 영속성을 노래한 강은교는 죽음에 대한 수락이 아닌 죽음에 대한 저항을 보였으며 자신의 내면뿐 아니라 주변의 생명에 대한 영속성 역시 노래하고 있다.

3) 일상성의 도입과 사물 중심의 언어 감각

여성시인의 존재 자체가 희귀했던 앞의 시기와는 달리 1960년대는 각기 개성 있는 시 세계와 기법을 보여 주는 시인들이 많이 등단하는 시기이다. 이들은 우리 시의 폭과 깊이를 마련하며 여성성의 범주를 개인의 의식에서부터 사회의 저변으로까지 확장해 나가고 있다. 이 시기에는 시어에 일상성을 도입하기 시작한 모더니즘적 기법이 나타나는데 김지향의 「속의 밀알」, 「빛과 어둠 사이」, 「바람 집(集)」 등에서는 문명과 자연을 대비시키면서 서정성이 주축을 이루는 전통을 거부하는 태도를 보여 주고 있다. 일상적 어휘의 사용, 이질적인 대상들이 주는 아이러니, 도전적인 발상과 그것을 뒷받침하는 어조의 대담함 등에 의해 일상에 매몰되어 있는 독자들에게 새로운 일깨움을 준다. 이러한 특성은 강계순의 「풍경화」, 「겨울일기」, 신달자의 「폭풍」, 문정희의 「불면」 등에서도 표출된다. 감정이나 정서보다 행위와 사건으로서의 정서 전달, 자아의 단절이나 분열, 부재와 소외감을 나타내는 비시적 언어, 아이러니적 기법 등의 방법이 이 계열 시인들에게 사용되고 있다.

또한 이미지 중심의 언어 감각을 특성으로 하는 일군의 시인들이 경쾌하고 감각적인 시 세계를 보여 주기도 한다. 김하림의 「유달에게」, 「겨울을 위한 연가」, 김여정의 「화음」, 「바다에 내린 햇살」, 안혜초의 「귤, 레몬, 탱자」, 「달속의 뼈」 등은 문명적이고 도시적인 감각과 정신의 개방성을 보여 주고 세계를 자기의식으로 보려는 유연함과 활력으로 이들의 시에서는 대상이 사물의 발랄한 이미지들에 경사되어 있을 뿐만 아니라 실존의 고뇌와 죽음까지도 가볍고 경쾌하고 처리되고 있다.

4 맺음말

한국문학사에서 여성 문학은 그 점진적인 성장과 숨 가쁜 질주에 비해 마땅한 평가를 누리지 못해 왔다. 문학사에 합당하게 편입되지 못한 채 기존의 문학사와는 별도의 차원에서 하나의 방계 영역으로 인식되거나 소외된 영역으로 존재해 왔던 것이다. 여성시인들의 자의식과 좌절, 자유 의지와 욕망, 독립적이고 주체적인 존재로서의 염원 등은 문학적 성과와 의의에 비해 인색한 평가를 받아 왔으며, 보수적인 굴레를 거부하고 근대적 자아임을 절실하게 각성하는 여성시인들의 시는 오히려 '미친년 넋두리'로 방관되어 왔다. 본 연구는 이런 문제의식을 가지고 한국 현대문학사의 흐름 속에서 여성시사의 계보를 정리하여 자리매김을 시도해 보고자 했다.

이 글은 각 시기별로 가장 부각되어 온 여성시의 주제들을 밝히고 그 주제에 상응하는 대표적인 언술 전략과 시적 문법을 중심으로 여성시사를 서술하고자 하였다. 1910년대부터 해방 전까지인 1기는 식민지 시대라는 역사적 상황 속에서 선각자적 여성 의식과 민족의식, 그리고 여성성에 대한 자의식을 드러내는 시로 여성시의 입지를 마련한 시기이다. 근대적 자아로서의 의식과 전통적 여성상의 내재화된 인식 사이에서 자의식을 모색해 가는 시들이 중심을 이루고 있다. 해방 이후부터 1960년대까지인 2기에는 공적 자의식이 좀 더 견고하게 성장하는 한편, 여성 내면을 낭만적으로 토로하는 다소 퇴행적인 시와 존재론적 문제를 추구하며 정체성을 자각하는 응결된 시들이 부각된다. 이 시기는 분단과 전쟁뿐 아니라 군사 정권이 시작되는 혼란기였는데 시에서는 현실이 준 삶의 허무와 상처를 끌어안고 존재론적 문제에 천착하는 시들이 주로 형상화되었다.

여성시가 활발히 창작되고 여성시에 대한 연구 또한 활성화되면서 여성 문학에 대한 인식은 크게 전환되고 있다. 물론 여성시에 대한 연구 성과도 내재적인 문제가 없지는 않다. 이론적이고 학문적인 연구와 여성 해방적인 실천 운동으로서의 연구가 화해롭게 조화되지 못한 점, 주제적 연구와 형식에 대한 연구가 균형을 이루지 못한 점, 남성과 여성으로 상징되는 이분법적 도식의 세계를 충분히 넘어서고 있지 못한 점, 각론과 총론 사이에 발생하는 괴리와 불균형 등은 아직 조정되어야 할 남은 문제들이다. 그러나 그 무엇보다 더 시급하고 중요하게 제기되어야 할 점은 역시 문학사 서술의 편파성과 기득권이라 할 수 있다. 여성 문학에 대한 편견을 불식하는 것은 물론, 왜곡된 시선을 교정하여 문학사를 새로 읽고 여성 문학의 계보를 통시적으로 검토해 그 위상을 점검하는 일은 타당하고 긴요한 작업인 것이다.

시가 그 시대 문화의 향방을 시사하는 시금석이듯 여성시 역시 여성 문화의 향방을 시사하는 중요한 상징이다. 이제 여성시를 향한 질문으로서 '왜 쓰는가'에 대한 답은 크게 달라지게 되었다. 여성시는 현실의 환부에 대해 예민하게 반응하는 운동적이고 실천적인 여성시와 더불어 고유한 여성시학을 강조하는 시, 새로운 자각과 정체성 탐색을 추동하는 언어, 생존의 서사와도 같은 여성적 글쓰기 등 대안 문화적 형식을 통해 여성시인은 물론 독자 집단과 비평적 집단 모두에게 한층 깊고 진지한 모습의 여성시학으로 확대되어 온 것이다. 편견과 왜곡에 의해 한국문학사에서 공백으로 처리되었던 여성시의 의미를 새롭게 발견해 한국 여성시사의 위상과 올바른 비평적 가치를 추구할 수 있기를 기대해 본다.

국어국문학 연구의 확장과 연계성 탐색

1 새로운 대응, 대화와 소통의 자리에서

21세기의 도래와 더불어 급속한 변화를 맞이하고 있는 문화의 흐름 속에서 문학의 위상은 어떠한가. 문학은 빠르게 변화하는 문화적 흐름에 무력하게 추수되는 대상인가, 혹은 무한히 그 창조력의 파장을 넓혀 감으로써 문화 영역의 확장을 꾀할 수 있는 핵심 동력인가. 현재로서는 그에 대한 대답은 그리 명쾌하게 내놓을 수가 없는 듯하다.

기존의 문화 예술 인식에서 중요한 우위를 점했던 문학 분야는, 기술과 자본의 위력 아래 그 고유한 정신적 영토를 잃고 있는 듯 보이기 때문이다. 문학 표현 영역에서 우위를 차지했던 창작자의 천재성마저 수용자의 강력한 영향력과 욕구에 그 자리를 내주고 있는 실정이다. 문학 표현의 고전적 개념과 판도가 뿌리째 흔들리고 있는 실정인 것이다.

또한 세계를 동시적으로 관통하는 정보망의 위력과 다매체의 감각적 활력을 통해 한국 문학은, 이미 한국 안에서만 소통할 수 있는 제한된 범주를 넘어선 지 오래다. 바야흐로 세계 문학과의 동시대적인 교류를 통해 세계 문학 속에서의 한국 문학의 위상을 정립하고 인류 전체의 창조적 욕구와 표현 양식에 대한 지성적 해명을 해야 할 시기에 이르렀다.

　이러한 변화의 흐름 속에서 현재의 한국 문학이 자리하고 있는 위치는 어디인가. 변화의 속도와 그 함의의 다양성만큼이나 중대하게 한국 문학에 주어진 사명에도 불구하고, 실제 연구는 그 과제 수행에 있어 미진한 점이 많다. 이제 우리는 국문학에 대한 새로운 시각과 방법론을 마련해야 할 시점에 이르렀다.

　바로 이 지점에서 통합된 연구 영역 확보의 필요성이 대두된다. 현재의 국어학과 국문학은 각각 독자적인 연구 영역과 체계·성과물들을 가지고 있으며, 서로 분리된 채 대화와 소통이 단절된 지 오래다. 이는 비단 문학과 언어학만의 문제가 아니다. 문학 안에서도 각각 고전 문학과 현대 문학으로 나뉘어 있으며 각 영역 간의 단절은 좀처럼 메워지지 않고 있다. 이에 우리는 국어국문학의 분절된 각 영역들을 통합하고 전체로서의 시각을 마련할 필요성을 갖는다. 고전 문학과 현대 문학, 언어학과 문학의 독자적인 연구 성과를 존중하면서도, 오래된 단절의 역사를 마감하고 대화와 소통을 모색할 시점에 서 있는 것이다. 이는 한국 문학의 정체성과 전체적인 위상을 파악하는 기초 작업이며, 동시에 세계 문학과의 소통 가능성을 열어 주는 기반이 된다.

　한편 한국 문학에서 나아가 문학 연구의 범위를 확장하고 타 문화 예술과의 연계성을 모색하고자 시도할 필요가 있다. 이 과정에서 지금까지 소외되어 왔던 영역들, 즉 여성, 일상, 감성, 대중 등에 대한 존중은 한국 문학이 현실에 대한 새로운 가능성을 제시하고, 인간 삶의 구체적 현실에 대응하는 적극적인 동력으로서 자리할 수 있는 밑바탕이 될 것이다. 이러한 작업은 현대 한국 문학이 가지는 위상을 확인케 할 것이며, 궁극적으로는 문학을 통한 문화 영역의 확장이라는 역할을 수행케 할 것이다.

2 현대 문학과 고전 문학의 만남

고전 문학과 현대 문학 사이의 단절을 극복하면서 국문학사의 연속성과 자생성을 강조하는 논의가 다시 활발해진 것은 대략 1960년대부터이다. '근대성'에 대한 회의가 본격적으로 일면서 '민족'과 '전통'을 바라보는 새로운 시각이 필요했기 때문이다. 그러나 고전과 현대는, 시대적 간극을 메우려는 노력에도 불구하고 자연스럽게 연결되어 흐르는 하나의 '본류(本流)'가 아니라 의도적으로 연결시켜 주어야 하는 '지류(支流)'처럼 느껴진다. 국문학이라는 한 지붕 밑에서 같이는 살지만 보기에는 전혀 닮지 않은 가족 같기 때문이다. 더구나 지금처럼 학제간 연구나 주제 통합형 연구가 더욱 유용해진 시점에서, 고전과 현대의 만남보다는 오히려 문학과 타 학문, 국문학과 외국 문학과의 만남이 더 적절하지 않을까 하는 인상까지 준다. 그런데도 다시 고전과 현대 문학 간의 소통을 논하는 것은 이러한 작업이 국문학 자체의 정체성을 확인하는 과제로서 더욱 시급한 것이기 때문이다.

고전 문학과 현대 문학의 연계 가능성을 모색하는 데 있어서 현대 소설 장르에서의 구체적인 수용 양상은 고전 문학과 현대 문학의 통합 연구 영역을 확보할 수 있는 하나의 유용한 단초를 제시한다. 현대 소설에서의 고전 문학 수용은 크게 두 가지로 나타난다. 첫째는 연구 방법에 관한 것으로, 고전 문학에 보다 새롭고 현대적인 이론과 분석틀을 적용함으로써 고전 문학 연구 방법론을 쇄신하는 것이다. 가령 페미니즘의 시각으로 고전 여성 작가나 열녀전을 다시 읽거나, 정신분석학을 통해 고대 신화를 다시 보는 작업들이 여기에 해당한다. 둘째로는 창작과 관련된 것으로 고전 문학적 요소가 현대 문학 속으로 직접 도입되는 경우이다. 이때는 다시 1) 장르(구조)를 수용하는 경우와 2) 작품 자체를 수용하는 경우로 나뉜다. 장르(구조)를 수용하는 경우는 설화, 판소리계 소설, 영웅 소설, 몽유록, 우화 소설, 서사무가 등이 대상이 되었고, 작품을 수용하는 경우는 「심청전」, 「춘향전」, 「처용가」, 「허생전」, 「홍길동전」 등이 그러하였다.

현대시의 경우 1980~1990년대에 들어 고전 문학과 현대 문학 간의 상호 텍스트성을 통한 패러디의 양상으로 주로 나타났다. 과거와 현재의 '생산적인 대화'나 '차이를 둔 반복'을 통해 국문학의 통시성과 공시성을 동시에 아우를 수 있는 효과적인 장치로 패러디가 등장한 것이다. 이는 포스트모더니즘의 영향으로 이루어진 것인데, 원 텍스트의 소재나 주제, 인물, 모티프 등을 끌어와 현대적으로 재조명함으로써 익숙하거나 잊혔던 고전 문학을 새롭게 보고, 당대의 가치관이나 세계관을 반영한 결과였다. 실제 문학 현장에 있어 '고전의 시적 변용과 재창작'이라는 문학적 현상은 꾸준히 이어져 왔다. 서정주의 춘향, 김춘수의 처용과 지귀, 황동규의 홍길동, 김영랑의 전봉건, 박재삼의 춘향 등은 고전 속의 소재를 연작시의 형태로 수용한 대표적인 예라고 할 수 있다. 이러한 과정에서 시인들은 보편적 체험이 보다 강조되어 있는 고전을 적극적으로 활용하여 그것을 능동적이면서도 독창적으로 내면화한다. 이러한 작업은 한국 문학의 통시적 관계 규명을 위해서도 꼭 필요한 일이라 생각된다.

물론 이로 인한 부작용과 역기능도 만만치 않게 발생했다. 문화 산업 전반에 유행했던 리메이크(remake) 열풍처럼 '안이한 창작'을 떠올리게 하는 패러디는 작가의 창조성을 고갈시킬 뿐 아니라 그에 대한 면죄부까지 부여할 위험이 있기 때문이다. 사실상 이런 위험은 패러디의 대상이 과거 어느 시대의 사상이나 문학적 장르, 제도나 미의식 등의 이차원적이거나 메타적인 영역이 아니라 기법이나 모티프, 언어, 줄거리 등의 일차적이고 표면적인 차원에서 머물렀다는 데에서 이미 내재해 있었다. 즉 고전을 수용하는 현대 문학의 입장이 지나치게 표피적이거나 단선적이었다는 것이다. 이러한 방법들은 옹호 아니면 비판, 내용 아니면 기법, 모방 아니면 변형이라는 이분법적 대립 구조나 양자택

일적 자세에서 비롯되었으며 결과적으로는 고전과 현대의 관계 맺는 방식을 제한하고 획일화했다는 한계를 지닌다.

이런 문제점을 극복하기 위해 현대 문학에서의 고전 수용은 첫째, 기법이나 작품의 직접적인 수용 차원에서 벗어나 미의식이나 장르 의식, 민족성 등 본질적이고 구조적인 측면에서의 지속과 변모 양상을 문제 삼아야 한다. 가령 판소리계 소설의 화자나 언어, 플롯 등의 차용이나 비틀기 자체를 문제 삼을 것이 아니라 향유 방식에서 드러나는 민중적 상상력의 계승과 그 변형에 주목하는 것, 혹은 '자연' 개념의 확장과 변용을 통해 한국적 특성을 밝혀내는 것 등, 고전 텍스트와의 표피적 만남이 아니라 그 속에 흐르고 있는 정서나 세계관, 미의식 등에 관심을 가져야 한다는 것이다. 그러기 위해서도 작품보다는 장르나 시대 자체의 수용과 변용에 더 관심을 기울여야 할 것이다. 이는 연구의 영역에서도 마찬가지이다. 현대 문학의 개별 작품에 주목하기보다는 그 작품을 생산해 낸 통시적 정신사에 주목할 필요가 있다.

둘째로 고전의 수용을 '과거의 현재성'이 아닌 '현재의 과거성'의 측면에서 다시 강조할 필요가 있다. 과거의 현재성은 현재가 중심이 되는 과거의 수용 양상이다. 반면 현재의 과거성은 과거가 중심이 되는 수용 양상이다. 지금까지 현대 문학에서의 고전 수용에 대한 논의는 전통의 계승이 아닌 전통의 발전 쪽에 치우쳐 있었다. 때문에 상대적으로 현재의 시간이 중심이 되어 고전의 재해석이나 비판적 수용에 중심을 두었다. 그러나 이럴 때에는 고전을 현대 문학의 이전 단계나 구시대의 산물로 보는 시각이 은연중에 내포될 수밖에 없다. 하지만 비동시적인 것의 동시성이 오히려 대세를 이루는 21세기에 고전은 더 이상 '현대의 아류'나 '또 다른 현대'로 머물러 있을 수 없다. 오히려 고전은 '고전다운 고전', '고전일 수밖에 없는 고전'으로 그 원형이 보존될 필요가 있다. 고전은 그것 자체로서 수용되고 소비될 가치가 있고, 그럴 때만이 현대 문학과 생산적인 대화를 할 수 있기 때문이다. 고전을 통해서도 현대를 체험하려 한다면 그것은 낭비에 지나지 않는다. 즉 고전 문학과 현대 문학은 소재적 연속성, 장르적 연속성, 수사적 연속성, 세계관적 연속성을 통해 통시적 연속성을 모색해 나아가야만 하는 것이다.

현대의 시각에만 맞추어 고전을 임의적으로 늘리거나 줄이는 것은 대상에 대한 하나의 폭력이 될 수 있다. 고전은 그 자체로 새로운 것이며, 현대와 충돌하면서도 공존하며 제3의 의미를 만들어 내는 것이다. 따라서 '현대 속의 고전'이 아닌, '현대와 고전'을 비동시적인 것의 동시성을 인정하는 차원에서 활용하고 이해하기 위해 입체적이고도 균형 잡힌 시각을 마련해야 한다. 이에 우리는 더욱더 언어 자체가 아니라 언어 의식을, 줄거리 자체가 아니라 거기에 드러난 시간관에 초점을 맞추어야 하는 것이다. 이로써 우리는 현대 문학에서 가장 많이 불려나오는 인물인 춘향이나 심청, 허생이 현대적 시각에서 '이전과는 다르게' 다시 태어나야 할 인물들이 아니라 21세기적 인물과는 '차이가 나는' 타자들로서 온전히 자리매김할 수 있다.

3 문학과 국어학의 소통

시대적 간극으로 인해 그 이질성이 심화된 현대 문학과 고전 문학의 경우와 달리, 문학과 언어학은 태생 자체가 서로 다른 뿌리로부터 비롯된 듯 서로에게 낯설다. 사실상 문학과 언어학은 언어를 주요 연구 대상으로 한다는 공통점을 가지고 있으나, 시대에 따라서 그 거리가 멀어지기도 가까워지기도 했다. 특히 19세기 이후에는 러시아 형식주의, 소쉬르의 구조주의와 기호학 등의 세분화 경향으로 그 거리가 점차 멀어지는 듯했다가, 최근 영역 간 통합의 흐름과 텍스트 언어학 등의 대두로 다시 가깝게 접근하고 있다.

문학 일반과 언어학의 경우와 마찬가지로, 국문학과 국어학 역시 대부분 '국어국문학'이라는 공동의 울타리 안에 함께 거주하고 있지만 그 거리는 결코 가깝지 않다. 제도적으로도 국어국문학의 대학원 과정의 경우 문학과 언어학이 완전히 별개의 과정으로 운영되고 있고 학생 선발, 교과목 개설 등에서도 독립적으로 운영되고 있어 두 영역 사이의 이질화를 더욱 심화시키고 있는 형편이다. 그러나 우리 문학의 전체적이고 통합된 양상을 파악하기 위해서는, 그리고 한국 문학의 정체성을 올바로 정립시키기 위해서는 국문학과 국어학과의 소통이 필수적이다. 국문학과 국어학의 소통의 장을 모색하기 위해서 '연구 대상', '연구 방법', '교과목 개설 등 제도 개선' 등의 관점에서 살펴보기로 한다.

국문학과 국어학의 간극이 넓기는 하지만, '연구 대상'의 측면에서 볼 때 접합 지점이 전혀 없는 것은 아니다. 먼저 고전 문학의 경우를 살펴보면 고전 문학작품은 문학작품으로서의 평가에 앞서 언어학적 해석이 선결 과제였다. 향가, 고려 가요, 시조 등의 연구는 필연적으로 문학적인 방법과 언어학적 방법의 공유에 의해 이루어져 왔는데, 이는 현대로서는 낯선 당시의 국어 해석에 대한 어려움 때문이었다. 그러나 자세히 살펴보면 동일한 대상이라 하더라도 문학의 입장에서 접근하느냐, 언어학의 입장에서 접근하느냐에 따라 미묘한 차이를 보이기도 한다. 예를 들어 문학의 입장에서 향가를 해독한 논의는 문학적 감성에 주목하였으나, 언어학적 입장에서의 논의는 고대 국어의 재구라는 목적에 더 초점이 맞추어졌다.

또한 현대 문학의 경우에는 작품에 사용된 언어에 대한 일차적 독해가 작품 해석에 필수적이지만, 실제 언어학적 관점에서 현대 문학작품을 연구하는 경우가 많지는 않았다. 다만 최근에는 방언이 많이 쓰인 작품의 경우, 방언학적인 지식이 필수적이므로 원전에 대한 정확한 해독을 위해 문학과 언어학의 만남이 필연적인 것이 되었다. 현대 문학의 범위가 20세기 초까지 거슬러 올라갈 때는 국문학과 국어학의 접점이 훨씬 넓어진다.

특히 현대시 연구에 있어서 자료에 대한 치밀하고도 정확한 언어학적 분석은, 문학적 쟁점을 해결하는 동시에 작품의 문학사적 위상을 세우는 데 있어서도 필수적이다. 김소월, 한용운, 정지용, 이육사, 이상화의 시에서 보듯 현대시의 매우 귀중한 자료들이 여전히 텍스트의 면밀한 서지 검증 및 어휘의 정확한 해석이라는 난제를 안고 있는 것도 사실이다. 이는 문학적 접근이 지닌 미학적 감수성과 언어학적 접근이 지닌 과학적 정확성에 기반을 둔 공동 연구를 통해서 보다 총체적으로 이루어질 수 있는 연구라고 생각된다.

최근에는 동일한 작품을 대상으로 언어학자와 문학 연구가가 각기 달리 해석한 논의가 한자리에 모이기도 해서 국문학과 국어학의 소통 전망을 밝게 하기도 했다. 김완진 외, 『문학과 언어의 만남』(신구문화사, 1996)의 경우 39명의 언어학자 및 문학 연구가가 문학작품에 대해 다양한 해석을 내보이고 있다. 또한 이기문 · 이상규 외, 『문학과 방언』(도서출판 역락, 2001)에서도 16명의 언어학자 및 문학 연구자가 문학에서의 방언의 문제를 다양한 관점에서 해석하는 등 하나의 유용한 사례를 보여 주었다.

또한 앞으로는 한 작품에 대한, 문학 연구자와 언어학자의 공동 연구가 요구된다. 이를 통해 하나의 문학작품에 대한 총체적인 이해가 가능하며, 동시에 우리 국문학의 현재적 모습을 파악할 수 있기 때문이다. 언어학적인 관심 대상으로 먼저 포착되기 쉬운 고전 문학에 대해서만이 아니라, 학문적 · 현실적으로 두루 연계성을 탐구할 수 있는 현대 문학에 대해서도 문학 연구자와 언어학자의 공동 연구를 더욱 적극적으로 모색해야 한다.

두 번째로 '연구 방법'에 있어서 문학과 언어학의 만남을 살펴보자. 현재까지 문학 연구가와 언어학자가 공유한 연구 방법은 다음의 몇 가지를 들 수 있다. 첫째로는 주석적 방법으로, 문학작품에 대한 주석적 방법 내지 해석학적 방법이 우세를 점한 시기에는 문학작품에 대한 이해가 언어학적 지식을 기반으로 하고 있었다. 둘째로는 구조주의와 기호학을 들 수 있다. 구조주의의 뿌리는 언어학에 있으므로 연구방법론에 있어서 공통점을 가지는 것은 당연한 것이었다. 야콥슨 등의 논의는 구조주의적 관점에서의 문학과 언어학의 만남에 대한 방법론적 접근을 잘 보여 준다. 셋째로는 텍스트 언어학적 방법이 있다. 텍스트 언어학이란 텍스트(작품, 비작품을 포함한 모든 의사 전달 단위)를 해석하는 다양한 방법 중의 하나로 언어학적인 방법으로 문학작품을 해석하는 한 방안이 되고 있다.

문학과 언어학에 있어서 서로 연구 방법을 공유하기 위해서는 위의 주석적 방법, 구조주의와 기호학적 방법, 텍스트 언어학적 방법이 더욱 정밀하게 개발되어야 한다. 아울러 새로운 방법론을 개발하여 문학 연구자와 언어학자가 동일한 방법으로 접근할 수도 있어야 한다. 그 구체적인 방안으로는 다음과 같은 것이 가능할 것이다. 첫째로는 언어 문화적 분석을 들 수 있다. 문학작품이 언어로 이루어져 있고, 언어가 그 언어 사용자들의 문화를 반영한다는 점에서 이러한 방법론은 문학과 언어학의 만남을 가능하게 할 것이고, 이는 나아가 문학작품을 총체적으로 이해할 수 있는 계기를 마련할 것이다. 둘째로는 문학작품에 대한 계량언어학적 분석이 가능하다. 언어학에서 많이 이용하는 계량적인 방법을 이용하여 문학작품을 분석할 수 있을 것인데, 이 연구 방법은 문체론과도 간접적으로 연결되어 문학적 감성을 표출하는 언어적 기제를 이해하는 계기를 마련할 수 있을 것이다.

마지막으로 제도적 측면에서 국문학과 국어학의 만남을 살펴보자. 사실상 국문학과 국어학이 현재와 같이 극심한 분리로 내몰린 원인은 현행 제도에 중대한 책임이 있다. 학문 분야의 세분화가 가속화되면서 대부분의 대학, 특히 대학원 과정에서 국어학과 국문학(고전 문학, 현대 문학)이 별도의 커리큘럼으로 운영되고 있고, 선발 과정에서 아예 정원을 달리 책정하는 경우도 많다. 사정이 이렇다 보니 국문학 전공자는 국어학을 배울 기회가 전혀 없고, 국어학 전공자도 문학을 배울 기회가 거의 없다. 심지어는 서로의 전공 분야에 대해 모르는 것을 부끄럽게 여기지도 않는다.

몇몇 대학의 경우 국어학 전공자와 국문학 전공자가 서로 다른 전공의 과목을 의무적으로 듣게 하여 그 균열을 메우고자 시도하고 있다. 그러나 학생에 대한 일체의 배려 없이 단지 강제적인 방법을 취하는 경우, 수강생 스스로가 다른 전공에 대해 어려워 할 뿐 실제적인 필요성을 느끼지 못하고 있는 것이 사실이다. 이런 제도를 시행하기 위해서는 대학원이나 대학의 교과목에 문학과 언어가 만나는 지점을 알 수 있게 해 주는 과목을 먼저 개설하는 것이 필요하다.

교과목 개설뿐 아니라 궁극적으로 연구자의 전공도 문학과 언어학을 통합하는 학문 전공이 만들어져야 하고 대학원 입학 등에서도 두 전공에 대한 종합적인 지식을 가진 학생을 선발할 수 있는 제도를 마련해야 할 것이다.

국어학과 국문학이 만나는 지점을 찾아 나가는 일은, 문학 내에서 고전 문학과 현대 문학이 만나는 지점을 발견해 가는 데에도 도움을 주리라 기대된다. 언어학적 관심을 토대로 고전 문학을 혹은 현대 문학을 탐구할 경우, 그 연구는 언어 발전과 변화의 선후를 총체적으로 고려하며 이후의 문학 중 어떤 사례와 혹은 이전의 문학 중 어떤 사례와 연결시켜 논의될 수 있을지 끊이지 않는 의문을 촉발시킬 것이기 때문이다.

4 문학을 통한 문화 확장

본질적으로 문학은 언어를 통한 지식의 습득, 전달과 자기 표현의 완성을 통해 인간 자신과 주변 세계에 대한 이해를 심화할 수 있는 특수한 지적 활동이다. 동시에 지성과 감성, 순수 예술성과 대중적 공감대, 철학적 사색과 오락적 흥미의 기능을 광범위하게 포괄하는, 복합적이고 다면적인 문화 영역에 속하기도 한다. 결국 문학은 인간의 삶과 정신세계 전반을 총체적으로 반영하는 지적 활동으로서 한 개인, 한 집단, 나아가 한 시대의 문화적 역량과 가능성을 가늠하는 척도가 되기도 한다. 이에 세기의 전환이라는 급격한 변혁의 흐름 속에서 문학은 문화의 변방을 차지하는 고립된 한 영역으로서가 아니라, 문화 전체와의 광범위한 연계 속에서 재탄생할 수 있어야 한다. 한국 문학 연구 역시 문화적 산물로서 시각을 확대할 필요가 있으며, 그 구체적인 방법론과 좌표 설정에 있어 다음과 같은 방향성을 가질 필요가 있다.

첫째, 문학 및 문화 수용자에 대한 관심과 그들의 요구에 대한 반영이다. 문화적 산물로서의 텍스트의 의미는 생산자의 문화적 맥락에서 구성되는 고정불변의 것이 아니라 수용자의 문화적 맥락 속에서 재구성, 재해석되는 가변적이고 잠재적인 것이다. 전통적인 문학 연구는 생산자의 관점을 강조하지만, 문화의 영역에서는 수용자의 읽기가 더욱 의미를 갖는다. 사실상 수용자에 대한 관심은 학문 및 문화 연구 전반에서 하나의 구체적 현실이 된 지 오래다. 독자반응이론(혹은 수용미학)으로 구체화되고 있으며, 쌍방 소통의 시공간이 나날이 확장되는 현실 속에서 중요성이 더욱 커지고 있다. 이제 독자의 수용 태도는 비단 문학 해석의 다양성에 그치지 않고 작품의 창작 방향에까지 영향을 미친다. 독자 반응의 잠재성과 현실성을 탐구한다면 표현과 창작의 가능성을 학문적으로 선도하는 역할까지도 해낼 수 있을 것이다.

둘째, 대중성에 대한 반영을 제안해 볼 수 있다. 장르 간의 벽이 허물어져 가는 현상 못지않게 예술적 작품과 대중적 작품의 경계가 희미해져 가는 현상도 최근 문학의 주목할 만한 점이다. 대중으로부터 유리되어 고답적인 예술의 아성을 고집하려는 자세만으로는 작품의 본질에 접근할 수 없으며, 일정 수준 이상의 예술적 성취와 함께 대중의 관심을 불러 모은 작품에 대한 이론적 해명도 요구된다. 대중성에 대한 관심과 연구는 예술성뿐 아니라 대중적 흡인력을 동시에 지닌 작품 생산에 대한 현실적 창작 방법론을 제시해 줄 수 있을 것이다. 나아가 이는 좀 더 많은, 그리고 좀 더 다양한 인간 정신에 대한 반영과 이해라는 결과를 가져오리라 기대된다.

셋째, 일상성의 연구를 포함해야 한다. 그동안 한국 문화의 일상성은 학문적인 연구 대상으로 주목받지 못했으나, 근·현대 사회에서 의미 생산의 모태가 되는 것이 대중과 그들의 일상적인 삶이라는 점을 고려한다면 학문적인 이미지 구축과 재해석이 요구된다. 또한 구체적·일상적 삶을 통한 문학 및 문화 연구는 한국의 특수한 문화적 원리를 규명하는 효과적인 방법론을 제공할 것이다. 이는 세계와의 소통의 시대에 한국 문학과 문화의 고유한 의미와 정체성을 확인하는 중요한 바탕이 된다.

넷째, 문학은 문화와 마찬가지로 여러 기술적·매체적 환경의 변화에 대해 적극적으로 대응해야 하며, 이를 통해 한국 문학에 활력을 불어넣고 창작과 수용의 장을 다양하게 확대할 필요가 있다. 기술과 매체의 발전과 보급은 문화의 형태와 내용까지도 변화시키고 있으며 새로운 사회 현상을 만들어 내고 있다. 문학 자체에서도 사용 매체의 기술적 특성이 부각되고 광범위한 정보 유포 능력이 강조되는 형국이다. 그러므로 변화하는 시대의 흐름을 반영하는 문학의 본질상 그 토대가 되는 물리적·정신적 환경의 조건을 아우를 수 있어야 할 것이다. 특히 멀티미디어의 발전은 문학의 존재 영역을 더욱 넓고 풍성한 것으로 만들어 준다. 즉 과거의 정태적이고 폐쇄적인 한 개인의 문학 창작 환경이 아닌, 개방적인 창작 주체의 표현을 위한 장으로 기능할 수 있게 해 주는 것이다.

다섯째, 여성 문학에 대한 관심과 연구가 필요하다. 여성 문학은 고전 및 현대 문학사 전반에 걸쳐 소외되어 왔던 영역이며, 1980년대 후반부터의 본격적인 관심조차도 사실상 초보적이고 단편적인 형태에 머물고 있다. 따라서 현재의 여성 문학 연구는 이론과 실제의 조화를 이루지 못하고 있거나, 형식과 내용을 분리시키면서 내용을 중시하거나, 여성과 남성을 지나치게 대립적으로 파악하거나, 혹은 평론적 접근과 학문적 접근 사이의 괴리를 보이는 등의 문제점을 내포하고 있다. 한국 문학은 여성 문학의 자리를 온당하게 마련하고, 이를 통하여 하나의 온전한 전체로서의 문학사를 구성해야 한다. 물론 이때는 기존의 남성 중심 문학의 주변부로서 그 틈새를 메우는 형태가 아니라, 전체로서의 계보와 체계를 갖추는 방식으로 이루어져야 한다. 한국문학사의 큰 줄기 속에서 여성 문학의 계보를 통시적으로 검토하고 동시에 그 고유의 특성과 위상을 점검해야 할 시점에 선 것이다. 이러한 작업은 고전 여성 문학과 현대 문학의 전 과정을 아우르는 형태가 되어야 하며, 이를 통하여 한국적 정신과 특성을 추출할 수 있게 된다. 또한 공시적 측면에서는 문학뿐만 아니라 문화의 전 영역을 포괄해야 한다. 궁극적으로 이 모든 과정은 여성 문학에 대한 정당한 문학사적 복원을 이루어 온전한 한국문학사의 재수립을 도모할 수 있도록 해 준다. 나아가 이는 한국 문화가 나아갈 새로운 좌표를 설정해 주고 그 논의의 다양한 바탕을 마련해 주는 기반이 될 것이다.

마지막으로, '문학을 통한 문화 확장' 작업은 최근 부상하고 있는 현대 문학 이론을 실제 문화 현상 안에서 재확인하고 그 창조적 표현의 가능성을 여는 일로 이어져야 한다. 장르론을 예로 든다면, 최근의 창작물들은 시, 소설, 희곡 등 기존의 장르만으로는 파악하기 힘들 정도로 장르 간의 경계를 활발하게 넘나들고 있다. 외적으로 선택된 장르와 내적으로 실제 힘을 발휘하는 장르의 특성들은 서로 긴장하고 조응하면서 긴밀한 관계 양상을 보이고 있다. 이에 대한 학문적 탐구가 이어진다면, 이는 역동하는 현재의 문학과 문화 현상을 읽어 내는 주요한 도구로 작용할 수 있을 것이다. 또한 앞으로 더욱 복잡해질 장르 간의 교차 작용에 대한 하나의 시안으로 제시될 수 있어 그 자체가 하나의 창조적 표현 작업이 될 수 있다.

5 맺음말

이제 세계를 동시에 관통하는 정보망의 위력이나 다매체의 감각적 활력은 인간의 삶의 형태와 그 문화적 양상을 총체적으로 바꾸어 놓고 있다. 한국 문학도 더 이상 지면에 갇혀 있을 수 없게 되었으며, 특정 이론의 비실용적 한계 안에서만 머물러 있을 수도 없게 되었다. 역동하는 환경의 변화만큼이나 좀 더 유연하고 넓은 시각으로 세계를 바라보며, 국문학 연구 또한 이러한 시대적 경향성을 수렴하면서도 그 영역을 확장해 갈 필요가 있다. 한국 문학은 세계의 동시대 문학과 문화 현상에 대해 즉각적이고 동시 발생적인 상호 관계를 주고받으면서 새 시대의 문화의 의미와 그 새로운 방향을 제시하는 주요 동력으로 역할을 수행해야 하는 것이다.

구체적인 방법론에 있어서는 기존의 연구 성과들을 충분히 존중하면서도 독립된 영역 간의 단절을 극복하고, 상호 소통을 모색하여야 한다. 이제 전공 내의 대화적인 학문 연구는 물론, 학제 간의 통합적인 연구가 이루어져야 할 시점에서 많은 연구자들은 새로운 학문적 사명 앞에 서게 되었다. 뿐만 아니라 기존의 국문학 연구가 소외시켜 왔던 주변부에 대한 관심을 새롭게 환기시키며 그 연구 영역을 확장해야 한다. 이러한 연구들은 궁극적으로 인간의 삶 전체에 대한 물음이자 반응 양식인 문화 연구로 수렴되어야 할 것이다. 뿐만 아니라, 한국 문학에 나타나 있는 공통의 언어와 상상력, 사고와 문법을 구축하여 이를 새로운 글로벌 문명의 사회 자본(social capital)으로 삼는 데까지 나아가야 하는 것이다.

436

| 참고 문헌 |

『님의 침묵』, 한성도서주식회사, 1954.

『한국 개화기 문학 연구 총서』, 국학자료원, 1994.

『한국 근대 문학 연구 자료집』(개화기 신문편), 삼문사, 1987.

『한국 찬송가 전집』, 한국교회사문헌연구원, 1991.

가스통 바슐라르, 곽광수 옮김, 『공간의 시학』, 동문선, 2003.

가스통 바슐라르, 김현 옮김, 『몽상의 시학』, 홍성사, 1978.

강은해, 「개화기 가사 연구」, 계명대 석사 학위 청구 논문, 1979.

강희근, 「서정주 시의 서술성에 대하여」, 《월간문학》 1984년 1월호.

권영철, 『규방가사 연구』, 이우출판사, 1980.

권오만, 『개화시가 연구』, 새문사, 1989.

권택영, 「여성적 글쓰기, 여성으로서의 읽기」, 《작가세계》 1990년 겨울호.

김광섭, 「시인 천명의 교우와 회상」, 《자유문학》 1958. 7.

김광수, 『한국 민족 기독교 백년사』, 기독교문사, 1978.

김덕영, 「한국 근대의 여성과 문학」, 『한국여성사 2』, 이화여대 출판부, 1972.

김병철, 『한국 근대 번역 문학사 연구』, 을유문화사, 1975.

김선태, 「김영랑의 중기 시에 나타난 현실 인식 ── 저항 의식을 중심으로」, 《현대문학이론연구》 31권, 현대문학이론학회, 2007.

446

김성례,「한국 무속에 나타난 여성 체험: 구술 생애사의 서사 분석」,《한국 여성
학》7집, 1991.

김세완,「개화기 창가 연구: 최남선의《소년》지 창가와 학부 창가집을 중심으
로」, 이화여대 한국학과 석사 학위 청구 논문, 1995.

김신명,『새문안교회 70년사』, 새문안교회 70년사 편찬위원회, 1958.

김열규 외,『페미니즘과 문학』, 문예출판사, 1988.

_____,『한국 여성의 전통상』, 민음사, 1985.

김영덕 외,『한국 여성사』, 이화여대 출판부, 1978.

김영랑,『영랑시선』, 중앙문화협회, 1949.

_____,『영랑시집』, 시문학사, 1935.

김영철,『한국 개화기 시가의 쟝르 연구』, 학문사, 1987.

김옥순,「노천명 시에 나타난 페미니스트적 시각: 특권적 의식과 여성적 사실주
의」,《이화어문논집》14, 1996.

김용직,「남도 가락의 순수 서정 ─ 김영랑론」,『한국 현대시사 Ⅰ』, 한국문연,
1996.

_____,「두 여류 시인의 등장과 활약 ─ 모윤숙과 노천명」,《현대시》5 · 6,
1994.

김우창,「구부러짐의 형이상학」,『궁핍한 시대의 시인』, 민음사, 1977.

김욱동,『대화적 상상력, 바흐친의 문학 이론』, 문학과 지성사, 1988.

김웅배,『전남 방언 연구』, 박이정, 2002.

김윤식,「시와 산문의 이율배반」,『한국 근대 문학사상 비판』, 일지사, 1983.

_____,「예술의 방법론과 개인의 기질 문제」,『한국 현대시론 비판』, 일지사,
1982.

김재홍,「노천명 실락원의 시 또는 모순의 시」,『한국 현대시인 연구』, 일지사,
1986.

_____,「만해 시학의 원리」, 김용직 외,『한국 현대시사 연구』, 일지사, 1983.

_____,『현대시와 역사의식』, 인하대 출판부, 1988.

김준오, 「김춘수의 의미시와 소외현상학」, 『도시시와 해체시』, 문학과비평, 1992.

─────, 「변용과 익명」, 『가면의 해석학』, 이우출판사, 1985.

─────, 『한국 현대 장르 비평론』, 문학과 지성사, 1990.

김지향, 「사슴의 고독, 그 허상과 실상」, 《시문학》 1973. 10.

김춘수, 『김춘수 전집 1: 시』, 문장, 1984.

─────, 『김춘수 전집 2: 시론』, 문장, 1986.

김학동 편, 『한용운 연구』, 새문사, 1999.

김학동, 「개화기의 시가」, 『한국 문학 연구 입문』, 지식산업사 1982.

─────, 「노천명의 초기 작품고」, 『도남 조윤제 박사 고희 기념 논총』, 형설출판사, 1976.

─────, 『한국 개화기 시가·연구』, 시문학사, 1981.

김현자, 「서정주 시의 은유와 환유」, 《기호학 연구》 5권 한국기호학회, 1999.

─────, 「식물적 상상력과 절제의 미감」, 『노천명 시 전집 1』, 솔, 1997.

─────, 「여름비의 리듬과 3편의 변주곡」, 《서정시학》, 2006년 여름호(통권 30호), 306~314쪽.

─────, 「장미」, 『한국 현대시 작품 연구』, 민음사, 1988.

─────, 「한국 여성시의 계보」, 《현대시》 1992년 2월호.

─────, 『시와 상상력의 구조』, 민음사, 1982.

─────, 『한국 시의 감각과 미적 거리』, 문학과지성사, 1997.

김형효, 『원효의 대승 철학』, 소나무, 2005.

김흥규, 『문학과 역사적 인간』, 창작과 비평사, 1980.

낸시 헨리, 김쾌상 옮김, 『육체의 언어학』, 일월서각, 1984.

노병곤, 「고향 의식의 양상과 의미 ── 지용 시와 천명 시를 중심으로」, 《한국학 논집》 26집, 1995.

노자, 최재목 옮긴이 주, 『노자』, 을유문화사, 2006.

또 하나의 문화 동인, 『여자로 말하기 몸으로 글쓰기』, 《또 하나의 문화》 9호, 평민사, 1992.

로즈마리 통,『페미니즘 사상』, 한신문화사, 1995.

루드반, 김경수 옮김,『페미니스트 문학비평』, 문학과 비평사, 1989.

만해사상연구회 편,『한용운 사상 연구』, 1 · 2집, 민족사, 1981.

문정희,「노천명 연구」,《동악어문논집》1980.

민병수,『개화기의 우국 문학』, 신구문화사, 1974.

박목월,「자전적 시론 ― 목마른 역정(歷程)」,《사상계》1965. 8.

_____,『박목월 시 전집』, 민음사, 2003.

_____,『보라빛 소묘』, 신흥출판사, 1958.

박용래,『강아지풀』, 민음사, 1975.

_____,『먼 바다』, 창작과 비평사, 1984.

_____,『싸락눈』, 삼애사, 1969.

박을수,『한국 개화기 저항시가 연구』, 성문각, 1985.

박종찬,『개화기 시가론』, 국학자료원, 1993.

박효순,『한국 시가의 신조명』, 탐구당, 1984.

베리 쏘온, 메릴린 얄롬, 권오주 외 옮김,『페미니즘의 시각에서 본 가족』, 한울,
    1982.

브룩스, 이경수 옮김,『잘 빚어진 항아리』, 홍성사, 1986.

서우석,『시와 리듬』, 문학과 지성사, 1983.

서정주,「노천명과 그의 시」,『한국의 현대시』, 일지사, 1982.

_____,「한국적 전통성의 근원」,『서정주 문학 전집』2권, 일지사, 1972.

_____,『서정주 시 전집』, 민음사, 1983.

_____,『한국의 현대시』, 일지사, 1969.

성기옥 외,『한국 시의 미학적 패러다임과 시학적 전통』, 소명, 2004.

성기옥,『한국 시가 율격의 이론』, 새문사, 1986.

손인주,『한국 여성 교육사』, 연세대 출판부, 1977.

송명희,『여성 해방과 문학』, 지평, 1988.

신일철, 『동학 사상의 이해』, 사회비평사, 1995.

신현락, 『한국 현대시와 동양의 자연관』, 한국문화사, 1998.

심재휘, 「김영랑 시의 어조 연구 ─ 어미 활용을 중심으로」, 《우리어문연구》 30권, 우리어문학회, 2008.

심재휘, 「김영랑 시의 화자 연구」, 《어문논집》 55권, 민족어문학회, 2007.

안니 르끌렉, 정을미 옮김, 『이제 여성도 말하기 시작한다』, 열음사, 1990.

에밀 슈타이거, 이유영 · 오현일 옮김, 『시학의 근본 개념』, 삼중당, 1978.

오르테가 이 가제트, 장선영 옮김, 『예술의 비인간화』, 삼성출판사, 1978.

오세영, 「박목월론」, 『현대시와 실천비평』, 이우출판사, 1983.

_____, 『20세기 한국 시 연구』 3판, 새문사, 1989.

_____, 『문학 연구 방법론』, 시와시학사, 1991.

원형갑, 「김춘수와 무의미의 기본 구조」, 『김춘수 화갑 기념 현대시논총』, 형설출판사, 1982.

원효 외, 이기영 옮김, 『한국의 불교 사상』, 삼성출판사, 1990.

유덕희, 『세계 음악 교육사』, 학문사, 1985.

이강숙 편, 『종족 음악과 문화』, 민음사, 1989.

이건용, 『한국 음악의 논리와 윤리』, 세광음악출판사, 1990.

이민자, 『개화기 문학과 기독교 사상 연구』, 집문당 1989.

이상섭, 『복합성의 시학』, 민음사, 1987.

이성교, 「노천명 연구」, 《성신여자사범대학 연구논문집》 1, 1968.

이순예, 「여성 문학의 흐름과 쟁점」, 《여성 운동과 문학》 2, 풀빛, 1990.

이어령, 「언술로서의 은유」, 『시 다시 읽기』, 문학사상사, 1995.

_____, 「한용운의 '님의 침묵'과 '텍스트의 침묵'」, 『시 다시 읽기』, 문학사상사, 1995.

_____, 『공간의 기호학』, 민음사, 2000.

이은봉, 「박용래 시 연구 ─ 시적 방법과 시 세계를 중심으로」, 《한남어문학》, 1982.

이인복, 「노천명론」, 《아세아여성연구》 22집, 1983.

이재선, 『개화기 문학론』, 형설출판사, 1981.

장성수, 「'─타령'의 성격에 대한 연구」, 《문학과 언어》 13집, 1992. 5.

장자, 송지영 옮김, 『장자』, 신원문화사, 2006.

장필화, 「몸에 대한 여성학적 접근」, 《한국여성학》 8집, 1992.

정병욱, 「고전의 현대화 논의」, 《사상계》 1957. 6.

정영자, 「노천명의 시 세계」, 『한국 여성시인 연구』, 평민사, 1986.

_____, 『한국 현대 여성 문학론』, 지평, 1988.

정정호 외, 『포스트모더니즘과 페미니즘』, 한신문화사, 1992.

정화열, 『몸의 정치』, 아카넷, 2005.

조남현, 『개화 가사』, 형설출판사, 1978.

조동일, 「국문학의 지속성과 변화」, 『우리 문학과의 만남』, 홍성사, 1978.

_____, 『한국 문학 통사 4』 3판, 지식산업사, 1994.

조신권, 『한국 문학과 기독교』, 연세대 출판부, 1983.

조연현, 「전통의 개념과 그 가치」, 『문학과 그 주변』, 인간사, 1958.

_____, 『한국 현대 문학사』, 성문각, 1974,

조윤제, 「현대 문학의 전통론」, 『자유 문학』, 1958. 5.

조지훈, 「'멋'의 연구 ─ 한국적 미의식의 창조를 위하여」, 『한국인과 문학사
   상』, 일조각, 1964.

_____, 「노천명 시 해설」, 『한국 시인 전집』 7, 신구문화사 , 1949.

_____, 「민족주의자 한용운」, 《사조(思潮)》 1권 5호, 1958.

_____, 『한국 현대시문학사』, 문학춘추, 1964.

조창환, 「계승과 발전으로서의 전통」, 《심상》 8권 9호, 1980. 9.

_____, 「박용래 시의 운율론적 접근」, 《시와시학》 1991. 봄(통권 1호), 1991,
   158~167쪽.

조혜정, 『한국의 여성과 남성』, 문학과지성사, 1988.

최동호, 「정지용의 산수시와 성정의 시학 ─ 중국과 한국의 산수화론과 시적 미

학」, 『문학과 자연 II — 현대 문학에서의 인간·자연·생태학적 상상력』, 이화여대 한국어문학연구소 정기학술대회, 2003년 11월.

최재서, 『문학과 지성』, 인문사, 1938.

한국여성문학연구회, 『여성과 문학 1』, 문학세계사, 1989.

한국여성연구회 편역, 『여성 해방 문학의 논리』, 창작과비평사, 1990.

한영옥, 「노천명, 모윤숙 시의 특질 비교」, 《향란문학》 9, 1979.

허영자, 「노천명 시의 자전적 요소」, 『한국 현대시사 연구』, 일지사, 1983.

허형만, 「김영랑 시와 남도 방언」, 《한국시학 연구》 10호, 한국시학연구학회, 2004. 5

헨리 낸시, 김쾌상 옮김, 『몸의 사회심리학』, 일월서각, 1984.

헬레나 미키, 김경수 옮김, 『페미니스트 시학』, 고려원, 1987.

홍경표, 「무미 추상과 상징 언어」, 『현대시론총』, 형설출판사, 1982.

황동규, 「감상과 제어와 방임」, 《창작과비평》 1977. 가을.

Alaster Fowler, *Kinds of Literature*, Harvard Univ. Press, 1982.

Benjamin Hrushovski, "Poetic Metaphor and Frame Reference with Examples form Eliot, Lilke, Mayakovski, Mandelshtam", *Pound Poetic Today*, vol. 5, No. 1, 1984, 5~41쪽.

Benstock, Shari(ed), *Feminist Issues in Literary Scholaryship*, Bloomingtin, Indianapolis: Indiana Univ. Press, 1987.

Bullough Edward, "Psychical Distance as a Factor in Art and Aesthetic Principle", reprinter in *Aesthetics* E. M. Wimbinson ed. Stanford Calif.

Carl Gustav Jung, "Psychology and Literature", *Moderan man in Search of a Soul*, 1993.

Clare Regan Kinney, *Stategies of Poetic narrative*, Cambridge Univ. Press, 1992.

Culler Johnadan, *Sturucturalist Poetics*, Cornell Univ. Press, 1982.

Donovan, Josephine, *Feminist Literary Criticism*, The Univ. Press of Kentucky, 1975.

George Poulet, *Studies in Human Times, Baltimore*, The Johns Hopkins Press, 1956.

Hans Meyerhoff, *Time and Literature*, Berkeley and L. A: University of California Press, 1955.

Hans R. Jauss, *Toward An Aesthetic of Reception*, trans. T. Bathi, Harvest Press. Brigton, 1982.

Helene Cixous and Catherine Clement, *The Newly Born Woman*, Betsy, 1975.

Helene Cixious and Catherine Clement, *The Newly Born Women*, The Univ. of Minnesota, 1986.

Henri Morier, "Metaphor", *Dicitionnaire de Poetique et de Rhetorique*, Press Universitaire de France, 1961.

I. A. Richards, "The Philosophy of Rhetoric", *Philosophical Perspectives on Metaphor*, Mark Johnson(ed), Minneapolis: Univ. of Minnesota Press, 1981.

I. A. Richards, *The Philosophy of Rhetoric*, Oxford Univ, Press, 1962.

Jan Mukarovsky, *The Word and Verbal Art*, Yale Univ. Press, 1977.

J. Hills Miller(ed), "Aspect of Narrative", *Selected Papers from the English Institute*, New York and London, Columbia Univ. Press, 1971.

Judith Fetterley, *The Resisting Reader*, Indean Univ., 1978.

Keneth Bruke, *A Grammar of Motives*, Burley, L. A. Univ. of California Press, 1969.

Lakoff Geroge and Johnson Mark, *Metaphor we live by*, Chicago London, The Univ. of Chicago Press. 1980, 3~21쪽.

Luce Irigaray, *Speculum of The Other Woman*, Trans, Gillan, C. Gill, Ithaca: Cornell Univ. Press, 1985.

Max Black, "Metaphor in Mark Johnson," *Philosophical perspectives on metaphor*, Minneapolis : Univ. of Minnesota Press, 1962, 63~104쪽.

Max Black, *Studies in Language Philoshophy*, Conell Univ. Press, 1968.

MerleauPonty, *Phenomenology of Perception*(1945), (trans) from the French by Colin Smith, London, Routlege, Kegan Paul Ltd., 1962.

Michael C. Haley, *Linguistic Perspective on Literature*, London: Routledge, Kegan Paul, 1980.

Monroe curtis Beardsley, "The Metaphorical Twist", *Philosophical Perspectives on Metaphor*, (ed) Mark Johnson, Minnesota Press, 1962, 105~122쪽.

N. Frye, *Anatomy of Criticism*, Princeton Univ. Press, 1957.

Phlip E. Wheelwright, *Metaphor and Reality*, Bloomington, Indiana university, 1962.

Roman Jakobson, *Framework of Language, Michigan Studies in the Humanities*, 1980.

T. S. Eliot, *Tradition and the Indivisual Talent*, Selected Prose, Penguin Books, 1956.

Toril Moi, *Sexual/Textual Politics*, London and New York: Methuen, 1985.

Umbert Eco, *The Role of Reader*, Indiana Univ. Press, Bloomington and London, 1979.

Wolfgang Iser, *The Act of Reading: A Theory of Aesthetic Response*, Baltimore and London, Johns Hopkins Univ. Press, 1974.

김현자

이화여자대학교 국어국문학과를 졸업했으며 동 대학원에서 문학박사 학위를 받았다. 현재 이화여자대학교 인문과학대학 국어국문학과 교수로 재직 중이다. 1974년 「아청빛 언어에 의한 이미지」로 중앙일보 신춘문예 평론 부분에 당선되면서 문학비평가로 활동해 왔다.

주요 저서로 『한국 시의 감각과 미적 거리』, 『아청빛 길의 시학』, 『한국 현대시 작품 연구』, 『시와 상상력의 구조』, 『한국 현대시 읽기』 등이 있으며, 주요 논문으로는 「한국 시의 원형적 동일성과 상상력의 변용」, 「한국 근현대 문학에 나타난 가족 담론의 전개와 그 의미」, 「국어국문학 연구의 확장과 연계성 탐색」, 「한국 시 전통의 계승과 확장」, 「한국 여성시의 계보」, 「현대 문학과 상상력의 총체성」, 「한국 현대시에 나타난 길의 원형 심상과 시적 상상력」, 「한국 현대시의 구조와 청자의 반응에 관한 연구」, 「박목월 시의 감각과 미적 거리」, 「사랑의 양면성과 아니마적 몽상의 세계」 등이 있다.

현대시의 서정과 수사

1판 1쇄 펴냄 | 2009년 5월 8일
1판 2쇄 펴냄 | 2010년 9월 15일

지은이 | 김현자
펴낸이 | 박근섭, 박상준
편집인 | 장은수
펴낸곳 | (주)민음사

출판등록 1966. 5. 19.(제16-490호)
(135-887) 서울시 강남구 신사동 506 강남출판문화센터 5층
대표전화 515-2000, 팩시밀리 515-2007
www.minumsa.com

ⓒ 김현자, 2009. Printed in Seoul, Korea

ISBN 978-89-374-2660-5 (03810)